JENNY MAI-NUYEN
Die Sturmjäger von Aradon – Feenlicht

Hellesdim
Sümpfe
das Alte Reich
Silberne
Steppen
Kauende Kü
Gondurill
Tridad
Verwunschene
Wälder
Orrùn
Gebir
Pellinar
Moia
Isen
das Le

N
O
windige Stadt
üste
Harpunaptra
Acba
Arador
ands
Karua
er des Horrün
Nordun
ge Land

Jenny Mai-Nuyen

Die Sturmjäger von Aradon

Feenlicht

Roman

blanvalet

FSC
Mix
Produktgruppe aus vorbildlich
bewirtschafteten Wäldern und
anderen kontrollierten Herkünften

Zert.-Nr. SGS-COC-001940
www.fsc.org

Verlagsgruppe Random House FSC-DEU-0100
Das FSC-zertifizierte Papier *Super Snowbright*
für dieses Buch liefert Hellefoss AS, Hokksund, Norwegen.

1. Auflage
Taschenbuchausgabe Oktober 2010
bei Blanvalet, einem Unternehmen der
Verlagsgruppe Random House GmbH, München.

Umschlaggestaltung: HildenDesign, München, nach einer Vorlage
von Hauptmann & Kompanie Werbeagentur, München – Zürich,
Hanna Hörl; Illustration: © Benita Winckler
UH · Herstellung: sam
Druck und Einband: GGP Media GmbH, Pößneck
Printed in Germany
ISBN: 978-3-442-37612-4

www.blanvalet.de

Inhalt

Prolog 9
Das Kind in der Kiste

Lichter 18
Der Sand 29
Schatten 41
Unter den Sternen 43
Der Händler 55
Durch die Wüste 64
Die Windige Stadt 83
Letzte Stunden 99
Har'punaptra 109
Nova 126
Auf der *Taube* 136
Karat 149
An und unter Deck 155
Aradon 170
Magier 186
Ins Ungewisse 200
Moia 212
Die Träume des Schakals 219
Medeah 227
Wrauden 239
Spur des Todes 253
Ozah 258

Der Weg in die Nacht 270
Das Dorf 285
Gondurill 297
Die Kunst der Zwerge 311
Träume 327
Im Dunkel 334
Nach Westen 344
Erscheinungen und Stimmen 354
Geister 360
Wiedersehen 374
Der Dämon 380
Mutter Meer 394
Totenlichter 409
Krieg 423
Ein Ziel 436
Die Jägerin 453

Epilog 464

Prolog

Das Kind in der Kiste

Drei Meilen westlich von Har'punaptra, der Hauptstadt der Zwerge und des Handels, trafen sich Sturmjäger und Trollhändler zu einem nicht ganz legalen Geschäft in den Gebirgen der Wüste.

Nachdem das Schwebeschiff sicher zwischen den Klippen gelandet war, wurde eine breite Planke vom Deck geschoben, und Kapitän Redwin Gharra ging an Land. Er trug einen Umhang, der an den Schultern verdächtig ausgepolstert wirkte, denn ansonsten war der Kapitän eine schmächtige Erscheinung. Beine gleich Krummsäbeln steckten in Stiefeln aus dickem Keilpferdleder und sein Kopf wippte auf dem dünnen Hals wie eine Distel im Wind.

Gharra war alt. Er war schon fast immer alt gewesen, das Haar dünnte seit seinem zwanzigsten Lebensjahr aus und starke Himmelsstürme hatten die ersten Falten bereits im Kindesalter in sein Gesicht gegraben. Außerdem knickten die Knie mit jedem Schritt ein wenig zu tief ein, was ihn gebrechlicher wirken ließ, als der Wahrheit entsprach; tatsächlich kam dieser Gang von einem Leben ohne Boden unter den Füßen, denn Gharra war wie die meisten Sturmjäger auf einem Flugschiff zur Welt gekommen und aufgewachsen.

»Seid gegrüßt, meine lieben Freunde, wie schön, euch wohl und munter zu sehen! Wie geht es euch? Was machen die Kinder?« Die Trollhändler ließen zu, dass Gharra ihnen der Reihe nach die Hände schüttelte und Schultern tätschelte, als suche er nach versteckten Waffen. Oder Siegeln der fürstlichen Wache Har'punaptras.

»Kinder sind gut«, knurrte der Anführer der Bande, ein Zwerg mit schwarzen Bartzöpfen. Offenbar hatte er Gharra missverstanden, denn er wies dabei auf die Trolle, die in Ketten hinter ihnen standen. Gharra lächelte nachsichtig. Es war sowieso nicht zu erwarten, dass Trollhändler ein Heim und Familie hatten. Wer sich monatelang durch das Lebendige Land schlug und Bestien fing, gehörte eher zur harten, einsamen Sorte.

»Hübsche Tierchen«, kommentierte Gharra. »Aber sind sie auch kräftig?«

Der Zwerg führte ihn zu den Trollen und klärte ihn über Gewicht (»Schwer wie Fels – viel Muskelmasse«), Herkunft (»Vom Rande der Kauenden Klippen, die beste Brut«) und Zähmung (»Hrchm, also … ungezähmt«) auf. Gharra nickte zu alledem, während er die Kolosse musterte. Dann stieg der Zwerg auf eine Gepäckkiste, sodass er auf gleicher Höhe mit Gharra war, und verschränkte die Arme vor der Brust. Nun ging es ans Verhandeln.

»Ich brauche vierzehn Trolle an der Kurbel«, begann Gharra. »Bei der letzten Jagd sind mir drei abhandengekommen. War ein starker Sturm. Ein weiterer ist bedauerlicherweise von seinen Kameraden gefressen worden. Dann habe ich noch zwei alternde Exemplare, die ich ersetzen will.«

»Also braucht Euer Schiff sechs neue Trolle«, schloss der Zwerg. »Ohne Stadtsteuer liegt mein Angebot bei elf Dukaten pro Stück. Dazu zwölf Finger Lirium in Har'punaptra zu einem Freundschaftsrabatt von fünfzehn Prozent.«

»Acht Dukaten und meine beiden alten Trolle. Die könnt ihr noch verhökern.«

»Zehn Dukaten! Meine Trolle sind von exzellenter Qualität, jung und äußerst genügsam …«

Schließlich einigte man sich auf zehn Dukaten pro Troll und einen kleinen Liriumhandel in Har'punaptra zu einem späteren Zeitpunkt. Gharra war erstaunt über die rasche Abmachung. Zwerge waren nicht gerade dafür bekannt, leicht nachzugeben. Und die Trolle waren in der Tat erlesen; auf den Sklavenmärkten Har'punaptras würden die Händler das Doppelte verlangen können.

»Noch eins«, nuschelte der Zwerg dann. Gharra, eine Hand schon im Wams, um den Geldring zu zücken, hielt inne. »Wir haben noch ein Angebot. Ein Sonderangebot.«

»Sonderangebot.« Das klang so vielversprechend wie eine Streicheleinheit von einem Troll. Gharra verzog keine Miene.

Der Zwerg winkte nervös seinen Leuten, die zur Seite traten und eine Kiste herbeischleppten. Das Schloss war zauberfest: Es bestand aus reinem Silber. Mit Bedacht sperrte einer der Zwerge auf. Unauffällig legte Gharra die Finger um den Säbelgriff an seinem Gürtel.

Die Zwerge klappten den Deckel auf. Zum Vorschein kamen ein Haufen Stroh und ein Bündel Lumpen. Bei genauerer Betrachtung stellte es sich als Kind heraus.

»Friss mich das Gras, was soll das?« Gharra spähte auf das Kind hinab, das die Beine und Arme unter dem Körper angezogen hatte. Struppiges schwarzes Haar wucherte über die Schultern. Ganz langsam drehte es den Kopf zur Seite, bedeckte das Gesicht aber mit den Händen. Dann schob es zwei Finger auseinander und blickte aus einem tränenverquollenen Auge zu Gharra auf.

»Was ist das?«, wiederholte Gharra.

»Ein Menschenkind. Ihr könnt es haben.«

Gharra wandte sich dem Zwerg zu. Der Geldring rutschte

mit einem leisen Klirren tiefer in die Brusttasche, als er sich ein wenig reckte. »Mein lieber Freund, ein steuerfreier Trollhandel ist eine Sache, Menschenhandel eine andere. Jawohl, ich bin ein Gegner der Sklaverei und würde weder auf Har'punaptras schwarzen Basaren noch hier in der Wüste, noch in sonst einem verlassenen Hinterland Menschen kaufen!« Gharra machte eine gewichtige Pause. »Noch dazu ist das ein Kind. Seh ich aus, als hätte ich Mutterliebe zu verschenken?«

»Es ist ein besonderes Menschenkind«, sagte der Zwerg zögernd.

Gharra kratzte sich das Kinn. »Kann es kochen? Sagt bloß nicht Ja, wenn es bei Zwergen kochen gelernt hat, da nehme ich mir lieber einen Troll als Küchenchef. Jedenfalls lass ich nicht mehr als drei Schilling springen. Zwei Schilling.«

»Kein Koch«, sagte der Zwerg. »Wir haben es bei den Kauenden Klippen gefunden. Es muss zu Flüchtlingen aus dem Alten Reich gehören, aber es war verletzt und allein.«

»Hm.« Gharra blickte wieder auf das Kind hinab und überlegte, ob man ihm vielleicht eine Schatzkarte auf den Rücken tätowiert hatte oder ob es Goldeier legte, aber dann würden die Zwerge es vermutlich nicht verkaufen.

»Es ist ein … besonderes Kind«, wiederholte der Zwerg, offenbar bemüht, diese Besonderheit als vorteilhaft darzustellen. Gharra wurde immer skeptischer. »Das Lebendige Land greift das Kind nicht an. Es war ganz allein da draußen, ohne Feenlicht.«

Gharra zuckte die Schultern. »Das Land stirbt aus. Vielerorts ist es so ruhig geworden, dass es niemanden mehr angreift.«

»Ja, ja. Aber … jedenfalls wollen wir das Kind nicht! Es kommt doch aus dem Alten Reich, mit den Druiden wollen wir nichts zu schaffen haben.«

Gharra, der instinktiv wieder nach seinem Säbelgriff tastete, als er ›Druide‹ hörte, starrte den Zwerg verständnislos an. »Ein Druidenkind? Ich bin der Liga der Sturmjäger und der Magierschaft treu ergeben!«

Als Gharra den Fuß ausstreckte, um den Deckel wieder über das Kind zu kippen, beeilte der Zwerg sich: »Nein, nein! Es gehört nicht zu den Druiden – seht es doch an, es trägt Bauernkleider. Es hat bloß *Kräfte*.«

Gharra wurde immer unwohler. Als Sturmjäger setzte er zwar sein Leben aufs Spiel, doch von Gefahren auf dem Boden hielt er sich fern. Politik gehörte zu so einer Gefahr. Und, beim Henker, *Kräfte*.

»Es ist brav und unkompliziert, ihr braucht es auch nicht regelmäßig füttern. Euch wird es sehr hilfreich sein. Es kann Lirium sehen.« Der Zwerg sprang von seiner Erhöhung und hob das Kind schwungvoll aus der Kiste. Dann hielt er es zu Gharra empor. Viel sah Gharra trotzdem nicht. Das Kind hatte noch immer beide Hände vors Gesicht geschlagen und starrte aus einem angstvollen Auge zu ihm auf. Wie alt es sein mochte? Fünf? Neun? Gharra wusste so viel über Kinder wie über zwergische Großmütter: gar nichts.

»Da, es kann Magie sehen. Sieht sie überall, meilenweit. Ideal für die Sturmjagd. Ihr müsst es nur in den Mastkorb stecken und warten, dass es Euch die Richtung zum nächsten Liriumsturm weist.« Der Zwerg zog die Hand des Kindes wie einen klebrigen Seestern von seinem Gesicht. Gharra hielt die Luft an. Zumindest wusste er über Kinder, dass sie für gewöhnlich zwei gleiche Augen hatten.

Dieses Kind nicht. Das eine war dunkel und tränenverquollen. Das andere, linke war milchig blau und von einer frisch verheilten Wunde in die Länge gezogen, die quer über die Schläfe führte. Das Kind – ein Mädchen, wie Gharra vermutete – war auf einem Auge blind.

»Soll das ein Scherz sein?«, fragte Gharra höflich. »Dein Kindchen ist blind wie der Mond persönlich.«

»Nur auf einem Auge. Mit dem anderen sieht sie alles. *Alles.*« Der Zwerg schüttelte das Kind ein wenig. Die angewinkelten Beine schlackerten unter dem Sackkleid.

Gharra beugte sich hinab. Wasser lief der Kleinen aus Nase und Augen. Gharra konnte sich nicht entscheiden, ob er sie niedlich oder abstoßend fand.

»Dann sag mir doch, mein hübsches Vögelchen, wo ich meinen Finger Lirium trage.« Gharra breitete die Arme aus.

»Mach«, befahl der Zwerg und streckte den Arm des Mädchens aus. Zögernd löste sie den Zeigefinger aus ihrer Faust. Zu Gharras Überraschung wies sie auf seine linke Schulter. Tatsächlich trug er einen vollen Liriumflakon im Schulterpolster. Dann schwankte der Finger des Mädchens abermals und richtete sich auf sein Schienbein. Kaum hörbar hauchte sie: »D-da ist eine Klinge mit Lirium.«

Gharra starrte an seinem Bein hinab. Unter dem dicken Stiefelleder war sein magischer Dolch nicht zu sehen. Jedenfalls nicht für ihn.

Der Zwerg setzte das Mädchen ab. Sofort senkte sie den Kopf und hielt sich wieder die Hände vor das entstellte Gesicht. Nur das heile Auge lugte zwischen den Fingern hervor.

»Seht Ihr«, brummte der Trollhändler. »Das Kind ist ein Segen für jeden Sturmjäger. In Har'punaptra würde sie uns reich machen.«

»Aber ihr wollt nicht mit ihr gesehen werden.«

Der Zwerg nickte. »Wir wissen nicht, woher sie kommt. Bis jetzt hatten wir keine Probleme und auf einem Schiff hoch oben im Himmel wird sie niemand suchen. Aber wer weiß, wer in Har'punaptra hinter einem verschollenen Kind her ist.«

Gharra kratzte sich wieder das Kinn. »Ein Segen… vielleicht aber auch ein Fluch. Ich tue euch einen Gefallen, wenn ich sie euch abnehme.« Er schwieg einen Moment. »Also schön, fünf Schilling.«

»Sie ist mindestens einen Dukaten wert! Allein wenn wir ihre Haare und Zähne verkauften, haben wir schon so viel!«

»Ja, und eine Leiche.«

»Nicht unbedingt«, grollte der Zwerg.

Gharra seufzte. »Also schön. Einen Dukaten.«

Und so tauschten einundsechzig Dukaten, sechs Trolle und ein Mädchen ihre Besitzer. Als man die Trolle auf das Schiff gebracht hatte, legte Gharra beide Hände auf die schmalen Schultern des Kindes. Er spürte die Knochen durch den Stoff, was gewiss nicht nur an der Verpflegung der Zwerge lag. Einer der vielen Gründe, weshalb die Menschen aus dem Alten Reich zu fliehen versuchten, war der Hunger, hieß es.

»Mein Name ist Kapitän Redwin Gharra. Aber es reicht, wenn du mich Kapitän nennst. Das bedeutet, dass ich das Kommando habe und alle machen, was ich sage. Und bevor du einen Befehl ausführst, sagst du ›Aye, Aye, Kapitän‹. Kannst du dir das merken?«

Das Mädchen nickte. Als Gharra sie mit einem erwartungsvollen Blick bedachte, erklang ein leises »Aye, Aye, Kapitän.«

»Sehr schön! Aber ein bisschen lauter nächstes Mal, der Wind weht stark dort oben. Und nun verrate mir deinen Namen.«

Das Kind sah ihn schweigend an.

»Fragt sie was anderes«, mischte sich der Trollhändler hinter Gharra ein, der inzwischen die Käfigwagen für die Weiterreise verschloss. »Sie will ihren Namen nicht rausrücken, falls sie einen hat. Wir haben sie *Hel* genannt, Licht, wegen dem …« Er deutete auf sein Auge.

Gharra runzelte die Stirn. »Wie lange war sie denn bei euch?«

»Fünf, sechs Monde.«

Gharra fragte sich, wie viel von der Zeit sie in der zauberfesten Kiste verbracht hatte. »Ein zwergischer Name für ein Menschenkind. Licht für eine Halbblinde! Na, wenigstens gibt er deiner traurigen Erscheinung ein bisschen Humor mit. Er wird genügen, bis dir dein echter Name wieder einfällt.« Er stand auf und hielt ihr die Hand hin, um sie auf das Schiff zu führen. Als sie ihre hineinlegte, war er sich nicht sicher, ob sie »Aye, Aye« murmelte. Für einen Augenblick durchfuhr den Kapitän ein Gefühl zärtlichster Zuneigung, schwer und süß wie der Wind jener Sommerabende, die er im Tiefflug über den Steppen verbracht hatte, damals, vor fast einem halben Jahrhundert, als er selbst ein Kind gewesen war.

Ebenso rasch, wie das Gefühl aufgekommen war, flaute es wieder ab.

Gharra seufzte. Wenn das Kind Ärger bereitete, würde er es in der nördlichen Wüste über Bord werfen, wo der Sand noch gefräßig war. Dabei fiel ihm wieder etwas ein. Mit einem gutmütigen Lächeln blickte er auf das Mädchen hinab.

»Sag mal, mein hübsches Monster, kannst du auch kochen?«

Doch diesmal wartete Kapitän Gharra vergebens auf das »Aye, Aye«.

Und er zog durch Nacht und Wüste
Überzog die Wüste mit Nacht
Und suchte den Tod und Rache
Strahlender Tod erwacht!
Und fand das Licht und ein Mädchen
Ein Mädchen, von Licht bewacht.

Gesprochen in den Hallen von Hellesdîm.

Lichter

Der Wüstenwind war kühl bei Einbruch der Dämmerung und schwemmte die schwere, stehende Hitze des Tages fort wie ein Schwall Wasser. Es war Hels Lieblingszeit.

Sie stand im Mastkorb, zwanzig Fuß über dem Vorderdeck und gut eine Viertelmeile über dem Erdboden. Ihre Hände ruhten auf dem Korbrand, ohne sich festzuhalten; das musste sie nicht. Nach neun Jahren hier oben hatten stürmische Winde die Angst längst davongeweht. Sie fühlte sich frei und sicher. Das lag auch an der hereinbrechenden Dunkelheit und der Tatsache, dass sie unbeobachtet war. In Momenten wie diesen wagte sie, die Augenklappe abzunehmen. Die Luft war eine weiche Berührung auf dem linken Augenlid, das sonst nie jemand anfasste und auch nie anfassen würde. Sogar sie selbst scheute davor zurück. Die Narbe an ihrer Schläfe, die unter den Haaren bis zum Hinterkopf reichte, war bleich und buckelig, aber nicht annähernd so abstoßend wie das Auge. Es war leicht in die Länge gezogen, und manchmal, wenn Hel doch versehentlich darüberstrich oder in einen Spiegel blickte, ohne die Binde zu tragen – was äußerst selten passierte –, kam es ihr vor, als sei das linke Auge größer als das gesunde. Als sei der milchweiße Ball in ihrem Kopf gewachsen und drücke gegen den Stoff, um ihre Aufmerksamkeit zu erzwingen. Sie blinzelte. Ihre Hände schlossen sich um den Korbrand, als die *doppelte Sicht* kam.

Früher hatte sie die merkwürdige Überlagerung der zwei

Welten kaum ausgehalten, war gelegentlich umgekippt und hatte sich sogar übergeben müssen, vor allem am Anfang, als sie das Leben in der Höhe noch nicht gewohnt gewesen war. Selbst heute brachte sie die doppelte Sicht ein wenig aus dem Gleichgewicht. Deshalb machte sie die Augen meistens zu, wenn sie die Klappe mit der eingearbeiteten Silbermünze nicht trug, die die unheimliche zweite Sicht abschirmte.

Denn sie war keineswegs blind auf dem Ding in ihrer linken Gesichtshälfte. Selbst mit geschlossenen Augen nicht.

Sie konnte Leben sehen. Bei Nacht und Tag, Nebel und Sturm, durch Holz und Wände. Bis zum Horizont bot sich ihr die Welt in Lichtern dar und weihte sie in ihr pulsierendes Geheimnis ein. Sie sah, welche Berge tot waren und in welchem Gestein Lirium, die Essenz der Magie, glühend schwelte und auf einen Ausbruch wartete. Sie sah schwarz funkelnde Adern, die sich im Erdinneren durch Lehm und Granit schlängelten, und brodelnde Seen, die unter ausgedorrtem Flachland schäumten. Sie sah, wie Lirium perlmuttweißen Spinnweben gleich in Sträucher kroch und sie mit Magie nährte. Lange bevor eine Klippenwand sich auftat und Gräser, Steine, Tiere verschluckte, konnte Hel die Bewegung voraussagen.

Ebenso sah sie den Tod des Lebendigen Landes. Das zähe Entrinnen der magischen Essenz war eine Alltäglichkeit geworden, denn Lirium wurde gejagt, gefangen und verbraucht. Bald würde nichts mehr da sein – vielleicht in zehn Jahren, vielleicht in zwanzig, wenn sie Glück hatten. Was dann geschah, wusste jeder, auch wenn niemand darüber sprach. Ohne Magie würden die Zivilisationen untergehen.

Hel atmete tief durch und hatte das Gefühl, Staub in die Lunge zu bekommen. Wäre Lirium nicht so knapp geworden, hätte die *Schwalbe* nie so nah an die Kauenden Klippen vordringen müssen. Doch weil die Quellen im Mittland erschöpft waren, musste die Liga der Sturmjäger ihr Jagdgebiet auf unwirtlichere Gegenden ausweiten. Ihnen blieb nichts anderes übrig, als sich der wandelnden Gebirgskette zu nähern, die jeden verschlang, der sie durchqueren wollte. Denn hinter den Kauenden Klippen verbarg sich das Alte Reich.

Ein feines Sirren erklang. Im nächsten Moment wehte Hel eine Sandwoge entgegen. Sie kniff die Augen zu. Die Körner trafen sie wie Nadeln, rieselten ihr durch die kinnlangen schwarzen Haare und in den Kragen ihrer Tunika. Einen Herzschlag später war alles vorbei. Das kam öfter vor, selbst in dieser Höhe. Auch ohne Augenklappe konnte Hel die Wogen nicht immer kommen sehen, denn der Sand war tot und leuchtete nicht.

Mit geschlossenen Augen beobachtete sie ein Blitzen in der Ferne, kaum heller als ein Stern. Sie trat an den äußersten Rand des Mastkorbs. Tatsächlich ... gegen Süden sickerte Licht aus dem Boden, so wie vor einem Liriumsturm. Doch in den südlichen Gebieten war schon lange keine Magie mehr. Oder? Lag dort eine einsame Liriumquelle im toten Land? Sie hatten seit Monaten keinen Sturm mehr gejagt. Wenn sich dort hinten einer zusammenbraute ...

Gerade wollte sie nach unten klettern und Alarm schlagen, da verschwand das Funkeln abrupt. Hel hielt inne, ein Bein über dem Korbrand. Der Wind zerrte an ihrem geflickten Mantel. Nichts. Der Funke war erloschen wie ein Kerzenlicht.

Verwirrt schüttelte sie den Kopf. Sie hatte es sich doch nicht eingebildet.

Hel wartete noch eine Weile, doch nichts regte sich mehr. Schließlich streifte sie sich die Augenklappe wieder über, die um ihren Hals hing, und kletterte die Strickleiter hinab.

Das Vorderdeck der *Schwalbe* lag verlassen im Dämmerlicht. Weil sie sparsam mit Lirium umgehen mussten, schwebte nur eine einzige Leuchtkugel bei Jureba: Die alte Trolltreiberin saß auf ihrem Balkonsitz, die Beine über den Vorsprung geschwungen, und las ein zerfleddertes Buch. Jureba war eine Isin. Sie war auf den Inseln geboren, die weit draußen im südlichen Meer lagen und nicht zu Aradon gehörten. Ihre Haut war dunkel wie die Planken des Schiffs und ihre Zähne waren viel länger und spitzer als die der Menschen. Hin und wieder schnalzte sie mit der Peitsche, um die Trolle unter ihr zur Arbeit zu mahnen. Sieben von ihnen waren an die große Kurbel auf dem Unterdeck gekettet, die unentwegt gedreht werden musste, um das Schiff anzutreiben. Früher war die Kurbel nur in Notfällen eingesetzt worden, doch heute konnte sich niemand mehr leisten, Lirium als einzigen Antrieb zu benutzen. Trollarbeit hingegen kostete nichts.

Im Halbdunkel wirkten ihre Körper wie zusammengepresste Felsbrocken. Massige Arme schoben die Holzpflöcke vor sich her und der Boden bebte im trägen Rhythmus ihrer Schritte. Trolle konnten doppelt so hoch wie Menschen werden und fünfmal so schwer; nur ihr Kopf war kaum größer als ihre Faust und sah zwischen den Schulterbergen geradezu winzig aus. Trotzdem war das Fassungsvermögen ihrer zahnlosen Mäuler nicht zu unterschätzen. Einst waren Zwerge ihre Hauptbeute gewesen – unter Umständen konnten sie sich aber auch Menschen oder Isen in den Rachen stopfen.

In sicherem Abstand blieb Hel stehen. Nicht weil sie fürchtete, auf die Kurbel zu fallen, sondern wegen des Gestanks, den selbst der Himmelswind aus keiner Trollachsel wehen konnte.

»Was liest du da?«, rief sie Jureba zu. Die Antreiberin

neigte den Kopf, sodass ihr das Glasgestell, das sie beim Lesen immer trug, auf die Nasenspitze rutschte. Sie besaß ein ganzes Dutzend der geschliffenen Gläser, denn sie gingen regelmäßig zu Bruch. Wenn nicht bei der Sturmjagd, dann weil sie ihr unter die Trolle fielen oder weil sie betrunken gegen Wände lief. Als sie Hel auf der Brücke erspähte, zeigte Jureba ihr Krötengrinsen und hielt den Buchdeckel etwas höher: Fettflecken hatten den blauen Einband längst in ein schmieriges Grau verwandelt. Die geschwungenen goldenen Buchstaben waren schon vor Jahren sorgfältig abgekratzt worden.

Hel grinste ebenfalls. Jureba hatte ihr das Lesen beigebracht und sie dabei in die Vorlieben ihrer Lektüre eingeweiht: Sie verschlang ausschließlich anrührende Balladen, in denen es um liebeskranke Helden ging, die nach einem leidvollen und sehr gesprächigen Leben in Dolche rannten, Gift von den Lippen vergifteter Geliebter küssten oder über Klippen sprangen. Was genau Jureba daran faszinierte, war Hel nie ganz klar geworden. Jedenfalls stellten die Romanzen einen interessanten Gegensatz zu Jurebas anderer Leidenschaft dar, der Trollhaltung. Sie fütterte sie hingebungsvoll wie kein anderer mit blutigen Fleischkeulen und schlug auch nicht zimperlich zu.

»Die Leiden des jungen Waydir«, seufzte Hel, die Jurebas Lieblingsbuch erkannte. Laut sagte sie: »Großartige Schlachtszenen! Achtzehn rollende Köpfe auf drei Seiten!«

»Die Stelle kann man nicht oft genug lesen«, rief Jureba zurück und schwenkte Peitsche und Buch. Vor dem Großteil der Mannschaft – nämlich denen, die nicht lesen konnten – stellte sie den Inhalt ihrer Bücher ein wenig roher dar. Die belesene Besatzung schwieg taktvoll.

»Hast du schon gegessen?«, erkundigte sich Hel.

»Keine Faser! Sei doch so nett und schick Yola mit einem Tritt in den Hintern hoch, ihre Schicht hat längst angefangen.«

»Aye, Aye!« Hel lief über die Brücke, die im Fahrtwind sanft schwankte. Unter ihr rasselten die Ketten der Trolle. Siebzehn Schritte maß die Brücke jetzt – früher waren es mehr gewesen, als Hel noch kürzere Beine gehabt hatte. Lange Zeit war sie keinen Zentimeter gewachsen, doch letzten Sommer hatte sie endlich einen »Schub gemacht«, wie Gharra behauptete – auch wenn die Bezeichnung Hel reichlich übertrieben schien. Irgendwie war sie schlaksiger und tollpatschiger geworden, und zum ersten Mal hatten Hüften und Taille nicht mehr denselben Umfang, aber das war so gut wie alles. Ihr pausbackiges Gesicht mit dem spitzen Kinn und der Stupsnase kam ihr nicht im Entferntesten so erwachsen vor, wie sie sich mit höchstens siebzehn, mindestens fünfzehn Jahren fühlte. Nicht nur Hels genaues Alter war im Dunkel ihrer Kindheit verschollen. Auch ihr Wachstum war vom Hungern in vergangenen Tagen beeinflusst, daran änderte selbst die gute Verpflegung auf der *Schwalbe* nichts. Wahrscheinlich würde sie immer klein bleiben.

Mit einem Sprung legte sie das letzte Stück zurück und landete auf dem Hinterdeck – früher hatte sie sich oft ausgemalt, wie die Brücke just in diesem Moment riss und sie sich in aller Knappheit retten musste. Natürlich war die Brücke nie gerissen. Links und rechts säumten sie Rohre mit Lirium. Selbst wenn sich alle Taue auflösten, würde sie noch in der Luft schweben.

Vor Hel lag der Eingang ins Schiffsinnere. Auf die Trollquartiere und Frachträume türmten sich zwei Etagen, die die Mannschaft bewohnte. Darüber thronte ein fünfeckiger Pavillon, die Kapitänskajüte. An den Flanken des Schiffes waren die Träger befestigt: große Ballons aus Keilpferdleder, umspannt von versilberten Drahtnetzen, mit denen bei der Sturmjagd Lirium gefangen wurde. Sie waren jetzt fast leer.

Eine Spiraltreppe führte ins erste Stockwerk und knarzte Hel eine vertraute Melodie, wie unter den unzähligen hastigen Füßen davor, die sie glatt getreten hatten. Sie mündete in einen schmalen Flur voller Türen. Hel schob eine davon auf und betrat den Speiseraum.

Ein säuerlicher Geruch empfing sie. Offenbar gab es Sandwurm. Schon wieder.

»He, Hel! Schon was gesichtet?« Perrin, einer der Matrosen, ließ ein Deck Spielkarten durch seine Hände flattern. Die anderen Sturmjäger am Tisch blickten hoffnungsvoll zu ihr auf.

Sie schüttelte den Kopf. »Nichts Neues. Ist Gharra oben?«

»Schon den ganzen Tag«, sagte Perrin. »Spielst du mit? Gleich gibt's Essen.«

»Wenn man das Zeug so nennen mag«, grummelte sie, stieg über den Tisch und rutschte zwischen Lino und Yola, die beiden Gehilfen von Jureba. Mit ihrem breiten Kreuz und den flächigen Gesichtern glichen die Geschwister einander wie ein Ei dem anderen, abgesehen von dem kleinen Unterschied, dass Lino ein Junge war und struppige Koteletten hatte.

»Jureba wartet auf dich«, richtete Hel Yola aus, die diese Nachricht ebenso wenig rührte wie alles andere, was man ihr sagte. Gelassen nahm sie die Karten in die Hand, die Perrin austeilte.

»Ich hab eine Glückssträhne«, meinte sie seelenruhig. Hinter ihren kräftigen Armen lagerte ein Haufen Kupfermünzen. Hel warf einen raschen Blick in die Runde, während sie ihre Karten annahm. Wie es aussah, gründete Yolas

Glückssträhne sich auf Meister Zarips Pech: Ausgerechnet der Zahlmeister der *Schwalbe*, ein alter Sturmjäger, der das windige Deck für die Vorratskammern im Schiffsbauch aufgegeben hatte, kauerte verbittert über seinen letzten drei Münzen. Sonst hielt Meister Zarip sich den Kartenspielen fern, doch die Langeweile, die mit dem Verschwinden von Lirium einherging, ließ so manchen Sturmjäger seine Prinzipien vergessen. Dem Zahlmeister war das heute teuer zu stehen gekommen. Der Rest der Mannschaft machte sich einen Spaß daraus, dem geizigen Zarip Münze für Münze vom Geldring zu ziehen, denn anders als sie spielte er nicht regelmäßig genug, um alle Betrügereien der Sturmjäger zu durchschauen.

»Ja, Yola muss die Runde noch bleiben«, gluckste der dünne Relik, der trotz seiner dreißig Jahre wie ein Knabe im Wachstum aussah. Hinterlistig lugte er auf Meister Zarips Karten. »Drei Kupfermünzen sind noch zu holen.«

»Wer sagt denn, dass nach den Münzen Schluss ist?« Orriw, der berüchtigtste Sturmjäger der *Schwalbe* und unangefochtene Meister jeden Wetttrinkens, entblößte seinen Goldzahn. »Meister Zarip trägt doch ein hübsches Halstüchlein, also ich würde darum spielen! Daran wisch ich meinen Säbel sauber.«

Bleich vor Zorn fasste Meister Zarip nach seinem seidenen Tuch. »Das ist von meiner verstorbenen Großtante!«, fauchte er ins Gelächter. Hel kannte keinen Sturmjäger, der sich so piekfein kleidete wie der Zahlmeister. Sein Sortiment an Halstüchern, Anstecknadeln und Manschetten war schier unerschöpflich, genau wie seine verstorbene Verwandtschaft, die ihm die kleinen Schätze vermacht hatte. Allerdings ging das Gerücht um, dass die toten Stiefgroßmütter allesamt erfunden waren und Zarip sich den Plunder selbst zusammenhortete. Während unter den Sturmjägern ein Streitgespräch über tote, vielleicht nie am Leben gewesene Angehörige begann, wanderten Hels Gedanken zu dem eigenartigen Funkeln zurück. Wie hatte es einfach auftauchen und verschwinden können, mitten in der toten Wüste? Sie musste mit Gharra sprechen. Durch das Fernrohr konnten sie sich die Stelle genauer ansehen.

Aber davor gewann sie vielleicht noch ein bisschen Kupfer … Hel betrachtete ihre Karten und schob die zwei Nixen nebeneinander, außer denen ihr Blatt nicht viel hergab. Hatte sie nicht noch eine Magierkarte im Stiefel … ?

»Du bist dran!« Lino stieß sie gegen die Schulter und versuchte dabei, einen Blick auf ihre Karten zu erhaschen. Hel legte alle außer den Nixen zurück und zog eine Vier, einen Kobold und einen Reiter vom Stapel. Nicht gerade ein Glücksgriff. Sie räusperte sich und ließ die Hand unauffällig unter den Tisch zu ihrem Stiefel gleiten.

In dem Moment schwang die Küchentür auf. Die Sturmjäger grölten, als Bassia aus Dampf und Rauch erschien wie ein Bote der Unterwelt, im Arm einen zischenden Kessel. Aus den Schubladen unter dem Tisch wurden Schüsseln befördert und etliche dort deponierte Spielkarten verstohlen entfernt.

»Platz«, grunzte Bassia. »Macht Platz, ihr Dreckskerle.«

Er wuchtete den Kessel auf den Tisch und warf sich die beiden Handlappen über die Schultern. Seine muskelbepackten und tätowierten Arme gemahnten an seine Zeit als Söldner, das knochige, sonnengegerbte Gesicht war gezeichnet von gefährlichen Fußreisen durch die Wüste. Dass er gerne kochte – oder überhaupt etwas gerne tat –, war schwer zu glauben, zumal sich seine kulinarischen Künste nur durch Bescheidenheit auszeichneten. Genau genommen konnte er gerade einmal ein Gericht: Sandwurm. Gepökelt, gebraten, gehackt oder in Essig eingelegt, das Fleisch des wirbellosen Wüstentiers war Bassias Spezialität. Deshalb hatte Kapitän Gharra ihn auch als Koch angeheuert, denn Sandwurm war seine Leibspeise. Leider sah es bei der Mannschaft anders aus. Trockener Zwieback war beliebter.

»Und was hast du uns heute gezaubert?«, fragte Orriw mit einem beängstigenden Grinsen. Er und Bassia konnten sich nicht ausstehen. Jedenfalls war Hel zu dem Schluss gekommen, obwohl sie die beiden Männer beim besten Willen nicht verstand. Sie piesackten sich unaufhörlich, ohne dabei den feinen Ton zu verlieren. Wenn die Nächte lang wurden und die Weinfässer sich leerten, tauschten sie hin und wieder ein paar Kinnhaken aus. Waren erst genug Krüge zerschmettert, wünschten sie sich gute Nacht und gingen zu Bett. Es war, als hätten sie einen Pakt geschlossen, ihren andauernden Streit unter keinen Umständen zu beenden, sei es durch Diplomatie oder Gewalt. Hel konnte nur vermuten, dass sie ihre Feindschaft insgeheim genossen. Sie gab ihnen Beschäftigung in ereignislosen Zeiten.

»Es gibt Zwiebelsuppe mit Sandwurm«, erwiderte Bassia, die Zähne ebenfalls zu einem Lächeln gefletscht. Ein Murren von Meister Zarip veranlasste den Koch, seinen gefährlichen Blick von Orriw abzuwenden.

»Zwiebeln?«, jammerte der Zahlmeister. »Warum bei allen Gemüsen Zwiebeln? Wir haben Kartoffeln, vier Kisten voll!«

Bassia breitete die Arme aus. »Seh ich aus, als wüsste ich, wie man Kartoffeln macht?«

Zarip säuselte leise Verwünschungen. »Die Großcousine meines Vaters, eine fabelhafte Köchin war das, in Speck gebratene Kartoffeln und Käse mit Pilzen und zum Nachtisch Feigen…«

»Du hast überhaupt noch nie dieses Zeug gegessen, denn dein Täntchen hat's nie gegeben!«, blaffte Bassia.

»Ich steig aus.« Hel legte ihre Karten unter den Stapel, bevor das allabendliche Tischgespräch losging. Außerdem hatte sie den Magier doch nicht mehr im Stiefel.

Sie füllte zwei Schalen mit Suppe, und nachdem sie alle auffindbaren Wurmstücke aus einer Schale in die andere versetzt hatte, kletterte sie über den Tisch. »Ich bin bei Gharra. Yola, du solltest wirklich bald Jureba ablösen. Du weißt doch, wie sie es hasst, wenn das Essen kalt ist. Viel Glück beim Spielen, Zarip!« Als sie am Zahlmeister vorbeistieg, lehnte sie sich zu ihm hinab und raunte: »Lino hat drei Könige.«

»Drei Könige? Ja, aber… *ich* hab doch schon zwei Könige!«

Eilig lief sie aus dem Raum und stieß die Tür auf. Hinter ihr verblasste das Gezanke der Mannschaft im Küchendampf. Sie stieg die Treppen nach oben, immer zwei Stufen auf einmal nehmend. Wohlige Stille und Dunkelheit herrschten in den höheren Fluren. Als endlich die eisenbeschlagene Tür über ihr erschien, ging ihr Atem schwer. Hel musste die Schüsseln in eine Hand nehmen, während sie den Türring aufdrehte. Wind hauchte ihr entgegen. Hier oben, auf der höchsten Plattform des Schiffs, schien der Himmel näher zu sein als die Erde. Das Land war längst in Nacht ertrunken.

Aus den Bogenfenstern der Kapitänskajüte drang ein matter Schimmer. Hel klopfte an und drehte den Türring, ohne auf Erlaubnis zu warten. Suppe schwappte auf ihr Handgelenk, als sie eintrat. Fluchend schob sie die Tür mit dem Fuß hinter sich zu.

»Gharra? Ich bin's!«, rief sie in den leeren Raum.

Der Sand

»Hel?« Der Lehnstuhl am Fernrohr knarzte, als Kapitän Gharra hinter der Lehne auftauchte. »Ach, mein hübsches Monster. Und Abendessen!« Er schnupperte. »Sandwurm?«

»Was sonst.«

Gharra überhörte den missvergnügten Ton und nahm die Schüssel entgegen. Der Kapitän der *Schwalbe* war in den letzten Jahren deutlich gealtert. Zwar konnte der gefütterte Rock kaschieren, wie Gharra abmagerte, doch über seine Erschöpfung täuschte das nicht hinweg. Er war stiller geworden als früher und zog sich immer mehr zurück; die Zeiten, in denen der Kapitän brüllend und fluchend über das Deck gepoltert war, lagen lange zurück. Vielleicht, weil auch die Zeit der Sturmjagd zu Ende zu gehen schien.

»Hmm«, machte Gharra und atmete tief den Duft der Suppe ein. Hel musste lächeln. Wenigstens schien er im Alter die kleinen Freuden des Lebens entdeckt zu haben. »Im Schrank muss noch sauberes Besteck sein. Und bring den Wein vom Nachttisch her, ja?«

Hel holte zwei Löffel und Kelche und die halb geleerte Flasche. Nachdem sie die Löffel an ihrer Tunika abgewischt und den letzten Weintropfen aus der Flasche geschüttelt hatte, setzte sie sich auf die Truhe unterhalb des Fensters.

Sie aßen ihr Mahl schweigend. Aber das störte Hel nicht. Im Gegenteil, die Ruhe hier oben war eine willkommene Abwechslung zum Lärm des Speiseraums. Gharras vertrautes Schmatzen, das Platschen eines Wurmstücks, das ihm vom Löffel rutschte… all das erinnerte Hel an den Frieden so mancher Abende, die sie allein verbracht hatten. Es war eine Tradition, die nur ihnen gehörte.

Als Hel den letzten Schluck Suppe getrunken hatte, war Gharra noch längst nicht mit seiner Portion fertig. Das lag vor allem am Zittern der Hände; die meiste Suppe tropfte in die Schüssel zurück, bevor er den Löffel im Mund hatte.

Hel nippte am Wein. Es war ein süßer, dunkler Trank aus den Schwesterreichen, Moia vermutlich oder Orrún. Gharra hatte ihr von den Ländern erzählt, in denen er einst gejagt hatte: von tiefen, geheimnisvollen Wäldern im Mittland, den fernen Küstengebieten im Süden und sogar den westlichen Steppen, wo die bekannte Welt endete. Hel war selbst nie dort gewesen. Heute bestimmte die Magierschaft, wo welches Schiff jagte, und die *Schwalbe* war, so lange Hel sich erinnern konnte, immer in den Wüstenregionen unterwegs.

»Ich habe etwas gesehen«, begann Hel nachdenklich, als sie die Hälfte ihres Kelchs geleert hatte. »Es war nur ganz kurz da… ein Funkeln.«

Gharra hielt im Kauen inne.

»Kein Sturm«, beeilte sie sich. »Eher ein… ja, ein Aufleuchten. Es war gleich wieder weg. So was hab ich noch nie gesehen, mitten im toten Land. Vielleicht habe ich mich nur getäuscht, aber…«

Bevor sie den Satz beenden konnte, stellte Gharra die Schüssel weg und stemmte sich aus dem Stuhl hoch. »Tix! Wo steckst du, du vermaledeiter – Hel, sieh mal dort auf dem Schreibtisch nach, meine Kette müsste zwischen den Schriftrollen liegen.«

Hel ging hinüber und fand unter halb ausgerollten und bekritzelten Landkarten ein gläsernes Medaillon. Darin glomm ein Herz, kaum größer als Hels Daumennagel.

Gharra hatte den Pixie irgendwann auf den Märkten von Aradon erstanden, wo Geister aller Art feilgeboten wurden. Die Kinder wohlhabender Händler hielten sich Kobolde als Haustiere, Magier mit Verfolgungswahn vertrauten auf Gnome, um sich vor Feinden zu schützen, und auch in der Liga der Sturmjäger erfreuten sich Geister wegen ihrem Gespür für Lirium großer Beliebtheit. Wobei das Erfreuen relativ war. Man musste etwas von einem Geist besitzen – sei es ein Knöchelchen, ein Auge, ein Fuß oder das Herz –, um sich seine Dienste zu erzwingen. Freiwillig gab ein Geist höchstens einen Tritt. Doch zum Glück hatten sie eine Schwäche für Tauschgeschäfte und opferten ihre Freiheit nicht selten für einen Fingerhut voll Lirium.

Ungeduldig nahm Gharra das Medaillon an sich und schwenkte die Kette hin und her. »Tix! Komm her!« Das Herz flackerte violett auf und bald strahlte ein ganz ähnliches Licht durch die oberste Schublade des Schreibtischs. Hel zog sie auf. Inmitten himmlischer Messgeräte, alter Notizen, abgesprungener Knöpfe und Flakons schwebte ein kleines, schnarchendes Wesen mit weit gespreizten Gliedern. Das Gesicht sah aus wie von einem Frosch, wären nicht die spitzen Zähne und Ohren gewesen, die mit jedem grunzenden Atemzug erzitterten. Ein Kreis aus Helligkeit umstrahlte den Pixie, denn anders als bei Wesen aus Fleisch und Blut war das Licht, das alles Lebendige umgab, bei Geistern sichtbar.

Vorsichtig stupste sie den Pixiebauch an, der für den Rest des spinnenhaften Körpers eindeutig überproportioniert war. Sofort wachte Tix auf – falls er überhaupt geschlafen hatte. Pfeilschnell schoss er auf Hel zu, umschwirrte sie viermal und streckte ihr die Zunge heraus. Winzige Spucketropfen landeten auf ihrer Nasenspitze.

»Tix!« Gharra rang die Hände. »Hör auf mit dem Schabernack und komm her.«

Tix salutierte, wobei er die Hand an sein gerecktes Hinterteil legte. »Zu Diensten, Meisterchen!« Auf Umwegen schwirrte er zu Gharra. »Was gibt's? Frühstück?«

»Du sollst Bericht erstatten. Hel hat möglicherweise einen Sturm gesehen.«

»Nein, nein. Es war bestimmt kein Sturm, bloß –«

Gharra zerrte bereits am Fenster. »Ach verflixt! Hilf mir mal, mein Golddukaten.«

Hel zog das Fenster für ihn auf. Rauschender Fahrtwind drang ins Zimmer ein.

»Wo hast du das Licht gesehen?«

»Im … Südwesten«, sagte sie kleinlaut und deutete in die Richtung. Gharra scheuchte Tix nach draußen, wobei der Pixie achtgab, dass die Hand des Kapitäns nicht sein Licht berührte. Nähe war Geistern grundlegend zuwider. Doch kaum war er draußen, schlüpfte Tix durch das Fenster wieder herein.

»Hast du nicht verstanden? Sieh nach, ob sich ein Sturm zusammenbraut!«, befahl Gharra.

»Aye, Aye!«, zirpte Tix inbrünstig. Dann schwebte er auf der Stelle und kratzte sich gelassen die Fußsohlen.

»Worauf wartest du denn noch?«

»Auf meine Wegzehrung!« Der Pixie riss das Maul so weit auf, dass er sich selbst hätte verschlucken können. Gharra stieß leise Flüche aus, zog aber dann einen Flakon aus der Innentasche seines Rocks. Er hatte die Größe eines Fingers, weshalb man Flakons dieser Art einen Finger voll Lirium nannte. Man trug ihn stets bei sich, wie Geldring und Dolch.

Gharra schraubte den silbernen Verschluss auf und tauchte den Daumen in die Öffnung. Aufgeregt umschwirrte ihn der Pixie. Kaum hatte Gharra den Daumen herausgezogen, stürzte sich Tix darauf und schleckte die schwarz funkelnde Substanz ab. Gharra ertrug es mit Fassung. Als der letzte Funke vertilgt war, ließ Tix von ihm ab und schwirrte in die Nacht hinaus. Abschiedslos. Wenn man die zwei Rülpser nicht zählte.

»Gieriges Viech«, knurrte Gharra und schüttelte die violette Spucke von seinem Finger. Seufzend ließ er sich in den Stuhl fallen. Obwohl sein Blick aufmerksam in die Nacht hinausging, kam er Hel unendlich müde vor. Die Arme schienen sich an den Lehnen festhalten zu müssen, damit er nicht einfach zwischen den Polstern versank.

»Hoffentlich findet dieser vertrottelte Pixie den Sturm«, murmelte Gharra. »Sieben Monate liegt die letzte Jagd zurück. Ach was, schon fast acht Monate. Acht Monate, ohne einen Sturm zu sichten …«

Hel wusste nicht, was sie sagen sollte. Fast bereute sie, Gharra von dem Aufblitzen erzählt zu haben. Vielleicht hatte sie es sich tatsächlich nur eingebildet! So oder so würde er enttäuscht sein, denn ein Sturm braute sich gewiss nicht zusammen. Hätte sie doch einfach gar nichts gesagt … Weil sie nicht tatenlos auf die schlechte Nachricht warten wollte, die Tix ohne Zweifel bringen würde, zündete sie den Kerzenständer und die beiden Bettlaternen an. So konnten sie wenigstens das Lirium der Leuchtkugel sparen. Hel reckte sich nach dem honigfarbenen Ball, der bis jetzt reglos an der Zimmerdecke geschwebt hatte, und sein weiches Licht erlosch in ihrer Hand. Ihr war, als würde etwas im Raum sterben. Allein das Kerzenflackern hielt die Dunkelheit in den Ecken, bedrohliche Schatten balgten sich plötzlich hinter den Möbeln. Hel behagte der Flammenschein nicht, zu sehr erinnerte er sie an Verarmung, an Trostlosigkeit und das Verschwinden der Stürme. Sie konnte sich kaum vorstellen, dass die Menschen früher nur Feuer gehabt hatten, bevor die Sturmjagd erfunden worden war. Wehmütig legte sie die Leuchtkugel auf den Schreibtisch. In einer Welt ohne Magie wollte sie niemals leben. Hoffentlich war sie tot, bevor Lirium ganz aufgebraucht war.

Als hätte Gharra ihren Stimmungswechsel gespürt, schenkte er ihr ein aufmunterndes Lächeln. »Du bist so schnell groß geworden. So klein warst du mal, und es kommt mir wie gestern vor!« Er hob die Hände, um ihre einstige Größe darzustellen. Demnach hatte sie einmal in seinen Stiefel gepasst.

Gharra tat oft so, als wäre sie schon immer auf der *Schwalbe* gewesen. Weil sie nie widersprach, dachte er wohl, sie hätte den Tag vergessen, an dem er sie den Zwergen abgekauft hatte. Doch sie erinnerte sich daran. Sie erinnerte sich an fast alles. Aber die Lügen, die Gharra ihr zuliebe erfand, rührten sie.

»So schnell verfliegt die Zeit. Andererseits … ich kann mich nicht erinnern, was wir früher ohne dich gemacht haben. Seit du dein erstes Wort gesprochen hast – und das war hier in diesem Raum, weißt du noch? Was hast du doch gesagt? Ich glaube, es war ›Sturm‹ oder ›Jäger‹, oder, ach nein, ›Kapitän‹ hast du gesagt! Haha, ›Kapitän‹, das war dein erstes Wort … Jedenfalls entdeckst du seitdem fast alle Stürme. Trotz der schwierigen Zeiten hat die *Schwalbe* immer gute Erträge gebracht. Im ganzen Land werden Schiffe eingezogen und Sturmjäger entlassen, aber uns zählt die Magierschaft zu den besten der Liga. Bevor die *Schwalbe* für immer nach Aradon muss, fressen alle Magier ihre Roben. Wenn nur noch ein einziges Schiff auf Sturmjagd geht, dann ist es die *Schwalbe*!« Gharra hatte die Faust bedeutungsvoll erhoben und senkte sie nun, um auf Hel zu weisen. »Und das ist dir zu verdanken, mein süßes Monsterkind.«

»Du hast auch schon ohne mich zu den besten Sturmjägern der Liga gehört«, erwiderte Hel, die solches Lob immer ein wenig befangen machte – auch wenn keine Mannschaft da war, um sie mit neidischen Blicken zu bejubeln.

Gharra betrachtete sie liebevoll. Seine Augen waren wie Murmeln, trüb und feucht, und er blinzelte, als müsse er die Müdigkeit noch ein letztes Mal verscheuchen, ehe sie ihn endgültig in die Dämmerung zog. »Wie du trotz meiner Erziehung so bescheiden sein kannst, ist mir ein Rätsel«, murmelte er. »Vielleicht liegt es daran, dass du verunstaltet bist. Ja, wenn überhaupt ein Mensch mit deiner Gabe bescheiden bleiben kann, dann wohl ein Mädchen ohne Eitelkeit. Wegen deinem Auge wirst du nie für den Hochmut anfällig sein, der mit der Schönheit einhergeht. So ist die Welt doch gerecht. – Sei nicht betrübt, mein Goldstück!«

»Bin ich nicht«, entgegnete sie ein bisschen zu nachdrücklich. Hel lächelte kühl. »Ich bin ganz zufrieden mit dem, was ich habe.«

Gharra lehnte sich zurück. »Eben, eben… du warst sowieso immer anders. Etwas Besonderes. Eine Familie und irgendwann auf dem Boden leben, wäre nichts für dich, der Himmel ist dein Zuhause.«

Hel merkte, dass sie auf ihrer Lippe kaute, und hörte auf. »Wir beide sind echte Sturmjäger. Du warst auch nie länger auf dem Boden als nötig!«

Gharra lächelte. »Oh, oh doch… vor langer Zeit. Ich schätze, jeder versucht es mal mit einer Familie. Aber für mich war das nichts. Ja, wir beide sind echte Sturmjäger!«

Etwas in Hels Schultern vereiste und fiel schwer in ihre Magengrube. »Du hast eine Familie?«, stotterte sie.

»Ich habe es *versucht.*« Gharra schloss beide Hände um das Medaillon mit dem Pixieherzen und räusperte sich. »Und der Versuch ist misslungen. Du wirst denselben Fehler nicht begehen, mein süßes Monsterkind, ich habe dir schon alles vorgelebt. Nein, du sollst in der Luft bleiben, wo du hingehörst, so lange, bis der letzte Funke Magie am Horizont erlischt.« Er streckte die Hand nach ihr aus und zog sie vor sich. Mit einem zitternden Lächeln legte er das Medaillon in ihre Faust. »Nach mir, Hel, sollst du Kapitän der *Schwalbe* sein.«

Hel war sprachlos. Wie erstarrt stand sie da, in einer Hand das Pixieherz, in der anderen ihren Weinkelch. »Aber …« Sie musste schlucken. »Du bist doch …«

Gharra winkte ab. »Nein, ich bin noch nicht senil. Aber glaubst du, ich höre meine eigenen Knochen nicht ächzen? Ich kratze bald ab. Wird ja auch Zeit. Und dann will ich, dass du dich um die *Schwalbe* kümmerst.«

Sie konnte nur den Kopf schütteln. Sie, Kapitän des Schiffs? Der *Mannschaft*? Sie, Hel, das Kind, die Halbblinde? Gharra hatte wohl längst die Wirklichkeit aus den Augen verloren. So ruhig wie möglich erwiderte sie: »Nur wegen der zweiten Sicht bin ich noch lange nicht geeignet, Kapitän zu werden.«

»Finde ich auch.« Gharra nickte und griff nach seinem Kelch. Nachdenklich beobachtete er, wie der Wein im Kerzenschein leuchtete. »Ein Kapitän muss vor allem pflichtbewusst und entschlossen sein. Nun gut … eine imposante Erscheinung ist auch nicht hinderlich und ein gepflegtes Äußeres hat nie jemandem geschadet. Allerdings ist das alles Hühnerkacke, wenn er nicht ein gewisses diplomatisches Geschick besitzt.« Mit einem vielsagenden Blick nippte Gharra an seinem Wein.

Hel lächelte gequält. Wahrscheinlich meinte er damit, dass sie sich seltener betrank und stritt als alle anderen Sturmjäger auf der *Schwalbe*. Das lag aber nur daran, dass man sie nicht ernst nahm, beschwipst noch weniger als nüchtern.

»Ich bin dir dankbar, Gharra«, murmelte sie. »Für alles, und dass du mir so viel zutraust. Aber ich kann mir kaum vorstellen, dass Orriw und die anderen …«

»Orriw?«, schnaubte Gharra. »Mit Diplomatie meine ich nicht, dass du süße Worte mit den Sturmjägern wechselst. Wenn einer der Männer dir nicht den gebührenden Respekt erweist, gibt es zurzeit genug andere Sturmjäger, die dir die Stiefel küssen würden, wenn du sie auf der *Schwalbe* anheuerst! Nein, um die Mannschaft musst du dir keine Sorgen machen. Sie werden dich achten. Vorsichtig musst du nur mit der Magierschaft sein. Du weißt ja … wie viele Schiffe eingezogen werden. Und es zählt längst nicht immer die Fähigkeit eines Kapitäns. Sondern auch seine Freundlichkeit den Magiern gegenüber. Darum wirst du die *Schwalbe* erben. Du und nicht Orriw oder sonst einer von den ehrenhaften Helden, die nicht wissen, dass auch Gehorsam manchmal ein Zeichen von Schläue ist.«

Hel antwortete nicht. Was sollte sie sagen? Natürlich war sie immer für ihre Gabe gelobt worden, aber wirklich etwas zugetraut hatte man ihr nie. Sie war viel zu nett und rücksichtsvoll, um irgendwem Befehle zu erteilen – noch dazu Jägern, die viel älter waren als sie! Doch nun war es gerade ihre Freundlichkeit, die Gharra überzeugte.

»Die Entscheidung eilt ja nicht«, wich sie aus.

»Och, man weiß nie – vielleicht rutsche ich aus, wenn ich

mich gleich da rüber ins Bett begebe. Oder ich sauf mich zu Tode an diesem köstlichen Tropfen. Apropos, sieh mal nach, ob noch eine Flasche unter dem Fenster steht, gleich hinter dem Tisch.«

»Auf keinen Fall«, grinste Hel. Doch sie trank ihren Kelch aus und ging hinüber, um nachzusehen. Einen großen Schluck hatte sie jetzt nötig. Tatsächlich stand eine Flasche unter dem Fenster, doch sie war leer.

»Wenn du willst, hole ich eine von unten.« Sie sammelte das Geschirr und die Flaschen ein, die im Raum verstreut waren. Gharra nickte. Als sie die Tür öffnen wollte, sagte er leise: »Ich habe den Antrag auf die Erbschaft schon an die Magier verschickt.«

Hel biss die Zähne zusammen und lächelte. Dann öffnete sie die Tür. »Lass uns gleich in Ruhe darüber –«

Das Schiff bebte. Einen Herzschlag lang spürte Hel die Leere unter den Füßen, die Hunderte von Metern Leere. Alles stürzte zur Seite weg.

Hel schrie auf. Das Geschirr flog in die Kajüte zurück und zerschellte an den Regalen. Die Tür knallte ins Schloss. Tief aus dem Schiffsinneren rollte ein markerschütterndes Grollen, ließ Boden und Wände vibrieren und das Holz knarzen.

»Was passiert?«, rief Gharra. Ein jäher Windzug brauste durch das Fenster und wischte sein Haar zur Seite. »Ein Sturm! Ein Sturm!«

Überall klirrten Gegenstände zu Boden.

»Das ist kein Sturm!« Hel stemmte die Tür auf und taumelte hinaus. Das Schiff lag schräg in der Luft. Irgendwo in der Dunkelheit des Himmels bewegte sich etwas. Mit fiebrigen Fingern riss sie sich die Augenklappe vom Gesicht.

Ein Schrei erklang.

Jureba.

Die zweite Sicht kam wie ein jäher Rausch aus Farben und Licht. Hel konnte nicht glauben, was sie ihr zeigte.

Eine gigantische Woge schoss aus der Tiefe empor. Sand. Lebendiger Sand, schillernd und funkelnd vor Lirium. Die tobende Masse stürzte auf das Schiff nieder, riss den Mastkorb wie ein Streichholz um, zerschmetterte die Brücke, die Kurbel, die Trolle und Jureba.

Hel fehlte die Luft, um einen Schrei auszustoßen. Gelähmt vor Schock sah sie, wie die Gestalt im strahlenden Licht ertrank.

Jureba. Jureba, die ihr das Lesen beigebracht hatte. Die nach Pfefferminz und Trollmief roch und die zur *Schwalbe* gehörte wie die knatternden Planken. Nach einem ganzen Leben war Jureba einfach so, in zwei Sekunden, tot.

Die Brückenrohre, durch die Lirium floss, platzten. Wirbel aus funkelnder Magie schossen hervor. Die Schwebkraft des Schiffs. Ohne Lirium würden sie abstürzen.

Hel rannte los. Kein Gedanke drang zu ihr durch, sie reagierte einfach, schlitterte die Außentreppe hinab, hastete über das Hinterdeck, stürmte in die Kabine des Steuermanns und drehte das Rad, das den Liriumfluss des Schiffes regulierte. Tief unter ihr schien das Herz der *Schwalbe* stillzustehen. Kein Lirium entwich mehr durch die offenen Rohre, alles erstarb, verstummte; aus weiter Ferne vernahm Hel die Rufe der Mannschaft und ein feines, boshaftes Prasseln … dann drehte sie ein zweites Rad. Es war schwer und klemmte. Sie musste sich mit ihrem ganzen Körpergewicht dagegenstemmen. Endlich glitt es herum. Neue Rohre begannen zu gluckern und zu beben – die Ersatzleitungen, die nicht über die Brücke führten, sondern an der Reling entlang.

Die Tür schlug auf und Sillis, der Steuermann, stürzte herein. »Mach zu!«, schrie er. Er stieß Hel zur Seite und drehte das Rad zurück.

»Aber die Hauptrohre sind zerschmettert!«, protestierte Hel.

Sillis fuhr herum, das Gesicht schien vor Panik wie Wachs zu schmelzen. Für eine Sekunde starrte er ihr entblößtes Auge an, und Hel wollte instinktiv die Hand heben, um es zu verdecken – stattdessen ballte sie zitternd die Faust um das Medaillon, das sie immer noch festhielt.

»*Alle* Rohre sind zerschmettert.«

»Was?«

Ehe die Bedeutung der Worte Hel erreichen konnte, barsten die Fenster. Hundert spitze Schmerzen erstrahlten in ihrem Rücken. Eine unbekannte Wucht riss sie zu Boden, presste sie nieder, presste die Luft aus ihren Lungen. Ihr Keuchen ging unter im heißen Rasseln von Abermillionen lebendigen Sandkörnern.

Direkt unter ihr krachte es.

Der Boden brach ein. Holzsplitter spritzten in alle Richtungen. Auch sie stürzte hinab, hinauf und zu beiden Seiten. Im Fall irrten Schreie und jähe Lichter vorbei. Sie prallte auf. Die Welt wurde schwarz und flammte dann in hundert irrsinnigen Bildfetzen wieder auf. Ein Bett schoss waagrecht durch den Flur, Wände bogen sich wie Ledergürtel. Und Sand, überall.

Kaputte Fenster wurden zu Kehlen und pfiffen ein rasendes Fahrtlied. Der Sand kroch durch die Ritzen der Trümmer, Hel hörte das Brüllen der Männer, die er fraß. Ob auch sie schrie, wusste sie nicht. Der Sand schloss sie in seine übermächtige Faust und trank alles. Dann Dunkelheit, gepeitscht von Schreien und Stille.

Schatten

Hel hatte oft vom Tod geträumt. Auch nach Jahren bei den Sturmjägern war sie noch nachts hochgeschreckt, die Augen verklebt von grausamen Bildern.

Im Schlaf sah sie Menschen sterben, ein Boden, vor dem man nicht fliehen konnte, wölbte sich unter panischen Füßen, Kiesel klapperten in höhnischem Gekicher, die Erde tat sich zum Schlund auf, ein grinsendes Maul, auf dessen krustigen roten Lippen Dörfer und Städte zischend schmolzen, vieles stürzte in die glühende Finsternis der Erde, und was nicht fiel, wurde unter Wogen aus Granit zermalmt –

»Wir leben auf einem Grab«, flüstert eine Stimme bei Kerzenschein. Wie die Kerze muss man zittern. Sich ducken. Wird von Schatten belauert. »Wir rackern uns auf unserem eigenen Grab ab. Wofür? Für sie? Nicht für uns!«

Zwei Arme tragen sie durch die Finsternis, vertraute Arme, sie riechen gut, nach Wärme, nach Arbeit und Erde, feines Frauenhaar kitzelt ihre Wange, auch das Haar riecht schön, wieso weint sie? Und dann müssen sie rennen, Schreie zerreißen die Nacht, Schmerzen durchdringen ihre Glieder und alles wird in die Länge gezogen, ehe knirschende Steinzähne es wieder zusammenpressen, das Gras reißt auf und offenbart schwarzes, feuchtes Fleisch, hungriges Fleisch, hungrig nach Fleisch, und die Arme sind kalt, sie klammern gierig wie fressende Erde –

Immer wieder stürzte Hel aus den Albträumen in ihr Bett zurück. Doch ihr taumelndes Herz verriet ihr, dass es mehr als Träume waren. Welche Erinnerungen auch immer in ihr begraben lagen: Sie waren entsetzlich.

Unter den Sternen

Die Wüste hatte Jahrhunderte vorüberziehen sehen. Im Wechsel von Tag und Nacht öffnete sie ein Auge, glühende Sonne und tränender Mond. Nichts blieb ihr verborgen.

Durch die Weiten ihres gelben Gesichts zog eine Narbe, geschaffen von Menschenhand und Zauberkraft: die Kauenden Klippen. Mancherorts schliefen die Berge. Andernorts regte sich das lebendige Gestein, durchbrach malmend den Boden und stieß seine Hauer in den Himmel. Auf Zahnkronen, wo Moos und manchmal Schnee den nackten Fels überzog, senkte der Nebel seinen Rocksaum und verbarg die Grenzen des Alten Reichs vor neugierigen Blicken.

Am Fuß der Klippen, den starren Augen der Wüste ausgeliefert, lag ein Trümmerhaufen. Vor einer Nacht noch war er ein Schiff gewesen.

Ein trockenes Ächzen bahnte sich den Weg durch die Kehle. Hel wollte ausspucken, was auch immer auf ihrer Zunge klebte, ihren Hals verstopfte, doch sie fand nicht die Kraft. Sand, unter und über ihr.

Bilder durchzuckten sie, Gewittern gleich. Was, was bei allen Geistern war geschehen …? Funken von Lirium verglommen ringsum, die körnige Masse verlor ihre Lebenskraft ebenso rasch, wie sie sie bekommen hatte. Zurück blieb nur Totes. Und Hel.

Irgendwann kehrte ein Licht zurück. Klein und violett. Es

umschwirrte aufgeregt ihre Faust, die sich noch immer um ein glimmendes Medaillon schloss … Das Licht warf winzige Glasscherben durch die Luft, dann schluckte es das Herz mit einem Happs hinunter und verschwand kichernd. Hel sank in Fieberträume.

In der Ferne stand eine Gestalt. Der Umhang flatterte im Nachtwind. Langsam schritt die Gestalt die Dünen herab. Nun konnte Hel sie auch mit ihrem gesunden Auge sehen, vom bleiernen Licht des Mondes umrissen.

Der Fremde ging um die Trümmer. Sein Blick erkundete alles, doch er fasste nichts an, kam nicht näher, blieb nicht stehen. Ruhig setzte er seinen Gang fort. Wie lange war er schon da? War er überhaupt da? Hel wusste es nicht mehr, sie sah so vieles, so vieles … Jureba und ihr Buch, das blaue Lieblingsbuch mit den Flecken. Eine Erde, die sich auftut und weiches Frauenhaar in die Tiefe reißt. Sandwogen, die in den Himmel schießen, durch die Luft flatternde Spielkarten und Gesichter, einst vertraut und nun wie Papiermasken zerfetzt –

Plötzlich knarrte und schabte es. Bewegung brach aus. Dann wurde etwas Schweres zur Seite geschoben. Kalte Helligkeit ergoss sich über Hel. Hände schoben sich unter ihren Körper und hoben sie aus dem Sand. Endlich fiel der Druck von ihrer Brust. Sie schnappte nach Luft, hustete, würgte. Feiner Staub rieselte aus ihrem Mund und Klumpen aus Sand.

»Du lebst«, schwamm irgendwo eine Stimme, fern und doch nah. Hel folgte dem Echo, das bald in der Dunkelheit abtauchte wie ein Schwarm weißer Fische.

Sie träumte. Sie sah die *Schwalbe* vom Himmel stürzen, aus der Ferne wirkte der Fall beinahe gemächlich. Sandwolken geleiteten das Schiff zur Erde. Zärtlich zerdrückten die lebendigen Dünen das Holz, ehe die Kiefer mitten im Kauen die Kraft verloren, der Sandmund aufklappte und die Zunge schlaff ins zertrümmerte Schiffsinnere glitt. Der Mond ging unter. Als der Tag nahte, ragte der zerborstene Bauch der *Schwalbe* aus dem Sand wie ein Gerippe. Das Leben, das das Schiff aus der Luft gerissen und Hels Welt zerschmettert hatte, war geisterhaft verschwunden, so wie es gekommen war.

Hel träumte von einer Kiste voll Stroh, in der sie lebendig begraben war und geschaukelt wurde. Sie tippte mit den Fingern gegen ihr Gesicht, immer einer nach dem anderen, um die Zeit zu messen. Doch bald wusste sie nicht mehr, wie oft sie schon beide Hände durch hatte, und wie viele Finger es in der Dunkelheit überhaupt gab. Auge hatte sie nur eins. Nur eins. Ein Auge und ein Loch, gefüllt mit pochendem Schmerz.

Draußen redeten die Zwerge von einem verfluchten Kind, von einem Kind, das doch eigentlich tot sein müsste mit einer so grässlichen Verletzung – dass die Verletzung grässlich schnell heilte, gewiss war sie verflucht. Hel nannten sie sie: Licht. Aber so hieß sie nicht wirklich. Sie hatte ihren Namen nur vergessen. Vor nicht langer Zeit hatte sie ihn doch noch gewusst … Ein schwarzer Schlund im Boden hatte ihn gefressen, zusammen mit … ja, was? Was hatte sie noch verloren außer einem Auge und der Erinnerung?

Sie schwankte in der Dunkelheit, kannte keine Zeit und hatte Schmerzen …

Jemand bettete sie behutsam auf schwarzes Tuch, das vielleicht der Himmel war. Ein Geruch ging davon aus, kaum wahrnehmbar, mehr Aura als Duft. Etwas Vertrautes aus einer fremden Welt.

Feines Klirren. Hel blinzelte und stöhnte auf, als ihr Rücken brannte. Irgendwo war Tageslicht. Kam das Stechen von Sonnenstrahlen? Konnte Licht Splittern gleich verletzen?

Eine Hand berührte ihre Haut. Eine Hand streifte flüchtig ihre Wange, bevor sie ihre Kleider aufschnitt.

Als sie zu sich kam, war es Nacht. Ein harter Boden drückte gegen ihre Knochen und irgendetwas war um ihren Oberkörper gewickelt. Sie wollte stöhnen, doch ihre Lippen waren zu trocken, um sich voneinander zu lösen. In der Nähe schwebte Helligkeit. Ihr wurde schwindelig, sie musste die Augen schließen.

Jemand war über ihr: Die zweite Sicht zeigte ihr das Licht seines Lebens. Er berührte ihren Mund. Wasser glitt ihren Hals hinab. Sie zwang sich aufzublicken, doch nur der Rand einer Kapuze war auszumachen. Finger hoben ihren Nacken und halfen ihr beim Trinken.

Sie wollte etwas sagen, aber schon zog eine neue Ohnmacht herauf. Fiebrig klammerte sie sich ans Bewusstsein. Als die Gestalt sich abwandte, glitt der Lichtschein unter die Kapuze und offenbarte für eine Sekunde das Gesicht. Hel sog zitternd die Luft ein.

Augen trafen sie ins Herz und explodierten zu Unendlichkeit, grau und blau wie Himmel und Meer, und sie segelte überstürzt in einen jäh hereinbrechenden Schlaf.

Der Durst weckte Hel. Ihr Körper schmerzte vor Trockenheit. Mit einem papierartigen Geräusch rissen ihre Lippen auseinander. Wasser. Sie brauchte Wasser.

Ächzend drehte sie sich zur Seite und zog die Knie an, stützte sich auf die Arme und saß schließlich aufrecht. Wenigstens halbwegs.

Funken tanzten vor ihren Augen, und das lag nicht nur daran, dass ihre Augenklappe weg war und die zweite Sicht sie durcheinanderbrachte. Als das schwindelige Flimmern endlich verebbte, sah sie sich um.

Sie war in einer Höhle. Mächtiger Fels beugte sich über sie, durch den hier und da Lirium pulsierte. Links konnte sie den Himmel erkennen, bestäubt mit blassen Sternen.

Wo war sie? Und seit wann – und wie …?

Erst jetzt wurde ihr bewusst, dass sie in einen Umhang gehüllt war. Verwirrt hielt sie den dunklen Stoff hoch. Er roch nach Wüste und etwas Vertrautem. Hel schüttelte den Kopf. Wahrscheinlich war sie nur schon mehrere Stunden damit zugedeckt und hielt den schwachen Geruch deshalb für bekannt. Sie schob ihn von sich weg und merkte, dass ihre Kleider fehlten. Der Schreck durchfuhr sie fast schmerzhaft. Sie trug nur noch ihre Stiefel und die kurze Leinenhose. Ihr Oberkörper war bandagiert.

Fröstelnd zog sie die Knie an und blickte in alle Richtungen. Wer hatte sie verbunden?

Sie rappelte sich auf und biss die Zähne zusammen, als ein Stechen durch ihre Rippen fuhr. Gut möglich, dass etwas gebrochen war. Mühevoll kam sie auf die Beine. Einen Moment lang stand sie nur da, schlang die Arme um ihre Rippen und schloss die Augen. Verfluchte zweite Sicht! Überall sah sie Leben leuchten. Wenn sie doch ihre Augenklappe oder irgendwas aus Silber gehabt hätte. Wankend kletterte Hel aus der Höhle nach draußen.

Der Wind heulte, sonst störte kein Geräusch die schlafende Welt. Ihre unbeholfenen Schritte schienen Hel unnatürlich laut. Sich an der Felswand abstützend, stakste sie ein Stück durch die Dunkelheit. Der Mond lag irgendwo hinter dem Geröll verschüttet und blich den Himmel aus, doch hier unten gab es kaum Konturen. Hel stolperte und riss mit ihren Füßen Steinbrocken aus dem Boden, denn der sandige Fels war weich und leicht zu brechen. Schließlich erreichte sie einen Vorsprung, auf dem ein einzelner Felsbrocken lag, wie von einem Riesen hingeworfen. Hel ließ sich mit dem Rücken dagegensinken und verschnaufte nach dem Laufen. Sie kniff die Augen zu, versuchte, das ferne und nahe Glimmen so gut es ging zu ignorieren. Sie musste nachdenken. Sich konzentrieren. Alles der Reihe nach.

Die *Schwalbe* war abgestürzt. Sie hatte gesehen, wie Jureba… vom Sand… Wie hatte der Sand so weit in die Höhe schießen können? Das Land war tot gewesen, seit Tagen hatte sie kaum Anzeichen von Lirium entdecken können. Und selbst wenn das Land plötzlich lebendig geworden war, konnte eine solche Menge Sand unmöglich in den Himmel jagen und ein Schiff verschlingen. Deshalb waren Schwebeschiffe ja die sicherste Art zu reisen. Das Land fraß, was ihm über das Gesicht lief, aber im Himmel gab es keinen Boden, der sich auftat. Nur eins konnte einem Schiff gefährlich werden, und zwar ein Sturm. Ein Liriumsturm. Was die *Schwalbe* angegriffen hatte, war etwas anderes gewesen. Der Sand hatte sich von der Erde gelöst wie eine abgehackte Faust, die dennoch die Kraft besitzt, etwas zu zerquetschen. Es ergab keinen Sinn.

Eine Weile ließ sie den Blick durch die Nacht schweifen. So zeitlos, wie die Landschaft vor ihr lag, kam sie Hel wie ein Wandbild vor. Es konnte nicht echt sein. Das alles konnte nicht wirklich passiert sein.

Ein plötzliches Schluchzen stieg in ihr auf. Gharra! Und Jureba. Die Zwillinge. Zarip und Orriw, Perrin und auch Bassia. Die Menschen, die Räume und Decks, die ihr Zuhause waren. Ihr Leben. Das konnte doch nicht weg sein.

Verschluckt vom Land, das ihr jetzt gegenüberlag, glupschäugig und nackt, übermächtig in seiner Gleichgültigkeit. Hel atmete schwer, obwohl sie längst nicht mehr außer Atem war. Der Augenblick erdrückte sie. Selbst wenn sie all die Verzweiflung hinausschrie, sie würde ungehört in der Taubheit des Landes ertrinken.

Sie grub die Fingernägel in ihre Handflächen, bis der Schmerz endlich Tränen in ihre Augen trieb. Und wieso war nur sie hier, im Nirgendwo? Jemand schuldete ihr Antworten, eine Erklärung …

Plötzlich knirschte es. Hel fuhr herum und entdeckte ein Licht, das sich von den anderen Funken unterschied: Still harrte es am selben Fleck aus, viel kräftiger als das Leben ringsum. Es war ein Mensch. Vermutlich ihr Retter … Sie rutschte tiefer in den Schatten des Felsens und tastete den Boden ab, ohne den Fremden aus den Augen zu lassen. Endlich fand sie einen spitzen Stein. Sie schloss ihre Faust um die dürftige Waffe. Wie lange stand er schon dort? Hatte er sie gesehen?

Mehrere Sekunden regte er sich nicht. Dann kam er auf sie zu. Seine Schritte waren lautlos. Vielleicht hatte er vorhin absichtlich ein Geräusch gemacht, damit sie ihn bemerkte. Hel schluckte und beschloss, kein Versteck zu spielen.

»Wer bist du?« Sie klang heiser. Entweder war sie sehr lange bewusstlos und stumm gewesen oder ihre Schreie lagen noch nicht lange zurück.

Die Gestalt wurde langsamer, kam aber weiter auf sie zu. Keine Antwort. Hel glitt einen Schritt zurück. Selbst wenn er sie gerettet hatte, sie kannte seine Absichten nicht.

»Gib dich zu erkennen.« Der Stein lag schwer in ihrer Faust.

Plötzlich kniete der Unbekannte nieder. Als er sich wieder aufrichtete, wurde es hell.

Hel schnappte nach Luft: Der Fremde blies eine Wolke aus feinem Sand aus der Handfläche und schien ihr allein durch seinen Atem Licht und Schwerelosigkeit zu verleihen. Als der Sand einem winzigen Firmament gleich über ihnen glomm, senkte er die Hand.

Hel rang um Fassung. Wie hatte er das gemacht? Er hatte doch einfach den Staub vom Boden aufgehoben. Oder war es doch verzaubertes Pulver? Sie starrte ihn an, aber er war in einen langen Umhang gehüllt, eine Kapuze verschluckte das Gesicht.

»Wo sind wir und wo sind die anderen?«

Er schien ihrer Frage nachzulauschen, als sei er nicht sicher, ob sie tatsächlich an andere glaubte. »Wir sind allein.«

Die Stimme schmiegte sich kalt an sie. Schwindel erweichte ihre Glieder und sie klammerte sich fester an den Fels. »Wo ist das Schiff?«, stammelte sie.

Der Fremde trat näher. Sandkörner rieselten jetzt aus der Luft und erloschen eins ums andere. »Viele Tagesreisen entfernt.«

»Sag endlich, wer du bist.«

Nicht viel lauter erwiderte er: »Ein Händler.«

Die Sandkörner verglommen ganz. Hel hörte, wie sie in die Dunkelheit fielen. Gleichzeitig begriff sie und vor Entsetzen sackten ihre Knie ein.

Ein Händler. Er war ein Menschenhändler.

»Bleib zurück«, befahl sie schrill und hob den Stein, doch mit der zweiten Sicht sah sie ihn näher kommen. Sie stolperte und verlor das Gleichgewicht. Er fing sie auf. Vor Schmerz ließ sie den Stein fallen. Wenn ihre Rippen nicht gebrochen waren, brachen sie in diesem Moment. Benommenheit umwölkte sie. Im nächsten Moment trug der Fremde sie in den Armen. Sie strampelte schwach, doch vergebens.

Der Menschenhändler brachte sie zurück in die Höhle. Dort, wo sie vorhin aufgewacht war, setzte er sie ab, ließ sich einen Ellbogenstoß und ein paar klägliche Schläge gefallen und zog sich unbeeindruckt zurück. Hel hörte ihn herumhantieren. Dann flammte eine Leuchtkugel auf. Die Höhle füllte sich mit Helligkeit.

Allerdings schwebte die Leuchtkugel nicht. Bei genauerem Hinsehen erkannte Hel auch, wieso: Es war gar keine Leuchtkugel, sondern ein Felssplitter! Ohne dem Wunder irgendwelche Beachtung zu schenken, legte der Fremde den leuchtenden Stein zu Boden. Dann trat er vor Hel, die mit letzter Kraft zurückkroch. Ihr Kopf wollte platzen. Sie musste trinken, einen ganzen See austrinken, und dann ohnmächtig werden …

Der Händler hielt ihr ein Kleidungsstück hin. Hel erkannte die dunkelblaue Jacke, der die Ärmel und Knöpfe fehlten: Die Weste gehörte Arus, einem Sturmjäger der *Schwalbe*. Hatte Arus sie am letzten Tag getragen? War er irgendwo in der Nähe? Oder war er in dieser Weste gestorben …? Sie biss sich auf die Unterlippe.

»Hast du Schmerzen?«, fragte der Mann. Als Hel keine Antwort gab, drehte er sich um und holte einen ledernen Wasserschlauch zwischen den Felsen hervor. Er ging vor ihr in die Knie und wollte die Weste über sie legen und ihr zu trinken geben, doch Hel wehrte ihn ab.

Verdutzt hielt er inne. Dann legte er Wasserschlauch und Weste zu Boden und verschränkte die Arme auf dem Knie. Er wartete.

Hel aber konnte nicht mehr warten. Mit klammen Fingern schnappte sie sich den Schlauch, riss den Verschluss auf und trank. Wasser rann ihr aus den Mundwinkeln. Sie schluckte und schluckte, ungeachtet des Stechens in ihren Rippen. Schließlich senkte sie hustend den Schlauch und wischte sich über die Lippen. Fahrig griff sie nach der Weste und drückte sie vor sich. Dabei machte es jetzt auch keinen Unterschied mehr, wie der Fremde sie sah. Wahrscheinlich hatte er sowieso noch viel mehr gesehen, als er sie verbunden hatte… Hel spürte, wie ihr das Blut ins Gesicht schoss. Viel, viel schlimmer aber war, dass ihr Auge entblößt war. Sie hielt den Kopf ein wenig schräg, sodass ihre linke Gesichtshälfte im Schatten lag.

»Hast du Hunger?«, fragte er, zog ein Bündel hervor und entfaltete das Tuch. In dunkelgrüne Blätter gewickelte Speisen kamen zum Vorschein, die die Form und Größe von Teigklößen hatten. Er schob ihr das Essen hin.

Hel fühlte sich hungrig, aber zum Kauen war sie zu schwach. Misstrauisch beäugte sie den Händler. Bestimmt hatte er irgendwo Komplizen. Vielleicht gab es auch noch mehr Sklaven, die er in der Nähe untergebracht hatte. Menschenräuber verschleppten ihre Opfer aus allen Teilen der bekannten Welt. Es gab Geschichten über Sklavenschiffe, die aus der Goldbucht am Rand der Wüste segelten und nie wiederkamen. Geschichten von Opfergaben an das Meer… Hel zitterte. Sie konnte sich nichts vormachen. Alle Menschen, die nach ihr gesucht hätten, waren wahrscheinlich tot. Und sie war verletzt. Selbst wenn ihr irgendwie eine Flucht gelang, würde sie nicht weit kommen. Sie wusste ja nicht einmal, wo sie überhaupt war.

»Du wirst schon Hunger bekommen.« Er ließ das Bündel offen zwischen ihnen liegen. Nach einer Weile fragte er: »Was ist mit deinem Auge?«

Sie zuckte zusammen und wäre am liebsten unsichtbar

geworden. Doch dann begriff Hel, dass gerade ihre größte Schwäche sie jetzt retten konnte – und erwiderte zögernd: »Ich bin entstellt. Niemand wird mich kaufen. Ich bin auch nicht geeignet für Arbeit, nicht mal viel Trollfutter ist an mir dran.«

»Warum sollte dich jemand kaufen?«

Hel nickte verwirrt. »Eben.«

Er sah sie schweigend an. Dann knöpfte er die seitlichen Verschlüsse seines Umhangs auf. »Schlaf ein wenig. Wenn du aufwachst, wird das Fieber schwächer sein.«

Ehe Hel es verhindern konnte, breitete er den Umhang über ihr aus. Sie starrte den Fremden an, der unter der Kapuze zum Vorschein kam. Er war kein Mann. Er war ein Junge.

Er konnte nicht viel mehr Jahre zählen als sie. Das Licht verriet eine knochige Nase, einen ernsten Mund und Augen, von dichten Wimpern und Schatten verdunkelt. Über ihrer Eindringlichkeit konnte man fast vergessen, wie schön diese Augen auch waren. Hel fühlte sich benommen. Sie erkannte ihn aus Träumen oder dem Halbschlaf vergangener Tage wieder, und plötzlich schien er ihr vertraut … Hätte sie die Kraft gehabt, sie hätte sich geohrfeigt, um wieder zur Besinnung zu kommen.

»Was tust du da?«, murmelte sie und hatte das Gefühl, die Frage führte nicht im Entferntesten zu dem, was sie eigentlich wissen wollte. Der Junge antwortete auch gar nicht. Er schob Arus' Weste unter ihren Kopf, fast als hätte das nichts mit ihr zu tun. Sein dunkles Haar war zu einem Knoten zurückgebunden und auf der Stirn, dicht am Haaransatz, sah Hel zwei ineinandergreifende Halbkreise. Als er merkte, dass ihr Blick an dem Zeichen hing, erlosch der Felssplitter hinter ihnen.

Dunkelheit fiel über sie. Der Junge wich zurück, und obwohl Hel sah, wie sein Licht sich fortbewegte, lauschte sie vergebens nach Schritten.

»He! Ich rede mit dir!«

Dann war er weg, ein glimmender Stern zwischen Sternen.

Der Händler

Hel war so aufgewühlt und besorgt, dass sie es für ausgeschlossen gehalten hatte, wieder einzuschlafen – und dann wachte sie doch auf, verwirrt über den Tag, der am Himmel heraufkroch, und den kalten Schweiß an ihrem Körper. Wie hatte sie bloß wegnicken können? Vielleicht hatte der Fremde sie ja mit einem Zauber belegt … denn dass er kein gewöhnlicher Sklavenhändler war, stand außer Frage. Wer Sand und Felsen zum Leuchten brachte, verfügte über noch ganz andere Fähigkeiten.

Vorsichtig, um ihre Rippen zu schonen, stützte Hel sich auf den Arm und blickte sich um. Die Höhle war leer. Der Wasserschlauch fehlte, doch das Paket mit dem Essen lag noch da. Hel spürte jetzt, wie hungrig sie war, und zog das Bündel ein wenig näher. Vorsichtig bohrte sie ihren Finger in die runden Dinger. Der Blättermantel gab nach. Sie zupfte ein Stück ab und ein weiches goldbraunes Etwas kam zum Vorschein. Auch wenn es weniger köstlich ausgesehen hätte, wäre Hel nicht lange am Überlegen gewesen. Sie nahm einen Bissen und ihre Zähne versanken in der leicht klebrigen Masse.

Sie verschlang den Kloß in wenigen Bissen und nahm gleich einen nächsten. Als sie ihn zur Hälfte gegessen hatte, wurde ihr schlagartig übel. Sie drückte sich den Handrücken gegen die rissigen Lippen. Kurz fürchtete sie, die Speisen seien vergiftet, aber das war natürlich unsinnig. Sie hatte nur zu schnell gegessen und ihr Magen war keine Nahrung mehr gewohnt.

Seufzend sank sie in sich zusammen. Sie musste nur ruhig liegen… hoffentlich kam es ihr nicht hoch.

Nach einer Weile fühlte sie sich so weit, es mit dem Aufstehen zu versuchen. Die Übelkeit war halbwegs vergangen und das Essen flößte ihr neue Kräfte ein. Noch immer ein wenig klamm schlüpfte sie in Arus' Weste. Sie reichte ihr fast bis zu den Kniekehlen. Dann hüllte sie sich in den Umhang. Tapsig kletterte sie aus der Höhle.

Es wurde zusehends heller. Ein rosafarbener Streifen säumte den östlichen Horizont und verlieh den Dünen Umrisse. Hel kletterte das Geröll empor, bis sie einen guten Blick auf das Land hatte. Der Wind spielte kitzelnd mit den Haarspitzen in ihrem Nacken und Hel zog sich den Umhang fester um die Schultern.

Im Norden wuchsen pilzförmige Felsbrocken aus der Erde. Im Westen lagen die Kauenden Klippen. Hel versuchte, sich zu orientieren. Die *Schwalbe* war direkt vor der Grenze zum Alten Reich abgestürzt, etwa eine Flugwoche von Har'punaptra entfernt. Mit bloßem Auge schätzte Hel, dass mindestens zwei Flugtage zwischen ihr und den Kauenden Klippen lagen. Zwei Flugtage… aber zu Fuß war der Weg bei Weitem länger. War sie denn so lange bewusstlos gewesen? Das war doch unmöglich. Wie hatte der Fremde sie überhaupt so weit tragen können? Doch egal wie sie hergekommen war, was noch vor ihr lag, war wichtiger. Wenn sie sich an die Gebirge hielt, würde sie irgendwann auf die Zwergenstadt stoßen. Irgendwann… Hel wusste nicht, wie schnell man zu Fuß war, mit der Geschwindigkeit eines Schwebeschiffs war es gewiss nicht zu vergleichen.

Sie atmete durch, so gut es mit ihrer gebrochenen Rippe

ging, und rang die Panik nieder. Selbst wenn sie den Wasserschlauch und das Essen stahl, würde der Proviant nicht bis Har'punaptra reichen. Es gab zwar die Windigen Städte dazwischen; aber es war allbekannt, dass die Hälfte der Wüstenleute Räuber, Schmuggler oder Sklavenhändler waren, deshalb versteckten sie sich ja in dieser unwirtlichen Gegend und zogen ihre Stadtlager ebenso schnell hoch, wie sie sie im Kampf gegen Recht und Ordnung wieder verloren. Nur in äußersten Notfällen hatte Gharra die Windigen Städte angesteuert, und das auch nur, wenn sie genug Lirium für eine ausreichende Verteidigung gehabt hatten. Allein und unbewaffnet dort aufzukreuzen, war wahrscheinlich dümmer, als ohne Wasser in die Wüste zu laufen.

Da war es besser, vorerst bei dem Händler zu bleiben ... Bei der erstbesten Gelegenheit würde sie nach Har'punaptra fliehen. Und von dort aus eine Möglichkeit finden, nach Aradon zu gelangen und der Magierschaft zu berichten, was geschehen war.

Hel hatte Lust, sich hinzusetzen. Sie wollte zu Boden sinken und auf der Stelle sterben. Wie sollte sie das alles durchstehen? Und wofür ... sie war allein. Ihr Blick verschwamm in einem tröstlichen Tränenschleier. Sie stieß mit der Fußspitze nach den Steinchen und murmelte Flüche oder Gebete vor sich hin, genau wusste sie es selbst nicht. Dass sie überhaupt noch am Leben war und darüber nachdenken musste, machte das Schicksal der *Schwalbe* nur schrecklicher.

Aber wenigstens konnte sie herausfinden, warum die *Schwalbe* abgestürzt war. Wer daran Schuld trug ... denn irgendwer musste Schuld haben. Sie sehnte sich plötzlich nach Rache oder wenigstens irgendeiner Aufgabe, um ihre Zukunft mit der abgerissenen Vergangenheit zu verknüpfen.

Benommen ging sie an den zerklüfteten Felsen weiter,

ohne Ziel, nur auf der Flucht vor dem letzten Schritt und den Gedanken, die ihr folgten. Die Sonne ging auf. Kalte Glut fraß den grauen Himmel, dasselbe Schauspiel, das Hel so oft vom Mastkorb aus beobachtet hatte. Sie spürte förmlich, wie die Kühle der Nacht in ihre Felsritzen zurückkroch. Bald würde die Hitze kommen, die Welt unter einem flimmernden Dunst schwitzen und alles Leben nach Luft japsen. Kein himmlischer Fahrtwind würde Hel Linderung verschaffen; sie klebte hier unten auf dem Land wie eine Fliege, gefangen im großen Suppenteller.

Am Rand der Klippen blieb Hel stehen. Zwischen vernarbtem Gestein nicht weit unter ihr entdeckte sie den Händler.

Er stand mit geschlossenen Augen da, die Handflächen nach oben gerichtet, und regte sich nicht. Die Haare fielen ihm in verstaubten schwarzen Strähnen auf die Schultern. Man hätte sein Gesicht angenehm, wenn nicht gar hübsch nennen können, hätte nicht eine stille Entschlossenheit seine Züge verhärtet. Es war, als wollte eine innere Macht die äußere Jugendlichkeit leugnen. Hel spürte, dass sie den Atem anhielt. Leise, als müsste sie sie stehlen, holte sie Luft. Er schien sie nicht zu bemerken – *natürlich* nicht –, also beobachtete sie ihn weiter.

Seine Kleidung hatte nichts mit den bestickten Tuniken gemein, die man in dieser Gegend trug. Überhaupt war sie fremdartig geschnitten. Seine Weste reichte ihm fast bis zu den Knien, hatte einen gestärkten Kragen und Schulterteile aus Leder. Darunter trug er ein Wams mit weiten Ärmeln, die an den Unterarmen geschnürt wurden. Ausnahmslos war alles dunkelblau und schwarz eingefärbt.

Plötzlich senkte er den Kopf und kreuzte die Arme, sodass seine Hände an den Schultern lagen. Es sah aus, als würde er beten. Er ging auf die Knie. Nach einer Weile band er den Wasserschlauch von seinem Gürtel und drückte die Öffnung auf die Erde. Eine kleine Lache entstand. Hel war fassungslos. Hatte der Kerl den Verstand verloren? Das kostbare Wasser! Sie war kurz davor einzuschreiten, als sie erkannte, dass der Schlauch sich *füllte*.

Fassungslos starrte sie hinab. Tatsächlich, der Schlauch wurde immer praller. Das Wasser strömte *aus* dem trockenen Boden in den Schlauch.

Der Junge verschloss ihn, als er voll war, und hängte ihn an seinen Gürtel zurück. Dann band er sich die Haare sorgfältig zu einem Knoten und machte eine rasche Handbewegung, wobei er die Stirn und seine Schultern berührte und die Fingerkuppen aneinanderlegte. Als er die Augen wieder öffnete, drehte er sich zu Hel um und sah sie direkt an.

Hel erstarrte. Es war längst zu spät, sich zu ducken oder so zu tun, als hätte sie ihn nicht beobachtet. Ruhig kam er auf sie zu und war erschreckend rasch die Felsen emporgestiegen.

»Geht es dir besser?«

Hel konnte im ersten Moment nicht glauben, dass die Stimme zu ihm gehörte, denn sie klang dunkel und dicht wie Sturmwolken, viel älter als sein Äußeres.

»Hier. Trink.«

Zögernd nahm sie den Lederschlauch an. »Wie hast du das gemacht? Mit dem Wasser?«

»Was mit dem Wasser?«

»Es ist aus dem Boden gekommen.«

»Ja. Aus einer Quelle.«

Hel blickte auf die Stelle hinab, wo er gekniet hatte. Nichts war da. Nicht einmal ein feuchter Fleck. Und schon gar keine Quelle. »Das stimmt nicht«, sagte sie, und ihre eigenen Worte ließen sie frösteln.

Er sah sie nur an. In seinen Augen flossen kühle Lichter in Grau und Blau, wie der Himmel, wo nächtlicher Samt zu Seide wurde.

»Hast du noch Fieber?« Er trat mit ausgestreckter Hand näher und sah sie fragend an, ehe er ihre Stirn berührte. Hel wollte sich nicht anfassen lassen, wagte aber auch nicht, zurückzuweichen und ihre Angst so offen zu zeigen. Die Berührung währte nur einen Augenblick. »Du … bist kaum mehr heiß. Heilst du immer so schnell?«

Hel wusste nicht, was sie darauf erwidern sollte, und sagte gar nichts. Stattdessen öffnete sie den Wasserschlauch – schnupperte unauffällig daran – und trank. Sie bemerkte keinen besonderen Geschmack, das Wasser war eine Wohltat. Schließlich machte sie den Schlauch wieder zu und gab ihn zurück.

»Was für ein Händler bist du?«

Er hängte den Schlauch an seinen Gürtel zurück. »Ich habe ein Geschäft in einer fernen Stadt abzuschließen.«

»In Har'punaptra?«

Zum ersten Mal schien er unsicher. »Woher weißt du das?«

Hel sah ihn groß an und spürte, wie ein Lachen in ihr aufstieg. »Du kommst wohl von ganz weit her, was? Es würde mich wundern, wenn ein Händler *nicht* auf dem Weg nach Har'punaptra wäre.«

»Du warst schon dort?«, fragte er misstrauisch.

»Machst du Witze? Natürlich war ich schon dort. Du etwa nicht?«

Sein Schweigen war Antwort genug. Hel legte leicht den Kopf schief, sodass ihre Haare über ihr linkes Auge fielen. »Also, was für ein Händler bist du?«

Er warf einen Blick zum östlichen Horizont. »Die Sonne ist neu geboren. Wir müssen aufbrechen.« Er ging an ihr vorbei.

»Neu geboren?«, murmelte Hel. Wo auch immer er herkam, dort schienen weit blumigere Beschreibungen gebräuchlich zu sein. Als er ein paar Felsen hinabgeklettert war, drehte er sich nach ihr um und streckte die Hand aus. »Komm. Ich helfe dir.«

Zögernd kam Hel näher. »Bist du ein Sklavenhändler oder nicht?«

Ganz kurz schien ein Lächeln in seinen Mundwinkeln aufzutauchen – vielleicht irrte sie sich aber auch im Morgenlicht. »Wieso? Ich dachte, das sei verboten.«

»Vieles ist verboten, das trotzdem viele tun.«

Als er Hels Hände nahm und ihr die Felsen hinabhalf, eroberte der Ernst seine Züge zurück. »Dass die Gesetze missachtet werden, wurde mir bereits erzählt.«

Sie sah ihn verwirrt an. Wem musste das denn ›erzählt‹ werden – das wusste doch jedes Kind. Schweigend gingen sie den Weg zur Höhle zurück, der Junge ein paar Schritte voraus, wie um Hel zu erlauben, dass sie ihn im Auge behielt.

In den Schatten der Höhle trank er aus dem Schlauch, wickelte das restliche Essen wieder in das Tuch und schob es in eine Tasche unter seiner Weste.

»Frierst du, willst du den Umhang anbehalten?«, fragte er beiläufig.

Hel schluckte. Bestimmt wollte er ihn wieder. Sie nahm ihn ab und zog Arus' Weste enger, ehe sie ihm den Umhang hinhielt. Der Junge nahm ihn mit einem Nicken und warf ihn sofort über – auch die Kapuze setzte er auf. Die geheimnisvolle Tätowierung auf seiner Stirn verschwand.

»Du siehst schon viel besser aus. Wie fühlst du dich?«

Tatsächlich ging es Hel nicht annähernd so schlecht wie letztes Mal, als sie bei Bewusstsein gewesen war. Außer dem Schmerz in ihrer Rippe und einem leichten Schwindel, der auch von der zweiten Sicht kommen konnte, fühlte sie sich fast normal. »Besser ... Wie lange habe ich geschlafen?«

»Eine Stunde«, sagte er. Hel runzelte überrascht die Stirn. Sie fühlte sich eher, als hätte sie eine lange, erfrischende Nacht hinter sich. Oder zwei.

Der Junge musterte sie einen Moment lang aufmerksam; dann verließ er die Höhle. Hel kletterte ihm nach.

»Wenn du kein Sklavenhändler bist ... dann hast du mich einfach so gerettet?«

»Ja, ich weiß«, murmelte er.

»Dann ... danke!«

Er blieb stehen und blickte sie über die Schulter an. »Du warst nicht tot.«

»Aber ich wäre gestorben, wenn du mich nicht – wenn du nicht gewesen wärst.«

»Wirklich?« Es schien eine ehrliche Frage zu sein. Hel sah ihn irritiert an. Er wandte sich ab und ging weiter, blieb aber kurz darauf wieder stehen. »Wer bist du?«

Der Wind wischte ihr die Haare aus dem Gesicht. Sie stand ihm im gleißenden Licht gegenüber, und er verbarg sich unter seiner Kapuze, aber trotzdem war er es, der fragte.

»Ich heiße Hel.«

»Hel?«, wiederholte er.

»Also, ja. Einfach Hel.«

Sand knirschte unter seinen Schuhen, als er einen kleinen Schritt zurücktrat. Dann machte er ein rasches Zeichen mit den Fingern.

»Äh ... und wer bist du?«

»Das Licht kann auch in Schatten lesen.« Damit drehte

sich der Junge um und ging weiter. Nach einem Moment lief sie ihm nach. Er kletterte mehrere Felsblöcke hinab und durchquerte einen Garten aus verzerrten Formen und Figuren, an denen ein keuchender Wind kratzte. Hel trat vorsichtig auf dem Boden auf, denn sie sah überall Lirium. Die Gebirge hier leuchteten vor Leben. Als der Junge geradewegs auf mehrere Liriumadern zusteuerte, rief sie: »Geh da lieber nicht hin!« Sie räusperte sich. »Du trägst aber ein Feenlicht, oder?«

Er zog die Augenbrauen zusammen. »Wieso?«

»Zum Schutz natürlich … ein Feenlicht, damit das Lebendige Land dich nicht angreifen kann?«

Er schüttelte knapp den Kopf, als würde er nicht verstehen.

»Ähm, ich glaube, nach Har'punaptra geht es in diese Richtung.« Sie wies nach rechts. Auch hier sah sie Lirium durch den Sand funkeln, doch wenn sie aufpasste, konnte sie ihn daran vorbeiführen.

»Dann bist du mein Wegführer nach Har'punaptra, Hel.«

Sie taumelte versehentlich zur Seite, hielt sich aber an einem Steinbrocken fest. So erholt war sie also doch noch nicht. Umso besser musste sie aufpassen. Ein falscher Schritt, und das Lebendige Land verschlang sie beide. Wie konnte er ohne Feenlicht unterwegs sein?

»Du bist noch schwach«, bemerkte er. »Aber du musst nicht laufen.«

Hels Antwort blieb ihr in der Kehle stecken. Selbst für einen Schrei war keine Zeit. Hinter dem Jungen türmte sich eine funkelnde Sandmasse auf.

Durch die Wüste

Hel war wie gelähmt. Sie wollte den Jungen warnen, wollte hinter ihn deuten, aber es war zu spät.

Im Zuge eines Herzschlags hatte der lebendige Sand sich zusammengeballt, warf Hufe in die Luft und peitschte mit wehenden Schweifen über den Kopf des Jungen. Er streckte einen Arm nach Hel aus, ohne die Gefahr zu bemerken. Ruhig öffnete er die Hand.

»Das Land wird dich tragen«, murmelte er unverständlich. Mit einem Schritt war er bei ihr. Oder war sie auf ihn zugekommen? Sie erinnerte sich nicht, konnte den Blick nicht losreißen von dem Etwas, das sich vor ihr aufbäumte. Kein Sand. Kein Lebewesen. Magie.

Es war ein Körper mit Flanken wie gespannte Bogensehnen, zwei Schweifen und einem länglichen Schädel, auf dem eine farblose Mähne loderte. Und doch war es nichts, weniger als ein Schatten. Hel wusste nicht, ob sie es nur mit der zweiten Sicht sah. Doch der Junge hatte sich halb umgedreht und schien es ebenfalls zu bemerken.

»Das ist ein Lymaerus, ein Geist!«, flüsterte sie.

»Du gibst ihm einen Namen?«, fragte der Junge verwundert.

Das Wesen bäumte sich über Hel auf. Augen glommen sie an, die aus reinem Lirium bestanden und gleich wieder in sich selbst versanken. Kurz fürchtete sie, der Geist würde sie unter sich begraben oder verschlingen, doch nichts dergleichen geschah; lautlos schwenkte er die beiden Schweife, neigte dann den Kopf und streifte Hels Rippen. Ein Kribbeln erfüllte sie, als würde Sand durch ihren Körper fegen. Sonst war von der Berührung nichts zu spüren.

Der Junge trat zurück. »Bist du schon einmal von der Tiefe getragen worden?«

»Hä?«

»Hab keine Angst«, sagte er leise. Sie spürte seine Hände kaum. Im nächsten Moment hatte er sie hochgehoben und Hel landete mit einem Schreckenslaut auf dem Rücken des Wesens. Es war fest. Und weich. Bebend vor wolkiger Lebenskraft.

Der Junge saß hinter ihr auf und griff in die dichte Mähne, um sich festzuhalten. Wie Flammen aus Rauch schmiegten sich die Haare, die keine waren, um seine Finger.

»Dir wird nichts passieren, Hel. Das Land ist uns wohlgesinnt.«

»Was zum Henker heißt denn das schon wieder …«

Sonne und Wüste verloren sich irgendwo in einem fernen Himmel, der sich selbst zusammenfaltete und immer kleiner wurde. Hel trat in eine Schattenwelt.

Sie ritten auf dem Wesen, doch die Hufe schlugen nicht auf den Boden. Es war eins mit der Erde, verschmolz und entstand mit jedem Schritt. Sie schwebten auf dem Geschöpf wie auf einer Düne, den rauschenden Adern folgend, die es mit Leben nährten. Hel wagte keinen Blick über den Rand des Umhangs, der sie und den Jungen und vielleicht auch den Geist einhüllte, und doch sah sie aus dem Augenwinkel, wie die Umgebung vor Geschwindigkeit verwischte.

Auch ihre Gedanken begannen zu zerfließen. Ein Lymaerus erschien nur, wenn genug Lirium im Land war, und existierte sonst nicht einmal – so wie Feen, die im Himmel zu

Hause waren und bei Liriumstürmen auftauchten. Sie nährten sich von Lirium. Konnte das Geschöpf unter ihr nicht durch bloße Berührung ihre Lebenskraft rauben und sie töten?

Aber Hel starb nicht, und auch ihr Licht, das sie ängstlich im Auge behielt, wurde nicht schwächer. Sie flogen lautlos durch die Wüste, *waren* die Wüste, und am Himmel jagte der Tag vorüber.

Hel hatte das Gefühl zu träumen. Und zu erwachen, als der Lymaerus plötzlich zu einer Staubwolke zerfiel.

»Ahhh!« Sie stürzte, doch im letzten Moment fing der Junge sie auf, und gemeinsam taumelten sie ein paar Schritte durch den aufwirbelnden Sand.

»Alles in Ordnung?«

Hel hätte schwören können, dass er belustigt klang. Am ganzen Leib zitternd, sah sie zu ihm auf, drehte sich um und strich sich verstört die Haare vor das Auge. »Wo ist der Lymaerus hin?«

»Er kann nicht weiter. Hier ist das Land tot. Komm«, sagte der Junge und zog sich die Kapuze über, die ihm beim Reiten in den Nacken gerutscht war. Sein Lächeln verschwand im Schatten. »Irgendwo wird das Land uns wieder tragen können.«

Mit weichen Knien setzte Hel sich in Bewegung. Ihr war, als sei sie aus einer Seifenblase geplatzt. Die Sonne stand bereits tief im Westen, dabei schienen nur ein paar Minuten auf dem Rücken des Lymaerus vergangen zu sein. Sie blickte zurück, konnte von den Kauenden Klippen aber nichts mehr erkennen, nicht einmal einen schwachen Umriss.

»Wie schnell reitet man auf einem Lymaerus?« Sie beeilte sich, den Jungen einzuholen.

»Das hängt vom Land ab.« Er warf ihr einen Blick zu. »Und von denen, die es trägt.«

Eine Weile gingen sie nebeneinanderher. Obwohl die heißeste Tageszeit vorüber war, brannte die Sonne noch auf jeder freien Fläche. Bestimmt musste er in der schweren Kleidung schwitzen. Hel spürte den heißen Boden durch die Sohlen ihrer Schuhe.

»Es war nicht das erste Mal, dass du auf einem Lymaerus geritten bist«, brach Hel das Schweigen wieder. »Oder? Ich wusste nicht, dass das überhaupt möglich ist. Ich kenne niemanden, der das kann.«

»Nein. Du kennst niemanden wie mich.«

Hel zog eine Augenbraue hoch. An Selbstbewusstsein mangelte es ihm offenbar nicht. Oder er meinte es ganz anders. Er schien alles irgendwie anders zu meinen.

»Ich habe auch nie jemanden gesehen, der solche Kleider trägt. Was bedeutet das Zeichen auf deiner –«

»Spar dir deine Kräfte.«

Hel schluckte und konnte sich gerade noch eine Entschuldigung verkneifen. Trotzig presste sie die Lippen aufeinander. »Na gut. Du willst nichts über dich erzählen. Ich dachte nur, wenn wir gemeinsam bis nach Har'punaptra reisen, wäre es vielleicht …«

»Es gibt nichts zu erzählen.«

Hels Ohren begannen zu glühen. So, er gab sich also geheimnisvoll. Sollte er doch. Ihr war es schließlich gleich. Wahrscheinlich wollte er unerkannt bleiben, auch wenn er nicht so aussah, als wäre er von Rang. Hochgeborene liefen schließlich nicht allein und ohne Eskorte durch die Einöde. Eher schon Magier … aber alle Magier, die Hel je gesehen hatte, trugen das Haar weiß. Außerdem hatten sie immer ihren Zauberstab dabei. Und meistens auch eine Eskorte.

Hel schüttelte diese Gedanken ab. Es interessierte sie nicht, wer er war und was er verschwieg. Sie wollte nur nach Har'punaptra, dort würden sich ihre Wege trennen. Sie hatte ganz andere Rätsel zu lösen.

Trotzdem … sie würde sich vor ihm hüten müssen. Innerhalb eines Tages hatte sie gesehen, wie er Licht erzeugte, Wasser aus dem Boden holte und einen Geist beschwor. Es war unglaublich. Und unheimlich. Was würde als Nächstes kommen?

Auf den Dünen schmolz der Tag und Schatten wuchsen wie blutige Lachen unter ihren Füßen. Fern hallte das Echo von Vögeln wider, die in irgendeiner Schlucht um Beute kämpften. Das scharf umrissene Licht, die Trockenheit und ein vager Schmerz machten Hel ganz benommen. Nach dem Ritt auf dem Lymaerus kam sie sich schwer und langsam vor. Sie wollte etwas trinken. Ihr Auge pochte außerdem, sie war es nicht gewohnt, die zweite Sicht so lange zu benutzen. Vielleicht wollte sie den Jungen fragen, ob er ein Stück Silber hatte. Aber dann dachte er womöglich, dass sie nur ein neues Gespräch anfangen wollte.

Der Sonnenuntergang zog sich hin. So schnell die Zeit vorhin verflogen war, so träge verging sie jetzt. Der Durst quälte Hel mit jedem Schritt mehr, doch sie war zu stolz, um den Jungen um Wasser zu bitten. Außerdem drückte allmählich ihre Blase … eigentlich musste sie ganz dringend, aber das wagte sie dem Jungen noch weniger zu sagen.

Endlich schwand der Tag. Kaum war das letzte Rot am Himmel verblasst, stieg die Kälte.

Während sie durch die Dämmerung wanderten, hielt Hel nach Leben Ausschau – nach Lirium ebenso wie nach Wesen aus Fleisch und Blut. Vielleicht entdeckte sie ein Schwebeschiff, irgendeinen Frachter, der Güter transportierte …

aber der Himmel blieb leer, und auch Lirium schimmerte ihr nirgends entgegen. Nur ganz fern, zwischen den Gebirgen, glomm hier und da etwas wie gefallene Sterne.

Bald wurde es so dunkel, dass Hel kaum mehr den Boden sah. Der Mond war ein weißer Klecks über ihnen, eher rund als sichelförmig und viel zu weit weg, um Licht zu spenden. Hel erinnerte sich, dass er viel schmaler gewesen war, als sie zuletzt auf der *Schwalbe* gestanden hatte. Und auch viel näher, vertrauter und schöner.

»Kannst du noch?«, fragte der Junge und sah zurück, ohne seinen Gang zu verlangsamen.

Hel blieb stehen. »Nein.«

Er schien verdutzt über ihre mürrische Antwort.

»Ich glaube, hier vorne können wir rasten.« Er deutete irgendwo in die Dunkelheit. Sie stiegen einen Geröllhang hinab, der ihr schier endlos vorkam, und landeten in einer Klamm, die vor Jahrhunderten ein ausgetrocknetes Flussbett gewesen sein mochte. Der Junge fand eine schräg aus dem Boden ragende Felsplatte, unter der man wie unter einem Dach lag, nahm den Umhang ab und warf ihn über die staubige Erde. Dann sammelte er ein paar Steine zusammen und ließ sie erleuchten. Hel sah nicht, wie er das Wunder vollbrachte, es ging auch viel zu schnell. Dennoch: Das Licht kam ihr schwächer vor als letzte Nacht. Es reichte gerade aus, um etwas zu erkennen.

»Wie machst du das?«

»Hier, der Umhang ist für dich. In der Nacht wird es kalt, aber damit hast du es warm.«

»Kannst du mir nicht einmal antworten?«

Er sah sie an und nahm den Wasserschlauch vom Gürtel. »Trink etwas.«

Sie nahm den Wasserschlauch wortlos entgegen und setzte

sich auf den Umhang. Wie gut es tat, endlich die Beine auszustrecken! Am liebsten wäre sie sofort eingeschlafen. Aber sie trank erst und ganz so leicht wollte sie es dem Jungen auch nicht machen. Sie würde ihn schon noch zum Reden bringen. Allein um ihn zu ärgern.

»Du bist also ein Händler auf dem Weg nach Har'punaptra, aber du hast keine Ware dabei. Was verkaufst du also?«

»Ich verkaufe nichts.«

Aha. Ein Dutzend solcher vagen Antworten mehr, und sie hatte sein Geheimnis entschlüsselt. »Dann bist du hinter einem Kauf her, was?«

Er ließ sich im Schneidersitz nieder und nahm den Wasserschlauch. Gelassen zog er den Korken heraus und trank in langen, langsamen Zügen. Als er fertig war, verschloss er ihn noch langsamer.

»Allzu kostbar kann deine begehrte Ware nicht sein. Jedenfalls scheinst du keine Truhe voll Gold im Hintern zu verstecken, soweit ich das beurteilen kann.«

Er grinste. Da war sie ganz sicher, auch wenn das Licht schlagartig matter wurde und erst wieder aufglomm, als er sich die Haare aus der Stirn strich und den Knoten am Hinterkopf neu band. »Es ist kostbar. Aber nicht mit Gold zu bezahlen.«

»*Es* ist kostbar? Also ist es ein Einzelstück!«

Sie sah, wie seine Kieferknochen vortraten. Sie lächelte. »Tja. Dann lag ich wohl falsch in der Annahme, dass du hinter zwergischen Zuckerrüben her bist.«

Jetzt hörte sie ihn sogar lachen – ein rasch verschluckter Laut hinter fest zusammengepressten Lippen. Sie spitzte vergnügt den Mund. Er räusperte sich und zog die Brauen zusammen, ehe er sie wieder mit ausdrucksloser Miene betrachtete. »Dir scheint es wieder sehr gut zu gehen.«

Hel strich über ihre Rippe. Tatsächlich fiel ihr das Atmen gar nicht mehr schwer. Wenn sie so dasaß, spürte sie kaum etwas. »Ich dachte, ich hätte mir was gebrochen. Es ist wohl doch nur eine Prellung gewesen.«

Er schüttelte den Kopf. »Du hast Knochenbrüche. Zwei Rippen mindestens. Und dein Rücken war voller Scherben.«

Eine merkwürdige, hohle Übelkeit stieg in ihr auf. Vielleicht tat ihr doch noch etwas weh. Vielleicht hatte sie sich bloß dran gewöhnt …

»Dreh dich um«, murmelte der Junge und rutschte näher. Hel spürte seine Hände auf den Schultern, als er ihr die Weste abstreifte. Sie zog die Arme an den Körper. Die plötzliche Nähe machte sie nervös. Anmerken lassen wollte sie sich das aber nicht. Sie hatte schließlich keine Angst vor ihm … warum auch?

Vorsichtig löste er den Verband an ihrem Rücken. Der Verband rutschte auf ihre Taille. Sie hörte, wie der Junge Luft holte.

»Was ist?«, fragte sie hastig und fuhr mit den Fingern über ihren Rücken. Sie spürte nichts. Ein paar Kratzer. Sie drehte sich halb um und sah ihn an. »Was denn? Da ist nichts.«

»Eben.« Sein Blick durchbohrte sie. »Wer bist du?«

Sie öffnete den Mund, konnte aber nur verwirrt den Kopf schütteln, wandte sich ab und wickelte die Bandagen um ihren Oberkörper, um sich halbwegs wieder zu bedecken. Dann zog sie sich die Weste wieder hoch und drehte sich ganz zu ihm um. Wut schwang in ihrer Stimme: »Ich heiße Hel und bin Sturmjägerin auf der *Schwalbe*.« Gewesen, dachte sie. Und es schmerzte wie ein Nadelstich. Trotzdem wiederholte sie energisch: »Ich bin Sturmjägerin. Mein Kapitän ist Redwin Gharra, unser Jagdgebiet liegt an den Kauenden Klippen. Ich habe nichts zu verbergen. Du bist derjenige, der sich bei jeder Frage auf taub stellt und … und … ständig diese Kapuze und alles! Wenn du dich gerne mysteriös gibst, meinetwegen, ich verderbe dir nicht den Spaß. Aber unterstelle mir nicht, dass ich die Komische von uns beiden bin!« Kaum war es ausgesprochen, bereute sie, je den Mund aufgemacht zu haben. Für eine Sekunde irrte sein Blick zu ihrem Auge.

… dass ich die Komische von uns beiden bin. Hitze wallte über ihr Gesicht. Aus welchem entlegenen, traurigen Winkel ihrer Seele war ihr das bloß gerutscht? Sie schämte sich für ihre Worte, für sich selbst, dafür, dass sie da war und er sie sehen konnte. Hätte er seine dämliche Kapuze doch jetzt getragen, damit sie seinen Blick nicht ertragen musste!

Sie ließ ihr Haar unauffällig ins Gesicht hängen und verschränkte die Arme. Als hätte er nicht schon viel zu viel von ihr gesehen.

Kurzerhand stand sie auf und stapfte in die Dunkelheit. Der Junge sagte nichts. Aber sie spürte seinen Blick im Nacken. Jedenfalls kam sie sich beobachtet vor, selbst als der Lichtschein sie längst nicht mehr erreichte.

Ein wenig eiliger kletterte sie hinter die Felsen. Sie musste schon die ganze Zeit die Beine zusammenkneifen, und wenn sie jetzt nicht ging, würde sie wahrscheinlich nie den Mut aufbringen. Schließlich kehrte sie mit schleichenden Schritten zurück. Der Junge saß unverändert da und malte kleine Zeichen in den Sand. Sobald sie näher kam, wischte er den Boden glatt. Hel sah trotzig weg.

Auf dem Umhang entdeckte sie das Proviantpaket.

»Du musst Hunger haben.«

Den hatte sie wirklich. Sie hätte sogar gepökelten Sandwurm gegessen. Dennoch zögerte sie. »Es sind sieben Stück übrig. Aber bis Har'punaptra ist es noch weit.«

»Ja, wir müssen sparsam sein.« Er deutete mit dem Kopf auf das Essen. »Nimm dir einen.«

Nun, er musste es ja wissen. Hel nahm das Stück, das sie am Morgen zur Hälfte gegessen hatte, und biss ab. »Wie nennt man die?«

»Bu'khen.«

Sie kaute. »Das habe ich noch nie gehört. Was bedeutet der Name?«

»Er bedeutet ... *Rundes Glück*.« Er lächelte – und erstarrte, als er begriff, was er verraten hatte.

Hel blitzte ihn an. »Ach, tatsächlich? Und welche Sprache ist das?«

Kaum hörbar murmelte er: »Eine sehr alte.«

Sie senkte den Bu'khen und seufzte. »Schon gut. Ich lass dich in Frieden. Du kommst wahrscheinlich aus einem fernen Dörfchen am Rand der Welt, wo die Letzten deines Volkes irgendeinen lang vergessenen Krieg überlebt haben. Du hältst deine Herkunft geheim, weil man dir eingetrichtert hat, dass man euch noch immer ausrotten will.«

»Nicht ganz«, sagte er gepresst. »Aber eine hübsche Geschichte.«

»Dann bist du ein Flüchtling aus dem Alten Reich. Mit deinen Fähigkeiten würde es mich nicht wundern, wenn du es über die Kauenden Klippen geschafft hättest.«

»Nein ...«

Hel verspeiste schulterzuckend den Rest ihres Bu'khen. »Ich bin bei Sturmjägern aufgewachsen. Denk dir irgendeine Lebensgeschichte aus, und ich kann dir versichern, es gab mal einen Sturmjäger, auf den sie zutrifft. Ich hab Hunderte davon auf Lager.« Sie wischte sich die Finger an der Weste ab. »Isst du eigentlich nichts?«

»Nein.«

Das schwächer werdende Licht lag in seinen Augen, die mehr spiegelten als offenbarten. Hel atmete tief durch. Dann ließ sie sich auf den Umhang sinken, schob die Arme unter den Kopf und zog die Knie an. »Du bist wirklich ein komischer Vogel, weißt du das?«, sagte sie nachdenklich.

Er musste lächeln – sogar seine Zähne glänzten für einen kurzen Moment auf. »Schlaf gut«, beendete er das Thema.

»Du auch. Falls du schläfst.«

Das Licht erlosch. Hel hörte, wie er sich ausstreckte. Dann lagen sie still da, eingehüllt in das atemlose Schweigen der Wüste.

»Wie heißt du eigentlich?«, flüsterte Hel irgendwann, als ihr einfiel, dass sie ja seinen Namen noch gar nicht kannte.

Aber offenbar musste er doch wie ein gewöhnlicher Mensch schlafen, denn zur Antwort bekam sie nur sein ruhiges Atmen.

»*Torah-yen-Hel* … Hel, wach auf.«

Sie blinzelte und begegnete seinem Blick. Erschrocken fuhr sie zurück. Er saß vor ihr, einen Arm über das Knie gelegt, und sah sie an. Wer weiß, wie lange schon.

Sie räusperte sich und strich sich unauffällig Weste und Haare glatt. »Dir auch guten Morgen. Oder gute Nacht?« Es schien weder hell noch dunkel, die Umgebung war wie in Blei getunkt.

Er schnippte einen kleinen Stein weg. »Lass uns aufbrechen, solange es kühl ist.«

Hel nickte und rappelte sich auf. Obwohl sie im Umhang geschlafen hatte, war sie voller Sand. Müde rieb sie sich die Augen. Der Geschmack von Träumen versickerte in ihrer Erinnerung und hinterließ ein flaues Elendsgefühl. Erst nach einer Weile kam sie darauf, dass es wegen Gharra war – sie hatte von ihm geträumt, auch wenn sie nicht mehr wusste, in welchem Zusammenhang. Es kam ihr vor, als wäre er gerade hier gewesen. Seine Stimme hallte in ihr nach, aber sie hatte die Worte vergessen.

Ich werde ihn nie wieder hören. Wahrscheinlich ist er tot. Er kann es nicht überlebt haben. Aber wie konnte ich dann …?

»Willst du etwas trinken?«

Sie schüttelte den Kopf, obwohl sie durstig war. Auf den brüchigen Steinen warfen ihre Schritte hohle Echos. Hel dachte an Klagerufe, wie sie bei Beerdigungen üblich waren. Gharra hatte nichts davon bekommen. Die ganze Mannschaft war ohne Grab, ohne Ruhe, verschüttet nur in Trümmern und Sand. Vielleicht hatten sie nicht einmal die Augen geschlossen. Vielleicht … die Vorstellung war Hel unerträglich. Sie biss die Zähne zusammen. Sie hatte immer gefürchtet, alle Menschen, die sie liebte, auf die Art zu verlieren – verschluckt vom Land. Die Albträume so vieler Nächte waren wahr geworden. Oder hatten sich wiederholt …

Hel spürte eine dunkle Schwere in sich wachsen, die seit dem Unfall in ihr lauerte. Das Atmen fiel ihr schwer. Was tat sie hier überhaupt noch?

Und wieso habe nur ich überlebt?

Und *wie*?

Die Dämmerung wollte nicht voranschreiten. Das Grau schien leibhaftig, ein grob gewobenes Tuch, das bei jedem Schritt mitwehte. So gingen sie die schmale Klamm entlang, bis die Felsen immer höher wurden. Aus der Klamm wurde eine Schlucht. Endlich ging die Sonne auf und goss Licht über die Klippe. Die Dunkelheit schrumpfte zu einem dreieckigen Schattenvorhang.

»He … also, wie heißt du eigentlich?«

Der Junge wandte sich ihr zu. »Hast du jetzt Durst?«

Hel schnaubte. »Das ist wohl deine Antwort auf alles. Nein übrigens. Aber vielleicht nenne ich dich so: Hast-du-Durst. Dann würden wir immer dasselbe sagen wie im Chor.«

Er drehte sich einfach wieder nach vorne. Hel aber ließ nicht locker. »Als du mich gefunden hast«, sagte sie mit belegter Stimme, »hast du da das ganze Schiff durchsucht?«

Er beäugte sie misstrauisch. »Das Schiff war zerstört.«

»Aber vielleicht war noch jemand am Leben. Hast du nicht nachgesehen?«

Er ging ein wenig langsamer. »Ich bezweifle, dass jemand überlebt hat. Es sei denn, auf dem Schiff war noch jemand wie du.«

»Was meinst du?«

»Jemand wie du«, wiederholte er ruhig. »Ein … Wunder.«

Das Wort traf Hel. *Monster*, das war, was er eigentlich sagen wollte und ›Wunder‹ nannte. Ein einäugiges Monster, das einfach nicht totzukriegen war.

Stur blickte sie zu Boden und erwiderte nichts. Wahrscheinlich lag er sogar richtig. Ein Wunder, das hatten auch die Zwerge damals gesagt. Sie hätte schon früher sterben sollen. Eine tödliche Kopfwunde hatte sie nicht umgebracht und ein Sturz aus dem Himmel und fressender Sand auch nicht. Sie sah nicht nur wie ein Monster aus, sie war eines.

Nein, keiner hatte den Absturz überlebt außer ihr. Es war unmöglich, so etwas zu überleben. Unwillkürlich schloss sie die Hände um ihre Rippen, die kaum mehr schmerzten. Nicht mehr, als hätte sie blaue Flecken.

Der Junge beobachtete sie aus den Augenwinkeln. Er wusste, welche Geheimnisse er hütete. Hel aber war sich selbst ein Rätsel.

»Sieh mal.«

Sie hob den Kopf. Dort, wo die Schlucht eine Biegung machte, kroch Leben durch das Gestein. In den Schatten stand ein Lymaerus.

Er wartete. Geduldig schwebten drei, bald zwei Schweife durch die Luft, ein Wolkenkörper aus müden Flammen. Hel hielt die Luft an, als sie näher kam. Ob es derselbe Lymaerus war? Sie bezweifelte, dass es überhaupt einzelne Wesen gab, wo nicht einmal Körper waren. Dennoch war der Lymaerus viel kleiner als gestern, der Schädel kantiger und die Beine ungleich zarter. Das lag an der Umgebung: Hier war das Leben kaum mehr als ein gelegentliches Glimmen.

Der Geist schien sie zu beobachten, mit Augen, fern und doch durchdringend wie Sonnen. Hel konnte sich nicht helfen – sie musste sich ein wenig verbeugen. Der Lymaerus mochte stumm sein, vielleicht auch frei von Gedanken und Gefühlen, und doch war er ihnen erhaben. Himmel und Land fanden in ihm zusammen. Ihn zu sehen, bedeutete ein Blick auf die Ewigkeit. Er war heilig, dachte Hel, und sie wunderte sich, dass sie dieses Wort nie zuvor mit Geistern in Verbindung gebracht hatte, obwohl es doch so offensichtlich war.

Er glitt auf sie zu. Die flammende Mähne wuchs Hel beinahe von selbst in die Hände. Ohne ihr Zutun rauschte das Wesen unter ihnen hindurch und im nächsten Moment saßen sie auf seinem Rücken, im Wirbel einer Flucht vor Zeit und Wirklichkeit.

Der Lymaerus verwandelte sich. Hel spürte, wie der Körper sich immer neu formte wie Wolken an einem windigen Tag. Mal schien er zu wachsen und bäumte sich auf, dass die Erde unter ihnen versank und Hel Angst bekam, im Sturm der

Magie zerrissen zu werden – dann wieder fiel er in sich zusammen, strauchelte und schlängelte über den Boden, als müsse er sich dicht an ihn pressen, um das geringe Leben zu finden. Mehrmals krampfte Hel sich in Erwartung eines Sturzes zusammen – doch der Geist löste sich nicht auf. Er trug sie rastlos dem Horizont entgegen, hetzte Lirium durch Schluchten und Täler nach wie einer Blutspur.

Hel hielt sich an der Mähne fest, doch nur die Finger des Jungen versanken ganz in der wilden Nebelmasse. Bis zu den Ellbogen umschlangen ihn manchmal die haarfeinen Flammen, und es war schwer zu sagen, ob sie sich an ihn schmiegten oder er sich an sie. Hel beobachtete mit der zweiten Sicht, wie der Geist das Licht des Jungen berührte … einmal schien es, als ströme die Magie zu ihm über, dann wieder stellte Hel starr vor Schreck fest, wie sein Licht, sein Leben, in den Lymaerus überging. Doch immer wenn Hel glaubte, der Junge müsste sterben, hörte es wieder auf. Wusste der Junge davon? Lenkte er es gar? Irgendwie musste er doch mit dem Lymaerus sprechen können, damit er sie nach Har'punaptra brachte …

Seine Arme und sein Umhang umschlossen Hel, er war ihr so nah, dass sie seinen Atem auf ihrer Schulter hätte spüren können, wenn der rauschende Wind ihn nicht geraubt hätte. Und zugleich war er kaum vorhanden, denn was hatte er ihr schon von sich gegeben? Nur eine leise Stimme, ein flüchtiges Gesicht im Schatten.

Die Stunden flogen dahin, lautlosen Hufschlägen gleich. Blauer Himmel wurde violett. Vereinzelte Sterne leuchteten auf, doch ihr Glanz verblasste im Schimmern des Lymaerus.

Wenn es genug Lirium gab, würde er ohne Pause weiterjagen. Hel fürchtete, dass die Zeit dann nie wieder aufhören würde, so zu rasen, bis die Welt für immer hinter ihnen zurückblieb.

Doch dann verschwand der Lymaerus. Es geschah viel sanfter als letztes Mal, auch weil Hel nun vorbereitet war. Der Körper sackte in sich zusammen, wurde langsam und zerstäubte schließlich zu einem Sandwirbel. Hel und der Junge stolperten ein paar schwungvolle Schritte.

Danke … und bis bald, dachte Hel. Falls sie den Lymaerus wiedersah. Es war durchaus möglich, dass Geister mit dem Land starben. Sie schauderte. Nachher würde sie den Jungen fragen.

Traumtrunken vom langen Ritt gingen sie nebeneinanderher. Der Mond hatte zugenommen, sein Licht kam Hel unnatürlich strahlend vor. Die Gebirge wirkten wie an den Himmel gemalt, so flach und gleichmäßig. Hel atmete tief durch. Es war ganz still.

Nach einer Weile wurde ihr bewusst, dass sie ziemlich weit von den Klippen abgekommen waren. Gut eine halbe Meile lag zwischen ihnen und den schroff aufragenden Felsen.

»Wir sollten hinübergehen«, sagte sie und nickte in die Richtung. »Da sind wir geschützter.«

Sie schlugen den Weg ein. Bald fanden sie einen Spalt in den Felswänden, in dem sie übernachten konnten. Weil es eine helle Nacht war, machte der Junge kein Licht. Sie teilten sich den Wasserschlauch und diesmal aß der Junge auch einen Bu'khen. Nur noch vier waren jetzt übrig. Hätte Hel ihrem Hunger nachgegeben, sie hätte alle auf einmal gegessen. Wie lange sollten sie noch mit der Wegzehrung auskommen?

Nebelhaften Sorgen nachhängend, legte Hel sich zum Schlafen. Der Umhang war ihr ein Trost, sie fühlte sich geborgen in dem dunklen Stoff, als könne er sie vor allen Gefahren der Wirklichkeit schützen. Woher nur kannte sie diesen Geruch …

Diesmal war es der Junge, der das Schweigen brach, als sie dalagen, nah und unsichtbar in der Dunkelheit.

»Was willst *du* eigentlich in der Zwergenstadt?«

»Ich weiß es nicht«, flüsterte Hel nach einer Weile zurück. Sie starrte in die Nacht hinaus und die Nacht erwiderte ihren Blick mit derselben Ratlosigkeit. »Ich … habe alle verloren. Mir bleibt nur die Frage: Warum? Ich will eine Antwort.« Sie wollte Luft holen, wollte, dass der Druck von ihrer Brust verschwand, doch sie konnte nur daliegen. Sie vergrub ihre Finger im weichen Stoff. »Und wenn ich die Antwort finde, dann habe ich wirklich nichts mehr.«

»Ist es das, was du willst? Das Nichts?«

Ein süßes Brennen flammte hinter ihren Augen auf, aber es kamen keine Tränen. »Ich will … ich weiß es nicht.«

Der Junge schwieg, als warte er mit ihr darauf, dass sie endlich wieder Luft holen konnte.

»Was meinst du«, flüsterte er dann, »was besser ist? Leiden oder gar nichts?«

Hel versuchte zu verstehen, was er meinte. »Was heißt schon leiden. Ich weiß jetzt, wie sich Verzweiflung anfühlt. Und … Wut und Ohnmacht. Aber ich könnte alldem entgehen, wenn … wenn ich sterben würde. Leiden heißt für mich, dass es keinen Ausweg gibt. Man kann nicht einmal sterben.«

»Dann ist das Nichts besser.«

»Was ist denn Nichts? Der Tod? Niemand kann das Nichts kennen, denn wo nichts ist, gibt es auch keinen, der es erleben kann.«

Er schwieg. Sie hätte gerne gewusst, was in ihm vorging und wie er auf diese Dinge kam.

»Vielleicht gibt es gar kein Nichts«, fuhr Hel flüsternd fort. »Und vielleicht gibt es auch kein Leiden.«

»Kein Leiden und kein Nichts?« Er sprach so leise, dass sie ihn kaum hörte, winzige Geräusche zwischen Lippen und Zunge. »Die Welt ist doch aus diesen beiden Dingen gemacht.«

»Es gibt nur Leben und Tod. Keins von beidem ist das Nichts, und noch weniger sind sie Leid.«

Der Junge schwieg lange. »Du sagst Unwahrheiten, die trotzdem weise klingen. Ich war nicht darauf gefasst.«

»Was meinst du?«

Sie hörte, wie er sich vom Rücken auf die Seite drehte, sich ihr zuwandte, obwohl er sie nicht sehen konnte. Oder doch? Sie dachte an seine Augen, das rätselhafte Blau und Grau, das irgendwo ganz nah im Finsteren lag. »Ich war nicht darauf gefasst, dass ich zweifeln würde.«

Auch sie wandte sich ihm zu, starrte sein Licht an, das weich im unendlichen Tod ringsum schimmerte. Nie zuvor hatte sie sich so danach gesehnt, ihre zweite Sicht mit jemandem teilen zu können wie jetzt, in diesem Augenblick – wenn er doch ihr Licht sähe, so wie sie seines … dieses eine Mal.

»Wie heißt du?«

»Wieso bedeutet ein Name dir so viel?«

»Sag es mir.«

»Heißt du denn wirklich Hel?«

Sie erstarrte. Woher konnte er das wissen …?

»Sieh nach oben. Siehst du den Stern da, etwas abseits neben den vier großen Sternen im Norden? Er ist nur in manchen Nächten sichtbar. Nach diesem Stern bin ich benannt.«

Sie sah hinauf. »Ich weiß aber nicht, wie er heißt.«

»Ich weiß. Nur die, die mich nach ihm benannt haben, kennen seinen Namen.«

Sie wollte ihn einen dummen Witzbold nennen. Stattdessen aber beobachtete sie den Stern, der dort im tiefen Himmelsschwarz leuchtete, musste lächeln und sich wundern.

Die Windige Stadt

Hel erwachte aus bleischweren Träumen, die sofort untergingen. Der Felsspalt war leer.

Verwirrt richtete sie sich auf. Eine Eidechse huschte vorbei und verschwand in einer Ritze. Hel spähte nach draußen. Erleichtert entdeckte sie eine Gestalt, die reglos in der Dämmerung stand.

Wie schon einmal hatte er die Handflächen gen Osten ausgestreckt und schien zu warten oder zu beten. Das Haar fiel ihm offen auf die Schultern. Hel zog die Knie an und beobachtete ihn.

Minuten verstrichen. Falls er tatsächlich ein geheimes magisches Ritual abhielt, spielte es sich nur in seinem Kopf ab. Kein Wort kam über seine Lippen, nicht einmal mit den Augen blinzelte er. Als die Sonne aufging, legte er die Hände über Kreuz auf die Schultern, neigte den Kopf und kniete nieder. Gewiss würde er wieder Wasser aus dem Boden fließen lassen, dachte Hel und wartete gespannt ab.

Doch dann erhob er sich, band seine Haare zurück, machte ein Zeichen mit der Hand – und das war alles. Er kehrte zum Felsspalt zurück.

Hel krabbelte heraus und stand auf. »Was hast du da gemacht?«

Sein Gesicht blieb verschlossen. Er nahm den Umhang entgegen, den Hel ihm reichte, und warf ihn über. »Lass uns gehen.«

»Wolltest du wieder Wasser zaubern?«

Diesmal gab er ihr nicht einmal eine unpassende Antwort und ging einfach los.

Gestrüpp klapperte im Wind wie abgemagerte Kinder, die man einfach ausgesetzt und vergessen hatte. Nirgends sah Hel einen Funken Lirium. Erst weit im Süden und tief unter der Erdoberfläche glomm eine dünne Ader Leben, doch sonst war alles ausgestorben. Selbst die Gebirge hatten sich bis in die Ferne in mächtige Grabsteine verwandelt. Einerseits war das gut, denn sie mussten keinen Angriff fürchten, und auch die zweite Sicht belastete Hel nicht wie sonst. Aber andererseits …

»Ich glaube kaum, dass der Lymaerus heute auftaucht«, murmelte Hel halb zu sich selbst.

»Woher weißt du das?«

Hel suchte nach einer glaubwürdigen Erklärung, als sie merkte, wie sehr ihr eigenes Schweigen ihr gefiel. Sie lächelte triumphierend. »Wie kannst du mit dem Lymaerus sprechen?« Vielleicht ließ er sich ja auf ein Tauschgeschäft ein – ihre Antwort gegen seine.

»Ich spreche nicht mit ihm.«

»Aber du musst ihm doch sagen, wohin er uns bringen soll.«

Er schüttelte den Kopf. »Menschen sprechen. Das Tief … das Leben braucht keine Worte.«

Hel seufzte. Ihre Gedanken wanderten zu anderen Dingen und landeten bald wieder bei Gharra, der *Schwalbe* und den Sturmjägern.

»Hast du eigentlich gesehen, wie das Schiff abgestürzt ist?«

Es verging ein Moment, ehe er sagte: »Ich habe die Trümmer gesehen.«

Hel kaute auf ihrer Unterlippe. Nur die Magier in Aradon würden ihr sagen können, wie der Angriff zu erklären war. Außerdem würde die Magierschaft mindestens so interessiert daran sein wie Hel, den Fall zu lösen, schließlich hatte das Schiff ihnen gehört. Den Verlust würden sie nicht einfach hinnehmen.

Der Morgen verstrich und die Hitze fiel über sie wie ein Glutregen. Das Licht stach Hel in den Augen, selbst wenn sie sie halb geschlossen hielt. Am Rand der Klippen hatten sie nur einen schmalen Streifen Schatten, und sie hüteten sich, ihn zu überschreiten.

Als sie eine Öffnung in den Felsen fanden, taumelten sie ohne Absprache hinein und sanken zu Boden. Der Junge lehnte sich schwer atmend gegen die Wand.

»Lass uns eine Stunde rasten«, murmelte er. »Nur die Hitze abwarten.«

Hel wischte sich die Haare aus der Stirn und legte sich hin. Ihr Kopf wummerte. Aber hier, nah am Boden, war es kühler … sie sank in einen schwindeligen Schlaf. Kaum ein Herzschlag schien verstrichen, als der Junge sie sacht am Arm berührte.

»Lass uns weitergehen.«

Sie tranken noch. Hel musste all ihre Beherrschung aufbringen, den Schlauch nicht in einem Zug zu leeren.

Der Weg wurde erträglicher, als Hel sich vorstellte, dass jeder Schritt sie nicht nur Har'punaptra näher brachte, sondern auch dem Sonnenuntergang, dem Ende dieses Jahre umfassenden Tages. Sie hatten noch nichts gegessen, doch sobald sie etwas zu sich nahm, würde sie erschöpft zu Boden sinken.

Als die Sonne endlich im Westen verschwand, sammelten sie noch einmal ihre letzten Kräfte, durchschritten die Dämmerung und den Abend bis zum Einbruch der Nacht. Als der Mond aufging, ließen sie sich einfach nieder, wo sie gerade waren, aßen ihre Tagesration und tranken noch ein paar kostbare Schlucke.

»Wieso hast du heute kein Wasser aus dem Boden geholt?«, fragte Hel, als die Nahrung sie angenehm füllte und schläfrig machte. »Es liegt daran, dass das Land hier tot ist, stimmt's?«

Sein Blick durchdrang sie.

»Ich kann sehen, dass das Land tot ist.« Sie zuckte die Schultern. Es gab keinen Grund, es zu verschweigen. Doch anders, als sie erwartet hatte, hakte der Junge nicht nach. Er schien nicht einmal überrascht.

Schließlich stand er wieder auf. »Wir sollten weiterlaufen. Dann können wir tagsüber schlafen.«

Hel nickte, auch wenn es sie Überwindung kostete, wieder auf die Beine zu kommen. Taub vor Erschöpfung schlichen sie durch die Nacht, immer weiter, weiter. Der Junge gab ihr seinen Umhang gegen die Kälte. In der Finsternis beklagte der Wind die Unendlichkeit.

Zwei Tage verstrichen so. Hel kamen sie vor wie ein ganzes Leben. Sie aßen die übrigen *Bu'khen* und das Tuch flatterte in einen gähnenden Himmel davon. Der letzte Tropfen fiel vom Rand des Wasserschlauchs, als der zweite Tag zur Neige ging. Noch immer war das Land ohne Lirium.

Dann, am dritten Morgen, entdeckten sie Leben. Doch nicht im Boden.

Im Schatten der Gebirge lag eine Stadt.

»Hast du überhaupt genug Geld?«

»Ich kann bezahlen.«

»Und eine Waffe?«

Er verzog belustigt den Mund. »Ich werde uns beschützen können.«

Hel musterte ihn skeptisch. Ein hübsches Lächeln war nicht unbedingt die beste Voraussetzung, um in eine Windige Stadt zu marschieren. Es hieß, überall, wo die Stadtlager abgerissen wurden, hinterließen sie eine Grabstätte – und in dem Gerücht steckte ein wahrer Kern, wie Hel wusste. Ein ziemlich großer wahrer Kern. Die Städte verschwanden nur, wenn ein Kampf sie zerstörte, was meistens nicht lange dauerte.

»Hoffentlich weißt du, was du tust«, murmelte Hel. Sie rieb sich über das Gesicht und blickte nervös zu den weißen Zelttüchern und Holzwällen hinüber, die im Morgenlicht leuchteten wie gebleckte Zähne. »Zu zweit in eine Windige Stadt, ganz ohne Waffen … Denk dran: Ich bin für die uninteressant, jemand mit deinen Fähigkeiten hingegen bringt auf dem Schwarzmarkt ein Vermögen. Du hast mehr zu verlieren als ich.«

»Wir werden beide nichts verlieren«, beruhigte er sie und ging los. Hel blieb nichts anderes übrig, als ihm zu vertrauen. Wenn sie nicht bald Wasser und Nahrung bekamen, würde die Wüste tödlicher sein als alle Windigen Städte zusammen. Hels Magen fühlte sich so hohl an, dass ihre Füße den Boden nur zu streifen schienen. Dennoch sträubte sich alles in ihr, den Zelten näher zu kommen.

»Ich hab nicht mal einen Finger Lirium, verdammt, nicht mal einen Dolch! Sieh bloß niemandem zu lange in die Augen. Hörst du? Sag am besten gar nichts. Überlass mir das Reden.« Sie atmete tief durch. Am Eingangstor hatte man sie längst bemerkt: Zwei Datteln kauende Männer standen auf und zogen Lanzen aus dem Boden. In der Hitze flackerten ihre Gestalten wie dunkle Flammen.

»Was habt ihr hier zu suchen?«, rief eine der Wachen und spuckte einen Kern aus. Hel, die von den Sturmjägern einiges an Umgangsformen gewöhnt war, wusste, dass die Feindseligkeit nicht ihnen persönlich galt.

»Wir sind Durchreisende! Wir brauchen Proviant.«

Inzwischen waren sie auf Lanzennähe herangekommen. Unmerklich berührte Hel den Jungen am Arm, damit er stehen blieb.

»Habt ihr Waren dabei, die ihr hier feilbieten wollt?«, fragte der Wächter.

Hel schüttelte den Kopf. Jetzt fiel den Wachen ihr Auge auf. Einer von ihnen wich deutlich zurück, dem anderen begann ein Grinsen um den Mund zu zucken.

»Eintritt ist kostenlos, aber bei Verlassen wird der Aufenthalt und jedes erworbene Gut besteuert. Ihr solltet also Geld haben oder drinnen welches verdienen. Sonst gehört ihr der Stadt, bis die Schulden beglichen sind. Verstehen wir uns?«

Hel nickte, dass ihr die Haare wieder über das Auge fielen, und schielte zu dem Jungen auf.

»Einverstanden«, sagte er so leise, dass Hel ihn nur schwer verstand. Dann gingen sie durch das Tor.

Hel hörte die Männer hinter sich lachen. »Proviant! Wohl eher das Spektakel hat die hergelockt.«

»Die verlieren ihr Geld beim ersten Wetteinsatz!«

Sie betraten einen Ring aus Zelten und abgedeckten Ständen. Menschen drängten sich auf der schmalen Straße und unter den Planen. Tee und Datteln wurden auf niedrigen Tischchen serviert; nebenan gab es Hängematten und Kinder mit Fächern, falls man den Tag in angenehmer Kühle fortschlafen wollte. Hinter gefärbten Tüchern wurde auch geraucht und gewürfelt und das ein oder andere Geschäft abgeschlossen. Händler boten lautstark Raubgut feil, verhandelten mit Kunden oder stritten sich mit anderen Händlern. Unter den Planen blitzten aus allen Ländern stammende Schätze – Kleinodien aus den Grabkammern von Königen, kostbare Smaragdbroschen und Rubinringe, dazwischen Haarnadeln aus Glas und Muschelketten. Ein einzelner mit Gold verzierter Schuh. Kleider aus teuerster Spitze, am Saum mit dunklem Blut befleckt. In einer langen behelfsmäßigen Scheune waren zwei Dutzend dunkle Pferde und lärmende Männer, die Wetten auf ein Rennen abschließen wollten und die Tiere inspizierten. Neben dem Hufschmied arbeitete ein Wundheiler auf offener Straße und schmierte eine bitter riechende braune Paste auf den geschwollenen Fuß einer Kriegerin.

Hel ließ ihren Blick über die Geschäftigkeit irren, um jeder möglichen Gefahr rechtzeitig auszuweichen, doch das Treiben unter den Tuchdächern war viel zu unüberschaubar. Noch dazu überzog die zweite Sicht die Welt mit einem grellen Flimmern: Überall war Leben, überall Licht und Lirium. Neben Tieren und Menschen auch magische Gegenstände – Leuchtkugeln, verhexte Klingen, Weckmuscheln, Feenlichter, unzerstörbare Rüstungen, ein ganzer Stand voller Trolle, Gnome und Pixies, die eine Silberkiste umschwirrten, in der ihre Freiheit in Form von Füßen, Herzen, Händen und anderen Körperteilen bis zum Verkauf lagerte. Hel presste die Augen zu. Aber das Leuchten und Blitzen ließ sich dadurch natürlich nicht ausblenden. Es war zu viel. Übelkeit stieg in ihr auf, wie immer, wenn sie an belebten Orten die zweite Sicht benutzte. Das Stechen hinter ihren Augen durchwanderte langsam, aber unaufhaltsam ihren Kopf, schob sich ihren Nacken hinab und umkrallte ihren Magen wie eine kalte Faust.

Atme. Denk nur ans Atmen.

Wie von selbst suchte ihre Hand den Jungen und hielt sich an ihm fest. Er stützte sie, ohne nachzufragen.

»Hier ist ein Brunnen«, murmelte er irgendwann. »Wir können Wasser kaufen.«

Seine Worte drangen durch das Dickicht der Lichter zu ihr durch. Hel zwang sich, die Augen aufzumachen. Einen Moment schien die Welt unter ihren Füßen wegzurutschen, dann bezwang sie den Schwindel. Tatsächlich war da ein Brunnen. Schwere Felsen beugten sich darüber und es war schattig. Drei Frauen schöpften das Wasser aus der Tiefe, um es für ein Kupferstück pro Eimer zu verkaufen.

Hel fixierte die toten Felsen. Der Junge bückte sich, ohne ihren Arm loszulassen. Hatte er etwas fallen gelassen? Wahrscheinlich. Egal. Nicht wert, dafür den Blick von den angenehm ruhigen Felsen zu wenden.

Dann waren sie an der Reihe.

»Voll.« Er gab den Frauen seinen Wasserschlauch.

»Das macht ein Kupferstück.«

Der Junge nahm den gefüllten Wasserschlauch entgegen und hängte ihn an seinen Gürtel zurück. Gleichzeitig hielt er den Frauen seine Handfläche hin. »Hier, ein Kupferstück.«

Die Frauen blickten in seine Handfläche. Auch Hel sah kurz hin. Tatsächlich glänzte dort eine Kupfermünze, glatt und rund wie frisch aus der Schmiede. Eine der Wasserfrauen nahm sie und reihte die Münze auf den Geldring, den sie am Gürtel trug.

»Komm.« Der Junge führte Hel am Ellbogen weg. Als sie sich noch einmal umdrehte, sah sie, wie ein kleiner Stein neben die Füße der Frau klapperte.

»Jetzt brauchen wir noch etwas zu essen. Du kennst dich besser aus als ich, such du etwas aus!«

Hel sah ihn misstrauisch an. Er drehte sich neugierig nach

allen Seiten. Vielleicht ein wenig zu neugierig … Erst als der Brunnen hinter der Straßenbiegung verschwunden war, verlangsamte er seinen Schritt wieder. Er löste den Schlauch vom Gürtel, führte ihn halb zum Mund und entschied sich im letzten Moment, Hel den Vortritt zu lassen. Er war doch vorhin noch nicht so nervös gewesen.

Hel trank und vergaß einen Moment lang ihren Argwohn. Wie süß das Wasser schmeckte! Ihr war, als würde das Leben in sie zurückkehren und die Übelkeit wegspülen. Nach ihr trank der Junge in langen Zügen.

Sie setzten ihren Weg fort. Die Straße bildete eine Spirale, die Runden verkürzten sich. Je näher sie dem Stadtkern kamen, umso lauter und überfüllter schien es zu werden. Hel versuchte, die zweite Sicht zu ignorieren oder zumindest zu ertragen, während sie nach Proviant Ausschau hielt. Es gab gedörrtes Fleisch, gebratene Skorpione und Schlangen; an einem Schlachtstand lag ein halber Sandwurm auf einem Tisch und wurde aus dem Panzer geschält und in gleiche Teile geschnitten, jedes breit wie der Brustkorb eines Mannes.

»Was ist das?«, murmelte der Junge.

»Das weißt du nicht? Na, das willst du auch gar nicht wissen. Komm, hier gibt es Fladen!«

Sie liefen zu einem alten Mann, der Fladen in großen geflochtenen Körben verkaufte. Sie waren zwar nicht so lange haltbar wie Trockenbrot, schmeckten dafür aber viel besser. Manchmal hatten sie welche auf der *Schwalbe* gehabt. Nicht ohne Wehmut suchte sie zehn fingerdicke Fladen aus, ließ sie in ein Tuch schlagen und übergab sie dem Jungen, der sie in der Tasche unter seinem Umhang verschwinden ließ.

»Zwei Kupferstücke«, sagte der Bäcker.

»Hast du denn noch genug Geld, damit wir später rauskommen? Es gibt doch eine Steuer am Tor«, raunte Hel dem Jungen zu.

»Keine Sorge. Hier sind zwei Kupferstücke!« Der alte Mann nahm sie misstrauisch entgegen, steckte sie aber in seinen Lederbeutel.

Wieder zog der Junge Hel weiter. »Brauchen wir noch etwas?«, fragte er und klang merkwürdig eifrig. »Was sind das für verschrumpelte Dinger, die alle essen?«

»Datteln kennst du auch nicht?«

»Magst du sie?« Sie sah ihn unter der Kapuze lächeln. Wenn er lächelte, zog er den rechten Mundwinkel immer ein wenig höher als den linken. Er hatte ein Grübchen in der Wange.

»Ja, schon, aber haben wir denn genug…?«

Bevor Hel es verhindern konnte, war er zu einem Dattelverkäufer getreten und verlangte ganze drei Pfund daumengroße, süße Datteln. »Hier. Drei Kupferstücke.«

»Bist du sicher, dass du genug Geld hast?«, wiederholte Hel besorgt.

»Ich bin gespannt auf diese Datteln. Sie sehen sehr seltsam aus.«

»Und ich dachte immer, Händler achten auf ihr Geld.«

Er schenkte ihr wieder das schiefe Lächeln und wirkte plötzlich viel jünger. Hatte nicht auch seine Stimme heller geklungen?

Irgendwo setzten Trommeln ein. Jemand blies eine Fanfare.

»Was ist das?«, fragte der Junge.

Hels Herz schlug schneller. Lärm bedeutete selten Gutes. »Lass uns gehen.«

»Es kommt vom Ende der Straße.« Schon hatte er sich in Bewegung gesetzt.

»He … komm, du hast deine Datteln und auch alles andere. Gib nicht noch mehr aus, wir wissen nicht, wie hoch die Steuern …«

Vor ihnen tauchte ein runder, von Holzlatten umzäunter Platz auf. Die mächtigen Felsen warfen ihre Schatten nur zur Hälfte darüber; ein Großteil des Platzes kochte in Sonnenlicht. Unter dunkelroten Stoffbahnen tummelten sich Zuschauer.

Die Trommeln erstarben und Jubelrufe wogten aus der Menge. Der Junge schob sich bis zur Umzäunung vor, Hel folgte ihm mit einem unguten Gefühl.

Wie sie vermutet hatte, wurde ein Kampf veranstaltet. In vielen Städten waren Gladiatorenkämpfe verboten – nicht wegen des öffentlichen Tötens, sondern wegen des Wettgeschäfts, das sich darum rankte. Natürlich nahm man es hier nicht so genau damit. Munter wurde getötet, gewettet und betrogen. Hel stieg auf die Zehenspitzen. Doch sie entdeckte keine Gladiatoren auf dem Platz – sondern drei Trolle. Eisenketten verbanden ihre Füße miteinander, sodass sie sich bei jedem Schritt gegenseitig aus dem Gleichgewicht brachten. Nervös vom Lärm und dem schräg einfallenden Licht stolperten sie im Kreis, stießen dumpfes Gebrüll aus und schlugen aufeinander ein.

Unter tosendem Applaus liefen fünf Krieger durch einen Einlass auf den Platz. Sie trugen Helme, Lederharnische und Beinschienen, die mit Lirium gegen Zerbrechen gesichert waren, wie Hel sah – auch ihre Klingen waren durch Magie verstärkt. Visiere mit unheimlichen Zügen maskierten die Gesichter.

Dadurch entdeckte man die zwei Frauen unter den Kämpfern nicht gleich. Die eine war mit einer Doppelaxt bewaffnet, die Hel in dieser Länge noch nie erblickt hatte. Die andere schwang in jeder Hand ein Kurzschwert. Doch die wahre Attraktion war ein Mann aus dem Isenvolk.

Seine Haut war dunkel, wenn auch nicht ganz so dunkel wie Jurebas. Das lockige schwarze Haar war lang, für den Kampf jedoch zurückgebunden. Er war der Einzige, der keinen Helm trug. Das kantige Gesicht war von einer Narbe gezeichnet, die vom Nacken bis zur scharf hervorstechenden Nase führte. In den Händen hielt er ein Araidann, ein Isenschwert: Die Klinge war gekrümmt und hatte einen stumpfen Rücken wie ein Säbel. Dafür war die Schneide so scharf, dass sie bei bloßer Berührung Stoff und Haut durchtrennen konnte, jedenfalls hatte Hel das gehört. Araidann waren sehr selten und wertvoll. Hel hatte noch nie eines der kostbaren Isenschwerter aus der Nähe gesehen, geschweige denn berührt.

Mit hellgrünen Augen durchstreifte der Ise das Publikum und wandte sich dann den Trollen zu. Die Kämpfer verteilten sich um den Platz und zückten kleine Flakons mit Lirium.

»Was passiert hier?« Trotz des erwartungsvollen Lärms hörte Hel den Jungen so deutlich, als seien all die anderen Stimmen nur Windrauschen.

»Lass uns gehen«, drängte sie, denn sie wusste, was nun kommen würde.

Fast gleichzeitig bliesen die Krieger ihr Lirium. Überall wogten Schreie auf.

Schmerzgebrüll aus den Liriumwolken.

Jubelschreie aus den Zuschauerreihen.

»Komm, oder willst du dir das ansehen?«, fragte Hel gereizt. Sie fand nichts Unterhaltsames am Schmerz anderer, ob es nun Menschen waren oder Trolle. Das Lirium sollte sie zwar nur aggressiv machen, doch es stand außer Frage, dass sie im Turnier sterben würden. Wahrscheinlich gab es ein Preisgeld für den, der einen Troll zur Strecke brachte. Eine der vielen Zerstreuungen, denen man in Windigen Städten nachging, und gewiss nicht die brutalste.

»Komm jetzt«, wiederholte Hel. Als sie versuchte, ihn wegzuziehen, war er plötzlich seltsam starr.

Der Kampf begann. Blind vor Zorn schlugen die Trolle um sich, trafen anfangs nur einander und sorgten für Gelächter. Dann wagten sich die Krieger vor. Das Schwert des Isen erwischte einen Troll im Rücken. Als die Klinge seitlich wieder herausfegte, regneten Blutstropfen in den leuchtend blauen Himmel. Leichtfüßig wich er der Faust des Trolls aus. Hel wurde schlecht.

»Die schlafen ja!«, brüllte jemand aus der Menge.

»Gebt den Lämmern was zu schnuppern!«, forderte ein anderer. Einer der Trolle begann, die Krieger zu jagen, und zerrte die anderen beiden mit. Krachend schlugen sie neben dem Zaun zu Boden. Die Menge, die sofort zurückwich, sammelte sich blitzschnell wieder johlend in der vordersten Reihe. Jemand blies Lirium auf die liegenden Trolle.

Ein Beben lief durch die Erde. Erst dachte Hel, es sei nur das Brüllen der Trolle. Niemand sonst schien es zu bemerken. Dann passierte etwas, das sie nur mit der zweiten Sicht wahrnahm.

Überall begann Lirium zu zucken. Auf den ersten Blick änderte sich nichts. Sie sah sich um. In Jackentaschen, Stiefeln, unter Schaltüchern und Hemden kochte Lirium in unzähligen Flakons. Es war, als hätte ein Windstoß die Magie in Unruhe versetzt. War Hel verrückt geworden?

Dann geschah alles rasend schnell.

Eine Detonation erschütterte die Welt, unsichtbar, lautlos. Auf einen Schlag zerbarsten mehr als hundert Finger Lirium.

Menschen flogen durch die Luft, rissen die Tuchbahnen um und sprengten Löcher in die Menge. Chaos brach aus. Das Kreischen der panischen Masse war nicht mehr zu unterscheiden von den Schreien derer, die in die Explosionen geraten waren. Alles stürzte in verschiedene Richtungen.

Hel spürte kaum, dass sie mitrannte. Der Junge taumelte an ihrer Seite, hielt sie fest und stützte sich zugleich auf sie. Die spiralförmige Straße hatte sich in eine Flut aus trampelnden Füßen und schlagenden Körpern verwandelt. Wo sie vorbeikamen, explodierte Lirium. Ein Stand nach dem anderen flog in die Luft, funkelnde Wogen Magie wälzten sich auf die Menschen herab, schmetterten Körper gegeneinander, warfen, rissen und zerfetzten wie gigantische Fäuste. Ein brüllender Mann kam auf sie zugeschleudert – im letzten Augenblick zog der Junge Hel unter seinen Umhang. Der fliegende Mann wurde zur Seite gerissen und schlug in die Menge hinter ihnen ein.

Sie erreichten den Stall. Menschen retteten sich zwischen die wiehernden Pferde und suchten sogar Schutz im Heu. Hel und der Junge rannten vorüber. Endlich erschien das Stadttor vor ihnen. Die Wachen waren längst weggelaufen oder die Straße hinaufgerannt, um sich das Spektakel anzusehen. Niemand hielt sie auf, als Hel und der Junge in die Wüste flohen.

Nachdem der Lärm der einstürzenden Stadt verhallt war, hörten sie auf zu rennen und taumelten nach Atem ringend durch die Schluchten. Der Junge wurde immer langsamer. Schließlich drehte Hel sich nach ihm um – und erschrak. Die Kapuze war ihm vom Kopf gerutscht, er lehnte bleich und zitternd an der Felswand und japste nach Luft. Was Hel erstarren ließ, war jedoch sein Licht: Es war fast nicht mehr zu sehen! Die weiße Glut verhieß kaum noch Leben. Entsetzt stürzte sie neben ihn und sank mit ihm zu Boden. Haarsträhnen klebten auf seiner Stirn.

»Bist du verletzt? Wo bist du getroffen? Ich dachte, dein Umhang...«

Er öffnete die Augen einen schmalen Spalt und Hel verstummte. Der Blick, der aus der Ferne zu ihr drang, schien sie nicht einmal zu erkennen. Etwas Fremdes traf sie in dem stählernen Blau, etwas, das bis jetzt hinter Spiegeln geschlafen hatte.

Mühsam richtete er sich auf, schloss die Augen und schluckte. »Ich... werde nicht... sterben. Ist gut.« Fahrig löste er den Lederschlauch. Hel half ihm zu trinken. Noch immer war sein Licht ein schwächliches Schimmern. Nur Menschen, die im Sterben lagen, hatten so ein Licht. Er musste schwer getroffen worden sein. Aber sie war doch die ganze Zeit neben ihm gewesen, sogar unter demselben Umhang!

Oder lag es gar nicht an dem Umhang und seinen geheimen Kräften, dass sie unverletzt geblieben war... sondern an ihr? Was auch immer sie den Absturz der *Schwalbe* hatte überleben lassen, hatte sie vielleicht auch diesmal geschützt. Verzweifelt vor Ratlosigkeit ließ Hel den Kopf in die Hand sinken und wischte sich über die Stirn.

»Was ist überhaupt passiert?«, stammelte sie. Es war so schnell gegangen – sie fühlte sich, als wäre da eine Lücke in ihrem Gedächtnis, genau dort, wo der Zusammenhang lag und die Erklärung für alles.

Sie atmete tief durch und sah den Jungen an. »Jetzt *musst* du mir antworten! Hast du... war das eben... hast du irgendwas getan?« Sie ballte die Faust. »Hast du das bewirkt in der Windigen Stadt?«

Er zog gequält die Augenbrauen zusammen. Hels Verdacht fiel in sich zusammen, kaum dass sie die Worte ausgesprochen hatte. Er schwebte in Lebensgefahr. Wohl kaum würde er eine Stadt in die Luft sprengen, in deren Mitte er sich selbst befand. Und sie, Hel – die er schließlich schon einmal mühsam vor dem Tod bewahrt hatte.

Trotzdem … es ließ sich nicht leugnen, dass er Zauberkräfte besaß und das, was eben passiert war, allemal als Zauberei gelten konnte. Auch wenn Hel sich dabei schlecht vorkam, ein Funken Argwohn blieb. Wie eine Kupfermünze auf dem Grund eines Brunnens.

Letzte Stunden

Diesmal war er es, der gerettet werden musste.

Hel stützte ihn beim Laufen, bis sie einen Hohlraum in den Felswänden fanden. Die Sonne wanderte durch die Höhen des Himmels und das Wasser lief ihm über Schläfen und Nacken. Hel breitete den Umhang auf dem Boden aus, damit er sich hinlegen konnte, so wie er es vor nicht langer Zeit für sie getan hatte. Dann nahm sie ihm die Weste und den Gürtel ab und öffnete die Schnüre seiner Ärmel. Als sie ihm aus dem Wams helfen wollte, hielt er sie wortlos zurück. Hel errötete, beließ es aber dabei, seine Ärmel hochzuschieben, um die Pulsadern mit einem Zipfel ihrer Jacke zu kühlen, den sie mit etwas Wasser befeuchtete. Mehr konnten sie leider nicht entbehren.

Als sie seine Arme umdrehte, entdeckte sie Zeichen.

Ein Strich, eine dunkelblaue Tätowierung, führte an der Innenfläche seiner Arme hinab bis zu den Händen. Wo mochten die Striche enden? Sie warf ihm einen Blick zu, doch er hatte die Augen geschlossen. Sein Schamgefühl war jedenfalls nicht der Grund, warum er sein Wams anbehalten wollte, da war Hel sicher.

Sie half ihm noch einmal beim Trinken, dann sank er in einen totengleichen Schlaf. Hel kroch zurück und beobachtete ihn mit umschlungenen Beinen, während draußen die Stunden fielen wie Körner in einer Sanduhr. Sein Licht ließ sie nie länger als ein paar Sekunden aus den Augen. Sonst hätte sie nicht sagen können, ob er noch am Leben war – im Schlaf blieb er reglos wie aus Stein gemeißelt, nicht einmal seinem Atem konnte sie lauschen, so flach ging er. Wenigstens schien er nicht verletzt zu sein. Hel hatte nirgendwo Blut entdecken können. Das Lirium musste ihn berührt und seine Energie fast völlig aufgesogen haben, anders konnte sie es sich nicht erklären. Allerdings hatte sie nie zuvor erlebt, dass das Licht eines Menschen geschwächt wurde ganz ohne körperliche Wunden. So etwas geschah höchstens im Alter. In den letzten Jahren war Gharras Licht immer blasser geworden…

Hel lehnte sich an den Fels und ließ den Blick zwischen dem Jungen und dem kargen Land hin und her schweifen. Auch ihre Gedanken wanderten ruhelos zwischen den Ereignissen. Unmöglich, dass das hier dasselbe Land, dieselbe Welt war, die sie so oft durchflogen und zu kennen geglaubt hatte. Alles war fremd geworden… der Anblick der Wüste war derselbe, doch es war ein verstummter Bekannter, der nicht mehr mit ihr sprach. Auch sie hatte ihre Stimme verloren. Denn obwohl da so viel war – fast eine Unendlichkeit zwischen den Horizonten –, war doch alles leer, verwirrend und ohne Erklärung. Nur Staub und Wind.

Spät nachts kam er zu sich. Hel, die eingedöst war, richtete sich sofort auf. Er atmete flach aus und sie hörte ihn nicht mehr einatmen.

»Geht es dir gut?«, flüsterte sie. Dass er ihr diesmal keine Antwort gab, nahm sie ihm nicht übel. Sie betrachtete sein Licht und bildete sich ein, dass es schon wieder stärker leuchtete und auch nicht mehr so flackerte wie vorher.

»Trink etwas.« Sie half ihm, sich aufzurichten, und hielt den Wasserschlauch. Dann öffnete sie seine Tasche und holte die Fladen und Datteln heraus. »Iss, wenn du kannst. Dann kommst du zu Kräften. Hier, probier mal, ob dir das Brot schmeckt! Du hast es noch nie gekostet, oder?«

Er verneinte matt. Hel zerriss einen Fladen und gab ihm ein Stück. Er musste wirklich vom Ende der Welt kommen, wenn er das Brot nicht kannte. Oder von einem anderen Stern. Vielleicht von dem, nach dem er benannt war. Hel musste lächeln über diese Vorstellung.

»Schmeckt es dir?«

Ein schwaches Nicken. Er schluckte. »Ja. Es schmeckt.« Er klang fast bestürzt.

»Willst du die Datteln probieren? Ich kann nicht fassen, dass du nie welche gegessen hast! Weißt du, dass die bis zu den Küsten geliefert werden? Auf dem Landweg über die Adern oder manchmal per Schwebeschiff. Die Isen sind ganz verrückt nach Datteln, hab ich gehört. Sie tauschen Perlen und ihre kostbaren Araidann dagegen ein, stell dir vor.«

Er sah sie erschöpft an. »Wer sind Isen?«

»Das weißt du auch nicht? Dabei hast du heute einen gesehen, in der Arena. Sie haben ganz dunkle Haut und leben auf den Inseln. Sie wissen nichts von Magie, aber dafür haben sie ihre eigenen Wunder. Sie behaupten, dass sie aus dem Meer stammen oder aus irgendeinem versunkenen Land, jedenfalls nicht von dieser Welt.«

Er schien darüber nachzudenken. »Sind sie denn Menschen?«

»Nein. Obwohl – manche behaupten, sie sind doch welche. Man ist sich uneinig.« Hel packte vorsichtig die Datteln aus.

»Woher weißt du all das?«

Jureba, dachte sie. Gharra. Abende unter den Sternen, Abende im Schein der Leuchtkugel, bei Essen und Wein,

Geschichten über Geschichten aus Zeiten und Ländern, die nach Ferne schmecken.

»Als Sturmjäger bekommt man viel mit. Eigentlich weiß jeder, wer Isen sind. Sie leben ja auch in Städten und nicht nur auf den Inseln.«

Er blickte hinaus. Im kühlen Mondlicht wirkte er seltsam verloren, beinahe verletzlich. Hel fragte sich, ob es jemanden gab, der an den Jungen dachte, sich um ihn sorgte und ihn liebte. Und ob er jemanden liebte. Ihre Wangen kribbelten. Irgendwie konnte sie sich nicht vorstellen, dass er Eltern hatte. Aber wenn es ein Mädchen gab, das in seiner Heimat auf ihn wartete, war es bestimmt sehr hübsch und genauso wortkarg und geheimnisvoll wie er.

»Die Inseln der Isen, gehören die zu Aradon?«

»Nein, die Isen haben nie die Dienste der Magierschaft in Anspruch genommen und haben deshalb auch kein Bündnis mit Aradon. Sie halten sich aus allem raus.«

Wieder schwieg er nachdenklich. Hel suchte ihm eine besonders große Dattel heraus. »Pass auf. Da ist ein Kern drin.«

»Warst du schon mal bei den Inseln?«

»Nein. Unser Jagdgebiet war immer die Wüste.«

»Dein ganzes Leben lang?«, fragte er leise.

Hel sah ihn an, nicht sicher, wie viel er wusste und ob er etwas andeuten wollte. Sie nickte knapp.

»Es muss schrecklich sein, diese Ödnis nie zu verlassen.«

Hel fühlte sich verletzt, dabei konnte sie ihm nur zustimmen. Das Land war trist. Aber das Leben auf der *Schwalbe* hatte ihr gefallen. Die Sturmjäger waren oft ruppig gewesen, aber im Großen und Ganzen hatte Gharra für ihr Wohl gesorgt; sie hatte einen Platz in der Welt gehabt, und das war alles, was zählte.

»Probier deine Dattel. Dann überleg noch mal, ob du die Wüste so schlimm findest.«

Er gehorchte. Hel merkte, dass er kurz im Kauen innehielt. »Das ... schmeckt. Wirklich gut.«

Sie kicherte. »Was dachtest du denn?« Sie nahm noch eine und nagte daran.

Er starrte seine angebissene Dattel an. Und es dauerte eine ganze Weile, ehe der Geschmack siegte und er sie aufaß.

Allmählich kam der Junge wieder zu Kräften. Sie schliefen beide ein, bevor es Tag wurde, und Hel erwachte erst am Mittag. Der Junge lag noch immer mit geschlossenen Augen da, allerdings nicht mehr zur Seite gedreht, sondern auf dem Rücken, die Hände zu Fäusten geballt. Ob er bei Sonnenaufgang wieder aufgestanden war, um sein Ritual abzuhalten? Hel vermutete es fast.

Sie zog einen Fladen aus der Tasche, brach die Hälfte ab und ging hinaus.

Die Luft flirrte vor Hitze. Hel verging fast der Hunger, als sie ins Sonnenlicht trat. Von Schatten zu Schatten springend, erkundete sie die nahe Umgebung und ließ sich schließlich zwischen trockenem Distelgestrüpp zu Boden sinken. Langsam kaute sie ihren Fladen. Nicht weit von ihren Füßen entfernt glitt eine kleine braune Schlange durch den Sand. Hel sah ihr nach, bis sie hinter den Felsen verschwunden war. Wie leicht man doch vergaß, dass man nicht alleine war.

Als sie fertig gegessen hatte, kletterte sie bis auf den höchsten Felsen und betrachtete das weite Land. Eine matte Brise umwehte sie. In alle Richtungen erstreckten sich Dünen, trockene Steppen, Distelfelder und Felsenlabyrinthe. Das Traurige war, dass nicht nur die normale Sicht ein kümmerliches Bild bot, sondern auch die zweite. Allein im Westen glomm noch ein wenig Leben im Boden, sonst war alles ausgestorben.

Und dennoch … dennoch waren die *Schwalbe* und die Windige Stadt angegriffen worden. Irgendwas ging mit der Magie vor.

Hel drehte sich nach Osten. Dort würde Har'punaptra erscheinen. Sie stellte sich den flimmernden Umriss der Felswälle vor, dem sie schon so oft von der *Schwalbe* aus beim Wachsen oder Schrumpfen zugesehen hatte. Wie viele Tage sie wohl noch von der Zwergenstadt trennten?

Schließlich zwang die Sonne sie zum Abstieg. Hel kehrte zum Felsspalt zurück, trank einen Schluck und ruhte sich aus. Der Junge schlief noch immer, doch sein Licht wirkte bereits viel kräftiger. Ihre Gedanken glitten in ein nebelhaftes Kreiseln, sie döste ein … und öffnete die Augen, als sie hörte, wie der Junge zu sich kam. Draußen ging gerade die Sonne unter.

»Du siehst schon viel besser aus«, bemerkte Hel.

»Verzeih, dass ich unsere Reise verzögert habe. Heute Nacht können wir weiter.«

»Du musst dich nicht entschuldigen. Tagsüber hätten wir sowieso nur hier geschlafen. Iss erst mal was, dann sehen wir, ob du wieder laufen kannst.«

Der Junge aß so bedächtig, als würde ihn zu schnelles Kauen erschöpfen. Doch als er geendet hatte, schnürte er seine Ärmel und zog sich den Umhang an. Hel konnte gerade noch verhindern, dass er den Wasserschlauch und die Tasche trug, und nahm ihm die Sachen ab.

Mit schleppenden Schritten machte er sich auf den Weg. Hel wurde erst jetzt bewusst, welch schwere Last er bist jetzt getragen hatte. Dabei hatte er nie mehr Erschöpfung gezeigt als sie.

Der Abend kam, doch es war Vollmond und hell genug, um die ganze Nacht durch zu gehen, wenn der Junge es schaffte. Angesichts seines noch immer blassen Lichts war es überhaupt verwunderlich, dass er einigermaßen vorankam.

Stunde um Stunde gingen sie. Der Junge stolperte oft, keine Spur mehr von der unheimlichen Lautlosigkeit, mit der er sich sonst bewegte. Hel vermutete, dass es nicht nur an seiner Schwäche lag. Immer wenn das Land lebendig gewesen war, hatte der Junge seine Fähigkeiten bewiesen. Er hatte Licht gemacht. Wasser fließen lassen. Sogar den Lymaerus gerufen. All das war vorbei, seit Lirium im Boden fehlte. War es tatsächlich möglich, dass er dem Boden Magie entzog? Wenn es stimmte, würde das weltverändernde Folgen haben. Dann brauchte man keine Sturmjäger mehr, keine Feenlichter, um Lirium einzufangen, und auch keine Magier, um die Feenlichter wieder zu entschlüsseln… vorausgesetzt natürlich, seine Fähigkeiten waren für jeden erlernbar. Hel schauderte. Sie wusste nicht, welche Vorstellung ihr mehr Angst machte – dass es eine ganz neue Art der Zauberkunst gab oder dass der Junge über eine einzigartige Gabe verfügte.

Sie legten nur zwei kurze Pausen ein, um zu trinken, und durchwanderten die ganze Nacht. Erst als die Sonne aufging, willigte der Junge ein, noch einmal zu rasten. Während Hel sich einfach zu Boden sinken ließ, stellte er sich jedoch nach Osten und vollzog sein tägliches Gebet. Hel beschloss, die Zeit ebenfalls sinnvoll zu nutzen, und schlief sofort ein.

Sie war kaum durch die ersten Traumbilder gefallen, da weckte der Junge sie wieder. »Lass uns weitergehen, bis es Mittag wird. Wir haben schon zu viel Zeit verloren.«

Hel hätte im Augenblick gerne ein, zwei oder drei Reisetage mehr in Kauf genommen, um nicht aufstehen zu müssen. Aber der Junge hatte es wohl eilig. Vielleicht verdarb ja seine heiß begehrte Ware in Har'punaptra, dachte Hel und musste fast schmunzeln. Dass er hinter einem Handel her war, glaubte sie ihm längst nicht mehr.

Als die Hitze ihn endlich zur Pause zwang, legten sie sich in den Schatten einer Klippe. Fiebrige Wüstenträume suchten Hel heim.

Die Tage und Nächte verstrichen und das Licht des Jungen hellte auf. Obwohl Hel sehen konnte, wie die Lebenskraft in ihn zurückkehrte, blieben die magischen Schauspiele aus. Auch das Land zeigte sich arm, und Hel war nun sicher, dass seine Fähigkeiten unmittelbar damit zusammenhingen. Ab und zu murmelte er Dinge wie »Es ist hier so tot« und »Nichts … wirklich nichts …«, bis Hel sich schon fragte, ob er Lirium sehen konnte wie sie. Wenn sie ihn darauf ansprach, stellte er sich natürlich taub oder gab Antworten, die auf alles passten, nur nicht auf ihre Frage. Es war geradezu bewundernswert, wie er seine Geheimnisse wahrte oder vielleicht auch Geheimnisse schuf, wo keine waren. Was den Zwischenfall in der Windigen Stadt betraf, blieb er ebenfalls wortkarg.

»Hast du denn nicht einmal eine Vermutung, was passiert sein könnte?«, fragte Hel eines späten Nachmittags, als sie aufwachten und etwas aßen, bevor sie die Nacht durch laufen wollten. Inzwischen waren nur noch vier Fladen übrig und gerade einmal zwei Handvoll Datteln, obwohl sie so sparsam wie möglich gewesen waren. Hel wollte gar nicht daran denken, was passierte, wenn Har'punaptra doch noch weiter entfernt war, als sie geschätzt hatten. Sie mussten einfach schneller gehen.

»Du bist doch selbst so etwas wie ein Magier«, hakte sie nach. »Wie konnte das Lirium sich einfach verselbstständigen?«

»Warum beschäftigt dich das so?«

Sie sah ihm in die Augen. »Menschen sind gestorben. *Du* wärst fast gestorben.«

Er erwiderte ihren Blick ungerührt.

»Außerdem«, fuhr sie leise fort, »glaube ich, dass dahinter dieselbe Macht steckt, die auch die *Schwalbe* angegriffen hat. Das Land.« Sie nickte sich selbst zu, weil der Junge keine Reaktion zeigte. »Das Land spielt verrückt. Ich weiß nicht wie, aber in der Windigen Stadt hat es sich das Lirium von den Leuten zurückgeholt. Und gegen sie verwendet.« Sie fühlte sich plötzlich unwohl und schlang die Arme um sich selbst.

Der Junge aß ruhig weiter, schluckte und packte ihre Sachen. »Auf den Menschen lag ein Fluch. Das ist, was ich glaube.«

»Ein Fluch? Was denn für ein Fluch?«

»Es gibt viele Flüche.«

»Und an welchen denkst du?«

Er lächelte, doch seine Augen blieben ernst. »Ich kenne keine Flüche.«

Die Stunden blieben zurück wie ungezählte Schritte im Sand. Kälte, Hitze, Licht und Dunkel wechselten sich ab im Takt von Durst und Hunger. Manchmal vergaß Hel, wie lange sie schon liefen, wie lange die Nacht andauerte und ob sie die Nächte davor nur erträumt hatte. Sie wusste auch längst nicht immer, wieso sie überhaupt ging und was in Har'punaptra so wichtig war, dass sie dorthin musste. Aber vielleicht setzte sie nur einen Fuß vor den anderen, weil es keine andere Möglichkeit gab … und weil alles Lebendige, auch Hel, bis zum Ende auf der Flucht vor dem Nichts war.

Dann, eines späten Nachmittags, entdeckte Hel Lichter. Es waren viele. Sie funkelten fiebrig hinter den Felswällen von Har'punaptra.

Har'punaptra

Sind das alles Sturmjäger?«, fragte der Junge, als er die Schiffe über den Felsen entdeckte.

»Aber nein, das sind auch Frachter und Passagierschiffe und Handelsflotten – das ist Har'punaptra, wir sind da!« Hel rannte mehrere Schritte vor, plötzlich von neuer Energie erfüllt. »Siehst du? Dort oben landen die Schiffe. Es gibt zwei Anlegestellen, einmal im Osten und einmal im Norden. Der Nordhafen ist der größere, dort landen auch die Sturmjäger. Los, komm!«

Sie drehte sich um und merkte, dass sie einen großen Vorsprung zwischen sich und den Jungen gebracht hatte. Eilig lief sie zurück, fasste ihn an der Hand und zog ihn vorwärts.

»Was ist, freust du dich denn nicht? Wir sind da!«

»Doch«, murmelte er.

»Du hast es dir größer vorgestellt, was? Dann lass dich überraschen. Har'punaptra sieht von außen nicht so aus wie von innen. Komm!«

Er zog sich die Kapuze übers Gesicht und setzte sich endlich in Bewegung.

Bald erschien eine breite Straße unter ihnen. Sie kletterten am Geröll hinab und folgten den zerwühlten Spuren von Füßen und Wagen, die Har'punaptra vor ihnen erreicht hatten.

Hundert Schritte vor dem Stadttor stand ein kleiner Zollturm, auf dessen Dach ein Zwerg saß.

Trotz der Hitze trug er einen gusseisernen Helm und das lange grüne Wams der Stadtwache, auf der in Gelb und Rot eine aufgehende Sonne abgebildet war. Als Hel und der Junge näher kamen, streifte er sie mit leeren Augen, die Hunderte von Leuten am Tag vorbeikommen sahen.

»Willkommen in der Hauptstadt der Zwerge und des Handels, ihr seid in Har'punaptra!«, rief er und hob die Hand, die im Vergleich zu seinem gedrungenen Körper riesig schien.

Hel erwiderte den Gruß. »Seid gegrüßt! Wir kommen aus der Wüste, ich bin Sturmjägerin bei Kapitän Redwin Gharra auf der *Schwalbe*, unser Schiff ist abgestürzt!«

Der Zwerg blinzelte sie irritiert an. Die Worte waren so aus ihr herausgesprudelt – sie spürte jetzt, wie dringend sie der ganzen Welt mitteilen wollte, was vorgefallen war.

»Dann wisst ihr sicher, wie ihr euch an die Magierschaft wenden könnt. Ihr müsst trotzdem Wegzoll zahlen. Ein Schilling pro Kopf.«

Hel drehte sich zu dem Jungen um. »Hast du noch Geld?«

Er räusperte sich und griff in die Tasche. Hel sah, wie er zwei Datteln nahm. Doch als er seine Handfläche ins Sonnenlicht hielt, lagen nicht Datteln, sondern Kupferstücke darin.

»Hier, zwei Schilling«, sagte er mühsam.

Der Zwerg ließ eine Art verlängerte Schaufel herab, sodass er die Münzen darauflegen konnte. Sie gaben ein glockenhelles Klirren von sich. Ungläubig sah Hel zu, wie der Zwerg die Schaufel hochzog und das Geld nahm. Er nickte ihnen zu. »Viel Glück und Freude in Har'punaptra!«

»Ja, danke«, stammelte Hel und ging weiter. Ab hier war die Straße gepflastert, zwei tiefe Gräben säumten sie zu beiden Seiten. Gut eine halbe Meile voraus klaffte ein riesiges Tor in der Felswand.

»Du hast mit *Datteln* bezahlt«, keuchte Hel.

»Es waren Kupferstücke.«

»Und für wie lange werden sie das bleiben?«

Er lächelte sie an. »Ein paar Sekunden.«

Ängstlich drehte sie sich noch einmal nach dem Wachturm um, doch der Zwerg kümmerte sich inzwischen um den nächsten Reisenden. Wahrscheinlich würde der Betrug erst auffallen, wenn der Fürst von Har'punaptra die Geldkiste aufsperrte. Eine schöne Überraschung.

»Bevor sich unsere Wege trennen«, sagte Hel und stockte, weil sie erst jetzt wieder daran dachte, »willst du mir nicht verraten, wie du das alles angestellt hast?«

Er ging ebenfalls langsamer. Hel spürte, wie sein Blick über ihre Lippen flog und zwischen ihren Augen wanderte. Sie schüttelte sich trotzig die Haare über die Stirn.

»Was soll ich verraten?«

»Woher du so zaubern kannst. Jetzt, wo wir uns vielleicht zum letzten Mal sehen, kannst du es mir doch sagen ...«

Sie blickten dem Tor Har'punaptras entgegen und gingen gemächlich. Trotzdem schien die Stadt schwindelerregend rasch näher zu kommen.

»Wer sagt denn, dass wir uns zum letzten Mal sehen?«

Hel fühlte, wie ihr Gesicht warm wurde. Sie öffnete den Mund und holte Luft, trotzdem klangen ihre Worte, als wäre sie am Ersticken: »Also, wenn du deinen Handel in Har'punaptra abgeschlossen hast ... ich meine, ich werde dann wahrscheinlich in Aradon sein. Vielleicht kommst du ja auch irgendwann nach Aradon.« Schnell, sag noch etwas, irgendwas. »Kann auch sein, dass ich noch mal nach Har'punaptra zurückkehre. Wie lange bleibst du denn hier? Vielleicht musst du ja nach Süden, dann können wir in ein paar Tagen ... vielleicht zusammen?«

Er ließ sie im Echo ihrer eigenen Stimme sieden, zu feige oder zu taktvoll für eine Ablehnung. Hel glühte. Dabei hatte er doch damit angefangen, dass sie sich vielleicht einmal wiedersahen … er hatte das wohl nur aus Höflichkeit gesagt. Sie schämte sich in Grund und Boden.

Schweigend kamen sie am Stadttor an. Doch es war vielmehr ein gewölbter Tunnel, in dem die Zollkammern untergebracht waren. Jetzt, am Abend, herrschte reger Betrieb. Einsame Durchreisende, Besucher, die sich keine Anreise per Schiff leisten konnten, und Händler aus der Wüste suchten Einlass, bevor die Tore sich schlossen. Wer zu spät kam, musste die Nacht außerhalb der Mauern verbringen. Unter zerklüfteten Felsvorsprüngen rings um Har'punaptra hatten sich längst Vororte aus Erdhöhlen und Zelten gebildet, Auffangbecken für all jene, denen die Handelsstadt keinen Erfolg und Reichtum beschert hatte. Die Siedlungen waren der Ursprung des Verbrechens, hieß es, und vergifteten Har'punaptra wie wuchernde Geschwüre.

Als Hel und der Junge von den Stadtwächtern aufgehalten wurden, fürchtete Hel für einen kurzen Moment, man könnte ihnen den Eintritt verwehren und sie müssten in den Armenvierteln draußen übernachten. Sie war noch nie durch eines der Stadttore gekommen, das Schiff hatte immer in den Häfen angelegt.

»Wir sind Sturmjäger«, erklärte der Junge, bevor Hel auch nur den Mund aufmachen konnte. »Unser Schiff, die *Schwalbe*, ist abgestürzt.«

Die Wächter musterten sie von oben bis unten, starrten Hels Auge an und winkten sie schließlich durch. Sie schritten durch den Tunnel und waren in Har'punaptra.

Ein Gewirr aus Straßen, Schluchten, Treppen und Leitern nahm sie in sich auf und riss jedem Versuch, sich zu orientieren, sofort den Boden unter den Füßen weg. Der Junge blieb stehen. Wie vom Donner gerührt starrte er an den Wällen Har'punaptras empor, die wie wulstige Pilze bis in den Himmel ragten. Straßen schlängelten sich durch das Dickicht der Hütten, Türme, Höhlen und Felsen, zogen schräge Narben über die Klippenwände, verschwanden in Gängen und tauchten andernorts doppelt und dreifach wieder auf; Lichter pulsten aus Abertausend Fenstern, Balkonen und Schächten, und vor Lärm summten die Schluchten, denn alles Gestein war längst, seit Jahrhunderten, ausgehöhlt und durchlöchert worden wie Bienenstöcke.

Hel taumelte einen Schritt zurück, weil das Licht auf der zweiten Sicht schier überwältigend war. Schon aus der Ferne hatte Har'punaptra vor Leben gestrahlt, doch mittendrin zu stehen, machte fast blind. Sie brauchte unbedingt ein Silberstück und eine Augenklappe …

»Gibt es ein Gasthaus, in dem man dich erwartet?«, lenkte Hel ab, als der Junge ihr Schwanken bemerkte. Er sah sie einen Moment lang ratlos an, als erreichten ihn die Worte nur mit Verzögerung. »Wohin gehst *du*?«

»Ich werde versuchen, eine Audienz bei dem Magier des Fürsten zu bekommen«, sagte Hel so gefasst wie möglich. »Dann wird man mich nach Aradon schicken, um bei der Magierschaft vorzusprechen, denke ich.«

Im Gesicht des Jungen schien es zu arbeiten. Dann legte er eine Hand auf ihren Rücken und sah sich nach allen Seiten um. »Ich begleite dich noch.«

Hel wusste nicht, ob sie sich darüber freute. Wahrscheinlich wankte und schielte sie, ohne es zu merken, darum fühlte er sich verpflichtet zu helfen. Zögernd setzte sie sich in Bewegung. Bald war das Stadttor hinter Hütten und Türmen verschwunden. Der Weg führte sie über gewundene

Pfade und Treppen an den Felsen entlang. Überall flammten Leuchtkugeln auf, aber auch Fettkerzen, Öllampen, Fackeln und Funzeln trotzten dem Einbruch der Nacht mit ranzigem Gold. Gassen wurden zu Markthallen und Bühnen für Schausteller aller Art.

»Schlaft doch nicht ein!«, brummte jemand hinter Hel. Als sie sich umdrehte, stieß eine gehetzt wirkende Zwergin sie mit ihrem Wagen an, auf dem ein Bottich voller frisch gefärbter Tücher stand. Dunkelrotes Färbewasser spritzte Hel auf den Arm, doch der Junge zog sie rechtzeitig zur Seite, bevor die Wagenräder ihre Füße überrollen konnten.

»Alles in Ordnung?«, fragte er. Erst jetzt fiel Hel auf, wie laut es war – die zweite Sicht hatte alle anderen Wahrnehmungen in den Hintergrund gedrängt.

»Ähm, ja. Ja.« Sie wischte sich die Farbe vom Arm. Als sie weitergingen, spürte sie, dass der Junge unauffällig Körbe, Wagen und vorbeilaufende Gestalten vor ihr wegschob. In diesem Moment wusste sie, wie gern sie ihn hatte. Auch wenn er der merkwürdigste Kerl war, den sie je getroffen hatte, und wahrscheinlich verbotene Magie betrieb – er war ein guter Mensch. Sie hätte ihm gerne gedankt.

Die Straße wurde zu einer Treppe, die Treppe zu einem Basar. Händler mit Bauchständen und winzigen Wagen, an denen Ketten, Glöckchen und Talismane baumelten, erschwerten das Vorankommen. Dann verstopfte eine riesige rosafarbene Sänfte den Weg, um die sich ein Dutzend Schmuckverkäufer balgten: Im Vorbeizwängen erhaschte Hel den Blick auf drei aufgetakelte Zwerginnen, die sich Fächer schwenkend umwerben ließen. Irgendetwas fiel zu Boden – ein Geldring oder ein erworbenes Schmuckstück – und Gewühl brach aus, durchsetzt von hellem Geschrei und Gelächter. Die Sänfte kippte zur Seite. Hel sah nicht mehr, ob sie tatsächlich stürzte, schon hatte die bunte Menge sie weitergespült. Niedrige, blattförmige Eingänge säumten links den Weg, darüber versteckten sich baufällige Balkone und Türmchen hinter bunten Vorhängen. Zwerginnen in grellen Kleidern liefen auf den Balkonen ein und aus und riefen in die Menge herab. Auch Gäste waren hier und da in den Zimmern zu sehen, ein menschlicher Mann, der stark torkelte, ließ sich von einer Zwergin nach oben führen, wobei die Zwergin Mühe hatte, auf ihren drei Zoll hohen Holzschuhen nicht die Balance zu verlieren. Sie kamen an einer Höhle vorbei, deren Decke sich fast zwanzig Meter hoch wölbte und den Lärm durch die Echos zum Gewitter vervielfachte. Offenbar war ein Boxturnier im Gange oder eine Prügelei – schwer zu sagen, ob gejubelt oder gestritten wurde. Am Eingang tummelten sich Zwerginnen in Kleidern, die wie Königinnenkostüme aus dem Theater wirkten, und hielten nach Bekannten, Kunden oder leichten Opfern Ausschau. Eine von ihnen taumelte zwischen Hel und den Jungen und schob ihm eine lange, geschwungene Pfeife unter die Nase. Süßer Nelkenrauch umwaberte sie.

»Hallo, mein Hübscher, möchtest du mal ziehen? Das macht aber einen Kuss, und den nächsten Kuss musst du mit was anderem bezahlen, ja?«

Hel zog den Jungen weg. Auf ihren hohen Schuhen war die Zwergin so groß wie Hel und warf ihr einen garstigen Blick zu – als sie ihr Auge sah, rief sie »Iiiihh!« und trippelte kieksend davon.

Mit Wut im Bauch und gesenktem Gesicht schob Hel sich weiter durch das Gedränge. Auf einem breiten Felsvorsprung standen Trolle in Ketten zur Schau. Der feuchte, lehmige Gestank raubte einem fast den Atem. Dennoch tummelten sich einige interessierte Käufer um den Vorsprung und feilschten um die besten Trolle. Rasch liefen sie weiter und kamen in einen Tunnel, dessen Bogenfenster die Sicht auf tiefe Häuserschluchten freigaben. Durch die Holzbretter im Dach ließen sich Füße erahnen, es war ein mehrstöckiger Weg.

Eine altes Runzelweib aus dem Isenvolk trug einen Käfig voller Vögel vor dem Bauch. Die feuerroten und goldenen Tiere zwitscherten panisch durcheinander, als ein Zwergenkind auf sie zurannte und gegen die Gitter patschte. »Ich will eins! Will eins haben! Sind das Gnome? Warum leuchten die nicht?«

Hel und der Junge verließen den Tunnel und stiegen weitere Treppen empor, die durch Hallen und Gebäude führten, dann an Klippen entlang, bis sich kaum mehr sagen ließ, ob sie zu den Straßen gehörten oder zu Häusern. Ein Markt erschien, auf dem Hühner, Schildkröten, Schlangen und Skorpione verkauft wurden; dahinter boten Metzger ihre Waren feil, und es dauerte nicht lange, bis Hel und der Junge ein Viertel voller Garküchen und Gasthöfe erreichten. Hier oben waren deutlich mehr Menschen auf den Straßen als weiter unten in der Stadt. Die Türen waren höher, die Wege breiter und die Speisen weniger auf zwergische Gaumen abgestimmt. Als sie an Buden vorbeikamen, in denen warme Suppen köchelten und Apfelküchlein mit Karamell beträufelt wurden, begann Hels Magen zu knurren. Sie konnte erst wieder auf eine Mahlzeit hoffen, wenn sie ihre Audienz bei dem Magier von Har'punaptra bekam … aber ehe sie dort um Verpflegung bitten konnte, würde sie erzählen müssen, was passiert war. Und es war verdammt viel zu erzählen …

»Ist es noch weit bis zum Fürsten?«, fragte der Junge.

Hel riss ihren Blick von einem großen, brutzelnden Fleischspieß los und suchte zwischen den Gipfeln der Stadt nach dem Palast des Fürsten. Er war in die höchsten Felsen Har'punaptras gehauen und streckte seine Türme über den Rand der Klippen hinaus – dennoch versteckten die näheren Gebäude ihn jetzt.

»Wir sind schon in der Hochstadt«, antwortete Hel. »Jetzt ist es nicht mehr weit.« Sie blieb stehen und wandte sich ihm zu. »Ich kann von hier aus auch alleine weiter. Danke … dass du mich so weit begleitet hast.«

Er sah sie an. Hel fiel auf, wie dunkel die Ringe unter seinen Augen waren.

»Möchtest du noch etwas mit mir essen?«

»Mit … aber wir haben kein Geld.«

Er lächelte. Ehe sie sichs versah, hatte er sie durch einen Steinbogen in ein Gasthaus gezogen.

An jedem Tisch schwebte eine matt schimmernde Leuchtkugel. Es musste eine feine Herberge sein. Auf einer Holzbühne tanzten schmalgliedrige Zwerginnen mit Seidentüchern, Flöten und Glocken. Durch die Fenster konnte man auf die Stadt hinabblicken, ein Gewirr aus wuselndem, funkelndem Leben.

Ein Zwerg mit kurz geschorenem Haar und schlichter, aber guter Kleidung geleitete Hel und den Jungen zu einem der runden Erker, wo die Tische standen. Dann zählte er die Speisen auf, die die Küche bot. Hel spürte, wie ihre Zunge immer fester am Gaumen klebte. Ziegenbraten mit frischen Fladen, Apfelbutter mit Biskuit und Preiselbeeren, gebrannte Wüstennüsse, Sesamklöße, gefüllt mit süßen Pflaumen und salziger Kichererbsenpaste, überbackene Honigküchlein in Zuckerlikör, gebratene Ringelnudeln mit Eiern und Speck. Als der Zwerg schließlich endete, sah der Junge Hel fragend an.

»Was willst du?«

Hel konnte sich nicht entscheiden. Der Junge schien ihre Gedanken zu lesen und richtete sich an den Zwerg: »Könnten wir vielleicht eine … Auswahl von den Empfehlungen der Küche haben?«

Der Zwerg verneigte sich mehrmals. »Gewiss, gewiss, sehr gerne. Davor müsste ich mich allerdings davon überzeugen, dass die Herrschaften zahlungskräftig sind …« Mit Falkenblick beobachtete der Zwerg, wie der Junge unter seinen verstaubten Umhang griff und eine Handvoll Silbermünzen zum Vorschein brachte.

»Hier. Das sind Silbermünzen.«

»Das – das sehe ich!«, ereiferte sich der Zwerg und begann wieder mit seinen Verbeugungen. »Verzeihung vielmals, die Herrschaften, das Mahl wird bald angerichtet sein. Wollen die Herrschaften dazu eine Auswahl unserer besten Weine? Unser Met ist herrlich, süß oder würzig …« Der Junge unterbrach seinen Redeschwall mit einem Nicken. »Gut, auch Wein.«

Endlich zog der Zwerg sich zurück. Er musste sie für Diebe halten, so abgemagert und schmutzig wie sie waren und wie sie mit Silber um sich warfen. Als er hinter einer Treppe verschwunden war, beugte Hel sich über den Tisch.

»Du hast nicht zufällig echtes Silber dabei?«

Der Junge sah sie wieder nur an. Hel wusste die Pausen nicht zu deuten, die er neuerdings vor dem Sprechen machte. Dachte er an ihren Abschied? An ihr Auge? War ihr eine Warze auf der Stirn gewachsen?

»Nein«, sagte er leise. »Das weißt du doch.«

Sie musste kichern. »Lass uns das Geld nachher auf den Tisch legen und ganz schnell abhauen. Weißt du, was das Schlimmste daran ist? Dass ich nicht einmal ein schlechtes Gewissen habe. Ich denke bloß an die vielen Vorräte, die hier in den Kellern lagern, und dass ich von allem einmal abbeißen will!«

Er stützte die Arme auf den Tisch, kam etwas näher und grinste ebenfalls. Hel war sicher, dass er etwas sagen wollte, doch in dem Moment kamen zwei kräftige Zwerginnen und stellten so viele Weinkrüge auf den Tisch, dass es für eine ganze Sturmjägermannschaft gereicht hätte. Reichlich überfordert ließ man Hel und den Jungen wieder allein. Schließlich probierten sie von jedem Krug einen Schluck, entschieden, dass ein Honigbranntwein der beste sei, und tranken danach doch nicht mehr. Dann wurden die Speisen gebracht.

Zuerst gab es Fleischbrühe mit saftigen Brocken, Rüben und Zwiebeln, die Hel nach den ersten köstlichen Löffeln am liebsten in einem Zug ausgetrunken hätte. Bevor es dazu kam, wurden warme Fladen gebracht, beim Aufreißen noch dampfend, mit dicken Soßen zum Tunken, Pasten aus Oliven und Paprika und eingelegtem Gemüse. Wieder kamen die Zwerginnen mit Tabletts: heiß gebratene Sesamklöße, aus denen rote Pflaumensoße tropfte. Hel wusste gar nicht, was sie zuerst essen sollte. Viel zu schnell fühlte sie sich satt, dabei waren die Becher, Schüsseln und Teller noch nicht einmal zur Hälfte leer. Ob sie etwas mitnehmen konnten? Andererseits würde sie kaum mit einem Sack lauwarmer Essensreste in den Palast des Fürsten marschieren können. Und der Junge würde dank seiner Zauberei überall neues Essen bekommen.

Als sie sich Soßenreste von den Fingern leckte, bemerkte sie, dass der Junge hinter den Speisebergen gar nicht wie sie mit Hinunterschlingen beschäftigt war. Still saß er da, einen angebissenen Teigkloß in der Hand, und beobachtete sie.

Hel wischte sich unauffällig über den Mund. »Schmeckt es dir nicht?«

Er zog die Mundwinkel zu einem kleinen Lächeln hoch, doch sein Blick blieb seltsam fern. »Doch. Ich wusste nicht, dass ihr so gutes Essen habt.«

Sie schob die Schüsseln zusammen und legte die Arme auf den Tisch. »Wo kommst du wirklich her?«

Die Musik, das nahe und ferne Summen von Stimmen und das gedämpfte Tosen der Stadt schlossen sich um sie wie Nebel und Samt. Lichter tanzten träge auf der zweiten Sicht; vage Spiegelungen schwebten durch seine Augen. Er senkte den Blick und legte den Teigkloß weg.

»Ich bin satt, du auch? Ich bring dich noch zum Palast des Fürsten.«

»Wo musst du hin?«

Er blickte aus den Fenstern, wie um die Antwort zu finden. »In die Nähe.«

»Vielleicht sollte lieber *ich dich* begleiten. Har'punaptra hat ein paar gefährliche Viertel, weißt du.«

Er grinste sie an. »Und dann wärst du meine Leibwache?«

»Unterschätz mich bloß nicht. Ich bin unverwüstlich und außerdem eine gute Abschreckung.« Sie wies auf ihr Auge. Das Lächeln des Jungen erlosch. Hel schluckte – verdammt, wieso musste sie immer so dämliche Sachen sagen.

»Komm, gehen wir.« Er riss vier Stücke aus einem Fladenbrot. Als er sie auf den Tisch legte, waren es Silbermünzen. Hel, die eben noch einen Weinbecher leerte, lehnte sich staunend darüber, doch als sie eine Münze anfassen wollte, hielt er ihre Hand fest. »Tu das lieber nicht.«

»Äh, ist gut. Warum?«

»Jede Illusion kostet mich Kraft. Entschuldige.«

»Macht nichts«, murmelte sie und folgte ihm nach draußen. Der Zwerg verabschiedete sie katzbuckelnd, sobald er das Silber auf dem Tisch erspähte. Draußen tauchten sie rasch in der Menge unter.

Inzwischen war es Nacht geworden, doch die Lichter der Stadt blendeten alle Sterne aus. Hel sah in den Himmel, der auf der zweiten Sicht angenehm leer war. So folgten sie den gewundenen Gassen, bis sich die höchsten Zwiebeltürme des Palasts in ihr Blickfeld schoben. Prächtige Steinbögen führten auf einen Felsvorsprung, der das Dach von Har'punaptra bildete: Hier lag das Hafenviertel.

Lampions säumten die Dächer der Häuser, als gelte es, jeden Schatten auszumerzen. Aus Schenken schwappten hundert verschiedene Melodien. Hel hatte sich immer gefreut, wenn die *Schwalbe* in Har'punaptra landete und sie ein paar Nächte in diesem Viertel verbringen konnte – es gab Theater und Tänze an jeder Ecke, ganz zu schweigen von den anderen Sturmjägern, die Tratsch und Gerüchte aus allen Winkeln der Welt mitbrachten. Aber Hel war dem bunten Dach der Stadt nie mit der zweiten Sicht ausgesetzt gewesen. Es war fast unerträglich.

»Ist das der Palast des Fürsten?«, fragte der Junge und wies auf die Türme, die den sandigen Felsen entwuchsen. Hel nickte. Inzwischen waren sie näher herangekommen; sie standen am Rand eines Balkons, der sich wie ein Vogelnest über die Unterstadt beugte. Ein Weinfest war im Gange. Inmitten dicht umdrängter Buden und Sitzbänke tanzte man zu zwergischen Flöten. Hel entdeckte mehrere Sturmjäger im Strudel der Tanzenden. Was für ein Zufall! Andererseits ankerte doch fast immer irgendein Schiff der Liga in Har'punaptra. Das erste Mal seit Langem hatte Hel wieder so etwas wie ein Heimatgefühl, wärmend, aber auch traurig.

»Hier wären wir also«, murmelte sie. »Dort hinten ist das

Palasttor. Danke, dass du bis hierher mitgekommen bist.« Sie wollte ihm auch für alles andere danken, aber sie brachte kein Wort hervor. Er war ihr in den letzten Tagen so vertraut geworden, und jetzt war der Augenblick gekommen, wo sie wieder Fremde werden würden. Sie konnte nicht Lebewohl sagen. Noch nicht. Noch einen Moment. Vielleicht schwieg er ja aus demselben Grund …

Ein zwergischer Flötenspieler kam und blieb vor ihnen stehen, ein langsames Tanzlied anstimmend. Hel warf ihm einen nervösen Seitenblick zu.

»Möchtest du … noch etwas trinken?« Der Junge deutete auf eine der Weinschenken.

Hel lächelte. »Haben wir heute nicht schon genug Leute betrogen? Danke«, fügte sie rasch hinzu, »lieber nicht, mir ist schon ein bisschen schwindelig.«

Der Zwerg spielte noch immer neben ihnen. Paare sammelten sich rings um sie. »Verdammt, will der ein Trinkgeld von uns oder was?«, murmelte Hel. Der Zwerg hörte sie nicht, entdeckte aber nun ihr Auge und drehte sich weg.

»Dann wünsche ich dir viel Glück. Auf deinem weiteren Weg.« Er sah sie eindringlich an.

»Ja. Dir auch. Viel Glück bei deinem Handel.« Hel spürte, wie sie ihm die Hand hinhielt.

Nach kurzem Zögern ergriff er sie. Seine Finger umschlossen ihre fest, aber es war ihr nicht unangenehm. »Hel. Hör zu. Ich –«

»HE, HEEEL!«

Sie fuhr herum. Aus der Menge tauchten ein winkender Arm und ein Gesicht auf. Ihr Magen verkrampfte sich. Obwohl die braunen Locken länger waren als früher und der Junge darunter jetzt fast ein Mann war, erkannte sie Nova sofort wieder – Nova, Sturmjäger auf der *Taube*, Sohn von

Kapitän Neremias Nord, dem berüchtigtsten Jäger der Liga – Nova, der fast schon selbst berüchtigt war. Aber für ganz andere Dinge.

»Nova«, stammelte Hel. Er zeigte ihr aus der Ferne eine rote Mohnblume, legte theatralisch die Hand aufs Herz und kam näher, umringt von einer Gruppe zwergischer und menschlicher Mädchen. Hel wollte sich die Hand vor das linke Auge halten, als ein Ruck an ihrem Arm sie taumeln ließ. Novas überraschtes Gesicht verwischte im Gedränge. Der Junge zerrte sie vom Fest weg.

»Au – he! Was –« Der Junge rannte fast und zwang sie, mitzustolpern. Entsetzt stürzte sie eine Treppe hinter ihm her. Er fing sie auf und zog sie wie einen Mehlsack weiter, durch tropfende, enge Gassen, bis der Lichterschein verrauchte. Unter einer Steinbrücke, die über die niedrigen Häuschen griff, blieb er endlich stehen und schob sie in die Schatten.

»Was zum Henker ist –« Er presste ihr eine zitternde Hand auf den Mund, ließ sie aber gleich wieder los. Sein Blick irrte über das Gewirr aus Brücken und Dächern – und blieb an etwas hängen. Hel spürte, wie er erstarrte. Ängstlich drehte sie sich um.

Eine Gestalt sprang am fernen Ende des Gässchens vom Dach. Es waren immerhin zwei Meter Tiefe, doch die Gestalt richtete sich sofort wieder auf und kam mit ruhigen Schritten auf sie zu.

»Ergreifst du jetzt schon die Flucht vor mir, ohne nachzusehen, ob ich eins habe?«, sagte eine glatte weibliche Stimme. Licht fiel durch eine Lücke zwischen den Häusern und die Unbekannte blieb stehen. Ein langer Umhang ließ sich erahnen, so wie der, den der Junge trug. Sie legte den Kopf schief. »Bist du denn gar nicht … neugierig?«

Der Junge drückte Hels Arm und ließ sie dann los, um aus dem Schatten zu treten. »Wenn du eins hättest, würdest du nicht versuchen, mich hinterrücks aus der Menge anzugreifen. Noch dazu mit einem so armseligen Schlag.« Er nickte ihr zu. *»Sár Myrdem Hel alil.* Was für eine Überraschung, dich hier zu treffen.«

Lachen perlte von den Hauswänden. »Du glaubst doch nicht, dass du der Einzige wärst, der auf die Zwergenstadt gekommen ist? Ich bitte dich … ein Schlangennest mitten in der Wüste, sagenhaft versorgt von drei mächtigen unterirdischen Flüssen, die sich nie von der Stelle bewegen. Man müsste ein Narr sein, nicht nachzuforschen.«

»Wie gesagt«, erwiderte er. »Dich hier zu treffen, überrascht mich, Saraide.«

Einen Augenblick herrschte atemlose Stille. Dann warf die Fremde eine zierliche weiße Hand in die Luft und etwas Helles schoss durch die Gasse. Der Junge riss die Arme hoch. Ein Lichtkreis zerplatzte über ihnen und für ein paar Sekunden war alles erleuchtet. Hel sah die Fremde. Dickes rotblondes Haar fiel bis zu den Hüften. Die Augenbrauen waren ungewöhnlich dicht, darunter glommen Augen wie Öltropfen. Ein Lächeln spielte um den Mund, der blass und voll war und dem hageren Gesicht trotz seiner Länge etwas Reizvolles verlieh.

»Wer ist diese armselige Kreatur, die du mit dir herumführst?« Die Worte fielen silbrigen Glöckchen gleich in die Dunkelheit. »Gehört das Krüppelauge zu deiner Maskerade oder sollte sie mich interessieren?«

»Ardym mahil lilh alid, sar'en helir. Genauso wenig wie mich.«

»Hast du ihr das da angetan? Soll ich sie aus ihrem Elend befreien? So etwas kann man doch nicht herumlaufen lassen.«

»Nur zu, Saraide. Verschwende deine Kräfte.«

Die Frau schmunzelte. »Anetán ist übrigens ebenfalls hier. Ich frage mich, wer von uns weiterziehen wird. Derjenige muss es dann mit Totumé aufnehmen. Ja, sie ist uns tatsächlich allen voraus, ausgerechnet sie! Unsere Kleine macht auch keinen Hehl daraus ... die Verdammten reden im ganzen Land von ihr.«

»Was, Totumé?«, murmelte er.

Die Frau trat ins Licht der Hauslücke. Rasierklingen schienen das Grinsen ins Gesicht geschnitten zu haben. »Es geht los. Mercurin, mein Bruder ... heute Nacht wirst du ins Reich der schweigenden Könige einkehren.« Sie neigte den Kopf und war zwischen den Häusern verschwunden. Der Junge blickte ihrem Schatten nach, der über den Boden davonglitt.

Nova

Endlich konnte Hel sich von der Mauer lösen. Panik trommelte in ihren Gliedern. Sie verstand nicht, was die Begegnung bedeutete, doch sie spürte die Gefahr – spürte seine Angst wie Treibsand um sie ansteigen.

»Wer war das? … Mercurin?«

Er zuckte kaum merklich zusammen, als sie seinen Namen sagte, und tief in ihrem Inneren flatterte ein Lächeln – Mercurin, so hieß er also, ein Stern im Norden der Nacht. Er drehte sich zu ihr um, hob den Blick und kam damit doch nur bis zu ihrem Mund.

»Ich verstehe nicht, wer du bist«, sagte er mit wackeliger Stimme, »und was du zu bedeuten hast, aber ich glaube, dass du gesegnet bist und das Tiefe Licht mir durch dich ein Zeichen gibt, dass Es mir wohlgesinnt ist.«

»Was?«

Er zog etwas aus seiner Tasche und legte es ihr in die Hand. »Versprich mir etwas. Du sollst es wissen. Geh zu den Inseln der Isen, von denen du mir erzählt hast. Geh fort aus Aradon, der Boden ist verflucht. Und du gehörst nicht zu den Verdammten … Hel. Bitte.« Er drückte ihre Hand und schob sie von sich weg. Verwirrt blickte sie auf das, was er ihr gegeben hatte: ihre Augenklappe. Voller Wüstenstaub, aber unbeschädigt, mit dem eingeschobenen Silberling.

»Wieso –« Sie starrte ihn an. »Wieso gibst du mir die erst jetzt?«

»Du hättest mit dem toten Silber ja doch nur dein Auge verdeckt … das wollte ich nicht.« Wie etwas Fernes spürte sie seine Finger an ihrer vernarbten Schläfe.

»Sag mir, was los ist. Wer war die Frau? Welche Sprache hast du gesprochen?« Die Fragen taumelten durcheinander, sie wusste gar nicht, ob sie überhaupt verständlich waren. Er ging einen Schritt rückwärts, dann noch einen, glitt von ihr weg. »Dich zu kennen, wird es mir schwerer machen. Und doch bereue ich unsere Begegnung nicht.« Sie sah ihn lächeln, trauriger, als Tränen sein konnten. »Ich werde an dich denken.«

Er trat zwischen die Häuser und war fort.

»Warte!« Sie lief ihm nach, sah den Saum seines Umhangs um die Ecke wehen. Hastig wollte sie die Augenklappe aufziehen, ließ sie stattdessen fallen, bückte sich und drückte das Silber auf ihr Auge. Schlagartig erloschen alle Lichter.

Hel keuchte. Für einen Moment hatte sie das Gefühl, im Ozean des Nichts zu ertrinken. All das Flimmern und Funkeln und Wimmeln verschwand so abrupt, als wäre der Tod über die Welt gefallen.

Unsicher zog sie sich an den Mauern hoch, schob sich durch den Häuserspalt und trat auf eine belebte Straße. Wie unecht alles wirkte! Die Zwerge, Menschen und Tiere waren plötzlich nur noch bewegte Bilder ohne Leben. Wo war der Junge? Im Gedränge weiter oben entdeckte sie einen dunklen Umhang. Hel lief los. Sie band sich die Augenklappe fest. Die Straße endete vor der Treppe, die sie zuvor hinuntergerannt waren. Von oben schwappte ihr der Lärm des Weinfests entgegen. Sie lief hinauf, drehte sich, entdeckte überall dunkle Mäntel … war dort nicht eine Kapuze in der Menge?

»Mercurin! Warte!« Sie rannte ein paar Schritte, blieb unschlüssig stehen. Was wollte sie ihm überhaupt sagen? Aber er konnte sie doch nicht stehen lassen, nach dem Zwischenfall gerade, nach *allem*, einfach so, mit einem Haufen Fragen, ohne Abschied. Ohne ihr zu versichern, dass er nicht in Gefahr schwebte. Hel setzte sich wieder in Bewegung, drängelte sich an Tanzpaaren und Musikern und Sitzbänken vorbei, bis sie gegen eine Schulter rempelte und festgehalten wurde.

»Hel! Hel, zum Henker noch mal! Erkennst du mich nicht?«

Sie blickte auf und entdeckte Nova. So nah war sie ihm noch nie gewesen, durchschoss sie ein fahriger Gedanke. Die Kanten seines Gesichts wirkten deutlicher, dafür waren die Sommersprossen fast ganz verschwunden. Doch das Grinsen hatte sich nicht verändert. Der Schneidezahn, dem seit einer Sturmjagd ein Stück fehlte, und die weiße Narbe, die über seine Oberlippe führte. Mohnblumen klemmten hinter seinen Ohren. Glucksend schloss er die Arme um sie und zog sie an sich. Die Goldknöpfe seiner Jacke drückten ihr in die Wange. Als sie sich befreite, hob er sie hoch und wirbelte sie herum.

»Lass mich los, verdammt, Nova!«

Er stellte sie wieder ab und patschte ihr auf den Kopf, offensichtlich staunend, wie viel kleiner sie war. »Wie geht es dir? Hast du jemanden verloren? Wo ist Gharra?«

Sie wischte seine Hand weg und sah sich um. Lachende Gesichter. Wehende Röcke. Kein Kapuzenumhang. Der Junge war fort … war fort. Für immer.

»Nein«, sagte sie. »Ich bin allein.« Und als sie in Novas dunkle, fröhliche, betrunkene Augen blickte, versank die Welt in einem Tränenschleier. »Ich bin allein … die *Schwalbe* ist abgestürzt!«

Nova ging mit Hel unter eine einsame Treppe am Rand des Fests, wobei die Traube aus Bewunderinnen ihn nur widerwillig freigab. Eine junge Dame war so beharrlich, dass Nova Hel als seine verschollene Schwester vorstellen musste, damit sie ihn endlich losließ. Zähneknirschend beobachtete Hel, wie sie sich mit Luftküssen trollte. Seit Nova aus seiner storchbeinigen Kindheit herausgewachsen war, konnte er sich über einen Mangel an weiblicher Aufmerksamkeit jedenfalls nicht beklagen. Er hatte das leichte Lächeln seines Vaters geerbt und diesen hilflos-schelmischen Blick, dem man viel zu schnell verzieh. Aber Hel kannte ihn schon zu lange, um ihn nicht zu durchschauen. Manchmal hatte sie das Gefühl, dass sie die Einzige war.

Als er endlich den letzten Luftkuss aufgefangen hatte, wandte Nova sich ihr zu und wurde ernst.

»Also. Nun erzähl mir, was passiert ist.« Er legte eine Hand auf ihre Schulter. Aber nur weil er nicht mehr gerade stehen konnte. Ärgerlich sah Hel zu ihm auf. Die Augenklappe fühlte sich ungewohnt an, doch sie gab ihr Sicherheit. Nicht auszudenken, wenn Nova ihr Auge sah … hoffentlich *hatte* er es vorhin in der Menge nicht gesehen.

»Die *Schwalbe* ist abgestürzt. Sie sind alle tot. Ich muss die Magierschaft in Kenntnis setzen.«

Er starrte sie an. »Aber – wie, das ist ja … Aber wie?«

Sie zuckte die Schultern und schüttelte ihn dabei ab. »Ich weiß es nicht, deshalb will ich ja die Magier fragen.«

Eine Weile standen sie sich schweigend gegenüber. Die fröhliche Musik schien sie zu verspotten. Alles wirkte so unecht – es fühlte sich falsch an, über den Absturz zu sprechen, auf so nüchterne Weise, noch dazu mit Nova.

»Und sie sind alle …? Das … das tut mir leid. Ich … und was machst du jetzt?«, fragte er leise.

»Keine Ahnung.« Hel starrte auf ihre Füße. Sie wusste wirklich nicht, was aus ihr werden sollte. Die Erkenntnis riss wie ein gähnender Schlund vor ihr auf.

Nova räusperte sich. »Dann hast du auch nichts mehr von dem Einzugsbefehl mitbekommen?«

»Was meinst du?«

»Die Magierschaft hat alle Schiffe nach Aradon gerufen.«

Hel machte große Augen. »Was, die ganze Liga?«

Nova nickte. »Ich wusste nicht, dass auch die *Schwalbe* angegriffen wurde. Es hat Unfälle bei drei Schiffen gegeben – der *Adler*, der *Eule* und der *Kranich*. Niemand weiß genau, was passiert ist. Es gab keine Überlebenden.«

Hel fühlte, wie etwas in ihr zusammensackte. Sie hatte viele Sturmjäger von den Schiffen gekannt. Gesichter und Erinnerungen schossen ihr durch den Kopf wie ein Hagel feiner Nadeln. Sie wollte etwas sagen, doch die einzigen Worte, zu denen sie fähig war, lenkten von ihrem Schock ab: »Und die Magierschaft hat nun … hat die Liga nach Aradon gerufen?«

»Um die Unfälle aufzuklären. Angeblich. Vielleicht hat jemand die Schiffe angegriffen. Vielleicht sind sie aber auch abgestürzt, weil etwas mit dem Lirium nicht gestimmt hat, und deshalb müssen jetzt alle anderen Schiffe überprüft werden. Es kursieren so viele Geschichten – halte dich bloß von den anderen Sturmjägern fern, wenn du dich nicht verrückt machen lassen willst. In Aradon werden wir Antworten kriegen.« Er sah sie besorgt an. »Die *Taube* fliegt morgen früh hier los. Wir könnten dich mitnehmen.«

Hel kaute auf ihrer Unterlippe. Morgen schon … Sie schüttelte den Gedanken an den Jungen – Mercurin – ab und nickte. »Danke. Ich kann im Augenblick nicht bezahlen, aber die Magierschaft wird mir Geld leihen.«

Nova winkte ab. »Unsinn, Hel! Wir haben einen Gast auf der *Taube*, der uns für die Mitreise großzügig bezahlt. Einen blinden Passagier können wir uns leisten.«

»Danke. Ich zahl's aber trotzdem zurück.«

Er sah sie mitleidig an und Hel wich seinem Blick aus. Sie würde Geld verdienen. Es gab genug Schiffe in der Liga, auf denen sie anheuern konnte. Irgendjemand würde sie schon nehmen.

»Also, die *Taube* liegt im Nordhafen, morgen bei Sonnenaufgang geht es los. Magst du solange hier bei uns bleiben? Die Jäger von der *Albatros* und der *Möwe* sind auch da, es ist eigentlich ganz lustig.«

Hel schielte zu einem Grüppchen lärmender Männer hinüber, die sich lautstark über abstürzende Schiffe unterhielten. »Danke, ich will lieber allein sein.«

»Bist du sicher? Ja, stimmt eigentlich.« Er kratzte sich den Kopf. »Du willst jetzt wohl … Komm, ich setz mich mit dir hinten an die Tische.«

»Schon gut. Ich seh dich morgen beim Schiff.«

»Wirklich?«

Sie nickte wieder.

»Was machst du jetzt?«, fragte er unsicher.

Hel zuckte die Schultern. Bloß keine Tränen. Sie zog die Nase hoch und verschränkte die Arme. »Ich hau mich irgendwo aufs Ohr, bin hundemüde.«

»Ich glaube, Roian und Sillima sind auf der *Taube* geblieben, sie lassen dich rein. Warte.« Er nestelte an seiner Jacke herum und gab ihr eine vergoldete Manschette in Form eines Degens. »Sag, dass ich dich geschickt habe.«

»Alles klar«, murmelte Hel. »Und danke noch mal.«

Sie nahm die Manschette und ging. Irgendwas rief Nova ihr hinterher. Sie hörte es nicht mehr, wollte es auch nicht hören. Seine Unbeschwertheit machte sie wütend. Dabei half er ihr mehr, als sie hätte erwarten dürfen. Trotzdem konnte sie ihm nicht dankbar sein.

Hel lief vom Platz und tauchte in das Gassenlabyrinth ein. Überall strömte fröhlicher Lärm aus den Tavernen. Die ganze Welt schien zu feiern, und sie kam sich inmitten all der lachenden Leute so unendlich allein vor, dass es wehtat. Aber irgendwo war ja auch er – Mercurin. Allein. Von dunklen Sorgen verfolgt. Wieso hatte er sie einfach stehen lassen? Er hätte ihr doch vertrauen können … welchen Gefahren er sich auch stellen musste, sie hätte versucht, ihm zu helfen. Sie schuldete ihm ihr Leben, und er gab ihr nicht einmal die Chance, sich zu revanchieren.

Hel ließ sich auf einer abgetretenen Stufe nieder und stützte das Gesicht in die Hände. Sie übertrieb, das wusste sie. Mercurin ging sie im Grunde gar nichts an. Sie suchte nur nach etwas, um sich abzulenken … von dem, was jetzt auf sie zukam. Das war die eigentliche Wüste, die tödliche Leere: ihre Zukunft. Wenn sie den Magiern vom Absturz berichtet hatte, was sollte sie dann mit sich anfangen? Wer würde sie brauchen, wo doch so viele fähige Sturmjäger ihre Beschäftigung verloren hatten? Lirium verschwand, die Flotte der Liga verschwand, alles ging dahin … es gab keine Aussicht, für niemanden.

Plötzlich wirkten die feiernden Gestalten gar nicht mehr so fröhlich. Der Mann, der unter den Anfeuerungsrufen der Menge einen ganzen Weinkrug leerte, und die beiden singenden Frauen mit den Säbeln – vielleicht waren sie einmal Sturmjäger gewesen, hatten erst ihre Jagdbeute, dann ihr Schiff und ihren Beruf verloren. Hel sah sich selbst zwischen ihnen, wie sie ihr restliches Leben in den Schenken verbrachte, mit Wein und den immer gleichen alten Abenteuergeschichten, auf der Flucht vor gestern und morgen. Aber die anderen hatten ihre Geschichten wenigstens erlebt. Für sie war alles vorbei, bevor es überhaupt angefangen hatte.

Sie ballte die Fäuste und spürte, wie sich Novas Manschette in ihre Handfläche bohrte. Der Schmerz war seltsam tröstlich. Rasche Tränen tropften ihr über die Wimpern, durchnässten die Augenklappe.

»Mädchen, alles in Ordnung?«, fragte ein Zwerg, der mit drei Kumpanen die Treppe heraufkam.

Hel nickte unangenehm berührt. Die Zwerge gingen vorüber. Doch als sie wieder allein war, fühlte sie sich noch elender.

Nach den Zwergen sprach sie niemand mehr an, obwohl sie immer wieder leise schluchzte. Schließlich stand sie auf, als hätte sie vergeblich auf jemanden gewartet, der alles wiedergutmachte, und schlich zum Nordhafen. Imposante Treppen und Spitzbogen lagen im Schein der mondfarbenen Leuchtkugeln. Hel stieg die Stufen so langsam wie möglich hinauf und ließ den Blick über die betrunkenen, tuschelnden oder schlafenden Gestalten links und rechts schweifen, ohne jemanden außer sich selbst wirklich wahrzunehmen. Ihre Schritte kamen ihr so schwer und endgültig vor, als hinterließe sie Abdrücke im Stein.

Eine breite Brücke führte zum Wachturm und der Anlegestelle dahinter, wo auf vielen Einbuchtungen im Fels Schiffe schlummerten. Hel meldete sich beim Wachturm als Sturmjägerin auf der *Taube*, doch ihr Name stand nicht auf der Besatzungsliste. Also zeigte sie Novas Manschette und erklärte den beiden Stadtwächtern die ganze Geschichte – zwecklos. Man ließ sie nicht ein.

»Warum denn?« Hel hob hilflos die Arme. »Ich bin unbewaffnet!«

»Was ist mit dem Degen?«

»*Das*?« Hel hielt die Manschette zwischen Daumen und Zeigefinger. »Damit könnte ich höchstens jemandem die Fingernägel putzen!«

»Verschwinde«, knurrte der andere Zwerg, »oder wir müssen dich in Gewahrsam nehmen.«

Mit zusammengepressten Lippen drehte Hel sich um und stapfte zurück zur Treppe. Vor lauter Wut liefen ihr wieder Tränen übers Gesicht und das machte sie noch wütender. Diese Wächter! Bestimmt lag es an ihrer Augenklappe – so eine verwegene Gestalt konnte ja nur eine Diebin sein.

Hel kauerte sich in die Schatten auf der Treppe und zog die Beine unter ihre Weste. Es war kalt und sie zitterte. Wie spät es wohl sein mochte? Dumpf stierte sie in den östlichen Himmel und wartete auf den Tag.

Sie hatte nie eine längere Nacht erlebt. Die Zeit wollte einfach nicht verstreichen. Immer wieder versuchte sie einzuschlafen, schloss die Augen und blendete die hartnäckigen Gedanken aus, aber jedes Mal kamen die Laute zurück, rollten blass schimmernd wie Quecksilber zusammen, *Mercurin*, und dann seufzte sie, weil sie seinen Namen hatte, aber den Jungen verloren hatte.

Wenn sie sich zu oft an ihn erinnerte, würde sein Gesicht verblassen, sie musste sparsam damit umgehen … Schließlich nickte sie doch weg, taumelte durch leichte, blaue Träume und schrak hoch, besorgt, dass sie die Abreise der *Taube* verschlafen hätte. Aber es war noch dunkel, aus der Stadt waberte nächtlicher Lärm herauf … sogar die drei Matrosen standen nach wie vor auf der Treppe, und wie es aussah, hatten sie ihre Weinflasche immer noch nicht geleert. Stöhnend lehnte Hel den Kopf zurück.

Schließlich tauchten die Matrosen ins Hafenviertel ab. Neue Gestalten gingen vorüber, kamen von den Schiffen oder kehrten zurück. Hel schlief nicht mehr ein, es war vergebens. Sie überlegte schon, zum Weinfest zurückzukehren und sich zu betrinken. Aber sie war verweint und wollte von niemandem gesehen werden.

Irgendwann lief Hel die Treppe doch hinab. Sie hielt sich den Lichtern fern und beobachtete das Getümmel aus der Ferne. Müde Gestalten schleppten sich die Stufen zum Hafen hinauf, aber Nova war nicht unter ihnen. Hel wurde bewusst, dass sie ihm gar nicht begegnen wollte, und sie ging wieder zurück.

Die Stunden vor Sonnenaufgang döste sie dahin, zu müde, zu wach. Schließlich beobachtete sie, dass bei den Zwergen ein Schichtwechsel stattfand, und rappelte sich auf. Vielleicht hatte sie diesmal mehr Glück.

Aber ihre müden Augen und die zerzausten Haare machten keinen besseren Eindruck. So sehr Hel auch bettelte, man ließ sie nicht ein.

Aus lauter Trotz blieb Hel mit verschränkten Armen vor dem Wachturm stehen, entschlossen, sich nicht vom Fleck zu bewegen, bis Nova kam. Die Stadtwachen ignorierten ihre giftigen Blicke. Als sie müde wurde, setzte sie sich hin, aber so, dass sie die Zwerge weiterhin böse anstarren konnte. Die Brücke lag verlassen da, wer jetzt noch nicht zu den Schiffen zurückgekehrt war, blieb unten in den Schenken.

Irgendwann bemerkte sie verwundert die Umrisse von Schiffen am Himmel – allmählich ergraute die Finsternis. Sie atmete tief aus. Sie hatte die ganze verfluchte Nacht gewartet. Sie fühlte sich, als müsste sie vor Ärger platzen. Und dann schlief sie ein.

Auf der *Taube*

He du, verschwinde! Schiebt das Mädchen weg!«

Ein unsanfter Ruck an ihrer Weste riss Hel aus dem Schlaf. Sie blinzelte überrascht. Es war Tag, glühendes Morgenlicht umriss den Wächter, der sie zur Seite schleifte.

»Lass mich!« Als sie den Zwerg abschüttelte, bemerkte sie eine imposante Sänfte auf zwei Rädern, die darauf wartete, dass sie den Weg räumte. Über den blauen Samtvorhängen saß ein goldenes Fünfeck wie eine Krone – das Pentagon der Magierschaft.

Ihr Herz machte einen Sprung. »Gelobt sei die Magierschaft! Ich bin Sturmjägerin, Sturmjägerin von der *Schwalbe* unter Kapitän Redwin Gharra, unser Schiff ist abgestürzt!«

Sie machte sich von dem verdutzten Zwerg los und taumelte mit ausgestreckten Armen vor die Sänfte. Lautlos schwangen die Vorhänge auf.

In den Kissen saß niemand anderer als Meister Argamon, der Magier von Har'punaptra. Hel hatte ihn schon einige Male bei Versammlungen der Liga gesehen. Neben ihm war eine junge Magierin. Sie trug ein Gewand in Perlmutt- und Elfenbeintönen, neben dem Meister Argamons Roben fast schlicht wirkten. Ein Goldnetz umfasste ihr Haar, das schlohweiß war wie bei allen Magiern. Neben dem hageren, großen Mann wirkte sie wie ein wohlgenährtes Kaninchen, doch sie hatte dieselbe spitze Nase und seinen kleinen, vollen Mund. Hel erinnerte sich gehört zu haben, dass er eine Tochter hatte.

Sie verbeugte sich rasch. »Mein Name ist Hel, Sturmjägerin unter dem Kommando von Kapitän Gharra.«

Meister Argamon sah sie kurz an, dann nickte er. »Ich erinnere mich an dich. Du bist das Mädchen, das Lirium sieht. Wo ist dein Kapitän?«

»Er … sie sind verunglückt, Herr. Die *Schwalbe* ist vor den Kauenden Klippen abgestürzt. Das Land hat uns angegriffen.«

Der Magier runzelte überrascht die Stirn. »Es sind noch andere Schiffe zerstört worden. Offenbar bist du die einzige Überlebende, die von den Ereignissen berichten kann.« Eine Weile dachte er nach, dann klopfte er mit seinem Stab auf den Boden der Sänfte. »Komm mit.« Die Räder setzten sich in Bewegung und rollten am Wachturm vorbei auf die breiten Hafenwege. Hel lief nebenher. »Meine Tochter Aricaa wird heute mit der *Taube* nach Aradon reisen. Ich werde dafür sorgen, dass du auf demselben Schiff unterkommst.«

Hel riss die Augen auf. »Die *Taube*! Nova, ich meine Kapitän Nords Sohn, hat mir bereits angeboten, mich mitzunehmen.«

»So? Das ist ja ein Zufall.« Der Magier zog die Mundwinkel hoch, als wollte er ein Lächeln imitieren. Die Nachricht vom Absturz der *Schwalbe* hing wie ein Schatten über seinen Zügen.

Die *Taube* lag gleich an der ersten Anlegestelle, ein Ehrenplatz, den sie zweifellos dem hohen Gast zu verdanken hatte, den sie bald an Bord nehmen würde. Das Schiff war weitaus kleiner als die *Schwalbe*, aber angeblich gab es in der Liga kein schnelleres. Am Heck waren die Bretter bei einem besonders wilden Liriumsturm verbogen worden, was Kapitän Neremias Nord nie hatte reparieren lassen. Er war stolz auf die Narben, die seine Abenteuer hinterlassen hatten.

An Deck herrschte reger Betrieb. Kisten wurden an Bord gebracht, und Zwerge aus dem Fürstenpalast liefen geschäftig zwischen den Sturmjägern umher, um die Ankunft der Magierin vorzubereiten.

Ein kleines Treppchen wuchs aus der Sänfte. Die junge Dame schwebte kleiderrauschend auf das Schiff, gefolgt von ihrem Vater.

»Lilipa!«

Eine Zwergin mit einem großen weißen Sonnenschirm drehte sich um und eilte herbei. Offenbar war es Aricaas Dienerin, denn nach einem hastigen Knicks hielt sie den Schirm über sie. Dabei war die Sonne kaum aufgegangen.

»Und wo ist Kapitän Nord?«, fragte der Magier, ohne jemanden direkt anzusehen.

Ein schlaksiger junger Sturmjäger eilte die Treppe zur Kapitänskajüte hoch. »Ich weck – äh, ich hol ihn!«

Er verschwand hinter der Tür. Und blieb dort. Minuten verstrichen. Der Magier stellte seinen silbernen Stab laut auf und trommelte mit den Fingern auf den Kugelgriff. Zwerge und Menschen, die noch immer den Abflug vorbereiteten, machten einen weiten Bogen um ihn.

Endlich schlug die Tür der Kajüte auf und Neremias Nord erschien, die Arme ausgebreitet wie ein Prophet. Hel erkannte ihn kaum wieder. Er hatte sich in dem knappen Jahr, das seit ihrer letzten Begegnung verstrichen war, deutlich verändert. Das einst markante Gesicht war erschlafft, dicke Tränensäcke hingen unter den Augen, die rot umrändert und glasig wirkten. Es war auch nicht zu übersehen, dass ein zuvor nicht da gewesener Bauch die Jackenknöpfe zu sprengen drohte. Dennoch, das Lächeln war dasselbe, breit und selbstsicher wie in den Tagen seiner legendären Sturmjagden.

»Meister Argamon!«

Hel biss die Zähne zusammen – der Kapitän war offensichtlich nicht ganz nüchtern. Als er die Treppe herabstapfte und sich mehrmals verbeugte, empfand sie eine Mischung aus Mitleid und Scham. »Und Meisterin Aricaa! Willkommen auf der *Taube*, es ist mir eine Ehre.« Er wollte die Hand der jungen Magierin küssen, verfehlte sie aber und schnipste stattdessen lachend mit den Fingern. »Seid Ihr ausgeschlafen? Wollt Ihr Euch mit Eurem Quartier vertraut machen? Kommt mit, Ihr auch, Meister Argamon, erlaubt mir, Euch die wunderbare Kajüte Eurer Tochter zu zeigen.« Er wies fahrig ins Schiffsinnere.

»Nein, ich habe nicht viel Zeit«, sagte der Magier unwirsch. Als er den vorwurfsvollen Blick seiner Tochter bemerkte, seufzte er und legte eine Hand auf ihre Schulter, um sie vom Kapitän wegzudrehen. »Es tut mir leid, dass unser Abschied knapper als geplant ausfallen muss«, raunte er. »Was passiert ist, konnte doch niemand vorausahnen … In zwei Monaten komme ich zur Jahresversammlung nach Aradon, dann sehen wir uns wieder.«

Seine Tochter nickte und blinzelte in den heller werdenden Osthimmel.

»Aricaas Dienerin Lilipa wird für das Wohl meiner Tochter verantwortlich sein, ich erwarte jedoch, dass all ihren Wünschen nachgegeben wird«, wandte sich Meister Argamon wieder an den Kapitän.

Neremias Nord zeigte sein bezauberndstes Lächeln. »Aber natürlich, Meister Argamon. Wir werden Eure Tochter sicher nach Aradon geleiten; ja, ich bürge dafür, dass ihre Reise so angenehm und ruhig wird wie ein Nachmittag im fürstlichen Obstgarten. Mit dem Obst.« Er zwinkerte. »Wir haben die Vorratskammern Euren Vorstellungen entsprechend aufgestockt. Pfirsiche und Trauben aus Kapua und die getrockneten Beeren, die Ihr auf Eure Liste geschrieben habt, diese roten …«

»Rotbeeren«, sagte die Tochter des Magiers. »Sind sie karamellisiert, wie ich verlangt habe?«

»Gewiss, selbstredend. Glaube ich. Wenn nicht, karamellisiere ich sie Euch höchstpersönlich!« Er schluckte sein Lächeln hinunter, als die Mienen der beiden Magier eisig blieben. »Nein, seid unbesorgt, Meisterin Aricaa. Ich versichere Euch, dass alles an Bord ist, was an Bord sein muss. Wir sind absolut vorbereitet und startklar.«

In dem Moment erklang ein Schrei. »Haaaalt! Wartet auf mich! Wa-waaarteeet!«

Eine halb rennende, halb hüpfende Gestalt erschien auf dem Steg, Stiefel und Jacke in den Armen. Nova. Als er das Schiff erreichte und seinen Vater neben den Magiern entdeckte, stolperte er hastig in seine Kleider und zupfte sich die Mohnblumen aus den Haaren. Dann schritt er schwer atmend, aber so würdevoll wie ein Löwe auf sie zu.

»Ähem. Guten Morgen.« Er verbeugte sich. »Pienova Lysander Nord. Zu Euren Diensten. Ich bin nicht zu spät. Ich dachte nur … gut. Sehr gut, exzellent.«

Stille trat ein.

Kapitän Nord streckte den Arm aus und zog Nova neben sich. »Wenn ich vorstellen darf … mein stellvertretender Kapitän und Sohn; der Sohn von mir und Meisterin Medeah, Magierin am Hofe Moia.« Dabei reckten sich beide stolz.

»Ja. Ich weiß«, sagte der Magier unbeeindruckt. »Nun denn. Dann wird hoffentlich nichts mehr den Abflug verzögern. Aricaa … lebe wohl, mein Kind, und streng dich an. Du weißt ja: Wissen ist Macht. Lerne fleißig.« Er tätschelte ihre Hand. Als er sich zum Gehen wandte, stolperte er fast in Hel. »Ach! Dich hatte ich ja schon vergessen. Kapitän

Nord, Ihr kennt die Sturmjägerin? Nehmt sie bitte im Namen der Magierschaft mit nach Aradon.«

»Ähh…«

Hel zweifelte nicht daran, dass der Kapitän sie tatsächlich erst jetzt bemerkte. Er schien kaum etwas über seine eigene Nasenspitze hinaus zu registrieren. Nova war schneller als er: »Das ist schon geklärt. Hel kommt mit uns.«

Der Magier von Har'punaptra nickte, und nachdem er noch ein letztes Mal die Hand seiner Tochter gedrückt hatte, schritt er von Bord.

Aricaa öffnete den Mund, sagte aber nichts mehr. Still sah sie der Sänfte nach, die bald ins strahlende Morgenlicht davonrollte.

»Also dann… herzlich willkommen ihr alle. Ihr drei. Vor allem du, du Strolch.« Kapitän Nord gab Nova einen Klaps gegen den Hinterkopf. »Wo zum Henker hast du gesteckt und was hast du gesoffen und warum die ganze Hucke voll?« Dann grinste er. »Ach! Ich hoffe, es hat sich wenigstens gelohnt.«

Nova blies sich eine Strähne aus der Stirn und lächelte.

Mit nur eineinhalb Stunden Verspätung hob die *Taube* ab. Die Reling begann zu vibrieren, als Lirium durch die Rohre strömte, und dann ging es rasch himmelwärts. Demonstrativ stellte sich Kapitän Nord hinter das Steuer und lenkte die *Taube* gen Süden. Er plauderte über das Wetter und die geplante Route, während die Tochter des Magiers sich unter ihrem Sonnenschirm versteckte und der schwindenden Zwergenstadt nachsah. Hel lehnte am Geländer und hörte mit halbem Ohr zu, während sie den Wind mit ihrem Haar spielen ließ. Seit dem Absturz war sie nicht mehr geflogen. Immer wieder dachte sie an den Augenblick, als sie die Leere unter den Füßen gespürt hatte, die schrecklichen Sekunden, bevor es losgegangen war ... Erst jetzt bemerkte sie, dass sich ihre Hände seit dem Start um die Reling gekrampft hatten, und lockerte sie unauffällig.

Nach einer Weile übergab Kapitän Nord das Steuer an Nova. Mit einer höflichen Entschuldigung an Aricaa zog er sich zurück, wahrscheinlich um seinen Rausch auszuschlafen.

Nova sprang förmlich vor das Steuerrad, obwohl es bei dem Wetter kaum etwas zu lenken gab. Er hatte sich die Jacke aufgeknöpft und lässig die Ärmel hochgeschoben. Immer wieder fuhr er sich durch die Haare.

»He, Hel.«

Sie drehte sich zu ihm um. »Hm?«

»Schöner Tag, was?« Er trommelte auf das Rad. »Ein perfekter Tag für einen Sturmjäger. Wenn jetzt noch ein Sturm kommen würde ...« Er schielte zur Magierin hinüber und fing ihren Blick auf. »Natürlich würde ich aus Rücksicht auf Euch jeden Sturm sausen lassen, Meisterin ... Aricaa, nicht wahr? So eine Jagd ist höchst gefährlich. Viel zu gefährlich, wenn eine Dame an Bord ist.«

Die Magierin wandte sich zu ihrer Dienerin um. »Es überrascht mich immer wieder, dass bei so vielen Männern Schmeichelei und das Bevormunden von Frauen ein und dasselbe sind, dich nicht auch, Lilipa? Komm. Wir gehen.«

Die beiden verschwanden abschiedslos unter Deck. Nova sah ihnen hinterher, dann blickte er ratlos in den Himmel und schien darüber nachzudenken, was gerade passiert war.

»Und, hattest du gestern Spaß?«, fragte Hel nach ein paar Minuten.

»Hm? Ach so. Ja ...« Er merkte, dass sie ihn weiter ansah. »Und du?«

»Nein.« Sie warf ihm seine Manschette zu. »Die haben

mich nicht aufs Schiff gelassen. Ich hab die ganze Nacht nicht geschlafen.«

»Oh. Das tut mir leid. Willst du jetzt schlafen?«

Hel zuckte die Schultern. »Ja, gut.«

»Dann suchen wir dir mal ein Quartier für die Reise.« Er ließ das Steuerrad Steuerrad sein und Hel folgte ihm unter Deck.

Weil die drei Schlafräume der weiblichen Besatzung komplett belegt waren, blieben nur noch zwei Betten zur Wahl: eins in derselben Kammer, in der man die Zofe und das Gepäck der Magierin untergebracht hatte, und eins in der Kammer eines Sturmjägers namens Branim. Keiner wollte sich ein Zimmer mit ihm teilen. Als Hel die Kammer betrat, wurde ihr schlagartig klar, wieso: Branim, erklärte Nova, kam aus einem kleinen Ort in Kapua, wo jedes Gericht mit Donnerkraut gewürzt wurde, und diese Vorliebe hatte er ganz offensichtlich beibehalten. Obwohl die Bullaugenfenster offen standen, konnte Hel kaum atmen. Nicht auszudenken, wie es hier nachts riechen musste, wenn Branim da war und die frische Luft draußen.

»Ich nehm das andere Bett«, hauchte Hel. »Oder den Trollkäfig.«

Nova nickte verständnisvoll und schloss die Tür zu dem übel riechenden Raum. »Es wird aber ein bisschen eng sein. Komm, ich bring dich hin.«

Er führte sie in eine Kabine direkt neben der geräumigen Kajüte der Magierin. Ein einziges Fenster erhellte die niedrige Kammer, noch dazu sperrten Türme von Kisten und Koffern das Licht aus. Ein Stockbett war an die hinterste Wand geschoben, man musste sich an dem Gepäck vorbeizwängen, um es zu erreichen. Weil auf der unteren

Matratze bereits ein zusammengefalteter Umhang und eine zwergische Gebetskette lagen, würde Hel also das obere Bett beziehen. Irgendwo im dunklen Gerümpel fand Nova eine Wolldecke und ein Kissen. Dann versprach er, sie zum Essen zu wecken, Hel dankte und ließ sich ins Bett sinken, froh, als die Tür geschlossen wurde und sie endlich allein war.

Draußen wummerte der Fahrtwind. Hel hatte sich in ihre Decke eingemummelt und beobachtete, wie der Staub im dunstigen Fensterlicht waberte. Die Müdigkeit kribbelte in ihren Gliedern, aber die Gedanken hörten nicht auf zu kreisen. Mercurin, die seltsame Begegnung mit der Fremden, ihre Zukunft, die Wüste, Gharra … Zukunft … Sie schloss die Augen und versuchte zu schlafen, konzentrierte sich auf die träge rieselnde Zeit. Irgendwann kam die Zofe der Magierin ins Zimmer, öffnete eine Truhe und wühlte zwischen metallenen Geräten, Spielzeug und Stoffen, bis sie eine Dose fand und wieder hinauseilte. Dass Hel im Stockbett lag, bemerkte sie gar nicht.

Hel regte sich nicht. Vielleicht döste sie zwischendurch ein, doch als sich die Tür schließlich wieder öffnete und Nova erschien, war sie wach und musste nur das Auge aufschlagen.

»Hel? Es gibt gleich Essen.«

Sie tat, als würde sie aufwachen. »Gut, ich komme.«

Als sie vom Bett kletterte, bemerkte sie, dass Nova sich die Haare mit irgendeiner fettigen Paste zurückgestrichen hatte. Außerdem trug er ein elegant geschnittenes Wams mit Orden, die seinem Vater verliehen worden waren. Er lächelte sie an. Hel zog sich die abgerissene Weste vor der Brust zu und musste daran denken, wie lange sie nun schon mehr oder weniger in Unterwäsche unterwegs war. Nova jedenfalls schien sich nicht daran zu stören und ließ ihr den Vortritt nach oben.

Gerade ging die Sonne unter. Der ganze Himmel glühte und glomm in feurigen Tränen und eine milde Brise fegte über das Deck. Eine Tafel war aufgestellt worden und die Sturmjäger vertrieben sich die Zeit bis zum Abendessen mit Kartenspielen.

Als sie Hel bemerkten, hörten sie zu spielen auf und bestürmten sie mit Fragen. Was war auf der *Schwalbe* geschehen? Wie hatte sie überlebt? Wie war sie nach Har'punaptra gekommen? Hel konnte nur vage Antworten geben und erntete immer mehr misstrauische Blicke. Schließlich setzte Nova der Fragerei ein Ende, indem er einen Arm um sie legte und darauf hinwies, dass sie in Trauer sei. Hel starrte vor sich auf den Tisch und hoffte, dass niemand sah, wie sie errötete. Manche Sturmjäger nickten einsichtig, andere wandten sich enttäuscht ab, aber einer – da war Hel sicher – grinste verstohlen. Novas Arm fühlte sich plötzlich sehr schwer an.

Zum Glück kam gerade da die Köchin, eine alte Sturmjägerin, mit dem Essen an Deck. Die anderen halfen ihr, Geschirr, Besteck und Brotkörbe zu holen. Auch der Kapitän erschien in sauberer Kleidung und wirkte wesentlich ausgeruhter als am Morgen. Nachdem er sämtliche Kelche, Gabeln und Sturmjäger auf ihre Sauberkeit überprüft hatte, nahm er am Ende der Tafel Platz und ließ sie vor den dampfenden Schüsseln und Obsttabletts warten. Hel war nicht die Einzige, die die Anwesenheit der Magierin herbeiwünschte, damit das Essen endlich anfangen konnte.

Schließlich kam sie aus ihrer Kabine. Statt in Rüschen war sie nun in perlenblauen Samt gehüllt. Nur der hohe Kragen und die Puffärmel waren aus gefalteter veilchenblauer und mit Goldfäden durchwirkter Seide. Hel staunte. Der Anblick der Magierin war eindrucksvoll. Beeindruckend war auch die Tatsache, dass sie bestimmt Stunden damit verbrachte, die raffinierten Gewänder zu wechseln.

Nachdem sie sich vergewissert hatte, dass die Sonne bereits untergegangen war, ließ sie ihre Dienerin den Schirm zusammenfalten und schritt nach draußen ins Freie. Kapitän Nord grüßte sie höflich, Nova erhob sich und lief um die Tafel herum, um ihr den Stuhl zurechtzurücken. Mit einem gnädigen Nicken ließ sie sich nieder, die Zofe nahm auf dem Stuhl daneben Platz.

Das Essen verlief so still und gesittet, wie Hel es bei Sturmjägern noch nie erlebt hatte. Keiner sprach, außer dem Kapitän und der Magierin, die von ihrer künftigen Ausbildung in Aradon erzählte. Denn alle Sprösslinge magischer Familien mussten ihre Heimat verlassen, sobald sie ihr siebzehntes Lebensjahr vollendeten. Von ihrem Vater hatte Aricaa einiges gelernt, doch die echten Geheimnisse der Magie wurden in den Bibliotheken von Aradon gehütet und nur dort gelehrt. In drei Jahren würde sie als vollwertiges Mitglied in die Magierschaft aufgenommen werden und, wenn sie sich bewährte, als Vertreter Aradons in die Dienste eines Hofes treten.

All dies erklärte sie ruhig, aber mit unüberhörbarem Stolz. Hel schielte zu ihr hinüber, während sie in ihren Röstkartoffeln stocherte. Jedes »ich« klang in die Länge gezogen und »wir Magier« übermäßig betont. Missmutig schob Hel sich einen Bissen in den Mund. Im Grunde wusste sie, dass sie nur neidisch war, weil Aricaa eine Zukunft hatte und sie nicht. Der Neid machte sie noch niedergeschlagener – sie wollte niemandem etwas missgönnen. Das taten nur schlechte Menschen. Verbitterte Menschen. Menschen, die weniger hatten …

Hastig trank sie ihren Kelch leer und spülte auch die Gedanken hinunter. Als sie zu Nova hinüberspähte, hatte sie eigentlich erwartet, dass er mit zusammengebissenen Zähnen dasitzen würde. Schließlich sprach die Magierin von genau dem Leben, das auch ihm zugestanden hätte. Seine Mutter war die berühmte Magierin von Moia; in ihm floss das Blut einer mächtigen Familie, aber eben auch das eines Sturmjägers. So hatte seine Mutter ihn gleich nach der Geburt in die Obhut Kapitän Nords gegeben und damit seinen Platz in der Welt bestimmt.

Aber Hel konnte keine Eifersucht an ihm entdecken. Er schien hellauf begeistert von den Geschichten der Magierin. Vielleicht war er einfach zufrieden und wollte gar nichts anderes als ein Sturmjäger sein – es gab ja auch nichts, worüber Nova sich hätte beklagen können. Sein Vater war eine Legende und er wurde ebenfalls von allen bewundert …

Nachdem die Magierin ihr Mahl beendet hatte, zog sie sich höflich dankend mit ihrer Dienerin zurück. Sobald die Tür ins Schloss gefallen war, lockerte Kapitän Nord seinen Kragen, gerade Rücken sackten rings um die Tafel ein, und lautstarke Gespräche begannen. Nur Nova blieb schweigsam und knabberte lächelnd an ein paar Weintrauben.

Je weiter die Nacht fortschritt, umso heiterer wurde die Stimmung, und Hel fühlte sich so befreit wie lange nicht mehr, als die Sturmjäger sie mit ein paar derben Scherzen zum Lachen brachten. Schließlich befahl der Kapitän, dass man ein Trinklied sang, und alle mühten sich, mit seiner lauten Stimme mitzuhalten.

Spät begannen die Sturmjäger, sich nach und nach zu verabschieden. Zuletzt saßen nur noch drei Jäger um den betrunkenen Kapitän herum, darunter Nova und Hel, und lauschten mit gesenkten Blicken den alten Abenteuern. Man unterbrach den Kapitän nicht; nur manchmal, wenn er plötzlich laut wurde, mahnte ihn Nova, dass die Magierin bereits schlief.

Als Kapitän Nord endlich einnickte, hob Nova sein Gesicht aus dem Teller, legte sich den schlaffen Arm über die Schulter und brachte seinen murmelnden und grunzenden Vater ins Bett. Müde schlurfte der andere Jäger unter Deck. Hel aber sammelte das übrige Geschirr ein und sah dem Kapitän und Nova nach. Er redete ihm gut zu, setzte seine Füße auf die Stufen und tätschelte ihm den Rücken. Sie musste an Gharra denken. An seine glasigen Augen und das Leuchten darin, als er sie zu seiner Erbin ernannt hatte. Nova war so alt wie sie, mit ihr einer der jüngsten Sturmjäger der Liga. Und doch, erkannte sie in diesem Moment, war er erwachsen. Er war längst der Kapitän der *Taube* – sein Vater hatte ihn in Wahrheit schon vor langer Zeit dazu gemacht. Ob sie so viel Verantwortung wie er schultern konnte … sie würde es nie erfahren. Vielleicht war das ganz gut so. Sie stellte das Geschirr wieder ab und ging mit leisen Schritten in ihre Kabine.

Karat

Es war nicht der erste Angriff auf sein Leben, den Karat der Schakal überstand.

Als die Detonationen die Stadt erschütterten und Menschen zerfetzten, blieb er in seiner durch Magie gestärkten Rüstung unverletzt. Von der Arena, in der er eben noch gegen die Trolle gekämpft hatte, schaffte er es durch das panische Gewühl bis zum äußersten Stadtring. Hier fand er ein Pferd und floh blindlings in die Wüste.

Sein Weg führte immer in die Wüste zurück. Er kämpfte für Gold, tötete für weniger. Das Geld rief ihn von Stadt zu Stadt, Königreich zu Königreich, er war ein Rächer der Reichen, manchmal auch ein Söldner des unterhaltungshungrigen Volkes, wenn es zahlen konnte. Aber wohin er auch reiste, sie wartete bereits auf ihn.

Wenn seine Klinge aus der Brust eines Mannes glitt, hörte er Sand kichern. Sobald irgendein bedauernswertes Ungeheuer in den Staub fiel, kam sie, die Wüste, und saugte den Jubel der Masse in ihren heulenden Schlund. In der feuchtwarmen Umarmung der Dirnen lauerte sie auf ihn, leer, atemlos, forderte, dass er sich in ihrer gesichtslosen Weite verlor.

Die Wüste war größer, viel größer als die Grenzen des Horizonts. Er wusste, er würde sie nie verlassen können.

Nachdem er der Windigen Stadt entkommen war, brach er nach Har'punaptra auf. Das hatte er sowieso vorgehabt, aber mit dem Preisgeld des Trollkampfes in der Tasche. Fast ein Jahr lang hatte ihn das Schicksal durch die Räuberstädte getrieben, er war gut bezahlt worden und hatte alles verzecht, verspielt und versoffen. Dabei wollte er auf einen schweren Geldring sparen, um sich eine Weile in der Zwergenhauptstadt zu vergnügen. Egal, dann nahm er eben in Har'punaptra Arbeit an, auch wenn er sich in seinen Rückzugsorten lieber ruhig verhielt. Wenn man sichs aussuchen konnte, war es besser, in der Fremde zu arbeiten und danach zu verschwinden.

Karat besaß nichts mehr außer seinem Brustpanzer, seinem Schwert, dem Pferd und einem halben Finger Lirium. Aber er hatte schon weniger besessen. Fast zwei Tage kam er ohne Wasser aus. Dann brach das Pferd zusammen und er schlachtete es, trank das Blut und aß rohes Fleisch. Drei Tage später stieß er auf eine Gruppe Händler oder Räuber aus den Gebirgen. Weil Karat kein Geld hatte, tötete er zwei Männer, die anderen drei konnte er mit dem halben Finger Lirium ausschalten. Er erbeutete vier kostbare Wasserschläuche und Nahrung für den Rest seiner Reise. Als Har'punaptra am flimmernden Horizont auftauchte, war er wohlgenährter und kräftiger als manch anderes Mal.

Er musste keine Straßensteuer zahlen, denn er ging durch die Zeltdörfer auf das Tor zu. Niemand überfiel ihn, obwohl in jedem Schatten hungrige Augen lauerten. Man kannte ihn oder erkannte zumindest sein Araidann-Schwert, seinen furchtlosen Gang, das Überleben, das ihm mit der langen Narbe ins Gesicht geschrieben stand.

Karat ging zur *Fata Morgana*, einer Herberge zweifelhaften Rufes, in der es nur Frauen des Isenvolks gab. Die baufälligen und mehrfach übermalten Türmchen im Höhlenviertel waren seine Unterkunft, wann immer er in der

Zwergenhauptstadt weilte. Die Herrin des Hauses hieß Sybahl, war eine ältere, außergewöhnlich große und geschmeidige Frau mit nussfarbener Haut und rötlichem Haar, die Karat gut kannte und keine sofortige Bezahlung verlangte. In den dämmrigen Räumen bot sie ihm ein Lager, wusch sein vor Staub erstarrtes Haar und rieb die trockene Haut mit Ölen ein. Die schweren Brokatvorhänge dämpften den Lärm der Stadt. Der starke, salzige Zhai, Branntwein seines Volkes, betäubte den Kopf, bescherte dem Leben eine dringend nötige Pause. Karat erholte sich. Über das unerklärliche Ereignis in der Windigen Stadt rätselte er nicht viel. Er hatte überlebt, das war alles, was zählte. Mit den Jahren hatte er gelernt, manche Erinnerungen auszublenden.

Von Sybahl und den Mädchen ließ er sich erzählen, welche Arbeit es gerade gab. Verbotene Kämpfe, Mordaufträge, Kopfgeld – Gier und Rache, am Ende steckte immer dasselbe dahinter. Aber dann gelang es Sybahl doch, ihn zu überraschen.

»Hast du noch nichts von der neuen Bewegung gehört?«, fragte sie und blies Rauch durch die Lücken ihres Lächelns. Wie bei allen Isen waren ihre Zähne länger und spitzer als die der Menschen – weil Isen die Fische mit dem bloßen Maul fingen, wie man hämisch sagte –, doch Sybahl hatte den scheinbaren Makel durch ein Zufeilen der Vorderzähne absichtlich noch betont. Karat nahm den dicken Rauch mit einem Kuss auf, fühlte dabei die Spitzen wie etwas Gefährliches, Vertrautes. Heimat. Grasbewachsene Inseln, die Bergrücken im Meer, wo das Kraut zum Rauchen wächst und die Gesänge im Wind wehen. Helles Holz im Feuer und Salz, dieser Duft.

»Welche Bewegung? Ich schließe mich keiner Armee an. Ich geh als Söldner nur allein.«

»Diesmal ist es vielleicht anders«, sagte Sybahl und biss auf das Mundstück ihrer Pfeife. »Man spricht von einer neuen Bewegung unseres Volkes, Karat. Die Zeit der Unterdrückung wird bald enden, denn das Land stirbt aus, und die Bleichen, die sich von dem Land genährt haben und vom Blut und Schweiß unseres Volkes wie die Zecken, verlieren ihre Macht. Die Türme der Magierschaft werden fallen in Aradon. Und wir, mein Freund, werden auf den Trümmern tanzen.«

Karat blies den Rauch um die Windungen ihres Körpers, der eine fließende Küstenlandschaft war, eine Erde mit wütenden Narben. Welche Vergangenheit Sybahl so gezeichnet hatte, davon sprach sie nicht. Es war auch nicht nötig. Alle Isen hatten dieselben Narben, sichtbar oder nicht.

»Das ist nichts Neues«, murmelte er. »Oder haben sich jetzt ein paar Fischfresser zusammengetan?« Er sah ihr in die Augen. »Hier, in der Zwergenstadt?«

»Sie sagen, dass eine gekommen ist, die alle eint. Mutter Meer. Mit ihr als Führerin werden wir eine neue Flut über die Welt bringen, in der wir schwimmen können und die Bleichen untergehen.«

Karat ließ sich auf den Rücken sinken. Schon lange erzählten sich die Isen solche Geschichten. Schon seine Mutter hatte ihm von Mutter Meer erzählt, damals, als er ein Kind auf den Inseln gewesen war. Mutter Meer wird dich beschützen, mein Sohn. Mutter Meer ist immer für dich da. Es war eine Lüge, genau wie die neue Bewegung wahrscheinlich auch. Und wenn sich tatsächlich irgendeine Führerin hervorgetan hatte, dann war sie nicht Mutter Meer, sondern eine alte Hure, die sich nur so nannte, weil irgendwer es irgendwann schließlich tun musste.

»Du könntest dich der Bewegung anschließen, Karat«,

sagte Sybahl, trotz ihres Lächelns ernst, und Karat wunderte sich, denn er hatte sie immer für eine Frau des Geschäfts gehalten. »Dein Schwert könnte viel bewirken für unser Volk.«

»Mir ist lieber, es bewirkt etwas für mich.« Er schob ihren Arm beiseite und Sybahl glitt widerstandslos vom Bett. Ein Ausdruck lag in ihren wasserfarbenen Augen, eindringlich und fordernd, wie Karat ihn noch nie an ihr gesehen hatte. Mit weichen Schritten verließ sie den Raum.

Karat hörte sich in den Schenken nach Aufträgen um. Es gab die üblichen Verbrecher, auf die ein Kopfgeld ausgesetzt war – Brandstifter, Räuber, Gelegenheitsdiebe –, nichts, was viel einbrachte oder eine besondere Herausforderung darstellte. Auch ein paar verbotene Turniere sollten stattfinden, allerdings waren die meisten viel zu schlecht bezahlt und eins sogar mit einem unangenehmen Wettlauf in der Wüste verbunden – wer wollte das überhaupt sehen, fragte sich Karat.

Während er weitersuchte, lauschte er aber auch auf ein Signal der neuen Garde, von der Sybahl gesprochen hatte. Gemurmelte Worte zwischen Wein und Rauch stiegen aus der Stadt auf wie dunkles Gewölk – es stimmte, die Isen erzählten sich von einer Führerin, die Krieger um sich scharte und den Untergang der Magierschaft herbeiführen wollte. Vielleicht waren es nur Wunschträume. Aber die wachsende Spannung zwischen den Völkern war kein Gerücht. Nun, da Lirium so knapp wurde, verbrauchten die Fischfresser den Bleichen plötzlich zu viel, als seien allein die Isen daran schuld, dass es zu viele Hände gab und zu wenig Lirium.

Doch es waren nicht Isen, die zunächst für Unruhe in Har'punaptra sorgten – sondern Wasser.

Etwa drei Tage nachdem Karat angekommen war, brach

einer der unterirdischen Flüsse, die die Stadt versorgten, plötzlich aus der Erde und überflutete die tiefen Viertel. Hauptsächlich Zwerge, die im dunkelsten und engsten Häusergeflecht auf dem Grund lebten, kamen ums Leben, und einige Brücken stürzten ein. Der Fluss, der seit jeher ruhig unter der Stadt geflossen war, hatte nun seine Bahn geändert. Der Magier von Har'punaptra wurde gebraucht – das erste Mal seit Jahren, höhnten manche. Doch nachdem der Fluss seines Lebens beraubt worden war (unzählige Feenlichter hatten sich angeblich mit Lirium gefüllt), wurde die Lage erst richtig ernst. Der Fluss versiegte, ein anderer verschwand spurlos in der Tiefe der Erde. Von einem Tag auf den anderen musste die Zwergenhauptstadt mit einem Drittel seiner gewohnten Wassermenge auskommen. Der Magier versprach, den Fluss anschwellen zu lassen, und schickte nach Hilfe aus Aradon.

Die Isen aber sahen darin ein Zeichen. Die Flut war gekommen.

An und unter Deck

Die *Taube* flog weiter gen Südwesten, und das Wetter blieb so ruhig, dass selbst ein ständig betrunkener Kapitän wie Neremias Nord mit dem Kommando betraut werden konnte. Hel sah karge Wüstengebirge vorüberziehen, dann blass begrünte Hochländer. Tief unter ihnen wanderten Nomaden mit Tierherden durch das Land, ihre Zelte blickten, bunten Augen gleich, zurück. Im Westen zeichneten sich zart die Umrisse von Bergen ab.

Nach vier Tagen erschienen die ersten Wälder im Osten, ein dunkelgrüner Pelz zwischen den Hügeln und Feldern. Am Horizont kräuselten sich ein paar wattige Wolken, und Hel wäre gerne hindurchgeflogen, denn sie mochte Wolken, und in der Wüste gab es sie nur selten.

Weil es auf dem Schiff nicht allzu viel zu tun gab, weder für Hel noch für die anderen Sturmjäger, verbrachten sie die meiste Zeit an Deck und spielten Karten, rätselten über die Angriffe und die Absichten der Magierschaft. Hel half hier und da beim Reparieren der Rohre und Ausmisten der Trollquartiere; eine Sturmjägerin lieh ihr ein Buch aus, und Hel war froh, sich die Zeit so vertreiben zu können. Doch dabei drifteten ihre Gedanken immer wieder zu Jureba ab, die ihr das Lesen beigebracht hatte … fast war sie erleichtert, als Nova kam und sie dreist darum bat, ihm etwas vorzulesen, aber bitte von Anfang an, und mit wechselnden Stimmen für jede Figur. »Ich würde ja selbst lesen, aber meine Augen sind überanstrengt! Ich verbringe doch die ganze Zeit am Fernrohr, um Gefahren rechtzeitig zu entdecken.«

Hel warf ihm einen scheelen Blick zu. »Komisch, hinter dem Fernrohr sehe ich dich nur, wenn die Magierin an Deck kommt.«

Er lächelte liebenswürdig. »Lies doch bitte vor. Mir wird immer so schnell langweilig, wenn ich mit mir allein bin.«

»Das wundert mich nicht«, grummelte sie, gab aber nach und las ihm vor. Zumindest bis er anfing zu schnarchen und sie ihm das Buch auf den Kopf fallen ließ. So war Nova. Sobald er bekam, was er wollte, interessierte es ihn nicht mehr.

Während der langen Tage auf dem Schiff begann Hel, ihn eingehend zu beobachten, und stellte fest, dass er noch viel eitler war, als sie gedacht hatte. Ständig zupfte er an seinen Haaren herum und strich sie sich zurück, nur um sie gleich wieder zu zerstrubbeln. Einmal bekam Hel mit, wie er fast fünf Minuten lang sein Spiegelbild in der Suppenschüssel musterte, die Wangen einzog und die Zähne bleckte und verschiedene Verführerblicke übte. Mit ein paar Sturmjägern machte er Liegestütze um die Wette und lief so puterrot an, dass Hel schon fürchtete, sein Kopf würde platzen. Als er tatsächlich alle übertroffen hatte, rollte er über Deck und blieb eine halbe Stunde reglos liegen. Dabei war Hel sicher, dass er nicht bewusstlos war und sehr wohl mitbekam, wie man ihn bejubelte.

Am schlimmsten aber stellte er sich an, wenn die Magierin in der Nähe war. Dann packte er inbrünstig das Steuerrad und reckte sich dem Fahrtwind entgegen oder er hechtete plötzlich die Strickleiter hinauf und suchte den seidenglatten Himmel nach Stürmen ab. Als er mitbekam, dass die Magierin sich jeden Morgen den Sonnenaufgang ansah, begann er wie zufällig, genau um die Zeit Landkarten zu studieren und mit zarten Messinstrumenten knifflige Luftströme zu errechnen – natürlich immer in ihrer Sichtweite.

Aber obwohl seine Gegenwart Hel jedes Mal eine säuerliche Miene ins Gesicht trieb und sie so schnippisch machte, dass sie sich selbst kaum ausstand, vermisste sie doch etwas, sobald er weg war. Und dass er auf all ihre Seitenhiebe unverändert freundlich reagierte, ärgerte sie wohl am meisten. Manchmal fühlte sie sich wegen ihrer Feindseligkeit ihm gegenüber schlecht, obwohl es doch gute Gründe gab, diesem selbstverliebten Aufschneider am Selbstbewusstsein zu kratzen.

Allerdings schien Hel mit ihrer Abneigung ziemlich alleine dazustehen. Die Sturmjäger belächelten Novas Eitelkeit zwar, aber er schaffte es doch immer irgendwie, ihnen Respekt einzuflößen. Wenigstens die Magierin ließ sich nicht beeindrucken … jedenfalls am Anfang.

Eines Abends dann erwischte Hel ihn dabei, wie er Aricaa über die Tafel hinweg mit einem dunklen Lächeln anstarrte – und die Magierin erwiderte das Lächeln. Ganz sicher: Für einen kurzen Augenblick, bevor Aricaa aus ihrem Kelch trank, hatten ihre Mundwinkel gezuckt. Hel war wie gelähmt vor Schreck.

Übellaunig ging sie nach dem Essen in ihre Kammer und kletterte ins Bett, ohne die Dienerin zu grüßen, die wieder einmal in den Gepäckkisten wühlte. Die junge Zwergin beachtete sie auch nicht. Bis jetzt hatte sie wohl noch mit niemandem an Bord außer ihrer Herrin ein Wort gewechselt; wenn Hel »Guten Morgen« oder »Gute Nacht« sagte, nickte sie nur scheu. Vielleicht, dachte Hel gehässig, hatte die Magierin ja einen Schweigezauber über ihre Dienerin gelegt, damit sie niemandem erzählen konnte, was für eine Tyrannin sie hinter verschlossenen Türen war. Wer nach außen hin immer so kühl und still war, musste im Geheimen doch ein Drache sein.

Endlich schien die Zwergin gefunden zu haben, was sie suchte, und das Geraschel verstummte. Hel linste hinab. Die Dienerin eilte mit Döschen und Nachtkleidern hinaus zu ihrer Herrin. Als sie die Tür schloss, kippte eine Schachtel von einem Stapel.

Hel richtete sich auf. Ein Finger Lirium rollte unter das Bett. Sie kletterte hinunter und tastete durch Staub und Dunkelheit, bis sie den Finger fand. Eine Weile wog sie das feine Glasfläschchen in der Hand. Schwarze Funken schwebten träge auf und ab.

Hel drehte sich nach der Schachtel um. In lilafarbenem Seidenpapier lagen lauter magische Gegenstände. Ein Zauberstab, kaum so lang wie ihr Unterarm und nicht breiter als ein Finger. Eine faustgroße Glaskugel. Drei reich verzierte Eilige Federn, die man verschicken konnte, damit sie dem Empfänger eine Nachricht schrieben. Offensichtlich waren sie schon benutzt worden, denn darunter lagen drei zerknitterte und oft gelesene Zettel:

Liebe Aricaa,
alles Gute zum Geburtstag! Morgen kannst du mich in der Bibliothek besuchen.

Dein Vater

Allerliebste Tochter,
dein Blumenzauber hat mir gefallen. Lerne fleißig weiter.

Vater

Der letzte Zettel war ebenfalls eine Nachricht ihres Vaters. Überschwängliche Herzlichkeit lag jedenfalls nicht in der Familie. Neben den Briefen waren fünf volle und zwei halb volle Finger Lirium. Hel betrachtete die Fläschchen. Manche hatten die Form von Feen, waren hübsch verziert oder hingen an feinen Goldketten. Was für schönes, teures Spielzeug. Hel schloss die Schachtel und stellte sie zurück.

Dann ließ sie den Blick über die vielen anderen Truhen und Kisten schweifen, die sich in der Kammer türmten. Ob der Magierin je auffallen würde, wenn ein Finger Lirium fehlte…? Hel schüttelte den Gedanken ab. Sie war keine Diebin. Sie würde das Fläschchen zurücklegen, wie es sich gehörte.

…nachher. In einem Anflug von Verwegenheit schloss Hel die Faust um das Fläschchen und lief aus der Kammer.

Nachtluft schwappte ihr entgegen, als sie nach draußen trat. Aus der Kapitänskajüte drang Licht und eine Leuchtkugel hing beim Mastkorb, doch sonst war alles mit reinem Mondschein überzogen. Hel ging an den vibrierenden Rohren entlang bis zum Bug und lehnte sich an die Reling. Unter ihr war nur Schwärze. Sie stellte sich vor, dass es kein Land mehr gab, nur Tiefe, bis zur Unendlichkeit. Nachdem der Gedanke sie einen Moment in weite Verlorenheit warf, kam ein Gefühl von Nähe, so als schrumpfte die große Nacht zu einem Umhang, und die Dunkelheit war plötzlich nicht mehr riesig, sondern dicht, vertraut. Der Fahrtwind ließ sie schaudern, mit einem Mal war sie grundlos froh und schwermütig zugleich. Sie fühlte, dass sie am Leben war. Und dachte zugleich an die, die es nicht mehr waren.

Nun, in der Finsternis, schienen Gharra und die Sturmjäger gar nicht so weit weg. Sie musste nicht einmal die Augen schließen, um sich vorzustellen, dass sie wieder auf der

Schwalbe stand und hinter ihr Jureba die Trolle bewachte und oben im Schiffsinnern Bassia Sandwurm kochte und die Jäger Karten spielten und Gharra am Fernrohr döste … Sie befühlte das Fläschchen in ihren Händen und öffnete es.

Das ist für euch, dachte sie. Mögen eure Lichter im Himmel bei den Stürmen sein.

Vorsichtig kippte sie den Inhalt in ihre Handfläche. Die schwarzen Funken schlugen kribbelnd auf ihre Haut und schwelten dort, heiß und kalt. Hel hob die Hand und streckte sie aus, dachte fest an Gharra, Jureba und die anderen und erlaubte dem Lirium davonzuwehen. Funke um Funke wirbelte fort. Lauter Augenblicke, die ihr Leben ausgemacht hatten und nun verloren waren. Mit Tränen in den Augen sah sie zu, wie die Lichter im Dunkel verschwanden … in einem Maul verschwanden.

»Tix!« Sie schnappte nach Luft. Gharras Pixie! Mit weit aufgerissenem Maul sirrte er hinter dem Schiff her und fraß die Liriumfunken.

»Hör auf!« Ihre Stimme wankte vor Wut – und Freude. Es war, als wäre ein Teil von Gharra zurückgekehrt. Den Pixie zu sehen, erinnerte sie so sehr an den Kapitän der *Schwalbe* … und auch daran, wie Tix sie einfach im Stich gelassen hatte, als das Schiff abgestürzt war. Sie ballte die Fäuste.

»Was machst du hier?«

Er schnappte nach den verbliebenen Funken. »Blöde Frage – fressen!«

Kaum hatte er den letzten Happs gemacht, sauste er kichernd in die Dunkelheit davon. Hel lehnte sich über die Reling, aber von dem Pixie war nichts mehr zu sehen.

Es war keine Seltenheit, dass Geister, die lange in Gefangenschaft gelebt hatten, in der Nähe von Menschen blieben. Sie waren daran gewöhnt, gefüttert zu werden. Hel biss die

Zähne zusammen. Wenn Tix die ganze Zeit nicht weit von ihr entfernt gewesen war, wieso hatte er sich nie bemerkbar gemacht? Sie hätte seine Hilfe gebraucht, als sie sterbend in den Trümmern lag oder als sie Mercurin für einen Sklavenhändler hielt. Nach all den Jahren, die sie zusammen gewesen waren, verletzte Hel seine Treulosigkeit.

Natürlich war das albern. Geister waren eben keine fühlenden Wesen, das durfte man nicht vergessen. Sie zog die Nase hoch und öffnete den Flakon. Vorsichtig kippte sie den Rest Lirium auf die Reling. »Tix!«

Wie erwartet tauchte er auf und stürzte sich auf das Mahl. Hel trat zurück und beobachtete ihn. Sie könnte ihn ganz leicht in Gefangenschaft zurückzwingen. Wenn Geister fraßen, befanden sie sich in einer Art Trance, in der sie schwach und verführbar waren. Sie müsste ihm nur einen Tausch vorschlagen … sein Herz gegen mehr Lirium.

Aber wozu? Hel wollte niemanden, nicht einmal einen Pixie, dazu zwingen, bei ihr zu bleiben. Und was nützte seine Gegenwart, wenn sie doch wusste, dass sie ihm vollkommen gleichgültig war?

»Ich hoffe, du hast noch ein schönes Leben«, murmelte Hel. Der Pixie sah sie nicht einmal an. »Vergiss Gharra nicht so schnell.«

Sie drehte sich um und ging. Tix blieb zurück, wortlos wie die Vergangenheit.

Als Hel unter Deck kam, rauschte gerade die Magierin aus der Speisekammer, ein weißes Rüschen- und Spitzengespenst im dämmrigen Flur. Eine Schachtel kandierter Beeren lag in ihren Armen. Kaum hatte sie die Tür hinter sich zugeknallt, hörte Hel abermals Geräusche aus der Speisekammer. Eine Leuchtkugel flog heraus, gefolgt von Nova.

Hel kam die Stufen hinab. »Was war das denn?«

»Hm?« Er verschränkte die Arme hinter dem Rücken. Das Licht blieb über ihnen schweben und zeigte ihr sein Grinsen.

»Du warst in der Speisekammer mit der Magierin!«

Er sah sie verständnislos an, noch immer lächelnd.

»Was habt ihr gemacht?«

»Gar nichts«, erwiderte er, und seine Augenbrauen zuckten zusammen.

»Du lauerst ihr doch auf!«

Mit einem Grinsen schob er sich an ihr vorbei. In drei Sprüngen war er die Treppe hinauf. »Meinst du nicht, *du* lauerst *mir* auf?«

Ehe Hel etwas erwidern konnte, war er mit dem Licht verschwunden. Ein Dutzend giftiger Antworten auf der Zunge, brauste sie in ihre Kammer und ließ sich so schwungvoll ins Bett fallen, dass die Zwergin unter ihr ein überraschtes Fiepen ausstieß.

»Gute Nacht!«, bellte Hel.

Am nächsten Tag ging sie Nova aus dem Weg – je länger sie über seine Worte nachdachte, umso dreister kamen sie ihr vor. Sie lauerte niemandem auf. Schon gar nicht ihm. Nova kannte sie ja überhaupt nicht. Sie war mit Mercurin durch die halbe Wüste gereist, hatte dem Tod ins Auge geblickt und war auf einem Lymaerus geritten – nach diesen Abenteuern war Novas kindisches Gehabe nicht mehr sehr spannend für sie.

Doch trotz ihrer düsteren Miene schien er nicht einmal zu merken, dass sie ihm böse war. Ohne das geringste schlechte Gewissen quetschte er sich zum Abendessen neben sie auf die Bank und ließ beim Beladen seines Tellers Bratensoße in ihren Kelch tropfen.

»Du hast in meinen Wein gekleckert«, knirschte sie.

»Hm? Ach so.« Er nahm ihren Kelch und trank ihn leer. »Hier.« Gönnerhaft schenkte er ihr ein. »Weißt du was, Hel?«, fuhr er etwas lauter fort. »Vor ein paar Monaten haben wir Schaumseife aus Kapua nach Aradon geliefert. Die beste Seife, die es gibt. Vorhin hab ich im Frachtraum ein Fläschchen gefunden. Es muss herausgefallen sein.«

Hel sah ihn verwirrt an, dann die versammelten Sturmjäger. Jeder schien plötzlich sehr an seinem Essen interessiert.

»Die Seife riecht nach Rosen. Ich hab gleich an dich gedacht.«

»Wieso, stink ich?«, entgegnete Hel grob.

Seine Mundwinkel zuckten, in den hellbraunen Augen lag ein Funkeln, dem man nur schwer standhalten konnte. »Nein, natürlich nicht. Aber wenn ich was zu verschenken habe, bist du die Erste, an die ich denke.« Er machte eine kleine Pause. »In meinem Zimmer steht eine Waschschüssel und ich hab dir auch ein frisches Handtuch hingelegt.«

»Ich soll mich in deinem Zimmer waschen?«

»Ich warte natürlich draußen.«

Die Stille lag auf ihren Ohren wie Blei. Dann lachte Kapitän Nord. »Wohl gesprochen, mein Sohn. Die Damen, die sich an Seife erfreuen, erfreuen auch uns, also … zum Wohl!« Er hob den Kelch und trank.

Klirrend bohrte die Magierin ihre Gabel durch den Braten.

Tatsächlich hatte Hel sauberes Wasser bitter nötig. Weil sie langsam Angst bekam, dass der Schmutz in ihre Haut einzog, willigte sie ein und ließ sich nach dem Essen in Novas Zimmer führen. Vielleicht war es ja seine Art, sich bei ihr zu entschuldigen. Oder er verteilte seine Freundlichkeit genauso bedenkenlos wie seine Unverschämtheiten.

Sein Zimmer war ein Chaos. Schwer zu sagen, wo das Bett aufhörte und die Kleiderhaufen und Bücherstapel begannen. Der Boden war ein Dickicht aus Gerümpel – auseinandergenommene oder halb zusammengebaute Gerätschaften, Säbel und Zierdolche, zerknüllte Briefe und verdorrte Blümchen.

»Ach, du meine Güte«, murmelte Hel.

»Das Wasser ist gleich warm.« Nova zündete den magischen Brenner unter der Schüssel an. Dann zog er eine Flasche Schaumseife aus der Kommode und kippte den violetten Inhalt ins Wasser. Ein betörender Duft verbreitete sich. Schaum wuchs knisternd in der Schüssel.

»Du musst hier aufräumen, Nova! Ich helf dir, wenn du willst.« Kopfschüttelnd zog sie ein Wurfmesser aus einem schon ganz durchlöcherten Wandteppich. Nova nahm ihr das Messer weg und stakste zur Tür zurück. »Nein danke, ich mag meine Sachen, fass nichts an!« Dann tippte er sich an die Schläfe: »Ich riech dich später.« Und war verschwunden.

Hel vergewisserte sich, dass die Tür geschlossen war, und schob noch einen Hocker davor. Als sie sicher war, dass niemand hereinplatzen konnte, zog sie die Weste aus und löste den Verband. Die Stoffstreifen waren steif vor Schmutz, Sand rieselte zu Boden. Die Haut darunter war blass wie Milch. Hel drehte sich und musterte ihre Rippen und den Rücken im Spiegel. Nichts deutete auf ihre Verletzungen hin, nur ein paar blassgrüne Flecken waren geblieben, wo die Brüche gewesen sein mussten. Es war ihr ein vollkommenes Rätsel.

Als sie die Augenklappe abnahm, stand sie ihrem Spiegelbild lange reglos gegenüber. So hatte Mercurin sie also gesehen. Das Gesicht mit der hohen Stirn, den blassen Lippen und dem … es fiel ihr schwer, ihr linkes Auge als Teil ihres Gesichts zu akzeptieren. Es war einfach da. Wie ein böser Scherz.

Hel stellte den Brenner ab und tauchte einen Zipfel des Handtuchs ins warme Wasser. Sie begann mit ihrem Gesicht und wusch sich am ganzen Körper, bis sie sich weich und duftend fühlte, dann tauchte sie die Haare ins Wasser. Vom Seifenschaum war jetzt nicht mehr viel übrig, dafür schwappte eine Menge Staub in der Schüssel.

Jetzt, wo sie sauber war, wollte sie sich die Stoffstreifen nicht mehr umwickeln. Was war das überhaupt für ein Aufzug? Sie war in den vergangenen Wochen nicht bekleidet, sondern spärlich verbunden gewesen. Während sie die Stoffstreifen in der Hand wog, wurde ihr bewusst, dass das wirklich alles war, was sie noch besaß. Lumpen.

Kurzerhand sah sie sich im Zimmer um. Bestimmt konnte sie sich von Nova etwas borgen. Unter dem Bett fand sie eine halbwegs saubere Tunika, die zwar wie ein lindgrüner Sack an ihr hing, aber wenigstens über die Stoffhose reichte. Die blaue Weste von Arus wollte sie behalten, es war ein Erinnerungsstück. Nach langem Herumstöbern fand sie auch ein sauberes Paar Strümpfe, allerdings in unterschiedlichen Grautönen. Ihre alten Kleider lohnten nicht einmal die Mühe, sie zu waschen, also entsorgte Hel sie mit dem Wasser aus dem Fenster.

Als sie ein paar Tropfen von der Kommode gewischt hatte, brachte Hel es nicht über sich, das Zimmer so zu verlassen. Zuerst schob sie nur ein paar Schubladen zu. Dann klaubte sie Kleider vom Boden auf und legte sie gefaltet auf eine Truhe. Schließlich schob sie ein paar Sessel, Tischchen, Fernrohre und Teppiche zurecht, machte das Bett, ordnete die Vorhänge, stellte die Bücher zurück ins Regal, stapelte die Briefe und Papiere auf dem Schreibtisch und türmte die Kelche und Schüsseln auf ein Tablett. All das war in Windeseile erledigt. Schwer atmend sah sie sich um. Staubwolken tanzten im Schein der Leuchtkugel, die Kajüte wirkte wie ein Hund, dem man unversehens das Fell durchgebürstet hat. Mit einem zufriedenen Lächeln nahm Hel das Tablett, ließ die Leuchtkugel erlöschen und verließ den Raum.

Hel stand noch in der Küche und polierte die Kelche, als Nova hereingestürzt kam. »Was hast du getan?!« Er kreischte beinahe. Hel zuckte zusammen.

»Ich wollte doch nur … ich hab nur ein bisschen aufgeräumt.«

Er stieß ein leidvolles Stöhnen aus. »Hab ich dir nicht gesagt, du sollst nichts wegtun!«

»Ich hab nichts weggetan! Keine Sorge, deine Liebesbriefe sind alle noch da, die liegen auf dem Schreibtisch unter der Leuchtkugel.«

Das schien ihn tatsächlich zu beruhigen. Trotzdem blieb er misstrauisch. »Aber das Geschirr und so …«

»Ja, das wasche ich gerade.« Zum Beweis hielt sie die Kelche hoch.

»Was ist mit den kandierten Beeren? Ich hatte irgendwo kandierte Beeren.«

»Ich hab keine kandierten Beeren gesehen, wahrscheinlich hast du sie schon … Moment mal.« Hel starrte ihn an. »Wo hast du die Süßigkeiten her?«

»Jetzt schnüffelst du ja schon wieder.« Er stützte die Arme in die Seiten, aber ein Grinsen flackerte um seinen Mund.

Hel stellte die Kelche weg und stemmte ebenfalls die Hände in die Hüften. »Jetzt hör mal zu. Ich habe dein Zimmer nicht aufgeräumt, um zu *schnüffeln*. Es interessiert mich nicht im Geringsten, was für Briefe du bekommst und aus welchen Büchern du deine Gedichte abschreibst. Ich habe dein Zimmer aufgeräumt, um mich für das Bad zu revanchieren. Kapiert?«

Er schnaubte. »Das war ein Geschenk, dafür revanchiert man sich nicht.«

»Gut, dann war es eben für die Tunika, die ich mir von dir genommen habe. Und die Strümpfe.«

Ihm fiel ihr Aufzug erst jetzt auf. Spöttisch grinste er. »Hel … du kannst ja unverschämt sein.«

Sie kaute auf ihrer Unterlippe, um ein Lächeln zu verhindern. »Nicht so unverschämt wie du.«

Zwischenzeit

Das KIND war der Puls des Lebens, und das Leben pulsierte in IHM.

Die Nacht ließ seine Augen erblinden, aber das dunkle Herz schenkte eine zweite Sicht. Es saugte alles Finstere in sich auf und ließ die Welt in nacktem Licht zurück.

Das KIND war auf dem Weg durch das Licht, seit Tagen, Wochen schon, vielleicht auch länger. Wenn ES darüber nachdachte… aber das kam selten, das Nachdenken… war ES vielleicht schon immer auf dem Weg gewesen und hatte nie geruht.

Und jetzt lag ein Dorf in seinem Weg. Es sah sehr klein und hässlich aus, wie es so am Waldrand hockte. Die Felder, die in das schöne, stolze Land geritzt waren, weckten Zorn in IHM. Weicher, wolkiger, schwarzer Zorn. Das KIND war nur das Gefäß für die Macht, und die Macht strömte nur in IHM zusammen, diesem gebrechlichen Gefäß, wegen des dunklen Herzens. ES war so schwach. Und so mächtig.

Ruhige Schritte trugen ES auf das Dorf zu. Das KIND hob einen Finger, streckte den Arm aus und ließ das Leben in sich schwellen. Es war alles eins, alles eins, und alles war gut. ES lächelte.

Die Erde zitterte. Das Gras verdorrte knisternd, als das Leben es durchströmte, um in IHM einzukehren. Leben und

Tod. Wie schmerzhaft erregend Leben und Tod sich anfühlten, und gar nicht so sehr verschieden.

Das KIND sah Licht in den Hütten. Kerzen, aber auch Lirium, stolzes Leben, eingepfercht in ihre Zauberkugeln. Und ES sah das Licht der Frauen und Männer und Kinder… und Tiere…

Sein Finger zuckte und seine Hand war ausgestreckt und das Leben kam zu IHM. Das KIND lächelte jetzt so, dass es zu kneifen begann. Die Kerzen in den Hütten erloschen und die Leuchtkugeln platzten. Und die Frauen, Männer, Kinder und Tierchen sprangen auf und wuselten durcheinander. Was für ein Leben! Was für Eile! Dann erloschen auch sie. Kleine Flämmchen. Flackern. Im Wind.

Aradon

Es war der fünfte Tag ihrer Reise und das Land hatte sich völlig verändert. Längst waren die kargen Felsen und Hügel Waldteppichen gewichen. Flüsse glitzerten hier und da. An manchen Stellen konnte Hel eine Ader sehen – eine der großen Hauptstraßen, die die Reiche miteinander verbanden. Als Feenlichter erfunden worden waren, hatte man damit Wege von Königreich zu Königreich abgesteckt, um das Lebendige Land sicher durchreisen zu können. Schon damals waren die Adern Symbol für die Macht der Magierschaft gewesen, die sich wie ein Netz über die Welt ausbreitete.

Hel lehnte an der Reling und genoss den kühlen Fahrtwind und die Sonne. Wer wusste schon, wann sie das nächste Mal auf einem Schiff sein würde? Die Ungewissheit nagte unaufhörlich an ihr und wie so oft musste sie an Mercurin denken. Mercurin, der sie gerettet hatte, dem sie ein Leben verdankte, das wie ein zerschnittener Faden zwischen Vergangenheit und Zukunft hing … Sie versuchte, diese Gedanken energisch zu verdrängen. Aradon sei verflucht, das hatte er ihr bei ihrem Abschied gesagt. Sie solle zu den Isen gehen, fernab der Zivilisation. Wenn sie bloß wüsste, was zum Henker dieser Ratschlag sollte. Aber er war ohne Erklärung verschwunden, eine weitere abgerissene Erinnerung. Hel seufzte. Sie würde nie erfahren, wer er wirklich war.

In dieser Nacht wachte Hel nicht durch Albträume auf. Jemand zupfte an ihrem Kissen. Als sie blinzelte, entdeckte sie direkt vor sich ein violettes Licht.

»Tix!« Sie fuhr auf. Der Pixie erschrak und schwirrte zurück. Freude überkam sie, dann Argwohn. »Ich hab kein Lirium mehr für dich, wenn es das ist, was du willst.«

»Pffff! Als ob ich das nicht wüsste. Du bist ein armes Schwein!«

Hel zog die Stirn kraus. »Sag bloß, du hast mich vermisst.«

Ein fiependes Kichern brachte das Licht zum Flackern.

»Was suchst du dann hier?«, schnaubte Hel.

»Frag ich mich auch.« Der Pixie zog die Beine an und begann, sich langsam um sich selbst zu drehen. »Du bist arm, du bist dumm und du schnarchst! Du bist absolut keine Konkurrenz.«

»Was soll das heißen?«

Tix ließ sich auf den Bauch sinken und rotierte weiter, das Gesicht in die Patschhände gestützt. »Dieser grinsende Gockel, ist er in dich verknallt?«

»Was?«

»Das Würstchen-Bürschchen, der Schnulzenschmeißer. Mag er dich?«

»Falls du Nova meinst – nein! Und was interessiert dich das?«

»Danke für die Auskunft!« Tix brauste los und war durch den Türspalt verschwunden. Einen Augenblick lang konnte Hel ihm nur perplex nachstarren. Dann dämmerte es ihr … aber das war doch … konnte es sein?

Sie beugte sich nach unten, das Bett der Zwergin war leer. Mit klopfendem Herzen kletterte Hel hinab und lief barfuß, wie sie war, nach draußen.

An Deck war Licht. Beim Steuerrad schwebte eine Leuchtkugel. Stimmen und Lachen schwangen in der Brise. Hel kam näher, bis sie verstehen konnte, was sie sagten.

Nova lehnte am Steuerrad. Vor ihm saß die Magierin, das lange Nachthemd um die Knie geschlungen, und spielte mit den Spitzen ihrer offenen Haare, während er ihr Kichern mit Komplimenten und Witzen nährte.

»... aber klar, eine angehende Magierin ohne Hausgeist ist undenkbar! Wer soll denn die anderen Lehrlinge ausspionieren und deinen Meistern die Schreibfedern stibitzen? Du brauchst auf jeden Fall einen Gehilfen an deiner Seite. Ich würde ja meine eigenen Dienste anbieten, aber die Liga kann mich leider nicht entbehren.«

Kichern. Ein Ring an der Hand der Magierin, violett leuchtend: ein in Glas gefasstes Pixieherz. »Das ist eines der schönsten Geschenke, die ich je bekommen habe!«

»Für die schönste Magierin, die ich je gesehen habe ... was konnte ich anderes tun, als dir einen unverschämten Pixie zu schenken? Schließlich muss mich in meiner Abwesenheit jemand ersetzen.«

Wieder Kichern. »Erzähl noch mal, wie du ihn gefangen hast!«

»Ach, es war ganz einfach ... eigentlich war es verdammt schwer. Ein Kampf um Leben und Tod, Mensch gegen Pixie!«

Hel sog die Luft ein, bis sie zu platzen glaubte. Nicht nur dass Nova Gharras Pixie gefangen hatte, er verschenkte ihn auch noch an die Magierin! Es war nicht Novas Pixie, und noch viel weniger Aricaas! Tix gehörte niemandem, nur der Erinnerung, und diese Erinnerung war heilig.

Hel war so entrüstet, so wütend, dass sie gar nichts tun konnte. Mit einem zitternden Schnauben floh sie unter Deck.

»Du bist ein Dieb!«

»Ich bin verliebt.«

Fassungslos starrte Hel Nova an, als sie ihn am nächsten Tag am Frühstückstisch stellte. Die Sturmjäger waren längst fertig, es war schon Vormittag, als Nova schlaftrunken aus seiner Kabine kam. Hel hatte sich freiwillig gemeldet, den Tisch abzuräumen, damit sie Nova abfangen konnte. Es ging schließlich nichts über einen guten Start in den Tag.

Mit einem seligen Lächeln nahm er einen Apfel und warf ihn in die Luft. »Du hast recht, ich bin ein Dieb: Ich habe Aricaas Herz gestohlen! Aber ich hab ihr meins dagelassen, als Pfand.«

»Nein… du hast ihr das Herz von *Tix* gegeben, meinem Pixie!«

»*Deinem* Pixie?«

»Gharras Pixie. Und Gharra hat mir alles vererbt!«

Nova hörte auf, den Apfel zu werfen, und sah sie skeptisch an. »Soweit ich weiß, war er frei wie der Himmelswind. Und genauso garstig. Regst du dich wirklich wegen dem Pixie auf, oder geht es dir in Wahrheit um Aricaa und mich?«

»*Was?*« Hel verschluckte sich fast. »Du bist wohl… völlig…! Eingebildeter…!«

Er zuckte die Schultern. »Du regst dich immer so auf, was weiß ich denn, warum?«

»Weil Tix ihr nicht zusteht!«

»Sondern dir?« Er kniff die Augen zusammen. »Entschuldige, aber das klingt, als wärst du eifersüchtig.«

Hel lachte schrill. »Du denkst tatsächlich, dass alle Welt dich lieben muss. Auch wenn es ungeheuerlich klingt: Es geht nicht immer nur um dich! Und ich wäre die Letzte, die eifersüchtig ist auf irgendein armes Huhn, das dich anhimmelt!«

»Aricaa ist kein Huhn. Sie ist eine Magierin.« Seine Augen glommen vor so viel Begeisterung, dass Hel ihn am liebsten geschüttelt hätte.

»Eben. Am Ende dieser Reise wird sie aus deinem Leben verschwinden.«

»Hel«, fragte er nachdenklich, »wieso musst du eigentlich immer alles so schwarz sehen?«

Sie wollte sich verteidigen, aber ihre Zunge fühlte sich wie verknotet an.

»Ich verehre Aricaa. Und sie liebt mich, das weiß ich. Liebe überwindet alle Grenzen.«

Hel musste ganz ruhig vorgehen, um nicht die Beherrschung zu verlieren. »Erstens kennt ihr euch seit genau einer Woche. Zweitens wurde Aricaas ›Liebe‹ mit einem gestohlenen Pixie erkauft! Und drittens … könnte es vielleicht sein, dass du sie nur magst, weil sie eine Magierin ist?«

Er sah sie groß an. »Aber natürlich mag ich sie deswegen.«

Hel erwiderte seinen offenen Blick. Und begriff, dass ihn mehr mit seinem Vater verband als nur die Abenteuerlust und Aufschneiderei. Und dass seine Mutter, die große Magierin von Moia, trotz ihrer Abwesenheit erheblichen Einfluss auf ihn hatte.

»Außerdem hat deine geliebte Magierin mich ausspioniert, weißt du das? Jawohl, sie hat Tix in mein Zimmer geschickt, um herauszufinden, ob unter meinem Kopfkissen dieselben Gedichte liegen, die du ihr wahrscheinlich zugesteckt hast!«

»Ehrlich?« Nova schien nicht im Geringsten entrüstet. Im Gegenteil. Mit einem Seufzen schmolz er über dem Tisch zusammen und umarmte die Schüsseln. »Ach, Aricaa! Du kennst mich viel besser als alle anderen Mädchen!«

Die letzten zwei Tage ihrer Reise war Nova praktisch nicht mehr vorhanden. Dafür erschien ein großes rosafarbenes Ungeheuer: Die Magierin stellte ein Seidenzelt im Bug des Schiffes auf, das Vanilleduft verströmte und zu ihrem und Novas Heim wurde. Die ganze Zeit kicherten sie hinter den Tüchern, gerade so laut, dass man sie nicht ignorieren konnte. Hin und wieder sprühten Funken magischer Minifeuerwerke hervor und Musikdosen trällerten wieder und wieder dieselben Lieder. Pausenlos hetzte die Zwergin zwischen Kabine und Zelt hin und her, um Spielzeug und Süßigkeiten zu liefern. Wenn Nova sich nicht gerade mit kandierten Früchten mästen ließ, verfolgten ihn Eilige Federn und kritzelten jedes Blatt Papier im Umkreis von drei Metern mit kindischen Liebesschwüren voll.

Bei den Sturmjägern rief Novas neuste Eroberung Belustigung hervor, aber auch Anerkennung, und Kapitän Nord war regelrecht stolz auf ihn. Hel konnte es nicht fassen. Der Magier von Har'punaptra hatte ihnen seine Tochter anvertraut. Dass sie sich kurz vor ihrem Studium von einem Sturmjäger ablenken ließ, würde ihm gewiss missfallen. Ja, vielleicht sorgte er sogar dafür, dass die *Taube* ihre Zulassung verlor! Doch niemand schien sich Gedanken zu machen.

Hel konnte die Leichtfertigkeit der anderen einfach nicht verstehen. Aber aus Angst, dass man sie für eifersüchtig hielt – was der Wahrheit nicht ferner liegen konnte –, bewahrte sie schweren Herzens Schweigen.

Es war später Nachmittag, als die Türme von Aradon am Horizont auftauchten, blass wie Nadeln im roten Fleisch des Himmels. Trotz aller Zukunftsängste wurde Hel plötzlich zuversichtlich. Die Magierschaft würde sich um sie kümmern. Alles würde gut werden. Schlimmer konnte es sowieso nicht kommen.

Während der letzten Fahrtstunde wurde es sehr leise um das rosafarbene Zelt, bis Aricaa und Nova schließlich mit gefassten Mienen herauskamen und in der Kabine verschwanden. Wenig später kehrte Nova allein zurück. Wahrscheinlich hatte die Magierin ihn verbannt, weil sie sich jetzt in ein Kleid begeben musste, das dem Anlass entsprechend schwer anzuziehen war.

Ganz lächelnde Leichtigkeit, übernahm er das Steuer und beobachtete den sterbenden Tag. Hel verdrehte die Augen und wandte sich dann der Stadt zu, die immer näher rückte.

Zwischen den sanften Hängen glitzerte ein riesiger See. Es hieß, vor Jahrhunderten, als der große Krieg zwischen den Druiden des Alten Reichs und den ersten Magiern wütete, seien die Gewässer des Horrùn entstanden: Die Druiden begruben das alte Aradon unter gigantischen Wassermassen und zerstörten die Stadt vollständig. Als man Aradon nach dem Krieg neu errichtete, blieben die Flüsse und der See – ein Denkmal an jene dunkle Zeit.

Die eigentliche Stadt schmiegte sich an das Ostufer des Horrùn-Sees. Im Licht des Abends leuchteten die Giebel und Türmchen wie ein Dickicht aus feuchtem Schilf. Fischerboote trieben in der Bucht und kleine Flugballons zogen Netze durch das Wasser. Das Herz Aradons jedoch lag ferner des Sees.

Auf einem Hügel oberhalb der Stadt thronten vier gigantische schwarze Eisentürme. Es sah aus, als würden sie den Himmel halten. Kein Bauwerk auf der Welt ragte höher, keine Festung war imposanter. Hel stützte den Kopf in die Hände. Der Hauptsitz der Magierschaft wurde durch keine Wälle geschützt, nur von unsichtbarer Magie. Vier Steintreppen führten zu einem runden Plateau in der Mitte, wo die Hochschule der Magierschaft und weitere gezackte und gewundene Gebäude saßen wie in einem gut bewachten Nest. Im Wind wehten Fahnen, auf denen stets neue Wappen auftauchten – die Königreiche, die im Bündnis mit der Magierschaft standen. Die zwei Bären von Nordun wechselten sich ab mit den gekreuzten Klingen von Warhall, den Weinreben Kapuas und den bunten Sonnenstrahlen von Har'punaptra. Auf den Turmspitzen drehten sich goldene Pentagon-Kreisel und schienen das umliegende Land nie aus dem Blick zu lassen.

Kapitän Nord kam aus seiner Kabine, um Nova am Steuerrad abzulösen. Rasiert, gekämmt und in seinen besten Umhang gehüllt, lenkte er die *Taube* zur Anlegestelle, die wie ein Pilz aus einem der vier Türme ragte. Bereits drei Schiffe der Liga standen auf dem mächtigen Felsvorsprung; sie waren also nicht die Ersten, die dem Ruf der Magier Folge leisteten. Hel überlegte kurz, wie viele noch kommen würden. Soweit sie sich erinnerte, hatten die Magier die Zahl der Schiffe inzwischen auf zweiundzwanzig gesenkt. In Gharras Jugend waren es mehr als fünfzig gewesen.

Als die *Taube* mit einem störrischen Ruckeln landete, erwarteten sie schon zwei Magier im Eingangsportal. Kapitän Nord wies seine Mannschaft an, zuerst Aricaas Gepäck vom Schiff zu bringen, während er selbst voranging, um sie zu begrüßen. Hel half mit, die Truhen zu verfrachten, und fragte sich insgeheim, wie viele Puderdöschen und Parfüms eine angehende Magierin wohl für die Ausbildung brauchte. Aricaa schwebte währenddessen in einem bauschigen sahnefarbenen Kleid vorüber, um von den Magiern in Empfang genommen zu werden. Hel versuchte, ihr Gespräch zu belauschen, sooft sie vorbeikam. Ein älterer Magier mit einem strengen spitzen Gesicht und eine eulenhafte, leicht ungepflegt wirkende Magierin stellten sich als Leiter verschiedener Bibliothekshallen vor. Aricaa machte einen Knicks vor ihren künftigen Meistern.

Als die Kisten verladen waren, lächelte die Frau und klopfte mit ihrem silbernen Zauberstab auf den Boden. »Dann wollen wir dein Gepäck doch ins Schülerhaus bringen.« Ein feiner Strahl Lirium schoss aus dem Stab und zerstob über den Truhen. Im nächsten Moment flog das Gepäck auf und davon – Hel sah ihm nach, wie es ein hohes, dunkles Gebäude zwischen den Türmen ansteuerte und durch ein Portal verschwand. Sie rieb ihre Finger, die noch vom Tragen schmerzten. So zaubern würde sie auch gerne können. Aricaa *würde* es bald können.

Als die beiden Magier gehen wollten, um Aricaa ihr neues Zuhause zu zeigen, drehte sie sich zögernd nach Nova um. Er hob eine Hand zum Abschied, aber das genügte der jungen Magierin nicht. In zwei Schritten war sie bei ihm und hatte die Arme um ihn geschlungen, sodass nur noch ein wirrer brauner Lockenschopf aus dem Kleidermeer ragte.

Hel war nicht die Einzige, die diese offen gezeigten Gefühle überraschten. Die Magier starrten Aricaa an. Sogar Kapitän Nord furchte die Stirn. Plötzlich hatte Hel Mitleid – offenbar waren die beiden wirklich verliebt. Jedenfalls verdienten sie dafür keine entrüsteten Blicke. Mit einem Räuspern schob sich Hel in den Vordergrund, als seien Aricaa und Nova gar nicht vorhanden. »Guten Abend, Eure Hoheiten. Mein Name ist Hel, Sturmjägerin der *Schwalbe,* Redwin Gharra ist mein Kapitän. Die *Schwalbe* ist abgestürzt.«

Großäugiges Schweigen. Zumindest war es Hel gelungen, von dem Liebespaar abzulenken. Gefasst erzählte sie den

Rest der Geschichte und betonte noch einmal, dass sie nicht wisse, wieso nur sie den Absturz überlebt hatte.

Als sie fertig war, sahen die Magier sich bedeutungsvoll an. Keiner sagte etwas, bis schließlich die Magierin einen Arm nach Aricaa ausstreckte und sie zur Seite nahm.

»Komm, junge Dame, wir gehen.« Zögerlich löste Aricaa sich von Nova und folgte ihrer Lehrerin in den dunklen Flur zum Turm.

Der Magier sagte nur knapp zu Hel: »In drei Tagen findet die Versammlung mit der Liga statt. Dann wirst du deine Geschichte wiederholen.« Er warf einen Blick in die Runde der Sturmjäger. »Willkommen in Aradon.« Er nickte zum Abschied und folgte dann mit wehendem Umhang den Damen.

Die Liga hatte ihren eigenen Flügel im Nordturm. Es war ein ganzes Stockwerk, in dem es genug Räumlichkeiten gab, um alle Sturmjäger unterzubringen. Hel war schon oft hier gewesen, wenn die *Schwalbe* nach Aradon gekommen war, um die Liriumerträge abzuliefern. Große Zimmer mit Kaminen, Teppichen und Himmelbetten standen ihnen zur Verfügung, und von den reich verzierten Erkern und Balkonen aus hatte man eine so atemberaubende Aussicht auf den See und die Uferstadt, als würde man in einem Schiff stehen. Das Beste an der Unterkunft aber waren die Köche, die den Sturmjägern morgens, mittags und abends in der großen Speisehalle der Liga die köstlichsten Gerichte servierten. Wenn man wochenlang nichts als Sandwurm und Zwieback gesehen hatte, konnte einen ein Pflaumentörtchen glatt zu Tränen rühren. Als Kind hatte Hel gar nicht verstanden, warum sie nicht immer in Aradon bleiben konnte, und hatte die Magier um ihr Glück beneidet.

Als Hel nun die massiven Marmortreppen zum Stockwerk der Sturmjäger emporstieg, überwältigten sie die Erinnerungen. Vor sieben Monaten waren Gharra, Jureba, Orriw und alle anderen diese Stufen hochgelaufen. Nie hätte sie gedacht, dass es das letzte Mal sein würde. Damals waren sie niedergeschlagen gewesen, weil sie nach fast einem Jahr nur einen Bruchteil der früher üblichen Liriummenge erbeutet hatten. Sie hatten in der ständigen Sorge gelebt, der Magierschaft zu missfallen, wenn sie so lange ohne Erträge fortblieben; doch mit einer dermaßen mageren Beute nach Aradon zu kommen, war nicht viel besser. Hätte Hel geahnt, dass sie nie wieder mit Gharra und der Mannschaft hier sein würde, wäre ihr das Verschwinden von Lirium ganz egal gewesen. Jetzt wünschte sie sich, die *Schwalbe* wäre damals wie viele andere Schiffe von den Magiern eingezogen worden. Dann wären sie jetzt ohne Arbeit, aber am Leben.

Als sie die bereits eingetroffenen Sturmjäger begrüßt und ihre Zimmer bezogen hatten, legte Hel sich gleich ins Bett, das so sehr nach Vergangenheit roch und hundert Momenten Kindheit. Sie schloss die Augen und lauschte nach der weiten Stille, der wuchtigen Macht des Turms. Während sie so dalag, kam ihr ein Gedanke, bei dem sich ihr Herz zusammenkrampfte.

Wenn sie nicht gewesen wäre, hätten sie nicht halb so viele Stürme entdeckt. Gharra selbst hatte gesagt, dass die Magier die *Schwalbe* ohne sie wahrscheinlich schon vor langer Zeit zurückgerufen hätten. Ohne sie wären Gharra und die Sturmjäger jetzt vielleicht nicht tot.

Die folgenden drei Tage hieß es warten. Darin waren die Sturmjäger erprobt. Sie verbrachten die Zeit damit, zwischen den großen Kaminzimmern und dem Speisesaal umherzuwandern, zu spielen und über die Versammlung zu spekulieren. Elina, eine Sturmjägerin auf der *Amsel*, war die Geliebte von Orriw gewesen und brach weinend zusammen, als sie erfuhr, dass die Gerüchte stimmten und die *Schwalbe* abgestürzt war. Hel wollte sie trösten, wusste aber nicht, was sie sagen sollte. Worte halfen auch nicht. Eine Handvoll Sturmjäger, die beim Absturz der *Schwalbe* oder eines der anderen drei Schiffe eine geliebte Person verloren hatten, fanden sich in stillem Einverständnis zusammen. Es war die traurigste Gesellschaft, die Hel je erlebt hatte, vor allem unter Sturmjägern. Stumpf starrten sie aneinander vorbei, vergaßen das Essen und Trinken oder tranken zu viel. Doch während die anderen Sturmjäger fast pausenlos über die verlorenen Schiffe sprachen, interessierten die Trauernden sich kaum für Gerüchte. Schon aus dem Grund hielt Hel sich bei ihnen auf. Niemand nötigte sie, ihre Geschichte wieder und wieder zu erzählen, oder belästigte sie mit schmerzlichen Fragen. Nur wenn Nova sie zum Lesen oder Würfelspielen holte, ging sie zu den anderen zurück. Sie wusste, er wollte sie aufmuntern. Auch wenn es ihm nicht gelang, die Absicht zählte, und Hel wollte ihm zumindest den Eindruck vermitteln, dass er ihr half.

Allerdings wurden sie fast jedes Mal von Eiligen Federn gestört, die Nova Nachrichten seiner Liebsten brachten. Irgendwann waren seine Papierzettel vollgekritzelt und er musste mitten in einem Federballspiel seinen Arm hinhalten, um zu erfahren: *»Ich habe dem Pixie unser Lied beigebracht. Hundert Küsse!«*

Hel bemerkte wohl, wie das anfangs noch verzückte Grinsen allmählich einem zusammengepressten Mund wich, aber sie stocherte nicht in Novas Liebesangelegenheiten. Auch als er anfing, laut zu seufzen, vor aller Augen die Briefe zerknüllte und die Eiligen Federn in Schränke schloss, bevor sie ihre Botschaft schreiben konnten, fragte Hel nicht nach. Sie ahnte, dass Nova nur auf eine Gelegenheit wartete, ihr sein Leid zu klagen. Doch es interessierte sie nicht, was zwischen ihm und Aricaa vorging. Er konnte sie nicht ausschließen und einweihen, wie es ihm gefiel.

Nachts schlief Hel schlecht. Sie konnte nur schwer eindösen und schrak aus Albträumen auf, die ihr Herz schmerzhaft rasen ließen und ihr die Luft abschnürten. Immer wieder glaubte sie, Sand unter den Fingern zu fühlen, kriechend, sich windend wie ein lebendiges Wesen.

Schweißgebadet wälzte sie sich in den Laken. Das Zimmer kam ihr stickig vor. Weil sie nicht im Dunkeln liegen bleiben wollte, berührte sie die Leuchtkugel und tapste im matten Schein zum Fenster. Sie schob es auf und beugte sich weit hinaus in die Nacht. Der stürmische, kalte Wind fühlte sich gut an.

Weit unten lagen die Lichter der Uferstadt wie angespülte Goldkörner. Auch aus den vier Türmen der Magier drang Helligkeit aus unzähligen Fenstern. Hel schloss halb die Augen, sodass die Lichter verschwammen, und dachte an das viele Lirium, das in diesem Moment verglühte.

Es war doch merkwürdig, dass jeder Lirium gebrauchte, aber nur die Magier wussten, wie Feenlichter funktionierten. Die unscheinbaren Steine, die Lirium magisch anzogen und aufnahmen, bestanden aus einer Substanz, die nur Magier herzustellen wussten. Feenlichter steckten in den Fangballons der Sturmjägerschiffe und konnten ganze Liriumstürme verschlucken. Aber es gab auch kleine Feenlichter, nicht größer als eine Faust, die man zum Schutz bei sich trug. So konnte einem das Lebendige Land nichts anhaben.

Erst wenn ein Feenlicht zu glimmen begann, war es ganz

mit Magie gefüllt und musste der Magierschaft zurückgegeben werden, damit sie das Lirium daraus befreite und das Feenlicht wieder verwendbar machte. Auch diese Prozedur war streng geheim.

Hel sog noch einmal tief die frische Luft ein, dann schloss sie das Fenster und kroch ins Bett zurück. Ohne Schlaf zu finden, wartete sie auf den Morgen. Doch die Nacht war lang. Und Hel konnte nicht aufhören, an die Lichter zu denken, die dort draußen verglühten.

Zwischenzeit

Das KIND sah Menschen im Land und im Himmel und ES nahm ihnen Licht.

Nomaden kamen mit Tierherden über die Hügel. Keilpferde trotteten in ihrer Mitte, das Klirren von Glöckchen, Kinderlachen und Wiehern umwölkten den Zug. Wie Schmuck lagen Feenlichter um ihren Hals, die die Erde ihres Lichts beraubten. Aber das KIND war gekommen, und das KIND trug das dunkle Herz, das mächtiger war als ihr Zauberwerk.

Die Menschen sahen ES auf dem Hügelkamm stehen und deuteten hinauf. Die Tiere waren klüger, sie sahen nicht nur, sie spürten ES und drängten nervös zurück. Das KIND hob einen Finger, dann den Arm. Rasche Wolken zogen Schattenflecken über das Land, wie körperlose Fische glitten sie über die Hügel, riesig, bewusstlos.

Dann lag alles ruhig da, Tiere, Menschen und ihr buntes Gepäck. Nur die Glöckchen klirrten und nur die Wolkenschatten wanderten weiter. Das KIND nahm den Arm wieder unter den Umhang. Zog mit den Schatten durch das Land.

Ein Schiff flog über den Wäldern, eins, das Stürme jagte, den reinen Atem des Landes. Das KIND sah, wie sich Licht durch die Rohre quälte. Und der Zorn wogte in IHM auf, schwer und gut. SEIN Finger hob sich. Das dunkle Herz ging auf und rief das Licht zu sich. Rohre platzten, Licht kam frei. Licht kam. Zu IHM.

Das KIND schlug den Umhang zurück, die Kapuze, fraß das Licht, ließ sich fressen. Macht! Ergeben… Tod für Leben, Leben nimmt Tod. Im Chor von hundert Schreien sank das Schiff.

Magier

Am Morgen des vierten Tages holte ein junger Magier die Sturmjäger ab, um sie zum Westturm zu bringen, wo die Versammlung stattfinden sollte. Ein Schiff der Liga war allerdings noch nicht in Aradon angekommen. Als jemand nach der *Habicht* fragte, zog der Magier die Schultern hoch und erwiderte hastig, dass bald alles erklärt würde.

Der Wind wehte stark, als sie die Steinbrücke zum Westturm überquerten. Das weiße Haar des Magiers tanzte vor ihnen her wie Spinnweben. Hel zog sich die Weste enger um den Körper.

Der Westturm war von unzähligen Bogenfenstern durchzogen, Reihen über Reihen wie gebleckte Zähne. Hier lagen die Versammlungsräume und Ratssäle, in denen die Magierschaft über das Schicksal der Welt bestimmte. Hel versuchte, sich zu erinnern, wann sie zum ersten Mal hier gewesen war. Sie musste damals sehr klein gewesen sein und erinnerte sich nur noch an die bunten Fenster, durch die das Licht in lauter verschiedenen Farben eingefallen war.

Der Magier führte sie durch hohe Pforten. Türen öffneten sich durch ein rasches Schwenken seines Stabes, dessen Schlichtheit verriet, dass der Magier keinen sehr hohen Rang innehatte. Aber schließlich war er noch jung.

Sie betraten eine fünfeckige Halle. Sitzreihen waren an vier Wänden aufgezogen, nur die Stirnseite der Halle bot einer Empore Platz, auf der fünf prächtige Stühle standen. Darüber ließen meterhohe Fenster das Morgenlicht ein. Beim Betreten der Halle blendete das Licht Hel so sehr, dass sie nicht gleich wusste, ob die Sitzreihen leer oder schon besetzt waren.

Doch es war noch niemand da. Natürlich. Die Magier warteten nicht, sie ließen warten. Der junge Mann wies den Sturmjägern ihre Plätze zu. Die Mannschaften sollten ihrem Jagdgebiet entsprechend von links nach rechts und West nach Ost sitzen.

Etwas verzagt blieb Hel vor dem Magier stehen, als alle anderen ihre Plätze suchten, und sagte, dass sie die einzige Jägerin der *Schwalbe* sei.

»Ach, das bist du!« Der Magier wies zu einem Platz ganz vorne, neben der Empore. »Du kannst hier warten.«

Hel nickte nervös und setzte sich. Nova und die Sturmjäger der *Taube* waren rechts von ihr in der Nähe des Eingangs. Sie versuchte, ihre Blicke aufzufangen, doch die Sonne leuchtete ihnen direkt ins Gesicht, sie konnten Hel in der Ecke gar nicht sehen.

Ein paar Minuten vergingen, während die Sturmjäger ihre Sitze fanden. Der junge Magier schloss die Türen.

Wenig später hörte Hel ein fernes Rauschen. Sie wandte den Kopf und entdeckte erst jetzt die balkonartigen Vorsprünge über der Halle, die jenseits des starken Sonnenlichts im Schatten lagen. In die Logen traten nun die Magier.

Ihr schlohweißes Haar war kunstvoll aufgesteckt. Die langen Roben verhüllten Männer und Frauen gleichermaßen, machten sie zu Geistern in Azurblau, Smaragdgrün und Purpur, mit Gesichtern, blass und unscheinbar zwischen der Pracht von Kleidern und Haaren.

Seitlich der fünften Wand wuchsen Treppen hervor und fünf Magier kamen herabgeschritten. Die Sturmjäger erhoben sich. Auch Hel stand auf. Sie hätte viel darum gegeben, in diesem Moment nicht ganz alleine vorne stehen zu müssen, den mächtigsten Menschen der Welt so nah. Sie erkannte einen von ihnen wieder: Der ältere, untersetzte Mann in Grau, der forschen Schrittes den mittleren Stuhl ansteuerte, war Palairon, der Vorsitzende der Magierschaft. Ein schlichter Silberreif konnte sein struppiges langes Haar kaum bändigen, auch der Bartzopf war nur locker mit Goldfäden umschlungen. Doch so nachlässig er bei seinem Äußeren auch sein mochte, der Blick der kleinen, schwarzen Augen zeugte von kühler Berechnung. Er fegte seinen Umhang zur Seite und nahm Platz. Sein Stab, der länger war als er selbst, blieb dabei neben ihm stehen, als hätte er unsichtbare Wurzeln geschlagen, und blitzte silbern im Licht.

Auf die vier übrigen Stühle setzten sich die höchsten Vertreter aus allen vier Türmen. Es waren drei Frauen und ein Mann, deren Namen Hel nicht kannte.

Als Stille in den Logen eingekehrt war, hob Palairon die Hand. Mit dem Licht im Rücken streckte sein Schatten sich fast durch den ganzen Saal. »Verehrte Freunde. Setzt euch.«

Die Sturmjäger nahmen Platz. Obwohl der Vorsitzende der Magierschaft nicht unfreundlich klang, hatte seine Stimme einen Ton, der sofortigen Gehorsam verlangte. Er ließ sich etwas Zeit, ehe er mit seiner Rede begann.

»Im Namen der Magierschaft von Aradon heiße ich euch willkommen. Ich wünschte, uns hätte ein erfreulicherer Anlass zusammengeführt.«

Hel spürte förmlich, wie man im Saal die Luft anhielt. Eine Weile ließ Palairon die unheilschweren Worte über ihnen hängen und blickte durch die Reihen. »Ihr habt alle von den Schiffen gehört, die abgestürzt sind.« Er beugte sich zu der Magierin an seiner Linken hinüber und murmelte etwas.

Die Frau erhob sich. Ohne Umschweife begann sie zu sprechen: »Das erste Schiff war die *Adler*. Die Überreste wurden am Rand ihres Jagdgebiets gefunden, in den Gebirgen von Warhall. Niemand hat überlebt. Darum haben wir leider auch keine Zeugen, die uns sagen könnten, was passiert ist. Allerdings haben Untersuchungen ergeben, dass die Rohre geborsten sind. So kam es wohl zu dem Unglück.

Ähnlich verhielt es sich mit der *Eule*. Auch die *Eule* jagte im Mittland, und zwar nur wenige Meilen von der *Adler* entfernt. Das Schiff zerschellte beim Absturz an den Klippen.

Das dritte Schiff, die *Kranich*, ist ebenfalls in den Gebirgen des Mittlands angegriffen worden. Unsere Schiffe konnten die Wrackteile nicht finden und haben die Suche bald wieder eingestellt, da sie in dieser Gegend zu gefährlich schien. Allerdings haben Zwerge berichtet, dass sie ein Schiff vom Himmel fallen sahen. Dann haben wir noch den Absturz eines vierten Schiffs, der *Schwalbe*, zu beklagen. Die *Schwalbe* war in der Nähe der Kauenden Klippen unterwegs. Auch hier haben wir keine Überreste gefunden.« Sie hielt kurz inne und warf dem Vorsitzenden einen nervösen Blick zu. Er nickte kaum merklich. »Nun, und heute Morgen … hat uns eine weitere bedauernswerte Nachricht ereilt. Auf dem Weg hierher ist die *Habicht* …«

Der Rest des Satzes ging im Aufschrei der Menge unter. Mehrere Sturmjäger waren aufgesprungen und ließen sich nur mit viel Mühe von ihren Nachbarn beruhigen. Hel spürte das Blut durch ihre Schläfen pochen. Ein fünftes Schiff. Noch ein Absturz. Es hätte jedes andere Schiff treffen können, sie waren alle auf dem Weg nach Aradon gewesen.

»Die Untersuchungen laufen noch. Wir werden alle Informationen, die wir über die letzten Momente der *Habicht* sammeln können, mit euch teilen«, sagte die Magierin leise. Dann streckte sie sich ein wenig und wurde lauter: »Die einzige Überlebende der Schiffe ist heute bei uns. Die Sturmjägerin Hel möge vortreten.« Sie wandte sich Hel zu. Aufmunternd wies sie in die Mitte der Halle.

Mit seltsam tauben Füßen stand Hel auf. Eher seitlich der Mitte blieb sie stehen, gefühlte zweihundert Blicke im Nacken.

»Vielleicht erzählst du uns, was sich auf der *Schwalbe* zugetragen hat«, hob Palairon behutsam an. »Wenn du so weit bist…«

Hel wollte sich räuspern, aber ihr Hals war plötzlich viel zu eng. Die Stille rieselte wie Staubflocken auf sie herab. Reiß dich zusammen, dachte sie. Schließlich hatte sie die Geschichte schon oft genug erzählt.

Irgendwie fand sie einen Anfang und wiederholte, was sie in den vergangenen Tagen immer wieder gesagt hatte: »Es war eigentlich ein ganz normaler Tag gewesen, wir waren ungefähr sieben Flugtage von Har'punaptra entfernt, als ich am Abend ein Funkeln im Land entdeckte, obwohl das Land sonst tot war…« Sie redete rasch und sah dabei ihre Schuhe an. Ihr fiel auf, wie abgetragen sie waren. An der Spitze war das Leder schon ganz hell und zerkratzt. Wie weit sie gelaufen war! Die Erinnerungen an die Wüste kamen ihr merkwürdig entrückt vor, als hätte sie es nicht selbst erlebt, sondern von jemandem erzählt bekommen. War das alles wirklich kaum zehn Tage her? Der flache Ozean aus Sonne und Glut, die Unendlichkeit zwischen den Horizonten, Mercurin. Die Nächte. Gemurmelte Worte. Keuchender Wind. Der Umhang, dieser Geruch…

»…und dann habe ich das Bewusstsein verloren.« Sie blickte auf. Die Magier sahen sie ausdrucklos an. Jedenfalls konnte Hel keine Regung erkennen, vielleicht weil sie zu sehr in sich selbst versunken war. Wie lange hatte sie gesprochen? Sie warf einen ängstlichen Blick zu den Fenstern empor, aber ihre Sorge war natürlich übertrieben – es war nach wie vor Morgen. Oder hatte sie zu kurz geredet? Erwartete man mehr von ihr?

»Das ist alles«, schloss sie kleinlaut.

Irgendwo ächzten Sitzbänke. Sie war bestimmt viel zu leise gewesen. Niemand hatte sie verstanden.

Der Magier neben Meister Palairon faltete die Hände. »Du warst im abstürzenden Schiff und hast das Bewusstsein verloren. Und dann?«

Hel schluckte trocken. Der Frage war sie bis jetzt erfolgreich ausgewichen. »Dann bin ich nach Har'punaptra gegangen und habe Nova getroffen. Ich meine Pienova Nord, Sohn von Kapitän Neremias No ...«

»Du bist aus den Trümmern des Schiffs gestiegen und nach Har'punaptra gegangen. Keine Verletzungen?« Der Vorsitzende der Magierschaft runzelte die Stirn.

»Ja ... also, nein. Meine Rippen waren gebrochen. Aber sie sind wieder heil.«

Palairons buschige Augenbrauen berührten fast den Haaransatz.

»Jemand hat mich gefunden. Also, gerettet. Ihm verdanke ich mein Leben.«

Ein Raunen ging durch die Halle. Auf eine Geste Palairons hin erstarb es so augenblicklich, dass er vielleicht mit Magie nachgeholfen hatte. »Wer ist dein Retter? Hat er auch einen Namen?«

Hel hörte ihr Herz schlagen. Sie öffnete den Mund. »Ich ... weiß nicht. Er hat mir seinen Namen nicht verraten.«

Die Magier starrten sie durchdringend an. Hel war sich

fast sicher, dass sie die Lüge in ihren Augen ablesen konnten.

»Das ist nun sehr wichtig«, begann Palairon mit dunkler Stimme. »War der Mann, der dich gefunden hat, einer aus dem Isenvolk?«

Die Frage war so unerwartet, dass Hel sie erst gar nicht verstand. »Äh, nein. Nein, er war kein Ise.«

»Bist du sicher?«, hakte eine der Magierinnen nach und lehnte sich vor. Hel nickte. »Ich bin ganz sicher.«

Die Magier auf der Empore tauschten Blicke. Dann wandte sich die Frau abermals an sie: »Du sagtest, du hättest ein Funkeln im toten Land gesehen, bevor das Schiff angegriffen wurde. Wie dürfen wir das verstehen? War da jemand?«

»Nein, ich kann, ich sehe Lirium. Im Land. Ich habe diese zweite Sicht… alles Lebendige hat eine Aura. Ein Licht. Wie bei Geistern.«

Palairon und der Magier zu seiner Rechten, ein hagerer Mann mit wässrigen Augen, nickten; offenbar wussten sie von ihrer Gabe, während alle anderen verblüfft dreinblickten. Als keiner mehr eine Frage vorbrachte, erhob er sich.

»Vielen Dank für deinen Bericht, Hel. Wir würden uns gerne noch mit dir unterhalten, am besten gleich anschließend. Solange darfst du wieder Platz nehmen.«

Hel verneigte sich und kehrte zurück. Erst als sie wieder saß, sickerten die Worte zu ihr durch. Mit ihr unterhalten… ein Übelkeit erregendes Flattern breitete sich in ihr aus. Wieso hatte sie ihnen Mercurins Namen nicht genannt? Sie wusste es nicht, und doch spürte sie, dass sein Name ein Geheimnis war, das sie hüten musste. Nur durch Zufall hatte sie ihn erfahren – das gab ihr nicht das Recht, ihn zu verraten. Auch wenn es vielleicht keine Rolle spielte, Mercurin hatte ihr das Leben gerettet, und alles, was sie ihm dafür geben konnte, war ihre Verschwiegenheit. Ob sie sich je wiedersahen oder nicht, ob er es jemals erfuhr oder nicht – er konnte sich auf sie verlassen.

Hel war so vertieft in ihre Gedanken, dass sie den Magiern nur halb lauschte. Doch dann merkte sie, dass es still geworden war, und sah auf. Palairon stand noch immer, den Mund zu einem schmalen Strich zusammengekniffen. Hel hatte nicht mitbekommen, was er gerade gesagt hatte, doch die Anspannung in seiner Miene verhieß nichts Gutes. Als er wieder zu sprechen begann, war sie einen Moment sicher, dass sie sich verhörte.

»... also müssen wir heute mit Bedauern verkünden, dass die Liga der Sturmjäger bis auf Weiteres aufgelöst ist.«

Chaos brach aus. Doch kaum waren die Sturmjäger aufgesprungen, erscholl ein dumpfer, alles erschütternder Knall: Der Stab des Magiers bebte. Hel biss sich auf die Lippe, aus Angst, einen Schreckenslaut auszustoßen.

Eisige, unwirkliche Stille umwehte Palairon. Die Säume seines Gewandes zitterten. »Wir haben die Entscheidung nach sorgfältiger Überlegung getroffen, meine Freunde. Die Liriumerträge der letzten zwei Jahre konnten nicht einmal zur Hälfte decken, was wir aus unseren Vorräten, den Vorräten von Jahrhunderten, entnehmen mussten. Wir alle wissen ...« Er räusperte sich. »Wir wissen alle, dass das Land ausstirbt. Und hier in Aradon sucht man dringlichst nach Lösungen für das Problem. Seid versichert, dass wir einen Weg finden werden. Doch die Angriffe auf unsere Schiffe erfordern rasches Handeln.« Palairon nahm seinen Stab und schritt die Empore herab. Mit langsamen Schritten ging er die Reihen der Sturmjäger entlang. »Fünf Schiffe wurden angegriffen. Fünf von zweiundzwanzig! Innerhalb einer Mondphase. Solange wir nicht wissen, wer hinter den Angriffen steckt, und wir unseren Gegner nicht unschädlich gemacht haben, riskiert jeder, der sich auf Sturmjagd begibt, sein Leben.« Er blieb stehen und breitete die Arme aus. »Gewiss, die Sturmjagd war immer ein gefährliches Unterfangen. Eine Jagd zwischen Himmel und Erde, Ruhm und Tod! Doch wollt ihr weiter auf Sturmsuche gehen, wenn die Wahrscheinlichkeit größer ist, Opfer eines schrecklichen Übergriffs zu werden, als einen Sturm zu sichten?«

»Was sollen wir sonst machen?«, rief jemand erbost.

Palairon drehte sich um. »Nun. Bis wir der Sache auf den Grund gegangen sind, werdet ihr alle hier in Aradon untergebracht sein. Es wird euch an nichts fehlen.«

»Und danach?«, brummte jemand. Andere stimmten mit ein. »Wie lange soll das so gehen?«

»Wir werden die Liriumgewinnung neu planen und vielleicht neue Wege einschlagen.«

Empörte Rufe wurden laut. »Ihr wollt uns entlassen! Wie viele Schiffe zieht ihr noch ein?«

Im allgemeinen Lärm schwappten noch schlimmere Anschuldigungen, gar Beschimpfungen mit, bis Palairon wieder den Stab auf den Boden fahren ließ. Die Halle erbebte. Hel glaubte, das Fensterglas klirren zu hören. Für einen Herzschlag musste sie an den Absturz der *Schwalbe* denken, die brechenden Fenster … sie klammerte sich an ihrem Sitz fest.

»Meine Freunde«, sagte Palairon in drohendem Ton, »die Liga der Sturmjäger untersteht dem Befehl der Magierschaft. Die Schiffe der Liga sind unsere Schiffe und jedes verlorene Schiff ist unser Verlust. Solange die Gefahr besteht, bleiben sie in Aradon.«

»Dann sagt uns endlich, was hinter den Angriffen steckt!«,

forderte ein Sturmjäger. Palairon suchte den Sprecher, doch fand ihn nicht in der Menge.

»Auch wir wollen keine Zeit verlieren. Meister Olowain, einer unser größten Gelehrten der Magie, wird die Verbrechen aufklären.« Palairon hob die Hände. »Habt Vertrauen, meine Freunde. Sobald wir Antworten haben, werden wir sie euch geben. Das wäre alles. Ich danke euch.«

Die Tür schwang auf. Missgelaunt nahm Palairon seinen Stab und schritt zur Empore zurück. Bewegung kam in die Schatten der Logen, als die Magier, die das ganze Geschehen stumm verfolgt hatten, die Halle verließen. Die Sturmjäger beobachteten verstört ihre Flucht. Keiner wollte einsehen, dass die Versammlung mit diesen Worten beendet sein sollte.

Als Palairon an Hel vorüberschritt, gab er ihr einen Wink. »Du bleibst.«

Der Magier von vorhin begann, die Sturmjäger hinauszubugsieren, und teilte dabei beschwichtigende Worte aus. Aber einer schlüpfte am Magier vorbei: Nova. Automatisch stand Hel auf und kam ihm entgegen.

»Keine Angst, ich bleib hier«, sagte er.

Palairon drehte sich verwundert nach ihnen um. »Ach, ist das so?«

Nova holte Luft. »Wir haben Hel auf der *Taube* mitgenommen. Sie hat mir alles über den Absturz erzählt und als stellvertretender Kapitän bin ich für unsere Jäger verantwortlich. Und auch als guter Freund.« Er sagte es sehr ernst und Hel hatte ihn nie lieber gehabt als in diesem Moment.

Der Vorsitzende der Magierschaft sah ihn eindringlich an. »Sehr ehrenhaft, Pienova Nord. Aber nein. Wir werden Dinge besprechen, die vertraulich sind.«

Einen Moment stand Nova mit angespannten Schultern

da, und es schien fast, als würde er widersprechen. Hel berührte ihn am Ärmel.

»Ich warte draußen auf dich«, murmelte er. Dann verbeugte er sich und stolzierte davon. Hel blinzelte die Magier durch das gleißende Sonnenlicht an. Hinter sich hörte sie, wie die Tür geschlossen wurde.

Palairon blieb auf den Stufen stehen, fegte seinen Umhang zurück. Einen Moment lang sah er Hel nur an. Dann zog er einen Brief hervor, entfaltete und überflog ihn.

»Ich habe hier… ein Schreiben von Kapitän Redwin Gharra. Ungefähr drei Wochen alt, also verfasst kurz vor dem Absturz, nicht?« Er warf Hel einen Blick zu. »Weißt du, was darin steht?«

Sie nickte stockend.

»Er empfiehlt dich als Nachfolgerin.« Palairon wartete, bis sie Mut fasste und ihn ansah; erst dann fuhr er fort: »Meinst du, er sah seinen Tod kommen, als er diese vorsorgliche Maßnahme traf?«

Hel spürte ein Hämmern in den Schläfen. Palairon schob den Brief zurück in sein Gewand. »Kapitän Gharra begründet seine Empfehlung auch. Er schreibt Bemerkenswertes über dich. Über deine Gabe.« Wieder beobachtete er sie und ihr wurde heiß. »Du kannst Lirium sehen, nicht wahr? Ich habe schon davon gehört, aber vor Gharras Brief und deiner Erzählung heute hielt ich es für ein Gerücht. Woher kommt diese Fähigkeit?«

»Ich weiß nicht, Meister.« Sie blinzelte. Die Gesichter der Magier, die hinter ihm saßen, waren rote Schattenflecken, weiß umrissen. »Es ist einfach so.«

»Meinst du, diese Besonderheit, die dir zu eigen ist, könnte etwas damit zu tun haben, dass du den Absturz überlebt hast? Immerhin bist du von fünf Schiffen die einzige Sturmjägerin, die nicht umgekommen ist. Ja, nicht einmal verletzt bist du.«

»Ich weiß nicht«, murmelte Hel. Palairons Worte klangen beinahe vorwurfsvoll. Aber was auch immer sie getan hatte, sie hatte es doch nicht absichtlich gemacht. Sie hatte nicht beschlossen, ganz allein dem Tod zu entgehen.

»Hm.« Palairon verschränkte die Arme hinter dem Rücken. Der Stab blieb wieder ohne Halt neben ihm stehen. »Da der Angriff auf die Schiffe magisch war und du offensichtlich eine besondere Beziehung zu Lirium hast, ist es doch durchaus möglich, dass Attacken dieser Art dir nichts anhaben können. Vorhin hast du ein Funkeln erwähnt, das du am Abend des Angriffs gesehen hast. Bitte beschreibe es noch einmal.«

Hel gehorchte, hatte aber nicht mehr zu sagen als zuvor.

»Könntest du dir nicht vorstellen«, hakte Palairon nach, »dass das Funkeln nicht vom Land kam, sondern von einem Wesen aus Fleisch und Blut?«

»Ich habe niemanden gesehen.«

Palairon ließ sich auf seinen Stuhl sinken. Der Stab glitt neben ihn wie ein treuer Diener. »Lass uns über den Mann sprechen, der dich gerettet hat.«

Hel zuckte zusammen. Hoffentlich hatten die Magier es nicht bemerkt.

»Du bist sicher, dass er nicht aus dem Isenvolk war.«

»Ja.«

»Hast du ihn denn genau gesehen?«, fragte eine der Magierinnen.

Sein Gesicht erschien vor Hel, flüchtig wie ein Augenaufschlag. »Ja. Ich habe ihn gesehen.«

Palairon faltete die Hände. »Wir werden dir nun Dinge

anvertrauen, über die du unbedingt Stillschweigen bewahren musst. Kannst du das versprechen, Hel?«

Sie spürte, wie sie nickte.

»Zwei Möglichkeiten gibt es, wer hinter den Angriffen stecken könnte. Entweder ein Dämon. Ein unbekannter Feind mit magischen Fähigkeiten, wie sie zuvor nie jemand besessen hat, der durch die Lande zieht und wahllos tötet. Und sich vielleicht auch als Händler auf dem Weg nach Har'punaptra ausgibt.«

Hel starrte ihn an. Und sah doch nur Mercurins Gesicht vor sich. Mercurin.

»Oder«, fuhr Palairon grimmig fort, »die Isen … sie scheinen sich gegen uns verschwören zu wollen. Gegen uns, die wir sie in unseren Städten aufgenommen haben, die wir unser Lirium mit ihnen teilen! Es ist schon zu Gewalttaten gekommen. Um es kurz zu machen: Wir müssen befürchten, dass es eine Bewegung gibt. Man spricht von einer Anführerin, die Krieger um sich schart. Und wenn die Isen nun einen Weg gefunden haben, Magie gegen uns einzusetzen …« Er musste es nicht sagen, Hel begriff die Tragweite dieser Überlegung auch so. Niemand hatte je an der Macht der Magier rütteln können. Wenn aber nun doch jemand hinter das Geheimnis der Feenlichter gekommen war – oder eine ganz neue Art der Zauberei entdeckt hatte –, dann stand nichts Geringeres auf dem Spiel als der Frieden der Welt. Aber ausgerechnet die Isen? Das Volk von den Inseln war seit jeher von allem ausgeschlossen gewesen, ja es hatte nicht einmal ein Bündnis mit der Magierschaft. Konnten ausgerechnet sie, die so wenig mit Magie zu tun hatten, neue Magie entdeckt haben?

»Ihr glaubt also«, stammelte Hel, »dass die Isen eine Rebellion planen?«

»Wie gesagt, wir wissen nicht, ob hinter den blutigen

Übergriffen des letzten Monats die Isen stecken oder ein bösartiger Dämon. Es gibt Quellen, die von einem einsamen Wanderer berichten. Wo er hinkommt, löscht er ganze Dörfer aus.«

»Es ist nicht auszuschließen, dass er ebenfalls zu den Isen gehört«, warf die Magierin ein. Die anderen nickten düster. Wieder spürte Hel, wie Palairon sie beobachtete.

»Wieso erzählt ihr mir davon?«, fragte sie leise.

»Weil du die Einzige bist, die die Magie gesehen hat. Sie überhaupt sehen kann.« Palairon öffnete und faltete die Hände. »Wir möchten, dass du Meister Olowain auf seiner Mission begleitest.«

Ins Ungewisse

Hel war einen Augenblick lang nicht sicher, ob sie richtig gehört hatte. »I–ich?«

»Ja«, sagte Palairon ungeduldig. »Deine Gabe kann von großem Nutzen sein. Du musst keine Angst haben. Schließlich hast du schon einmal überlebt.«

Hel stand der Mund offen. »Was soll ich denn ... tun?«

»Es ist so«, erklärte der Magier mit den wässrigen Augen neben Palairon. »Im Volk kursieren Gerüchte über einen Dämon, und da wir diese Möglichkeit noch nicht ganz ausschließen können, haben wir das übliche Kopfgeld ausgesetzt. Die Schuld der Isen, die mir fast sicher scheint, darf natürlich erst verkündet werden, wenn wir Beweise haben. Diese Beweise werde ich beschaffen, zusammen mit einigen Gehilfen. Einer davon wirst du sein.« Der Magier hatte sehr rasch gesprochen und zwinkerte Hel dann zu, fast als erwarte er, dass sie sich freute.

»Meister Olowain wird dir die anderen noch vorstellen«, fuhr Palairon fort. »Wann ist eure Abreise, Olowain?«

»Morgen bei Sonnenaufgang.« Er wandte sich wieder an Hel. »Wir werden nach Moia reisen. Dort erwartet uns unser isischer Spion. Wohin es dann weitergeht, weiß nur er. Hoffentlich rasch zum Aufenthaltsort der Rebellenanführerin.«

Hel war ganz schwindelig. Moia? Sie war noch nie dort gewesen. Sie wusste nur, dass das Königreich an der Küste lag. Morgen bei Sonnenaufgang … zu einem isischen Spion, zu einer Rebellenanführerin! Das Ganze war doch absurd, sie hatte gar nichts damit zu tun!

Als hätte Olowain soeben dasselbe gedacht, erklärte er: »Die Rebellin – oder der Dämon, je nachdem – hält sich sicher versteckt, aber das wird dich nicht daran hindern, ihre Magie zu sehen, nicht wahr? Ich habe Kapitän Gharras Brief ebenfalls gelesen und bin höchst beeindruckt von den Fähigkeiten, die er dir zuschreibt. Schon aus reiner Neugier würde ich mich gerne ein wenig mit dir befassen, und dass es sich nun so ergibt, ist doch …« Er verstummte, als Palairon gereizt zu hüsteln begann.

Der Vorsitzende der Magierschaft richtete sich ein wenig auf seinem Stuhl auf. »Meister Olowain ist Experte in magischer Geschichte und antiker Magie. Sicher werdet ihr zwei euch noch ausführlich unterhalten, sobald ihr auf Reisen seid. Wie lange ihr fort sein werdet, liegt an euch. Aber keine Sorge. Meister Olowain wird für deine Sicherheit bürgen, außerdem –«

Die Tür schlug auf. Nova stolperte herein, merkwürdig steif auf den Beinen. Hinter ihm folgte der Magier, der den Saal geleert hatte. Sein Zauberstab war auf Nova gerichtet. »Verzeiht die Unterbrechung! Aber der Junge … er stand vor der Tür und hat gelauscht!«

Nova machte einen ungelenken Satz nach vorne, als der Magier seinen Stab schwenkte. »Genug«, sagte Palairon. Der junge Magier hielt inne und auch Nova blieb endlich stehen, zwar zitternd, aber wieder Herr seiner selbst.

Er setzte eine so würdevolle Miene auf, als hätten die letzten Augenblicke nie stattgefunden. »Meister Palairon, ich habe alles mitangehört. Da ich ohne Euer Einverständnis eingeweiht wurde, lasst mich meinen Ungehorsam wiedergutmachen.« Er verneigte sich. »Ich werde Meister Olowain und seine Gefährten mit der *Taube* nach Moia fliegen.«

Alle starrten ihn an. Nur Hel legte sich eine Hand über die Augen. Wie konnte man so zwanghaft den Helden spielen wollen?

»Die *Taube* ist schon oft in Moia auf Sturmjagd gewesen, ich kenne das Land und die Routen besser als jeder andere. Und ich habe den perfekten Vorwand, der dafür sorgen wird, dass eure Mission geheim bleibt. Denn wie Ihr sicher wisst, ist Meisterin Medeah, Magierin des Königreichs Moia, meine Mutter. Ich kann sagen, dass ich sie besuche. Dass es Mitreisende gibt, muss ja niemand erfahren. Hel erregt sowieso kein Aufsehen, ich heuere sie einfach an.« Er lächelte breit. Hel fragte sich, ob er einfach nur von der Tatsache ablenken wollte, dass er gelauscht hatte. Oder ob er wirklich verrückt war.

»Keine Sorge«, setzte er hinzu und kam ein paar Schritte näher, damit er nicht so laut sprechen musste. »Von mir erfährt niemand ein Sterbenswörtchen über Dämonen und Isen. Hel kann dafür bürgen, dass ich absolut vertrauenswürdig bin.«

»So vertrauenswürdig«, knurrte Palairon, »dass du die Magierschaft aushorchst, Pienova Nord?«

»Vergebt mir, aber … ja. Hel und ich kennen uns schon seit unserer Kindheit. Um ihretwillen habe ich zugehört. Ein treuer Freund zu sein, ist mir jede Bestrafung wert.«

Hel zwang sich zu nicken. »Äh, ja. Nova meint das nicht so. Er ist wirklich … und er kann schweigen wie ein Grab.« Wenn er keine Zunge mehr hätte und keine Hände zum Schreiben.

Verdrießlich wandte Palairon sich Olowain zu. »Gibt es schon ein Schiff?«

»Ich wollte eins aus der Liga wählen. Welches, ist eigentlich unerheblich für –«

»Die *Taube* ist das schnellste Schiff der Liga«, bemerkte Nova.

Olowain blinzelte ihn irritiert an, ehe er zum Vorsitzenden der Magierschaft sagte: »Es liegt an Euch zu entscheiden, ob ihr den Sturmjäger bestrafen wollt, Meister Palairon.«

Hel schob sich vor Nova. »Bitte …« Sie wollte etwas zu seiner Verteidigung vorbringen, aber ihr fiel nichts ein. Palairon trommelte ungeduldig mit den Fingern auf die Armlehne. Dann seufzte er und machte eine unwirsche Handbewegung. »Ich habe den Jungen lieber auf einem Schiff unter Eurer Aufsicht, Olowain, statt hier bei den anderen Sturmjägern, wo er Geheimnisse ausplaudern kann. Aber ich warne dich, junger Nord: Das nächste Mal werde ich nicht so nachsichtig sein. Scheinbar ist dir nicht bewusst, wie gefährlich Wissen ist …« Er wollte wohl noch mehr sagen, brachte aber nur ein ärgerliches Grunzen hervor und erhob sich. »Olowain, alles hängt jetzt von Euch ab.« Er nickte auch Hel zu. »Und von dir.« Er sah Nova kurz an, konnte sich aber zu keinem Wort durchringen und kehrte ihm abschiedslos den Rücken. Die anderen Magier erhoben sich ebenfalls, um ihm zu folgen.

»Wir treffen uns morgen früh bei den Schiffen. Ich werde den anderen Bescheid geben. Und du, Junge, sorgst dafür, dass die *Taube* bereit ist. Je geringer die Besatzung, umso besser.« Olowain gab dem Magier hinter Nova einen Wink. »Bring die beiden zurück zur Liga. Und pass auf, dass … nicht noch mehr Außenstehende eingeweiht werden.«

»Ja, Meister Olowain. Sehr wohl.«

Dann kehrten die Magier über die Treppe zurück nach oben und Hel und Nova wurden durch die Tür gescheucht.

Sobald sie wieder im Nordturm waren, zogen Hel und Nova sich in ein Kaminzimmer zurück. Die Sturmjäger hatten sich im Speisesaal versammelt und empörten sich über den Beschluss der Magierschaft. Worte wie ›Aufstand‹ und ›Streik‹ echoten aus der Menge, aber all das hätte Hel im Augenblick nicht weniger interessieren können. Der Magier, der sie hergebracht hatte, wurde sofort von den Sturmjägern in Beschlag genommen und musste sich den schlimmsten Vorwürfen stellen. Dass Hel und Nova die Wendeltreppe hinaufliefen und die Zimmertür hinter sich schlossen, bekam er gar nicht mehr mit.

Hel stieß einen langen Seufzer aus, als der Lärm verebbte. Kurz lehnte sie sich gegen die Wand, um zu sich zu kommen. Dicke Vorhänge schlossen das Tageslicht aus, nur ein paar Schlitze Helligkeit ließen Staub durch den Raum tanzen. Dann sah sie Nova in die Augen, der die Arme in die Seiten gestützt hatte und sich eine Haarsträhne aus der Stirn blies.

»Bist du völlig übergeschnappt?«, zischte sie. Weil er nicht antwortete, rang sie die Hände: »Was sollte denn *das*?!«

Er setzte eine beleidigte Miene auf. »Das war ja klar. Ich komme mit, um dich zu beschützen, und du sagst nicht einmal Danke. Andere würden sich geschmeichelt fühlen, weißt du das?«

Sie schüttelte verzweifelt den Kopf. »Warum hast du das getan? Schlimm genug, dass ich irgendwohin geschickt werde! Aber was hast du damit zu tun? Was wird aus deinem Vater?«

»Er kommt natürlich mit.«

Hel verkniff sich im letzten Moment eine Bemerkung. Das wurde ja immer besser. Ein geheimer Auftrag mit einem betrunkenen Kapitän. Sie rieb sich die Stirn.

»Hel, verdammt! Ich glaube, du hast noch nicht begriffen, was auf dich zukommt.«

»*Ich* habe nicht begriffen?! Die Magier schicken mich auf die Suche nach einem Dämon oder einem Trupp Rebellen mit tödlichen magischen Kräften und – und – das sind Gharras Mörder und vielleicht bald auch meine! Ich begreife sehr wohl, was auf mich zukommt! Du bist derjenige, der sich freiwillig für diesen Irrsinn gemeldet hat!«

Er presste die Lippen aufeinander. »Eben, vermutlich wirst du früher oder später in Lebensgefahr sein. Entweder stoßt ihr auf irgendeinen blind wütenden Dämon, der jeden abschlachtet, der ihm in die Quere kommt, oder ihr spürt Rebellen auf, die niemanden mehr hassen als Magier und Sturmjäger. Also, ich an deiner Stelle wäre froh über einen Freund an meiner Seite.«

Sie starrte ihn an, verständnislos, verwirrt, wütend und gerührt. Wieso tat er das? Sie waren längst nicht so eng befreundet, wie er vorhin behauptet hatte… oder etwa doch? Es stimmte zwar, dass sie sich von klein auf kannten, aber sie hatten sich immer nur bei Zusammenkünften der Liga gesehen, zuletzt vor mehr als einem Jahr. Und selbst wenn sie sich gesehen hatten, waren doch immer ein Dutzend anderer Leute um sie herum gewesen… um *Nova* herum gewesen. Von jedem Einzelnen hatte Hel geglaubt, er sei Nova näher als sie. Hatte sie sich all die Zeit getäuscht? Konnte es wirklich sein, dass sie etwas übersehen hatte?

Nova seufzte tief und kehrte ihr den Rücken, um an den Fenstervorhängen zu zupfen. Sie beobachtete den goldenen Staub, der seine Schultern umschwebte, und fühlte sich ihm auf eine ganz neue Art verbunden und fremd zugleich.

»Also gut. Ich muss dir etwas beichten. Ich kann nicht anders, als mit dir nach Moia zu reisen, und vielleicht noch weiter.« Er sah sie an. Leuchtende Verzweiflung schwamm in seinem Blick. Dann zog er ein Papier aus dem Wams und überreichte es ihr.

»Was ist das?«, fragte Hel überflüssigerweise, denn ihre Finger falteten den Brief längst auf, ohne auf ihr Einverständnis zu warten.

Rote Tinte. Schwungvolle Schrift, aber eindeutig nicht die Krakelkralle von Nova, die Hel erwartet hatte. Dass es kein Brief von ihm an sie war, wie erwartet, brachte sie durcheinander.

Allerliebster!
Ich habe so lange nichts von dir gehört! Ist etwas geschehen? Bei mir geschieht gerade sehr viel. Meine Meister sind alle so klug, es ist wundervoll, doch mit den anderen Schülern kann ich gut mithalten. Ich denke sogar, ich bin dank Vater schon weiter als die meisten.
Ich bin so aufgeregt! Ich habe Vater geschrieben, wenn er mich liebt, muss er unserer Verlobung zustimmen. Er wird sicher zustimmen. Uns steht nichts im Weg, mein Liebster!
Wie war die Versammlung? Antworte mir doch endlich!
Hundert Küsse ... für immer die Deine, A.

Hel senkte den Brief, seltsam verkrampft um die Nase. »Du bist verlobt?«

»Verlobt! Verlobt, Hel! Schau mich an!« Er zerrte an seinem Gesicht. »Sehe ich alt aus, ich meine, irgendwie schrumpelig, oder als wollte ich bald heiraten und Kinder großziehen?« Er verschluckte sich und riss die Augen auf; der Gedanke war ihm offenbar gerade erst gekommen. Hel trat einen Schritt zurück, nur zur Sicherheit, denn mehr als alles andere sah er aus, als müsste er sich übergeben.

»Es ist außer Kontrolle geraten!« Er riss ihr den Brief aus der Hand. »Verstehst du?! Ihre Einbildungskraft ist enorm!«

Hel verschränkte die Arme. »Ja ... ich verstehe. Du willst dich vor dem Versprechen drücken, das du deiner Verlobten gegeben hast. Und da kommt dir Moia gerade recht!«

»Sie ist nicht meine Verlobte!« Entsetzt starrte er das zerknitterte Papier an. »Aricaa, zum Henker, wir kennen uns seit zehn Tagen! Ich könnte ein gefährlicher Wahnsinniger sein! So wie du!«

Hel bekam vor Wut kaum noch Luft. Zitternd richtete sie sich vor ihm auf. »Nova ... weißt du was?«

Er sah sie leidend an.

»Ich würde dir jetzt eine reinhauen. Aber mir fehlen acht muskelbepackte Fäuste, um dir zu verpassen, was du verdienst.«

Er schien aus allen Wolken zu fallen. »Wa ... was?«

Er war ein hoffnungsloser Fall. Stumm vor Zorn wirbelte Hel herum und wollte die Tür aufreißen, aber Nova kam ihr zuvor und schob sie wieder zu. Sie schlug mit der Faust auf seine Hand. Ächzend ließ er die Türklinke los.

»Du schäbiger Feigling, du! Du willst nicht mitkommen, um mir beizustehen, es geht natürlich nur um dich!«

»Wieso denn? Ich brauch deine Hilfe und du brauchst meine. Dafür sind Freunde doch da.«

»Nein. Das ist keine Freundschaft. Das ist genau das Gegenteil davon.«

Sie öffnete die Tür, er drückte sie abermals zu. »Also gut, ich bin feige, in Ordnung? Ich geb's zu! Ich bin ... zu feige, um mich mit einer Wildfremden zu verloben, die nichts anderes zu tun hat, als Eilige Federn zu verbrauchen!«

»Weißt du was, Nova? Aricaa ist vielleicht verrückt, aber nur weil sie sich in jemanden wie dich verliebt hat.« Energisch schlug sie seine Hand von der Tür weg und zog sie schwungvoll auf. Als sie draußen stand, stieß sie ihm den Brief gegen die Brust. »Und es gibt nur einen Grund, warum ich *nicht* verhindern werde, dass du nach Moia mitkommst. Und zwar, um Aricaa einen Verlobten wie dich zu ersparen!« Damit ließ sie ihn stehen und stapfte den Gang hinunter. Nach ein paar Schritten drehte sie sich noch mal um: »Und weil es gut möglich ist, dass du mit uns draufgehst!«

Sie rief es so laut, dass ein paar Sturmjäger in der Halle aufsahen.

Hel schloss sich für den Rest des Tages in ihrem Zimmer ein, ging unruhig auf und ab und warf sich aufs Bett, nur um gleich wieder aufzustehen. Sie war so wütend. Auf Nova. Auf die Magier. Auf die ganze Welt, die Fürsorge heuchelte und in Wahrheit nur wegnahm, stahl und wollte.

Als sie sich einigermaßen beruhigt hatte, stand sie lange ans Fenster gelehnt, rieb die Narbe an ihrer Schläfe und kaute an ihren Fingernägeln. In einem Augenblick überkam sie Panik, im nächsten völlige Ratlosigkeit. Sie wusste gar nicht, was auf sie zukam. Was man von ihr wollte. Und ob *sie* das überhaupt wollte.

Die Magier boten ihr eine Chance, den Mörder von Gharra und den Sturmjägern zu finden. Sie konnte sich rächen und endlich Klarheit bekommen. Trotzdem … gefragt worden war sie nicht, es war eine Entscheidung über ihren Kopf hinweg gewesen. Sie versuchte, sich Rebellen vom Isenvolk vorzustellen … oder einen Dämon … aber sie spürte keinen Hass. Nur Angst. Gähnendes Nichts und die Frage nach dem Warum, die niemand beantworten konnte.

Sie stützte den Kopf in die Hände. Rebellen oder ein Dämon. Oder ein Dämon.

Sie wollte seinen Namen denken … und wagte es nicht.

Später am Tag klopfte der Magier an ihre Tür und brachte neue Kleidung, Schuhe und sogar ein kleines Feenlicht an einer ledernen Schnur für die Reise. Dankbar tauschte sie ihre alten Sachen gegen eine dunkelgrüne Tunika mit ausgestellten Rockschößen, schwarze Beinlinge und weiche Stiefel, die ihr nur minimal zu groß waren. Dazu gab es einen Gürtel mit Tasche, Geldring und Dolchhalterung, falls sie einmal einen Dolch haben sollte – oder Geld –, und einen Umhang aus weinroter Wolle, wenn es kalt wurde. Obwohl die Sachen schlicht waren, fühlten sie sich gut an. Hel hatte das Gefühl, wieder ein richtiger Mensch zu sein, nachdem sie so lange wie eine Wilde herumgelaufen war. Auch wenn es ein lächerlicher Trost war, gaben die Kleider ihr Sicherheit. Jemand hatte an sie gedacht …

Dabei kehrten ihre Gedanken zu Nova zurück und ihr Magen verkrampfte sich. Sie hätte sich denken können, dass er nur nach Moia wollte, weil es ihm gerade recht kam. Kaum hatte er seine Magierin erobert, war sie ihm schon lästig. Hel hatte es ja kommen sehen. Aber auf sie hörte natürlich keiner.

Als sie Hunger bekam und zum Abendessen in die Halle ging, sah sie zu ihrer Überraschung nur eine Handvoll Sturmjäger am Tisch. Alle anderen hatten sich spontan zu einem Hungerstreik entschlossen.

Die anwesenden Sturmjäger waren hauptsächlich von der *Taube*. Wahrscheinlich hatte Nova ihnen schon erzählt, dass sie morgen aufbrechen würden. Auch er saß unter ihnen und sah Hel aus großen, mitleiderregenden Augen an, als sie sich dazusetzte. Wenigstens war er nicht so unverfroren, das Wort an sie zu richten. In reumütiger Schweigsamkeit stocherte er in seinem Gemüse.

Zwei Stunden danach – Hel lag wach auf dem Bett – klopfte es wieder an der Tür. Als sie fragte, wer da sei, trat Nova unaufgefordert ein.

»Unten servieren sie Cremetörtchen. Ich habe eins für dich mitgenommen, aber Gesten der Freundlichkeit verärgern dich ja. Also habe ich dein Törtchen auf dem Weg gegessen.«

»Hau ab.«

Er presste die Lippen aufeinander. »Wir müssen über morgen sprechen. Ach was, nicht nur morgen – die ganze Reise!« Er setzte sich neben sie aufs Bett und atmete tief aus. »Meinst du, es stecken wirklich aufständische Isen dahinter?«

Hel richtete sich auf. »Wie kommst du darauf, dass ich mit dir darüber sprechen werde? Und geh von meinem Bett runter!«

»Mit irgendwem musste du darüber sprechen.«

»Irgendwer, aber nicht du.«

»Mit wem denn sonst?«

»Ach! Du meinst wohl, außer dir hab ich niemanden!«

Er seufzte. »Hel … ganz abgesehen davon, was ich im Augenblick durchmache, sorge ich mich auch um dich. Ich habe das ernst gemeint, dass meine Freunde auf mich zählen können.«

Sie schnaubte. »So wie deine gute Freundin Aricaa?«

Er rang sich zu einem gequälten Lächeln durch. »Verurteile mich nicht immer, bitte. Du weißt gar nicht, was zwischen Aricaa und mir ist. Ich sitze vor dir als ein Freund, der in Not ist und der dir in deiner Not beistehen will. Bleib nicht ewig beleidigt, nur weil du zu stolz bist.«

Hel verschränkte die Arme, prüfte seinen Blick, doch sie fand nichts Falsches darin. »Ich bin nicht beleidigt. Ich bin entsetzt.«

Er nickte. »Gut. Trotzdem können wir uns besprechen. Den Magiern würde ich nicht unbedingt trauen, ehrlich gesagt, und der Mannschaft habe ich nur erzählt, dass wir Meister Olowain zu einer Versammlung nach Moia bringen. Egal was noch passiert, wir beide müssen zusammenhalten. Verstehst du?«

Sie musterte ihn skeptisch. Wie konnte ein Mensch so viele verschiedene Gesichter haben, dachte sie. Der Junge, der ihr jetzt mit müden Augen und hängenden Schultern gegenübersaß, schien gar nichts gemein zu haben mit dem Aufschneider Nova, nichts mit dem lächerlichen Liebling der Magierin, nichts mit dem immer lauten, immer im Mittelpunkt stehenden Possenreißer, der so lange alles gewesen war, was sie in ihm gesehen hatte. Aber wer wusste schon, wann er sich wieder verwandelte. Was nützte es ihr, wenn sie ihm in einem Moment vertrauen konnte und im nächsten nicht?

Sie atmete tief durch, spürte den Stolz in sich, der laut protestierte… und besiegte ihn. Als sie die Arme senkte, fühlte es sich dennoch nicht an, als würde sie nachgeben. Sie sahen sich an und ihre Blicke schlossen Frieden. »Also«, sagte sie. »Unten servieren sie Cremetörtchen?«

Moia

In dieser Nacht redeten Hel und Nova lange. Was die Magier gesagt hatten, aber vor allem das, was sie vermutlich noch verschwiegen, beschäftigte sie bis in die frühen Morgenstunden. Wer war die Rebellenanführerin der Isen, der man solche magischen Fähigkeiten zutraute? Woher wussten die Magier überhaupt von ihr? Und wer erwartete sie in Moia? Was geschah, wenn sie ihren Feind ausfindig machten? All das war unklar, und darüber zu sprechen, nahm eine große Last von Hel. Ihr war, als würden sie Stück für Stück das große Gewirr aus Angst und Unsicherheit durchbrechen, das sich um sie geschlossen hatte.

Dann fragte Nova nach dem Händler, der sie gerettet hatte. Hel fühlte einen Kloß im Hals. Sie wich ihm aus und begann, von etwas anderem zu erzählen. Obwohl Nova merken musste, dass sie etwas verbarg, hakte er nicht nach. Auch über Aricaa sprachen sie nicht mehr. Zwar waberte irgendwo in ihr eine dunkle Neugier, die nur zu gerne an der juckenden Stelle gekratzt hätte, aber Hel gab ihr nicht nach. Wahrscheinlich würde Nova früher oder später sowieso damit herausrücken, und jetzt wollte sie ihn lieber gernhaben, statt sich zu ärgern.

Spät nachts lagen sie im Bett und Nova sprach von Moia, der Landschaft, dem Hof und seiner Mutter … irgendwann wurden seine Worte schwer und Hel gab nur noch gelegentlich ein »Hm« von sich und sie dösten ein.

Kaum zwei Stunden waren vergangen, als sie erwachten, gleichzeitig, als hätten sie nur für einen Moment geschwiegen. Draußen wurde es hell, und sie beschlossen, ihre Sachen zu packen und zur *Taube* hinunterzugehen.

Da Hel genau genommen gar nichts mitzunehmen hatte außer Arus' Weste, wartete sie auf der großen Wendeltreppe, während Nova in sein Zimmer lief. Zurück kam er mit einem Bündel und seinem Vater. Neremias Nord tapste blinzelnd neben ihm her wie ein aufgescheuchter Vogel, wirkte aber ansonsten aufbruchsbereit. Zumindest trug er den Degen am Gürtel, was immer ein gutes Zeichen war.

Zu dritt verließen sie den Turm. Nova hatte seinem Vater nicht verraten, was der wahre Grund ihrer Reise war, doch der Kapitän schien arglos. Als sie die Treppe hinabstiegen und die Anlegestelle in Sicht kam, fragte er Nova nur, ob er seinen guten Umhang und das Rasierwasser für ihn eingepackt hatte.

Die *Taube* lag verlassen in der Dunkelheit. Sie ließen die Leuchtkugeln an Deck angehen und bereiteten alles für ihren Aufbruch vor. Hel bestimmte die Windrichtung und errechnete die beste Flughöhe, während Kapitän Nord die Route festlegte und Nova die Rohre prüfte. Als Hel fertig war und an Deck trat, erblickte sie eine kleine Gestalt im Eingangsportal. Reglos harrte sie in den Schatten aus; dann glitt sie zur Seite, fort aus Hels Blickfeld, als hätte sie sie bemerkt.

Einen Augenblick später erschien die Besatzung. Nova hatte nur sechs Sturmjäger ausgewählt. Als sie an Bord kamen, fasste Kapitän Nord noch einmal den Anlass für ihre Reise zusammen, was natürlich nur das war, was Nova ihm erzählt hatte und die Sturmjäger schon wussten: »Der Zufall will es, dass ein hochrangiger Magier in Moia gebraucht wird und Nova die Gelegenheit bekommt, seine Mutter zu besuchen. Wie lange wir bleiben werden, hängt von verschiedenen Dingen ab … spätestens sobald die Liga wieder im Einsatz ist, kehren wir zurück. Also, Freunde, auf zu neuen Abenteuern! Schafft die Verpflegung her!«

Hel und die Sturmjäger gingen zum Lagerraum, der in einem dunklen Gewölbe gleich hinter dem Portal lag. Die Magierschaft hatte bereits Fleischkeulen für die Trolle und Proviant für die Mannschaft bereitgestellt, und davon nicht zu wenig. Hel war gerade dabei, Wasserfässer in die Schiffskammer zu rollen, als sie oben Stimmen hörte. Sie lief an Deck und sah, dass Meister Olowain und seine Gefährten eingetroffen waren.

Drei Männer und eine Frau in schweren Waffenröcken kamen an Bord. Am Gürtel eines jeden hing ein Schwert, außerdem waren sie mit Messern, Bogen und Wurfgeschossen gerüstet. Zwei von ihnen trugen eine schwarze schlanke Lederkiste, in der gewiss noch mehr Waffen waren.

Obwohl jeder einzelne Krieger ehrfurchtgebietend aussah, fiel sofort auf, dass ein Mann mit dunklen Bartstoppeln und finster umränderten Augen das Kommando hatte. Ohne direkt hinzusehen, verfolgten die übrigen Krieger jede seiner Gesten, die bestimmt und rasch waren: Auf sein Zeichen hin stellten sie die Kiste ab, nahmen hinter ihm Haltung ein und wirkten dabei so natürlich und gefährlich wie Raubtiere.

»Ach, Hel!« Meister Olowain, vor dem die Krieger stehen blieben und sich verneigten, winkte Hel herüber.

Sie neigte den Kopf. »Guten Morgen, Herr.«

»Wenn ich euch vorstellen darf: Das hier ist Hel, die Sturmjägerin, die Lirium sehen kann. Hel, dies ist der Geleitschutz, der für unsere Sicherheit zuständig ist, Arill und seine Krieger.«

Der dunkeläugige Söldner nickte Hel zu, kehrte mit seinem Blick aber gleich wieder zu Meister Olowain zurück. »Können wir das Schiff sichern?«

Olowain starrte den Söldner einen Moment lang verständnislos an. Dann nickte er hastig. »Sichern? Ach so! Aber natürlich, natürlich. Ihr könnt alles durchsuchen. Ich meine, ihr *solltet.*«

Die Söldner liefen sofort unter Deck. Dafür, dass sie so viel Rüstzeug trugen, bewegten sie sich erstaunlich leichtfüßig.

Olowain blickte ihnen einen Moment lang nach, dann wandte er sich Hel zu.

»Habt Ihr noch Gepäck, das an Bord gebracht werden soll?«, fragte Hel höflich.

»O nein! Ich meine, ja, doch. Aber du musst dich damit nicht abschleppen, deine Aufgaben liegen bei dieser Reise doch anderswo.« Er zwinkerte freundlich, aber Hel fühlte sich nicht aufgemuntert.

Meister Olowain schüttelte die Ärmel seines Gewandes zurück und hob den langen Silberstab. Durch einen raschen Schwenk stob Lirium aus der Spitze und schoss in die Dämmerung davon. Als nichts passierte, wiederholte Olowain den Zauber. »Nanu? Komm schon, verflixt … Ah! Na also.«

Vom Südturm her kam etwas angeflogen. Hel kniff die Augen zusammen. Es sah aus wie ein großes zerbeultes Rechteck. Olowain zog Hel zur Seite. Das Ding landete polternd auf dem Schiff, und hätte Olowain nicht im letzten Moment seinen Stab ausgestreckt, wäre es in die Treppe zur Kapitänskajüte gekracht – auf der Kapitän Nord stand.

Das merkwürdige Gerät fuhr auf vier dürren Rädchen eine scharfe Kurve und kam schließlich vor Olowain zum Stehen. Hel erkannte, dass es ein riesiger Schrank war. Bestimmt war die Kajüte, die sie sich mit der zwergischen Dienerin geteilt hatte, kleiner. Komplizierte Silberornamente schmückten die Schubladen und Fächer, ein Schloss gab es nicht. Dafür ein Rad, das in einer Vertiefung lag und wohl gedreht werden musste, um die Schranktüren zu öffnen.

Nicht nur Hel war vom Anblick dieses Ungetüms gebannt, auch die anderen Sturmjäger starrten.

»Bitte haltet euch alle von meinem Schrank fern«, rief Olowain fröhlich übers Deck. »Eine Missachtung könnte unliebsame Folgen haben!«

»Wo sollen wir den Schrank verstauen?«, fragte Kapitän Nord mit gerunzelter Stirn.

»In meiner Kajüte natürlich. Apropos, wo ist meine Kajüte?«

Kapitän Nord wies die Treppe nach unten. »Aber ich fürchte ...«

Olowain schüttelte wieder seine Ärmel zurück und schwang den Stab. Der Schrank begann zu wackeln. Automatisch wich Hel einen Schritt zurück. Plötzlich klappten die Schubladen auseinander, alles schien zu zerfallen und ordnete sich neu, bis der Schrank seine Form völlig verändert hatte. Wie ein übergroßer silberner Sarg auf Rädern sah er nun aus und rollte langsam auf die Treppe zu. Dort wuchs er Stufe um Stufe hinab und verschwand wie ein Heer aus lauter einzelnen Formen unter Deck.

»Ich habe ihn selbst entwickelt«, schwärmte Olowain und wippte auf den Füßen, während er dem wandelnden Schrank nachblickte.

Die Söldner kamen wieder an Deck. Ihren irritierten Blicken zufolge waren sie dem Schrank begegnet. Ihr Anführer räusperte sich. »Das Schiff ist sicher. Kein unerwünschter Gast an Bord.«

»Sehr schön«, sagte Olowain, »aber dafür fehlt uns noch ein erwünschter Gast.«

»Er ist hier«, sagte eine raue Stimme.

Alle fuhren herum.

Eine Gestalt kam die Treppe an Deck hoch. Sie war in einen dunklen Umhang gehüllt, doch vor dem Magier blieb sie stehen, schüttelte die Kapuze ab und verneigte sich. Es war eine Zwergin.

Ihr pechschwarzes Haar war zu zwei großen krausen Knoten aufgesteckt, sodass man das herzförmige Gesicht sehen konnte. Eine spitze, leicht schiefe Nase führte von den buschigen Augenbrauen hinab zu einem ebenfalls schiefen Mund, der zu einem spöttischen Lächeln verzogen war. Von den Stiefeln bis zum Schaltuch war sie ganz in Schwarz gekleidet und auch die beiden Stilette an ihrem Gürtel steckten in schwarzen Scheiden. »Seid gegrüßt, Meister Olowain. Ich habe mir erlaubt, Eure Leibwache auf die Probe zu stellen, und mich an Bord geschlichen. Ob mein Misstrauen berechtigt war, liegt nun in Eurem Ermessen.«

Arill machte einen Schritt vor. »Wann seid Ihr an Bord gekommen?«, knurrte er.

Die Zwergin warf ihm einen Seitenblick zu. »Ich war lange vor Euch hier.«

Der Söldner mahlte mit den Zähnen, dass man die Kieferknochen vortreten sah.

»Ärgert Euch nicht, Arill«, lenkte Olowain ein. »Ihr seid nicht der erste und gewiss nicht der letzte Leibwächter, den diese Dame erfolgreich getäuscht hat. Wenn ich vorstellen darf: Vor Euch steht die letzte Gefährtin in unserem Bunde, Harlem.«

Der Söldner machte große Augen. »Die Attentäterin Harlem?«

Die Zwergin neigte den Kopf. »Ich freue mich, den Auftrag anzunehmen. Möge uns allen gelingen, was uns auf dieser Reise aufgegeben ist.«

Arill nickte grimmig. Dass ihm die zwergische Attentäterin bekannt war, milderte die Demütigung offenbar ein wenig, trotzdem ahnte Hel, dass die beiden nicht so schnell Freundschaft schließen würden.

Dann wandte Harlem sich Hel zu. Der Blick der Zwergin war so durchdringend, als wären sie ganz allein, als existierte niemand um sie her. »Dich kenne ich nicht. Wer bist du?«

Zum Glück antwortete Olowain für sie: »Das ist Hel, die Sturmjägerin, die den Angriff überlebt hat. Sie wird helfen, unseren Gegner aufzuspüren.«

Fast glaubte Hel dem Magier. Harlem nickte auch ihr zu. »Dann werden wir beide eng zusammenarbeiten, Hel.«

»So?«, stammelte sie dümmlich.

»Mein Erfolg hängt von deinem ab«, erklärte Harlem geduldig. Hel war nicht sicher, ob die Zwergin sie anlächelte oder ob es nur an ihrem schiefen Mund lag. Sie begriff, dass die Attentäterin hier war, um jemanden umzubringen. Jemanden, den Hel für sie finden sollte. Die Erkenntnis jagte ihr einen Schauder über den Rücken.

Die *Taube* war startklar. Die Trolle begannen, die Kurbel zu drehen, Kapitän Nord öffnete die Rohre. Das Schiff stieg in die Höhe. Erst langsam, dann immer rascher blieb die Erde unter ihnen zurück und das weite Blau des Himmels nahm sie in sich auf.

Die Träume des Schakals

Es war ein Tag, ganz gelb und grobkörnig. Die Farbe wurde immer intensiver, je mehr Zeit verging, so als versinke die Erinnerung mit den Jahren in einem zähen Sud aus Licht. Das Wasser hatte in hundert salzigen Nuancen geschillert, kristallklar bei den Uferbänken, gelblich grün weiter draußen. Viele Sonnen funkelten, eine im Himmel und ihre tausend falschen Zwillinge auf dem kräuseligen Meer.

Er hatte darin gestanden, im Meer. Das Wasser wie kühle Griffe an den Knöcheln gespürt. Auf seinen Speer war eine Krabbe gespießt, und sie bewegte noch die Beine. Der Panzer glänzte fleckig gelb, nicht so rot wie die, die seine Mutter abends aus dem kochenden Kessel holte, und er wunderte sich darüber, dass Farben einfach kommen und verschwinden konnten.

Er hatte dagestanden mit dem sterbenden Tier, seiner Beute, im gelben Sand im gläsernen Wasser. Hatte mit zusammengekniffenen Augen zu den Booten gesehen, die angerudert kamen. Es waren nicht die Fischerboote der Väter. Viel größer und viel mehr an der Zahl. Ob er seine Mutter rufen sollte? Aber dann musste er zurücklaufen, den Hügel hinauf, durch das hohe, trockene Gras, unter den murmelnden Pinien hindurch, und dann konnte er die Boote nicht beobachten. Gleich hatten die Wellen sie angespült.

Männer waren darauf. Keine bleichhäutigen Menschen vom Festland, das viele Stunden weit von den Inseln entfernt lag. Manchmal kamen die Bleichen und wollten magische Wunderwerke tauschen, doch sie hatten nur Krabben und Fisch, und die Bleichen verschwanden enttäuscht wieder mit ihrem Zauberwerk. Aber obwohl diese Männer Isen waren, kannte er sie nicht, hatte sie nie zuvor gesehen. Sie sprangen von den Booten und liefen durch das Wasser und Säbel blitzten in der Sonne. Wie sehr sie blitzten! Alles wurde weiß, das Licht schnitt ihm schmerzhaft durch die Augen … irgendetwas vergessen …

Wilde schwarze Wellen und ein Boot, Hände, die ihn packten, und heulende Kinder … und die ganze Zeit fragte er sich … fragte sich, wohin sie gebracht wurden, er und die anderen Kinder, und … wieso alle Eltern geblutet hatten, aber … die Krabbe, die die Beine noch bewegte … was war aus der Krabbe geworden?

Der Regen trommelte auf die Holzbretter und goss überall durch die Ritzen. Das Stroh war feucht und klebte Karat auf der Haut. Er war wach, als es dämmerte.

Eine Weile blieb er noch liegen, die Augen halb geschlossen, und wartete auf die innere Stimme, die ihn zum Aufstehen drängte. Seine Gedanken hingen im Nebel der Nacht, seine Gefühle aber waren bei Sybahl. Ja, er fühlte sie. Ihr festes, dickes Haar unter den Fingerspitzen, ihre warme Kniekehle an seinem Knie. Ihren Blick auf seinem Gesicht. Was trieb ihn bloß weg von der Höhle der Wölfin, weg vom einzigen Fleck auf der Welt, der ihm erträglich war?

Er hörte ihre Stimme noch, ihr letztes Gespräch, bevor er gegangen war. Damals, vor so vielen Tagen, in dem stillsten Zimmer von ganz Har’punaptra …

»Ein Dämon?«

»Ja. Sie sagen, er hat die Flüsse unter der Stadt geweckt und mehrere Schiffe der Liga angegriffen. Wohin er kommt, zerstört und mordet er. Ganze Dörfer wurden vernichtet.«

»Wie?«

»Es muss ein Magier sein. Natürlich behaupten sie, es sei einer von uns, ein Ise.«

»Pah … wenn Mutter Meer die Macht besäße, Dörfer auszulöschen und einen toten Fluss zum Leben zu erwecken, dann würde Aradon bereits in Trümmern liegen. Willst du den Dämon suchen?«

»Das Kopfgeld ist hoch. Auch die Belohnung für Informationen.«

»Sei vorsichtig … Karat … wirst du zurückkommen?«

»Zu dir, Sybahl? Sybahl … zu dir.«

Karat schloss die Augen, atmete tief ein und roch für einen Moment statt Stroh und Tieren den Duft ihrer Pfeife. Dann richtete er sich auf, war zurück in der Gegenwart. Sein Araidann-Schwert, das er beim Schlaf in der Hand gehalten hatte, schob er in die lederne Scheide zurück und schnürte sie sich auf den Rücken. Dann band er die vorderen Haare zurück und schlüpfte in seine Stiefel. Das dicke Keilpferdleder war über Nacht fast getrocknet. Gähnend trat er aus der Scheune.

Ein paar Dorfbewohner waren schon wach. Das junge Mädchen, die Tochter der Leute, schöpfte Wasser aus dem Holzfass, als Karat vorbeikam. Vor Schreck ließ sie den Eimer fallen. Karat hob ihn auf und gab ihn ihr zurück. Sie senkte scheu den Kopf, wie gestern Abend, als sie ihm Brot gebracht hatte. Die Menschen hier waren einfach, aber sie verstanden die Sprache der Welt: Sie hatten Karat kommen sehen, das Araidann auf dem Rücken, den Tod im Blick, und gegeben, was sie hatten. Er hätte mehr verlangen können als ein feuchtes Lager und einen Brotkanten. Aber er war kein Räuber.

Als Karat das Tal verließ, wurde der Regen schwächer. Nebel stieg und schluckte die Hütten. Es waren viele Tage vergangen, seit Karat Har'punaptra verlassen hatte. Die Hochländer, wo sich dünn begrünte Berge und Felsen bis zum Horizont streckten, lagen bereits hinter ihm. Seit gestern war er in den Regen geraten und nun schimmerten durch blauen Dunst die ersten Bäume.

Wälder. Finster, zottelig wie Bärenfell, voller Augen. Karat fand die Landschaft auf ihre ganz eigene Art beklemmend. Die Einsamkeit, die einen in der Wüste fraß, kam hier schleichend, erwürgte mit klammen Fingern. Er gab acht, bei dem Nebel nicht die Straße zu verlieren. Er trug kein Feenlicht bei sich und abseits der gesicherten Wege mochte das Land lebendig sein.

Der Dämon war nicht den Adern gefolgt, soweit Karat wusste. Er hatte fünf Schiffe der Sturmjäger zerstört, alle im Mittland bis auf eins – das war in der Wüste abgestürzt. Als Karat davon gehört hatte, war ihm die Windige Stadt eingefallen … und vielleicht war das der Moment gewesen, in dem er beschlossen hatte, den Dämon zu suchen. Ein Gefühl sagte ihm, dass es richtig war, diesen Kopf zu jagen. Auch wenn manche behaupteten, dass er gar nicht existierte. Was Karat in der Windigen Stadt erlebt hatte, schien auf diesen unbekannten Feind zu passen, der mordend durch die Welt zog. Karat glaubte nicht an Schicksal, doch er hatte gewusst, dass dies sein Auftrag war.

Am Abend erreichte Karat eine kleine Stadt, wie es entlang der Adern zahlreiche gab. Die von Höhlen durchlöcherten Felsvorsprünge am Waldrand wurden von Zwergen bewohnt, doch auch Menschenhäuser drängten sich an die tropfenden Klippen. Es war keine Seltenheit, dass sich Menschen niederließen, wo Zwerge bereits Jahrhunderte vorher entdeckt hatten, dass das Lebendige Land ruhig war.

Karat kehrte in der einzigen Schenke des Städtchens ein, in deren Betten er passte. Der schweigsame Wirt schürte das Feuer in der Stube, damit seine Kleider rascher trockneten, und die Wirtin brachte heiße Suppe. Als die Frau trotz des warnenden Blicks ihres Mannes fragte, was ihn hertreibe, antwortete er mit einer Gegenfrage: »Was wisst ihr von einem Dämon? Er soll ein Dorf zerstört haben, nicht weit von hier.«

Der Wirt hängte den Schürhaken zurück und sah seine Frau eindringlich an, ehe er in der Küche verschwand. Die Wirtin wischte sich die Hände an der Schürze ab. »Es ist wahr … eine halbe Tagesreise westlich von hier, in den Bergen, lag das Dorf. Der Straßenmann, der dort oft vorbeikommt und die Feenlichter auswechselt, hat es mir erzählt. Er war vor drei Tagen da, aber das Dorf war weg. Nur noch ein paar Knochen und verbrannte Erde, selbst die Bäume und Pflanzen ringsum waren verdorrt.« Sie presste die Lippen zusammen. Dann setzte sie sich hastig auf den Stuhl neben ihm und murmelte: »Ich glaube nicht, dass es Isen waren. Manche behaupten das. Aber was auch immer durch die Wälder streift, es ist nicht aus Fleisch und Blut.«

Karat nickte ernst, doch innerlich war er überrascht über die Ehrlichkeit der Frau. Und dass sie keine Feindschaft gegen Isen zu hegen schien. Vielleicht waren die Menschen hier draußen wirklich reineren Herzens als in den Städten, auf jeden Fall waren sie naiver.

Die Wirtin blieb erwartungsvoll sitzen; offenbar wollte sie nun von ihm etwas hören. Karat trank seine Suppe leer.

»Seid Ihr hinter dem Dämon her?«, fragte sie rundheraus. Karats Blick ließ sie zurückweichen. Er sah förmlich den Wandel in ihren Augen: Die Neugier wich Misstrauen, als würde jemand eine Münze umdrehen.

»Wie komme ich zu dem Dorf, führt die Ader daran vorbei?«

»Ja, Herr. Ihr müsst nur der Straße folgen.« Die Wirtin gab sich einen Ruck und stand auf. »Aber Ihr werdet nicht mehr viel sehen, höchstens einen kahlen Fleck.«

Karat hatte gehört, was er wollte, und erhob sich ebenfalls. »Zeig mir mein Zimmer.«

Träume waren schwarz und weiß und manchmal schrecklich rot.

Er sah die Kinder von den Booten taumeln, das Wasser war viel kälter als in den Lagunen draußen, hier bellten die Wellen dunkle Klippen an. Die Männer mit den Säbeln brachten sie zu Feuern, riesig und rot. Viel mehr Kinder waren da, die er gar nicht kannte. Und in ihren Händen lag scharfes Eisen und ihre Augen leuchteten so kalt.

Kämpfe. Das sagten Stimmen, manchmal im Chor, dann allein. Kämpfe um dein Leben, eins hast du schon verloren. Du oder sie. Du musst … manchmal töten …

Du bringst uns Silber, du bringst uns Blut. Oder wir, schwarze Nacht, bringen dich um.

Er kämpfte. Seine Hände voll scharfem Eisen, voll feuchtem Rot. Viel später nannten sie ihn Schakal, denn wer sich ein Leben zurückraubte, bekam einen Namen. Schakal. Ein listiger Dieb, kann durch Wüsten huschen, reißt Kinder in der Dunkelheit.

Am nächsten Tag kam er tatsächlich an dem Dorf vorbei. Verkohlte Holzbretter und die Gerippe von Hütten glänzten wie mit Pech begossen im Regen. Lange betrachtete Karat die Bäume ringsum. Keiner trug ein grünes Blatt, sie waren tot wie in die Erde gesteckte Äste. Mächtige Magie musste hier gewütet haben. Wahrscheinlich war der Dämon einer von den Magiern selbst und hatte den Verstand verloren. Oder es war tatsächlich einem Außenstehenden gelungen, sich das geheime Wissen anzueignen, das in den Türmen Aradons so streng gehütet wurde. Aber konnte ein wahnsinniger Mörder vollbringen, was die geschicktesten Verräter über Jahrhunderte vergeblich versucht hatten? Karat zweifelte daran. Welchen Plan verfolgte der Dämon mit seiner Zerstörung? Seine Spur war zunächst von Norden nach Süden verlaufen, nun schien er in westlicher Richtung unterwegs zu sein. Was war sein Ziel? Wenn er die Macht besaß, Dörfer auszulöschen, wieso griff er keine Städte an, die bedeutsamer waren als ein paar Hütten in der Wildnis?

Diese Überlegungen beschäftigten Karat, als er der Straße nach Westen folgte. Normalerweise waren die Verbrecher, die er jagte, leichter zu durchschauen. Sie hatten ein Gebiet, in dem sie sich bewegten. Außerdem ging es ihnen meistens um Geld. Ja, Karat wurde bewusst, dass er etwas anderes nie in Betracht gezogen hatte. Vielleicht reizte ihn der Dämon deshalb … wenn ihn etwas anderes trieb als Wahnsinn, Gier und Hunger, dann *gab* es vielleicht etwas anderes auf der Welt. Etwas, das Karat noch nicht begegnet war.

Mutter Meer kam ihm wieder in den Sinn, das Spukgespenst der Isen. Und wenn es doch kein Spukgespenst war – sondern ein Dämon der Menschen?

Der Gedanke kam Karat nicht zum ersten Mal. Aber während er unter den finsteren, tropfenden Bäumen ging, begleitet nur vom Klirren seines Araidann, war ihm die Vorstellung nicht unangenehm, dass er womöglich gar keinen Kopf jagte. Sondern einen Traum.

Medeah

Das Königreich Moia lag südwestlich von Aradon und erstreckte sich von den tiefen Wäldern des Inlands bis zu den Küsten, wo die bekannte Welt endete. Nur das Lagunenreich der Isen war noch weiter südlich, draußen im Meer. Die *Taube* folgte zwei Tage lang dem Fluss, der von Aradon fortführte. Hel beobachtete die Sonnenauf- und -untergänge, die sich auf den Wellen brachen, und die Boote, die durch das Lichtband trieben. An die Ufer schmiegten sich Dörfer und ihre Stege, Brücken und Mühlen sahen von oben wie Spielzeug aus. Dann teilten sich die Gewässer des Horrùn und verschwanden in vielen kleinen Ausläufen und Wasserfällen im dunkelgrünen Land. Das Schiff bog nach Westen ab. Bald kam die Ader in Sicht, die von Aradon nach Moia führte; wie eine hellbraune Schnur zog sich die Straße durch das Land, vorbei an Feldern und kleinen Städten. Hel versuchte, sich die Menschen vorzustellen, die dort unten lebten und jetzt zu ihnen aufblicken mochten. Vielleicht wünschte sich der ein oder andere, einmal auf einem Schiff zu fliegen. Sie aber beneidete die, die ein Zuhause hatten. Etwas, das ihnen gehörte und dem sie gehörten. Was nützte es, das ganze weite Land unter sich vorbeiziehen zu sehen, wenn man es nicht berühren konnte?

Dass sie, Meister Olowain, die Söldner und Harlem Gefährten auf einer geheimen Mission waren, machte sich während ihrer Reise nicht bemerkbar. Hel hatte erwartet, dass

Olowain sie zusammenbringen würde, doch der Magier selbst blieb so zurückgezogen, als hätte er gar nichts mit ihnen zu tun. Die meiste Zeit verbrachte er in seiner Kabine, die wegen des mysteriösen Silberschranks niemand sonst betreten durfte. Wenn er zum Essen erschien, wirkte er zerstreut und schweigsam, bis man ihn ansprach; manchmal führte eine unschuldige Frage zu einem regelrechten Sturzbach an Fakten und Details, der ein ganzes Abendessen lang andauern konnte. So erkundigte Hel sich einmal der Höflichkeit halber, was Olowains Aufgabe in Aradon sei, woraufhin der Magier fast eine Stunde lang erzählte. Er war ein Hüter der Bibliothek, einer der höchsten Ränge in der Magierschaft, was ihm uneingeschränkten Zugriff auf magisches Wissen verschaffte. Sein Spezialgebiet war magische Geschichte und antike Magie, wie sie bereits in grauen Vorzeiten angewandt worden war, zum Beispiel unter der Herrschaft der Druiden im Alten Reich. Irgendwann war er so weit vom Thema abgekommen, dass Hel schon nicht mehr sicher war, mit welcher Frage sie den Monolog ausgelöst hatte.

»Vor der Zeit der Magierschaft war Magie schließlich keine Wissenschaft, sondern ein finsterer Kult, der nicht das Wohl der Menschen zum Ziel hatte, sondern ihre Unterdrückung durch die Vier Druiden«, rasselte er mit so spröder Stimme herunter, als beschwere er sich über trockenes Brot. »Man stelle sich vor, die Welt war der Willkür von vier abergläubischen Menschen ausgeliefert, die allein über den Schutz des Volkes vor dem Lebendigen Land bestimmten. Wie wirksam dieser Schutz war, kann man sich denken. Irgendwann wütete das Lebendige Land besonders; ganze Gebirge verschoben sich, Felder und Dörfer verschwanden über Nacht und Hungersnöte brachen aus. Da wurde die Sturmjagd entdeckt. Genialität braucht immer ein gewisses Maß an Elend. Die ersten Magier und ihre Anhänger wurden von den Druiden verfolgt, aber Fortschritt kann nicht aufgehalten werden. Könige, die zuvor von den Vier Druiden abhängig waren, wollten bald die Sturmjagd nutzen. Den Anfang machte dabei das Königreich Aradon. Im großen Krieg wurde es wie die meisten Reiche zerstört. Aber wie wir alle wissen, ist der Krieg ja gut ausgegangen. Die Druiden verloren und zogen eine Gebirgskette um ihr verbliebenes Gebiet, damit die Sturmjagd wenigstens nicht in ihre Nähe kommen konnte. Seitdem hat man hier nichts mehr von den Dingen gehört, die jenseits der Kauenden Klippen vor sich gehen; wenn es tatsächlich Menschen gibt, denen eine Flucht aus dem Alten Reich gelungen ist, dann verbergen sie sich und schweigen. Die Herrschaft der Druiden muss bis heute ungebrochen sein, ein sehr beunruhigender Gedanke, finde ich. Es gibt nur sehr alte und ungenaue Überlieferungen, die ich natürlich alle gelesen habe, doch …«

Hel nickte immer nur. Dabei überlegte sie die ganze Zeit, an welches Tier Olowain sie bloß erinnerte. Auf jeden Fall an ein schläfriges Tier, eine Schildkröte vielleicht, aber dafür war er zu schlaksig und groß. Sie konnte nicht begreifen, wie jemand so ausdauernd über ein Thema erzählen und dabei so leidenschaftslos klingen konnte.

Ab und zu sprach Olowain sie auch auf ihre zweite Sicht an, doch selbst da war es bald er, der erzählte.

Arill und seine Krieger blieben unter sich. Hel hörte sie kaum sprechen. Nur durch Zufall bekam sie einmal einen Befehl Arills mit und erfuhr so, dass der blonde Söldner Caiden hieß und sein dunkelhaariger Gefährte Berano – der Name der weiblichen Söldnerin blieb ein Rätsel. Wenn sie an Deck waren, schliffen sie ihre Klingen oder übten sich in Zwei- und Gruppenkämpfen, bei denen Arme, Beine und Stäbe so schnell durcheinanderwirbelten, dass man kaum folgen konnte. Trotzdem spürte Hel, dass die Söldner dabei insgeheim die anderen an Bord beobachteten. So versunken sie in ihr Training auch schienen, mehrmals fühlte Hel ihre Blicke über das Deck huschen, scharf wie Klingen. Sie waren für die Sicherheit der Gefährten zuständig, darum misstrauten sie jedem – vielleicht sogar den Gefährten selbst.

Harlem schien sich jedoch nicht daran zu stören, dass Arill ihr düster nachblickte, wohin sie auch ging. Meistens döste sie in ihrer magischen Hängematte, die entfaltet zwei Fuß über dem Boden schwebte. Ein zwergisches Buch lag dabei oft über ihren Augen, und hätte Hel sie nicht sehr überzeugend schnarchen gehört, hätte sie vermutet, dass die Attentäterin ihre Mitreisenden genauso heimlich beobachtete wie die Söldner.

Eines Abends, als Hel gerade kochte, betrat die Zwergin die Küche. »Wie sieht es aus, das Licht, das nur du sehen kannst?«

Hel erschrak, als sie die kratzige Stimme so dicht hinter sich vernahm, und ließ die ganze Zwiebel in die Suppe fallen. Dann standen sie sich gegenüber, allein im dämmrigen Raum. Die Zwergin sah sie durchdringend an und kaute dabei auf einer getrockneten Knollenfrucht. Sie hatte ihren eigenen Proviant mitgenommen und rührte nichts von dem Essen der anderen an, ob das nun eine übertriebene Vorsichtsmaßnahme war oder einfach Geschmackssache.

»Äh, wie das Licht aussieht?« Hel versuchte, ihre Nervosität zu überspielen, stützte einen Arm in die Seite und senkte ihn wieder. Sie nahm einen Löffel und fischte nach der Zwiebel. »Nun, es ist so eine Art Aura, die alles umgibt, was lebendig ist. Sie sieht so aus wie das Licht von Geistern. Geister sind ja auch lebendig. Nur dass sich das Licht von Wesen aus Fleisch und Blut schneller wandeln kann.«

»Was meinst du?«

»Nun… wenn jemand verletzt ist oder krank, ist sein Licht schwächer. Auch wenn jemand wütend ist oder glücklich, ändert sich manchmal sein Licht.«

»Also kannst du Gefühle sehen. Kannst du Gedanken lesen?« Es klang wie eine Feststellung. Hel sah sie an.

»Nein, das nicht. Gefühle sehen kann doch eigentlich jeder, schließlich ist es nicht schwer zu erkennen, ob jemand wütend ist oder traurig oder sonst was.«

»Manchmal schon.« Die Zwergin musterte sie mit ihrem schiefen Lächeln und schob sich den letzten Bissen ihrer schrumpeligen Knolle in den Mund. »Dein Freund der Sturmjäger«, fuhr Harlem fort, »er weiß Bescheid, nicht?«

Hel öffnete den Mund, wartete aber vergebens darauf, dass ihr eine Antwort einfiel. Die Zwergin nickte dennoch. Dann drehte sie sich um und ging. In der Tür blieb sie noch einmal stehen: Ihr Blick gab Hel das Gefühl, ein Geheimnis mit ihr zu teilen, in das sie trotzdem nicht eingeweiht war. »Übrigens hatten wir Zwerge einst, bevor wir in eure Städte gezogen sind, auch eine besondere Sicht. Manche von uns können immer noch sehr gut in der Dunkelheit sehen.« Lächelnd ließ sie Hel in der Küche stehen.

Als sie Nova später von der Begegnung erzählte, wurde er sehr unruhig. Sie saßen im Bug des Schiffs, nur Sternenhimmel und Nacht um sich, und der Fahrtwind brauste ihnen durchs Haar. Niemand konnte sie belauschen.

»Damit meint Harlem doch, dass ich in euren Auftrag eingeweiht bin, oder?«, stammelte Nova. Die Vorstellung, der

Attentäterin ein Dorn im Auge zu sein, war wirklich nicht angenehm – Hel konnte seine Sorge nachvollziehen.

»Ich wüsste nicht, was sie sonst andeuten wollte«, sagte sie. »Aber so, wie ich sie einschätze, ist ihr egal, ob du davon weißt oder nicht. Solange du ihr nicht im Weg stehst – und das tust du ja nicht. Dass du vom Zweck unserer Reise weißt, wird sie nicht daran hindern, ihren Mord zu begehen.« Hel hielt inne. Dann schüttelte sie den Kopf. »Wie kann man nur jemanden töten, den man gar nicht kennt, von dem man nichts weiß?«

Nova nickte langsam. »Aber es ist ja ein Dämon – oder zumindest ein Verbrecher, den wir jagen. Harlem weiß, was er getan hat und noch tun wird, wenn man ihn nicht aufhält.«

Hel schlang die Arme um ihre Knie und wiegte sich. Obwohl der Unbekannte alle Menschen umgebracht hatte, die ihr nahegestanden hatten, war sie nicht sicher, ob sie ihn hätte töten können. Sie wusste einfach nichts über die Gründe, die ihn dazu getrieben hatten. Sie konnte niemanden hassen, den sie nicht kannte.

Hel schloss die Augen. Sosehr sie sich nach Antworten sehnte, so sehr fürchtete sie sich auch davor.

»Nova?«, rief jemand. Als sie sich umdrehten, entdeckten sie Kapitän Nord, der mit einer Leuchtkugel auf sie zukam. Er war barfuß und nur mit einer Hose bekleidet. In den Armen hielt er ein prachtvoll besticktes blaues Wams. »Lasst euch nicht stören, ihr zwei. Ich wollte dich nur fragen, ob du Nähzeug hast. Ich muss Löcher stopfen.«

Nova erhob sich verwundert. »Äh, ja, natürlich. In der weißen Kommode gegenüber von meinem Bett, in einer der oberen Schubladen müsste was sein. Soll ich dir …?«

Kapitän Nord wehrte ab. »Nein, nein, keine Umstände. Ich finde es schon. Bleibt ihr nur zusammen.«

Nova setzte sich wieder. Staunend blickten sie dem Kapitän nach, der leise summend mit dem Licht verschwand.

»Normalerweise … schläft er um diese Zeit schon«, murmelte Nova. Hel wusste, dass er mit »schlafen« sich betrinken meinte. Tatsächlich war der Kapitän seit ihrem Aufbruch auffällig oft nüchtern. Dass sie die Magierin von Moia wiedersehen würden, hatte offenbar einen gewaltigen Einfluss auf seinen Lebenswandel.

Hel bemerkte ein Lächeln auf Novas Lippen. Mitleid und Stolz spiegelten sich in seiner Miene, und selten hatte sie so viel Wärme in seinen Augen gesehen wie jetzt, da er zu den erleuchteten Fenstern der Kapitänskajüte blickte.

»Kriegst du noch Eilige Federn von deiner Verlobten?«

»Ständig.« Grunzend ließ er sich auf den Rücken sinken und streckte die Arme aus. »Und die Dinger sind gefährlich! Ich schwöre, die Federn versuchen, mir ihre Nachrichten in die Haut zu ritzen. Ich wette, sie hat sie mit einem Eifrigkeitszauber belegt.«

Hel schielte auf ihn hinab. »Ich glaube, ich kann dir verzeihen, wie du mit den Mädchen umspringst … weil ich deine Mutter kenne.«

»Wieso? Meine Mutter ist wundervoll«, erwiderte er sofort. »Sie ist die Magiern von Moia.«

Hel sah ihn nur an. Nova sah zu den Sternen auf. Nach einer Weile sagte er: »Übrigens behandle ich die Mädchen längst nicht so schlecht, wie du denkst. Es ist ja sehr schmeichelhaft, dass du mich für einen Herzensbrecher hältst, vielen Dank. Aber man sagt mir mehr Abenteuer nach, als ich für mich verbuchen kann.«

Hel fürchtete, dass sie nicht überzeugend klingen würde, wenn sie nun widersprach, also schwieg sie. Sie wusste außerdem, dass sie ihn damit am meisten ärgerte.

Es war der sechste Morgen ihrer Reise, als das Meer in Sicht kam. Hel erblickte den dünnen blauen Streifen, der jenseits des Landes am Horizont aufstieg, ganz unvermittelt.

Den ganzen Tag war sie nicht vom Bug wegzubekommen und beobachtete, wie das Meer heranwuchs. Der Rand der Welt. Die unbegreifbare, unendliche Masse, die alles Bekannte umschloss. Die irgendwo dort draußen auch das Nichts berühren musste, wo alles Irdische aufhörte. Bald ließen sich einzelne Wellen erkennen, dann die Schaumkronen, die die Küste umspielten. Das Wasser war dunkel und wirkte gefährlich.

Es dämmerte schon, da stieg ein Umriss aus dem Land. Es war eine Burg, schwer und klotzig wie der Fels, auf dem sie thronte. Sie hatten den Hof von Moia erreicht.

Die *Taube* landete auf dem Dach des Hauptgebäudes, einem runden, massiven Steinbau, den ein Dutzend stumpfnasige Türme flankierten. Als sie die Planke vom Deck schoben, stand bereits der Hof von Moia bei der Rundtreppe, die ins Schloss hinabführte. Leuchtkugeln in blassen Farben umschwebten die kleine Menge, ringsum auf der Mauerkrone standen Pagen und bliesen eine Fanfare.

Meister Olowain verließ das Schiff zuerst, gefolgt von Arill, Hel, Nova, Kapitän Nord und den anderen drei Söldnern. Harlem hatte nicht vor Arills Männern gehen wollen und bildete nach den Sturmjägern das Schlusslicht.

»Medeah!« Olowain breitete die Arme aus.

Aus der Menge trat eine Frau in einem bestickten grauen Cape und einem violetten Kleid. Für eine Magierin ihres Ranges war Medeahs Erscheinung überraschend unauffällig. Sie war klein, trug das weiße Haar zu einem schlichten Knoten gesteckt und hatte ein eher herbes Gesicht, das keinen

Anspruch auf Besonderheit erhob. Doch in ihrer Haltung und ihrem Blick lag eine stille Anmut.

»Olowain, welche Ehre! Auch ihr anderen, seid herzlich willkommen in Moia. Wie war die Reise?«

Olowain lächelte freundlich. »Man kann sich nicht beklagen. Das Schiff ist nicht abgestürzt.«

Plötzlich lachte Kapitän Nord laut auf. »Abstürzen? Nicht solange ein Nord am Steuerrad steht!« Er sah Medeah an und verneigte sich nur vor ihr. »Guten Abend. Ich habe mein Bestes getan, Euren Gast sicher zu Euch zu führen.«

Medeah lächelte kühl. Hel stellte fest, dass sie dieselben Grübchen hatte wie Nova. Die Ähnlichkeit verwirrte sie für einen Moment. »Wir haben Eure Ankunft bereits erwartet, das Mahl ist bereitet. Wenn Ihr uns folgen wollt …« Sie wies die Treppe hinab. Die Höflinge setzten sich in Bewegung. Medeah wartete ab, um neben Olowain zu gehen. Dabei fing sie endlich Novas Blick auf und ein fröhliches Leuchten ging durch ihre Augen. Dann drehte sie sich um und begann, in leisem Ton mit Olowain zu sprechen.

Die Treppe führte durch einen hohen Korridor in eine Halle. Rauch hing in der Luft, über dem riesigen Kaminfeuer brieten mehrere Hammel und ein ganzer Ochse. Eine lange, hufeisenförmige Tafel war davor angerichtet, um die Diener, Harfenspieler und Narren warteten. An der Mitte der Tafel saß auf einem breiten Thron der König von Moia und hatte sein Mahl bereits begonnen. Als er die Menge eintreten sah, wischte er sich über den zotteligen roten Bart und nahm einen Schluck aus seinem Kelch.

Die Höflinge blieben stehen und verneigten sich, bis er ihnen mit einem Wink seiner Hammelkeule zu verstehen gab, dass sie sich setzen durften. »Meister Olowain! Herzlich willkommen. Nehmt Platz, alle, es ist genug da. Speist und ruht nach Eurer langen Reise!«

Mit höflichen Dankesworten setzten sie sich. Kapitän Nord versuchte, neben Medeah zu kommen, doch sie ließ sich neben dem König nieder und zog Olowain an ihre andere Seite. Kapitän Nord wählte einen Stuhl am Rand der Tafel, von wo aus er Medeah beinahe gegenübersaß und ihr zumindest zulächeln konnte.

Während die Diener ihre Teller beluden, führte der König das Gespräch. Hauptsächlich erkundigte er sich bei Meister Olowain nach der Zukunft der Sturmjäger, beschwerte sich über die Liriumpreise und wollte wissen, was die Magierschaft dagegen zu tun gedächte. Ausnahmsweise fielen Olowains Antworten kurz aus, vielleicht weil das Thema ihn nicht reizte oder er schlichtweg erschöpft war wie sie alle. Über die Mission fiel kein Wort, dafür waren zu viele Außenstehende da. Hel bezweifelte, dass selbst der König wusste, warum Olowain nach Moia gekommen war. Die Magierschaft hielt ihre Angelegenheiten geheim, sogar – oder gerade – vor Königen.

Schließlich setzte das Harfenspiel ein, die Narren und Tänzer sorgten für Unterhaltung, und bald war es so laut in der Halle, dass man sein eigenes Wort nicht verstand. Der Rauch machte Hels Augen schwer. Sie war müde und hoffte, dass es nicht mehr lange dauerte, bis man ihnen ihre Schlafquartiere zeigte.

Als das Mahl beendet war, sah die Tafel wie ein Schlachtfeld aus, und selbst Hel, die vor Aufregung nicht so tüchtig zugelangt hatte wie manch anderer, war pappsatt.

Der König winkte die Hafenspieler fort, erhob sich und schwenkte seinen Kelch. »Auf diesen fröhlichen Abend, liebe Freunde! Bleibt in Moia, so lange ihr wollt. Meine Männer werden euch euer Lager für die Nacht zeigen.«

Nach einem letzten Zuprosten verließen der König und sein Gefolge die Halle. Auch Medeah erhob sich und bedeutete Olowain und den restlichen Gefährten, ihr zu folgen. »Kommt. Wir haben noch etwas zu besprechen.« Lauter sagte sie zu den Sturmjägern: »Euer Nachtlager ist bereit. Schlaft wohl.«

Drei Wachen warteten, um die Sturmjäger hinauszuführen. Kapitän Nord räusperte sich. Dann schritt er auf Medeah zu, nahm ihre Hand und küsste sie. Hel beobachtete das Gesicht der Magierin und glaubte, Überraschung aufglimmen zu sehen, doch sie hatte sich sofort wieder unter Kontrolle.

»Danke, Medeah«, sagte Neremias Nord mit samtiger Stimme. »Bleibt nicht zu lange wach. Ich sehe Euch morgen.«

Medeah nickte lächelnd, doch es war offensichtlich, wie viel Mühe es sie kostete, gelassen zu wirken. Schließlich waren alle Augen auf sie gerichtet, auch die Olowains. Kapitän Nord ging ein paar Schritte rückwärts, dann fuhr er mit wehendem Umhang herum und folgte der Mannschaft.

Medeah deutete mit ihrem Zauberstab auf eine offene Tür. »Nun, dann folgt mir bitte ... Was machst du hier?« Verwundert starrte sie Nova an, der von einem Fuß auf den anderen trat.

Hel räusperte sich. »Nova gehört dazu.« Sie warf einen Blick in die Runde. Die Söldner sahen sie misstrauisch an. Olowain spitzte den Mund. Nur Harlem schien ein wenig zu lächeln. »Ohne ihn gehe ich nirgendwohin.«

Medeah reckte sich ein wenig und ihr Ausdruck wurde streng. Hel fragte sich, ob sie den Ruf ihres Sohnes kannte und glaubte, dass Hel ihn auf diese Art mochte ... Sie lief rot an, was das Ganze nicht besser machte.

»Meister Olowain, gehört Pienov … ist der junge Mann Mitglied Eurer Gesandtschaft?«, fragte Medeah.

Hel sah den Magier eindringlich an.

»Ja, nun … unsere jungen Freunde scheinen sehr entschlossen zu sein …«

»Gut«, sagte Medeah knapp. »Dann lasst uns gehen.«

Sie wandte sich um und schritt rasch davon. Die anderen folgten ihr.

Wrauden

Medeah führte sie runde Treppen und Flure hinab. Anfangs erhellten Leuchtkugeln ihren Weg, und kunstvolle Wandteppiche schmückten die Gänge, doch je tiefer sie hinabstiegen, umso schlichter wurde die Umgebung. Bald wies nur noch Medeahs leuchtender Zauberstab ihnen den Weg durch die Dunkelheit. Der Geruch von Stroh und Salzwasser stieg Hel in die Nase. Hier konnte doch unmöglich das Nachtlager für Meister Olowain sein.

Medeah schwenkte ihren Stab und eine niedrige, breite Doppeltür öffnete sich vor ihnen. Sie traten in einen gewölbten Vorhof. Ganz nah rauschte die Brandung. Im farblosen Mondlicht ließ sich ein Pfad erkennen, der aus dem Hof über dunkle Klippen führte und sich in den Wäldern weiter unten verlor.

Eine Leuchtkugel glomm auf. Die Söldner hatten ihre Waffen bereits gezogen, als ein einzelner Mann vortrat und sich die Kapuze vom Kopf streifte.

Es war ein Ise. Das Licht umzeichnete seine hohe Stirn, die scharf vorstechende Nase und das lange Kinn wie mit einem Seidenfaden. Rötliches, glattes Haar fiel ihm über die Schultern, als er sich verneigte. »Seid gegrüßt. Mein Name ist Kelda, Euer Wegführer.« Sein Blick ging in Medeahs Richtung, schien aber auf niemanden gerichtet zu sein.

Medeah wandte sich an die Gesandten. »Kelda war der Überzeugung, es sei besser, noch in der Nacht aufzubrechen.« Mit einer Bewegung ihres Stabes ließ sie die Leuchtkugel zur Seite fliegen. Mehrere dunkle Umhänge lagen gefaltet übereinander, daneben acht geknotete Bündel. »Moia stellt Euch Proviant zur Verfügung, der sieben Tage reichen wird. In den Bündeln werdet ihr jeweils einen Finger Lirium finden, drei Eilige Federn und eine Immerflamme zum Feuermachen. Außerdem Umhänge, die vor Feuer und Wind schützen. Ich überlasse Euch nun Keldas Führung. Olowain …« Sie öffnete die Arme und die beiden Magier umarmten sich auf eine vertraute, wenngleich kühle Art. »Viel Glück. Sehr viel liegt in Euren Händen, mein Freund.«

»Danke, Medeah. Solange ich fort bin, würde ich Euch gerne meinen Schrank anvertrauen, der noch auf dem Schiff ist. Er darf unter keinen Umständen verloren gehen.«

»Keine Sorge, ich werde ihn hüten wie mein Eigentum. Auf bald.« Sie trat zurück und ihr Blick suchte Nova. Sie presste die Lippen aufeinander. »Wir wussten nicht, dass ihr zu neunt sein würdet. Deshalb gibt es nicht genug Proviant.«

Nova sah seine Mutter an. Für einen Moment spürte Hel seine Zweifel – vielleicht sogar seine Angst. Ihr wurde bewusst, dass er wirklich nicht mitkommen musste, dass er gar keinen Grund hatte außer einer lächerlichen Flucht und seinem Versprechen gegenüber ihr, Hel. Beides genügte nicht, um sich in Lebensgefahr zu begeben. Sie wollte nicht, dass er ihretwegen etwas tat, das er vielleicht schon von vornherein bereute – doch ehe sie ihre Bedenken äußern konnte, sagte Nova: »Das macht nichts, ich bin sicher, wir können den Proviant aufteilen.«

»Willst du das wirklich?«, fragte Medeah unvermittelt. Endlich war ihr Besorgnis anzusehen. Sie verstellte sich nicht mehr.

Nova nickte. Die Magierin holte tief Luft, dann machte sie einen Schritt auf ihn zu. Mit zittrigen Fingern löste sie ihren Umhang und breitete ihn über Novas Schultern. »Das wird dich warm halten. Darunter wirst du nie nass, die Knöpfe sind echte Perlen, wenn du sie verkaufen musst ...« Sie sprach sehr schnell und eindringlich. Dann holte sie drei Finger Lirium aus ihrer Rocktasche und legte sie in seine Hand. Zuletzt zog sie ein seidenes Taschentuch aus ihrem Ärmel. »Gib ein paar Funken Lirium darauf, dann wird alles, was du damit abwischst, für kurze Dauer unsichtbar. Gegenstände oder Personen. Vielleicht ist es dir einmal nützlich.«

Ergriffen nahm Nova die Sachen an. Er brachte kein Wort hervor und blickte zu Boden. Medeah drückte seinen Arm, dann wandte sie sich rasch ab. »Viel Glück, gutes Gelingen!«

Sie rauschte an ihnen vorbei und war im nächsten Moment schon verschwunden. Das Geräusch der zuschlagenden Türflügel schnitt Hel ins Herz, als wäre es ihre eigene Mutter, die sie soeben verlassen hatte.

»Wir sollten keine Zeit verlieren«, sagte Kelda und hob die Umhänge auf. Ohne jemanden anzusehen, teilte er die Bündel aus und warf sich sein eigenes um die Schulter. Hel dachte an Arus' Weste, die sie auf der *Taube* gelassen hatte – aber dann fiel ihr ein, was Nova alles zurückließ. Seinen Vater, zum Beispiel. Bang sah sie zu ihm hinüber, doch er wirkte merkwürdig gefasst und kühl.

»Was ist mit unseren Waffen?«, fragte Arill. »Wir haben noch Ausrüstung auf dem Schiff!«

Kelda schüttelte den Kopf. »Wir können nicht mehr mitnehmen, als jeder tragen kann. Ihr seid genug gerüstet.«

Arill mahlte mit den Zähnen, nickte seinen Kriegern aber

zu. Harlem nahm ihren Umhang und ihr Bündel an. »Ich habe alles, was ich brauche, bei mir.«

»Wir werden die Nacht durchreiten, wenn ihr einverstanden seid«, fuhr Kelda unbeirrt fort. »Dann erreichen wir vor Sonnenaufgang die Stadt Pellinar. Man sagt, Mutter Meer halte sich dort versteckt.«

»Mutter Meer?«, fragte Hel.

»Die Rebellenanführerin, die wir suchen. Wir Isen nennen sie Mutter Meer«, erklärte Kelda, und obwohl er so leise sprach, hörte Hel einen feindlichen Unterton heraus. Sie warf Olowain einen Blick zu, doch der Magier schien nichts bemerkt zu haben.

Der Ise drehte sich um und bedeutete ihnen mitzukommen. Hastig warf Hel sich Bündel und Umhang über – der Stoff fühlte sich dafür, dass er so leicht war, erstaunlich warm an –, dann folgte sie den anderen in die Nacht.

Ganz nah tobte das Meer. Ängstlich spähte Hel zurück, konnte aber nicht erkennen, wo die Klippen abfielen und das Wasser begann. Keldas Leuchtkugel war gerade hell genug, dass sie den dünnen Pfad unter sich ausmachen konnten. In einer Reihe eilten sie an den Felsen entlang. Die ganze Zeit fürchtete Hel, durch einen falschen Schritt ins Meer zu stürzen.

Ihr Weg führte bergab. Bald fühlte sie struppige Gräser unter den Füßen. Pinien mit schlanken, langen Stämmen ragten vor ihnen auf, ein Teppich aus trockenen Nadeln schluckte die Geräusche. Auch das Tosen des Meeres blieb hinter ihnen zurück, als schließe sich ein Vorhang. Schweigend nahm der Wald sie auf. Seine Dunkelheit, seine Tiefe waren beängstigend und beschützend zugleich … Die Bäume, die durch den Lichtschein glitten, hatten etwas Geisterhaftes.

Plötzlich sah Hel einen Schatten vorbeihuschen. Wie angewurzelt blieb sie stehen, sodass einer der Söldner, Caiden, in sie hineinstolperte.

»Da … da ist etwas«, stammelte sie.

Caiden zog sofort sein Kurzschwert. Das Geräusch alarmierte auch die anderen und sie blieben stehen. »Was ist?«

»Wir sind gleich da«, sagte Kelda weiter vorne.

Stockend setzte Hel sich wieder in Bewegung. Die Finsternis schwamm vor ihren Augen. Sie hatte es sich doch nicht eingebildet … automatisch fasste sie nach ihrer Augenklappe und schob sie ein Stück zur Seite.

Leben flammte ringsum auf. Sie sah die Lichter von Olowain, Nova und den Söldnern vor sich; hier und da war auch Magie im Boden und in den Bäumen, aber nur schwach. Und vor ihnen …

Hel blieb stehen.

»Was ist?«, wiederholte Caiden hinter ihr beunruhigt. Sie konnte nicht antworten.

Kelda führte sie auf Tiere zu. Riesenhafte Tiere. Hel sah ihre Lichter funkeln, als sie umeinanderstrichen, Lichter von geballter Lebenskraft.

»Was –« Hel versagte die Stimme. Sie streckte den Arm aus. »Passt auf!«

Alle blieben stehen. Die Söldner hatten ihre Waffen gezogen und umringten sie, bereit zu kämpfen.

Die riesigen Wesen kamen auf sie zu, und nun entdeckte Hel sie nicht nur mit der zweiten Sicht, sondern auch im Schein von Keldas Leuchtkugel.

Lautlos glitten sie aus der Dunkelheit. Hel blieb die Luft weg. Es waren katzenhafte Wesen mit glänzendem grauem Fell, fast doppelt so groß wie Pferde und mit Reißzähnen, die gefährlich aus den Mäulern ragten. Augen glommen im Licht gleich blanken Münzen.

Kelda streckte die Hände nach ihnen aus. Die vier Tiere berührten ihn mit den Schnauzen und strichen um ihn herum, ohne die Gesandten aus den Augen zu lassen.

»Keine Angst. Sie tun nichts«, murmelte Kelda, und Hel wusste nicht, ob er zu ihnen oder den Wesen sprach.

Olowain, der seinen Stab ängstlich umklammerte, hob ihn nun und machte bläuliches Licht, um die Wesen betrachten zu können. »Ah! Es ist lange her, dass ich zuletzt Wrauden gesehen habe.«

Kelda strich ihnen durch das Fell. »Sie wurden vor langer Zeit von den Inseln entführt und kennen mich. Sie werden uns nach Pellinar bringen.« Er winkte Olowain und Arill heran, die ihm am nächsten standen, und begann, eine der Wrauden hinter dem Ohr zu kraulen. Hel glaubte zu hören, wie er ihr etwas zumurmelte, bevor sie sich zu Boden ließ. Mit fast kindlicher Neugier kletterte Olowain auf ihren Rücken und griff ins dichte Nackenfell, während Arill deutlich zurückhaltender war. Er musste erst sein Schwert einstecken und verhedderte sich beim Aufsteigen in seinem Waffengürtel.

Die Wraude erhob sich. Arill unterdrückte einen Schreckenslaut und räusperte sich schnell.

»Kommt.« Kelda drehte sich zu Hel um. Mit weichen Knien kam sie näher. Sie reichte kaum bis zur Schulter der Wraude. Ihr Atem schlug ihr entgegen, schwer, warm und feucht. Hel blickte in das Auge auf, ein goldener Ring umschloss die blaue Iris. Dann ließ sich die Wraude nieder, und Hel spürte Keldas Hand am Arm, als er sie auf das Tier zuschob. Unbeholfen schwang sie ein Bein über den Rücken. Kelda drückte ihre Hände ins Fell. Es war tief und weich wie Seide.

Mit viel Waffengeklapper stieg die Söldnerin hinter ihr auf. Hel spürte, dass die Frau zitterte.

»Wie heißt du?«, murmelte Hel, der schlagartig bewusst wurde, dass sie ihren Namen immer noch nicht kannte.

»Relis«, murmelte sie zurück, und sie sahen sich einen Moment an und lächelten.

Schwungvoll erhob sich die Wraude. Hel verkrampfte sich. Wie hoch sie saßen! Ihr wurde fast schwindelig.

Nova, Caiden und Harlem ließen sich von Kelda auf eine Wraude helfen. Hel suchte Novas Blick, doch er war zu sehr darauf konzentriert, nicht hinunterzufallen. Dann bestiegen Kelda und Berano die vierte Wraude.

Ohne Hels Zutun setzte die Wraude sich in Bewegung, die anderen drei und ihre unbeholfenen Reiter folgten. Hel spürte die geschmeidigen Schritte unter sich, die Bewegung von hundert kraftvollen Muskeln. Eine solche Sicherheit lag darin, dass Hel plötzlich glaubte, keine Gefahr könne sie erreichen, solange die Wraude sie trug. Sie klammerte sich fest und hoffte inständig, dem Tier dabei nicht wehzutun. Plötzlich spannte sich der mächtige Körper. Die Wraude machte einen Satz nach vorne. Hel wollte aufschreien, aber ihr blieb die Luft weg. Eine schreckliche Sekunde lang wurde sie zurückgerissen, glaubte zu fallen – doch sie hielt sich fest. Dem Satz folgte ein weiterer, und dann flogen sie durch die Nacht und alles blieb hinter ihnen zurück, nur der Wind war noch da und das seidige Fell in ihren Fäusten.

Keldas Leuchtkugel war erloschen, als sie losritten. Nun preschten sie durch eine Dunkelheit, die sich raum- und zeitlos anfühlte. Nur selten zogen mondumhauchte Schemen vorbei, viel zu schnell, um eine Umgebung zu schaffen. Die Pfoten der Wrauden entlockten dem weichen Waldboden kaum ein Geräusch. Das Windrauschen erfüllte die Nacht ganz und der vibrierende Atem der Tiere war sein Takt.

Fast unbemerkt dünnte die Finsternis aus. Hel nahm mehr als vorher wahr, wie Bäume vorüberwischten, nun, da sie sich in vielfältigen Tönen vom Schwarz abhoben. Gerne hätte sie ihre Augenklappe zur Seite geschoben, um nach Magie Ausschau zu halten, bevor sie hineinpreschten, doch dafür hätte sie mit einer Hand loslassen müssen, und das wagte sie nicht.

Als es heller wurde, sah sie, dass sie einem Pfad folgten. Einmal glaubte sie, ein silbernes Pentagon am Wegrand zu erspähen, in dessen Mitte ein Stein eingefasst war – der Weg war also mit Feenlichtern abgesteckt, ihnen konnte nichts passieren. Falls das Land lebendig war, würden die Feenlichter die Magie aufsaugen, bevor sie sie angreifen konnte.

Und dann, mit einem Mal, rissen die Bäume auf und sie galoppierten auf offenes Land hinaus. Umrisse hoben sich gegen den bleicher werdenden Himmel ab, die spitz und eckig waren. Und von Lichtern durchsetzt. Sie ritten auf eine Stadt zu. Es musste Pellinar sein. Für einen Moment verschwanden die Lichter, dann machte ihr Weg eine Kurve, und die Stadt wuchs hinter dem Hügel empor, bis sie sie in voller Größe sehen konnten. Mehrere Aussichtstürme umringten das leuchtende Nest. Fahnen wehten über den Dächern, die das königliche Wappen Moias zeigten.

Einige hundert Meter vor der Stadt hielten die Wrauden an und ließen sich nieder. Kelda sprang ab, die anderen taten es ihm gleich. Hels Hände waren steif, als sie sie mühsam löste. Sie suchte den Blick der Wraude, um ihr wortlos ihren Dank zu vermitteln. Das Wesen schlug seinen Schwanz auf und ab und schüttelte sein dichtes Nackenfell.

»Ich kenne eine Herberge, wo wir bleiben können. Sobald es Tag wird, werde ich meine Kontaktmänner treffen und Mutter Meer ausfindig machen«, erklärte der Ise, während er Streicheleinheiten an die Wrauden verteilte. Schließlich murmelte er ihnen ein leises Wort zu und die Tiere glitten in die sterbende Nacht davon. Einen Moment lang spürte Hel noch das Vibrieren ihrer Schritte im Boden, dann waren sie fort. Als wären sie nie da gewesen.

Kelda setzte sich in Bewegung. Ein paar Schritte ging Hel gedankenversunken hinterher. Sie fühlte sich ganz schwach auf den Beinen nach dem langen Ritt. Dann beeilte sie sich und holte den Isen ein, sodass sie nebeneinander gingen. Das Stadttor war offen. Ein paar Feuerstellen schienen vor den Mauern zu brennen. Gestalten glitten durch das ferne Licht.

»Wohin hast du die Wrauden geschickt?«, fragte Hel.

Kelda sah sie verwundert an; offenbar hatte er nicht erwartet, dass man sich über das Nötigste hinaus mit ihm unterhalten wollte.

»Nirgendwohin«, erwiderte er ruhig. Hel sah seine Zähne beim Sprechen. Sie waren lang und spitz. »Sie gehen jetzt jagen.«

»Wie findest du sie wieder?«

Kelda warf ihr wieder einen Blick zu. »Ich kehre immer zu ihnen zurück. Sie wissen das.«

Hel gefiel, was der Ise sagte. Ihr gefiel die Vorstellung, dass die Tiere nicht ihm gehörten, sondern dass sie alle *zueinander*gehörten. Sie hätte gerne mehr über Kelda und die Wrauden gewusst, aber sie spürte, dass sie ihn noch nicht gut genug kannte, um ihn so auszufragen. Außerdem kam das Stadttor immer näher und es war nicht der richtige Augenblick für ein Gespräch. Als Kelda seinen Schritt ein wenig beschleunigte, ließ Hel zu, dass er voranging.

Im Näherkommen sahen sie die Gestalten bei den Feuern. Die meisten lagen auf der Erde und schienen zu schlafen; andere saßen im Flammenschein zusammen. Hier und da huschte jemand von einer Gruppe zur anderen, um Wasser, Brot und gemurmelte Nachrichten zu teilen. Erst auf den zweiten Blick stellte Hel fest, dass es ausschließlich Isen waren.

Vor dem Stadttor tummelten sich Wachen im unruhigen Fackelschein. Auf ihren Wämsern prangten rote Farbstreifen als Ersatz für Uniformen.

»Zieht eure Kapuzen auf«, mahnte Olowain. Hel gehorchte, auch wenn sie nicht begriff, wozu das dienen sollte. Im Gehen strich Olowain über seinen Stab und plötzlich war da anstelle des glänzenden Silbers nur noch ein Stecken aus knotigem dunklen Holz.

Als die Wachen sie bemerkten, stellten sie sich ihnen in den Weg. Olowain überreichte einem von ihnen wortlos einen kleinen samtenen Beutel. Hel hörte Münzen klirren. Die Sprache, die jeder verstand. Als Magier konnte Olowain zwar überall Einlass verlangen, doch ihre Anwesenheit in der Stadt geheim zu halten, war wichtiger. Hel fragte sich, wie viel in dem Beutel war. Gerade genug wahrscheinlich, um keine Fragen zu stellen.

Plötzlich brach Lärm bei den Feuern aus. Schreie und Waffenklirren wogten heran und ein ganzes Heer von rot gekennzeichneten Männern stürmte durch das Tor nach draußen. Die Wache ließ den Geldbeutel im Wams verschwinden und scheuchte sie aus dem Weg.

Hastig lief Hel hinter Olowain her. Straßen nahmen sie auf, schwarz und eng wie Tunnel.

Kelda übernahm die Führung. Einmal holte er die Leuchtkugel aus seinem Bündel und machte Licht. Hel sah feuchte Wände, aufgebrochenes Straßenpflaster und Häuser, die sich scheinbar endlos in die Finsternis fortsetzten. Kelda fand seine Orientierung wieder, das Licht erlosch und sie bogen nach links ab. In der Nähe erklangen aufgeregte Stimmen und Schritte. Dann wieder Stille. Ein einsames Jaulen versank darin wie in einem Pelz. Längst war der Himmel grau, doch in der Stadt klammerte die Nacht sich an den Hausmauern fest und überlebte die Dämmerung.

Bald erschien eine Öllaterne, die so schmutzig war, dass sie kaum das Schild unter sich erhellte. Hel konnte den Namen darauf nicht entziffern, die weiße Farbe war von vielen Regentagen längst zu Tränen verwischt. Ein winziges Gässchen lag daneben. Kelda führte sie hinein, dann eine glitschige Treppe empor zu einer Tür, durch die man fast nur seitlich passte.

Sie betraten einen fast völlig dunklen Raum mit fettigen Holztischen und einer Feuerstelle, um die sich Kessel, Geschirr und Körbe drängten, als wollten sie sich an den müden Flammen wärmen. Dazwischen saß ein uralter Ise und schnarchte. Seine Füße ruhten auf einem Eimer voll halb geschälter Kartoffeln; einer seiner Pantoffeln war hineingerutscht. Hel fragte sich, wie er trotz des Lärms, den sie beim Reinkommen gemacht hatten, noch schlafen konnte. Noch dazu in dieser Luft, die vor verdunstetem Schnaps und Essensdampf schwer auf den Lungen lag.

Kelda hob eine Glocke auf, die neben der Tür zu Boden gefallen war, und klingelte. Träge öffnete der Alte erst das eine, dann das andere Auge. Als er die vielen Gestalten erkannte, erschrak er.

»Guten Morgen. Wir sind zu neunt und suchen eine Unterkunft«, sagte Kelda in seinem leisen Ton und legte die Glocke auf den Boden zurück.

Der Alte schnellte hoch, wobei er stehend nicht viel größer war als sitzend, denn sein Rücken krümmte sich wie eine Wurzel.

»Die Zimmer sind nicht vorbereitet«, krächzte er und hustete. Nachdem er erschreckend nah an den Kartoffeln vorbeigespuckt hatte, wurde seine Stimme kräftiger. »Es gibt drei Zimmer. Die Nacht kostet einen Schilling pro Kopf, Abendessen und Wasser zum Waschen sind umsonst.«

Kelda nickte und sah zu Olowain hinüber. Der Magier legte das Geld auf einen der Tische.

Sich die Augen reibend, schlurfte der Wirt heran, um die Münzen zu zählen. Er brauchte unendlich lange. Schließlich ließ er das Geld in seinem Kittel verschwinden und deutete zu einer wackeligen Stiege. »Hier entlang, die Herrschaften. Ich zeige Euch den Weg.«

Hel erwartete fast, dass der Greis auf den Stufen ausrutschte und Olowain auf den Kopf fiel. Doch seine Langsamkeit verhinderte einen Unfall. Oben fanden sie sich in einem Gang mit vier Türen wieder, von denen der Alte drei aufsperrte, sobald er den Schlüssel in seinen Taschen gefunden hatte. Die Zimmer waren alle gleich ausgestattet. Vier Strohpritschen waren an die Wände geschoben und ein rundes Fenster eröffnete die Sicht auf Hausdächer und einen Wolkenhimmel. Der Wirt stopfte hier und da Stroh in die Matratzen zurück. Der Geruch von Mäusedreck und Gemüse hing in den Räumen. Hel konnte nicht an sich halten; sie marschierte auf das Fenster zu und zog es auf.

Der alte Ise blieb noch einmal stehen, ehe er nach unten ging. »Wollen die Herrschaften jetzt etwas essen?«

»Nein«, erwiderte Hel, bevor jemand anderes auf dumme Gedanken kommen konnte. Aber ihre Gefährten schienen ihren Appetit wie Hel beim Betreten des Hauses draußen gelassen zu haben.

»Wir wollen nur schlafen«, sagte Kelda. Der Wirt nickte und machte sich auf den Weg nach unten. Hel bot an, ihm zu helfen, was der Alte dankbar annahm.

Nach einem langsamen Abstieg und einer hastigen Rückkehr nach oben stellte Hel fest, dass sich die Gefährten bereits in den Zimmern verteilt hatten. Sie bezog das erstbeste Bett neben Arill und Olowain. Erschöpft wickelte sie sich in ihren Umhang und ließ sich, als sie ganz darin eingehüllt war, auf die fleckige Matratze sinken. Nebenan hörte sie Harlem schnarchen. Sie schloss die Augen. Müdigkeit wogte über sie hinweg.

Dann hörte sie Schritte im Flur. Schwerfällig kämpfte sie sich aus dem Halbschlaf zurück. Weil die Tür direkt neben ihr war, öffnete sie sie einen Spalt und lugte hinaus.

Kelda wollte gerade die Stiege hinunterklettern, als er sie bemerkte. Überrascht schob er sich die Kapuze aus dem Gesicht.

»Wo gehst du hin?«, fragte Hel verwundert.

»Ich werde mich in der Stadt umhören«, flüsterte der Ise zurück. »Schlaf ruhig. Es tut mir leid, dass ich euch an keinen angenehmeren Ort bringen konnte. Aber hier wird niemand auf uns aufmerksam.«

Hel nickte. »Dann … pass auf dich auf!«

Für einen Augenblick glaubte Hel ihm Verwunderung anzusehen. Dann war ihm die Kapuze wieder ins Gesicht gerutscht und er verschwand auf der Stiege.

Sie schloss die Tür. Zwei Sekunden später war sie eingeschlafen.

Zwischenzeit

Das KIND war nur noch selten da, und meistens bemerkte ES seine eigene Anwesenheit nicht.

ES ging seit Tagen, ohne geschlafen zu haben. Aber was waren schon Tage, was Schlaf? ES kannte keine Erschöpfung, denn das dunkle Herz schlug in IHM und zog Leben an. Leben, kochendes Blut der Erde. Solange ES das dunkle Herz in sich trug, musste es nicht ruhen, konnte es nicht ruhen.

Dörfer lagen auf seinem Weg. Menschen kamen IHM entgegen. ES nahm ihnen allen das Licht. Manchmal wunderte ES sich, wenn sie ES mit ihren entsetzten Blicken anstarrten. Dass ES noch da war, sichtbar für die Verfluchten, war eine seltsame Erinnerung an den zerbrechlichen Körper, in dem ES steckte. Sah ES wirklich aus wie die kleinen Gestalten, deren Licht so leicht zu rauben war? Sah ES wirklich so aus?

Dann hörte ES auf, sich zu wundern. Der Teil, der nachdachte und Blicke wahrnahm, fiel wie ein welkes Blatt ab, versank in sumpfigem Boden. Das war gut so. ES wurde nicht mehr gebraucht, das dunkle Herz war wichtiger. War mächtiger.

Spur des Todes

Karat stand auf einer felsigen Anhöhe und beobachtete, wie die Flammen im Dorf schrumpften. Die Bäume ringsum waren unnatürlich grau. Selbst die, die nicht verbrannt waren, sahen aus wie verkohlte Strohhalme. Niemand versuchte, die Brände zu löschen. Alle Dorfbewohner waren längst tot.

Karat stieg die Felsen hinab. Inzwischen hatte er diese Szene oft genug gesehen, um zu wissen, dass es ungefährlich war, die Opferstellen zu betreten. Opferstellen, er war zu dem Schluss gekommen, dass es nichts anderes sein konnte. Über vier Dörfer war er dem Dämon schon gefolgt. Vier Dörfer ohne einen Überlebenden. Dass zwei niedergebrannt waren, schien dabei gar nicht wichtig. Welche Macht auch immer so gewissenhaft den Tod brachte, kippte nur beiläufig hier und da eine Öllampe um. Es ging nur um das Auslöschen jeglichen Lebens. Die vollkommene Reinigung, und dazu war Feuer nicht unbedingt nötig.

Er umrundete die Hütten, neugierig wie ein Kind, das einen toten Vogel am Wegrand findet. Die Leere war makellos. Das Dorf war ein riesiger Altar. Wenn der Feldzug des Dämons einen Sinn hatte, dann diesen: Er erbrachte dem Tod Opfergaben. Er huldigte dem Nichts.

Mit ruhigem Blick nahm Karat alles in sich auf. Er betrachtete das seltsam farblose Moos und die Obstbäume, an denen Früchte wie aus gepresster Asche hingen, und war fasziniert.

Nie hatte etwas sein Interesse so geweckt wie die Magie, die das alles bewirkte. Besäße die Magierschaft solches Wissen, gäbe es längst keine Könige mehr. Wer über derartige Macht verfügte, musste sich nicht um Abkommen bemühen und Frieden heucheln. Nein, der Dämon besaß nie da gewesene Kräfte. Die Magierschaft war nicht hinter ihm her, sondern hinter seinen Kräften. Sie wollte sie selbst besitzen.

Karat sah die Spur, die der Dämon hinterlassen hatte: Ein Pfad verdorrter Gräser verlor sich schüchtern im Wald wie die Haarlocke eines Mädchens. Karat ging ihm nach. Nicht zum ersten Mal malte er sich aus, wie er dem Dämon begegnen würde. Er hatte längst beschlossen, dass er nicht gleich versuchen würde, ihn zu töten – das wäre töricht. Stattdessen wollte er ihn beobachten, so lange er konnte. Seine Magie ergründen. Und wenn ihm das gelang … wen interessierte dann noch das Kopfgeld? Er würde sich die Herrschaft über die Welt nicht für einen Spottpreis von der Magierschaft abkaufen lassen.

Karat ging neben der Spur her, und aus Respekt setzte er die Füße nicht auf diesen kleinen Faden Nichts, der auf der ganzen Welt einzigartig war.

Die Bäume öffneten sich und dunkelgrüne sumpfige Auen erschienen. Die Gebirge waren nicht zu sehen, zerrissene Wolken hingen davor. Die Spur des Dämons endete abrupt.

Einen Moment blieb Karat stehen. Schon öfter hatte der Dämon ihn so ratlos zurückgelassen. Einmal hatte es ihn fast zwei Tage gekostet, bis er endlich eine Ader wiederfand und auf ein Dorf stieß, wo der Dämon ihm den Tod hinterlassen hatte.

Karat überlegte, ob er zur Ader zurückkehren oder das Risiko eingehen und quer durch das Lebendige Land wandern sollte. Zwar trug er seinen mit Magie gestärkten Brustpanzer, doch wirklich schützen konnte der ihn nicht, wenn irgendwo Lirium ausbrach. Plötzlich erspähte er etwas zwischen den Hügeln. Es sah fast wie Felsbrocken aus, aber es waren keine. Sein Araidann gezückt, stapfte er durch das dicht wuchernde Gras. Die Erde schmatzte unter seinen Stiefeln. Sie war hier so fruchtbar, dass es Karat beinahe ekelte. Im Näherkommen bestätigte sich sein Verdacht: Es waren tatsächlich keine Felsen, sondern Schafe.

Tote Schafe.

Sie lagen ganz friedlich in der Wiese. Man hätte meinen können, sie schliefen, wären nicht hier und da ein verdrehter Kopf oder ein Bein gewesen, das in einem unnatürlichen Winkel abstand. Zwischen den Tieren entdeckte Karat auch eine junge Frau. Sie hatte die Arme weit von sich gestreckt und starrte mit blanken Augen in den Himmel. Sie waren fast völlig grau, als hätte ihr jemand Metallsplitter eingesetzt. Ein Feenlicht hing an einer Kette um ihren Hals; der Stein leuchtete schwach, war also ganz mit Lirium gefüllt. Die Magie des Dämons. Karat fragte sich, wie groß ein Feenlicht sein müsste, um seinen Angriff abzuwehren. Wahrscheinlich gab es so ein großes gar nicht, wenn er Schiffe zum Absturz bringen konnte, deren Feenlichter immerhin ganze Liriumstürme aufsaugen konnten.

Ein paar Schritte weiter lag noch ein Hirte im Gras. Offenbar hatte der Dämon ihn auf der Flucht erwischt; der Mann hatte einen seiner Schuhe verloren und war aufs Gesicht gefallen. Sonst war er unverletzt. Karat spürte so heftige Faszination, dass er selbst erschrak; als müsste er sich etwas beweisen, stocherte er mit dem Schwert nach dem Toten, sodass er auf den Rücken rollte. Es war eine ganz gewöhnliche Leiche, egal wie er gestorben war. Karat wandte sich ab.

Der Dämon war vor Kurzem hier gewesen. Er konnte nicht weit sein. Ein kühler Wind jagte über die Wiesen und ließ Karats Haar vor seinen Augen tanzen. Er setzte sich in Bewegung.

Als die Nacht anbrach, hatte er weder ein neues Zeichen vom Dämon noch die sichere Straße gefunden. Er ging, bis es zu dunkel war, um etwas zu erkennen. Wie blind kletterte er auf einen Felsen, der sich aus dem Boden hob, und verkroch sich unter seinem Mantel. Meilenweit rasselte der Wind im Gras. Karat lag mit offenen Augen da, ohne etwas zu sehen. Unsichtbare Wolken am Himmel verbargen Mond und Sterne. Er musste daran denken, dass das Lebendige Land gefährlich war ohne den Schutz von Feenlichtern. Wirklich gefährlich. Und das Rauschen konnte genauso gut nicht der Wind sein, sondern das Land, das sich bewegte … dieses Rauschen … es war vielleicht …

Meer. So lautes Tosen, als wollten die Wellen die Küste fressen. Doch sie bissen nur zu, gruben ihre weißen Schaumzähne in die Klippen und wichen dann zurück.

Die Männer mit den bleichen Gesichtern ritten auf Pferden, die Metall im Maul hatten und Blut in den Augen. Ihre Hufe waren Donner. Die Kinder wurden zusammengescheucht, eine Horde aus möglichen Feinden, die einander nicht trauen durften. Es war schon geschehen, dass sie einen in ihrer Mitte hinrichteten. Wer am schnellsten zustach, bekam ein anerkennendes Lächeln, wer zu langsam war, kam gleich als Nächstes dran. Er bemühte sich, angelächelt zu werden. Er hatte Angst vor dem Sterben, so schreckliche, schreckliche Angst. Sein Körper war ein Muskel der Panik, immer in Bereitschaft. Lieber sie als er, sagten die Männer. Lieber sie als er. Das ergab Sinn.

Münzen tauschten Hände. Kinder tauschten Hände. Sie folgten den bleichen Männern auf den Pferden, liefen Stunden und Nächte und Tage. Peitschenknallen immer hinter ihnen. Die Pferde heulten wie Meerwogen unter den Schlägen, die Kinder stießen schrille Laute aus, sie waren brechende Steine. Er sah Schaum und Blut. Schaum und Silber und Blut. Mit den bleichen Männern raubten sie, fackelten Häuser ab und andere bleiche Menschen. Rannten über Schlachtfelder. Durch rauchende Städte. Durch den Tod, der immer wieder über sie fiel wie ein silberner Vorhang und zerschlitzt werden musste, damit es weiterging. Und weiterging. Und weiterging. Und dann …

Riesenhaft empfing ihn in seinen Träumen die Wüste.

Ozah

Hel schlief tief. Ihre Träume waren schwarz und raumlos wie ihr Ritt auf der Wraude, und sie versank in einem dichten Gefühl der Sicherheit, das keine Gründe brauchte. Als sie aufwachte, glaubte sie, dass Stunden vergangen sein mussten. Doch die anderen schliefen noch fest. Draußen war ein grauer Tag angebrochen.

Hels Magen knurrte. Leise streckte sie sich nach ihrem Bündel aus und öffnete die Lederschnüre. Ein Wasserschlauch kam zum Vorschein, eckiges Krustenbrot und getrocknete Fleischstreifen. Es war offenbar eine Ration für Notfälle. Also genau das, was man in diesem Gasthof brauchte.

Hel knabberte am Brot und fand zu ihrer Freude noch ein ganzes Stück Hartkäse neben dem Trockenfleisch. Alles in allem war es kein schlechtes Frühstück, besonders wenn man jahrelang Bassia als Schiffskoch gehabt hatte. Die Erinnerung an ihn durchdrang Hel wie ein kalter Sog abwärts. Sie schluckte hinunter.

Eine Weile saß sie mit angezogenen Beinen auf ihrer Pritsche, den Kopf an die Wand gelehnt, und blickte aus dem Fenster. Es war merkwürdig, die Hausdächer so hoch vor sich aufragen zu sehen. Nach einem Leben in der Luft überkam sie so nah an der Erde immer wieder ein Gefühl, erdrückt zu werden. Zu versinken. Wie wirr und undurchschaubar doch alles aus der Nähe wirkte, was von weit oben ganz leicht zu fassen war. Hel beobachtete eine Maus, die an der Wand entlanghuschte.

Draußen knarzte die Stiege. Jemand kam nach oben und der Geschwindigkeit der Schritte nach konnte es nicht der Wirt sein. Hel öffnete vorsichtig die Tür.

Es war Kelda. Er hielt ein Bündel hoch. Sie ließ ihn ins Zimmer.

»Ich habe Essen mitgebracht. Sind die anderen schon wach?«, fragte er leise. Das Bündel verströmte warmen Duft.

»Sie schlafen noch. Soll ich sie wecken?«

Kelda schüttelte den Kopf. Dann öffnete er das Bündel und reichte ihr ein rundes weiches Brötchen, an dem sie sich fast die Finger verbrannte. Er selbst nahm sich auch eins, ließ sich auf der freien Pritsche nieder und aß mit geschlossenen Augen. Hel setzte sich ebenfalls. Das Brötchen war mit Bratfisch gefüllt und schmeckte nicht schlecht.

Als Kelda sein Brötchen verspeist hatte, legte er sich hin und schien einzuschlafen. Weil sie nichts anderes zu tun hatte, rollte auch Hel sich in ihrem Umhang ein und wartete darauf, dass die anderen erwachten.

Es dauerte nicht lange, bis aus den Zimmern nebenan Geräusche drangen. Olowain begann sich zu regen und streckte sich, dass jeder Knochen seines langen Körpers knackte. Kelda, den Hel für schlafend gehalten hatte, schlug die Augen auf und erhob sich, als hätte er nur darauf gewartet. »Ich hole die anderen«, sagte er in Olowains Richtung und war schon durch die Tür geschlüpft.

Der Magier richtete sich träge auf, dann schüttelte er sich und bewirkte durch einen raschen Schwenk seines Stabs, dass der Umhang sich auf seinen Schultern zurechtrückte, sein zerzaustes Haar zurückgestrichen wurde und alle Strohhalme von ihm abfielen. Nur gegen seine verquollenen Augen konnte selbst Magie nichts ausrichten.

Als Kelda zurückkam, brachte er Harlem, die Söldner und einen übernächtigt wirkenden Nova mit. Hel hatte ihn noch nie so gesehen. Er war blass und trug eine Stille im Gesicht, die gar nicht zu ihm passen wollte. Selbst seine Haare kamen ihr schlapper vor als sonst – er hatte sie sich glatt hinter die Ohren gestrichen.

Mit einem Gähnen warf er sich neben sie auf die Pritsche. Das Brötchen, das Kelda ihm austeilte, verschlang er in vier Bissen. Doch als Harlem ihm ihres anbot, die ihre Knollen vorzog, lehnte er dankend ab und verschränkte die Arme über dem Bauch.

»Ich habe mich umgehört«, begann Kelda, gerade so laut, dass man ihn im allgemeinen Kauen verstand.

»Ja«, schmatzte Arill und schaffte es, sogar mit vollen Backen grimmig auszusehen. »Was ist da los gewesen mit den ganzen Isen vor der Stadt?«

»Letzte Nacht und in den Tagen davor hat es Unruhen gegeben. Anscheinend sind einige Lieferungen Lirium vom Königshof Moia ausgeblieben. Manche munkeln, der Dämon hätte die Handelskarawanen auf dem Weg hierher überfallen, andere glauben, Mutter Meer und die Isen stecken hinter dem Raub. Höchstwahrscheinlich aber wurde einfach nichts für Pellinar auf den Weg geschickt. Die Stadt hat keinen eigenen Magier, und Moia ist schon damit überfordert, ihre wichtigeren Städte mit magischer Vertretung weiterhin zu versorgen. Das ist jedenfalls meine Meinung.« Er schlug die Augen nieder. »Pellinar befindet sich in einer Notsituation. Es heißt, seit dem Krieg vor zwanzig Jahren ist Lirium nicht mehr so rar und teuer gewesen. Also wurde beschlossen, dass fortan kein Lirium mehr an Isen verkauft werden darf. Nur noch an Stadtbewohner mit vollem Bürgerrecht.« Er sah Olowain so direkt an, dass es Hel wie ein Vorwurf schien. Wieso sonst sollte er ausgerechnet jetzt Blickkontakt suchen, wenn er ihn sonst scheute? Doch weder sein Ausdruck noch seine Stimme verrieten irgendwelche Gefühle. »Der Beschluss hat für Empörung in der isischen Bevölkerung gesorgt. Vor ein paar Tagen wurde überall in Pellinar Lirium gestohlen. Man verdächtigte die Isen, und wenn es zunächst gar nicht die Isen gewesen waren, dann begingen sie spätestens danach die Diebstähle, derer man sie bezichtigte. Es kam zu Gewalttaten. Ein Liriumhändler, der sich weigerte, an Isen zu verkaufen, wurde ermordet gefunden. Daraufhin kam es zu tödlichen Überfällen und Brandstiftung in den isischen Vierteln. Nun haben sie sich zusammengetan. An jeder Straßenecke behauptet jemand, Mutter Meer zu sein oder zumindest zu ihrem engeren Kreis zu gehören. Wenn die Rebellenanführerin aber der mächtige Dämon ist, den wir suchen, ist sie gewiss nicht in Pellinar. Sonst hätte sie die Niederlage verhindert. Gestern wurden die Isen aus der Stadt vertrieben. Zwar vorerst nur die Unruhestifter, aber ich schätze, dass es nicht lange dauert, bis auch die gehen müssen, die sich bis jetzt ruhig verhalten haben.«

»Wo sollen sie denn hingehen?«, fragte Hel verzagt, als niemand sonst Anteilnahme zeigte.

»Die Frage kann im Augenblick keiner beantworten. Viele Isen werden sich auf die Suche nach der geheimen Bewegung machen. Wenn Mutter Meer und ihre Rebellen jetzt noch nicht existieren, dann wird es sie bald geben.« Wieder flog Keldas Blick zu Olowain. »Aber das interessiert uns nicht. Wir gehen davon aus, dass die Rebellenanführerin bereits existiert und sie über dämonische Kräfte verfügt. Es wäre gut, die Isen in Pellinar zu beobachten und zu sehen, wohin sie ziehen. Wenn wir Glück haben, führen sie uns zu unserem Ziel.« Er hielt kurz inne. »Es gibt eine Heilerin, die angeblich Kontakt zu den Rebellen hat. Man sagt ihr nach, dass sie Mutter Meer kennt.«

Olowain schluckte einen Bissen hinunter. »Das ist doch fabelhaft! Ich bin sehr zufrieden mit dir, mein Freund. Du arbeitest wirklich schnell.«

Kelda überging das Kompliment völlig. »Ich schlage vor, ich suche die Frau auf. Wir müssen nicht alle zusammen gehen. Nur für den Fall, dass man mir auf die Schliche gekommen ist und eine Falle stellt, würde ich gerne jemanden mitnehmen.«

Olowain räusperte sich laut. »Arill, das ist kein Problem für dich, nehme ich an? Ich würde ja auch mitkommen. Allerdings könnte man mich als Magier erkennen, was uns gewiss nicht weiterhelfen würde, im Gegenteil. Nein, also bleibe ich hier und, äh, wache über die, die hierbleiben.«

»Danke, aber statt dem Söldner würde ich lieber das Mädchen dabeihaben, das Magie sehen kann.« Er wandte sich an Hel. »Wenn wir uns einem Haus nähern, kannst du dann erkennen, wie viele Leute sich darin befinden?«

Hel rutschte hin und her. »Ich denke schon. Ja.«

»Gut. Dann wissen wir, ob man uns in einen Hinterhalt locken will. Also gehen wir beide. Mehr würden nur Misstrauen erregen.«

Nova richtete sich auf. »Aber ich werde mitkommen.«

Kelda schüttelte den Kopf. »Bei dem Mädchen kann ich immer noch behaupten, dass sie zu mir gehört. Aber zwei sind einer zu viel.«

Hel gab Nova mit einem Blick zu verstehen, dass er nicht widersprechen sollte. Er spitzte unsicher die Lippen, was ebenfalls neu an ihm war.

»Wir lassen unsere Umhänge hier«, fuhr Kelda fort. »Sie sehen zu sauber aus.«

Hel nickte und legte den Umhang ab. Sofort wurde ihr kälter. Sie hatte gar nicht bemerkt, dass es recht kühl im Raum war. Auch der Ise zog den magischen Umhang aus und erhob sich. Er hielt Hel die Tür auf und sagte über die Schulter zurück: »Bis nachher. Wir beeilen uns.«

Arill stand auf. »Wir begleiten euch bis dorthin.«

»Nein, danke. Es kann sein, dass man uns beobachtet. Bis später.« Damit war er hinausgetreten und schloss die Tür hinter ihnen. Hel stand allein mit ihm im dämmrigen Flur. Mit den Händen ertastete sie die Stiege und kletterte hinab. Der Wirt stand an der Feuerstelle und schnippte Kartoffelstücke in einen brodelnden Kessel. Dabei summte er leise vor sich hin und bemerkte Hel und Kelda gar nicht. Sie beschlossen, ihn nicht zu stören. Leise schlichen sie hinaus. Der Hof war jetzt kaum heller als in der Nacht. Sie stiegen die glitschigen Stufen hinab und schoben sich durch das Gässchen, bis sie auf der Straße ankamen. Eine unglaublich dünne miauende Katze kam auf Hel zugelaufen und strich ihr um die Beine. Sie kraulte ihr struppiges Fell und hatte bereits ihren Beutel geöffnet, um der Katze Trockenfleisch zu geben.

»Komm«, sagte Kelda ohne Tadel. Hel legte der Katze das Fleisch hin und folgte ihm die Straße hinauf.

Eine Weile gingen sie durch holprige, schiefe Gassen, die sich alle so ähnelten, dass Hel schon nach wenigen Ecken die Orientierung verloren hatte. Doch Kelda schien sich auszukennen. Sie beschleunigte ihren Schritt, bis sie neben ihm ging. Er sah sie nicht an, also ließ auch Hel ihren Blick wandern.

»Ist Pellinar sehr arm?«, fragte sie.

»Wir sind an der Grenze zum Isenviertel. Nicht alle Teile der Stadt sind so heruntergekommen.«

Hel musste an Jureba denken. Obwohl die alte Trolltreiberin ihr so oft Geschichten erzählt hatte, war sie nur selten auf ihr Volk zu sprechen gekommen. Hel hatte immer das Gefühl gehabt, dass sie sich ihrer Herkunft schämte. Nur wenn sie über die Trolle fluchte, hatte sie in der Sprache der Isen gesprochen, die zischend und rauschend war wie trockenes Gras im Wind. Hel wünschte sich, sie hätte Jureba mehr ausgefragt, als sie noch Gelegenheit gehabt hatte. Sie wusste nicht einmal, warum Jureba ihrer Heimat den Rücken gekehrt und Trolltreiberin geworden war. Aus ihrer Vergangenheit hatte sie stets ein Geheimnis gemacht.

»Wenn die Isen so schlecht in Pellinar leben, wieso sind dann so viele hier?«, fragte Hel.

Kelda warf ihr einen kurzen, erstaunten Blick zu. Vielleicht war sie zu direkt. Oder es verwunderte ihn, dass sie daran interessiert war.

»Weißt du etwas über den Krieg, der vor zwanzig Jahren in Moia gewütet hat?«, fragte er zurück.

Hel nickte zögernd, schüttelte dann aber den Kopf. »Ich hab mal davon gehört, aber ich weiß nichts darüber.«

»Damals war Moia nicht so groß wie heute. Es gab noch ein anderes Königreich namens Lhun, das dort lag, wo heute der nördliche Teil von Moia ist. Seit Jahrhunderten hatten Moia und Lhun um Land gekämpft und irgendwann brach ein großer Krieg aus. Anfangs unterstützte die Magierschaft beide Seiten. Das ging viele Jahre so. Doch als Lirium immer knapper wurde und die Preise mehr und mehr stiegen, stürzten die beiden Königreiche sich in enorme Schulden bei der Magierschaft. Als beide Seiten nicht mehr zahlen konnten, forderten die Magier den Frieden. Doch Moia und Lhun konnten nicht einfach den Krieg beenden. Weil magische Waffen nun fehlten, griff man auf etwas anderes zurück –

Menschen. Nicht nur Männer wurden einberufen, auch Frauen, Kinder. Weil die Bevölkerung beider Länder ungefähr gleich groß war – und sich gleich schnell verringerte –, konnte aber auch das den Krieg nicht entscheiden. Da kam Moia auf die Idee, Isen von den Inseln zu rekrutieren. Einige kamen als Söldner her. Aber die meisten wurden verschleppt, oft im Kindesalter, und zu Kriegern ausgebildet. Sie waren es, die den Sieg für Moia entschieden. Lhun wurde dem Erdboden gleichgemacht unter der Flut neuer Soldaten. Nichts, das irgendwie an seine Existenz erinnern könnte, wurde verschont. Seitdem gibt es nur noch Moia. Das alles ist mehr als zwanzig Jahre her. Nur wenige Isen, die den Krieg überlebt haben, kehrten in ihre Heimat zurück.«

»Warum?«

Keldas hellgrüne Augen schienen sie durchbohren zu wollen. »Es war nicht mehr ihre Heimat. Es gibt ein Sprichwort bei uns: Die Kinder, die ihre Eltern verlassen, sind tote Kinder. Tote kommen nicht zurück.« Er wies nach rechts und sie bogen in eine schmale, steil abfallende Straße. Die Fenster waren mit Holzbrettern vernagelt. Kaminrauch hing in der Luft, es roch nach verbranntem Getreidebrei und feuchtem Stroh.

»Aber wenn die Isen Moia zum Sieg verholfen haben … wieso ist man ihnen heute nicht dankbar?«

»Man dankt Sklaven nicht.« Ihr war, als ginge er schneller als vorher. »Niemand wollte die Isen hier haben. Sie waren für den Krieg gekommen und der Krieg war vorbei.«

Irgendwo hinter den losen Steinmauern begann ein Säugling zu schreien. Direkt vor ihnen öffnete jemand ein Fenster und leerte einen Topf auf die Straße; Hel konnte gerade noch anhalten, bevor ihr der übel riechende Inhalt auf die Füße spritzte. Auf Zehenspitzen hüpfte sie Kelda hinterher.

»Nachdem der Krieg vorbei war, schaltete die Magierschaft sich wieder ein. Sie nahmen sich vieler Isenkinder an, die zum Kämpfen entführt worden waren. Man fürchtete wohl, was aus ihnen werden könnte, wenn sie älter wurden und das Töten beibehielten. Zurück auf die Inseln wollte man die erprobten Krieger aber auch nicht bringen; niemand bildet ein Heer aus, um dann andere damit zu rüsten. Die Magier errichteten Dörfer entlang der Gewässer des Horrùn, um den Kindern eine neue Heimat zu geben. Viele haben sich aber lieber in den einstigen Kriegsgebieten niedergelassen.«

Sie gingen im Gleichschritt. Hel lauschte dem Klacken auf dem Kopfsteinpflaster und dem Pochen ihres Herzens. »Und du?«, fragte sie leise.

Er antwortete nicht sofort. Sie spürte, dass er die Luft anhielt. »Ich verdanke der Magierschaft mein Leben. Mein zweites Leben. Ihre Beweggründe dafür ändern nichts an der Tatsache.«

Ein Durchgang erschien links und sie betraten tropfende Gewölbe. Stufen führten überall zu wackeligen Vorsprüngen hinauf und verloren sich in Kellerschächten. Bei manchen Fenstern und Türen hingen Öllampen, doch sie schienen die Dunkelheit nur zu vertiefen. Endlich machte Kelda vor einem schmalen Tor halt. Vertrocknete Blumen steckten in den Ritzen der Holzbretter. Ein Stein war mit einem Seil und einem Nagel angebracht, den Kelda zum Anklopfen benutze.

»Sieh nach, wie viele Leute im Haus sind«, flüsterte er. Ehe Hel antworten konnte, öffnete sich das Tor.

Eine isische Frau tauchte auf, unheimlich beleuchtet von einer Talgkerze, die sie vor sich hielt. Ihre Haut war selbst für eine Isin ungewöhnlich dunkel, beinahe schwarz – nur auf der knochigen Nase lag ein heller Schimmer. Die großen rotbraunen Augen wirkten dadurch umso strahlender. Pechschwarzes Haar fiel ihr fast bis zum Gürtel. Ihr Blick fegte von Kelda zu Hel, blieb einen Moment an ihrer Augenklappe hängen und heftete sich dann wieder auf den Isen. Sie reckte das Kinn.

»Wir wollen zu Ozah«, sagte Kelda. »Haben wir sie gefunden?«

»*Szyeh aesh asun?*« Es klang wie ein rasselnder Atemzug, wie fauchender Wind. Hel erspähte dabei ihre Zähne, deren Spitzen schwarz gefärbt waren. Sie schauderte.

»*Dnys eh syha ne aszyr shan yze.* Dürfen wir eintreten?«

Die Isin starrte Hel an. Kalter Hass glühte in ihren Augen. »Was willst du hier?«

Hel hätte nichts erwidern können, selbst wenn Kelda ihr nicht zuvorgekommen wäre: »Die Magierschaft hat ihre Eltern getötet. Sie gehört seitdem zu mir. Zu uns. Hast du eine Medizin für ihr Auge? Zhabar sagte mir, du bist die beste Heilerin in Pellinar.«

Ozah musterte sie feindselig. Doch dann trat sie zurück und verschwand, ohne das Tor zu schließen. Kelda schob es auf, um ihr zu folgen.

»Hast du gesehen, ob sonst jemand da ist?«, flüsterte er kaum hörbar. Fiebrig zog Hel die Augenklappe zur Seite und spähte ins Dunkel. Sie sah das Licht der Isin. Kleine Tiere wimmelten überall, Mäuse wahrscheinlich oder Ratten. Lirium und magische Gegenstände gab es weit und breit keine. In der Nähe war noch mehr Leben, aber soweit sie erkennen konnte, nicht im selben Haus.

»Die Frau ist allein«, murmelte sie. Kelda schob das Tor auf. Hel tapste ihm nach. Am Ende des Vorhofs blinzelte Feuerschein durch einen löchrigen Vorhang. Hel sah Ozah im Raum herumhantieren. Sie traten ein. Gelber Rauch waberte um die Holztische und geflochtenen Körbe, die von Motten zerfressenen Sitzkissen und Matten. Ein großer Kamin nahm eine ganze Seite des Raumes ein, ringsum hingen Kräuter zum Trocknen und Gläser mit verschiedenen Inhalten stapelten sich in den Wandnischen. Ozah stopfte eine lange hölzerne Pfeife und ging vor dem Feuer auf und ab, ohne sie aus den Augen zu lassen.

»Was für eine Medizin braucht ihr?«, fragte sie unwirsch.

»Eine für das Herz«, erwiderte Kelda ohne zu zögern. »Eine für die Seele unseres Volkes.«

Ozah schien nicht überrascht. Sie zog an ihrer Pfeife und ließ Wolken aus gelbem Rauch zwischen den Lippen hervorwabern.

»Man sagt, dass du Kontakt hast zu …«

»Ja«, unterbrach sie ihn, »ich weiß, man sagt das. Aber es behaupten viele, sie zu kennen. Wieso kommt ihr ausgerechnet zu mir?«

»Weil du dich verborgen hältst«, sagte Kelda. »Wer die Wahrheit kennt, kennt auch die Gefahr.«

Dichte Schwaden verschleierten ihr Gesicht. »Und wenn es stimmt … was wollt ihr von mir hören?«

»Wir sind auf der Suche nach ihr. Wir wollen uns anschließen.«

»Das sagen viele. Wenige kennen die Bedeutung ihrer Worte.«

»Wir kommen von weit her. Wir waren in Aradon, sind den Gewässern des Horrùn gefolgt, reisten entlang der Küste. Wir sind bereit, noch dreimal so weit zu wandern, um sie zu finden. Der Weg zu ihr soll unsere Probe sein; sie zu erreichen, wird beweisen, dass wir ihrer würdig sind.«

Ozah sah sie schweigend an. Dann trat sie näher, legte

die Pfeife auf den Tisch und stützte die Hände auf. »Wie du sagst: Der Weg zu ihr ist ihre Prüfung für euch. Wer sie besteht, den wird sie in die Arme schließen und retten. Aber viele wollen nicht gerettet werden, auch wenn sie es sagen. Viele wissen nicht, dass Errettung Opfer bedeutet.«

Kelda verneigte sich. Ozah beobachtete ihn aus kalten Augen. Dann begann sie, schnell und eindringlich in der Sprache der Isen zu reden. Für Hel hörte es sich wie eine Beschwörung an. Der Raum schien in Schatten und gelbem Dunst zu versinken. Das Blut pumpte ihr durch die Schläfen. Sie wollte hier raus.

Kelda fragte etwas. Ozahs starrer Blick glomm auf. Sie antwortete in Zischlauten, die durch das Zimmer schlichen, sie umschlossen wie Schlangen. Das Gespräch zog sich hin, und einmal hörte Hel das Wort ›Dämon‹ heraus, doch sonst verstand sie nichts. Ein Lächeln glitt über Ozahs Gesicht, bei dem sie eine Gänsehaut bekam.

Schließlich legte Kelda eine Hand auf die Brust und sagte: »Ich danke dir. Mögen die Geister der Ahnen dich beschützen.«

Ozah nahm ihre Pfeife und ging zum Kamin, um sie zu entzünden. Rauchend blieb sie stehen. Kelda berührte Hel am Arm, damit sie ihm aus dem Raum folgte. Leise traten sie durch den Vorhang. Als Hel sich noch einmal umdrehte, sah sie den Flammenschein in Ozahs großen, blanken Augen. Plötzlich blickte die Isin sie an. Hel erschrak. Sie wollte ihr zum Abschied zunicken, stattdessen senkte sie nur den Kopf und lief eilig Kelda nach, hinaus auf die Straße.

Der Weg in die Nacht

Kelda ging schnell. Hel musste fast rennen, um ihn einzuholen. »Was hat sie gesagt?«

Kelda schüttelte knapp den Kopf. »Wir sprechen, wenn wir zurück sind.«

Als sie das Ende der überdachten Gasse erreichten, sah er sich in alle Richtungen um, ehe er den Weg zurück einschlug. Schweigend liefen sie durch das heruntergekommene Viertel. Einmal hörten sie ganz nah tobende Stimmen; ein Stück Pflaster flog über die Dächer hinweg und Hel duckte sich erschrocken. Dann wieder lag eine dicke, unheimliche Stille über den Straßen.

Viel schneller als erwartet erreichten sie die Herberge. Als sie die Stube betraten, war der Wirt gerade beim Essen. Er blinzelte überrascht; offenbar hatte er gedacht, dass sie oben schliefen.

»Wollen die Herrschaften frühstücken?«, fragte er und wies zum Kessel, der über dem Kaminfeuer köchelte und Kohlgeruch verströmte.

»Nein, danke. Vielleicht später«, sagte Kelda höflich und erklomm die Stiege.

Die Gefährten saßen alle in einem Zimmer beisammen und schienen sich unterhalten zu haben, als Kelda und Hel eintraten. Der Ise schloss die Tür und ließ sich auf einer der Pritschen nieder. Alle rückten näher, um seinen Bericht zu hören.

»Ozah behauptet, Mutter Meer, die Anführerin der neuen Isenbewegung, zu kennen. Angeblich hält sie sich mit ihren Anhängern im Westen verborgen, um die Rebellion vorzubereiten. In Naruhl.«

»Naruhl!«, stieß Olowain aus.

»Was ist Naruhl?«, fragte Harlem.

Olowain stützte seinen Stab auf und furchte die Stirn – ein sicheres Zeichen, dass ein Wortschwall bevorstand. »Nun, Naruhl kommt aus der Alten Sprache und bedeutet direkt übersetzt ›Nabel‹. Allerdings steht Naruhl im Allgemeinen eher für ›Quelle‹ oder ›Ursprung‹. Ich weiß das, weil ebenjener Ort, den Kelda erwähnt hat, Naruhl heißt und in der magischen Lehre, vor allem der Geschichte der antiken Magie, eine große Rolle spielt. Naruhl liegt – korrigiere mich bitte, wenn ich mich irre, Kelda – in den Gebirgen des Mittlands. Manche behaupten auch, es liege noch weiter im Westen, an der Grenze zu den Silbernen Steppen. Es ist ein Ort, an dem man angeblich vor Angriffen des Lebendigen Landes sicher ist. Einst, vor der Erfindung der Feenlichter, waren die Menschen – und alle anderen Völker natürlich auch – ständig in Gefahr, von der unkontrollierten Magie der Natur angegriffen zu werden. Naruhl war damals eine Art Wunderort.«

»Hätte man dann nicht dort eine Stadt errichtet?«, warf Arill ein. »Ich habe nie von einer alten Stadt mit dem Namen gehört.«

Olowain nickte. »Es gab Menschen, die sich dort niederließen. Aber nur sehr wenige. Man sagt, Naruhl ist verflucht. Keine Magie kann den Ort durchdringen. Er ist lebensfeindlich. Was auch immer das Lebendige Land davon abhält, nach Naruhl zu kommen, sollte auch uns davon abhalten.«

Hel und Nova sahen sich beunruhigt an.

»Aber das sind nur Legenden«, fuhr Olowain fort. »Nicht

einmal die Bibliothek von Aradon besitzt genug Literatur über Naruhl, als dass ich ernst zu nehmende historische Quellen anführen könnte, die sie bestätigen. Es ist wahrlich sehr unbefriedigend.« Er presste verdrießlich die Lippen zusammen. Kelda nutzte den Moment der Stille, um zum Thema zurückzukommen.

»Jedenfalls behauptet Ozah, dass sich die Rebellenführerin in Naruhl verbirgt. Möglich wäre es.«

Olowain legte nachdenklich den Kopf schief. »Möglich wäre es, in der Tat. Allerdings würde es mich ein wenig überraschen. Die Geschichten, die sich um Naruhl ranken, sind heute nur noch wenigen bekannt – ich würde meinen, ausschließlich Akademikern der Magierschaft, die sich mit diesen Dingen beschäftigen. Dass eine Ungebildete, noch dazu eine vom Isenvolk, davon wissen sollte, wäre erstaunlich.«

Kelda schlug die Augen nieder. »Ich wiederhole nur, was Ozah behauptet.«

»Oh, ich weiß – das sollte kein Vorwurf an dich sein«, beeilte sich Olowain.

»Ich verstehe Eure Zweifel, Meister Olowain. Aber schließlich ist es auch eine Ungebildete vom Isenvolk, die Naruhl erwähnt hat. Wenn Ozah den Ort kennt, wieso dann nicht auch Mutter Meer?«

Olowain zwirbelte eine Strähne seines Bartes. »Ja … hm. Nun, schien sie dir denn vertrauenswürdig, diese Ozah?«

»Sonst wäre ich nicht zu ihr gegangen.«

»Sie behauptet, Mutter Meer zu kennen? Dann glaubt sie also wirklich, dass es sie gibt?«

»Ich habe natürlich nachgehakt«, erwiderte Kelda. »Sie wollte mir nicht sagen, unter welchen Umständen sie Mutter Meer begegnet ist. Aber sie hat abgestritten, dass Mutter Meer oder sonst einer ihrer Anhänger Magie betreibt.

Sie sagte, die Rebellen können keine Schiffe zum Abstürzen bringen. Noch nicht.«

Olowain zuckte irritiert mit den Augenbrauen. »Nun. Alles kann diese Ozah auch nicht wissen. Und wenn sich die Geschichten über eine Rebellenanführerin als wahr herausstellen, dann muss sie diejenige sein, die hinter den Angriffen steckt.«

Schweigen breitete sich aus. Hel musste an die Augen der Isin denken, an ihr unheimliches Lächeln, als sie mit Kelda gesprochen hatte. Sie schielte zu ihm hinüber. Ob es ihm nicht schwerfiel, seine eigenen Leute auszuspionieren? Auch wenn er der Magierschaft sein Leben verdankte – die Blicke, die er Olowain zuwarf, wenn der Magier es nicht merkte, beunruhigten sie. Angestrengt versuchte sie, sich zu erinnern, ob sie das Wort ›Naruhl‹ gehört hatte, als er sich mit Ozah in ihrer Sprache unterhalten hatte. Aber sie wusste es nicht mehr.

Harlem, die bis jetzt an der Wand gelehnt hatte, schob sich ihren Gürtel mit den Stiletten zurecht und stemmte die Hände in die Hüften. »Also, dann heißt unser Ziel Naruhl?«

Großäugig wandte Nova sich an Olowain. »Diese Sache mit dem Fluch, also, das ist nur ein Märchen, oder? Was … für eine Art von Fluch soll es denn sein?«

Olowain winkte ab. »Ich weiß nichts Genaues darüber, wie gesagt. Nur dass keine Magie in Naruhls Boden dringen kann. Das Land ist tot und war es immer.« Er zog die Luft ein. »Der Weg dorthin macht mir mehr Sorgen. Niemand kennt die genaue Lage von Naruhl, aber auf jeden Fall führt keine der Adern dorthin. Wir müssen durch das Lebendige Land reisen.«

»Das ist kein Problem«, sagte Kelda sofort. »Die Wrauden können uns tragen.«

»Und in unseren Beuteln sind Feenlichter«, ergänzte Harlem.

»Aber wie sollen wir den Ort finden, wenn wir nicht genau wissen, wo er ist?«, warf Arill skeptisch ein.

Keldas dunkle, schlanke Hand wies auf Hel. »Sie kann Magie und Leben sehen. Also wird sie auch einen Ort sehen können, der tot ist.«

»Das Land ist doch vielerorts ausgestorben. Vielleicht führe ich euch irgendwohin, wo es einfach kein Lirium mehr im Boden gibt, aber das heißt nicht, dass dort Naruhl liegt. Verlasst euch bitte nicht nur auf mich«, sagte Hel kleinlaut.

Kelda sah sie eindringlich an. »Habe mehr Selbstvertrauen. Du musst dich nicht kleiner machen, als du bist.«

Sie wurde rot. Und schämte sich umso mehr.

»Nun, dann lasst uns aufbrechen. Ich schlage vor, wir folgen der Ader nach Norden, bis wir Orrún erreichen. Dort enden die Straßen Aradons. Dann sind wir auf uns allein gestellt. Am Fuß der Gebirge können wir nach Westen reisen und hoffen, dass wir auf Naruhl stoßen.« Olowain seufzte tief. »Wieso kann sich diese Isin nicht in einer ganz gewöhnlichen Stadt verstecken?«

Kelda erhob sich und schulterte seinen Beutel. »Sie ist schließlich keine gewöhnliche Isin, oder?«

Der alte Wirt ließ sich nicht davon abbringen, jedem von ihnen in Papier eingewickelte Kartoffelscheiben in die Hand zu drücken, ehe sie die Herberge verließen.

»Kommt wieder!«, rief er ihnen nach. Hel winkte zum Abschied. Als sie auf die Straße zurückkehrten, warf sie einen skeptischen Blick in ihr Päckchen und zog mit Daumen und Zeigefinger ein graues Haar zwischen den Kartoffeln heraus. »Ihh. Ich glaube, ehe ich das essen kann, werde ich …«

Nova drehte sich kauend zu ihr um und zerknüllte sein Papier. »Willst du nicht?«, schmatzte er und deutete auf ihre Kartoffeln. Verdutzt ließ sie sich das Päckchen aus der Hand nehmen und sah zu, wie er sie sich in den Mund warf. Eine Gänsehaut schoss ihr über den Nacken.

»Hab ich einen Hunger!«

Harlem hielt ihm ihre Kartoffeln hin. Alle anderen hatten ihre Portionen bereits am Straßenrand entsorgt.

»Oh, äh, nein danke«, sagte Nova hastig. Harlem warf ihm einen überraschten Blick zu, zuckte aber dann mit den Schultern und legte das Päckchen auf ein Fenstersims.

»Ich glaube nicht, dass sie dich vergiften will«, raunte Hel ihm zu, als die Zwergin ein Stück vor ihnen lief. »Obwohl ... mit den Kartoffeln wäre ihr das wahrscheinlich sogar gelungen. Unbeabsichtigt.«

Nova lächelte unsicher. Dass Hel seine Furcht vor der Attentäterin sah, schien ihm unangenehm. Aber Hel fand nichts Schlimmes daran – sie kannte schließlich weitaus feigere Seiten an ihm. Aufmunternd drückte sie seinen Arm.

Sie verließen Pellinar durch das Tor, durch das sie letzte Nacht gekommen waren. Im bleigrauen Tageslicht wirkten die Gassen nicht gar so verworren wie in der Dunkelheit, trotzdem war Hel froh, die Stadt zu verlassen. Aufruhr lag in der Luft und der Wind strich rastlos aus immer neuen Richtungen durch die Straßen. Angst atmete aus den Häusern.

Am Tor standen heute fast noch mehr Wachen als letzte Nacht. Die Männer wirkten grimmig und übernächtigt. Manche von ihnen hatten zerrissene Wämser, sodass man kaum noch das rote Zeichen erkennen konnte. Olowain trug wieder seine Kapuze, um sein weißes Haar zu verbergen, und sein Stab hatte sich in den knotigen hölzernen Wanderstock verwandelt. Die Wachen bedachten nur Kelda mit argwöhnischen Blicken, ließen sie aber wortlos passieren.

Vor der Stadt waren noch immer Lager. Die Isen hatten Holzstäbe in den Boden gesteckt und Decken übergeworfen, um darunter zu schlafen oder sich unbeobachtet zu beraten. Hier und da brannten kleine Flammen, doch die meisten Feuerstellen waren erloschen, schwarze Krater im Boden wie Einschläge von Kometen. Ein alter Ise stand an einen Stab gelehnt bei den Zelten und sang. Seine Stimme schwang im Wind wie zerknittertes Papier, mal Heulen und mal zitterndes Summen. Hel konnte nicht entscheiden, ob es furchtbar oder wunderschön klang – vielleicht beides. Eine stille Niedergeschlagenheit kam über sie. Sie musste die isischen Worte nicht verstehen, um zu wissen, dass der Alte von Schmerz sang, von Verlust und Verzweiflung. Ein warmes Brennen stieg hinter ihren Augen auf, sie biss die Zähne zusammen, um die Tränen zu unterdrücken. Und plötzlich musste sie an Mercurin denken.

Mercurin, der ihr immer noch so nahe schien. Dessen Stimme, dessen Blick stets hinter allen Gedanken lag, gebettet in den weichen Nebel unberührter Erinnerung. Wenn er doch nur zugelassen hätte, dass sie ihn kennenlernte! In diesem Moment war sie ganz sicher, dass er etwas Schreckliches für sich behalten hatte. Jeder trug irgendeine Bürde, schien ihr, niemandes Vergangenheit war ohne Albträume. Aber seine Verschwiegenheit ließ sie Schlimmes vermuten. Über Gharras Tod zu sprechen, fiel ihr schon schwer, aber wie viel entsetzlicher mussten Dinge sein, die man gar nicht aussprechen konnte?

Sie folgten der Straße, die in die Wälder führte. Hel hielt Ausschau nach den Wrauden, doch das Dickicht war zu verschlungen. Unauffällig schob sie die Augenklappe zur Seite.

Kleine Tiere bevölkerten den Wald. Nur einen Schritt neben der Straße schlief etwas, das dem Licht zufolge ein Igel oder vielleicht ein Waschbär sein konnte. Hinter einer Gruppe dichter Tannen grasten Rehe. Auch durch die Pflanzen pulsierte hier und da Lirium; die Zweige einer alten Weide wurden nicht etwa vom Wind bewegt, sondern von der Magie der Erde. Die Lichter von Schmetterlingen, Libellen und Käfern glitzerten wie Sternenstaub bis in die Ferne. Hel beobachtete das vielfarbige Leben und merkte erst nach einer Weile, wie beruhigend sie es fand. All die vielen, vielen Lebensfunken waren zwar an unterschiedliche Körper gebunden, doch sie bestanden aus demselben Licht, waren Teil eines Ganzen. Wenn ein Licht erlosch, würde es irgendwo anders neu aufleuchten. Es ging nichts verloren. Es konnte niemals etwas verloren gehen.

Hel spürte, dass Nova zu ihr herüberspähte, und zog sich die Augenklappe hastig wieder zurecht. Hoffentlich hatte er nicht … aber er schien eher ängstlich als angewidert, also hatte er ihr Auge nicht gesehen. Sie gab ihm zu verstehen, dass es keinen Grund zur Sorge gab. Jedenfalls keinen, den sie mit der zweiten Sicht erkennen konnte.

Die Wrauden, die Hel jeden Moment erwartete, kamen und kamen nicht. Allmählich dunkelte der Himmel hinter dem dichten Blätterdach. Hel fiel auf, wie spät es schon war, als sie eine Herberge am Wegrand passierten. Der Hof lag auf einer Lichtung und blinzelte aus erleuchteten Fenstern. Man hatte die Nachtlampen schon angezündet. Ein paar Gestalten standen unter den schwarzen Bäumen und tuschelten; es waren Isen, wahrscheinlich aus Pellinar. Bei dem Gedanken an ein Bett und Abendessen wurden Hel die Schritte schwer. Doch weder Kelda noch Olowain schenkten der Herberge Beachtung.

Bald war das Licht hinter den Bäumen verschwunden. Der Weg verschwamm zusehends in Dunkelheit. Irgendwann ließ Olowain seinen Stab aufleuchten und auch Kelda machte seine Leuchtkugel an. An einer Stelle, wo nur Moos und Wurzeln den Wegrand säumten, traten sie in den Wald ein, und Olowain stellte seinen Stab ab. Sie ließen sich rings darum nieder, um zu rasten und zu Abend zu essen.

»Also schlafen wir hier?«, fragte Hel, als sie ihr Mahl beendet hatten.

Kelda schüttelte den Kopf. »Ich fürchte, nein.«

Hel wollte ihn schon auf die Wrauden ansprechen, als sie Laub knistern hörte. Sie drehte sich um und sah, wie die Katzenwesen angelaufen kamen. Wie sie sich so rasch und leise bewegten, kam Hel einfach nicht umhin, nervös zu werden. Es kostete sie einige Mühe, den Fluchtimpuls niederzuringen.

Die Wrauden strichen um Kelda herum, ließen sich streicheln und kraulen. Dabei beobachtete Hel mit Herzklopfen, wie eine der Wrauden das Maul öffnete, um ihn abzuschlecken – und für einen kurzen Moment seinen ganzen Arm zwischen den Zähnen hatte.

Dann suchten die Wrauden die anderen Gesandten auf. Sie kehrten zu denen zurück, die sie letzte Nacht getragen hatten – offenbar gehörten sie jetzt einander. Zögernd streckte Hel die Hand aus und strich ihrer Wraude über die weiche Schnauze. »Hallo«, murmelte sie. »Wo wart ihr den ganzen Tag?«

Die Wraude warf mit einem tiefen Knurrlaut den Kopf nach hinten und Hel zog erschrocken die Hand zurück. Dann ließ das Tier sich nieder und erlaubte ihr, auf seinen Rücken zu klettern. Relis stieg hinter ihr auf und die Wraude erhob sich. Olowains Stab und die Leuchtkugel erloschen. Sie liefen los.

In der Finsternis fielen Hel immer wieder die Augen zu und der Rhythmus der Sprünge ließ sie in einen angenehmen Dämmerzustand sinken. Blasse Träume zogen an ihr vorüber… die Wüste, ihr Ritt auf dem Lymaerus mit ihm… Wo er wohl gerade war? Irgendwo war er und schlief vielleicht, oder er ritt wie sie durch die Nacht, auf einem Lymaerus…

Als die Morgendämmerung kam, schmerzten Hel die Augen vor Müdigkeit. Die Wrauden verlangsamten ihre Schritte, bis sie schließlich die Ader verließen und in den Wald liefen. Hinter einem Vorhang aus Fichten ließen sie sich nieder. Ohne sich abzusprechen glitten die Gefährten zu Boden, in ihre Umhänge gewickelt wie Raupen. Auch die Wrauden legten sich schlafen, ein Hügel aus grauem Fell und weichen Tatzen.

Als Hel zu sich kam, waren die Wrauden fort. Olowain, Kelda und die Söldner waren schon wach, Harlem und Nova schliefen noch. Unter den Bäumen ließ sich nur schwer erkennen, wie spät es war, aber Hel hatte das Gefühl, dass sie recht lange geschlafen hatte.

Nach einer Weile erwachten auch Nova und Harlem. Die Zwergin wirkte schlecht gelaunt und zerknittert; Hels »Guten Morgen« erwiderte sie mit einem Brummen. Dann stand sie auf und machte ein paar Dehn- und Streckübungen. Staunend beobachteten Hel und Nova, wie sie sich jeweils ein Bein bis hinter den Kopf schob. Dann hüpfte sie auf der Stelle und zog blitzschnell ihre Stilette. Nova zuckte zusammen. Als Harlem ihm einen überraschten Blick zuwarf, tat er, als würde er sich räkeln, und gähnte laut. Harlem steckte ihre Waffen wieder ein und ließ ihren Nacken knacken. »Hätte ich bloß meine Hängematte dabei. Ich glaube, ich habe auf lauter Wurzeln und Steinen gelegen.«

Auch die anderen Gefährten erwachten nun. Sie aßen und tranken, und Olowain nötigte Arill, ihm die Schultern zu massieren. Etwas gehemmt kam der Söldner dem Befehl nach. Während der Magier ihm Anweisungen erteilte, ließ Arill den Blick zwischen den Gefährten umherschweifen, damit ja niemand sich über ihn lustig machte. Relis und Berano drehten sich nach ihren Waffen um und grinsten breit.

Wie gestern kamen die Wrauden bei Einbruch der Nacht. Sie ritten los und diesmal wurde Hel nicht mehr so schnell müde. Die Straße schlängelte sich lange Hänge hinauf und durch finstere Täler. Einmal öffnete sich der Wald, und sie passierten eine Steinbrücke, die im klaren Mondlicht schimmerte wie Silber. Bis in die Ferne sah Hel bewaldete Hügel und Himmel. Dann tauchten sie wieder in die Umarmung der Bäume ein, und die Welt schrumpfte zusammen, bis sie nur noch aus der schmalen Straße zu bestehen schien.

Irgendwann in der Nacht sah Hel Lichter vor ihnen tanzen. Die Wrauden wurden langsamer. Über einem Hang brannten Feuer wie rote Augen im Schwarz. Jemand musste dort oben lagern. Die Wrauden witterten die Luft, wurden dann wieder schneller und preschten an den Lichtern vorüber. Hel glaubte, isischen Gesang zu hören … gewiss waren es Isen, noch mehr Flüchtlinge. Vielleicht auf der Suche nach den Rebellen wie sie.

Bei Sonnenaufgang rasteten sie am Wegrand und Hel schlief sofort ein, geschützt und warm in ihrem Umhang.

Drei Tage und Nächte vergingen so. Allmählich gewöhnten sie sich an die Schlafumstellung, auch wenn Hel sich dem Leben seltsam entrückt fühlte, so fast ohne Sonnenlicht. Aber die Wrauden waren Nachttiere und sie bestimmten den Rhythmus ihrer Reise.

In der Dunkelheit begann Hel, den Silberling aus ihrer Augenklappe zu nehmen. Sie beobachtete die Welt mit der zweiten Sicht, sah das Licht der Tiere, die Magie im Land vorüberziehen wie Sternschnuppen … alles erinnerte sie so sehr an früher, an Nächte auf der *Schwalbe*, als sie nach Stürmen Ausschau gehalten hatte … und auch an ihre langen Märsche durch die Wüste, die Tiefe der Nächte, in denen die zweite Sicht umso strahlender gewesen war.

Hin und wieder ritten sie an anderen Wanderern vorbei. Sie sahen Lager, die am Wegrand aufgeschlagen waren; einmal bemerkte Hel eine Gruppe von mindestens fünfzig Leuten hinter den Bäumen. Weder Leuchtkugeln noch Fackeln verrieten sie, aber mit der zweiten Sicht sah Hel sie ganz deutlich. Die schlafenden Körper hatten etwas Unheimliches an sich, wie sie so in der Dunkelheit lagen, als hätte jemand leuchtende Samenkörner eingepflanzt.

Am Morgen des vierten Tages erschien eine kleine Stadt neben der Ader. Ein Wasserfall stürzte von den Felsen und strömte an den Häusern vorbei. Die Gesandten beschlossen, in einer Herberge einzukehren und neuen Proviant zu besorgen. In einiger Entfernung hielten die Wrauden an und ließen sie absteigen. Dann sprangen die großen Katzen in die Wälder zurück, um bald mit der Dämmerung zu verschmelzen. Hel sah ihnen nach und konnte trotz der Bewunderung für die anmutigen Tiere nicht ganz den Gedanken daran verdrängen, wie sie auf Jagd gingen. Sie fröstelte vor Mitleid mit den Rehen oder Wildschweinen, die von den Wrauden überrascht werden würden. Plötzlich musste sie sich an die Lager erinnern, an denen sie vorbeigeritten waren. Aber die Wrauden fraßen gewiss keine Isen – wo sie doch Kelda als einen von ihnen ansahen.

Gleich am Stadtrand war ein Wirtshaus, das sie mit seinem zerzausten, niedrigen Strohdach und den runden Fenstern anzulächeln schien wie ein gutmütiges Großmütterchen. Frühstücksduft hing in der Luft. Hel lief das Wasser im Mund zusammen.

Die Tür war verschlossen, also klopften sie an. Eine rundliche junge Magd öffnete ihnen. Als sie Kelda sah, schien sie zu zögern, trat aber dann zur Seite und ließ sie ein.

Ein paar Durchreisende saßen in der hellen Stube und aßen; die meisten schienen Händler zu sein, einer trug das Pentagramm der Magierschaft auf dem Wams – es musste ein Straßenmann sein, der die Adern entlangzog, um Feenlichter auszuwechseln. Dampf umwölkte eine geräumige Kochecke, wo Speck über mehreren Flammen brutzelte und eine rotwangige Wirtin ein Ei nach dem anderen in die Pfannen schlug. Die Gefährten ließen sich an einem Tisch nieder, ohne sich erst die Zimmer zeigen zu lassen. Keiner von ihnen würde die Küche verlassen, ohne gekostet zu haben, was die köstlichen Düfte verströmte.

Die Magd brachte ihnen ofenwarme Brotlaibe, golden und knusprig, Butter und Milch, Speck, Eier und Honig. Sie genossen das üppige Mahl in Schweigen, und sogar Harlem aß zum ersten Mal etwas, das nicht ihrem eigenen Proviantbeutel entstammte. Allerdings hielt sie sich dabei nur an die roheren Stücke vom Rührei, die sie dick mit Honig beträufelte.

Hel aß ganz langsam, als könne sie den Frieden im Raum so mit in sich aufnehmen. Alles, was von der Außenwelt eindrang, war das blühende Morgenlicht. Nichts schien die Ruhe in der Stube erschüttern zu können.

Als sie satt waren und die Müdigkeit kam, führte die Magd sie eine knarzende Treppe nach oben in das größte Zimmer des Hauses, wo ein Dutzend Betten in gewölbten Wandnischen standen. Dankbar ließ Hel sich in die Kissen sinken. Sie wäre am liebsten noch eine Weile wach geblieben, um den Moment zu genießen, doch es war unmöglich. Sobald sie die Augen schloss, versank sie in einem tiefen Schlaf.

Geräusche durchbohrten ihre Träume wie Nadeln eine Papierwand. Die Tür schlug auf.

»Raus! Wo, da ist er! Raus mit ihm!«

Hel fuhr zusammen. Der Raum war plötzlich voller Menschen. Sie erkannte die Magd von vorhin wieder, die auf eins der Betten zeigte. Männer waren da. Sie rissen die Decken weg, zerrten jemanden auf den Boden, traten und stießen zu … Hel schrie auf. Kelda war im Gerangel und flog so heftig gegen die Tür, dass das Holz splitterte. In Windeseile waren die Söldner an seiner Seite und trieben die Männer zurück. Schwerter schrillten aus den Scheiden.

»Der Ise muss raus!«, rief ein dicker alter Mann. »Los, verschwindet!«

Ehe Hel sichs versah, stolperten sie die Treppe hinab und durch die Küche, die nun leer war, keine Menschen, kein Sonnenlicht. Olowain fuhr auf der Türschwelle herum. Das weiße Haar flatterte wild um sein Gesicht. Hel hatte ihn nie so erzürnt gesehen. Eine Sekunde dachte sie, er würde seinen Stab gegen die Männer richten. Doch er kehrte ihnen den Rücken und verließ die Herberge mit wehendem Umhang.

Hastig liefen sie ihm nach. Die Tür wurde hinter ihnen zugeschlagen, doch der laute Knall versank in einer Woge aus Lärm, der von der Stadt herwehte. Gestalten rannten überall. Feuer. Es brannte. Schwerer schwarzer Rauch quoll zwischen den Häusern hervor und verschleierte die kämpfenden Menschen und Isen.

Eine kreischende Isin stürzte in den Fluss, in den Armen etwas, das wie ein Säugling aussah. Die Straßen spuckten eine Horde Flüchtlinge aus, die im nächsten Moment von ihren Verfolgern eingeholt und niedergeknüppelt wurden. Aus einer anderen Richtung kamen Isen mit Fackeln angerannt und verwandelten den brutalen Überfall in eine Schlacht.

Bald waren die Isen in der Überzahl. Haustüren wurden eingetreten. Ein Mann flog durch ein Fenster. Irgendwo explodierte eine Wolke Lirium. Strohdächer begannen, zu flimmern und wie Tentakel in den Himmel zu greifen.

Einer der Söldner zerrte Hel vorwärts. Sonst hätte sie sich wahrscheinlich gar nicht bewegen können. Rauchschwaden nahmen ihnen die Sicht. Wo war der Wald? Wo die Stadt? Hel stürzte über eine Wurzel und schlug sich das Knie auf. Relis packte sie um die Taille und riss sie weiter. Geisterhaft durchschwebten Bäume das Zwielicht. Keuchen. Schreie. Dann Stille. Plötzlich wurde es Nacht und die Dunkelheit nahm sie in ihre schweigende Umarmung.

Das Dorf

Olowains Stab leuchtete auf und das blassblaue Licht hob ihre Gesichter aus der Schwärze. Schwer atmend sahen sie sich an. Dickicht umgab sie, und außer einem gelegentlichen Eulenruf war es so still, als wäre die Stadt nur ein Albtraum gewesen. Aber die Bilder verließen Hel nicht. Die Isin, die mit dem Kind im Arm ins Wasser stürzte. Die niedergeknüppelten Gestalten. Sie hatte Menschen sterben sehen. Hinter den Bäumen starben sie noch. Ihre Beine zitterten, und das lag nicht nur an dem stechenden Schmerz in ihrem Knie. Sie fühlte etwas Nasses auf dem Stoff, aber sie wollte nicht nachsehen, wie stark sie blutete.

»Was«, stammelte Nova, »was war das?«

»Das war nicht Mutter Meer«, stieß Olowain hervor. Er stützte die Arme in die Seiten und rang nach Luft. Offenbar war er es nicht gewohnt, so zu rennen. »Das eben«, er deutete mit dem Finger zurück, »das war kein geplanter Überfall. Die Menschen wollten alle Isen aus der Stadt werfen, niemand war richtig bewaffnet.«

»Vermutlich hat man den Isen Lirium verweigert wie in Pellinar«, warf Kelda leise ein. Er hatte allen anderen den Rücken zugekehrt und schien sich selbst zu umschlingen. »Die Flüchtlinge aus Pellinar, die nach Mutter Meer suchen, müssen hier vorbeigekommen sein. Sie brauchten Lirium. Deshalb kam es so schnell zum Kampf. Sie haben die Gewalt aus Pellinar mitgenommen.«

Eine Weile sammelten sie sich. Schließlich holte Olowain tief Luft und trat auf Kelda zu. »Ich muss mich dafür entschuldigen, dass du so abscheulich behandelt wurdest. Ich bin für das Wohl aller hier verantwortlich, aber ich fürchte, ich habe zu wenig getan. Oder zu langsam reagiert. Von nun an sollst du nie wieder für Verbrechen büßen müssen, die dein Volk begeht. Darauf gebe ich dir mein Wort.« Als er eine Hand auf Keldas Schulter legte, zuckte der Ise zusammen.

»Du bist verletzt!«

»Nein«, erwiderte Kelda prompt, doch da hatten ihn die anderen bereits umringt. Er hielt seinen rechten Arm an sich gedrückt. Im ersten Moment war Hel nur erleichtert, kein Blut zu sehen. Doch Keldas Augen waren wässrig, und er biss die Zähne so fest zusammen, dass die Kieferknochen vorstanden.

»Was ist passiert?«, fragte Olowain alarmiert.

»Ich weiß nicht«, presste er hervor. »Ich glaube, ein Tritt … als ich gegen die Tür gefallen bin. Ein dummer Unfall.« Er versuchte, den Arm zu strecken, und zog ihn stöhnend wieder ein. Eine unnatürliche Wölbung zeichnete sich unterhalb des Ellbogens ab. Hel wurde schlecht, als sie es sah.

»Das ist ein Bruch«, stellte Harlem fest. »Könnt Ihr ihn heilen, Meister Olowain?«

Nervös drehte er seinen Stab in den Händen. »Ich habe natürlich auch Bücher über Heilmagie gelesen, sehr alte Bücher, über antike Methoden der heilenden Magie und … nun, es ist schon lange her. Und ich … kann kein Bl … Blut, kein Blut sehen!«

Arill zeigte mit dem Finger auf die Beule. »Da ist kein Blut.«

»Entschuldigt, Freunde, Heilmagie ist äußerst kompliziert

und erfordert Jahre intensiver Studien, abgesehen davon glaube ich, dass der … Knochen … erst wieder in seine rechtmäßige und zugedachte Position gebracht werden muss, ehe Magie etwas bewirken könnte. Magie kann nur die Heilung beschleunigen.« Er tupfte sich mit einem Zipfel seines Umhangs über die Stirn und seufzte. Seine Stimme wurde so heiser, dass man ihn kaum verstand. »Also, was tun wir jetzt?«

»Auf jeden Fall sollten wir keine Zeit verlieren«, sagte Arill. »Sonst ist der Arm vielleicht für immer kampfuntauglich.«

Die Söldner bedachten Kelda mit entsetzten Blicken, doch er drehte sich nur weg und ging ein paar Schritte. Seufzend legte er den Kopf in den Nacken. »So viel Rauch … hoffentlich können sie uns finden. Rauch tötet den Geruchssinn.«

Hel begriff nicht gleich, dass er von den Wrauden sprach, und fürchtete einen Moment lang, die Isen würden kommen. Ihr Herz hämmerte. Harlem hakte die Daumen in ihren Gürtel und ließ die Stilette leise klirren, wie immer, bevor sie zu sprechen anfing. »Wir sollten der Ader folgen und bei der nächstbesten Siedlung haltmachen. Wir brauchen einen Heilkundigen.«

»Die Frage ist nur, ob er einen Isen behandeln wird«, murmelte Kelda. Einen Moment schwiegen alle. Dann sagte Olowain mit Nachdruck: »Du wirst dieselbe Pflege bekommen wie jeder Mensch, mein Freund. Und wenn Geld nicht überzeugt, nun, dann werde ich mich eben als Magier offenbaren.«

»Gut«, sagte Kelda ungerührt. Dann wandte er sich zur Seite. »Sie kommen.«

Hel spitzte die Ohren. Bald vernahm auch sie das vertraute Geräusch von Tatzen im Moos. Es war das erste Mal, dass sie beim Anblick der Wrauden nichts als Erleichterung empfand. Kelda begrüßte sie noch ausgiebiger als sonst mit Streicheleinheiten und gemurmelten Worten. Die Wrauden antworteten ihm mit zärtlichen Berührungen. Auch Hel versuchte, die Tiere zu begrüßen wie er, und freute sich, als die Wraude sie behutsam mit dem Kopf anstupste. Dann wickelte Kelda seinen Arm in den Umhang und sie brachen auf.

Lange ritten sie durch den Wald. Die Wrauden knurrten einander unruhig zu und schienen mehrmals die Richtung zu ändern, als wären sie sich plötzlich ihres Weges nicht mehr sicher. Doch schließlich fanden sie auf die Ader zurück. Der Mond stand hell über den Baumwipfeln und bemusterte den Pfad mit Licht. Es sah aus, als würden sie über Wasser und Seerosen fliegen.

Ein paar Stunden später tauchten Isen auf. Sie umringten ein Feenlicht am Straßenrand. Als die Wrauden heranpreschten, stießen die Kinder Schreie aus. Die Erwachsenen waren sogleich auf den Beinen, bewaffnet mit Ästen und Fackeln. Die Wrauden bogen scharf zur Seite ab. Im nächsten Augenblick waren die Gestalten hinter ihnen zurückgeblieben und ihr Licht tanzte in die Dunkelheit davon.

Sie verließen die Ader bei Morgengrauen, um im Schutz der Bäume zu rasten. Hel war todmüde. Dass sie das letzte Mal geschlafen hatten, schien Jahre zurückzuliegen – der Frieden der Herberge kam Hel vor, als wäre er nur in ihre Vergangenheit eingepflanzt worden und nie wirklich passiert.

Trotz ihrer Erschöpfung lag sie lange wach. Bilder zuckten vor ihren geschlossenen Augen. Immer wenn sie gerade wegdöste, träumte sie, noch auf der Wraude zu reiten und hinunterzufallen, tief zu fallen, in ein schwarzes, lichtbeflecktes Wasser ohne Grund …

Und irgendetwas war hinter ihr her. Sie wollte sich umsehen, aber sie konnte ihrer eigenen Wahrnehmung nicht trauen. Die Sicherheit war nur eine Kulisse, hinter der Furchtbares lauerte. Jeden Moment konnte die Welt umkippen und ihr wahres Gesicht zeigen –

Mit einem heiseren Luftschnappen schrak Hel hoch. Ihr wurde bewusst, dass sie sich schon seit einiger Zeit mit aller Macht selbst zu wecken versucht hatte. Sie war atemlos, als wäre sie zu lange unter Wasser gewesen.

Zitternd fuhr sie sich über die Stirn. Ein paar Moosstückchen rieselten ihr aus den Haaren. Sie setzte sich auf, krempelte ihre Beinlinge hoch und untersuchte ihr Knie. Der Sturz letzte Nacht war nicht so schlimm gewesen, wie er sich angefühlt hatte. Ein Kratzer und ein blauer Fleck, mehr nicht. Sie rieb das getrocknete Blut mit Spucke weg.

Vogelgesänge erfüllten die Bäume. Warmes Gold goss hier und da durch das Blätterdach; die Sonne ging unter. Hel sah, dass die anderen noch schliefen. Auch die Wrauden lagen dicht aneinandergeschmiegt zwischen den Wurzeln einer riesigen Eiche. Nur ihr tiefer Atem und ein gelegentliches Ohrzucken verrieten, dass sie schlummerten, doch sonst wirkten sie gefährlich wie eh und je. Die Gefährten so sorglos neben ihnen liegen zu sehen, verkrampfte ihr sämtliche Muskeln, egal wie oft sie sich daran erinnerte, dass die Wrauden ihnen wohlgesinnt waren. Ganz würde Hel ihre Furcht vor ihnen nie ablegen.

Als sie den Blick über die Schlafenden wandern ließ, merkte sie, dass einer fehlte. Es dauerte nicht lange, bis sie erraten hatte, wer unter den Umhängen lag – Harlem war anhand ihrer Größe und ihres Schnarchens leicht zu erkennen, Novas wilde Haare lugten unter dem Stoff hervor, Olowain ruhte neben seinem Stab, und die Söldner lagen in Reih und Glied nebeneinander, als müssten sie auch im

Schlaf Ordnung wahren. Der Einzige, den sie nicht ausmachen konnte, war Kelda.

Sie stand auf und sah sich um. In jeder Richtung breitete sich tiefes Grün aus und für einen Augenblick fühlte Hel sich so orientierungslos wie damals in der Wüste. Sie ging ein paar Schritte, nicht sicher, was sie vorhatte. Kelda zu suchen, war unsinnig. Sie würde sich nur verlaufen.

Ein ungutes Gefühl befiel sie. Sie musste an die Isen in der Stadt denken und an die Männer, die sie aus der Herberge geworfen hatten. Und das kalte Glänzen in Keldas Augen, die Selbstbeherrschung, mit der er seinen Schmerz unterdrückt hatte. War er zu den Isen zurückgekehrt?

Unentschlossen ging Hel auf die Bäume zu, blieb wieder stehen. Vielleicht sollte sie lieber die anderen aufwecken. Womöglich wusste Olowain ja, wo Kelda war. Aber wenn nicht … würde sie Kelda dann verraten? Sie schüttelte den Kopf. Wenn er sich heimlich davongestohlen hatte, musste Olowain davon erfahren.

Als sie wieder umkehrte, entdeckte Hel plötzlich etwas hinter den Wrauden. Sie blieb stehen, ein kleines Lächeln auf den Lippen. So eng, wie Kelda sich in das Fell der Wraude geschmiegt hatte, war es wirklich nicht schwer, ihn zu übersehen.

Als die Wrauden erwachten, hoben sie gähnend die Köpfe, schleckten sich die Pfoten und begannen, sich zu strecken. Als sie merkten, dass Hel sie beobachtete, begannen sie, sich mit leisen Knurrlauten über sie zu unterhalten – da war sie ganz sicher. Dass die Tiere intelligent waren, vielleicht dieselben Gedanken in sich trugen wie Menschen und doch eine ganz andere Sprache sprachen, machte Hel mit einem Mal traurig. Es war, als würde man jemanden auf einer fernen

Insel stehen sehen und wissen, dass ein unüberwindbares Meer zwischen ihnen lag.

Aber Kelda konnte schließlich mit den Wrauden kommunizieren. Sie hätte ihn gerne gefragt, wie er es machte.

Dann erhoben sich die Wrauden und liefen auf leisen Pfoten davon. Hel sah ihnen nach, bis die Dämmerung sie schluckte.

Es dunkelte, als die anderen erwachten. Kelda setzte sich mit verkniffenem Gesicht auf und tat Olowains Frage, wie es ihm ginge, mit einem Kopfschütteln ab. Der Magier schien ihm die Schroffheit nicht zu verübeln. In Stille aßen sie zu Abend, bevor die Wrauden zurückkehrten. Nachdenklich kaute Hel ihr Brot, von dem nicht mehr viel übrig war. Ihr Proviant reichte noch bis morgen, vielleicht übermorgen, wenn sie sparsam waren.

Sie folgten der Ader, ohne auf eine Stadt, ein Dorf oder wenigstens eine Herberge zu stoßen. Die tiefen Wälder wichen einer felsigen Hügellandschaft, die die Straße immer wieder zu verschlungenen Kurven zwang. Sie ritten an Schluchten vorbei, so tief, dass das Mondlicht ihren Grund nicht erreichte, und überquerten Steinbrücken, über und über mit Ranken bewachsen. Berge erhoben sich am Horizont. Hel vermutete, dass sie die Grenze nach Orrún und das Ende der Ader bald erreichen würden; vor ihnen lagen die Gebirge des Mittlands.

Gharra hatte ihr einmal erzählt, dass hier die Sturmjagd begonnen hatte. Einst waren die Berge in ständiger Bewegung gewesen, hatten ihre steinernen Körper durch das Land geschoben und täglich das Gesicht der Welt neu geformt. Dann waren hier so lange Stürme gejagt worden, bis alles ausstarb. Damals hatte noch niemand daran gedacht, wie schnell die magischen Quellen erschöpft sein könnten. Man war einfach froh gewesen, das Lebendige Land nicht mehr fürchten zu müssen.

Als der Tag nahte und noch immer keine Siedlung in Sicht kam, hielten sie auf einer Anhöhe, wo die Bäume zurückwichen und den Blick auf die Umgebung freigaben. Hel sah Wasserfälle von Klippen stürzen und Hügel aus dem Morgennebel ragen wie die Rücken von Drachen. Sie nahm die Augenklappe ab und suchte nach Leben. Doch weit und breit war kein Licht groß genug, um auf eine menschliche Siedlung schließen zu lassen. Hätte Kelda nicht so dringend Hilfe gebraucht, wäre die Einsamkeit Hel nicht unangenehm gewesen – die Vorstellung, dass das Land niemandem gehörte, nicht einmal den Blicken der Menschen, war plötzlich schön. Hel fühlte, dass die Welt groß war und sie mit all ihren Sorgen klein. Und es war ein gutes Gefühl.

An diesem Abend verzehrten sie ihren restlichen Proviant. Der letzte Bissen ließ sich kaum hinunterschlucken. Zwar hatten die Söldner versichert, dass es hier genug Wild zum Jagen gab, aber als Sturmjägerin war Hel es gewohnt, Proviant für einen bestimmten Zeitraum zu haben und neuen zu besorgen, wenn es nötig wurde. Sie hatten ihr Essen nie selbst erlegt, es war eine befremdliche Vorstellung.

Hel wachte auf, als der Tag noch nicht ganz vorüber war. Mit geschlossenen Augen blieb sie liegen, noch nicht bereit, sich zu bewegen. Mit der zweiten Sicht sah sie die Lichter des Landes.

Unterhalb des Hangs strömte ein kleiner Bach vorbei, der voller Lirium war; sein Wasser sprang übermütig am Ufer entlang und formte hier und da kleine Wirbel, als wollte er die Strömung und alle Gesetze der Schwerkraft necken. Ein Hirsch, der trinken wollte, wurde unverhofft von einer Welle gepackt und ins Wasser gezogen. Erschrocken ergriff er die Flucht und verschwand im ruhigeren Dickicht.

Hel zog noch einmal die Knie an und kuschelte sich in ihren Umhang, ehe sie sich umdrehte und doch aufstand. Die Müdigkeit saß ihr noch in den Gliedern und machte ihre Schritte leicht. Sie kletterte über moosiges Wurzelgeflecht und erreichte die Straße. Es nieselte. Hel spürte die Tropfen wie Fingerspitzen an den Wangen. Sie legte den Kopf in den Nacken und streifte sich die Augenklappe ganz ab. Ein paar Regentropfen enthielten Magie. Auf ihrem Weg zur Erde tanzten sie, kaum heller als Funken, in trägen Runden umeinander, als wüssten sie, dass sie bald Abschied nehmen mussten. Auf dem Boden würden sie ihr Leben verlieren und versinken wie jeder andere Wassertropfen. Einer der Funken landete kühl auf Hels Handrücken und verschmolz mit ihrem Licht.

Dann sah Hel etwas hinter dem schwach magischen Dickicht. Es war wie ein blinder Fleck in ihrer Sicht. Ein Fleck Nichts.

Stockend setzte sie sich in Bewegung. Die Straße fiel ab und machte eine Biegung. Die Bäume öffneten sich. Eine Handvoll Höfe unter tief hängenden Dächern umstanden einen See. Die Zedern erhoben sich wie Türme ringsum und tauchten alles in ihre Schatten. Hel erstarrte.

Das Dorf war ohne Lichter. Nicht ein Funken Leben.

Sie rannte zurück. Es wurde dunkel, die Bäume graue Schemen vor einem schwindenden Himmel. Keuchend stolperte sie über das Wurzelgeflecht und fiel geradewegs in die Arme von Berano. Die Söldner waren dabei, ihre Bogen zu spannen, um auf Jagd zu gehen.

»Es ist da«, japste sie atemlos. »Das Dorf – das tote Dorf, Naruhl, es ist da!«

Olowain sprang auf. »Hier?«

Sie deutete zur Straße. »Ich war da, ich hab es gesehen.«

Fassungslos schüttelte der Magier den Kopf. »Wir sind am Rand der Gebirge. Ich dachte, Naruhl liegt weiter im Westen. Zeig uns den Weg!«

In Windeseile hatten sie zusammengepackt und waren zurück auf der Straße. Olowain ging mit leuchtendem Stab voran. Er holte so weit mit seinen Schritten aus, dass Hel fast laufen musste, um mit ihm mitzuhalten. Sie hatte den Silberling wieder aus ihrer Augenklappe genommen. Als sie den lichtlosen Fleck hinter den Bäumen auftauchen sah, blieben sie stehen. Der Wind zog die Regentropfen in feine Strähnen.

Hel starrte hinab. Es war wirklich nichts am Leben. Im See kein Tier, im Boden keine wachsende Pflanze. Selbst in den ausgebeuteten Gegenden der Wüste hatte sie nie so etwas erlebt – wenigstens Tiere hatte es immer gegeben. Aber das hier war ein Dorf, von Menschenhand erbaut, es war unmöglich, dass hier kein Licht war.

»Das ist nicht Naruhl«, sagte Olowain leise. »Die Häuser sind bewohnt. Wie kommst du darauf, dass das Naruhl sein könnte?«

Hel biss sich auf die Unterlippe. »Es gibt kein Leben.« Sie merkte, dass die anderen beunruhigte Blicke austauschten, aber sie wollte nicht weitersprechen.

»Da unten wohnt niemand?«, fragte Arill ungläubig.

Hel schüttelte den Kopf, korrigierte sich aber dann: »Das weiß ich nicht. Aber jetzt ist nichts Lebendiges da.« Beim Himmel, nicht einmal ein Grashalm.

»Vielleicht ist es eine Falle.« Arill legte die Hand auf seinen Schwertgriff. »Wenn das Naruhl ist, haben die Rebellen uns vielleicht kommen sehen. Hel, lauert uns jemand auf?«

Hel drehte sich einmal im Kreis, obwohl sie wusste, dass niemand da war. Sie schüttelte den Kopf.

»Dann sollten wir hingehen«, schlug Harlem vor, »und einen Blick in die Häuser werfen.«

Hel öffnete zögernd den Mund. Alle sahen sie an. »Könntet Ihr erst Lirium ins Dorf feuern, Meister Olowain?«

Der Magier befühlte seinen Stab. »Was meinst du, einen Angriff? Ich dachte, da ist niemand.«

»Zielt einfach auf den Boden. Dann kann ich sehen, ob … ob da etwas ist, das Leben aufsaugt.« Die Worte ließen sie selbst schaudern – auch Nova trat nervös von einem Fuß auf den anderen. Olowain zog die Stirn kraus, stellte aber keine Fragen und streckte den Stab aus. Blaues Licht schoss aus der Spitze und schwebte wie eine leuchtende Seifenblase ins Dorf hinab. Es landete auf einem Hausdach, kullerte durch das Stroh und fiel zu Boden, wo es noch eine Weile vor sich hinglomm, ehe es blinzelnd erlosch. Hel atmete auf. »Gut. Ich glaube, wir können näher rangehen.«

Langsam schritten sie auf die Hütten zu.

»Seht mal, das Moos«, murmelte einer der Söldner. Hel blickte hinunter – die Pflanzen am Wegrand hatten eine merkwürdig aschene Farbe, weder vertrocknet noch verbrannt, aber eindeutig welk. Olowain streifte die toten Pflanzen mit dem Fuß und brummte nachdenklich.

Sie gingen an den Hütten vorbei. Manche Fenster standen offen. Ein Vorhang war nach draußen geweht und tropfte vor Nässe. Relis zuckte neben Hel zusammen, als eine Haustür quietschte; sie war nur angelehnt und bewegte sich mit jedem Luftzug. Dann tauchte ein abgezäunter Garten auf. Verwelkte Brennnesseln knisterten im Regen. Die Gefährten blieben stehen.

Auf der Erde lagen tote Hühner. Drei, fünf, nein, acht… ein ganzes Dutzend.

Olowain schob das Gatter auf und trat näher. Die Tiere blickten mit kleinen schwarzen Augen ins Leere. Hel sah kein Blut, keine Verletzungen; sie schienen nicht mit dem Tod gerungen zu haben.

Hinter dem Garten war eine Haustür. Olowain schob sie mit seinem Stab auf. Ein dunkler Flur erschien vor ihnen. Das Licht des Stabes wurde kräftiger, als Olowain eintrat, und überzog die Wände mit einer unheimlichen Blässe. Hel musste sich einen Ruck geben, um dem Magier ins Haus zu folgen. Die Holzdielen knarzten unter ihren Schritten, entlockten dem Haus trappelnde Echos.

Sie kamen in eine Stube. Olowain blieb stehen; Hel sah seine Schultern zucken, dann drehte er sich abrupt um und kehrte in den Gang zurück.

»Raus«, krächzte er.

»Was ist?« Arill schob sich vorbei und trat ein. Hel folgte ihm.

Menschen saßen am Tisch. Der Kopf eines Mannes lag in einer Schüssel. Eine alte Frau war halb aus ihrem Webstuhl gerutscht und lag mit hängenden Armen in der Ecke, ihr Kiefer nach unten geklappt; es sah aus, als würde sie lautlos schreien.

Hel schlug sich beide Hände vor den Mund.

Gondurill

Wie versteinert starrten sie die Toten an. Hel spürte Novas Keuchen im Nacken. Kein Blut, keine Wunden waren zu sehen. Als wären sie alle im selben Augenblick eingeschlafen.

»Was …?« Arills Stimme brach ab. Mit gezogenem Schwert kam er näher. Ein Kind saß auf dem Schoß des Mannes, dessen Kopf in der Schüssel hing. Es war seitlich aus seinen Armen gerutscht wie eine Stoffpuppe mit gespreizten Händen. Hel zitterte, als sie die Augen sah. Sie waren völlig grau, wie beschlagenes Glas.

»Bei allen … allen guten Geistern«, hauchte Arill. Seine Hände umklammerten das Schwert so fest, dass der Ledergriff knirschte.

»Raus hier!« Olowains Stimme schien aus weiter Ferne zu kommen; als Hel sich umdrehte, floh der Magier bereits aus der Haustür. Betäubt liefen sie ihm nach. Nova stieß ein Ächzen aus, als er über ein totes Huhn stolperte – Hel erschrak so sehr, dass sie aufschrie, woraufhin die Söldner mit ihren Waffen herumfuhren. Für einen Augenblick herrschte panisches Durcheinander. Als alle merkten, dass keine Gefahr drohte, stand ihnen Schweiß auf der Stirn. Quietschend fiel das Gatter hinter ihnen zu. Olowain blieb stehen und schluckte mehrere Male.

»Also. Also. Naruhl ist das hier nicht. Irgendwas hat die Leute getötet.« Olowain sprach so schnell, dass man ihn kaum verstand. Er schien sich selbst zuzureden. »Wir sollten in den anderen Häusern nachsehen, ob …« Er packte seinen Stab fester und ließ ihn so hell aufstrahlen, dass Hel die Augen zusammenkniff. Dann steuerte er die nächste Hütte an. Die Haustür war verschlossen. Sie leuchteten durch das Fenster und sahen eine Frau über einem Kessel knien, als wäre sie beim Kochen eingenickt. Neben ihr lag reglos zwischen Äpfeln ein junges Mädchen. Wie im Traum gingen sie weiter. Inzwischen war es so dunkel geworden, dass der Regen nur noch im Schein von Olowains Stab sichtbar war, ein dünner Vorhang aus Silber vor den schlafenden Häusern.

Im Eingang einer Hütte kauerten zwei Kinder. Mehrere Kätzchen waren rings um sie verstreut wie Wollknäule. Das Licht vorgestreckt, ging Olowain auf sie zu und kniete nieder. Bebend streckte er den Stab aus und hob damit den Kopf eines Kindes an.

Es war ein Mädchen, vielleicht sechs oder sieben Jahre alt. Ihre milchigen Augen starrten sie direkt an; ein Faden Speichel hing aus ihrem Mundwinkel. Dann kippte ihr Kopf in den Nacken wie eine geknickte Blüte, ihr Körper sank gegen die Tür und schob sie auf. Mit einem erschreckend lauten Geräusch schlug ihr Kopf auf den Boden. Das zweite Kind fiel neben sie.

»Sie … sind unverletzt«, flüsterte Olowain und hielt das Licht über sie. Dann drehte er eins der Kätzchen um. Auch an ihm waren keine Wunden zu erkennen.

»Was hat sie umgebracht?«, stammelte Relis.

Olowain drehte sich zu der Söldnerin um. Sein Gesicht glänzte feucht. Er wischte sich Regen von der Lippe. »Magie … Magie bedeutet, dass Lirium auf etwas anderes Einfluss nimmt, es verändert, indem es ihm Energie zufügt. Hier aber … hier wurde Energie entzogen. Die Lebenskraft der Menschen … und Tiere … und Pflanzen.« Er wischte sich zittrig über die Stirn. »Es ist Magie, ja, es muss eine Form von Magie gewesen sein. Eine, die wir nicht kennen.«

»Dann ist es wahr«, murmelte Harlem. »Der Dämon existiert wirklich!« Sie starrte auf die Kinder und Katzen hinab und blähte die Nasenflügel. Vielleicht wurde ihr zum ersten Mal bewusst, dass ihr Gegner tatsächlich kein Wesen aus Fleisch und Blut sein könnte, das sich mittels Stiletten aus dem Weg räumen ließ.

»Nein«, widersprach Olowain und schüttelte entschieden den Kopf. »Wir müssen vernünftig bleiben. Dass Magie im Spiel war, wussten wir von Anfang an, das macht noch lange keinen Dämon. Aber… das ist der größte magische Fortschritt seit der Erfindung der Feenlichter. Die Waffe, die hier eingesetzt wurde, *ist* eine Art Feenlicht! Es nimmt Lirium in sich auf, aber nicht nur Lirium in freier Form, sondern aus… aus lebenden Körpern… wie ist das bloß möglich?«

Die Faszination in seiner Stimme drehte Hel den Magen um. Sie schlang die Arme um sich. »Lasst uns hier weggehen«, flüsterte sie.

Harlem und die Söldner nickten. Sie wandten sich um, nur Olowain hob ein totes Kätzchen auf und untersuchte es im Licht. »Schwacher Verwesungsgeruch… die Rebellen waren erst kürzlich hier. Nicht länger als drei Tage. Ich würde sagen, Mutter Meer ist nicht mehr als drei Tage von uns entfernt.«

Hel konnte sich nicht darüber freuen, und sie zweifelte, dass sonst jemand es tat. Alles, was sie wollte, war das Dorf verlassen.

Olowain zog eine Eilige Feder aus seinem Beutel und murmelte ihr leise Dinge zu. Dann befahl er der Feder: »Zu Meister Palairon in Aradon!« Die Feder begann in seiner

Hand zu zittern, dann flog sie auf und schoss in den dunklen Himmel.

»Jemand muss die Leichen bergen, oder?«, fragte Nova leise. »Ich meine… sie können ja nicht einfach hierbleiben…«

»Sie müssen vor allem untersucht werden. Vielleicht verraten sie etwas über die Magie, die sie getötet hat.« Olowain nickte nach vorne. »Lasst uns die Wrauden finden und der Ader folgen. Hel, du musst Ausschau halten nach Kriegern! Mutter Meer ist irgendwo in der Nähe.«

Oder ein Dämon, dachte Hel im Stillen.

Als sie sich in Bewegung setzten, blieb nur Kelda zögernd stehen und sah zu den Häusern zurück. »Wartet.«

Sie drehten sich um. Kelda hatte seinen Arm in den Umhang gewickelt und hielt ihn sich gegen die Brust. »Könnten wir vielleicht nach Verbandszeug suchen?«

Olowain räusperte sich und trat auf den Isen zu. »Aber natürlich. Ich hätte gleich daran denken sollen. Machen wir uns sofort auf die Suche. Vielleicht können wir auch unseren Proviant aufstocken.«

Die Vorstellung, Essen aus den Häusern zu stehlen, missfiel Hel. Sie konnte an den Mienen der anderen ablesen, dass auch sie das Dorf am liebsten sofort hinter sich gelassen hätten. Aber sie konnten Kelda nicht widersprechen.

Weil sich niemand überwinden konnte, über die toten Kinder zu steigen, steuerten sie das Nachbarhaus an. Auch hier war die Tür offen. Ein schmaler Flur führte in eine Küche, die glücklicherweise leer war – Olowain leuchtete in alle Schränke, Truhen und Schubladen und fand zwei kleine Säcke Buchweizenkörner. Ein Tongefäß mit eingelegten Pflaumen wanderte in Harlems Beutel. Dann kletterten sie eine Stiege ins Dach hinauf und kamen in zwei Kammern mit schrägen Wänden. Die Strohpritschen waren leer. Doch als Hel genau hinsah, schien etwas unter der einen Decke zu liegen … rasch wandte sie sich ab und half den anderen, die Kisten zu durchsuchen. Mit zitternden Händen wühlte sie in den fremden Sachen, ohne überhaupt zu wissen, wonach sie Ausschau hielt.

»Hier ist ein sauberes Hemd«, flüsterte einer der Söldner und zog den Stoff aus einem Korb. »Daraus kann man eine Armschlinge knoten.«

Kelda nickte langsam. »Lasst uns in die anderen Häuser gehen. Ich brauche etwas gegen die Schmerzen.«

Niemand sagte etwas dagegen. Es konnte sich aber auch niemand zu einer Zustimmung durchringen.

»Vielleicht finden wir ja Schnaps«, murmelte Arill. »Würde dir das helfen?«

Kelda nickte nachdenklich und stieg die Treppe nach unten. Leise, als könnte jemand geweckt werden, folgten die anderen ihm.

Als sie aus dem Haus traten, sah Kelda sich um. Hel wusste nicht, wonach er suchte, die Hütten sahen alle gleich aus.

»Ich bin hungrig«, murmelte er. »Lasst uns mehr zu essen suchen.«

Hel und Nova tauschten einen hilflosen Blick. Sie hätten beide lieber zwei Tage nichts gegessen, als länger in dem Dorf zu bleiben. Wieso wollte Kelda nicht gehen? Vielleicht war er einfach mutiger als alle anderen. Hel versuchte, vernünftig zu sein – es gab wirklich nichts zu fürchten, schließlich war niemand mehr am Leben, aber wie zum Henker konnte man ans Essen denken, wenn man in einem Dorf voller Toter war?

Olowain räusperte sich. »Ein Mittel gegen deine Schmerzen ist das Wichtigste. Aber natürlich können wir, wenn wir Nahrung finden, auch die mitnehmen…« Er näherte sich einem Haus.

Hel hielt inne. Ihr Herz zog sich zusammen. Im Dorf stand jemand.

»Da«, ächzte sie. Aus Angst, dass die anderen sie nicht gehört hatten, hielt sie Nova und Harlem fest. Im nächsten Moment hatten die Söldner sich zum Kampf formiert. Olowain umklammerte seinen Stab.

Erst jetzt begriff Hel, dass die Fremden nicht nur mit der zweiten Sicht zu erkennen waren. Der Schein von Leuchtkugeln schwappte aus der Dunkelheit. Und dann standen ihnen Reiter gegenüber.

Sie tauchten überall hinter den Hütten auf, bis die Gesandten umstellt waren. Harlem zog ihre Stilette. Trotz der Dunkelheit erkannte Hel, dass die Fremden auf Keilpferden saßen – das buschige Brustfell und die Hauer, die den Mäulern entwuchsen, waren unverkennbar. Doch Keilpferde waren kaum größer als Ponys. Normalerweise berührten die Füße eines Mannes den Boden, wenn er auf einem Keilpferd saß. Die Gestalten jedoch hatten die perfekte Größe für die Tiere.

Einer der Reiter hob die Hand und rief etwas. Es klang, als würde er auf Knochen kauen. Hel verstand kein Wort.

»Zwerge!«, stieß Olowain aus.

Harlem schob ihre Waffen zurück und verneigte sich tief. Dann rief sie etwas zurück.

Die Reiter lenkten ihre Keilpferde näher. Kapuzenumhänge schützten sie gegen den Regen, darunter ragten die Griffe von Streitäxten und klobigen Kurzschwertern hervor. Es waren allesamt Männer. Kunstvoll geflochtene Bärte fielen ihnen über die Brust. Ihre Haut war von gelblicher Blässe.

»Keine Angst!«, sagte der Zwerg nun in der Sprache der Menschen. Er hatte den stärksten Akzent, den Hel je gehört hatte. Die Worte klangen so abgehackt, als wäre seine Zunge eine stumpfe Klinge. Ein dichter, von grauen Strähnen durchwirkter Bart umwucherte sein Gesicht, in dem eine große Hakennase und Augen saßen, die überraschend hell unter den buschigen Brauen vorblitzten. Er zügelte sein Keilpferd und schob sich die Kapuze zurück. Ein Goldreif schmiegte sich um seine Stirn. Seine ganze kompakte Gestalt strahlte Würde aus.

»Ich bin König Moradin von Gondurill, dies sind meine Männer!« Er machte eine weit ausholende Geste mit der Hand. »Wir suchen Überlebende. Seid Ihr Bewohner des Dorfes?«

»Gondurill«, murmelte Olowain erstaunt, dann trat er vor und schob sich ebenfalls die Kapuze zurück. Schreck breitete sich auf den Gesichtern der Zwerge aus, als sie erkannten, dass er ein Magier war.

»Es ist mir eine Ehre, Euer Hoheit.« Olowain deutete eine Verneigung an. »Ich bin Meister Olowain, Bibliothekshüter von Aradon, Gelehrter der magischen Geschichte und antiken Magie. Meine Gefährten und ich sind zufällig vorbeigekommen.« Er hielt kurz inne. »Es war mir nicht bewusst, dass wir so nah an Gondurills Grenzen sind.«

Ein nachsichtiges Lächeln umflackerte den Mund des Königs. »Gondurill ist den wenigsten Männern Eures Blutes bewusst. Das soll Euch nicht beleidigen, es ist eine Tatsache.«

Olowain nickte. »Ihr haltet Euch schließlich gut versteckt.«

König Moradin lächelte. Doch sein Blick war wachsam wie der eines Raubvogels. »Und Ihr, Magier, seid auf der Suche nach dem Dämon, nehme ich an.«

Hel hörte, wie Olowain den Atem anhielt. Dann nahm er den Stab auf die andere Seite. »Wisst Ihr etwas über einen Dämon, Hoheit?«

Der König stieß ein grimmiges Lachen aus. »Nur das, was man sehen kann: dass er Dörfer ausrottet und selten etwas am Leben lässt. Doch es kommt vor – wenn auch aus Nachlässigkeit und nicht aus Gnade. Darum sind wir hier. Wir suchen Überlebende.« Er sah sich um und holte tief Luft, als wollte er die Umgebung in sich aufnehmen. »Der Dämon scheint immer gründlicher vorzugehen… mal sehen. Vielleicht ist noch jemand in den Häusern.«

»Wie viele Dörfer habt Ihr schon durchsucht?«, fragte Olowain mit schwankender Stimme.

»Hier in der Nähe? Vier.«

»Und seid Ihr auch auf… Isen gestoßen?«

Der König sah ihn eindringlich an. »Natürlich. Die Kämpfe Eurer Völker haben viele Flüchtlinge, viele Verwundete auf beiden Seiten hinterlassen. Wir bieten ihnen allen Zuflucht in Gondurill. Anfangs dachten wir auch, die Dörfer seien von Eurem Krieg zerstört worden. Aber die Überlebenden haben anderes berichtet.«

»Es gibt Zeugen?«, hauchte Olowain. Lauter sagte er: »Befinden sich die Opfer noch in Eurer Obhut, Hoheit? Dann müsst Ihr uns zu ihnen bringen. Im Namen der Magierschaft.«

Der König musterte sie schweigend. Sein Blick wanderte von einem zum nächsten, bis er in jedem Gesicht gelesen hatte. »Was den Hass Eurer Völker verursacht hat, ist für uns so unerheblich wie die Vergabe von Sieg und Niederlage. Gondurills Tore stehen allen offen. Außer denen, die Feindschaft im Herzen tragen. Doch ich sehe … dass ein Magier und ein Ise zusammen reisen. Wenn es Euer Ziel ist, den Krieg zu beenden, und nicht, ihn zu gewinnen, dann seid unsere Gäste.«

Olowain verneigte sich ehrerbietig. »Ihr habt mein Wort, König.«

Hel musste den Zwergen erklären, dass es keinen Grund gab, das Dorf nach Überlebenden abzusuchen: Als sie von ihrer zweiten Sicht sprach, betrachtete der König ihre Augenklappe so intensiv, als könnte er mit schierer Willenskraft durch den Stoff sehen.

»Woher hast du diese Gabe? Haben die Magier dich für ihre Experimente hergenommen?«, fragte der Zwergenkönig und sah dabei Olowain an.

Hel schüttelte irritiert den Kopf. »Äh, nein. Ich weiß nicht, warum ich die zweite Sicht habe.«

König Moradin brummte nachdenklich, doch es war offensichtlich, dass er sich mit dieser Antwort nicht zufriedengab. Dann bemerkte er Keldas Arm und sagte schlicht: »Sobald wir in Gondurill sind, wird sich ein Heiler um dich kümmern.«

Kelda neigte dankend den Kopf.

»Habt ihr Reittiere?«, erkundigte der König sich weiter. Als Olowain verneinte, deutete er zum Waldrand. »Wir haben Tragen mitgebracht, für Verletzte. Wenn wir sie abnehmen, können vier von euch auf Keilpferden reiten.«

Sie folgten den Zwergen aus dem Dorf. Nachdem die Tragen abgeschnallt worden waren, schwang sich Olowain umständlich auf eines der Reittiere, wobei er die Beine anwinkeln musste, damit er den Boden nicht berührte. Dann bestand er darauf, dass Kelda ebenfalls ritt, obwohl der Ise beteuerte, laufen zu können.

»Nicht mein Bein ist gebrochen, sondern mein Arm«, murmelte er, doch die Gefährten waren einstimmig dafür, dass er reiten sollte. Fast meinte Hel, ihn erröten zu sehen, doch schließlich fügte er sich dem Willen der anderen.

Das dritte Keilpferd nahm Harlem, die lächelnd erklärte, dass ihre Beine zu kurz waren, um Schritt zu halten. Geschickt schwang sie sich in den Sattel und lenkte das Keilpferd herum – es schien nicht das erste Mal zu sein, dass sie auf den Tieren ritt. Für eine Zwergin war das auch nicht verwunderlich. Keilpferde waren die beliebtesten Reittiere ihres Volkes.

Das letzte freie Keilpferd sollte, wie Hel schon befürchtet hatte, sie nehmen.

»Wieso, ich kann genauso gut laufen wie ihr!«, protestierte sie, als Arill sie auf das Tier zuschob. »Nova, willst du nicht …?«

»Auf keinen Fall. Du bist die Einzige von uns, die auf einem Keilpferd sitzen und dabei ihre Würde wahren kann.« Er zeigte auf Olowain. »Ich mache mich bestimmt nicht lächerlich mit meinen langen Beinen.«

»Also – ich muss doch bitten!«, hustete Olowain. Nova grinste Hel an. Dann hob er sie auf das Keilpferd, ohne auf ihren Protest einzugehen. Hel umklammerte die Zügel und presste die Knie in den Sattel. Es war merkwürdig, zu reiten und dabei von Nova, der neben ihr lief, überragt zu werden. Die ganze Zeit wurde sie den Verdacht nicht los, dass sie genauso komisch aussah wie Olowain. Wenigstens musste sie nicht permanent die Beine anwinkeln.

Die Zwerge führten sie einen schmalen Pfad bergauf, über vorspringende Felsen und durch dichtes Blätterwerk. Hel schwankte im Sattel, doch das Keilpferd bewegte sich mit großer Sicherheit durch das Gelände. Wahrscheinlich konnten sie, wie die Zwerge, gut in der Dunkelheit sehen; Hel jedoch war dankbar für Keldas Leuchtkugel und das Licht, das Olowains Stab erzeugte. Altes Laub knisterte unter den Hufen. Der Weg verwandelte sich in einen schmalen Vorsprung an den Felsen entlang. Der Himmel kam in Sicht, blass durchleuchtet von Sternen und einem dünnen Mond. Hel blickte auf das weite Land hinab. Mit der zweiten Sicht konnte sie in der Ferne noch immer den blinden Fleck sehen, wo das Dorf lag.

Der Pfad machte eine Biegung und führte in den Berg hinein. Ihre Schritte hallten laut von den Wänden wider. Dann erschien etwas vor ihnen, das wie ein rundes Tor aussah: Die Felsen öffneten sich über ihnen, sodass das Mondlicht einfiel. Hel erkannte schwungvolle Gravuren im Fels – die Schriftzeichen der Zwerge. König Moradin zog einen langen Schlüssel unter dem Umhang hervor und reichte ihn einem seiner Männer, der vom Keilpferd sprang und das Tor aufsperrte.

»Willkommen in Gondurill, dem Granitzahn!«, rief der König über die Schulter. Dann trieb er sein Keilpferd durch das Tor und die anderen ritten ihm nach.

Sie kamen in einen Tunnel, der so hoch war, dass ihr Licht die Decke nicht erreichte. In scheinbar endlosen Spiralen führte der Weg in die Tiefe. Dann, endlich, erschien am Ende des Weges ein Schimmer Helligkeit und Geräusche spülten heran. Ein runder Durchgang entließ sie auf einen Balkon, der sich über eine gigantische Stadt beugte.

Hel blieb die Luft weg. Im dämmrigen Schein der Leuchtkugeln ließ sich das Ausmaß der Bauten kaum erkennen. Bis in die Ferne waren die Felsen von Höhlen und Licht durchsetzt; Treppen waren in den Boden gehauen, und Türme und Häuser entwuchsen der Tiefe, als hätte die Erde von sich aus beschlossen, eine Stadt zu formen. Überall ragten Vorsprünge aus den Wänden, manche nur kleine Terrassen, andere so riesig, dass darauf ganze Stadtviertel lagen. Unauffällig zog Hel den Silberling aus ihrem Beutel und schob ihn in die Augenklappe zurück.

König Moradin stieg von seinem Keilpferd. Hel war so von der Aussicht abgelenkt gewesen, dass sie die Diener gar nicht bemerkt hatte. Mehrere Zwerge in dunklen Wämsern nahmen sich der Tiere an und führten sie weg.

»Wir haben eine Abkürzung in den Palast genommen«, erklärte Moradin und wies hinter sich. Die Felsen waren ausgehöhlt wie Bienenwaben und leuchteten von innen heraus. »Der Weg durch die Stadt ist interessant, doch für Menschen unbequem. Ihr hättet euch nur den Kopf angestoßen.« Lächelnd bedeutete er ihnen, ihm durch einen gewölbten Eingang zu folgen. Sie schritten durch eine dunkle Halle. Diener kamen und wollten dem König Umhang und Rüstung abnehmen, doch er scheuchte sie fort. Es ging eine lange Spiraltreppe hinab, die in den Palast und wieder hinaus führte und einen Blick auf die Stadt bot. Sie mündete in einen Flur, der zur Brücke wurde. Hohe Statuen bewachten den Übergang mit Schild und Schwert. Hel sah zu den steinernen Gesichtern auf und fühlte sich, als würden die Könige der Vergangenheit sie durch die Monumente beobachten.

Dann betraten sie ein lichterfülltes Gewölbe, das vor Stimmen summte. In hohen, von Fenstern durchsetzten Räumen sah Hel Gestalten auf Lagern ruhen. Zwergische Heiler eilten umher. Es roch nach Kräutermedizin, Alkohol und warmer Baumwolle. Irgendwo weinten Kinder. Isen saßen auf

Strohmatten beieinander – direkt daneben schliefen Menschen. Die Not hatte sie alle vereint.

König Moradin hielt einen Heiler an. Der Zwerg verneigte sich hastig, als er den König erkannte. »Kümmere dich um den Isen«, befahl er und schob den Heiler auf Kelda zu. Dann wandte er sich an Olowain, der sich angesichts der vielen Isen vorsichtshalber die Kapuze über das weiße Haar gezogen hatte. Sein Stab war wieder zum knotigen Wanderstock geworden. König Moradin fixierte ihn misstrauisch. »Wenn Ihr ruhen wollt, kann ich Euch Lager in Eurer Größe anbieten. Allerdings dürft Ihr Euch nicht daran stören, neben Bauern und Isen zu liegen.«

»Danke, wir sind nicht müde«, erwiderte Olowain. »Wenn Ihr erlaubt, würde ich lieber die Dorfbewohner kennenlernen, die den Angriff überlebt haben.«

Moradin nickte langsam. »Viele von ihnen stehen unter Schock. Ich bin sicher, dass Ihr sie mit Respekt und Rücksicht behandelt werdet.«

Olowain nickte. »Dessen seid versichert, Hoheit.«

Der König brummte leise. Mit einem Wink gab er dem Heiler zu verstehen, dass er sich mit Kelda entfernen sollte. Kelda warf Olowain einen fragenden Blick zu; der Magier nickte flüchtig. »Wir werden nachher zu dir kommen.«

Nachdem der Heiler mit dem Isen durch ein Portal verschwunden war, drehte König Moradin sich um und brachte die Gesandten in eine Halle mit gedämpften Lichtern. Hel sah Familien zusammensitzen und aus hölzernen Schüsseln essen. In den Schatten wimmerten Verwundete und schlafende Gestalten. Die meisten waren Isen. Als sie den Zwergenkönig erkannten, erhoben sich manche und verneigten sich, andere murmelten leise Segen und legten die Stirn auf die Erde. Vor einer Gruppe dösender und schlafender

Menschen blieb König Moradin stehen und wartete, bis die ringsum Sitzenden die Schläfer anstupsten. Überrascht richteten sich die Menschen auf. Eine alte Frau küsste dem König die Hand.

»Jemand möchte mit euch über den Dämon sprechen«, sagte König Moradin sanft. »Wollt ihr seine Fragen hören?«

Die alte Frau blinzelte die Gefährten an. Dann nickte sie.

König Moradin wandte sich zu Olowain um. »Später werden wir gemeinsam speisen ... und in Ruhe darüber sprechen, was das Ziel Eurer Reise ist.« Er gab sich keine Mühe, den Argwohn in seiner Stimme zu verbergen.

Olowain lächelte gelassen. »Ich danke Euch, Hoheit. Und ich freue mich auf das Gespräch.«

Nachdem der König ihnen reihum noch einen strengen Blick zugeworfen hatte, machte er kehrt und verließ den Raum, eine Schleppe aus Seufzern und Dankesworten hinter sich herziehend.

Die Kunst der Zwerge

Olowain kniete sich vor den Flüchtlingen nieder. Auch die anderen Gesandten setzten sich auf die Matten, die den Boden bedeckten. Hel spürte aus allen Richtungen Blicke auf sich, und ihr war, als sei es stiller geworden.

»Wir sind auf der Suche nach … dem Dämon«, sagte Olowain. »Könntest du erzählen, was du über ihn weißt?«

Die alte Frau gab einen hauchenden Laut von sich, halb Lachen, halb Schluchzen. »Ihr seid einer von den Kopfgeldjägern! Narren …« Sie ließ sich zur Seite sinken und schob den Arm unter ihren Kopf. »Verfolgt ihn nicht mehr. Egal wie dringend Ihr das Geld braucht. Keiner kann ihn töten.«

»Wir sind keine Kopfgeldjäger«, erklärte Olowain leise. »Wir sind nicht hinter Geld her. Wir sind beauftragt, die Wahrheit aufzudecken.«

»So?«, murmelte die Alte. »Nun, seid ihr bereit, die Wahrheit zu glauben? Wenn ich nicht mit meinen eigenen Augen gesehen hätte, was passiert ist, ich würde es nicht glauben.«

Olowain legte den Kopf schief, um der Alten besser in die Augen blicken zu können. »Ich weiß, dass die Wahrheit so viele Gesichter hat wie Augen, die sie beobachten. Ich werde dir glauben, dass du uns deine ganz eigene Wahrheit sagst, gute Frau.«

Sie lächelte müde. »Er hat alle getötet. Meine drei Söhne. Meine einzige Tochter. Meine Enkelkinder, alle sieben. Meine Schwiegertochter und ihr ungeborenes Kind. Ich dachte immer, ich würde im Kreis meiner Lieben sterben. Als ich in unser Haus zurückkehrte, war ich die einzige Lebende, umringt von Toten. Aber warum wollt Ihr das hören? Es ist die traurige Geschichte einer alten Frau, wer will so etwas hören.«

»Was dir zugestoßen ist, tut mir aus tiefstem Herzen leid.« Olowain klang ehrlich ergriffen. »Wie hast du überlebt?«

»Ich war am Fluss. Meine Knochen sind alt, doch ich halte sie in Bewegung. Ich habe mein Leben lang die Wäsche am Fluss gewaschen. Was haben meine Kinder von mir, wenn ich nicht wenigstens für saubere Kleider sorgen kann? Ich stand im Wasser, als ich plötzlich … diesen Schmerz fühlte …« Ihre zitternde Hand begann, über ihre Rippen zu tasten, als suche sie nach einer Wunde. »Der Schmerz hat mich seitdem nicht verlassen. Als würde alle Lebenskraft aus mir herausgesaugt. Ich brach am Ufer zusammen. Wäre ich ein Stück weiter im Wasser gewesen, hätte die Strömung mich fortgetragen. Dann wäre ich gestorben, ohne je erfahren zu müssen, was aus ihnen geworden ist.« Ihre Stimme wurde immer heller, bis sie fast wie die eines Kindes klang. Dicke, glasige Tränen liefen ihr aus den Augen, die gar nichts mit ihr zu tun zu haben schienen. Hel hatte noch nie jemand so alten weinen gesehen, und es berührte sie mehr als bei irgendwem sonst. Der Schmerz, der einen Menschen mit einem ganzen Leben hinter sich noch zum Wimmern bringen konnte, musste zerschmetternd sein.

Die Frau bewegte fiebrig den Kopf, doch als Olowain ihre Hand nahm, fuhr sie mit ihrer Erzählung fort. »Es war schon dunkel, als ich aufwachte. Ich habe mich nie im Leben so schwach gefühlt. Es dauerte sehr lange, bis ich den Weg zum Dorf zurückfand. Kein Licht brannte. Die Obstbäume waren verdorrt. All die schönen Früchte. Die Kinder hatten sich so darauf gefreut. Überall lagen sie. Ich dachte, sie wären eingeschlafen. So sah es aus … in der Stube, meine kleine Raiha, ihre Hand lag im Ofen. Sie war ganz verbrannt.« Ihre Worte verloren sich wieder in einem hellen Schluchzen. Olowain drückte hilflos ihre Hand.

»Aber … du hast den Dämon nicht gesehen?«

Die Alte weinte jetzt stumm, ohne Antwort zu geben. Hinter ihr regte sich ein Junge und rutschte aus den Schatten. Sein Gesicht verschwand fast ganz unter Asche, Staub und Tränen; die Augen wirkten darin erschreckend hell.

»Ich hab es gesehen«, sagte er mit bebender Stimme. Hel vermutete, dass er ihr Gespräch belauscht und schon lange überlegt hatte, etwas zu sagen. »Ich hab es gesehen«, wiederholte er. »Es ist …«

»Es?« Olowain runzelte die Stirn.

Der Junge starrte ihm fest in die Augen. »Es ist ein Kind. Der Dämon steckt in dem Körper eines Kindes.« Er schwieg und betrachtete den Schreck in ihren Gesichtern aufmerksam, als sei er nicht sicher, ob sie ihn verstanden. »Es ist aus dem Wald gekommen. Ich war mit meinem Bruder oben bei den Klippen und habe es lachen gehört. Das Lachen klang wie von einem Kind. Und alle sind … alles ist gestorben. Wir konnten es nicht genau erkennen. Es trug fremdartige Kleider. Einen Umhang mit einer Kapuze.«

Hel spürte, dass ihr etwas die Luft abschnürte. Sie sank in sich zusammen, sank ein wie eine Leuchtkugel, wenn alles Lirium verbraucht ist und nichts bleibt als ein schlaffes Lederstück.

»Hel? Alles in Ordnung?«, fragte Nova. Ihr gelang ein fahriges Nicken. Rasch stand sie auf. Alles drehte sich.

»Ähm, ich, ich seh mal nach Kelda. Bis gleich.« Hastig bog

sie um die Ecke. Fast stolperte sie über ein paar schlafende Gestalten. Sie musste sich gegen die Wand fallen lassen, um nicht auf ein verbundenes Bein zu steigen. Schwer atmend hielt sie sich einen Moment am Stein fest. Ihr Herz pochte.

Mercurin. Sie konnte immer nur seinen Namen wiederholen, ein nicht verklingendes Echo in ihrem Kopf. Er konnte es nicht sein. Er konnte es nicht sein. Er war kein …

In der Windigen Stadt. Das Chaos, die wilde Magie. All seine magischen Kunststücke.

Himmel noch mal, seine Stimme! Seine Stimme hatte sich immer verändert, war tief gewesen wie von einem erwachsenen Mann, und dann … wenn er gelacht hatte …

Sie presste die Augen zu, als könne sie so die Bilder verdrängen. Vergeblich. Sie sah ihn deutlicher vor sich denn je, sein stilles, ernstes Gesicht, die Art, wie er sich bewegte, so entschlossen und unauffällig, als wäre jede Geste genau durchdacht und nicht ein Wimpernzucken ohne Absicht. Konnte er es tatsächlich sein? Sie fragte ihre Erinnerung: War Mercurin, *bist du* schuld?

Er aber schwieg und breitete wieder und wieder seinen Umhang über ihre Schultern, damit sie in der kalten Wüstennacht nicht fror.

Ziellos schlich Hel durch die Gewölbe, nur um nicht stehen bleiben und nachdenken zu müssen. Sie sah die Verwundeten, die sich im Halbschlaf wälzten, und Heiler, die hinter weißen Vorhängen oder vor aller Augen Wunden behandelten. Ein paar Leute weinten still vor sich hin. Die meisten waren Isen. Aber immer wenn Hel in der Menge einen Menschen sah, der dumpf vor sich hinstarrte, musste sie an den Dämon denken … wie viele hatten eine Begegnung mit ihm überlebt?

Dann hörte sie ihren Namen und wandte sich um. Kelda erhob sich von einer Matte. Sein Arm war verbunden und steckte in einer Schlaufe. »Wo sind die anderen?«

Hel deutete hinter sich, merkte aber dann, dass sie längst nicht mehr wusste, aus welcher Richtung sie gekommen war. »Sie befragen noch die Leute, die den Dämon gesehen haben.« Sie gab sich einen Ruck und wechselte das Thema. »Wie geht es dir?«

Obwohl sie sich um eine gleichgültige Miene bemühte, hatte sie den Verdacht, dass Kelda sie durchschaute. Aber auch er rang ganz offensichtlich darum, sich seine Schmerzen nicht anmerken zu lassen. So sahen sie sich an, die Wahrheit im Gesicht wie auf blanken Tellern. Langsam ließ sie sich vor ihm nieder und kreuzte die Beine.

»Sie haben mir eine Knolle zum Kauen gegeben, die mich betäuben soll. Meinen Arm spür ich noch, aber meine Zunge ist ein bisschen taub.« Er lächelte mit geschlossenen Lippen. Hel war schon aufgefallen, dass er nie offen lächelte. Vielleicht, um niemanden mit seinen spitzen Zähnen zu erschrecken.

»Und der Bruch? Was hat der Heiler gesagt?«

»Dass ich nicht hätte reiten sollen. Ich hätte mir vielleicht auch den Arm nicht brechen sollen. Nun ja… Wenn ich Glück habe, bleibt er nicht für immer steif.«

Hel starrte ihn an. »Hoffentlich nicht!«

»Was sagen die Dorfbewohner?«, fragte er fast im selben Atemzug. »Ist der Dämon eine rachsüchtige Isin?«

»Nein…« Sie räusperte sich. »Nein, sie sagen, der Dämon ist… ein Kind.«

Kelda stieß ein so tiefes Seufzen aus, dass Hel aufsah. Sofort hatte der Ise sich wieder im Griff und wirkte unergründlich wie immer. »Ein Kind? Das wird der Magierschaft ziemlich unglaubwürdig erscheinen.«

»Ist nicht die ganze Geschichte unglaubwürdig? Die Wahrheit ist nicht immer leicht zu glauben.« Hel fühlte, wie er sie beobachtete.

»Das stimmt«, sagte er endlich. »Aber darum hat uns die Magierschaft nicht ausgesandt.«

Sie sah ihn verständnislos an. Kaum merklich beugte er sich vor und senkte die Stimme. »Hel… niemand will die Wahrheit. Man will einen Feind, der greifbar ist, bekämpft und besiegt werden kann. Wir sind hier, um den Feind beim Namen zu nennen. Du verstehst doch…« Er nickte ihr langsam zu.

Ehe Hel etwas erwidern konnte, hörte sie Schritte hinter sich. Ein zwergischer Diener tauchte auf und neigte den Kopf. »Seine Majestät der König erwartet Euch zum Mitternachtsmahl. Wenn Ihr mir folgen mögt.«

Hel wollte Kelda helfen, doch er stand alleine auf. Sie suchte seinen Blick, aber er wich ihr aus; es war, als hätten sich die Fenster in seinen Augen wieder verschlossen. Schweigend folgten sie dem Zwerg.

Am Eingang der Gewölbe warteten die Gefährten bereits auf sie. Sorge umwölkte ihre Mienen, doch während es nicht schwer zu erraten war, dass alle anderen an den Dämon dachten, schien Novas Besorgnis Hel zu gelten. Er trat neben sie und öffnete den Mund, fand aber dann die passende Frage nicht und wartete darauf, dass sie von sich aus erklärte, warum sie davongelaufen war. Hel tat, als würde sie es nicht merken. Sie wusste ja auch nicht, was sie sagen sollte. Nein – sie wusste es: Sie sollte *gar nichts* sagen.

Der Diener brachte sie denselben Weg zurück, den sie gekommen waren. In der großen Halle brannte nun ein Kaminfeuer und ließ sie die Reliefs an den Wänden erkennen. Kunstvolle Gestalten verbargen sich im Stein, wiesen mit Händen zur Decke oder hoben unheilvoll ihre Klingen. Nicht alle von ihnen waren Zwerge – auch geisterhafte Wesen mit flammendem Haar schwebten hier und da, halb Bäume oder Vögel … König Moradin saß an der Tafel und breitete die Arme aus. »Setzt Euch! Leider hat die Zeit gefehlt, Gerichte aus Eurer Küche zuzubereiten. Ich hoffe, es mundet Euch trotzdem.«

Bevor jemand versichern konnte, dass sie die zwergische Kochkunst hoch schätzten, hob der König die Glocke von einem Teller und offenbarte einen riesigen Berg Eier in verschiedenen Größen und Musterungen.

»Aber ihr Menschen esst Eier! Ich habe alle Sorten bringen lassen, die es gab.« Er wies auf einen großen Krug. »Es gibt auch Honig dazu.« Erwartungsvoll zog er die Augenbrauen hoch.

»Äh, sehr aufmerksam. Vielen Dank, Euer Hoheit«, erwiderte Olowain.

Zufrieden ließ der König sich auf seinen Thron zurücksinken und wies den Diener an, ihre Teller zu beladen. Hel wurde genötigt, sich für zwei Eier zu entscheiden, und wählte ein kleines braunes und ein noch kleineres blaues. Sie hatte gehofft, wenigstens mit dem braunen ein Hühnerei zu erwischen, doch bei genauerer Betrachtung stellte es sich dafür als zu länglich heraus.

»Schlangenei«, raunte Nova neben ihr. Sie warf ihm einen wütenden Blick zu. Sie hätte sich noch etwas einreden können.

Der Diener löffelte reichlich dunklen Honig auf ihre Teller. Dann hob er die Glocken von den restlichen Schalen und teilte etwas aus, das wie dicke weiße Bohnen aussah, und faustgroße, schrumpelige Fleischbrocken – Hel erkannte an den Fleischbrocken Füße. Sie presste sich unauffällig die

Knöchel auf den Mund. Frösche. Oder eher Kröten, wenn man sich die Warzen ansah.

Der Diener bot ihnen auch verschiedene Knollensorten an. Hel wählte eine kleine dunkelviolette und eine dickere, leicht haarige. Sie hoffte inständig, dass es tatsächlich eine Wurzel und nicht der Körperteil irgendeines Tieres war. Ihr Magen schrumpfte in sich zusammen.

Bei genauerer Betrachtung stellte sie fest, dass die Bohnen gar keine Bohnen waren. Sondern fette Raupen. Kaum hatte sie es erkannt, goss der Diener eine schwere braune Soße darüber.

»Auf volle Bäuche!«, wünschte der König, nahm eine zweizinkige Gabel und bohrte sie in eine Bratkröte.

»Guten Appetit«, murmelte Olowain. Es klang, als wollte er sich selbst überzeugen. Vorsichtig begannen sie, die Speisen auf ihren Tellern herumzuschieben und so zu arrangieren, dass es nach möglichst wenig aussah. Hel beschloss, ein Ei zu pellen, damit sie die Raupen unter der Schale verstecken konnte. Allerdings war das Ei nur weich gekocht und die lauwarme Soße floss ihr über die Hände. Ihr blieb nichts anderes übrig, als die Finger abzulecken. Der König starrte sie an wie eine Wilde.

Dann wandte er sich an Olowain. »War die Unterhaltung mit den Flüchtlingen aufschlussreich?«

Olowain würgte hinunter, was auch immer er sich in den Mund gesteckt hatte. »In der Tat. Ich bin zuversichtlich, dass wir den Dämon bald finden werden.«

König Moradin runzelte die Stirn. »Wie wollt Ihr ihn finden? Niemand weiß, wohin er unterwegs ist und wo er als Nächstes auftaucht. Manchmal erscheint er innerhalb kürzester Zeit an Orten, die mehrere Tagesreisen auseinanderliegen.«

Olowain senkte überrascht seine Gabel. »Nun. Es ist gut möglich, dass es nicht nur *einen* Dämon gibt.«

»Zwei Dämonen? Das gefällt mir nicht.« Der König wollte trinken und merkte, dass sein Kelch leer war. Ärgerlich winkte er den Diener herbei und ließ sich Wein einschenken. Auch die Becher der Gefährten wurden hastig gefüllt.

»Was könnt Ihr über die Magie des Dämons sagen? Benutzt er Feenlichter, um das Leben seiner Opfer aufzusaugen?«

»Feenlichter können nur freies Lirium aufnehmen. Aber ich bin sicher, dass der Dämon eine magische, uns unbekannte Waffe benutzt – er ist also weniger ein Dämon als ein Wahnsinniger mit einer gefährlichen Erfindung.«

»Ich dachte, die Magie des Dämons sei eine Erfindung der Magierschaft.« Moradin trank, ohne Olowain aus den Augen zu lassen.

»Oh, nein. Nein. Über solche Kräfte verfügen wir nicht.« Olowain faltete die Hände und fügte eilig hinzu: »Das heißt, natürlich ist das blinde Wüten des Dämons nichts im Vergleich zu den Fähigkeiten und dem enormen Wissensschatz der Magierschaft. Eine Waffe, die nichts kann als zerstören, ist weitaus leichter zu erschaffen und verlangt viel weniger Genialität als friedliche Erfindungen. Wenn ich hin und wieder Schüler durch meinen Teil der Bibliothek führe, pflege ich zu sagen: Wir brauchten nur einen einzigen Tag, um zu entdecken, wie man mit Lirium tötet. Aber es dauerte siebenhundert Jahre, bis wir Leuchtkugeln schufen, die bei gelbem Licht Vanilleduft und bei rotem Licht Rosenduft verströmen.«

König Moradin nickte lächelnd. »Ihr seid ein Mann des Friedens. Das ist gut.« Er schwieg einen Moment. Dann nahm er eine dunkle Knolle und biss die Hälfte ab. Nachdenklich kaute er. »Siebenhundert Jahre für eine duftende Leuchtkugel?«

»Es gab natürlich viele Vorläufer. Allerdings war immer der Geruch von heißem Leder ein Problem. Und die Düfte sollten ja der Farbe entsprechend –«

»Vielleicht«, fuhr der König ihm dazwischen, »hat es so lange gedauert, weil die Magierschaft stets mit anderen Erfindungen beschäftigt war. Erfindungen für den Krieg.«

Olowain verstummte. Schließlich richtete er sich auf und schob den Teller von sich weg. »Ich sehe, worauf Ihr hinauswollt, König. In der Tat hat die Magierschaft mehr Interesse daran, den Frieden zwischen den Reichen zu wahren als Spielzeug zu perfektionieren.«

»Frieden wahren?«, lachte der König. »Aber das ist ein Widerspruch in sich! Ihr rüstet die Königreiche, Ihr profitiert von ihren Kriegen. So macht Ihr sie von Euch abhängig. Ihr seid jedermanns Verbündeter. Und noch viel mehr: jedermanns Feind.«

Olowain saß sehr gerade auf seinem Stuhl. »Ich halte es für ausgeschlossen, dass ihr einen Gast je beleidigen würdet. Lasst mich also auf Eure *Bemerkung* eingehen, Euer Hoheit. Waffen und Frieden sind kein Widerspruch. Im Gegenteil. Wenn wir die Kräfte unseres Gegenübers kennen, wird ein Kräftemessen überflüssig. Die Magierschaft versorgt, wie Ihr vielleicht wisst, nicht nur die ganze Welt mit Lirium. Wir haben auch ein Interesse daran, wozu unser Lirium verwendet wird. Wir bemühen uns um diplomatische Beziehungen zwischen allen Ländern. Wir haben hundertmal mehr Kriege verhindert als unterstützt – und das ohne Gewalt, ohne einen vergossenen Tropfen Blut, allein durch Verhandlungen.«

Mehrere atemlose Sekunden lang sahen der König und Olowain sich nur an. Dann lehnte Moradin sich zurück. Sein

Blick schweifte durch die große Halle. »Vielleicht sind meine Ansichten tatsächlich ferner der Wirklichkeit als Eure. Immerhin ... ist Gondurill ein versunkenes Reich. Und ich der Letzte eines vergessenen Königshauses.« Er räusperte sich leise. »Es gab eine Zeit vor der Magierschaft, vor den großen Städten an der Oberfläche, vor der Zähmung des Landes, als Gondurill für alle Zwerge der Mittelpunkt der Welt war. Wir waren ein Volk. Und nun ... wo ist unser Volk? In Har'punaptra, diesem Kessel der Geldgier, des gepflegten Verbrechens? Hah, die Zwerge von Har'punaptra können nicht einmal mehr in der Dunkelheit sehen, die Wüstensonne hat sie blind werden lassen wie Menschen. Und sie haben ihre eigene Sprache verlernt! Sie kennen nur noch die Sprache des Geldes. Wer aber kommt nach Gondurill? Wer folgt noch dem Ruf der Heimat, des Herzens? Hier ist die Wiege unseres Volkes, Gondurill, der Granitzahn! Unser Ursprung, verraten und vergessen für die Annehmlichkeiten der Magie. Keine Rebellion hat unser Königtum vernichtet. Kein ehrenhafter Kampf hat uns die Kehle durchgeschnitten, sauber und schnell. Wir sind alt geworden. Langsam dahinvegetiert. Wofür? Für hübsches Licht und Wärme, Waffen, für Tand. Es gehen Schätze mit Gondurill unter, die niemand je wieder entdecken wird. Die Kultur des Zwergenvolks, die Entwicklung von Jahrtausenden, dahin. Zwergische Kultur wird nicht mehr sein als geistlose Tanzlieder, ein paar Gerichte in den Tavernen Eurer Städte.« Er seufzte so schwer und tief, als würden ihn alle Lebensgeister verlassen.

»Nun, ganz so düster müsst Ihr es nicht sehen«, beschwichtigte ihn Olowain, doch er klang kühl. »Noch ist Gondurill bekannt für seine Künstler. Nach wie vor kann sich niemand mit den Schmieden Gondurills messen. Eure Klingen sind legendär. Daran wird sich so schnell nichts ändern.« Er drehte die Daumen. »Der Grund, warum Gondurill nicht mehr die Hauptstadt der Zwerge ist, scheint mir, mit Verlaub, eher zu sein, dass eine gewisse Weltoffenheit fehlt. Nicht nur, dass wir Menschen uns mit den Dimensionen Eurer Häuser und Straßen sehr schwer tun, ihr erlaubt auch keinen Handel hier unten. Wenn Ihr daran etwas ändern würdet, wer weiß – wir könnten etwas aushandeln, eine neue Ader direkt von Aradon bis zu Euren Toren, magische Vertretung und Beratung …«

Verdrießlich legte der König die Fäuste auf die Armlehnen. »Mir ist durchaus bewusst, worauf Gondurill verzichtet, indem es die zwergische Kultur zu wahren versucht. Aber danke für das großzügige Angebot.« Er atmete tief durch. »Ich erzähle Euch von unserer Situation, damit Ihr seht, dass auch meine Anschauung der Dinge durch Persönliches getrübt wird. Ich bin weise genug, um meine eigenen Vorurteile zu erkennen. Doch auch wenn ich alle Gefühle beiseitelasse, halte ich immer noch an dieser einen Meinung fest: Magie, mit all ihrer Bequemlichkeit, hat unsere Welt weder friedlicher gemacht noch irgendwen glücklicher. Ihr Magier habt den Leuten Macht in die Hände gelegt, eine überwältigende, trügerische Macht für einen fatalen Preis! Unsere Fehler sind dieselben wie vor Jahrhunderten, nur ihre Folgen werden immer verhängnisvoller. Es gab eine Zeit, da wurde ein Kampf mit Fäusten entschieden. Und nun seht, wo der sogenannte Fortschritt der Magie uns hingeführt hat: Ein Dämon, vielleicht mehrere Dämonen, zieht durch die Welt und vernichtet Dörfer, rottet ganze Familien aus.«

Olowain hob den Finger. »Ihr habt eine Entwicklung übersprungen. Was ist mit den Schwertern, die hier in Gondurill erfunden wurden? Klingen so scharf, dass sie alles durchschneiden, was sie berühren, Klingen, die an keinem

Stein und keinem Knochen brechen? Ihr mögt anders darüber denken, doch erst Magie konnte den Krieg kultivieren.«

Der König starrte ihn an. »Offensichtlich, ehrenwerter Meister Olowain, habt Ihr nie einen Krieg erlebt. Sonst wüsstet Ihr, dass es so etwas wie einen ›kultivierten Krieg‹ nicht gibt.«

»Nein …«, erwiderte Olowain gereizt, »ich meine, ja, ich habe mich falsch ausgedrückt. Natürlich ist Krieg immer furchtbar, doch Ihr mögt mich für verrückt halten: Ich würde sehr viel lieber von einem magischen Blitz getötet werden als von einem Schwert zerhackt.«

König Moradin mahlte mit den Kiefern. Es war offensichtlich, dass er einiges sagen wollte. Doch als er den Mund aufmachte, hatte er jegliche Widerworte hinuntergeschluckt: »Ihr habt Eure Kunst, wir haben unsere. Ich will nicht streiten. Ich bin allen Kämpfens überdrüssig. Und ich möchte daran glauben, dass wir im Grunde dasselbe Ziel haben, nämlich in Frieden zu leben.«

Olowain neigte den Kopf. »Wenige Könige erben mit der Krone auch diplomatisches Verständnis. Ihr seid eine Ausnahme. Um die Wahrheit zu sagen, es wundert mich nicht, dass Ihr auf einen Vertreter der Magierschaft verzichtet, der die politischen Geschicke Gondurills für Euch leitet. Auch wenn ich nach wie vor mehr Vorteile für Euch in einem Bündnis mit der Magierschaft sehe.«

Der König konnte sich zu einem Nicken nicht durchringen, doch er schlug die Augen nieder. Eine unangenehme Stille senkte sich über sie. Schließlich wurde König Moradin auf ihre Teller aufmerksam und runzelte überrascht die Stirn. »Ist das Essen Euch zu kalt? Ich lasse es aufwärmen.«

Bevor er den Diener herbeiwinken konnte, erhob sich

Harlem. Sie verbeugte sich tief vor dem König. »Euer Hoheit, wenn Ihr mir erlaubt zu sprechen.«

Er sah sie wartend an.

»Ich habe meinen Gefährten versprochen, ihnen Gondurill zu zeigen. Ich bin hier geboren und ich habe … noch Familie in Gondurill, Euer Hoheit. Sie wollen für uns kochen. Bitte verzeiht.«

In den Augen des Königs blitzte es auf. »So, eine echte Zwergin, geboren in Gondurill!« Er begann, auf seine Armlehne zu trommeln. »Wie schön, dass sich ein Wiedersehen mit der Heimat ergeben hat. Deine Familie wird sich freuen. Man freut sich doch über Kinder, die einen verlassen haben und zu Besuch kommen.«

Harlem verkrampfte sich und neigte wieder den Kopf.

König Moradin grunzte. »Dann will ich euch nicht aufhalten. Geht, feiert ein frohes Wiedersehen. Und gib deinen menschlichen Gefährten etwas von unserer Kultur mit, Frau.«

»Danke, Euer Hoheit.«

König Moradin schien zusammenzusinken, als er sich zurücklehnte. Zögernd richtete Harlem sich auf und sah die anderen an. »Seid ihr so weit?«, murmelte sie und klang schüchterner, als Hel je für möglich gehalten hätte.

Sie stand auf und verbeugte sich vor dem König. »Danke für das Mahl, Euer Hoheit. Ich wünschte, ich müsste mir meinen Appetit nicht für später bewahren.«

Nova erhob sich ebenfalls. »Äh, ja, ich auch. Vielen Dank trotzdem, Euer Hoheit.«

Auch die Söldner und Kelda verließen ihre Stühle und dankten höflich, nur Olowain blieb sitzen.

»Geht ihr nur. Ich werde mich mit König Moradin unterhalten«, erklärte er mit einem Lächeln, das beruhigend sein sollte und das Gegenteil war: Es sah aus wie auf sein Gesicht geklebt.

»In Ordnung. Wir sind bald zurück. Bei den Lagern der Flüchtlinge? Wir treffen Euch dort, Meister Olowain. Euer Hoheit.« Harlem verneigte sich ein letztes Mal, dann schob sie ihren Gürtel mit den Stiletten zurecht und bedeutete den Gesandten, mit ihr mitzukommen.

Leise verließen sie die Halle. Als sie auf den Balkon hinaustraten, sah Hel sich noch einmal um. Olowain und der König saßen schweigend an der Tafel, mit Blicken, die knapp aneinander vorbeigingen.

Am Absatz einer Treppe, die in die Stadt hinabführte, blieb Harlem stehen und wandte sich ihnen zu. »So«, sagte sie, »jetzt kannst du die Knackraupen rausnehmen.«

Nova starrte sie hochrot an. Dann streckte er den Arm aus. Ein Dutzend Raupen plumpste aus seinem Ärmel, halb verklebt vor Soße.

Harlem unterdrückte ein Grinsen. »Also, habt ihr Hunger? Ich kenne einen Gasthof, wo es Menschenessen gibt. Falls der Gasthof noch existiert… es ist ein paar Jahre her, seit ich zuletzt da war.«

»Hast du wirklich Familie hier?«, fragte Nova und schob beschämt die Raupen mit dem Fuß zur Seite.

Harlem zögerte. Schließlich drehte sie sich um und ging ein paar Stufen hinab. »Ich hatte einmal einen Sohn.«

Verblüfft sahen alle sie an. Sich Harlem als Mutter vorzustellen, erforderte einiges an Einbildungskraft.

Nova runzelte die Stirn. »Warum bist du dann weggegangen?«

Harlem ließ die Schultern hängen. Plötzlich wirkte sie müde. »Nun. Es ist so, dass… nun, Frauen…«

»Frauen?«, wiederholte Nova ängstlich.

»Frauen haben es nicht leicht in Gondurill«, sagte Harlem knapp. »In der traditionellen zwergischen Gesellschaft haben Frauen und Männer nicht dieselben Rechte. Das ist auch ein Grund, warum so viele Gondurill verlassen. Trotz der Abgeschiedenheit erfährt man irgendwann, dass sich die Zeiten an der Oberfläche geändert haben. Und dann muss man sich entscheiden. Ich habe mich entschieden.« Sie presste die Lippen zusammen und umschloss die Griffe ihrer Stilette. »Also, wollt ihr was essen?«

Nova nickte leidenschaftlich.

»Ich sterbe vor Hunger«, sagte Hel.

Harlem lächelte. »Na, dann los.«

Träume

Die Gassen waren so eng, dass die Söldner mit ihren Waffen seitlich gehen mussten. Manche Tore und Bogengänge zwangen selbst Hel, geduckt zu laufen – Nova, Caiden und Berano, die am größten waren, konnten kaum nach vorne gucken, während sie sich mit gekrümmten Rücken durch die Gänge schoben. Harlem beteuerte, dass sie den menschenfreundlichsten Weg wählte. Schließlich erreichten sie durchlöcherte Gewölbe voller Irrgänge, in denen rege Geschäftigkeit herrschte. Hier und da hatten sich Zwerge versammelt und debattierten laut in ihrer Sprache. Ein paar Stände boten Kleider, Schuhe und Speisen an, von denen Hel nicht wissen wollte, woraus sie zubereitet waren.

Die Gefährten ernteten neugierige oder überraschte Blicke. Ein paarmal sagte jemand etwas in der Zwergensprache zu ihnen, doch Harlem reagierte nie darauf, deshalb beschloss auch Hel, die Bemerkungen zu ignorieren. Sie fragte sich aber, ob man sie beleidigte.

Dann bogen sie in einen breiten, steil abfallenden Gang, in dem Hel die ersten Menschen erspähte. In leise Unterhaltungen oder Brettspiele vertieft, saßen sie in den Schatten und nickten ihnen beiläufig zu. Die meisten von ihnen wirkten ein wenig zwielichtig, vielleicht weil sie Schmuggler waren, die verbotenen Handel trieben. Oder es lag schlichtweg daran, dass sie schon länger unter der Erde ohne Sonnenlicht lebten.

Am Ende des Ganges führte Harlem sie durch einen niedrigen Torbogen, über dem in krakeliger Schrift stand: MENSCHENESSEN. Sie traten durch einen muffigen Samtvorhang und kamen in ein mehrstöckiges Haus voller Treppen. Leuchtkugeln schwebten hier und da und ließen Gestalten erkennen, die auf gepolsterten Matten saßen und von niedrigen Tischen aßen. Ein paar Zwerge waren da. Allerdings schienen sie weniger des Essens wegen hier zu sein als wegen der Menschen, mit denen sie geheimnisvolle Beutel und weniger geheimnisvolle Geldsäcke unter den Tischen tauschten.

Ein hübsches dunkelhaariges Mädchen begrüßte sie. Nachdem ihr Blick einen Moment auf Nova verweilt hatte, brachte sie sie in eine geräumige Sitzecke mit einem großen Tisch. Die Gesandten ließen sich auf den Polstern nieder.

Das Mädchen zählte ihnen die Speisen auf, die herrlich gewöhnlich klangen: Fladenbrot, Braten, Gemüse, Kirschtörtchen … außerdem gab es Gänge, die nach verschiedenen Städten, Berufen und reinem Unsinn benannt waren. Hel beschloss, ›Das Henkersmahl des hungrigen Halunken‹ zu probieren, während Nova sich für ›Die fleißige Hausfrau von Kapua‹ entschied. Arill, Caiden, Berano und Relis wählten Menüs mit ähnlichen Namen, nur Harlem begnügte sich mit einem Dunkelbier, da sie schon beim König gegessen hatte und sich, wie sie zwinkernd meinte, nicht den Magen verderben wollte.

Es dauerte nicht lange, da brachte das Mädchen ihre Speisen. Eine ältere Frau, wahrscheinlich ihre Mutter, half ihr beim Tragen. Hungrig machten sie sich ans Essen. Hels Butterfladen war zwar arg trocken und der Braten von einem eigentümlichen zwergischen Gewürz durchzogen, aber sie war zufrieden. Als Nachtisch gab es fast ungenießbar süße Honigwaffeln, und Hel tauschte die Hälfte davon gegen

Novas Nussküchlein, die, ob Absicht oder Versehen, salzig schmeckten.

Nach dem Mahl kehrte das Mädchen zurück und fragte, ob sie noch etwas wünschten. Mit melodischer Stimme zählte sie ein paar Weine auf, ehe sie Kelda zuraunte: »Oder eine Isenpfeife mit magischer Beimischung…«

Kelda horchte auf. »Rauchkraut von den Inseln?«

»Frisch geliefert«, flötete das Mädchen. »Allerfeinste Qualität. Wollt Ihr das Kraut probieren?«

Kelda sah die anderen an. »Ich habe nicht zu hoffen gewagt, in Gondurill Rauchkraut zu finden. Es lindert Schmerzen. Wenn es euch nichts ausmacht…«

Arill winkte ab. Er hatte schon drei Bierkrüge getrunken und war entspannter, als Hel ihn je erlebt hatte. »Gegen Schmerzen, hm? Da könnte ich auch was vertragen. Ich hab mir den Kopf mindestens achtmal angestoßen auf dem Weg hierher.«

»Dann bringe ich eine Pfeife für den Tisch«, sagte das Mädchen und verschwand, bevor jemand Einwände erheben konnte.

Harlem erhob sich. »Ich muss kurz woanders hin. Aber ich wünsche euch viel Spaß. Nachher hole ich euch ab.«

»Wo gehst du hin?«, fragte Nova verwundert.

Harlems Lächeln wirkte nervös. »Ich werde nur einen Spaziergang machen. Ich bin bald zurück.«

Hel sah ihr nach, bis sie hinter dem Samtvorhang verschwand.

Das Mädchen brachte eine lange Pfeife, ähnlich der, die Ozah gehabt hatte. Dann legte sie zwei Dosen auf den Tisch und zog eine Immerflamme aus der Rocktasche – ein daumengroßes Kästchen zum Feuermachen.

Mit einem Lächeln in die Runde – einem Lächeln, das

Nova länger gehörte als den anderen, wie Hel fand – öffnete das Mädchen eine Dose und entnahm ihr ein hellblaues kringeliges Kraut, das stark nach Meer roch. Geübt drückte sie es in den Pfeifenkopf. In der anderen Dose war ein schwarzes, leicht zitterndes Pulver – eine Mischung aus Lirium und etwas, das wie Asche aussah. Mit einem winzigen Silberlöffel gab das Mädchen etwas Pulver über das Kraut, schob die Immerflamme auf und entzündete die Pfeife. Bunte Funken sprangen in die Luft. Dann reichte das Mädchen Kelda die Pfeife. Er nahm einen tiefen Zug, lehnte sich zurück und blies Rauchwölkchen durch die Nase. Dann gab er die Pfeife an Caiden neben ihm weiter.

»Einfach – also einfach dran ziehen?«, fragte der Söldner und kratzte sich die blonden Bartstoppeln. Kelda nickte. Caiden zog an der Pfeife und versuchte, ein Husten zu unterdrücken. Sein Gesicht wurde dunkelrot. Husten musste er trotzdem.

Zögernd wurde die Pfeife probiert und weitergereicht, bis Hel an der Reihe war. Sie erschrak ein wenig, als der Rauch in ihre Lungen strömte. Als sie ausatmete, kribbelte ein weicher Geschmack in ihrem Hals, ein wenig wie Zimt und trockenes, süßes Holz. Nova beobachtete sie aufmerksam. Als sie die Pfeife an ihn weitergab, inhalierte er tiefer, als ihm wahrscheinlich wohl war. Wenn er meinte, irgendwen beeindrucken zu müssen … Hel ließ sich zurücksinken.

Plötzlich spürte sie ein leichtes Pochen in den Händen und sah an sich hinab. Sie riss den Mund auf: Winzige bunte Funken schimmerten durch ihre Haut! Auch die anderen bemerkten das Leuchten an sich und starrten verwundert. Selbst Kelda runzelte die Stirn. »Was für eine magische Beimischung ist das, die du dazugegeben hast?«, fragte er das Mädchen. Lächelnd schraubte sie die Dosen wieder zu. »Eine besondere Traummischung. Ist hier sehr beliebt.«

»Das ist nicht wie … normales Rauchkraut«, murmelte Kelda. Hel fühlte sich, als würde sie tiefer und tiefer in die Kissen sinken. Irgendwo schwamm Keldas Stimme, vielleicht schon seit längerer Zeit, vielleicht erst seit gerade eben. Was sagte er? Sie vergaß es immer wieder … die Worte flogen an ihr vorüber wie Blütenblätter im Wind. Sie versuchte, sie zu fangen.

»Es ist nicht wahr, das alles … es gibt keine Rebellen. Aber es wird welche geben, wenn die Magierschaft es behauptet. Die Isen sprechen davon, seit Jahren … seit Anbeginn der Zeit spricht irgendjemand von Rebellion. Sie warten mit finsteren Blicken auf den Moment, in dem sie sich alle gleichzeitig erheben … aber der Moment ist immer einen Herzschlag entfernt, er wird nie kommen. Vielleicht … vielleicht mit einem, der weder besonders mutig noch besonders klug ist, nur unglücklich genug, um alles zu riskieren. Er wird einen Stein nach den Türmen Aradons werfen und die Massen hinter ihm stehen mit Waffen auf …«

Fragen schossen Hel durch den Kopf, so viele Fragen, doch ihre Zunge fühlte sich zu schwer an, um auch nur einen Laut zu formen. Und sie vergaß sowieso gleich ihre Gedanken. Es war anstrengend genug, Kelda zu verstehen. Wie anstrengend, jemanden zu verstehen! Hel fühlte sich, als müsste sie jedes Wort erst vorsichtig zerlegen, untersuchen und wieder zusammensetzen, damit es einen Sinn ergab.

»Die Isen haben nichts mit den Überfällen zu tun … ich kann es nicht beweisen, aber … ich werde es beweisen. Vielleicht … wenn alle Isen vertrieben werden, ändert es nichts daran, dass Lirium verschwinden wird. Und dann geht alles hier unter, alles. Die Menschen beschleunigen den Untergang nur. Der Dämon beschleunigt ihn. All das Lirium, verschwendet, um zu töten …«

Ja, dachte Hel. Oder vielleicht sagte sie es. Oder jemand anderes sagte es. Ja, so war es, Kelda hatte recht. Aber was konnten sie daran ändern? Niemand konnte etwas daran ändern. Lirium verschwand. Die Zeit war einfach vorüber. Nichts währte für immer, und sie waren die unglücklichen Letzten, die das Ende der Welt erleben mussten. Was danach kam, sie wussten es nicht und wussten es doch: nichts …

Sie spürte Novas Schulter an ihrer, und plötzlich wurde ihr bewusst, dass sie die ganze Zeit in sein Gesicht blickte. Vielleicht hatte sie aber auch bis jetzt die Augen geschlossen gehabt. Er flüsterte. Sie lauschte angestrengt, denn was er sagte, war nur für sie bestimmt.

»Dieser Händler, der dich in der Wüste gerettet hat … er ist der Dämon, oder?«

Die Worte fielen und landeten in ihr wie kalte Tropfen.

»Du hast heute … an ihn gedacht, als der Junge den Dämon beschrieben hat …«

Sie konnte nicht fassen, dass Nova sie so durchschauen konnte. Ausgerechnet Nova!

»Woher?«, murmelte sie, aber dann erinnerte sie sich, dass Nova schließlich ein Experte in Herzensangelegenheiten war. Und Mercurin war eine Herzensangelegenheit, verdammt, das war er. Sie war zu schwach, um es jetzt zu leugnen.

Ja, ich habe an ihn gedacht, und ich weiß nicht, ob er der Dämon ist, denn … er könnte es sein, aber ich kann es nicht, ich will es nicht glauben. Er heißt Mercurin. Er ist ein Junge, und er kann Magie wirken wie kein anderer. Er hat mir das Leben gerettet. Wie könnte er ein Mörder sein, wenn er mir das Leben gerettet hat?

Hel biss sich auf die Unterlippe. Sie wusste nicht, ob sie die Worte ausgesprochen hatte oder nicht. Sie bekam Angst. Hatte sie Nova alles verraten? Wenn sie sich doch nur erinnern könnte! Aber vielleicht erinnerte auch er sich nicht daran … Sie spürte, dass sie seine Hand hielt, und sie drückten sich fest, und sie brauchten keine Worte.

Wie merkwürdig, dass es eine Zeit gegeben hatte, in der Nova jemand ganz anderes für sie gewesen war. In einer dämmrigen Vergangenheit hatte ihr Herz geklopft bei dem Gedanken an ihn, und sie hatte sich davor gefürchtet, ihm bei den Treffen der Liga zu begegnen. Und sie hatte ihn so wenig leiden können …

Irgendwann verließen sie den Gasthof. Hel erinnerte sich erst daran, wie sie aufgestanden war, als sie bereits durch die Gassen gingen und Harlem sie zum Palast zurückführte. Der Weg durch die Zwergenstadt kam ihr ins Bewusstsein, als sie bereits die Treppen zum Balkon erklommen hatten. Und sie dachte an die nadelgroßen Lichter der Häuser unter ihnen, als sie bereits auf eine Strohmatte sank, die Gefährten an ihrer Seite, zwischen den schlafenden Flüchtlingen. Der Geruch von Medizin und Baumwolle verflocht sich mit dem Geschmack des Pfeifenrauchs, der noch immer auf ihrer Zunge lag, und alles wirbelte hinab in ihre Träume.

Im Dunkel

Jahre schienen im Schlaf verflogen zu sein, als Olowain sie sanft an der Schulter rüttelte.

»Wacht auf«, sagte er mit gedämpfter Stimme. »Wir reisen weiter.«

»Wir reisen weiter?«, wiederholte Hel verwirrt. Einen Moment lang wusste sie nicht, wo sie war, geschweige denn, was Olowain meinte. Träge wie Rauchschwaden zog der Schlaf auf, um sie in die Wirklichkeit zu entlassen. Die anderen Gefährten schienen ebenso durcheinander zu sein wie Hel. Nur Harlem war bereits auf den Beinen und wartete geduldig neben Olowain. Kummer härtete ihr Gesicht. Fern erinnerte Hel sich, dass Harlem letzte Nacht gegangen und erst spät wiedergekommen war. Hel musste nicht nachfragen, um zu wissen, dass sie bei ihrer Familie gewesen war. Der Schmerz leuchtete durch ihre gefasste Miene – ein Schmerz, der nicht darauf drängte, ausgesprochen zu werden, sondern im Stillen versinken wollte.

»Packt eure Sachen, Freunde«, sagte Olowain. »Der König wartet, um uns zu verabschieden.«

»Wohin geht es denn?«, nuschelte Nova und wollte sich das Auge reiben, verpasste sich stattdessen aber selbst einen Kinnhaken. Hel war froh, dass nicht nur sie benebelt war.

Olowain umfasste seinen Stab. »Nach Naruhl natürlich. Wir nehmen einen Tunnel durch die Gebirge Richtung Westen.«

Hel blickte verdutzt zu ihm auf. Dann sah sie sich nach den anderen um, doch nur Nova reagierte wie sie. Kelda zog sich den Umhang über, als hätte er nicht gehört, was Olowain gesagt hatte. Die Söldner tauschten flüchtige Blicke, blieben aber stumm.

»Aber … ich dachte, wir suchen einen Dämon«, sagte Hel. Sie sah Olowain fest in die Augen. »Ihr glaubt doch nicht, dass die Leute hier gelogen haben?«

Olowain sah sie ruhig an. Dann deutete er zum Flur hinaus. »Naruhl war unser Ziel und bleibt es. Auf mit euch.«

Hel erhob sich und blieb vor Olowain stehen. Sie konnte es nicht verstehen. Es war doch nun klar, dass die Isen unschuldig waren. Es gab Zeugen. Hätte eine Rebellenanführerin die Macht besessen, Lebewesen ihr Licht zu rauben, hätte sie doch nicht wahllos Dörfer ausgerottet, sondern die Magierschaft gezielt angegriffen. Olowain musste das doch auch erkennen.

Aber Kelda hatte recht … sie waren nicht von der Magierschaft ausgesandt worden, um die Wahrheit aufzudecken. Sie waren auf der Suche nach einem greifbaren Feind. Einem Feind, der zu schwach war, sich zu verteidigen oder seine Unschuld zu beweisen.

Die Erkenntnis war so bitter, dass Hel die Fingernägel in ihre Handflächen grub. »Aber wir *wissen* jetzt, dass ein Dämon hinter den Überfällen steckt. Es gibt keinen Grund, nach Naruhl zu gehen. Wir sollten versuchen, den Dämon zu finden.«

»Wir reisen nach Naruhl«, wiederholte Olowain leise, endgültig.

Niemand widersprach mehr. Kelda stand auf und ging los; Olowain und Harlem folgten. Nova zupfte Hel am Ärmel und bedeutete ihr, mitzukommen.

Vor einem dunklen Durchgang in den Gewölben erwartete sie der König mit seinen Männern. Er und Olowain nickten sich ernst zu.

»Der Tunnel führt drei Tagesreisen weit nach Westen. Der Fels ist schon so lange tot wie die Wände von Gondurill – ihr habt nichts zu befürchten. Ihr werdet in den Gebirgen herauskommen, fernab aller Adern. Dann seid ihr auf eure Feenlichter angewiesen.« Er deutete eine Verneigung an, ohne den Blick zu senken. »Möget ihr Naruhl finden. Möget ihr Naruhl überleben, wenn ihr dem Dämon dort begegnet.«

Hel schielte zu Olowain hinüber. Offenbar hatte er dem König verschwiegen, dass nicht der Dämon, sondern die isischen Rebellen in Naruhl waren. Würde Moradin sie den Tunnel benutzen lassen, wenn er wusste, dass es in Wahrheit um die Isen ging? Hel biss die Zähne zusammen. Sie war kurz davor, es ihm zu sagen. Ihr Herz klopfte.

»Ich bin Euch zu tiefstem Dank verpflichtet, Hoheit«, sagte Olowain, doch der König schüttelte den Kopf.

»Ich trage meinen Teil dazu bei, den Frieden zu erhalten. Das ist kein Gefallen, sondern eine Pflicht, die wir alle haben.« Es klang wie ein Befehl. Ein Lächeln zuckte über Olowains Gesicht. Dann ließ er seinen Stab aufleuchten. Die Zwerge traten zur Seite und gaben den Weg frei.

»Viel Glück«, sagte der König von Gondurill. Hel schluckte trocken. Dann ballte sie die Fäuste und folgte den anderen ins tiefe Dunkel des Tunnels.

Der Gang zog sich auf verschlungenen Wegen durch die Berge. Manchmal ging es für Stunden bergauf, und sie erklommen Stufen, die halb in den Fels gemeißelt und halb einer Laune der Natur entsprungen zu sein schienen. Schluchten zogen vorüber, die sich in bodenloser Schwärze verloren.

Sie überquerten Brücken, kaum fußbreit. Vorsichtig machte Hel einen Schritt nach dem anderen. Ihr Kopf fühlte sich von letzter Nacht noch wie mit Watte ausgestopft und eine ungreifbare Verwirrung färbte alle Gedanken. Sie wusste nicht, wo ihre Erinnerung endete und die Träume begannen.

Nach einer Weile machten sie Rast, und Olowain öffnete ein Proviantpaket, das der König ihnen mitgegeben hatte. Sie aßen faustgroße dunkle Knollen mit einer knirschenden Schale und einem weichen, leicht süßen Inneren. Sie schmeckten nicht so schlecht, wie Hel befürchtet hatte. Nur das nussähnliche Trockengemüse, das Olowain dazu verteilte, war völlig ungenießbar, jedenfalls für menschliche Gaumen.

Während sie aßen, beobachtete sie Nova aus den Augenwinkeln. Er ließ sich nicht anmerken, was letzte Nacht zwischen ihnen vorgefallen war. Etwas in Hel begann zu flattern. Was war denn vorgefallen? Sie erinnerte sich, neben ihm gelegen zu haben, und sie hatten gesprochen … über Mercurin. Oder hatte sie das nur geträumt? Sie hatte eine Menge geträumt. Trotzdem wurde sie das Gefühl nicht los, Nova sehr nahe gewesen zu sein, so als wären sie Arm in Arm eingeschlafen und hätten sich große Geheimnisse anvertraut. Sie betete, dass das alles nicht passiert war. Oder wenigstens … dass er sich nicht an mehr erinnerte als sie. Als er ihren Blick bemerkte, verschluckte sie sich so sehr, dass Olowain ihr den Wasserschlauch geben musste. Sie trank in schnellen Zügen.

Nach der Rast wanderten sie weiter. Felsen in allen Formen wuchsen wie lange Dolche aus der unsichtbaren Höhe über ihnen. Wasser lief hier und da. Im Licht des Zauberstabs zogen die Rinnsale Spinnweben aus Silber in die Tiefe. Manchmal hörten sie das Echo von Tropfen. Doch meistens fiel das Wasser lautlos an ihnen vorüber, und die Stille ließ sie ahnen, wie gigantisch die Dunkelheit sich rings um sie erstreckte.

Dann erklangen merkwürdige Geräusche. Aus weiter Ferne hallte ein Stöhnen, das den Boden unter ihnen zittern ließ. Erschrocken blieb Hel stehen.

»Was ist das?«, stieß Berano aus, eine Hand am Schwertgriff.

Olowain lauschte den Echos nach. »Nichts«, sagte er dann. »Die Felsen sind tot. Es ist nur ein Windzug.«

Sicherheitshalber spähte Hel unter ihrer Augenklappe hervor, aber die Umgebung war dunkel, es gab kein Leben. Trotzdem wurde ihr mulmig bei der Vorstellung, die Felsen könnten erwachen, sich zu regen beginnen und sich verschieben …

Sie setzten ihren Weg fort, bis Olowain schließlich anhielt und sie sich schlafen legten. Die Müdigkeit bestimmte, wann der Tag zu Ende war und wie lange die Nacht währte. Olowains Stab blieb leuchtend in ihrer Mitte stehen und Hel war froh darüber. Die Finsternis machte sie unruhig. Nur auf der zweiten Sicht war sie dankbar, dass sie kein Licht erspähte; ängstlich behielt sie die Felsen im Blick.

Dreimal legten sie sich schlafen und aßen über die Hälfte des Proviants. Allerdings hatte Hel das Gefühl, dass sie öfter rasteten als einmal am Tag, und auch ihr Schlaf fühlte sich viel kürzer an, höchstens ein paar Stunden.

Ungewohnte Geräusche weckten sie. Als sie die Augen aufschlug, sah sie, dass Nova wach neben ihr lag. In der Nähe platschte Wasser. Mehrere Atemzüge lang horchten sie angestrengt. Es war nicht das übliche Plätschern von Tropfen. Die Geräusche waren viel zu ungleichmäßig.

»Was ist das?«, flüsterte Hel.

»Jemand ist da«, hauchte Nova. Sie starrten sich an. Dann

setzten sie sich gleichzeitig auf. Nova zog einen Finger Lirium aus seinem Beutel. Der Schein von Olowains Stab reichte noch aus, um einen kleinen Teich zwischen dem Gestein zu erkennen. Stockend gingen sie hinüber. Hel stieß erleichtert die Luft aus: Es war nur Harlem, die am Wasser kniete und sich die Hände wusch.

»Was machst du da?« Mit einem Seufzen steckte Nova den Finger Lirium zurück.

Harlem drehte sich um. Sie hatte ihre Haare gelöst, und Hel staunte, wie lang sie waren: Die schwarzen krausen Locken reichten fast bis zu den Knien der Zwergin. Sie musste sie gerade eingeölt haben. Nova warf Hel einen schnellen Blick zu und zuckte mit der Nase. Dass die Attentäterin sich um ihr Aussehen kümmerte, brachte sie zum Lächeln.

»Ich benutze Honigwurzelöl«, erklärte Harlem und zückte einen Holzkamm, um die wilden Locken zu bändigen. »Nichts macht kräftigere Haare.«

Hel setzte sich auf einen Felsen und sah zu, wie die Zwergin sich zwei feste Zöpfe flocht.

»Sieht hübsch aus.« Nova räusperte sich.

Die Zwergin hielt inne, um ihn anzufunkeln. Er trat einen kleinen Schritt zurück. »Es macht *kräftige* Haare. Nicht hübsche Haare!«

Harlem fuhr mit dem Flechten fort. Nach einer Weile brummte sie: »Echtes Honigwurzelöl gibt es nur in Gondurill. Überall sonst wird bloß gemischte Soße verkauft. So – stark wie Draht!« Sie prüfte den Zopf und zog kräftig daran. Offensichtlich zufrieden zwinkerte sie Hel und Nova zu. »Mit solchen Haaren kann man jeden erdrosseln.«

Starr sahen sie zu, wie Harlem eine Schlinge formte und dann rasch eindrehte und am Kopf feststeckte. Hel schüttelte die Bilder ab, die sich ihr aufdrängten. Es war schwer zu glauben, dass die Zwergin, die summend ihren Kamm wusch und einpackte, eine eiskalte Mörderin war. Wie viele Aufträge sie wohl schon erfüllt hatte? Und wie viele dank ihres Honigwurzelöls?

Hel warf Nova einen Seitenblick zu und bemerkte, wie blass er geworden war. Unauffällig kniete sie sich nieder, tauchte die Hand in den Teich und spritzte ihn nass. Vor Schreck sprang er zurück.

»Du …! Na warte!«

Quiekend ergriff Hel die Flucht. Ein paar Tropfen landeten in ihrem Nacken, doch sie war zu schnell für ihn. In ein paar Schritten umrundete sie den Teich, fuhr herum und stieß mit dem Fuß durch das Wasser. Womit sie Nova ärger erwischte als beabsichtigt.

Tropfend wie eine Tanne im Regen blieb er stehen. Hel öffnete den Mund, um eine Entschuldigung zu stammeln, aber sie brachte keinen Ton hervor. Und er hätte ihr auch nicht verziehen. Nun hieß es Nassmachen oder Nasswerden.

Prustend rannte Hel los, aber diesmal war Nova schneller. Ein eisiger Schwall klatschte ihr in den Rücken. Sie schrie auf und setzte zum Gegenangriff an. Nova stieß gegen sie und zusammen taumelten sie in den Teich.

»Genug«, japste Hel, aber sie musste so lachen, dass er sie kaum verstand. Dann stolperte sie über etwas, das auf dem Grund des Teichs lag. Nova konnte sie gerade noch festhalten und verhindern, dass sie rücklings ins Wasser fiel. Zitternd wischte sie sich die Haare aus dem Gesicht. Irgendetwas war unter Wasser. Sie bückte sich danach. Ein Stein. Mit Löchern …

Sie hob ihn aus dem Wasser. Und hielt einen Schädel in den Händen.

Herzschläge lang starrten sie den Schädel nur an. Er war größer als eine Leuchtkugel. Er hatte keine Zähne.

Atemlos blickte Hel zu Nova auf. Er zog sie aus dem Teich und der Schädel fiel ihr aus den Händen. Dumpf platschte er ins Wasser zurück. Hel sah, wie er über den Boden rollte. Da waren noch mehr seltsame Formen auf dem Grund. Plötzlich erkannten sie, dass der Teich voller Knochen war.

»Was macht ihr da?« Harlem erhob sich. »Was ist?«

Hel spürte kaum, wie fest sie und Nova die Hände umklammerten. Er schluckte. »Wir müssen hier weg. Sofort.«

Ohne sich loszulassen, umrundeten sie den Teich und liefen zu den anderen zurück, die inzwischen ebenfalls aufgewacht waren.

»Was geht denn hier vor?« Olowain stand auf.

»Da sind Knochen«, stammelte Hel.

»Was? Von wem?« Er sah sie verwirrt an.

»Von Trollen.« Alle fuhren zu Harlem herum. Sie kniete am anderen Ufer und hielt einen tropfenden, dunklen Schädel. Nachdenklich betrachtete sie ihn. »Trolle«, wiederholte sie, stand auf und schleuderte den Schädel ins Wasser zurück. Sich die Hände am Umhang abwischend, verließ sie den Teich.

Kelda zuckte die Schultern. »In den Bergen leben Trolle, irgendwo müssen sie auch sterben.« Er legte Hel eine Hand auf die Schulter. »Vor den lebenden Trollen müsste man sich mehr fürchten als vor den toten. Lasst uns aufbrechen.«

Sie gingen schneller als sonst. Hel war nicht die Einzige, die immer wieder angestrengt ins Dunkel spähte.

Ein dumpfes Grollen erklang. Berano hatte sein Schwert schon halb gezogen, ehe er sich erinnerte, dass es nur der Wind war. Ein Wind, bei dem der Boden erzitterte …

»Da waren so viele Knochen«, murmelte Hel Nova zu, als

sie nicht aufhören konnte, daran zu denken. »Wieso würden so viele Trolle an derselben Stelle sterben?«

Er fuhr sich nervös mit der Zunge über die Lippen. »Ich weiß auch nicht. Vielleicht konnten sie nicht schwimmen.«

Sie verdrehte die Augen. »Das ist nicht lustig!«

Er kicherte, doch damit konnte er seine Angst nur schlecht überspielen. Sie wusste, dass es ihm genauso unheimlich war wie ihr. Sie schlang die Arme um sich. Zwar war das Wasser an ihrem Umhang abgeperlt, doch ihre Schuhe waren noch nass, und ihre Zehen begannen, taub zu werden.

Dann blieb Olowain, der vor ihnen lief, zögernd stehen. Auch die Söldner hielten an. Hel drängte sich zwischen sie, um zu sehen, was los war. Ihr drehte sich der Magen um.

Ein halb verwester Troll lag auf dem Weg. Der gesamte Unterkörper fehlte; Knochen ragten aus dem dunklen Fleisch. Irgendetwas hatte ihm den Rücken aufgerissen. Der Fäulnisgeruch stand schwer und dick wie Brei in der Luft.

Olowain hielt sich den Ärmel vor Mund und Nase. Dann ging er in einem weiten Bogen um den Troll herum. Die anderen folgten ihm. Sobald der Geruch nicht mehr so penetrant war, rang Hel nach Luft. »Irgendwas hat den Troll getötet! Hier ist irgendwas!«

»Ja, irgendwas und *Trolle*!«, sagte Nova und schwenkte die Arme. In beiden Fäusten hielt er einen Finger Lirium. »Bitte, nimm diese unsinnige Augenklappe ab und halte Ausschau nach Trollen!«

»Ich hab den Silberling doch gar nicht drin.« Nervös sah Hel zurück. Aber es war stockfinster, auch auf der zweiten Sicht.

Die Gefährten tauschten unruhige Blicke. Inzwischen liefen sie so schnell, dass Hel allmählich außer Atem geriet. Der Tunnel führte bergauf. Rechts gähnte ein Abgrund, links führten zerklüftete Felsen in eine unbekannte Höhe. Der Verwesungsgeruch ging Hel nicht aus der Nase. Sie atmete nur noch durch den Mund, doch die Übelkeit blieb.

Dann machte der Weg eine Biegung und fiel steil ab. Hel stieß einen Schreckenslaut aus.

»Was?«, riefen mehrere auf einmal. Sie wies nach vorne.

»Leben«, krächzte sie.

»Trolle?!« Nova zog einen Liriumflakon auf.

»Nein, nein. Der Felsen. Da ist Licht im Gestein.«

Olowain seufzte angespannt. »Wir tragen Feenlichter. Und König Moradin hat versichert, dass der Berg tot ist. Dieser Tunnel ist Jahrhunderte alt und hat sich nie verschoben. Weiter, Freunde.«

»Vielleicht ist es ja der Ausgang«, sagte Caiden hoffnungsvoll.

Hel starrte nach vorne. Es sah nicht so aus, als würde Land vor ihnen liegen. Es war ein stilles, leicht pulsierendes Licht, das nur an einer Stelle glomm. Mit weichen Knien ging sie weiter.

Im Näherkommen erkannten sie, dass der Weg endete. Olowain ließ seinen Stab stärker aufleuchten. Der Gang erhellte sich. Vor ihnen lag ein großer Geröllberg. Mit der zweiten Sicht sah Hel, wie das Leben in ihm schwelte. Fäulnis hing in der Luft. Plötzlich erklang ein dumpfes Grummeln. Und Hel begriff, dass es kein lebendiges Gestein war. Sondern ein lebendiges Wesen.

Nach Westen

Der Tunnel bebte, als sich das Wesen zu regen begann. Wassertropfen fielen zitternd aus der Höhe. Dann öffneten sich in der grauen Masse zwei Augen und blinzelten ins Licht.

Es war ein Troll. Aber Hel hatte nie einen gesehen, der auch nur im Entferntesten so groß gewesen war. Langsam hob er den Kopf; er überragte sie um drei Mannslängen. Auf einem Sturmjägerschiff hätte er niemals Platz gehabt – die Kurbel, an der immerhin sechs Trolle drehten, hätte für ihn gerade einmal zum Sitzen gereicht.

Verwirrt starrte er Olowains leuchtenden Stab an. Ein Knurrlaut drang aus dem mächtigen Spalt, der sich irgendwo unter den Augen auftat, und sein Atem schlug ihnen entgegen. Hel wurde schwindelig. Dem Geruch nach hatte er einen Friedhof gefressen.

Er begann leicht zu schwanken und blinzelte träge. Dann schlug er eine Pranke auf die Erde und polterte plötzlich auf sie los.

Die Gefährten stießen Schreie aus.

»Macht das Licht aus!«, brüllte Arill.

»Rennt!«, rief Harlem.

Sie stürzten los, um die Biegung, den steilen Weg bergauf. Der Boden donnerte unter ihnen. Hel konnte kaum etwas sehen. Nur noch Schemen tanzten um sie her. Direkt hinter ihnen brüllte der Troll. Eine heiße Atemwoge spülte über sie hinweg.

»Hier!« Kelda, der vor ihr rannte, verschwand zur Seite und packte Hel am Arm. Er zog sie einen Felsen hinauf. Die anderen Gefährten erklommen ebenfalls den Geröllhang. Ein grelles Licht strahlte auf. Hel sah zurück.

Olowain stand unter ihnen, den Stab erhoben. Ein Blitz schoss auf den Troll zu und traf ihn vor die Brust. Er stieß ein dumpfes Grölen aus und taumelte zur Seite. Felsen krachten. Splitter und Steine stürzten in die Tiefe. Dann holte der Troll aus und ließ eine Faust durch die Luft sausen. Olowain stieß den Stab empor. Ein Lichtstrahl warf den Arm des Trolls so heftig zurück, dass er erneut ins Taumeln geriet. Er wirbelte im Kreis und donnerte seine andere Faust auf die Erde nieder. Nur knapp verfehlte er Olowain. Der Magier wich aus, stolperte über seinen eigenen Stab und fiel auf die Knie. Der Abgrund war nur Zentimeter von ihm entfernt.

Panisch tauchte Nova einen Finger in seinen Liriumflakon und pustete auf den Troll. Der zuckte kaum, als die Funken ihn berührten. Nova warf den ganzen Flakon. Das Glas zerklirrte an seiner Schulter und der Troll stieß einen ohrenbetäubenden Laut aus, halb Husten, halb Niesen. Mit zusammengekniffenen Augen starrte er zu den Gefährten empor, schien aber nicht zu begreifen, dass der Angriff von Nova gekommen war. Er hob eine Pranke, um sich vor dem Licht zu schützen, und grunzte tief.

Inzwischen hatte Olowain sich wieder aufgerappelt und umklammerte seinen Stab. Er feuerte auf den Kopf, doch traf nur die Pranke. Der Troll holte mit dem Fuß aus, um ihn zu zertreten. Olowain sprang zur Seite.

»Das Licht!«, schrie Harlem. »Er ist hinter dem Licht her!«

Olowain begriff. Statt auf den Troll zu zielen, richtete er seinen Stab in den Tunnel zurück. Eine leuchtende Blase schoss hervor, prallte an den Felswänden ab und schwebte davon. Im gleichen Moment ließ Olowain seinen Stab erlöschen. Wabernde Finsternis fiel über sie.

Der Troll sank brüllend auf alle viere und jagte dem Licht hinterher.

»Schnell«, japste Olowain. In der Dunkelheit rutschen die Gefährten den Geröllhang hinunter. Hel spürte gar nicht, wo sie sich überall die Haut aufschürfte. Sich gegenseitig an den Armen und Händen haltend, stolperten sie den Weg bergab. Als sie wieder um die Biegung kamen, entfachte Olowain ein schwaches Glimmen.

»Sind alle da?«, keuchte er. Sie sahen sich an, ohne stehen zu bleiben. In der Ferne hörten sie das Poltern des Trolls. Hel konnte nicht sagen, ob es sich entfernte oder näher kam. Wie betäubt rannten sie weiter, weiter, so rasch ihre Füße sie trugen. Dort, wo der Troll gelegen hatte, türmten sich die fauligen, halb aufgefressenen Kadaver von kleineren Artgenossen. Hel wollte nicht sehen, über was sie alles stolperte.

Sie rannten so lange, bis sie nichts mehr hörte außer ihrem eigenen Keuchen und dem Blut, das in ihren Ohren rauschte. Schließlich wateten sie durch tiefe Pfützen und merkten, dass es still um sie geworden war. Olowain bückte sich, um sein Gesicht mit Wasser zu benetzen und etwas zu trinken. Erschöpft taumelten sie weiter.

Irgendwann erschienen tiefe Spalten in den Wänden. Geisterhaftes Tageslicht zog Vorhänge in den Weg. Hel versuchte, einen Blick nach draußen zu erhaschen, doch es war viel zu hell, sie sah nur blendendes Weiß. Auch auf der zweiten Sicht ließ sich das Land jenseits der Felswände nicht erkennen, entweder weil es zu fern war oder weil es zu wenig Leben gab.

Dann sahen sie Licht am Ende des Tunnels. Von der Aussicht angetrieben, beschleunigten sie ihren Schritt.

Wieder ging es steil bergauf. Die Wände rückten enger zusammen und die Decke wurde niedrig. Das letzte Stück führte beinahe senkrecht nach oben. Sie mussten sich an den narbigen Wänden vorwärtsziehen und aufpassen, nicht auf den Steinen auszurutschen, die den Boden bedeckten. Kochend rotes Sonnenlicht stürzte zu ihnen herab. Als sie aus der Dunkelheit traten, war Hel, als würden sie in gefärbtes Badewasser eintauchen.

Blinzelnd kletterten sie aus dem Tunnel. Sie standen auf einem Felsvorsprung, der sich über tiefe Klippen beugte. Wind spülte an ihnen vorbei, doch die Luft war dünn, und Hel hatte das Gefühl, nicht richtig atmen zu können. Sie waren sehr weit oben. Nebel und Wolken vereinten sich ringsum und schluckten die dunkelnde Welt zu ihren Füßen. Die Sonne verblutete in den seidigen Schwaden, roh und leuchtend wie ein junges Herz.

Eine Weile standen sie im Licht, betrachteten die Welt, genossen die Freiheit. Hel öffnete die Hände, um den Wind zwischen ihren Fingern zu spüren. Ob es an der langen Dunkelheit lag und der plötzlichen Freude, die das Licht bewirkte – auf einmal war Hel glücklich. Sie musste lächeln. Sie waren weit gekommen. Und sie hatten den Troll überlebt.

Im Schutz eines Felsblocks, wo der Wind nicht so stark wehte, schlugen sie ihr Nachtlager auf. Der Proviant der Zwerge war fast aufgebraucht, doch das schien niemand außer Harlem zu bedauern. In den Wäldern würden sie jagen können und dank der vielen Wasserfälle und Bäche würden sie nicht verdursten.

»Der Troll … war ganz schön riesig«, bemerkte Caiden, als

sie aßen. Bis jetzt hatte noch niemand den Vorfall erwähnt. Es war auch keine Zeit gewesen.

»Kein Wunder, bei all den anderen Trollen, die er verdrückt hat!«, meinte Arill. Relis begann zu kichern, die anderen stimmten mit ein. Es war ein verzweifeltes und befreiendes Lachen, das sie alle bitter nötig hatten.

»Mal ehrlich. Wie konnte er so groß werden?«, fragte Nova.

»Er hat sich eben anständig ernährt«, kicherte Berano.

»Die Natur bringt immer Neues hervor, das ist normal«, sagte Olowain nüchtern. Sie wurden wieder ernst. »Angeblich stammen die Trolle dem Lebendigen Land direkt ab. Ihre Vorfahren waren also Felsen mit besonders viel Lirium. Und Felsen sind schließlich verschieden groß.«

Nach diesem für Olowain ungewöhnlich kurzen Vortrag verstummte er wieder, holte zwei Finger Lirium aus seinem Beutel und nahm die Spitze seines Stabes ab, um ihn aufzufüllen. Man konnte dem Magier ansehen, dass er in Gedanken woanders war, schon seit sie Gondurill verlassen hatten. Sie alle waren seitdem stiller geworden, wenn auch aus verschiedenen Gründen.

»Was glaubt Ihr, wie tief im Westen wir sind?«, wechselte Kelda das Thema.

»Ich vermute, wir sind recht nah an den Silbernen Steppen. Am Rand der Welt… Habt ihr vorher die Berge im Norden gesehen?«, fragte Olowain.

Sie schüttelten die Köpfe.

»Nun«, seufzte Olowain. »Ich habe in ihnen die Kauenden Klippen erkannt. Es gibt keine Gebirge, die ihnen ähneln. Der Fels ist dunkler als verbrannte Erde und die Gipfel spitz wie Wolfszähne. Da, wo die Kauenden Klippen die Gebirge des Mittlands berühren, liegt die Grenze zum Alten Reich und zu den Silbernen Steppen.«

Hel versuchte, sich vorzustellen, was jenseits all dieser Grenzen lag. Es war unmöglich. Wie konnte die Welt irgendwo aufhören? Andererseits schien es Hel auch unmöglich, dass alles unendlich weiterging. Darüber nachzudenken bedeutete, die Grenzen des menschlichen Verstands zu ertasten. Vielleicht die einzige Grenze, dachte Hel, die auch alle anderen Grenzen bestimmte.

»Wieso traut sich niemand in die Silbernen Steppen?«, fragte sie Olowain.

»Es ist ein sehr feindlicher Ort. Man hat versucht, dort Stürme zu jagen, doch es ist unmöglich. Die Winde sind zu stark, die Stürme haben jedes Schiff zerschmettert. Zu Fuß ist man sowieso verloren. Es ist ein Meer aus Gräsern, höher als ein Mann. Es heißt, unbekannte Bestien schleichen darin herum. Wenn man die Grenze zum Alten Reich überschreiten wollte, würde ich den Weg durch die Kauenden Klippen den Silbernen Steppen noch vorziehen. Dabei bedeuten die Kauenden Klippen fast sicher den Tod, selbst für einen erfahrenen Magier. Die Druiden des Alten Reichs haben gute Arbeit geleistet, als sie sich für immer abkapselten.«

»Also gibt es in den Silbernen Steppen noch Lirium«, schloss Arill und beobachtete Hel und Nova. »Können die Sturmjäger nicht wenigstens in die Nähe der Steppen gelangen, um Lirium zu sammeln?«

»Es ist nicht so leicht«, erklärte Hel. »Die Kauenden Klippen zum Beispiel sind noch lebendig, aber ein Zauber liegt über ihnen. Obwohl der Boden voller Lirium ist, verlässt es ihn nie, es gibt dort keine Liriumstürme. Das haben die Druiden damals absichtlich bewirkt.«

Nova nicke zustimmend.

»Die Magierschaft ist dabei, neue Methoden zu entwickeln«, sagte Olowain, ohne den Blick zu heben. »Niemand muss sich Sorgen darum machen, wo wir in Zukunft Lirium herbekommen. Es gibt noch genug Quellen.«

Hel fand das nicht überzeugend. Selbst wenn es noch Quellen gab, die auch zugänglich waren, würden diese eines Tages ebenso versiegen wie die anderen. Das Problem war dadurch nicht gelöst. Nur verschoben, auf die nächsten Generationen. Es machte Hel wütend, dass niemand Verantwortung übernehmen wollte, aber andererseits wusste sie auch keine Lösung. Vielleicht gab es keine. Vielleicht musste schlichtweg alles irgendwann enden. Feige wünschte sie sich, sie hätte in einer sorgloseren Vergangenheit gelebt, als man diese Überlegungen noch verdrängen konnte.

Olowain räusperte sich und zog seinen Umhang fest, ehe er sich schlafen legte. Auch die anderen verkrochen sich in ihre Umhänge und rutschten tiefer. Das Licht des Stabes wurde schwächer. Hel sah ihren Atem in die Nacht davontanzen und war froh über den magischen Stoff, der sie warm hielt.

»Morgen wirst du nach toten Stellen im Land Ausschau halten«, sagte Olowain leise zu ihr. »Ab hier bist du unsere Wegführerin, Hel. Ich habe eine vage Ahnung, wo Naruhl liegt … aber es hängt wirklich mehr an dir.«

Sie biss die Zähne zusammen und rang sich zu einem knappen »Gut« durch. Sie würde tun, was er verlangte. Aber nicht in der Hoffnung, Naruhl zu finden.

Sie suchte Keldas Blick und nickte kaum merklich. Er sah sie an und begriff.

Bei Tagesanbruch erwachten sie. Das Licht schien Hel greller als je zuvor, ob das nun an ihrer langen Zeit unter der Erde lag oder an der Tatsache, dass sie der Sonne hier oben näher waren. Nach einem kurzen Frühstück brachen sie Richtung Westen auf. Mächtige Felsen und Klippen versperrten ihnen immer wieder den Weg, und sie mussten mehr als einmal umkehren, wenn sich ein unüberwindbares Hindernis vor ihnen auftat.

Der Nebel verflüchtigte sich ein wenig, als der Tag voranschritt. Hel hielt im Land Ausschau, doch es gab überall tote Flecken. Gleichzeitig war keiner groß genug, um auf ein vernichtetes Dorf zu schließen. Hel fragte sich, ob hier, so weit von den Adern entfernt, überhaupt Menschen lebten. Wahrscheinlich nicht. Wie sollte sie dann den Dämon aufspüren? Wahrscheinlich war er viel weiter hinter ihnen, wo es Menschen gab, die er töten konnte. Hel wurde unruhig bei dem Gedanken. Vielleicht schaffte sie es, Olowain zu überzeugen, zurück nach Osten zu reisen. Er durfte keinen Verdacht schöpfen, dass sie nicht beabsichtigte, Naruhl zu finden.

Gegen Nachmittag stießen sie auf eine Stelle, wo der Berg in einem sanften Hang abfiel, und sie begannen ihren Abstieg. Dunkle Tannenwälder nahmen sie auf, deren Boden so dick mit Moos und Nadeln bedeckt war, dass ihre Schritte lautlos blieben. Vögel sangen in den Bäumen. In der Ferne knarzte Holz. Es begann, dunkel zu werden. Sie machten unter einer Tanne halt, deren Wurzeln sich wie ein Schiff ausbreiteten und ihnen allen Platz bot, in ihrer Umarmung zu schlafen. Doch sie waren hungrig vom langen Tagesmarsch, und die Söldner beschlossen, auf Jagd zu gehen. Nova holte das magische Taschentuch hervor, das seine Mutter ihm beim Aufbruch geschenkt hatte: Wie sie ihm erklärt hatte, gab er ein wenig Lirium darauf. Der weiße Stoff nahm die Magie sofort auf. Als Nova damit über Arills Arm strich, wurde er unsichtbar.

»Huuuh«, machte Nova. Er drehte sich zu Hel um und

strahlte. »Mir fallen gerade hundert Gelegenheiten ein, wo ich das hier benutzen werde.«

»Und ich wette, sie tragen alle Mädchennamen.«

Er lachte. Dass er keine schlagfertige Antwort fand, sondern sie nur anblickte, irritierte Hel ein wenig. Sie kratzte sich am Kopf und beobachtete, wie die Söldner sich einer nach dem anderen mit dem Taschentuch wegwischten. Schließlich war nur noch das Klappern ihrer Waffen zu hören.

»Wie lange hält das wohl an?«, wunderte sich die Stimme von Relis.

»Nicht so lange, wie es gedauert hat, sich ganz unsichtbar zu machen«, sagte Olowain und klopfte sich auf den Bauch. »Also beeilt euch, Freunde! Und bitte … versucht, etwas zu jagen, wovon wir lange satt werden.«

»Am besten ein paar Kröten für den Meister«, murmelte Berano.

»In Gondurill scheinen sie ihm ja gut geschmeckt zu haben«, erwiderte Caiden.

Olowain räusperte sich laut. »Ihr seid *unsichtbar*, meine Herren! Das heißt nicht, dass man euch nicht hören kann!«

Kichernd wie Jungen liefen die Söldner davon.

Währenddessen begannen die anderen Gefährten, Zweige für ein Feuer zu suchen. Harlem summte ein zwergisches Lied. Nova pikste Hel mit einem Zweig in den Arm. Sie schlug ihm mit einem Zweig auf den Hintern. Lachend wich er aus, und eine Weile duellierten sie sich ohne Rücksicht auf verletzliche Körperstellen, bis Hel über eine Wurzel stolperte und ihr das ganze Holz aus den Armen fiel. Ernst strich sie sich ihre Tunika glatt und sammelte alles wieder ein.

»Trottel!«, sagte sie zu Nova, weil ihr nichts anderes einfiel.

»Tollpatsch«, gab er unvermittelt zurück. Dann begannen sie, Schimpfwörter auszutauschen, bis sie so viel Feuerholz hatten, dass man damit einen Scheiterhaufen hätte bauen können, und ihnen die Beleidigungen ausgegangen waren. Rot vor Lachen schleppten sie sich zu Olowain und Harlem zurück, die bereits ein kleines Feuer entfacht hatten. Mit gerunzelter Stirn betrachteten sie den riesigen Berg aus Zweigen, den Hel und Nova neben ihnen ablegten.

»Würstchen«, sagte Hel, von Olowains Anblick neu inspiriert.

»Warzenweib«, sagte Nova.

»Schluss jetzt«, sagte Harlem.

Es dauerte nicht lange, bis die Söldner – inzwischen wieder vollkommen sichtbar – zurückkehrten. Sie hatten eine Gans erlegt und Hel spürte einen Anflug von schlechtem Gewissen. Hoffentlich hatten sie die Gans schnell und schmerzlos getötet.

Kelda übernahm die Zubereitung. Als die Gans über den Flammen briet, ließ der Duft ihre Mägen knurren, und bald sprachen sie nur noch über ihre Lieblingsspeisen. Harlem sorgte dabei für einiges Gelächter, und ihre Runde wurde so fröhlich, dass Hel fast vergaß, wieso sie hier waren. Es war lange her, dass sie einen so unbeschwerten Abend erlebt hatte. Die Erinnerung an Gharra und die Sturmjäger pochte in ihr, aber zum ersten Mal machte es sie nicht traurig.

Als die Gans fertig war, brachte Harlem zur Überraschung aller einen kleinen Beutel Salz zum Vorschein – echtes Salz aus den Minen von Gondurill. Damit wurde ihr Mahl zu einem kleinen Festessen. Sie konnten gerade noch verhindern, dass Harlem zwergisches Sauergewürz dazugab.

Erscheinungen und Stimmen

Er hatte seit zwei Tagen nichts gegessen. Seine Stiefel hatten Löcher und er konnte vor Kälte nicht mehr als zwei Stunden am Stück schlafen. Er zitterte schon seit so langer Zeit, es war erbärmlich.

Die Ader, jegliche menschliche Zivilisation lagen längst hinter ihm. Alles, was Karat sehen konnte, waren Berge. Berge, die geneigten Häupter der Welt, schlummernd in Daunendecken aus Nebel. Noch immer folgte er der Spur des Dämons, die nur noch selten unterbrochen war, und wenn, dann nur über kurze Strecken. Er verlor sie nicht mehr so oft und hatte das Gefühl, ihm immer näher zu kommen. Nichts konnte ihn aufhalten. Solange er dem toten Pfad folgte, musste er auch das Lebendige Land nicht fürchten. Der Dämon hinterließ ihm einen sicheren Weg.

Einmal fand er ein totes Kaninchen, das in der Mitte aufgerissen war. Karat untersuchte den Kadaver. Es gab keine Spuren von Zähnen oder Krallen. Die Wunde, die längs durch den Körper ging, stammte von einer Klinge. Das Blut leuchtete noch hellrot, es war nicht lange tot. Der Dämon war vor Kurzem hier gewesen. Karats Herz hämmerte vor Aufregung. Er aß die Reste des Kaninchens. Roh, so wie der Dämon es gegessen haben musste.

Bald. Bald werde ich mich über dich beugen, dein Blut an meinen Händen. Oder umgekehrt.

Oder umgekehrt.

Die Wälder hatten sich verändert. Karat konnte nicht sagen, woran es lag – vielleicht an der Luft, oder dem Licht, oder der Stille. Diese Stille, als würde die Welt den Atem anhalten. Aber es war mehr als alles andere ein Gefühl. Kalter Schweiß benetzte seine Stirn, er fühlte sich verfolgt und wachte mit fernen Stimmen auf, die aus dem Nebel zu ihm flüsterten. Er hatte wahrscheinlich Fieber.

Trotzdem beobachtete er Dinge, die sich nicht durch Fieber erklären ließen. Zum Beispiel, dass die Bäume reglos blieben, obwohl der Wind an seinen Kleidern zerrte. Oder dass er Schritte im Moos neben sich hörte, wenn gar kein Moos den Boden bedeckte.

Etwas stimmte nicht. Auch wenn er ihm keinen Namen geben konnte.

Dann sah er ihn.

Es war ein eisiger Morgen. Die Luft war so trocken und dünn, dass sie in den Lungen kratzte. Karats Atem war Dampf; ihm war, als würde er nach und nach seine ganze Lebenskraft aushauchen. Erschöpft taumelte er den Spuren nach, durch verdorrtes Unterholz und an grauen Bäumen vorüber, an denen nicht einmal Frost geblieben war. Er fühlte sich immer noch fiebrig. Die Umgebung verwischte vor seinen Augen und die Erinnerungen überkamen ihn wie ein Schauder …

Sybahl, in einer fernen, warmen Welt … flimmernde Wüste. Ihre Haut, so weich, mit den schrecklichen Narben auf dem Rücken und der sanften Vertiefung ihres Bauches … Verflucht, wenn er das alles nur überlebte, um sie noch einmal zu berühren!

Er biss die Zähne zusammen. Er bildete sich nicht ein, dass er sie liebte. Er hatte zu viel von der Welt gesehen und zu tief in sich selbst geblickt, um lieben zu können. Aber in diesem Moment gab er sich gerne der Vorstellung hin, dass Sybahl mehr war als eine Kurtisane in Har'punaptra, mehr als erkaufte Zärtlichkeit.

Die Nebel zogen auf. Dann erklang ein Schrei. Verdutzt blieb er stehen, nicht sicher, ob seine Sinne ihn getäuscht hatten. Dann folgte eine ganze Kaskade kreischender Stimmen. Ihr Echo hallte durch die Gebirge wie ein Gewitter.

Karat ging schneller. Er schlitterte einen Hang hinab. Tote Pflanzen zerstoben unter seinen Füßen zu farbloser Asche.

Plötzlich traf ihn etwas vor die Brust wie ein Hammerschlag. Keuchend stürzte er vornüber.

Benommen vor Schmerz blieb er liegen, das Gesicht im gefrorenen Gras, und konnte sich nicht bewegen. Ihm war, als würde etwas die Haut von seinem Fleisch ziehen – sein ganzer Körper war eine offene Wunde, alles stürzte aus ihm heraus –

Bilder fielen durch seinen Kopf, übergossen von Funken aus Schmerz. Der Boden begann zu dampfen. In wenigen Herzschlägen vertrocknete das Gras, knisternd wie Stroh im Feuer –

Dann war es vorbei. Karat japste nach Luft. Es fühlte sich an wie der erste Atemzug seines Lebens. Erst jetzt fand er die Kraft, den Kopf zu heben. Durch Tränen, Dunst und Dreck sah er eine Gestalt, die unter den hohen Bäumen zusammensackte. Ringsum lagen Körper. Ein Vogel fiel aus den Ästen wie ein Sack, gefolgt von losen Blättern. Irgendwo erklang ein panisches Wiehern. Nicht weit von Karat war ein Pferd zu Boden gestürzt und kämpfte sich nun wieder auf die Beine. Ein isischer Reiter glitt aus dem Sattel und wurde noch ein Stück am Steigbügel mitgezogen, ehe sein Fuß herausglitt und der Mann reglos im alten Laub liegen blieb. Hinkend trabte das Pferd in Karats Richtung. Es war die langsamste Flucht, die er je gesehen hatte. Doch das Pferd interessierte ihn nicht.

Gebannt starrte er die Gestalt an, die zwischen den Toten und Halbtoten kniete. Ein Umhang verbarg sie völlig. Nur eine Hand war zu sehen, die sich bebend auf der Erde abstützte. Die Finger gruben sich in welkendes Moos. Der Dämon. Er war es. Karat konnte vor Schreck und Freude nicht atmen.

Zitternd kroch der Dämon über den Waldboden. Er kroch auf einen Reiter zu – ebenfalls ein Ise –, der halb unter seinem Pferd begraben war, aber noch lebte. Er versuchte freizukommen, doch zu spät. Der Dämon erreichte ihn und presste eine schlanke weiße Hand auf seinen Rücken. Der Ise hörte auf, sich zu bewegen.

Langsam, mit gebeugtem Rücken, wühlte der Dämon in der Satteltasche des Toten. Als er einen halben Brotlaib fand, stopfte er sich alles auf einmal unter die Kapuze, verschlang das Brot gierig wie ein ausgehungertes Tier.

Karat begann, vor Angst zu zittern. Er hatte den Dämon beim Töten gesehen. Aber nichts war so erschreckend wie der Anblick der verhüllten Gestalt, die das Brot in drei Bissen zerriss und fraß. Nur schwer konnte er die Panik zurückkämpfen.

Dann erhob sich der Dämon. Karat wollte wegkriechen, doch die Furcht lähmte ihn. Der Dämon aber stand mit dem Rücken zu ihm und sah ihn nicht. Wie schwebend setzte er sich in Bewegung. Karat blinzelte. Der Dämon bewegte sich schneller als ein Mensch. Seine Gestalt schien in der Luft zu flimmern. Innerhalb von Sekunden war er in der Dunkelheit des Waldes abgetaucht, schneller, als das Leben ringsum welken konnte.

In der Dunkelheit sprachen die Bäume zu Karat. Ja, sie wussten von dem Dämon. Sie hatten ihn ebenfalls gesehen und sahen ihn noch, wie er irgendwo dort draußen durch die Nacht glitt wie ein Hai durch schwarze Gewässer. Karat erinnerte sich daran, wie er als Kind auf den Inseln von Haien geträumt hatte, furchtbare Albträume. Der alte Mann im Dorf hatte nur noch ein Bein, seit ein Hai ihn angegriffen hatte. Die Kinder fürchteten sich vor ihm und seinen Geschichten.

Aber wie… hatte er den Hai überlebt? Hatte er ihn getötet?

Zwischen Vergangenheit und Fieber glitten Schatten an Karat vorüber. Er wusste nicht, was sie waren, dachte aber auch nicht über mögliche Antworten nach. Zitterndes Mondlicht fiel durch die schwankenden Tannen und verebbte wieder, wie Finger, die nach ihm greifen wollten und ihn nie fanden. Fingerkinder im Uferwasser.

Du musst… ich muss… ihn töten.

Wie sollte er den Dämon nur töten? Er musste an ihn herankommen, wenn er so schwach war wie vorhin. Er war also doch schwach. Er war auch schwach. Er musste essen wie ein Mensch. Aber die Schmerzen! Es hatte so wehgetan, in seine Nähe zu kommen.

Du könntest… ich könnte ihn töten.

Wenn er nur nahe genug herankam. In der Dunkelheit umfasste er den Griff seines Araidann. Er schloss sie Augen und betete, wie er seit seiner Kindheit nicht mehr gebetet hatte. Doch er rief nicht die Geister von Wind und Meer an, nicht den Gott der Fische und die Göttin der Sonne – diese

Götter waren tote Märchen. Er rief die Stimmen des Waldes an, die mit ihm sprachen. Mochten sie ihn führen. Mochten sie sein Schwert führen, wenn der Augenblick gekommen war.

Ich könnte … ja, wir könnten …

Geister

Sie brachen früh morgens auf und verzehrten den Rest des Abendessens auf dem Weg. Olowain hatte ganz offensichtlich keine Ahnung, wo Naruhl lag, und führte sie einfach westlich bergab; immer wieder sah er sich um, als wollte er die Bäume um Rat fragen, oder warf Hel hoffnungsvolle Blicke zu. Aber ihr fiel mit der zweiten Sicht nichts auf. Die Wälder waren kaum lebendig. Tief unter der Erde glommen dünne Adern Lirium, doch nur selten reichten sie bis an die Oberfläche, um Bäche, Felsen oder Pflanzen mit Magie zu füllen. Selbst wenn Naruhl ganz nahe war – oder ein ausgerottetes Dorf –, würde es nicht leicht zu erkennen sein. Hel musste aufmerksam bleiben.

Den ganzen Tag wanderten sie durch die Gebirge. Die Sonne blieb ein ferner Fleck hinter Zweigen, Berggipfeln und Wolken. Wenn der Umhang von Hels Arm rutschte, spürte sie, wie kühl es war. Als die Nacht anbrach, gefror ihr Atem in der Luft.

Wie gestern benutzten die Söldner Novas Taschentuch, bevor sie auf Jagd gingen. Hel erspähte Tiere mit der zweiten Sicht, die bei einem Bach in der Nähe tranken, und wies den Söldnern den Weg. Es dauerte nicht lange, bis sie mit einem erlegten Reh wiederkehrten.

Nova runzelte die Stirn. »Wird das nicht schlecht? Ich meine, so viel können wir doch nicht essen …«

»Es ist kalt. Da hält sich das Fleisch«, erwiderte Kelda und begann, das Reh mit seinem Messer zu zerteilen. »Außerdem sind wir zu neunt. Es wird schnell gegessen sein.«

Das abendliche Mahl verlief stiller und weniger fröhlich als gestern. Der lange Tagesmarsch hatte sie erschöpft. Vor allem aber bedrückte sie, dass sie nicht wussten, ob sie auf dem richtigen Weg waren. Es war gut möglich, dass sie heute nur weiter von Naruhl weggelaufen waren, ohne es zu ahnen.

»Lasst uns morgen einen Ort suchen, wo man einen guten Blick auf das Land ringsum hat«, murmelte Hel. »Dann sehe ich vielleicht was …«

Olowain nickte gedankenverloren. Dann räusperte er sich. »Ja. Das ist eine sehr gute Idee. Morgen.«

Als sie in der Dunkelheit lagen, konnte Hel keinen Schlaf finden. Ohne dass ein besonderer Gedanke sie wachhielt, starrte sie in die Nacht.

Dann hörte sie Nova neben sich die Nase hochziehen.

»Nova?«, flüsterte sie.

Er drehte den Kopf. »Hm?«

»Bist du wach?«

»Hmhm. Du?« Er klang eher, als wäre er schon halb eingedöst.

Sie schob sich die Hände unter das Gesicht. »Die Isen stecken nicht hinter den abgestürzten Schiffen. Und auch nicht hinter den ausgelöschten Dörfern.«

Er drehte sich ganz zu ihr um. Sie hörte, wie er die Zunge vom Gaumen löste und schluckte. »Das glaube ich auch nicht.«

»Warum?«, flüsterte sie.

Er zuckte die Schultern. »Ich hab so ein Gefühl … Außerdem haben die Isen ein Ziel, nämlich Rebellion oder Krieg gegen die Magierschaft oder was weiß ich. Wenn sie die Macht hätten, so viel Zerstörung anzurichten, würden sie ganz andere Sachen machen. Sachen, die ihnen mehr nützen.«

Hel schloss die Augen. »Eben…«

Eine Weile schwiegen sie. Trotzdem wusste Hel, dass er nicht einschlief.

»Ich habe überlegt«, sagte sie dann so leise, dass sie sich selbst kaum hörte, »ob, wenn ich Naruhl sehen sollte… ob ich dann nicht einfach…«

»Ich weiß«, wisperte er.

Sie atmete zitternd aus. »Wenn es die isische Rebellenanführerin gibt, ist sie denn wirklich… ich meine, vielleicht ist sie gar keine Mörderin.«

Er seufzte leise, ohne zu antworten. Auch sie sagte nichts mehr. Sie dachten dasselbe.

Am nächsten Tag setzten sie ihren Weg fort, bis sie einen Felsvorsprung erreichten, der sich über die Klippen beugte. In alle Richtungen erstreckten sich die Gebirge, ein Meer aus Schatten und Formen. Hel drehte sich im Kreis und suchte das Land ab. Die Gesandten ließen sich nieder, um zu rasten.

»Die Wrauden würden uns hier nicht finden, oder?«, fragte Harlem. »Wir wären schneller mit ihnen.«

»Wir finden uns immer. Aber ich kann sie nicht rufen«, sagte Kelda. Olowain runzelte die Stirn, sodass Kelda fortfuhr: »Es gibt keine Straße, die sie zu uns führt. Es wäre zu gefährlich für die Wrauden. Ich rufe sie nicht ins Lebendige Land, schließlich tragen sie keine Feenlichter wie wir.«

»Hm. Verstehe«, sagte Olowain, doch es klang nicht, als würde er verstehen. Er hielt Keldas Sorge um die Wrauden, die schließlich nur Tiere waren, wohl für eine isische Eigenart.

Hel deutete ins Land hinab. »Da hinten ist kaum Leben. Es wäre möglich, dass Naruhl in dieser Richtung liegt.«

Olowain erhob sich und trat neben sie. »Wo? Im Süden?«

»Dort. Bei den zwei Gipfeln.«

»Südosten. Bist du sicher?«

Hel schüttelte den Kopf. »Nein. Aber ich würde es zuerst dort versuchen.«

Olowain sah mit verkniffenem Mund hinab. Dann nahm er seinen Stab fester und reckte sich. »Nun denn. Dann ist das unsere Richtung.«

Die Wälder schienen dunkler zu werden, je tiefer sie stiegen. Mächtige Klippen ragten über ihnen auf und schluckten das Tageslicht. Auch die Stille wurde immer dichter. Das gelegentliche Vogelrufen blieb bald aus und kein Wind bewegte die Zweige. Irgendetwas behagte Hel hier nicht, auch wenn sie sich einzureden versuchte, dass es nur die allgemeine Stimmung und Orientierungslosigkeit waren. Aber das erklärte nicht, warum sie sich immer wieder umdrehen wollte, als wäre etwas hinter ihnen. Sie konnte das Gefühl nicht abschütteln, beobachtet zu werden. Als wären die Tannen Gestalten in schwarzen Mänteln.

Weil es so dunkel war, bemerkten sie die Dämmerung nicht. Die Umrisse der Bäume verwischten mit einem Mal, als wäre die Nacht wie ein Tuch über sie gefallen. Die Gefährten hielten an und entfachten ein Feuer, um das Fleisch zu braten.

Nachdenklich blickte Hel in die Flammen.

»Wir könnten auch nach Spuren suchen«, schlug Relis vor. Hel blicke auf. Es kam nicht oft vor, dass die Söldner einen Vorschlag machten – dieses Vorrecht nahm sich höchstens Arill heraus.

»Spuren von Reitern oder Wanderern«, erklärte Relis und spuckte ein Knorpelstück ins Feuer. »Irgendwie müssen die Rebellen schließlich nach Naruhl kommen.«

Olowain nickte. »Du hast recht. Lasst uns darauf achten.«

Plötzlich schwebte ein Licht vorüber. Hel stieß einen Schreckenslaut aus.

»Was ist?«, rief Nova.

Die Söldner fuhren auf.

Entgeistert starrte Hel dem Licht nach, das rasch im Unterholz verschwand. Niemand sonst bemerkte es. »Da war etwas«, stammelte sie. »Auf der zweiten Sicht!«

»Hier?«, fragte Olowain.

»Ja, jemand ist gerade vorbeigegangen!«

»Ich habe nichts gesehen«, sagte Harlem.

»Und nichts gehört«, warf Arill ein.

Fassungslos schüttelte Hel den Kopf. »Ich habe das Licht mit der zweiten Sicht gesehen. Jemand ist vorbeigelaufen. Direkt hier.«

»Bist du sicher?« Olowain packte seinen Stab mit beiden Händen.

»Vielleicht … nur ein Geist«, murmelte Hel, aber sie wusste, dass es zu wenig Magie in der Umgebung gab, um Geister anzulocken. Vor allem in der Größe.

»Jemand könnte einen Unsichtbarkeitszauber angewandt haben«, sagte Nova. Sie starrten sich an. Die Angst stieg wie kaltes Wasser um sie.

»Ausgeschlossen«, sagte Olowain so energisch, dass niemand ihm recht glauben konnte. »Diese Zauber sind Magiern vorenthalten und nicht käuflich. Und ich glaube kaum, dass ein Mitglied der Magierschaft in der Nähe ist.«

Hel presste die Lippen aufeinander. Sie hatte selbst oft genug gesehen, wie Unsichtbarkeitszauber und vieles mehr auf verbotenen Märkten angeboten wurden.

»Wir hätten doch auch Schritte gehört, wenn jemand vorbeigekommen wäre«, sagte Caiden.

Berano runzelte die Stirn. »Und wenn es der Dämon …«

Eisiges Schweigen folgte diesem Gedanken. Niemand wagte, sich zu regen. Mit klopfendem Herzen spähte Hel über ihre Schulter in den Wald zurück, doch dort war nichts zu erkennen. Die Dunkelheit blieb vollkommen.

»Vielleicht habe ich mich geirrt«, sagte Hel mühsam. Sie wusste, was sie gesehen hatte. Aber es half nicht, die anderen zu beunruhigen. Wahrscheinlich war es sowieso nur eine natürliche Erscheinung gewesen. Ein wenig Lirium in der Luft. Wahrscheinlich … Trotz des magischen Umhangs begann Hel zu bibbern.

In dieser Nacht fiel es ihr noch schwerer einzuschlafen. Sie hatte das Gefühl, dass es den anderen ähnlich ging. Jedenfalls verhielten sie sich verdächtig ruhig, nicht einmal ein Schnarchen von Harlem war zu hören. Angespannt lauschte Hel in die Nacht. Jedes Licht, das sie mit der zweiten Sicht erspähte, ließ sie zusammenfahren. Einmal liefen ein paar Rehe vorüber und erschreckten sie zu Tode.

Schließlich gelang es ihr doch einzudösen. Unruhige Träume verfolgten sie voller fremder Stimmen und Windrauschen … schwarze Bäume, die sich zu ihnen hinabbeugten und ihre Zweige öffneten, um sie zu verschlucken … die ganze Nacht hielt sie das Feenlicht, das sie um den Hals trug, fest umschlossen.

Als es dämmerte, schlug sie ohne besonderen Grund die Augen auf. Vor Schreck fuhr ein Stich durch ihr Herz: Ein Licht kam auf sie zugeflogen.

Wie vom Blitz getroffen sprang sie auf und trat versehentlich Nova in den Rücken »Wa…?«

»Tix!«, stieß sie aus.

In weiten Spiralen kam der Pixie angeflogen und fiel dann wie ein feuchter Waschlappen zu Boden. Hel konnte ihn gerade noch auffangen. Schwächlich glimmend lag er in ihrer Hand und verdrehte den großen runden Kopf.

»Tix! Was machst du denn hier?«

Der Pixie röchelte leise. »Huuu… nger!«

Hel schlug ihren Beutel auf und öffnete den Finger Lirium. Freigiebig kippte sie die schwarzen Funken in Tix' aufgerissenes Maul. Als sie den Finger wieder verschloss, öffnete Tix erst ein, dann auch das andere Auge. Dann sprang er auf, flog quietschfidel aus ihrer Hand und begann, sein eigenes Licht abzuklopfen, als wollte er es von Hels Berührung reinigen.

Inzwischen war auch Nova aufgewacht und erhob sich verwundert.

»Deine Wachtel hat mich geschickt, um dir was zu geben«, zirpte Tix.

Nova machte einen Schritt vor. »Aricaa schickt dich?«

»Ich soll dir das hier von ihr geben.« Tix streckte die Brust vor und schlug sich dagegen. Dann brach er in helles Gekicher aus.

Etwas in Novas Gesicht erlosch. »Dein Herz? Sie gibt mir das Herz zurück… Und du hast das Glas natürlich aufgebrochen und es dir genommen!«

»Korrekt!«

Nova senkte die Schultern und rieb sich die Stirn. »Was willst du dann noch hier? Du bist frei und niemandem verpflichtet.«

»Ich sollte dir ja noch etwas von ihr geben.« Tix flog näher heran. Direkt vor Novas Gesicht holte er aus und trat ihm mit aller Kraft ins Auge.

»Au!« Nova taumelte zurück und stolperte über Olowain und Harlem. Die Gefährten erwachten.

»Mistvieh!«, rief Nova.

»Was? Also …« Entsetzt richtete Olowain sich auf. »Wie bitte?«

Tix gackerte.

»Na warte!« Nova versuchte, ihn zu fangen, doch Tix wich aus, und Nova stürzte über Caiden und Berano. Nun waren endgültig alle aufgewacht.

»Du hast es voll vermasselt mit der pummeligen Pute!«, zwitscherte der Pixie.

Nova nahm die Hand vom Auge, um ihn böse anzufunkeln. »Aricaa ist keine pummelige Pute! Sie ist wunderschön, und ich verbiete dir, so über sie zu reden!«

Tix streckte ihm die Zunge raus und blubberte Spucke.

»Was geht hier vor, um Himmels willen?« Olowain stand auf.

Hel seufzte. »Novas Verlobung. Oder besser gesagt, die Auflösung davon.«

»*Hier*?« Olowain ließ seinen Stab aufleuchten, um Tix zu inspizieren. »Wie hast du uns überhaupt gefunden, Geist?«

Tix wies mit dem Finger in die Luft. Olowain sah nach oben.

Eine Eilige Feder schwebte aus dem Himmel zu ihnen herab. Hastig zog Olowain ein Stück Papier unter seinem Umhang hervor. Die Eilige Feder begann sofort zu schreiben. Beim Lesen weiteten sich Olowains Augen.

»Ist das eine Nachricht von Aricaa?«, stammelte Nova nervös. »Wieso schreibt sie Euch, Meister Olowain? Was auch immer sie sagt, ich habe nichts –«

»Von der Magierschaft«, unterbrach ihn Olowain, ohne den Blick vom Brief zu wenden. Als die Feder fertig und ihre Aufgabe erfüllt war, sank sie leblos zu Boden. Olowain packte das Papier mit beiden Händen. »Die Isen sind entlang des Flusses gewalttätig geworden. Isische Arbeiter in Kapua haben die Felder in Brand gesetzt. Die Ernte eines ganzen Jahres –« Er biss die Zähne zusammen. Das Papier knisterte in seinen Fäusten. »Es ist zu spät. Der Isenaufstand ist da.«

Fassungslos starrten sich alle an.

»Aber…« Hel schluckte. »Dann gibt es Mutter Meer wirklich? Und sie ist nicht mehr in Naruhl?«

»Ich weiß nicht, ob es eine Anführerin gibt.« Olowain überflog den Brief wieder. »Aber wie es scheint, brechen die Kämpfe überall aus. Wahrscheinlich brauchte es nicht einmal eine Anführerin. Der Glauben an eine hat bereits genügt.« Er hob den Blick zu Kelda. »Und Zeit.«

Ein eisiges Blitzen lag in Olowains Augen, wie Hel es nie zuvor gesehen hatte. Er knüllte den Brief zusammen. »Ich werde dich nur einmal fragen, Kelda, und erwarte eine ehrliche Antwort. Hast du uns absichtlich in die Wildnis geführt, um deinesgleichen Zeit zu verschaffen?«

Die Worte trafen sie wie Schläge. Harlem blinzelte verdutzt. Kelda starrte Olowain an.

Der Magier packte seinen Stab und kam einen Schritt auf ihn zu. »Antworte. Habe ich recht mit meinem Verdacht?«

Sie standen sich so dicht gegenüber, dass ihre Nasenspitzen sich fast berührten. Kelda regte sich noch immer nicht. Dann sagte er leise, ohne den Blick zu senken: »Nein.«

Olowain fixierte ihn. Der Stab glomm auf und erlosch wie ein zitternder Herzschlag. Hel fragte sich, ob der Magier vielleicht Gedanken lesen konnte, und fürchtete um Kelda.

Sie war bereit einzuschreiten – ja, sie spürte, dass sie Kelda beschützen würde, wenn …

Dann drehte Olowain sich endlich um und kehrte den anderen den Rücken zu. Kelda atmete so tief durch, dass seine Schultern bebten. Ein Geräusch entschlüpfte seinem Mund, halb Keuchen, halb Zischen. »Aber ich wusste … dass die Rebellion kommen würde, bevor wir Mutter Meer finden.«

Keiner bewegte sich. Olowain umklammerte seinen Stab so fest, dass die Knöchel hervortraten. Kelda beobachtete ihn und in seinen Augen schrien Stimmen des Triumphs und des Hasses, der Verzweiflung und der Schuld.

Langsam wandte Olowain sich zu ihm um. Sie sahen sich an und da war sie, die Wahrheit, wie eine Pfütze zwischen ihnen. Hel rang nach Luft.

»Ich war dabei, als Ozah uns gesagt hat, dass die Rebellen sich in Naruhl sammeln! Kelda hat das nicht erfunden«, sagte sie fest. »Er hat nur getan, was Ihr von ihm verlangt hat. Ihr habt ihn nicht gefragt, was er davon hält, oder? Ihr könnt ihm nicht vorwerfen, dass er etwas geahnt hat, das nun eingetreten ist.«

Olowain blähte die Nasenflügel vor Erzürnung, doch der Augenblick verging. Schließlich sah er in die Runde, ohne irgendjemanden wahrzunehmen, und murmelte: »Packt eure Sachen. Wir kehren um.«

Niemand rührte sich, bis Olowain losging. Die Söldner blickten fragend zu Arill.

»Einfach so?« Unentschlossen strich Harlem über ihre Stilette.

»Du wirst deinen Lohn erhalten, als hätten wir unsere Mission erfolgreich abgeschlossen, Harlem«, gab Olowain zurück. »Packt zusammen!«

Arill gab den Söldnern einen Wink, dem Befehl zu folgen.

»Was ist mit Mutter Meer?«, rief Nova dem Magier nach, der inzwischen einen Hang hinaufstapfte. »Ist sie jetzt nicht mehr gefährlich? Nach allem, was sie angeblich getan hat? Die abgestürzten Schiffe und –«

Olowain fuhr herum, nicht nur wegen Nova, sondern auch wegen eines Busches, in dem sich sein Umhang verheddert hatte. Wütend versuchte er, den Stoff herauszureißen, und fiel beinahe hin. »Sieh dich um, Junge! Hier in dieser Wildnis ist keiner! Die Wälder sind verhext. Niemand, der halbwegs bei Verstand ist, würde sich hier verstecken, erst recht nicht, wenn man Anhänger um sich scharen will.«

»Aber sie hat doch dämonische Kräfte, Mutter Meer«, sagte Nova leise. »Moment mal – die Wälder hier sind verhext, was soll das heißen? Was heißt das?«

Olowain wurde bleich vor Wut. »So oder so – die Magierschaft hat keine Zeit mehr, erfundenen oder auch nicht erfundenen Rebellen nachzuspüren. Echte Rebellen aus Fleisch und Blut sind bereits vor den Toren unserer Städte! Wir müssen sie nicht erst im Niemandsland suchen.«

Hel ballte die Fäuste. Sie hatte es ja gewusst – es ging der Magierschaft nur darum, einen Sündenbock zu finden.

»Aber was ist mit den abgestürzten Schiffen? Und den ausgerotteten Dörfern?«, hakte Hel nach. »Wir sind hergekommen, um die Verbrecher zu finden!«

»Und sie sind in Aradon!«, herrschte Olowain sie an. Hel machte einen Schritt zurück. »Sie sind bereits in Aradon«, wiederholte Olowain leiser. Als er sich wieder zum Gehen wandte, schüttelte Hel den Kopf.

»Nein … die isischen Rebellen sind in Aradon. Nicht der Dämon. Wir sind hier, um den Dämon zu finden.«

»Fein. Du willst einen Dämon finden, der am Absturz deines Schiffes schuld ist. Rache, ich verstehe vollkommen, es ist eine absolut legitime Regung.«

Hel sah ihn mit zusammengepressten Lippen an. Er merkte nicht, wie seine Worte ihr wehtaten. Oder er verletzte sie mit Absicht.

»Aber ich werde dir nun etwas sagen, meine junge Freundin: Wenn du dich so beharrlich weigerst, an rebellische Isen zu glauben, dann musst du dich damit abfinden, dass das Lebendige Land an allem schuld ist. Naturkatastrophen, die sich zufällig in einer Zeit des Aufruhrs ereignet haben.«

Hel merkte kaum, dass sie den Kopf schüttelte; erst als Olowain die Stirn runzelte, wurde es ihr bewusst. »Was, du glaubst mir nicht? Weißt du, wozu das Land fähig ist?« Er kam langsam auf sie zu. »Weißt du, welche Kräfte in der Erde schlummern? Dann werde ich dir etwas erzählen. Die Gebirge sind unbewohnt, wurden weder von Zwergen noch Menschen je bevölkert, weil hier ein unheimlicher Zauber herrscht. Dass du gestern ein Licht vorüberschweben gesehen hast, wundert mich nicht. Auch ich habe Stimmen gehört, nachts … es gibt Dinge, die jenseits unseres Verständnisses liegen. Vielleicht ist das auch gut so.« Er funkelte sie an. »Und jetzt lasst uns diese verwunschene Wildnis verlassen, solange wir können.«

Hel schluckte schwer.

»Alles klar!« Nova packte Hel am Arm, um sie vorwärtszuziehen. »Wir gehen!«

Schweigen lag für den Rest des Tages über ihnen. Keiner sagte etwas, sogar ihre Blicke wichen sich aus. Hel konnte nicht fassen, dass es das gewesen sein sollte. Eine völlig sinnlose Reise quer durch das Land, für nichts. Nur um zu hören, dass hinter dem Absturz der *Schwalbe* wahrscheinlich eine

Laune des Lebendigen Landes steckte, über die sie sich nicht den Kopf zerbrechen sollte. Sie sollte das Ganze einfach hinunterschlucken. Vergessen. Und wenn die Wut sich nicht schlucken ließ, sollte sie ihren Hass auf jemand anderen richten. Die Isen boten sich an.

Abends, als sie um das Feuer saßen und darauf warteten, dass ihr Essen gar wurde, brach Nova die Stille: »Warum genau … sagt man denn, dass die Gebirge hier verwunschen sind?«

Olowain stierte weiterhin in die Flammen, antwortete aber: »Viele Geschichten. Hauptsächlich erfundene Geschichten, die erklären wollen, was sich nicht erklären lässt. Vor langer Zeit, als alles hier noch zum Alten Reich gehört hat, glaubten die Menschen an ein Volk, das die Welt vor uns beherrschte.«

»Alahr«, nickte Harlem. »So heißen sie bei den Zwergen. Es hat sie wirklich gegeben.«

»In der Alten Sprache nannte man sie *Aljen*«, fuhr Olowain fort. »Später wurde daraus Elfen.« Er schnippte ein Stöckchen ins Feuer. »Und ich bezweifle, dass es sie gegeben hat.«

Harlem warf ihm einen scharfen Blick zu, sagte aber nichts.

»Manche glauben, es gibt sie noch immer, hier, zurückgezogen in den tiefen Wäldern. Sie haben kein eigenes Licht. Sie müssen sich von Lirium nähren wie Geisterwesen, sind darum auch nicht vom Lebendigen Land gefährdet. Sie haben den Menschen Magie beigebracht und den Druiden einst die Herrschaft ermöglicht.«

»Was ist dann aus ihnen geworden?«, fragte Nova.

»Nichts«, erwiderte Olowain. »Weil es sie nie gegeben hat. Sie sind Erfindungen, um die Magie des Landes verständlich zu machen.«

»Woher wollt Ihr das wissen?«, murmelte Harlem.

»Nun, wenn es Elfen wirklich gegeben hätte, würden sie immer noch Herrscher der Welt sein, oder?«

»Also gibt es keine Elfen, aber warum sind die Wälder dann verwunschen?«, fragte Nova.

»Was weiß ich«, schnappte Olowain gereizt. »Antworten, Antworten! Auf manche Dinge gibt es keine Antworten, sie sind einfach, wie sie sind.«

Nova schwieg beleidigt. Kelda nahm das Fleisch vom Feuer und schnitt es in gerechte Teile. Harlem reichte das Salz herum. Sie begannen zu essen.

»Es gibt schon Antworten auf alles«, murmelte Nova zwischen zwei Bissen. »Nur weil man sie nicht hat, heißt es nicht, dass sie nicht da sind.«

Wiedersehen

Sie erwachten mit Frost. Als Hel sich erhob, knisterten ihre Kleider, und die blasse Kruste aus Eiskristallen bröselte vom Stoff. Sie wickelten sich fest in ihre Umhänge und gingen los.

Hin und wieder schwebten Schneekörner durch die Zweige. Die Luft schien ganz aus blauem Nebel zu bestehen. Jeder Baum und Strauch und Stein sah darin wie eine Gestalt aus, bereit, im nächsten Moment über sie herzufallen. Ein einsames Holzknarzen in der weiten Stille erschreckte Hel so sehr, dass sie schon ihren Beutel geöffnet und den Finger Lirium gezückt hatte, bevor sie begriff, was sie tat. Sie versuchte, sich zu beruhigen. Was konnte ihnen schon zustoßen? Mit den Söldnern und Olowain an ihrer Seite hatte sie nichts zu fürchten …

Trotzdem lag sie nachts wach in der Dunkelheit, das Feenlicht in der Hand. Der Wind pfiff durch das Geäst und heulte in nahen Schluchten. Ab und zu bogen sich die Bäume so sehr, dass Sternenlicht zu ihnen herabfiel und die einsamen Schneeflocken wie blinzelnde Augen durch die Schwärze glitten.

Ein kühler Hauch streifte Hel. Sie schauderte in ihrem Umhang. Da war etwas … ein Seufzen. Der Wind. Sie umklammerte ihr Feenlicht fester. Hoffentlich war es der Wind. Sie lauschte angestrengt. Nur das Rauschen der Bäume antwortete ihrem trommelnden Pulsschlag.

Sie döste ein. Kaum eine Minute schien verstrichen zu sein, als sie wieder zu sich kam, noch immer in derselben Position und den Anhänger in der Faust. Mit der zweiten Sicht sah sie, wie Lirium durch den Boden wanderte. Sie richtete sich auf. Überall strömten feine Adern aus der Tiefe. In dieselbe Richtung.

Eine Weile konnte sie nur dasitzen und es beobachten. Die Adern waren fein wie Spinnweben. In einem trägen Takt bewegten sie sich voran, winzige Funken, wie Ameisen auf dem Weg zum Bau.

Hel atmete flach aus. Als sich ihr Beutel zu bewegen begann, unterdrückte sie einen Schrei. Tix kam zum Vorschein, ihren Finger Lirium im Arm. Wahrscheinlich hatte er die ganze Nacht versucht, ihn zu öffnen.

»Tix?«, hauchte sie. Der Pixie hörte sie nicht. Wie verzaubert starrte er in die Nacht. »Tix!«

Der Finger Lirium glitt ihm aus den Armen. Er schwebte davon.

»Wo gehst du hin?«, flüsterte sie. Klamm kam sie auf die Beine, um ihm zu folgen. Dann fiel ihr ein, dass sie besser den Finger Lirium mitnahm. Im Laufen schraubte sie den Verschluss auf. Nur für den Fall… sie wusste nicht, welchen Fall, und wollte auch nicht darüber nachdenken. Ihre Schläfen hämmerten.

Tix flog dorthin, wo auch das Lirium hinströmte. Hel gab acht, nicht in die Magie zu treten, trotz ihres Feenlichts. Ein paar Funken ließen sich trotzdem von ihrem Weg abbringen und schwebten in den Anhänger, um im magischen Stein zu verlöschen. Hel ging mit weichen Knien weiter. Wo kam all das Licht plötzlich her? Und warum…

Lichter strahlten ihr auf der zweiten Sicht entgegen. Und auf der ersten…

Geisterwesen waren da. Und so viele! Tix war nur einer von zahllosen Pixies, Kobolden und Gnomen. Ihre bunten Lichter glommen in der Nacht wie rotierende Sterne. Dann trat ein Lymaerus aus dem Nichts, nur ein paar Schritte von Hel entfernt.

Sie schnappte nach Luft. Seine Mähne wogte auf wie Flammen. Ihr war, als würde er sie für einen Augenblick ansehen, ehe er auf den Mittelpunkt der Lichter zuschritt.

Wie im Traum tapste Hel ihm nach. Die Tannen öffneten sich vor ihr. Das Lirium schwebte aus der Erde, eine Woge aus Funken und Abertausend Funken, die nicht verebbten. Die Geisterwesen tauchten durch das schillernde Licht und sättigten sich daran.

In ihrer Mitte stand eine Gestalt. Die Arme waren ausgestreckt. All das Lirium wirbelte um sie herum. Langsam hob sie den Kopf. Die Kapuze rutschte hinab. Im Schein der hundertfachen Lichter sah sie Hel an.

Es war ein Kind. Ein Mädchen. Ihr dunkles Haar war lose zurückgebunden, ein paar struppige Locken fielen heraus. Der Mund teilte das Gesicht in der Mitte mit einem schmallippigen Lächeln. Augen, groß und glänzend wie Monde, waren auf Hel gerichtet. Ein Geräusch erklang, halb Lachen, halb Röcheln. Worte in einer fremden Sprache fielen in die Stille wie Murmeln. Dann bewegte das Kind die Hände.

Hel sackten die Beine ein. Die Welt kippte um, langsam. Licht und Dunkelheit verzerrten sich zu einem Strudel aus peitschendem Schmerz.

Hel schrie, doch sie hörte sich nicht. Das Gesicht des Mädchens brannte vor ihren Augen. Der Finger Lirium in ihrer Hand zerplatzte. Innerhalb einer Sekunde war ihr Feenlicht voll und nutzlos geworden. Das Leben schoss aus ihr hervor wie ein Sturzbach und –

Erinnerungen. Wie damals. Damals … ein Kind in den Armen seiner Mutter, weiches Haar, Hände, die beschützen wollen und nicht mehr können … eine Erde, die aufreißt, alles frisst, Licht aufsaugt –

Komm … her zu mir, Licht … aus allen Körpern, zu mir …

Hel ächzte. Sich selbst zu hören, war der schockierende Beweis, dass sie noch existierte. Und der Schmerz. Dieser Schmerz, der ihr alles raubte, den Verstand –

Und dann verschwand das Licht. Verschwand der Schmerz.

Ein Geruch überschwemmte ihre Sinne wie eine Woge aus veilchenblauem Licht, kaum greifbarer als ein Gefühl und dennoch so überwältigend, dass Hel die Augen aufriss. Ihre Lungen füllten sich mit Luft, mit Leben.

Jemand hielt sie in den Armen. Sie spürte seine Hände irgendwo, überall. Seine Schläfe an ihrer. Nichts zählte mehr außer dieser Nähe. Hel klammerte sich daran fest mit allem, was ihr geblieben war.

Dann löste er sich von ihr und hielt sie vor sich. Licht und Dunkelheit kehrten in verständliche Formen zurück. Sie glaubte zu träumen.

Ihn so dicht vor sich zu sehen, nach all der langen Zeit, konnte nicht wirklich sein. Aber er war es. Sein Gesicht war nur noch Schatten und Wangenknochen. Er war blass wie die Morgendämmerung. Aber das Blau und Grau seiner Augen hatte sich nicht verändert, und sein Blick lag so vertraut auf ihr, als hätte er nie aufgehört, sie anzusehen.

Sein Umhang umgab sie beide, sodass der Rest der Welt ausgeschlossen war. Sekunden, die sich endlos anfühlten, starrten sie einander an.

»Was machst du hier?«

Seine Worte rieselten wie Funken durch sie hindurch. Selbst wenn sie eine Antwort gehabt hätte, wäre sie nicht fähig gewesen, einen Laut hervorzubringen. Sie hatte fast vergessen, wie der Bogen seiner Lippen aussah.

Im nächsten Moment hatte er sie zur Seite geschoben und der Umhang glitt hinab wie ein Vorhang zur Wirklichkeit.

Ein Strahl aus Lichtern schoss los. Er war zu schnell für Hel, um zu erkennen, ob der Angriff von Mercurin ausging oder von dem Dämon. Die Luft schmolz zwischen ihnen.

Alle Geisterwesen waren längst fort. Nur das Lirium war noch da, jetzt nicht mehr in zarten Adern, sondern in stürmischen Wirbeln, die wie Vulkane aus der Erde brachen und sich zu magischen Attacken ballten.

Mercurin verschwand beinahe ganz im Licht. Dann riss der Angriff abrupt ab und das Mädchen flog mehrere Meter zurück. Ächzend rollte sie über den Boden. Mercurin schritt auf sie zu, eine Hand ausgestreckt. Lirium waberte um seine Finger. Der Dämon kam wankend auf die Beine. Ein Ast schoss auf Mercurin zu. Er fuhr herum und wischte mit den Händen durch die Luft. Der Ast überschlug sich mehrere Male und donnerte haarscharf über seinen Kopf hinweg. Einen Herzschlag später erklang ein markerschütterndes Splittern. Hinter ihnen stürzte eine riesige Tanne um. Die Zweige waren seltsam grau, Wolken aus Asche wirbelten auf. Mercurin rannte zur Seite und riss Hel mit. Keuchend prallten sie gegen einen moosbewachsenen Fels. Die Erde bebte, als der Baum fiel. Die Zweige peitschten durcheinander wie dunkle Flammen und zerfielen zu Staub. Ehe Hel nach Luft japsen konnte, war Mercurin in die grauen Wolken eingetaucht.

Wieder strahlte Lirium auf. Ein heller Schrei ertönte, erst schmerzvoll, dann rasend vor Zorn. Hel sah, wie Mercurin in die Knie sackte. Windböen zerrten an ihm. Er streckte die Hände aus. Das Mädchen wirbelte herum, überschlug sich wie ein Stofffetzen im Sturm. Dann schlitterte sie über den Boden und blieb zuckend liegen.

Taumelnd stand Mercurin auf. Licht umwogte ihn. Langsam schleppte er sich auf den Dämon zu. Er keuchte. »*Tomé… Maeryn. Ilaid ny te…*«

Das Mädchen wimmerte. Aus weiten Augen starrte sie ihn an. »*Bahayn…*«

Er hob die Hände zum Angriff.

Plötzlich stand ein Mann hinter dem Mädchen. Es war ein Ise. Hel wusste nicht, woher sie ihn kannte, doch sein Gesicht war ihr vertraut. Die lange Narbe vom Hals über die Wange – sie hatte ihn schon einmal gesehen.

Er riss die Augen auf. Ein starres Lächeln verzerrte seine Züge. Blitzend fegte sein Schwert durch die Luft und tötete den Dämon sofort.

Der Dämon

Mercurin schrie.

Kaum hatte die Klinge sich durch die Brust des Mädchens gebohrt, strahlte der Körper auf. Die Dunkelheit begann zu kochen. Abermillionen Funken peitschten kreischend hervor, zerrissen ihren Umhang, versengten ihr Haar. Dann strömte das Licht in den Isen.

Wogen schüttelten seinen Leib. Es sah aus, als würde ihn eine fremde Macht auf den Beinen halten. Seine Augen leuchteten auf und verloschen wie Kerzen im Wind.

»Wer bist du?«, rief Mercurin und schritt auf ihn zu. »Antworte!«

Der Ise stolperte röchelnd zurück. Er hob das Schwert, konnte es aber kaum ruhig halten.

Mercurin warf die Hand hoch und machte eine rasche Bewegung mit den Fingern. Lirium schoss aus der Erde auf den Mann zu. Brüllend flog er gegen einen Baumstamm und sank zu Boden. Wieder pochte ein dunkles Flimmern aus seiner Brust. Seine Glieder zuckten, dann war er wieder bei Bewusstsein. Entsetzt kroch er vor Mercurin weg. Sein Schwert hatte er verloren, sein linker Arm hing schlaff herab.

Mercurin stieß ein Knurren aus und hob beide Hände.

»Nein!« Hel rannte auf ihn zu. »Hör auf!«

Er sah sie an. Die Magie schoss aus der Erde an seinen Händen entlang und auf den Isen zu. Bäume und Pflanzen ringsum welkten wie Papier im Feuer.

Der Angriff verfehlte den Isen knapp; er kämpfte sich auf die Beine und taumelte in den Wald. Mercurin wollte ihm nachsetzen, doch da hatte Hel ihn bereits erreicht und hielt ihn fest. Entgeistert starrte er sie an. Einen Moment schien er sie gar nicht zu erkennen. Hel blickte ihm in die Augen und sah darin nur ihre eigene Reflexion.

»Hör auf«, keuchte sie. »Wieso … du … du bist kein Mörder –«

Seine Augenbrauen zuckten. Sie wusste nicht, ob er sie hörte, ob er sie verstand.

»Bitte«, wimmerte sie. »Sag mir, was das –«

Er packte sie an den Armen. »Was hast du hier verloren?«

Sein Griff war so fest, dass es wehtat. Sie stieg auf die Zehenspitzen. Sie konnte nicht antworten, wusste nicht, was. Das kalte Leuchten in seinem Blick wurde immer schwächer, und dann war er wieder der Junge, den Hel kannte, ihre lebendig gewordene Erinnerung. Sie sahen sich nur an, verwirrt und ungläubig, durch wütende, hilflose Tränen.

Er hatte ihr das Leben gerettet. Er war hier, um zu töten, doch er hatte sie vor dem Dämon gerettet. Hel wusste nicht, ob er besser verstand als sie, warum.

»Ich habe dir gesagt, dass du Aradon verlassen sollst«, stieß er hervor.

»Du … bist einer.« Ihre Stimme versagte. Er erwiderte nichts. Alle Antworten lagen in seinen Augen.

Irgendwo waren Rufe. Die Gefährten. Mercurin fuhr herum. Aus der Dunkelheit kamen Nova und die Söldner angelaufen. Mercurin trat einen Schritt zurück und ballte die Faust.

»Nein«, japste Hel. Sie packte seine Faust mit beiden Händen und hielt sie fest. Seine Wimpern zitterten, als er sie ansah. Dann löste sich seine Faust, er berührte ihren Kopf, ihre

Wange, ihren Hals ... Seine Hand schloss sich um ihren Hals, bis sie würgte.

Er schluckte. Öffnete den Mund. »Wenn du mir noch einmal in die Quere kommst, werde ich dich töten.«

Die Gefährten stießen entsetzte Rufe aus, als sie sie entdeckten.

»HEEEL!«

Mercurin ließ sie los. Im nächsten Moment war er davongestürmt, sein wehender Umhang ein Flicken in der Dunkelheit, der sich rasch verlor. Unfähig, sich zu regen, sah Hel ihm nach.

»Hel!« Nova stürzte auf sie zu. »Hel! Bei allen guten Geistern, bei ... bist du verletzt? Hel!«

Sie blinzelte sich die Tränen aus den Augen und versuchte ein Nicken. Es gelang ihr nicht. Doch als Nova sie umarmte, schaffte sie es wenigstens, wieder zu atmen.

Es dämmerte. Die ganze Welt schien wie in Rauchschwaden getaucht. Überall waren tote Bäume und Pflanzen, im Umkreis von hundert Schritten lagen Vögel, Eichhörnchen und Kaninchen im Moos verstreut, als wären sie vom Himmel geregnet. Hel begann bei ihrem Anblick zu zittern. Mercurin und das Dämonenmädchen hatten ihren Tod bewirkt. Sie konnte nicht in Worte fassen, wie dankbar sie war, dass der Kampf weit genug von den Gefährten entfernt stattgefunden hatte, um ihnen nicht auch das Licht zu rauben. Die Schmerzen, die Hel empfunden hatte, kamen ihr jetzt beinahe unwirklich vor – es wollte ihr nicht in den Sinn, dass sie überlebt hatte. Wieder. Auch wenn Mercurin sie gerettet hatte, war sie dem Angriff des Dämons länger ausgesetzt gewesen, als möglich sein konnte.

Sie musste an den Isen denken. Wie war er so nah an

den Kampf herangekommen? Hatte er nicht wie die Tiere gespürt, wie ihm sein Licht entzogen wurde? War er dem Schmerz zum Trotz näher gekommen, um das Mädchen zu töten? Nachdem das merkwürdige Licht aus ihr in ihn hineingeströmt war, war sein Entsetzen aber so groß gewesen, dass Hel nicht glauben konnte, dass er gewusst hatte, was er tat.

Ob Mercurin ihn eingeholt hatte? Ob er ihn … Sie schüttelte den Kopf. Sie wollte nicht daran denken. Doch das Bild kehrte immer wieder zu ihr zurück: Mercurin, wie er die Hände hob, um den Dämon zu attackieren und dann den Isen. Wie er die Hände gehoben hatte, um ein Leben auszulöschen. Seine Miene war ohne Regung gewesen.

Aber als er sie angesehen hatte … da war so viel, so viel in seinem Blick gewesen, ein ganzes Meer, das sie nur durch einen Brunnenschacht erspähen konnte. *Und er hatte sie gewürgt.* Sie spürte seinen Griff noch an ihrem Hals. So wie die Berührung an ihrer Wange. Plötzlich war sie sicher, dass, falls seine Hand an ihrem Hals blaue Flecken hinterlassen hatte, auch ihre Wange gezeichnet sein musste – dass seine Gewaltsamkeit nicht mehr Spuren hinterlassen konnte als die Zärtlichkeit. Zitternd berührte sie die Stellen, doch sie fühlte ihre eigene Hand kaum, war seltsam taub.

Olowain und die Gesandten traten an den Leichnam des Mädchens heran. Dort, wo das Schwert sie durchbohrt hatte, war ein Brandloch. Ihr Gesicht war eingefallen und grau wie Asche. Die Augen hinter den halb geschlossenen Lidern waren vollkommen lichtlos. Sie wirkte, als wäre sie nicht letzte Nacht, sondern schon vor langer Zeit gestorben.

Später fühlte Hel sich so weit, den anderen zu erzählen, was passiert war. Sie saßen unter einem großen Felsen, eine Stunde östlich von dem Schauplatz des Kampfes. Nova hatte darauf bestanden, Hel zu tragen, sich jedoch überreden lassen, sie wieder abzusetzen, sobald es bergauf ging. Dass die Anstrengung ihn so schnell umgestimmt hatte, schien ihn jetzt zu beschämen – jedenfalls verhielt er sich, als müsste er etwas wiedergutmachen, und bemutterte Hel, wo er nur konnte. Sie musste erst ein neues Feenlicht umlegen und etwas essen und trinken, damit er halbwegs Ruhe gab. Doch auch danach erntete jeder einen bösen Blick von ihm, der sie mit Fragen belästigte.

Gefasst berichtete Hel, was vorgefallen war. Sie versuchte, nichts auszulassen – alles, woran sie sich erinnerte, gab sie wieder. Sie gestand, dass Mercurin derjenige war, der sie in der Wüste gefunden und gerettet hatte. Nur was sie sich gesagt und wie sie sich angesehen hatten, behielt sie für sich. Das war etwas, das ihr niemand erklären konnte, auch Olowain mit dem Wissen der Magierschaft nicht.

Nur eins musste sie Olowain fragen. Sie wagte nicht, ihn anzusehen, als sie sagte: »Ich habe die Dämonen miteinander sprechen gehört, in einer anderen Sprache. Ich weiß nicht, welche. Meister Olowain, vielleicht wisst Ihr, was es bedeutet – einer der Dämonen sagte etwas wie: *Maeryn, ilaid ny te.*«

Olowain richtete sich auf. »Was? Bitte sag das noch einmal.«

Hel schluckte. Leise wiederholte sie die Worte.

Olowain ging drei Schritte, blieb stehen und stapfte zurück. Bleich vor Schreck starrte er Hel an. »Bist du sicher, dass es diese Worte waren?«

Hel nickte zögernd.

»Hat das Mädchen auch etwas gesagt?«

»Ja … ich erinnere mich nicht genau, was. Sie sagte … ein Wort, ich glaube *Bahayn* oder so ähnlich.«

»Bahayn«, murmelte Olowain. Dann legte er die Stirn an seinen Stab, als müsste er sich konzentrieren.

»Wieso, was bedeutet das Wort denn?«, fragte Harlem. »Zwergisch ist es jedenfalls nicht. Obwohl – *Bhrya*, das bedeutet Bruder bei uns …«

Olowain sah sie aus blanken Augen an. »Ja. Bruder. Bahayn bedeutet Bruder. In der Alten Sprache.« Er sah in die Runde. »Die Dämonen haben die Alte Sprache benutzt.« Er stand eine Weile an seinen Stab geklammert da, darauf wartend, dass seine Stimme wiederkehrte. »Die Dämonen kommen aus dem Alten Reich.«

Hel starrte auf ihre Hände hinab. Das ergab Sinn. Darum hatte Mercurin so wenig von der Welt gewusst. Darum hatte er so viel verschwiegen. Wahrscheinlich war er in der Wüste über die Kauenden Klippen gekommen. Und dann hatte er zufällig die *Schwalbe* gesehen –

Sie presste sich die Handflächen auf die Augen. Er hatte sie getötet. Sie hatte es nicht wahrhaben wollen, bis jetzt hatte sie den Gedanken erfolgreich von sich weggeschoben. Aber jetzt konnte sie sich nicht mehr belügen. Mercurin hatte alle auf der *Schwalbe* getötet. Er war Gharras und Jurebas Mörder.

Hel atmete heiser aus.

»Wisst ihr, was das heißt?«, stammelte Olowain. Er rieb sich die Stirn, begann wieder, auf und ab zu gehen. »Das Alte Reich … das Alte Reich! Aber was wollen sie, ausgerechnet jetzt? Ich brauche meine Bücher …« Er blieb stehen und starrte sie an, als hätte er vergessen, dass er nicht alleine war. »Wir müssen los. Sofort!«

»Wohin?«, fragte Arill.

»Nach Moia!«, stieß Olowain aus, als sei das selbstverständlich. »Mein Bücherschrank steht noch dort. Los, es ist keine Zeit zu verlieren!«

Sie rappelten sich auf, und Hel bedeutete Nova, dass sie alleine gehen konnte. Allerdings ließ er es sich nicht nehmen, ihren Beutel zu tragen.

»Meister Olowain?«, fragte Hel leise. Er war bereits losgegangen und warf ihr einen Blick über die Schulter zu.

»Wisst Ihr, was die Worte bedeuten? Die der Dämon gesagt hat?«

Olowain ging langsamer. »*Maeryn, ilaid ny te*, richtig? *Maeryn* heißt Schwester. *Ilaid* … ilaid … es könnte von *Ilaedas* kommen. Vergebung.«

Hel sah nach vorne. Trotzdem verschwamm der Wald vor ihren Augen.

Vergebung … Also hatte er wirklich vorgehabt, sie zu töten.

Seine Schwester.

Sie rasteten spät und brachen früh wieder auf. Hel schlief nicht. Wenn sie die Augen schloss, sah sie ihn vor sich, so vertraut und mit der grausamen Wahrheit im Blick. Seine Hand an ihrem Hals. Und er hatte gesagt …

Hel folgte den anderen durch die dunklen Wälder, Schluchten und Täler und war doch allem fern. Nicht einmal ihre Müdigkeit nahm sie wahr. Nur ein Zittern überkam sie immer wieder, als wollte sie etwas abschütteln, das sich nicht abschütteln ließ. Wenn sie die Blicke der Gefährten auf sich spürte, tat ihr leid, dass sie nicht sprechen konnte. Aber sie waren in einer anderen Welt, die nur zufällig neben ihrer lag. Vor allem Novas sorgenvolle Anteilnahme ließ sich nur schwer ertragen. Manchmal machte er den Mund auf und war kurz davor, sie etwas zu fragen, wandte sich aber dann wieder ab und schwieg. Vielleicht ahnte er ja, dass sie keine Antwort würde geben können, dass ihr Kopf leer war. Doch sie bezweifelte, dass irgendjemand nachvollziehen konnte, was sie empfand. Sie selbst wusste es ja kaum. Sie dachte über nichts nach, war sprachlos. Nur Augenblicke blieben ihr, in die sie wieder und wieder zurückfiel. Seine Hand an ihrem Hals. *Wenn du mir noch einmal in die Quere kommst…*

Gharra und Jureba und all die Sturmjäger. Wie er sie berührt hatte, an der Schläfe, als sie sich in Har'punaptra verabschiedeten. Und sein Lächeln, wenn er gar nicht lächeln wollte, das Grübchen in seiner Wange. Und wie er das Mädchen durch die Luft geschleudert hatte, das er seine Schwester nannte.

In ihren Träumen sah Hel wieder Menschen sterben. Es waren die alten Schreckensvisionen, die sie seit ihrer Kindheit verfolgten. Die Erde riss unter ihren Füßen auf, alle stürzten in den gierigen Schlund, und Schmerzen glühten in ihr auf, so wie der Schmerz, den das Dämonenmädchen verursacht hatte. Doch diesmal wurden nicht nur Fremde vom Boden verschlungen. Es waren die Sturmjäger der *Schwalbe*. Hilflos sah Hel zu, wie sie fielen, nur sie selbst blieb in Sicherheit. Sand kam und begrub Gharra und Jureba und die anderen lebendig, bis ihre Schreie erstickten. Hel schwebte über ihnen und konnte nichts tun; sie schwebte reglos inmitten leuchtender Sandkörner, die Mercurin in den Nachthimmel blies.

Eines Morgens, als Hel erwachte, hörte sie, wie die Gefährten über sie sprachen. Kelda teilte das restliche Fleisch aus, das sie gestern gebraten hatten, und murmelte dabei Olowain zu: »Ist es möglich, dass der Dämon Hel irgendeinen Schaden zugefügt hat, der nicht sichtbar ist? Er hat sie immerhin angefasst…«

»Sie hat selbst gesagt, sie sei unverletzt«, erwiderte Olowain leise.

»Vielleicht weiß sie es selbst nicht«, gab Kelda zurück. »Gibt es Magie, die einen langsam vernichtet?«

»Gewiss ... aber angesichts der Kräfte, die die Dämonen offensichtlich besitzen, wieso sollten sie da auf etwas Derartiges zurückgreifen?«

»Hel hat den Mörder ihrer Familie gesehen«, mischte sich Harlem ein. »Den Mörder, den sie in der Wüste für ihren Retter gehalten hat. Was erwartet ihr denn, dass sie singt und springt?«

»Ich frage mich«, murmelte Arill, »wieso der Dämon sie am Leben gelassen hat. Schon damals in der Wüste. Und wieso er sie nach Har'punaptra gebracht hat. Wenn es wirklich stimmt.«

»Was soll das heißen?«, sagte Nova aufgebracht. »Hel ist keine Lügnerin. Wenn sie sagt, dass es so war, dann war es auch so.«

»Irgendeinen Zweck muss er jedenfalls verfolgt haben«, sagte Relis.

»Und wir werden dahinterkommen«, versicherte Olowain. »Aber erst, wenn wir wissen, was die Dämonen überhaupt wollen. Ich habe bereits eine Eilige Feder nach Aradon geschickt, damit man mit der Ermittlung beginnt. Ich kann nicht hoffen, Licht in die Angelegenheit zu bringen, bevor ich nicht meine Bücher habe ... Also dann, lasst uns aufbrechen, Freunde.«

Hel tat, als würde sie erst erwachen, als Olowain sie an der Schulter berührte. Doch dann begegnete sie Harlems Blick. Die Zwergin ging an ihr vorbei und drückte kaum merklich ihre Hand.

Die Tage verflogen. Als sie irgendwann auf eine Ader stießen, wusste Hel nicht, wie lange sie schon unterwegs waren. Sie hatte einfach nicht darauf geachtet.

Am Abend kamen die Wrauden zu ihnen. Wie auch immer sie mit Kelda kommunizierten, sie schienen auf sie gewartet zu haben. So wie früher ritten sie die Nächte durch.

Als Hel auf dem Rücken der Wraude saß, nichts als Dunkelheit und Wind um sich, kamen endlich die Tränen, die so lange in ihr gewartet hatten. Alles stürzte über ihr zusammen, die Erinnerungen an den Ritt auf dem Lymaerus in der Wüste und die vielen Abende, die sie im Mastkorb verbracht hatte. Sie wollte vor allem fliehen, alles vergessen. Sie grub die Finger ins weiche Fell der Wraude, beugte sich tief über sie und ließ zu, dass der Wind die kostbaren paar Tränen fortzog.

Bald kamen sie an Dörfern und kleinen Städten vorbei, wo sie Proviant kaufen konnten. An vielen Orten waren Schilder aufgestellt, die den Zutritt für Isen verboten.

Doch sie sahen auch Dörfer, die offensichtlich erst vor Kurzem Schauplatz von Kämpfen gewesen waren. Einmal preschten sie an einer kleinen Stadt vorbei, aus der wilde Isengesänge und Trommeln wehten. Pfeile hagelten ihnen entgegen. Die Wrauden wichen erschrocken zur Seite und tauchten in den Wald. Trotzdem sah Hel, dass an den Bäumen vor den Häusern Gestalten hingen … erhängte Menschen.

Ihr Magen verkrampfte sich. Bis jetzt hatte sie die Isen nur als Opfer gesehen, aber nie als Täter. Das änderte sich auf ihrer Reise nach Osten. Als sie Moia erreichten, konnte niemand mehr bestreiten, dass der Aufstand des Isenvolks begonnen hatte. Am Horizont blühten Rauchsäulen und rote

Feuer. Scharen von bewaffneten Isen auf Pferden – manchmal auch auf Wrauden – preschten durch das Land, raubten, mordeten und rächten Taten, die sie längst selbst begangen hatten. Büßen mussten dafür die Isen, die schon auf der Flucht waren. Hel kam es vor, als würde es auf beiden Seiten immer die Unschuldigen treffen.

Dann erschien Pellinar vor ihnen. Jahre schienen vergangen zu sein, seit sie zuletzt hier gewesen waren. Die Tore waren niedergerissen, die Häuser lagen in Trümmern und Asche. Ein paar Isenkinder ergriffen die Flucht, als sie die Gefährten aus dem Wald reiten sahen. Sonst war niemand weit und breit. Sie galoppierten vorüber, ohne anzuhalten.

Am nächsten Morgen erreichten sie den Hof von Moia. Soldaten fingen sie vor den Klippen ab. Als Olowain sich zu erkennen gab, wurden sie ins Schloss geführt. Trotzdem mussten sie in einem windigen Hof warten, bis der König persönlich die Erlaubnis erteilte, dass auch Kelda vorgelassen wurde.

In der Kaminhalle stürzten ihnen Meisterin Medeah und Neremias Nord entgegen.

»Olowain!«, rief Medeah atemlos, hatte aber nur Augen für Nova. Nicht sicher, wie sie sich verhalten sollte, blieb sie vor ihm stehen und schluckte.

Kapitän Nord trat an ihr vorbei und schloss ihn so fest in die Arme, dass er fast zur Seite kippte.

»Was hast du bloß getan«, keuchte Neremias. »Einfach so zu verschwinden und deinen alten Vater allein zu lassen –«

»Aber … du warst doch in guter Gesellschaft.«

Sie grinsten sich schniefend an und umarmten sich wieder, ungeachtet der Blicke, die auf ihnen ruhten.

»Erzählt mir alles, was vorgefallen ist«, sagte Medeah. »Ruht euch aus – ich lasse sofort die Lager herrichten. Setzt euch, esst!«

Sie befahl den Dienern, Speise und Trank zu bringen. Erschöpft ließen sie sich auf den Stühlen nieder. Dann gab Olowain wieder, was sie erlebt hatten. Medeah nickte gefasst. Sie hatte von der Magierschaft erfahren, dass die Dämonen aus dem Alten Reich stammten.

»Ich kann noch nichts Genaues sagen«, seufzte Olowain, »doch ich habe einen Verdacht. Einen sehr dunklen Verdacht … wir werden sehen. Ich muss meine Bücher befragen. Ihr habt doch meinen Schrank gut gehütet?«

»Er ist sicher verwahrt«, erwiderte Medeah. »Ich habe das Schiff Tag und Nacht bewachen lassen.«

Olowain nickte dankbar. »Dann würde ich gerne sofort hingehen.«

»Seid Ihr nicht müde von der Reise?«

»Doch. Aber es eilt. Ich möchte keine Zeit verlieren.«

Während das Mahl aufgetischt wurde und sie sich stärkten, erzählte Medeah, was sich indessen in Moia zugetragen hatte. Seit der Verkauf von Lirium an Isen untersagt worden war, hatte es immer mehr kriegerische Auseinandersetzungen gegeben. Inzwischen konnte niemand mehr sagen, wie viele Dörfer und Städte in den Händen der Rebellen waren. Sie hatten Festungen erstürmt und plünderten die Bauern aus. Man munkelte noch immer, dass Mutter Meer kommen würde, doch bis jetzt schienen die Rebellen eher in viele kleine Banden aufgeteilt, zwischen denen keine Verbrüderung herrschte. Es sollte sogar schon vorgekommen sein, dass Isen gegen Isen gekämpft hatten.

»Doch nun ziehen immer mehr Richtung Aradon«, fuhr Medeah fort. »Es heißt, sie wollen die Magierschaft stürzen und die Türme in Brand setzen, damit unser Wissen für immer verloren ist.«

Olowain schüttelte bekümmert den Kopf. »Manchmal denke ich, die Errungenschaften der Kunst und Wissenschaft sind an uns alle verschwendet. So töricht, wie der Pöbel sich aufführt… die Türme in Brand setzen! Das würde ihnen recht geschehen, den Wilden. Wo wären sie denn ohne unser Wissen? Auf ihren Inseln wie die Tiere!«

Kelda erhob sich und machte eine tiefe Verbeugung. »Meisterin Medeah, erlaubt mir, mich zu verabschieden.«

»Du willst gehen?«, fragte Hel.

»Meine Aufgabe ist erfüllt, wenn ich mich nicht irre. Danke für alles. Und viel Glück.« Er sah Hel an, dann die anderen Gefährten. Er nickte ihnen zu.

»Wie, du gehst für immer?«, fragte Olowain überrascht.

»Gibt es denn noch einen Grund zu bleiben?«, erwiderte Kelda ruhig.

Olowain wischte sich den Mund ab und drehte sich ganz zu dem Isen um. »Und ob, mein Freund. Ich möchte, dass du nach Aradon mitkommst. Du sagtest doch, dass du den Aufstand der Isen voraussahst. Dass er kommen würde, mit oder ohne Mutter Meer. Nun, ich habe einmal den Fehler begangen, dich nicht nach deiner Meinung zu fragen. Noch einmal wird das nicht geschehen. Ich möchte, dass du unser Experte für das Isenproblem wirst, der Magierschaft treu ergeben.«

Eine Weile stand Kelda reglos auf der Stelle. Dann verbeugte er sich wieder. »Wie Ihr wünscht. Dann erlaubt mir, mich zum Schlafen zurückzuziehen. Ich bin müde.«

Medeah winkte einen Diener herbei, um ihn zu seinem Lager zu führen.

Nach dem Mahl legten auch die anderen Gesandten sich schlafen – nur Olowain bat, dass man ihn zu seinem Schrank aufs Schiff brachte. Jeder bekam eine eigene Kammer mit einem Bett und Waschzeug. Doch Hel war zu erschöpft, um jetzt zu baden. Schmutzig wie sie war, ließ sie sich auf ihre Matratze sinken und schloss die Augen. Nachdem sie eine Stunde nur dalag, ohne an etwas zu denken, fiel sie in einen tiefen, traumlosen Schlaf.

Mutter Meer

Karat stürzte blind durch den Wald. Er hatte sein Araidann verloren. Doch der Junge war nicht mehr hinter ihm, er hatte ihn abgehängt… und sein Schwert hätte ihm auch nichts genützt, der Junge war ein Magier, ein Dämon wie das Mädchen. Wie hätte Karat ahnen können, dass es zwei gab?

Das änderte alles. Wieso hatten sie sich bekämpft? War ihr Treffen vereinbart gewesen? Und war Karat nur der Spur des einen Dämons gefolgt oder beiden? Mehr als je zuvor in seinem Leben wollte er begreifen, was vor sich ging, und verstand so wenig. Ihm war, als irrte er durch ein feinmaschiges Gespinst aus Rauch.

Keuchend schleppte er sich über das Geröll. Blut rann ihm unter dem Brustpanzer hinab. Er hatte sich irgendetwas gebrochen, als er gegen den Baum geschleudert worden war. Er konnte die linke Schulter nicht bewegen. Doch es war keine Zeit, sich die Verletzung anzusehen. Karat wusste nur eins: dass er wegmusste, so schnell wie möglich, so weit wie möglich.

Heftiger Schwindel ergriff ihn. Die Welt verwischte vor seinen Augen. Ein Pochen ging durch seine Brust, schwer und tief wie ein Paukenschlag… irrte er sich oder stieg tatsächlich ein dunkles Licht aus seinem Körper auf… Er verlor das Gleichgewicht und stürzte zur Seite. Neben ihm fiel ein Hang ab. Er rollte durch Moos und Laub, bis er in einer dunklen, feuchten Klamm zwischen Steinen liegen blieb.

Das Pochen riss ihm langsam die Brust auf. Das Letzte, woran er sich erinnerte, war das aufgerissene, halb gefressene Kaninchen, das er gefunden hatte. Dann sank er in Ohnmacht.

Stimmen waberten durch seinen Kopf. Blasse Gestalten schwebten durch die Dunkelheit. Karat wusste, dass er sie kannte … sie hatten ihn schon lange begleitet, jeden seiner Schritte verfolgt. Seit er die Wälder betreten hatte, waren sie seine stillen Gefährten.

Er hat das dunkle Herz … Du hast das dunkle Herz in dir … in ihm ist das dunkle Herz. In mir.

Karat wollte fragen, wer sie waren. Und woher sie wussten, was er nicht wusste. Doch die Worte fielen ihm nicht ein. Er fand nicht einmal seine Stimme.

Lachen plätscherte durch die Dunkelheit, das von weit her kam, aus den Wolken.

Wir sind die, die immer waren … immer sein werden. Wir sind die, die wissen … wir speisen die Früchte aller Bäume. Du kannst uns glauben, Sohn der Inseln … glaube uns.

Er spürte das Pochen in sich wie Ebbe und Flut. Es schwoll an, sank tiefer, sank … Es war nicht Teil von ihm. Es war etwas Fremdes, das sich mit tausend tastenden Fingern in ihm vergrub.

Vier gibt es … es gibt vier. Du musst sie finden, Sohn der Inseln. Sie müssen sich alle finden. Sie müssen sich verbinden … vereint in einem Herzen …

Warum, dachte er. Bilder von Sybahl durchzogen ihn. Bilder von einer fernen Kindheit unter Pinien, an einem kleinen Strand zwischen Felsen. All diese Bilder fragten, warum.

Das Lachen streichelte und kitzelte seine Ohren.

Die Antwort auf das Warum, Sohn der Inseln, ist immer dieselbe. Die Antwort… ist Wüste…

»Sohn der Inseln«, murmelte eine Stimme. »Halte durch.«

Er war an einem warmen, trockenen Ort. Weiche Felle umgaben ihn und es roch nach Holz. Ein Feuer knisterte. Träge öffnete Karat die Augen.

Er befand sich in einem runden Raum mit Marmorwänden. Die Decke war gewölbt und überzogen mit geheimnisvollen, halb verwitterten Reliefs. In der Mitte befand sich ein Loch. Darunter brannte ein Altarfeuer. Blasser Rauch floh nach oben. Ein Holzscheit brach und Funken stoben auf.

Karat schloss die Augen wieder. Er wusste, dass er sich nicht bewegen konnte; ein vager Schmerz in Schulter und Brust mahnte ihn, ruhig liegen zu bleiben. Ohne es zu merken, schlief er ein.

Als er erwachte, erklangen Schritte. Jemand kam eine gewundene Treppe hinab. Das Feuer war zur Glut niedergebrannt, sodass Karat nur den Umriss der Gestalt erkennen konnte. Sie war nicht sehr groß, aber kräftig gebaut, trug einen Waffenrock und ein Araidann. Kornfarbenes Haar fiel auf die Schulterpanzer wie eine Mähne.

Neben dem Altar blieb sie stehen, eine Hand am Griff des kostbaren Isenschwertes. »Bist du wach?«

Es war eine Frauenstimme, und sie sprach Isisch, mit dem kantigen Dialekt der Lagunen, die am weitesten im Meer draußen lagen. Ohne auf eine Antwort zu warten, zog sie ein paar Holzscheite unter dem Altar hervor und entfachte das Feuer wieder. Das Licht wurde immer stärker und Karat konnte die Frau allmählich erkennen. Sie hatte Arme und Beine wie ein Mann. Ihre Hände waren breit wie Pranken. Doch das Gesicht hatte trotz der markanten Kinnlinie etwas eindeutig Weibliches. Vielleicht lag es an den vollen, weich geschwungenen Lippen. Oder an den Katzenaugen. Ihre Wimpern warfen Schatten über die Wangen wie Tränenspuren. Als die Flammen wieder loderten, wandte sie sich Karat zu und erwiderte seinen Blick. Wie alt sie wohl sein mochte? Sie gehörte zu jenen zeitlosen Wesen, deren Anmut ihre Jahre völlig überstrahlt. Er hätte sie ebenso leicht auf Anfang zwanzig wie vierzig schätzen können.

»Wie geht es dir, Sohn?«, fragte sie.

»Gut. Besser«, antwortete Karat, noch bevor er sich über die ungewöhnliche Anrede wundern konnte. »Wo bin ich?«

Sie trat um die Feuerstelle herum und stand ihm offen gegenüber, hingegossen wie eine Statue. »Weißt du das denn nicht?«

Er sammelte die Feuchtigkeit in seinem Mund und räusperte sich. Ein drohender Stich fuhr ihm durch die Schulter. Dabei bemerkte er, dass er einen Verband trug. »Wer bist du?«, fragte er.

Er wusste nicht, ob er sich ihr Lächeln nur einbildete. Vielleicht täuschte ihn der unruhige Feuerschein. Sie trat direkt neben ihn. Ihre Hand kam auf dem Kopfkissen neben ihm zum Liegen. Er spürte Wärme, fast Hitze davon ausstrahlen.

»Weißt du das nicht?«, wiederholte sie leiser. Blinzelnd starrte er zu ihr auf. Sie nickte. Dann begann sie, eine Melodie zu summen, ein Lied, das so tief in Karats Herz versunken war wie verlorene Briefe im Meer.

Und wenn die Wolken ziehen,
zähl sie – eins, zwei, drei.
Und wenn die Möwen fliegen,
sei gewiss, alles geht einmal vorbei!

Und wenn Jungen Männer werden,
dann sind die Mädchen Frauen.
Zähl sie – eins, zwei, drei,
wem wirst du deine Hütte bauen?
Vergiss nicht, alles geht einmal vorbei!

Und alles kommt alsbald zurück,
wem wird das Herz schon schwer?
Mit Flut und Ebbe tanzt das Glück
und ewig wiegt uns Mutter Meer…

Karat starrte sie an. Nachdem sie die Worte gesungen hatte, summte sie noch eine Weile die Melodie, bis sie sanft irgendwo hinter verschlossenen Lippen erstarb.

»Du … Mutter Meer«, sagte Karat. Die Bemerkung kam ihm reichlich dümmlich vor. »Wie hast du mich gefunden?«

Sie runzelte die Stirn. »Aber du hast mich gefunden, mein Sohn.« Sie hielt kurz inne. »Ich kenne deine Geschichte. Ich kenne die Geschichte aller meiner Kinder, Brüder, Schwestern, Väter und Mütter. Du bist einer von den Verlorenen gewesen. Nicht wahr? Sie haben dich aus der Hütte deiner Eltern gerissen und in die Nacht gejagt. Du bist lange durch ihr Dunkel geirrt. Und doch hast du nie vergessen, dass es irgendwo ein Licht geben muss. Jetzt hast du es gefunden.« Ihre Hand berührte seine Stirn. Sie war warm und trocken, voller Schwielen vom Kämpfen mit dem Schwert. »Wir sind in Naruhl. Du wirst unsere Familie kennenlernen. Doch ruhe aus, so lange du willst. Nach der langen Verirrung, was sind schon ein paar Nächte?« Ihre Hand glitt fort und sie wandte sich zum Gehen.

»Ich bin nicht wegen dir hier.«

Sie blieb stehen. Langsam drehte sie sich zu ihm um, ihre Miene zeigte weder Überraschung noch Enttäuschung.

»Ich habe nicht geglaubt, dass es dich gibt. Und ich wusste nichts von eurem Versteck. Trotzdem danke, dass ihr mich gerettet habt.« Er schloss die Augen. »Ich werde schlafen, und wenn ich aufwache, gehe ich.«

Er hörte, wie sie näher trat. Dann wartete sie, bis er die Augen wieder aufschlug.

»Was hat dich hergeführt?«

»Ein Dämon«, erwiderte er ruhig.

Ein Zucken ging durch ihr Gesicht. »Meinst du den einen Dämon? Bist du ein Kopfgeldjäger? Für die Magierschaft?«

Er sah ihr in die Augen. Sie waren hellblau, so wie die Lagunen. »Ich bin für niemanden irgendwas. Ich bin nur für mich selbst.«

»Für das Geld, meinst du.«

»Andere Worte, die dasselbe beschreiben.«

Sie nickte. Er beobachtete sie aufmerksam, doch ihr Blick blieb unverändert; er war nicht ein Grad kühler geworden. »Dann hat der Dämon dich so zugerichtet?« Er musste nicht antworten. »Wie hast du ihn überlebt?«

»Ich habe ihn erschlagen.«

»Dann kannst du dir deine Belohnung von der Magierschaft abholen«, sagte sie ohne Bitterkeit. »Gib nur acht. Die Menschen neigen seit Neuestem dazu, unsereins wie Vieh abzuschlachten.« Sie trat ein paar Schritte zurück. »Ruhe dich aus, so lange du willst. Gehe, wann du willst. Oder bleibe.«

Ohne ein weiteres Wort verließ sie den Raum.

Nach ein paar Stunden kam ein junger Mann und brachte Karat Wasser und eine Fleischbrühe. Karat beobachtete, wie er alles neben ihm abstellte und schweigend wieder ging.

Als er alleine war, stillte Karat seinen Durst und Hunger. Dann öffnete er vorsichtig den Verband um seine Schulter. Er fluchte.

Wie er befürchtet hatte: Es war eine offene Wunde. Das Fleisch war geschwollen und dunkel angelaufen. Seufzend schloss er die Augen und überlegte, wie lange es wohl dauern würde, bis das heilte. So würde er gewiss nicht aufbrechen, um allein durch die Wildnis zu reisen. Konnte er so lange bei den Rebellen bleiben, ohne zwangsläufig ihre Bekehrungsversuche ertragen zu müssen?

Mutter Meer ... er musste schmunzeln. Er fragte sich, wie viele Gruppen von Isen sich inzwischen um eine Anführerin geschart hatten, die behauptete, die sehnlich erwartete Retterin zu sein. Aber ein Versteck so weit draußen im Niemandsland – das machte sie schon zu etwas Besonderem. Ein wenig mystischer als die Räuberbanden, die sich in den Kanalisationen der großen Städte herumtrieben und auf Marktplätzen für Krawall sorgten.

Er fragte sich, wie viele ›Söhne‹ die gute Mutter hatte. Vielleicht eine Handvoll. Bestimmt waren es arme Burschen, die aus irgendwelchen Dörfern vertrieben worden waren und sich nun mit Heugabeln für den Umsturz der Magierschaft vorbereiteten.

Schmerzlich erinnerte Karat sich an sein Araidann. Verloren, auf so unwürdige Weise ... er hatte sich das Schwert mit seinem ersten Geld gekauft. Mit all den dreckigen, blutverkrusteten Münzen, die er über Jahre hinweg auf Schlachtfeldern und in überfallenen Dörfern gesammelt hatte, verwahrt in einem geheimen Beutel in seiner Hose. Mit dem Schwert hatte er sich die Freiheit verschafft, ein Söldner zu werden, einer, der nur für sich selbst kämpfte. Das Araidann hatte ihm stets treue Dienste erwiesen, war ein Teil von ihm geworden, so unentbehrlich wie ein Arm. Die Vorstellung, dass es nun irgendwo im Dickicht lag, um in Laub und Moos zu versinken, war unerträglich. Karat öffnete die Augen, starrte in seine Handfläche und ballte langsam die Faust.

Er würde den zweiten Dämon stellen und töten. Was ihm einmal gelungen war, würde ihm wieder gelingen. Vielleicht erfuhr er dabei auch, was die Dämonen vorhatten. Schließlich wusste er jetzt, dass sie keine göttlichen Wesen ohne Verstand waren. Sie hatten sich aus einem bestimmten Grund bekämpft. Und der Junge hatte ihn gefragt, wer er war, als er das Mädchen erschlagen hatte. Er war berechnend, also musste auch er selbst berechenbar sein. Karat musste nur herausfinden, was er beabsichtigte.

Später kam ein anderer Krieger zu ihm. Er hatte bereits ergraute Haare, war aber sehnig und beweglich wie ein Schilfrohr und glitt lautlos in den Raum. Mit einem Lächeln stellte er Karat eine Pfeife und Rauchkraut vor das Bett.

»Ihr versucht wirklich, mein Herz zu erobern, was?«, meinte Karat trocken.

Der Krieger erwiderte nichts, lächelte nur und ging.

Als der Rauch seine Lungen füllte, fühlte Karat sich schon viel besser. Der Schmerz in seiner Schulter glitt in den Hintergrund. Nachdenklich lag er auf dem Rücken und beschloss, die Dauer seiner Heilung wie einen erholsamen Schlaf zu verbringen. Er konnte sich gedulden. Und der Dämon würde auf ihn warten. Da war er sicher. Er hatte ihn nicht nur verfolgt, um sich dafür zu rächen, dass er das Mädchen getötet hatte. Karat wusste, wie jemand rannte, den Rache trieb. Nein, der Dämon hatte ihn durch den Wald verfolgt wie jemand, der etwas Wichtiges zurückhaben will.

Karat blies gelbe Wölkchen gegen die Decke des Raumes. Was hatte er, was der Dämon wollte?

Er inhalierte tief, spürte, wie seine Brust sich hob. Zögernd tastete er nach der Stelle, wo sein Herzschlag war.

Karat schlief ein, erwachte und schlief wieder, bis erneut Besuch kam. Diesmal war es Mutter Meer in Begleitung von einer älteren Frau und einem hünenhaften Krieger, dessen Augen Karat fixierten. Zwei zwergische Äxte baumelten an seinem Waffengürtel. Die Frau trug lederne Taschen.

»Das sind Hyrab und Saion. Hyrab ist unsere Heilerin. Sie wird deine Wunde ansehen.«

Karat erwiderte Saions kalten Blick eine Weile, dann sah er zu Mutter Meer auf. »Danke.«

»Wie ist dein Name?«, verlangte Saion.

»Karat«, sagte er langsam.

»*Schakal*? Dann warst du wohl auch ein Kinderkrieger. Ein Jammer, dass du den Namen behalten hast, den dir deine Herren gegeben haben.« Zu seiner Verwunderung deutete Saion eine Verneigung an. Offenbar, dachte Karat höhnisch, hatte Mutter Meer ihrem Sohn Manieren beigebracht.

Hyrab packte ihre Taschen aus und bereitete eine Schüssel mit Wasser und Tüchern vor. Dann nahm sie ihm den Verband ab.

Verdutzt hielt sie inne. Die alte Heilerin starrte ihn an, dann drehte sie sich zu Mutter Meer um. Diese zog kaum merklich die Brauen hoch. Ihre klaren Augen richteten sich auf Karat.

Er sah an sich hinab – und keuchte. Die Wunde war geschlossen. Dunkle Adern standen hervor, die Haut war geschwollen – doch der offene Riss war verschwunden. Zitternd fuhr er mit dem Finger über die Verletzung. Heller Schmerz durchschoss ihn.

»Wer bist du?«, hauchte Mutter Meer.

Karat wagte nicht aufzublicken. Erstarrt wie ein Kind ließ er die Stille über sich ergehen.

Mutter Meer bot ihm an, ein Bad zu nehmen. Draußen, erklärte sie, als sie bereits die Treppe emporstiegen, gab es heiße Quellen, aus denen Heilwasser sprudelte. Karat fühlte sich unbehaglich zwischen ihr und Saion, der dicht hinter ihm ging. Er war unbewaffnet und schwach auf den Beinen – ein Zustand, in dem er niemanden in seiner Nähe haben wollte. Schon gar keinen Hünen mit Streitäxten, der ihm offensichtlich misstraute. Doch für ein Bad, ein echtes heißes Bad, verließ er sein Lager gerne. Es war lange her, dass er sich hatte waschen können, und er wollte den Angstschweiß der vergangenen Tage endlich loswerden.

Als sie ins graue Tageslicht traten, verschlug es ihm die Sprache.

Er hatte ein Zeltlager erwartet. Höchstens ein geplündertes Dörfchen. Doch rings um sie erhoben sich majestätische Gebäude aus weißem Stein, in einer Bauart, wie er sie nie zuvor gesehen hatte. Schlanke Säulen stützten Dächer in komplizierten Formen. Es sah aus wie ein Garten voller riesiger weißer Blüten. Dass Farn, Efeu und Moos alle freien Flächen bewucherten, konnte den Bauwerken ihre Anmut nicht nehmen.

»Was … was ist das für ein Ort hier?«, murmelte Karat.

Mutter Meer sah ihn forschend an. »Naruhl. Die erste menschliche Siedlung der Welt. Die Wiege ihrer Zivilisation. Wir fanden es sehr passend, dass auch ihr Ende von hier kommen sollte.«

»Wieso haben sie den Ort dann verlassen?«

Mutter Meer betrachtete die kunstvollen Türme und Terrassen unter den Bäumen und schien zu seufzen. »Es spukt, sagt man. Nein, es *ist* so. Der Ort ist verflucht. Böses lauert in den alten Fluren und Hallen …«

»Und dann versteckt ihr euch ausgerechnet hier?«

Sie sah ihn ernst an. »Wir kennen das Böse. Wir haben es alle erlebt. Wenn die Furcht verloren ist, bleibt nur die Vorsicht.« Sie deutete in eine Richtung. »Komm.«

Sie führte ihn durch dichtes Unterholz und über schmale Trampelpfade zwischen Felsen. Karat bemerkte, dass die Bauten alle unbeschädigt waren. Hier und da waren riesige alte Bäume auf die Dächer gestürzt, doch kein einziger Riss war im weißen Stein zu erkennen. Während alles ringsum Verfall und Vergangenheit atmete, standen die Türme wie ewige Säulen dazwischen, erhaben über die sterblichen Dinge, die sich an sie klammerten. Karat fragte sich, wie die Menschen diese Kunst vergessen haben konnten, wenn sie doch offenbar einmal dazu fähig gewesen waren. Er hätte nie gedacht, dass Entwicklung mit der Zeit zurück statt vorwärts gehen könnte … das war doch widersprüchlich.

Ihr Weg führte sie in einen Schacht zwischen hohen Felsen, die über ihnen immer enger wurden, sodass nur ein dünner Vorhang Licht herabfiel. Im Boden waren überall Vertiefungen, in denen dampfendes Wasser blubberte. Kleine Ströme und Rinnsale liefen durch das Gestein.

»Hier«, sagte Mutter Meer und brachte Karat zu einem Teich. Weißer Kalk überzog die Steine, das Wasser wirkte wie Glas. Vorsichtig kniete Karat nieder und tauchte einen Finger hinein. Das Wasser war heiß. Aber nicht kochend, wie er fast befürchtet hatte. Angenehm.

»Wir warten unten auf dich. Nimm dir so viel Zeit, wie du willst.« Mutter Meer gab ihren beiden Begleitern ein Zeichen, mitzukommen.

»Wartet. Kannst du mir ein Feenlicht borgen, solange ich

hier bin? Ich will nicht überrascht werden, wenn ich da reinsteige.«

Mutter Meer lachte. Sie hatte ein dunkles Lachen, das von tief innen zu kommen schien. »Wir benutzen kein Zauberwerk der Magierschaft. Und hier braucht auch niemand Feenlichter. In Naruhl erwacht das Land nie zu Leben… wusstest du das denn nicht?«

Karat sah sie skeptisch an.

»Du kannst mir vertrauen«, sagte sie schlicht. Dann drehten sie sich um und ließen ihn allein. Er sah ihnen nach, wie sie hinter Licht und Dampf verschwanden.

Wohlig warm und sauber kehrte Karat zurück. Mutter Meer, Saion und Hyrab saßen auf einem breiten Felsblock und schliffen ihre Waffen. Als sie Karat kommen sahen, erhoben sie sich.

»Hast du Hunger?«, fragte Mutter Meer und stand schon auf.

Inzwischen hatte es zu dämmern begonnen. Der Himmel hinter den Baumwipfeln färbte sich violett und die ersten Sterne leuchteten auf. In weiter Ferne hallten Vogelrufe wider, doch Karat sah kein Tier in der Nähe. Ihm fiel auf, dass nicht einmal Grillen zirpten. Dabei wucherte überall dichtes Gras. Vielleicht war es schon zu kalt für Grillen. Ihr Atem gefror in der Luft.

Sie gingen durch einen bogenförmigen Eingang und stiegen Stufen empor, über und über mit Laub und Moos bedeckt. Kunstvolle Schnörkelmuster bedeckten die Wände und ließen das späte Abendlicht ein. Die Treppe mündete in einen hohen Flur, der hier und da zu Terrassen, Balkonen und überdachten Brücken auswuchs. Karat fühlte sich, als würde er in ein verlassenes Königreich eindringen. Die Vergangenheit herrschte aus dem Schatten heraus, und obwohl dieser Herrscher stumm war, regierte er mit eiserner Hand über sein Reich.

Schließlich erreichten sie eine Türöffnung, die von Efeu umwachsen war. Sie traten durch das dichte Blätterwerk und gelangten in einen niedriger gelegenen Raum, in dessen Mitte ein Feuer loderte. Es war angenehm warm hier drinnen.

Mehrere Dutzend Männer und Frauen saßen um das Feuer herum auf Fellen und geflochtenen Matten. Karat blieb stehen, als er die Fremden sah. Er hatte keineswegs erwartet, so vielen Rebellen zu begegnen. Auf den ersten Blick schätzte er, dass es fünfzig waren, vielleicht noch mehr. Als sie Mutter Meer bemerkten, begrüßten sie sie mit allen Dialekten der Inseln.

Sie ging an den Kriegern vorbei, die ihr Platz machten, nahm Hände, teilte sanfte Worte aus – gab jedem das Gefühl, eine ganz besondere Verbindung zu ihr zu haben. Karat glaubte es ihr fast.

Am Feuer rutschte man zusammen, damit Mutter Meer und ihre Begleiter sich setzen konnten. Schalen mit gebratenem Fisch, gesalzenem Dörrobst, Handbrot und Kichererbsenpaste wurden ihnen gereicht. Mutter Meer bot das Essen erst Karat, Saion und Hyrab an, ehe sie sich selbst etwas nahm. Sie kaute ruhig und schluckte hinunter. Als sie mit gekreuzten Beinen dasaß und in die große Runde blickte, wurde es still.

»Dies ist Karat.«

Aller Augen waren auf ihn gerichtet. Er maß die Rebellen. Manche sahen aus wie echte Krieger. Er sah ihnen an, dass sie töten konnten, schon getötet hatten. Andere waren Flüchtlinge und würden immer Flüchtlinge bleiben. Die Waffen, die sie trugen, änderten daran nichts. Dennoch sah Karat in allen Gesichtern denselben Hass, still und tief. Hier war niemand aus falschem Heldentum. Das erleichterte ihn.

»Er hat uns nicht gesucht. Wir haben ihn gefunden. Er ist ein Kopfgeldjäger.« Mutter Meer sah ihn an. Ihr Blick war wie eine Umarmung, die einen vergessen ließ, dass noch jemand anderes anwesend war. »Und er ist unser Bruder.«

Karat schauderte, ohne zu wissen, warum. Er konnte ihrem Blick nicht ausweichen, bis ihn jemand am Arm berührte. Erschrocken fuhr er herum. Eine junge Isin reichte ihm einen Wasserkrug.

»Willkommen«, sagte sie. Karat nahm den Krug an und dankte murmelnd.

Irgendwo in der Menge begann jemand, eine kleine Trommel zu schlagen. Bald erhob sich Gesang aus allen Ecken, ein wehmütiger Kriegschor. Es wurde getrunken und gegessen. Gespräche stiegen hie und da auf, doch die meisten Stimmen fügten sich in den Gesang ein. Karat aß die isischen Speisen, blickte ins große, prasselnde Feuer, lauschte den Liedern und fühlte plötzlich, wie es ihm die Kehle zuschnürte. Er presste die Augen zu.

Erinnerungen gossen auf ihn herab wie heißes Wachs. Alles fühlte sich so schrecklich vertraut an, als würde die Vergangenheit aus ihrem Grab steigen, ein Gespenst aus welken Blumen und Leichengeruch.

Karat spürte, dass Mutter Meer ihn beobachtete. Er versuchte zu zeigen, dass er nur Schmerzen in der Schulter hatte. Ein paar Isen erhoben sich und tanzten zum Rhythmus der Trommeln. Mit geschlossenen Augen wiegten sie sich vor und zurück, zogen ihre Waffen und stießen sie in die Luft. Eine alte Frau begann, Parolen auszurufen. Ihre Worte wurden so leidenschaftlich, dass Karat Tränen fließen sah. Andere klatschten im Takt. Mutter Meer legte den Kopf zurück und drehte ihn langsam. Ihre breiten Schultern zitterten mit der Musik. Leise Worte lagen auf ihren Lippen, Schwüre, Verwünschungen, Gebete vielleicht. Dann sah sie Karat an und wurde sehr ernst. In diesem Moment war ihm, als wüsste er alles über sie und die Rebellen. All ihre Beweggründe. All ihre Träume. Wie viel sie zu opfern bereit waren. Die ganze Wahrheit lag in der Musik und in den meerfarbenen Augen ihrer Anführerin.

»Wie heißt du?«, fragte Karat. Obwohl die Trommeln ihn übertönten und sie ihn unmöglich gehört haben konnte, zog sie ihr Araidann und schrieb mit der Schwertspitze einen Namen in die Asche. Karat legte den Kopf schief, um zu lesen. *Oyara*.

Totenlichter

Ein Klopfen an der Tür weckte Hel. Verschlafen richtete sie sich auf und nuschelte: »Ja?«

Ein Diener trat ein. »Guten Morgen. Die *Taube* ist startklar und wird in einer halben Stunde abheben.«

Verwirrt blickte Hel aus dem Fenster. Es war früher Morgen. Hatte sie seit gestern Nachmittag durchgeschlafen? Sie wusste nicht, wann sie zuletzt so lange am Stück weggenickt war. Aber sie hatte es bitter nötig gehabt. »Wir verlassen Moia schon?«

»Meister Olowain sagt, es eilt.«

Hel trat die Bettdecke zurück. »In Ordnung. Ich bin gleich fertig.«

Der Diener zog sich zurück.

Hel bespritzte sich Gesicht, Hals und Nacken mit Wasser aus der Waschschüssel. Mit den feuchten Händen fuhr sie sich durch die Haare und drückte sie glatt. Einigermaßen erfrischt trat sie aus ihrem Zimmer. Im Flur warteten die Söldner und Kelda mit dem Diener. Nicht viel später kamen Harlem und Nova aus ihren Zimmern. Gemeinsam stiegen sie die runde Treppe zum Dach des Turms empor. Tatsächlich war alles für ihren Abflug bereit. Die Sturmjäger begrüßten sie herzlich und zogen die Planke ein, sobald sie an Bord waren. Kapitän Nord stand am Steuer und blickte der steigenden Sonne mit einem wehmütigen Lächeln entgegen. Als die Gesandten zu ihm traten, zwinkerte er. »Guten Morgen, die Herrschaften! Alles bereit für die Reise? Es wird windig. Also gut festhalten.«

Dann fuhr er Nova durch die Haare und seufzte. »Es wird Zeit, dass du sie dir zurückbindest oder schneidest, meinst du nicht?«

»Ganz meine Meinung!«, sagte Hel.

»Aber… es ist meine *Mähne*«, sagte Nova mit leisem Stolz. Sein Vater lachte auf und drückte ihn an sich.

»Wo ist Meisterin Medeah?«, fragte Nova dann. »Verabschiedet sie uns nicht?«

Nachdenklich sah Kapitän Nord ihn an. »Deine Mutter ist eine außergewöhnliche Frau. Und sie liebt dich. Daran darfst du nie zweifeln.«

Nova lächelte. Er wusste, dass sein Vater nicht nur zu ihm, sondern auch zu sich selbst gesprochen hatte, und klopfte ihm auf die Schulter. »Ich weiß, Papa…«

Die *Taube* hob ab. Der Hof von Moia blieb rasch unter ihnen zurück und dann war nichts mehr zu sehen außer Nebel und Meer.

Hel dachte fast schon, sie hätten Olowain in Moia vergessen, denn nichts deutete darauf hin, dass er an Bord war. Erst am Nachmittag, als es zu regnen begann und das Schiff in starken Böen schwankte, kam er an Deck getaumelt und schlug die Tür zum Steuerraum auf. Ein kompliziert wirkendes Gestell aus Leselicht und Vergrößerungsgläsern saß ihm auf der Nase und verwandelte seine Augen in leuchtende Spiegeleier.

»Könnt Ihr nicht ruhiger fliegen?«, rief er. »Ich muss mich konzentrieren!«

»Verzeiht vielmals, Meister«, rief Kapitän Nord zurück. »Wenn ich könnte, würde ich das Wetter für Euch schelten und ihm befehlen, sich zu beruhigen!«

Grunzend brauste Olowain wieder davon.

Kapitän Nord warf den Gefährten, die am Tisch Karten spielten, einen amüsierten Blick zu. »Ich würde ihm einen wunderhübschen Regenbogen zaubern … ehrlich.«

Nach dem Abendessen wurde das Wetter immer schlechter. Es begann zu donnern. Mächtige Wassermassen stürzten aus dem Himmel. Weil niemand länger draußen bleiben wollte als eine Stunde, wechselten sie sich die ganze Nacht mit der Trollaufsicht und dem Steuerrad ab. Hel schlief nicht. Aber sie war noch erholt genug von der vorherigen Nacht. Als sie nach ihrer letzten Schicht bei den Trollen von einer anderen Sturmjägerin abgelöst wurde, ging sie nicht gleich unter Deck, sondern lief noch ein wenig über das dunkle Schiff. Der Regen peitschte gegen die Bretter. Blitze zuckten im tiefen Schwarz. Hel atmete durch und streckte dem Regen das Gesicht entgegen. Die Kälte, der Krach, der Wind, alles war irgendwie befreiend, so wie damals, als sie auf den Wrauden geritten waren. Vielleicht weil es Hel von dem ablenkte, was in ihr vorging – auch wenn da eigentlich nur Stille war. Aber sie wollte nicht über sich nachdenken. Sie wollte an gar nichts denken. Sie schloss die Hände um die Reling, fühlte das nasse Holz. Stumm und mit geschlossenen Augen stand sie im Regen, bis sie zu zittern begann.

Ein violettes Licht irrte auf sie zu. Hel blinzelte sich Regentropfen von den Wimpern. Seit sie die Gebirge verlassen hatten, war ihr immer wieder aufgefallen, dass Tix ihnen folgte. Er hatte sich aber nie bemerkbar gemacht. Wobei Hel ihre rechte Hand darauf verwettet hätte, dass er nachts in ihre Beutel gekrochen war und versucht hatte, Lirium zu stibitzen.

Nun schwirrte er ihr vor die Nase und begann, um ihren Kopf zu kreisen. Hel beachtete ihn nicht.

»Jemand zu Hause?«, zirpte er. Als sie nicht antwortete, flog er langsamer. »Oi. Jetzt ist es passiert. Sie ist komplett durch den Wind.«

Hel seufzte. »Hast du mir eine Ohrfeige auszurichten?«

»Nein. Willst du eine?«

»Dann lass mich in Ruhe, bitte.«

Er blieb vor ihr schweben und wrang sich die langen Ohren wie Waschlappen aus. »Für ein kleines Fressen.«

»Ich habe nichts.«

»Dann werde ich bei dir bleiben.« Als sie wieder nichts erwiderte, ließ er alle Glieder herabbaumeln. »He, hörst du mich noch? Pausbäckchen! Proppelklops. Du… du… Augensalat! Ein-Augen-Hel!«

Sie blinzelte ihn an. »Du kennst ja meinen Namen.« Sie lächelte verwundert. Das Licht des Pixies wurde blass. Sie trat zurück und ging.

»Wohin läufst du? Beleidigt, he? Holst du mir was zum Futtern? Holst du mir was? Hel? Hel! Heeeel!«

»Gute Nacht, Tix.« Sie winkte ihm, ehe sie unter Deck stieg und die Tür schloss.

Nass, wie sie war, ließ sie sich auf ihre Pritsche sinken. Nach einem langen Atemzug war sie eingeschlafen.

Ihre Kleider und Haare waren noch feucht, als sie erwachte. Draußen war ein grauer, nieselnder Tag angebrochen. Hel schlich zu Novas Zimmer und klopfte an. Als niemand antwortete, öffnete sie leise. Nova war nicht da. Hel schloss die Tür hinter sich und nahm sich eine trockene, einigermaßen saubere Tunika aus seinen Schubladen. Weil keine seiner Hosen ihr passte, musste sie sich mit langen Wollstrümpfen zufriedengeben. Aber die Tunika fiel ihr sowieso fast bis zu den Knien, also war ihr warm genug. Darüber zog sie Arus'

Weste, die sie bist jetzt in ihrer Kammer aufbewahrt hatte, und band alles mit ihrem Gürtel fest.

Als sie in den Speiseraum kam, verteilte Nova gerade Rührei an die Besatzung. Alle wirkten übernächtigt, nur Kapitän Nord sah frisch und munter aus. Der Aufenthalt in Moia schien ihm gutgetan zu haben. Oder hatte wenigstens seine Trinkfreude gemäßigt. Jedenfalls war seine gute Laune unerschütterlich und sie war ansteckend. Hel entging nicht, dass Nova wie ausgewechselt war, seit sein Vater seine Lebensfreude wiedergefunden hatte. Vielleicht war Nova bis jetzt selbst nicht bewusst gewesen, wie sehr ihn der Zustand seines Vaters belastet hatte. Seit sie wieder vereint waren, betrachtete er ihn mit so viel zärtlicher Sorge, als wäre Nova der Vater und Neremias der Sohn, der nach einer langen Krankheit wieder genesen ist.

»Morgen«, sagte Hel.

»Rührei?«, fragte Nova. Sie ließ sich ihr Frühstück geben und nahm einen herzhaften Bissen. Wie herrlich, endlich wieder richtiges Essen zu haben. Die Einzige, die sich nicht recht darüber freuen konnte, war Harlem. Während sie in ihren vor Honig triefenden Eiern stocherte, konnte sie nur schwer verbergen, dass sie sich nach ihren geliebten Knollen sehnte. Aber ihre Vorräte waren offenbar erschöpft.

Gerade als Hel bemerkte, dass jemand fehlte, seufzte Kapitän Nord: »Unser Ehrengast verschläft die besten Rühreier, die je ein Sturmjäger gemacht hat. Hoffentlich hat der schwungvolle Flug Meister Olowain nicht zu arg zugesetzt.« Er schob sich Rührei und Brot in den Mund. »Hoffentlich hat er sich nicht auf die gute Tapete erbrochen.«

»Ich glaube nicht, dass er schläft«, sagte Hel, um Olowain ein wenig zu verteidigen. »Er ist sehr damit beschäftigt, etwas herauszufinden. Bestimmt ist er wach und über seinen Büchern.«

»So?« Nord blickte neugierig zwischen ihr und Nova und den anderen Gesandten hin und her. »Was gibt es denn in Erfahrung zu bringen?«

»Das sind echt leckere Rühreier«, mampfte Hel. »Ich wusste gar nicht, dass du kochen kannst.«

Nova zwinkerte sie durch seine Gabel hindurch an. »Ein Junge mit vielen Talenten!«

»Also bewahrt Meister Olowain Bücher in seinem magischen Schrank auf, hm?«, fragte Kapitän Nord.

Hel stand überhastet auf und belud den leeren Teller mit Eiern, Fladenbrot und Speck. »Ich glaube, ich bringe Meister Olowain Frühstück. Er hat bestimmt vergessen, dass er etwas essen muss. Nova, kannst du die Milch tragen?« Sie drückte ihm den Krug in die Hand und ging voran.

Als sie im Flur waren, raunte sie: »So, nun leg die Karten auf den Tisch, Pienova Nord. Hast du deinen Vater in alles eingeweiht?«

»Nein«, entgegnete er erstaunt. »Ich schwöre es, nein.« Er trank einen Schluck von Olowains Milch und legte die Stirn in Falten. »Aber er weiß ziemlich genau über alles Bescheid. Meisterin Medeah hat keine Geheimnisse vor ihm. Außerdem bin ich sein Sohn, er würde nicht ruhen, bis er weiß, was ich treibe.«

Hel war für einen Moment sprachlos. Nie im Leben hätte sie gedacht, dass eine Frau wie Medeah Geheimnisse der Magierschaft preisgeben würde. Doch schließlich hatte Nova recht: Neremias Nord würde nicht locker lassen, bis er wusste, in welchen Abenteuern sein Sohn steckte. Und Medeah liebte ihn wirklich, auf ihre Art. Selbst das Herz einer so nüchternen, berechnenden Frau wie Medeah war, wenn es für jemanden schlug, stärker als ein Schwur vor der Magierschaft. Liebe stand schlichtweg über alldem.

Dieser Gedanke beschäftigte Hel, bis sie Olowains Tür erreichten. Nova klopfte an, doch von drinnen kam keine Antwort.

»Er schläft.« Nova zuckte die Achseln und trank die Milch.

Hel klopfte noch einmal an. Dann drückte sie die Türklinke hinunter und öffnete einen Spalt. »Meister Olowain?«

Das Bett war leer. Es sah nicht aus, als hätte letzte Nacht jemand darin gelegen. Hel begriff auch, warum: Inmitten einer Festung aus Schubladen, in die der magische Schrank sich verwandelt hatte, lag Olowain, die Arme über seinen Schreibtisch und ein Dutzend Bücher gebreitet. Ringsum schwebten Folianten in der Luft und blätterten leise ihre Seiten um. Tropfen aus Licht glitten suchend die Zeilen entlang und träufelten hie und da Helligkeit auf ein Wort.

»Meister Olowain?«, wiederholte Hel. Sie schob die Tür noch ein Stück auf und trat ein.

Sobald ihr Fuß aufsetzte, schnappten alle Folianten zu. Schubladen schnellten zurück, der Schrank verschachtelte sich wie eine eiserne Mauer. Auch das Buch, auf dem Olowains Kopf lag, schlug zu. Ein verblüffter Schmerzenslaut erstarb in den knisternden Seiten. Nach mehreren solcher schmachvollen Ohrfeigen hatte Olowain sich endlich aufgerappelt. Das Lesegestell rutschte ihm von der Nase, und er fing es mit einer Hand auf, ehe es zwischen die schnappenden Buchdeckel geraten konnte. Dann bemerkte er Hel in der Tür. Hel wurde rot.

»Entschuldigung«, stammelte sie. »Äh … Frühstück?«

Unentschlossen blieb sie zwischen Tür und Angel stehen

und entschied sich dann, den Teller lieber auf dem Boden abzustellen, statt ganz einzutreten.

»Was geht hier vor?« Olowain richtete sein Lesegestell auf sie. »Tretet nie, niemals unaufgefordert ins Zimmer eines Magiers ein! Seid ihr denn törichte Kinder?!«

Weil weder Hel noch Nova eine Antwort einfiel, rieb Olowain sich die Stirn und seufzte tief. »Also schön. Schön. Wie spät ist es?«

»Morgen. Wir haben Frühstück für Euch«, sagte Hel.

Er warf einen Blick auf den Teller. Dann winkte er Hel, damit näherzukommen. Vorsichtig ging sie zu ihm.

»Danke dir«, murmelte Olowain und ließ sich in seinen Stuhl zurückfallen. Er wirkte furchtbar müde. Seine Augen waren blutunterlaufen und das Lesegestell hatte rote Ränder in sein Gesicht gedrückt. »Hast du auch etwas Wasser für mich?«

»Wir haben Milch. Nova?«

Er stand im Flur und wischte sich den Milchbart ab. »Oh … ich hol welche.« Eilig lief er mit dem leeren Krug davon. Olowain nahm den Stab in die Hand, der neben ihm stand, und ließ die Tür zufallen. Dann zog er den Teller heran und aß. Hel hatte ihn nie so wenig auf seine Tischmanieren achten sehen. Mit gebeugtem Rücken schaufelte er sich Rührei und Speck in den Mund und schluckte, fast ohne zu kauen. Als Nova zurückkehrte, spülte er alles mit der Milch hinunter und tupfte sich die Mundwinkel mit einem Taschentuch ab.

»Da du schon einmal hier bist«, sagte er dann zu Hel, »ich würde gerne mit dir sprechen.« Er beäugte Nova. »Wärst du so gut und bringst das Geschirr weg?«

Nova nahm den Teller und Becher entgegen. »Dann … bis nachher.«

»Ich komme gleich nach«, versprach Hel.

Als Nova das Zimmer verlassen hatte, ließ Olowain mit einem raschen Schwenk seines Stabs einen zweiten Stuhl vor den Tisch gleiten. »Bitte, setz dich.«

Hel setzte sich. Olowain legte die Fingerspitzen aneinander und schloss für eine Weile die Augen. Nichts war zu hören außer dem kurzen Klacken eines Schlosses, das der Schrank offenbar zu schließen vergessen hatte.

Dann sagte Olowain: »Bitte beschreibe noch einmal genau, was du gesehen hast, als der Ise den Dämon getötet hat. Beschreibe die Lichter.«

Hel versuchte, sich die Bilder ins Gedächtnis zu rufen. Es war so schnell gegangen. Trotzdem schilderte sie alle Details, die ihr einfielen. Olowain unterbrach sie nicht. Erst als sie geendet hatte, schlug er die Augen auf. Eine tiefe, beängstigende Sorge lag in seinem Blick, und Hel fürchtete, dass sie irgendeinen schlimmen Verdacht bestätigt hatte.

»Du bist ganz sicher«, sagte Olowain mit wankender Stimme, »dass im Augenblick seines Todes Licht aus dem Dämon geströmt ist ... in den Isen?«

Hel zögerte. »Doch. Ja.«

Olowain stand auf und ging rastlos durch den Raum. »Der zweite Dämon, der, der dich in der Wüste gefunden hat ... hat er sich nie verdächtig verhalten?«

Hel dachte an seine Magie. An den Zwischenfall in der Windigen Stadt. Seine morgendlichen Gebete.

»Ich, vielleicht ... ich ... weiß nicht.«

Olowain bewegte sich noch immer zwischen Bett und Schrank. »Wieso hast du der Magierschaft nicht schon früher davon erzählt?!«

Nun sah Hel ihn fest an. »Es gab genug Beweise dafür,

dass die Dämonen existieren. Ihr wart derjenige, der das alles als Spuk abgetan hat.«

Er funkelte sie an. »Der Isenaufstand hat unsere Ermittlung in die falsche Richtung gelenkt! Wenn aber nun das Alte Reich seine Finger im Spiel hat … nun, dann ist das etwas ganz anderes. Das bedeutet weitaus größere Probleme … weitaus größere.«

Er blieb stehen und biss sich auf den Zeigefinger. Dann sah er Hel an und ließ sich langsam wieder auf seinen Stuhl sinken. »Ich werde dich einweihen, Hel«, sagte er zögernd. »Es ist leichter so, und es geht um zu viel. Aber du musst bei deinem Leben schwören, dass du Schweigen bewahrst. Verstehst du das? Absolutes Schweigen!«

Hel sah ihn ernst an. »Ich schwöre es, Meister Olowain.«

»Kein Wort zu deinem Freund Nova.«

»Ich habe bereits geschworen«, sagte sie.

Olowain atmete flach aus. »Ich habe Grund zu der Befürchtung, dass die Dämonen hinter etwas her sind. Mächtige Gegenstände, in Vergessenheit geraten und selbst bei den Gelehrten zu Mythen verblasst. Die tödliche Magie der Dämonen, die alles Leben aufsaugen kann, und das Licht, das vom einen in den anderen übergegangen ist, als er ihn tötete – all dies weist darauf hin, dass es sie wirklich gibt … ihre Herzen.« Seine Stimme war immer leiser geworden, sodass Hel sich nicht sicher war, ob sie ihn richtig verstanden hatte.

»*Herzen*?«, wiederholte sie.

Olowain erhob sich wieder und trat an das Bullaugenfenster, über das Wassertropfen flohen. Er verschränkte die Hände auf dem Rücken. »Damals, im Krieg zwischen Druiden und Magiern, ergriffen die Druiden eine letzte, fatale Maßnahme. Ihr Weltreich war längst auseinandergebrochen, die Fortschritte der Magierschaft ließen sich nicht länger aufhalten; Wissen lässt sich nie aufhalten. Also verwendeten die Druiden ihre verbliebenen Kräfte darauf, sich zu rächen. Oder vielleicht war es auch ihr fanatischer Glaube, der ihnen befahl, die ›abtrünnigen Kinder‹ der Erde zu strafen. Es heißt, die letzten mächtigen Druiden opferten sich dem Tiefen Licht.«

»Was ist das?«, fragte Hel.

Er blinzelte; fast schien es, als hätte er vergessen, dass er mit jemandem sprach und nicht nur laut dachte. »Das Tiefe Licht, so nennen die Druiden die Quelle allen Liriums, tief im Kern der Erde. Alles Leben stammt aus der Erde, steigt auf und flößt den Tieren, Pflanzen und Dingen Licht ein. Für die Druiden ist es eine Art bewusstes Wesen, eine Gottheit, die segnen und strafen kann, die angebetet und gerächt werden muss.« Er schnaubte leise. »Jedenfalls steht in den Überlieferungen, dass die Vier Druiden jener Tage ihr Leben dem Tiefen Licht opferten, um fortan als Dämonen durch die Welt zu irren. Als seelenlose Hüllen für eine göttliche Macht richteten sie überall Zerstörung an, bis das Tiefe Licht sie ganz verzehrt hatte. Etwas von ihnen aber blieb übrig. Ein letzter Rest Menschlichkeit vielleicht oder ihre Seelen; in den alten Schriften werden sie *Nyr'Hel* genannt. Totenlicht. Doch der Name spielt keine Rolle. Nach dem Verfall ihrer Körper blieb dieses Unsterbliche, das ihrem Glauben nach jedes Lebewesen besitzt, mit dem Tiefen Licht vereint. Die Totenlichter tragen die ganze Macht des Tiefen Lichts in sich, sind direkte Verbindungen zur Urquelle von Lirium, die sich im Erdkern regt. Und die Totenlichter sind ewig, unzerstörbar durch die Seelen der geopferten Druiden.«

Er holte zitternd Luft. Hel konnte nicht glauben, dass ausgerechnet Meister Olowain solche Geschichten erzählte –

und allem Anschein nach glaubte. Es machte ihr Angst. Bang wartete sie darauf, dass er eine trockene Erklärung hinzufügte, irgendetwas Verständiges sagte, das das Ganze als Ammenmärchen abtat. Doch er fuhr fort: »Die Totenlichter blieben dort, wo die Druiden ihr letztes Leben aushauchten. Dort ruhen sie noch immer, pochende Herzen unter der Erde, darauf wartend, dass jemand sie ausgräbt und findet. Wer sie trägt, wird eins mit dem Lebendigen Land. Doch wie die Vier Druiden von damals lässt man immer mehr von sich selbst zurück. Je stärker das Tiefe Licht wird, je größer die Macht, umso geringer wird der Mensch. Bis nichts mehr bleibt. Außer einem Dämon.«

Ihre Hände krallten sich um die Armlehnen. Alles, woran sie denken konnte, war Mercurin.

»Das Licht, das du gesehen hast, als der Dämon getötet wurde, ist wahrscheinlich ein Totenlicht gewesen. Und es ist in den Isen hineingeströmt. So wie du den folgenden Kampf zwischen ihm und dem anderen Dämon beschrieben hast, hätte ihn ein gewöhnlicher Mensch nicht überleben können. Es ist davon auszugehen, dass die Totenlichter also nicht nur existieren, sondern auch übertragbar sind, durch das Töten des Vorgängers. Und der neue Träger ist ein Ise.« Er wandte sich vom Fenster ab und blickte Hel an. »Verstehst du, was das bedeutet? Die Druiden aus dem Alten Reich, die vermutlich die jahrhundertealte Rache dort fortsetzen wollen, wo sie zuletzt geendet hat, sind eine ernst zu nehmende Gefahr für Aradon. Doch von den Druiden gibt es immer nur vier. Die Isen sind aber direkt unter uns. Wenn sie die Macht des Totenlichts für sich entdecken, wenn sie sie in ihrem irrsinnigen Kampf einsetzen …« Seine Lippen zitterten. »Wir müssen sofort handeln. Verstehst du?«

Hel schluckte trocken. »Und was sollen wir tun?«

Er blickte wieder aus dem Fenster. Der Regen war stärker geworden und floss ruhelos über das Glas. »Zuerst einmal müssen wir uns besprechen. Die Magierschaft, meine ich«, murmelte er. »Und ich muss in die Bibliothek. Weiterrecherchieren. Aber es wird darauf hinauslaufen, dass wir den Isen finden müssen, der nun ein Totenlicht trägt. Das ist das Wichtigste. Und darum weihe ich dich in alles ein.« Er senkte den Kopf und seufzte wieder. »Du bist die Einzige, die sein Gesicht gesehen hat. Es scheint, deine Augen werden immer kostbarer für uns.«

Hel starrte zu Boden. Eine plötzliche, alles erdrückende Erschöpfung befiel sie. Sie wollte nicht mehr. Sie wollte nichts zu tun haben mit all diesen Dingen. Sie hatte keine Lust, irgendwelche Totenlichter oder Isen zu finden. Sie war nicht einmal davon überzeugt, dass es notwendig – und richtig – war. Zugleich wusste sie, dass sie keine Wahl hatte. Sie biss die Zähne zusammen. Tief im Inneren ahnte sie, dass sie in jedem Fall etwas tun würde, das ihr falsch vorkam.

»Sobald wir Aradon erreichen –« Plötzlich unterbrach ihn ein Ruf aus dem Gang.

Es war einer von den Sturmjägern: »He, Nova!«

Olowain fuhr herum und hatte blitzschnell seinen Stab gepackt. Im nächsten Moment flog die Tür auf, Nova fiel ins Zimmer und landete auf dem Teppich. Hochrot starrte er zu Olowain auf. Der Magier starrte kreidebleich zurück.

»Du – du hast wieder gelauscht!«, stieß er hervor.

»Ähm. So würde ich es nicht nennen.« Nova lächelte. »Ich bin zufällig vorbeigeko–«

»*Zufällig*?« Olowain packte seinen Stab mit beiden Händen. »Jetzt wagst du auch noch zu lügen, du unverschämter Bengel!«

»Aber nein – ich, also, ich bin gegangen. Und dann bin

ich in der Küche gewesen. Und dann wollte ich Euch Wasser bringen, weil Ihr wolltet ja Wasser trinken. Und dann bin ich hergekommen, aber die Tür war zu, und ich wollte Euch nicht stören, also habe ich ge–«

»Genug!«, herrschte Olowain ihn an. »Einmal ist genug. Diesmal werde ich …«

Ruhig erhob Hel sich und trat vor Nova. »Nova hat längst bewiesen, dass er jedes Vertrauen verdient, das auch ich verdiene. Wenn Ihr wollt, dass ich Euch helfe, den Isen zu finden, dann dürft Ihr Nova nichts antun.«

»Aber – das ist doch –« Sprachlos blinzelte Olowain sie beide an. »Ungeheuerlich!«

Hel drehte sich zu Nova um und grinste. »Du weißt wirklich immer, wie du alle zur Weißglut treiben kannst, ohne Ärger zu kriegen, oder?«

Er grinste zurück, nicht ohne Olowain einen unsicheren Blick zuzuwerfen, und räusperte sich. »Ich sag ja … ein Junge mit vielen Talenten …«

Krieg

Die Tage blieben stürmisch. Wenn es nicht regnete, stiegen dampfende Nebelschwaden aus den Hügeln auf und hüllten die *Taube* ein wie in Watte. Manchmal konnte man vom Steuerrad aus kaum bis zum Bug sehen. Die ganze Welt schrumpfte auf den Umkreis von ein paar Metern zusammen. So musste das Nichts aussehen, dachte Hel, das irgendwo jenseits des Meeres und hinter den letzten Landstreifen lauerte. Ewiger Dunst… ob ein Mensch hineinlaufen konnte? Würde man selbst zu Nichts werden, wenn man das Ende der Welt erreichte?

Sie ging die Reling des gesamten Schiffs entlang und streckte die Hand aus, als könnte der Nebel irgendwo greifbar werden. Doch er verschwand zwischen ihren Fingern; er machte alles unsichtbar und war dabei selbst unsichtbar. Die Feststellung faszinierte Hel und sie konnte eine Weile an nichts anderes denken.

Dann rissen die Wolken unter ihr auf und ein einziger Fleck Grün tauchte auf. Hel blieb stehen und beobachtete, wie er vorüberzog. Es war, als würde sie die gesamte Erde aus einer unmöglichen Ferne sehen, winzig und vollkommen allein in der Leere.

Später fragte sie Olowain, was hinter dem Alten Reich lag. Sie saßen mit ein paar Sturmjägern, den Söldnern und Kelda im Esszimmer, spielten Karten und tranken Tee. Als Hel ihre Frage stellte, erwachte Olowain aus den Gedanken, die ihn schon seit einiger Zeit abwesend aus den Fenstern starren ließen.

»Was meinst du?« Er räusperte sich. »Hinter dem Alten Reich?«

»Ja, ich meine … ist da ein Meer? Oder geht das Land weiter? Wer hat die Grenzen da gezogen, wo sie sind, und warum?«

Alle blickten Hel groß an. Nur Kelda schien nicht verwundert, dass sie diese Dinge plötzlich wissen wollte. Er nippte an seinem Tee und wandte sich Olowain zu, um seine Antwort zu hören.

»Hohe Berge liegen nördlich von Hellesdîm.« Olowain bemerkte, dass Hel die Stirn runzelte, und erklärte: »Hellesdîm sind die Heiligen Hallen, wo die Druiden leben. Es ist der nördlichste von Menschen bewohnte Punkt der Erde. Was dahinter liegt, ich weiß es ehrlich gesagt nicht. Nicht viele Bücher beschäftigen sich mit dem Thema, und die wenigen, die es tun, sind eher poetischer Natur, nicht auf Fakten begründet, nicht ernst zu nehmen. Angeblich steigt das Land immer höher, riesige Gebirge ragen in den Himmel, und die Berggipfel, die das Ende der Welt markieren, berühren die Sterne.«

Schweigend blätterte Hel durch die Spielkarten auf dem Tisch. Alle waren nachdenklich geworden.

»Hm«, machte einer der Sturmjäger. »Glaubt Ihr denn daran, Meister Olowain?«

Olowain lehnte sich zurück und ließ mit der Antwort auf sich warten. Schließlich murmelte er: »Es klingt wie ein Märchen, und wahrscheinlich ist es eins, von den Druiden erfunden. Doch … da niemand diese Gegend je bereist hat, kann ich auch nicht sagen, dass es nicht stimmt. Ich weiß es nicht.« Er seufzte und schien mit einem Mal sehr erschöpft. »Wer weiß schon etwas wirklich.«

Kelda stützte vorsichtig seinen verbundenen Arm auf den Tisch. Bis jetzt war er immer abseits der Runde geblieben, und Hel kannte ihn inzwischen gut genug, um der kleinen Geste eine größere Bedeutung beizumessen. »Zu wissen, dass Euer Wissen begrenzt ist, Meister Olowain, ist bereits eine Menge«, sagte er leise und senkte den Blick.

Olowain schmunzelte, um zu verbergen, wie überrascht er über die Bemerkung war.

Dann fragte Hel: »Was denken denn die Isen, wo die Welt aufhört?«

»Mit dem Meer natürlich«, erwiderte Kelda prompt. »Das Meer ist überall und umschließt alles. Die Länder sind nur Inseln darin. Denn die Welt, die wir sehen, ist immer das Spiegelbild unseres eigenen Lebens. Und für die meisten von uns ist das Leben nichts als der Moment im Jetzt und die ferne Sicht auf vergangene Momente, verstreut wie Inseln im Meer der Zeit. Wenn du weißt, was jenseits der Momente liegt, aus denen dein Leben besteht, dann weißt du auch, was hinter den Grenzen der Welt liegt.«

Alle sahen ihn stumm an. Kelda nahm seinen Tee und trank.

Eines Morgens stießen die Türme von Aradon aus den Nebeln. Sie entdeckten die gigantischen schwarzen Felsbauten erst so spät, dass Kapitän Nord eine scharfe Kurve fliegen und die Türme einmal umrunden musste. Nieselregen machte die Anlegestelle glitschig, und alle Sturmjäger waren durchnässt, als sie das Schiff gelandet hatten. Nur die Gefährten, die die magischen Umhänge trugen, blieben trocken.

Ihre Ankunft war bereits per Eilige Feder angekündigt worden, sodass Palairon, der Vorsitzende der Magierschaft, und seine engsten Berater im Eingang warteten. Nach der förmlichen Begrüßung wurden die Sturmjäger in ihr Quartier gebracht, die Gefährten aber bezogen ein Stockwerk höher ihre Zimmer. Es schien Hel, dass die Einrichtung prächtiger war; das Abendessen, das auf einer glänzenden Tafel für sie bereitstand, war ganz sicher erlesener als das der Sturmjäger. Mehrere Diener warteten, um die Glocken von den Tellern zu heben, und dann wurde ein Gang nach dem anderen serviert, als hätte ein übereifriger Koch jedes ihm bekannte Gericht zubereiten wollen.

Palairon und die Magier aßen mit ihnen. Die Tischgespräche blieben oberflächlich, es wurde nichts von Totenlichtern gesagt, obwohl Palairons Blick zwischen den Gefährten hin und her huschte wie Pfeile und er ganz offensichtlich darauf wartete, sich endlich offen mit Olowain zu unterhalten.

Nach dem Mahl forderte er sie auf, sich auszuruhen. Obwohl keiner besonders müde war, erkannten sie in der höflichen Geste den Befehl und nahmen an. Während die Gesandten sich in ihre jeweiligen Zimmer zurückzogen, folgte er den anderen Magierin in den Westturm.

Nach wenigen Minuten verließen Hel und Nova ihre Zimmer, um die Sturmjäger zu begrüßen. In der Speisehalle wurden sie lautstark begrüßt und so viel in den Arm genommen und gedrückt, dass Hel danach fast Bauchschmerzen hatte. Sie mussten zugeben, dass sie sich nicht die ganze Zeit in Moia aufgehalten hatten wie die anderen Sturmjäger, fügten aber hinzu, dass sie nicht mehr verraten durften. Natürlich gab sich damit keiner zufrieden. Selbst als die Sturmjäger erzählten, wie sie in den vergangenen Wochen fast an Langeweile gestorben waren – was zu sinnlosen Streitigkeiten mit den Magiern und Liebeleien innerhalb der Liga geführt hatte –, versuchten sie noch, Nova und Hel Informationen zu entlocken. Schließlich wurden die beiden der Ausfragerei so müde, dass sie sich in einen kleineren Raum zurückzogen. Seufzend, aber mit einem Lächeln sanken sie vor dem Kamin in die Sessel. Eine Weile schwiegen sie und blickten nur ins Feuer.

»Ich frage mich, was die Magierschaft nun beschließt... und wo es dann hingeht«, murmelte Hel irgendwann.

Nova blickte auf ihre Hand, die auf der Armlehne neben ihm ruhte. »Du weißt, dass ich in der Sache nicht von deiner Seite weiche.«

»Nicht, solange Aricaa hinter dir her ist, ich weiß.«

Er grunzte. »Du hast einfach keinen Sinn für Romantik.«

»Du liest zu viele Gedichte.«

»Du solltest vielleicht mehr lesen.«

»Von dir? Du willst bloß mein Herz erobern. Bemüh dich nicht, ich nehme kein Gedicht von dir an.«

Er fuhr in gespielter Aufregung hoch. »Das heißt – insgeheim weißt du, dass ich dich rumkriegen könnte, und um dich zu schützen, bleibst du mir fern!«

Sie verdrehte die Augen. Er ließ sich lächelnd wieder zurücksinken und tat so, als werfe er einen Krümel nach ihr. »He, Hel.«

»Hm?«

Er verschränkte die Arme hinter dem Kopf. Sie konnte ihm ansehen, dass er wieder ernst wurde. »Als... als der Dämon dich in der Wüste gefunden hat...«

Sie sah ihn ausdruckslos an, doch ihre Muskeln verkrampften sich. Sie hoffte, dass er es nicht bemerkte.

Er zögerte. »Ach, nichts.« Dann stand er auf und fuhr sich durch die Haare. »Ich bin müde. Außerdem stinke ich wie ein alter Wäschesack.«

»Ich auch«, murmelte Hel und erhob sich ebenfalls. Sie

gingen auf ihre Zimmer. Als sie einem Diener über den Weg liefen, baten sie ihn, sich waschen zu dürfen. Der Mann zeigte ihnen, dass es hier ein ausziehbares Bad in jedem Zimmer gab: Staunend beobachteten sie, wie er ein Rädchen voll Lirium drehte und heißes Seifenwasser aus einer Öffnung in die Wanne strömte. Dabei begann irgendwo ein kleines Glockenlied zu spielen. Solcher Luxus war normalerweise Magiern oder dem Adel vorbehalten.

Als die Wanne voll war und der Diener gegangen, ließ Hel sich ins heiße Wasser gleiten. Sie blieb so lange in dem schaumigen Bad liegen, bis ihre Haut schrumpelte. Dann schlüpfte sie in die frischen Bettkleider und verkroch sich unter den Decken.

Ein aufgeregtes Klopfen an der Tür riss sie aus ihren Gedanken. Als sie sich aufrichtete, kam Nova mit einem Haufen Sturmjäger herein.

»Die Magier machen eine öffentliche Verkündung!«, rief Nova. »Komm, alle versammeln sich im Westturm. Beeil dich!«

Hastig klaubte Hel ein paar Kleidungsstücke zusammen und warf sie über. Die Sturmjäger waren bereits weitergelaufen, nur Nova stand noch im Gang. Als sie die Tür schloss und gehen wollte, machte er keine Anstalten mitzukommen. Sie sah ihn fragend an.

»Ich kann nicht«, murmelte er gequält.

»Wieso?«

»Alle sind da … auch *sie*.«

Hel seufzte. »Du weißt, sie wird so oder so rausfinden, dass wir zurück sind, oder? Du kannst nicht für immer vor Aricaa weglaufen. Und es gibt auch keinen Grund. Sie wird dir nicht den Kopf abreißen.«

Er sah sie düster an.

»Gut. Wie du meinst«, sagte sie.

»Aber du erzählst mir alles, was passiert, ja?«, rief er ihr nach. »Und Hel? Wenn du sie siehst … kannst du mir sagen, wie es ihr geht?«

Sie nickte. Dann lief sie die breiten Wendeltreppen hinab und schloss sich den Sturmjägern an, die zum Westturm aufbrachen. Die Wolken jagten über die Brücke hinweg und rissen hier und da auf, sodass der Sonnenuntergang hindurchblutete wie eine frische Wunde. Die Welt lag in einem unnatürlichen Glanz aus schmuddeligem Rot und Blau. Hel hatte lange nicht mehr einen so zornigen Abendhimmel gesehen.

Als sie den Westturm erreichten, erspähten sie bereits eine Menschenansammlung in einer offenen Halle. Säulen stützten die Decke, dazwischen heulte der Wind. Magier in Roben tummelten sich auf dem Parkett, aber auch Schüler, die in Trauben beieinanderstanden. Die jüngsten trugen blassgelbe und weiße Gewänder, die älteren dunkelgrüne, blaue und rote. Die Jäger der Liga wirkten dazwischen wie braune Flecken in einer Kiste voller Naschwerk.

Getuschel lag in der Luft. Hel fand Kapitän Nord und die Sturmjäger der *Taube* und blieb bei ihnen. Dass Nova nicht dabei war, schien niemanden zu überraschen.

Hel hielt nach Aricaa Ausschau. Nach einer Weile entdeckte sie die junge Magierin bei den Schülern in den gelben Roben. Ihr weißes Haar war zu zwei imposanten Zwiebeltürmen aufgesteckt, und obwohl sie weit weg stand, hätte Hel schwören können, dass sie Wangenrot und Lippenfarbe aufgetragen hatte. Andere Schüler schwatzten mit ihr, doch Hel entging nicht, dass Aricaas Blick immer wieder durch die Menge schweifte und an den Sturmjägern hängen blieb.

Unbemerkt schob sich Hel hinter Kapitän Nord. Sie wusste nicht, wie sie reagieren sollte, wenn ihre Blicke sich trafen. Besser, sie sah sie nicht.

Palairon und seine Berater ließen sich Zeit. Draußen verdüsterte sich der Himmel. Hel merkte gar nicht, wie dunkel es geworden war, bis plötzlich rings um die Halle Lichter aufglommen. Auch bei den anderen Türmen flammten Leuchtkugeln auf. In der Finsternis sah sie, wie das Pentagon der Magierschaft über den Dächern rotierte, unheimlich beleuchtet wie leere Augen.

Hel fröstelte. Hätte sie doch ihren magischen Umhang mitgenommen.

Dann endlich erschienen Palairon und die Vertreter der Türme. Die Menge verstummte und wich zurück. In der Mitte der Halle erhob sich auf einen Schwenk von Palairons Stab eine Plattform, um die sich Stufen wanden. Die Magier stiegen empor, bis sie über den anderen thronten und jeder sie sehen konnte.

Die kühle Brise zerrte an Palairons geflochtenem Bart und löste einzelne Strähnen. Er sah aus, als könnte er Schlaf und einen Kamm vertragen. Die anderen Magier machten keinen besseren Eindruck, doch während sie vor Erschöpfung deutlich ermattet waren, glomm in Palairons Augen ungebrochene Tatkraft.

Er hob die Hände. »Brüder und Schwestern, Freunde aus der Liga! Wir haben schlechte Nachrichten zu verkünden. Der Aufstand der Isen hat sich weiter nach Osten und Norden ausgebreitet. Zwar scheint noch keine Einigkeit unter den Rebellen zu herrschen, doch das mag sich ändern. Wie ihr wisst, geht das Wort um, eine gewisse Mutter Meer warte darauf, Isen gegen Menschen anzuführen. Ein Motiv außer blinder Zerstörungswut und Völkerhass hat sich noch nicht abgezeichnet. Aber diese niederen Triebe könnten Gesinnung ersetzen, wenn sich die einzelnen Gruppen unter einem Führer zusammentun. Oder wenn sich ein Verbündeter findet, der mächtig genug ist, alle Rebellen um sich zu scharen.« Er seufzte laut. Ihm schien die Luft ausgegangen zu sein. Stille setzte ein, während Palairon angestrengt auf den Boden starrte. Dann hob er den Blick zu einem fernen Punkt jenseits der Halle. »Es scheint, als hätte sich ein neuer und zugleich alter Feind gegen uns erhoben: das Alte Reich.« Er sagte es so leise, dass viele ihn nicht hören konnten. Bewegung brach in der Menge aus, als man sich näher an das Podest herandrängte. Palairon atmete so tief ein, dass seine ganze Gestalt sich zu vergrößern schien. »Meister Olowain, der das Rätsel um die abgestürzten Schiffe und überfallenen Dörfer lösen sollte, hat Folgendes in Erfahrung gebracht: Der Dämon existiert und er ist nicht allein. Es gibt mindestens zwei. Wahrscheinlich mehr.«

Eine Böe fegte durch die Halle. Kleider und Haare rauschten wie bunte Fahnen, doch Hel hätte schwören können, dass sonst keiner einen Muskel bewegte.

»Sie sind in Aradon eingedrungen, um einen dunklen alten Zauber zu wirken, den ich nicht weiter beschreiben kann. Er wird keinem von euch bekannt sein und würde nur unnötige Ängste schüren. Bitte schenkt den Gerüchten keinen Glauben, die bald in Umlauf sein werden; die Wenigen, die eingeweiht sind, schweigen. Was auch immer ihr hören mögt, wird in jedem Fall erfunden sein.« Er nickte, wie um seine eigenen Worte zu bestätigen. »Welche Absichten das Alte Reich verfolgt, ist uns noch nicht bekannt. Wir können zwar davon ausgehen, dass ihre Ziele keineswegs friedlicher Natur sind, doch wir wollen ihnen ein Angebot machen, als Zeichen des Entgegenkommens nach Jahrhunderten des

Schweigens. Darum schicken wir hier und heute drei Federn an das Alte Reich!« Eine der Magierinnen neben ihm öffnete eine Schatulle, und Palairon nahm drei Eilige Federn heraus, um sie für alle sichtbar emporzuhalten. »Dies, Freunde, ist ein historischer Augenblick. Es ist die erste offizielle Kontaktaufnahme zum Alten Reich seit mehr als fünfhundert Jahren. Mögen die, die heute hinter den Kauenden Klippen herrschen, unsere Nachricht empfangen. Denn Folgendes richtet die Magierschaft von Aradon ihnen aus: Überführt uns eure Dämonen – mit den magischen Waffen, die sie suchen. Dann wird der Schaden, den sie angerichtet haben, ohne Folgen bleiben. Wenn nicht … erklärt die Magierschaft von Aradon mit großem Bedauern und zum ersten Mal seit ihrer ehrwürdigen Gründung – Krieg!«

Sturmjäger wie Magier stießen verblüffte Laute aus. Selbst Hel hätte diese Reaktion nicht erwartet. Es war immer ein Grundsatz der Magierschaft gewesen, nie selbst in einen Krieg verwickelt zu werden; sie hatte stets vorgegeben, über den fein gesponnenen politischen Netzen der Königreiche zu stehen. Doch im Falle des Alten Reichs war es wohl anders. Es war der erste und einzige Feind, den die magisch entwickelte Welt je gehabt hatte.

Palairon ließ die Federn los. Ungeduldig begannen sie, um sich selbst zu rotieren, bis er befahl: »Nach Norden, über die Kauenden Klippen, nach Hellesdîm! Wenn dort kein Empfänger zu finden ist, kehrt unverzüglich zurück.«

Die Federn schossen in die Nacht davon. Hel sah ihnen nach, drei Flecken Rot, die rasch wie Blutstropfen im Dunkel versanken.

Nach der Kundgebung rief Palairon sie zu sich. Als er erfuhr, dass Nova fehlte, verhärtete sich sein Gesicht. »Dann holt ihn auf der Stelle!«, knurrte er, beauftragte aber dann eine junge Magierin damit und ließ die Gefährten bei ihm warten.

Sie befanden sich in einem Raum direkt hinter der offenen Halle. Ein Eichenholztisch stand in der Mitte, umringt von Ledersesseln. Dass es keine Fenster gab, verstärkte nur, dass Hel sich unwohl und eingesperrt fühlte.

Schweigend stand Palairon am Ende des Tisches, die Hände vor sich aufgestützt, und wartete. Als die Tür endlich aufging und Nova eintrat, hob er nur den Blick.

Nova deutete eine Verneigung an. »Guten …«

»Wieso warst du nicht bei der Verkündung?«, schnappte Palairon.

Die Begrüßung blieb Nova im Hals stecken. Er schluckte. »Verzeihung, ich … habe geschlafen.«

»*Geschlafen*?« Palairon rieb sich knurrend die Stirn und wandte sich mehrmals von Nova ab, nur um ihn gleich darauf wieder zu fixieren. »Dass dieser Junge eingeweiht ist, das fasse ich nicht … also gut, hör zu: Wenn irgendetwas an die Öffentlichkeit dringt, wenn du auch nur ein Sterbenswort sagst, und sei es deiner senilen Großmutter, dann werde ich persönlich dafür sorgen, dass du für den Rest deines Lebens stumm und taub wirst! Und der Prozess wird schmerzvoll sein.«

Wie erstarrt stand Nova in der Tür. Hel rutschte in ihrem Sessel herum. »Ihr müsst ihm nicht drohen, Meister Olowain. Er wird ganz sicher –«

»Du sprichst nur, wenn du gefragt wirst«, fuhr der Vorsitzende dazwischen. Hel ballte die Hände unter dem Tisch, doch sie zwang sich, nicht die Augen zu senken.

Palairon atmete scharf durch die Nase ein und bedeutete Nova, sich zu setzen. Hel merkte, dass Olowain sie ansah – er zuckte entschuldigend die Schultern und wandte sich dann wieder Palairon zu. Der Vorsitzende war der Einzige, der noch nicht Platz genommen hatte. In seiner ganzen einschüchternden Kompaktheit stand er vor ihnen, lebhafte Röte im Gesicht, und musterte sie wie ein Lehrer seine Schüler.

»Ich mag keine langen Reden, also gleich zum Punkt: Olowain war mit jedem von euch sehr zufrieden, darum wird die Gesandtschaft so bleiben, wie sie ist. Auch weil jeder von euch Dinge weiß, die zu geheim sind, um euch gehen zu lassen. Ihr werdet den Isen aufspüren, der den Dämon getötet hat.«

Hel sah sich in der Runde um. Sie erkannte, dass die anderen ratlos waren – es wusste ja niemand von den Totenlichtern außer ihr, Nova und Olowain.

Arill begann sich zu bewegen und räusperte sich leise. »Ähm … warum?«

»Weil es von höchster Wichtigkeit ist.« Palairon ließ die Faust auf den Tisch krachen. »Für die Magierschaft und für alle Verbündeten Aradons.«

Sie schwiegen. Palairon sah jeden einzeln an. »Hat noch jemand Fragen?«

Harlem legte die Arme auf die Lehnen und sagte ruhig: »Ja, ich. Geht es hier um die Isen oder um das Alte Reich?«

»Ich wüsste zwar nicht, welchen Unterschied die Antwort machen würde, aber: Es geht um beide. Der Ise hat etwas, was weder den Rebellen noch dem Alten Reich in die Hände fallen darf.«

Die Verwirrung auf den Gesichtern der Gefährten verblasste ein wenig. Nun war nicht mehr schwer zu erraten, dass es um die magischen Waffen ging, die Palairon bei der Bekanntmachung erwähnt hatte.

»Und soll ich ihn nun statt Mutter Meer töten?«, fragte Harlem.

Hel lief ein Schauder über den Rücken, als die Zwergin so gelassen fragte, doch Palairon zuckte nicht einmal mit der Wimper. »Das müssen wir noch entscheiden. Meister Olowain hat noch einige Nachforschungen in der Bibliothek anzustellen. Wie lange wird das schätzungsweise dauern?«

Olowain legte die Stirn in Falten. »Nun, das liegt daran, wie aufschlussreich die Bücher sind, an die ich denke. Wenn sie die nötigen Antworten nicht liefern, werde ich Bücher finden müssen, von deren Existenz ich nicht weiß oder deren Existenz mir entfallen ist …« Auf einen warnenden Blick Palairons hin schluckte Olowain und verstummte. »Eine Woche. Höchstens zwei. Dann weiß ich, was es zu wissen gibt.«

»Fein«, sagte Palairon. »Dann wird Meister Olowain euch über alles Weitere aufklären. Bereitet euch bis dahin auf die Mission vor.«

Mit einem Nicken entließ er sie.

Ein Ziel

Er heilte schneller, als irgendjemand für möglich gehalten hätte. Der offene Schulterbruch machte sich regelrecht rückgängig. Innerhalb von zwei Wochen war die Wunde zugewachsen, nur die Stiche und ein paar schwarze Blutergüsse blieben zurück.

»Warst du schon immer so?«, fragte Mutter Meer, als sie mit Hyrab kam, die ihm die Fäden ziehen sollte. Mit zusammengebissenen Zähnen sah er zu Mutter Meer auf. Zu Oyara. Er hatte sie noch nicht beim Namen genannt, aber er hatte gehört, wie andere sie damit ansprachen. War sie aber abwesend, nannten alle sie respektvoll Mutter Meer.

Er schüttelte knapp den Kopf.

»Wie erklärst du dir deine außergewöhnlichen Heilungskräfte?« Oyaras Blick war so durchdringend, dass er gar nicht anders konnte, als darüber nachzudenken. Schließlich sagte er: »Vielleicht sind die Verletzungen, die der Dämon zufügt, nur von kurzer Dauer. Immerhin benutzt er Magie, vielleicht schwinden die Schäden ebenso schnell, wie die Magie schwindet.« Karat schniefte. Er war nicht gut darin, Erklärungen zu finden. Sie interessierten ihn auch nicht – was zählte, waren Tatsachen. Dass er jetzt gesund war und weitermachen konnte, wo er zuletzt aufgehört hatte, das zählte. Er hätte es gerne Mutter Meer ins Gesicht gesagt. Doch er merkte, dass sie sich nicht so leicht zufriedengeben würde. Für sie war es eine Notwendigkeit, alles zu verstehen.

Nachdenklich verlagerte sie ihr Gewicht von einem Bein aufs andere und hakte den Daumen im breiten Ledergurt ein, der über ihrer Schulter hing und das Schwert am Rücken hielt. »Vermutlich wirst du in ein paar Tagen vollkommen genesen sein. Weißt du schon, was du dann vorhast?«

Karat zuckte zusammen, als Hyrab ein langes Stück Faden zog. Er antwortete nicht. Doch dann sah er zu Mutter Meer auf, hielt ihrem Blick stand und holte langsam Luft. »Ich werde nicht mit euch in den Krieg ziehen.«

»Das habe ich nicht gefragt«, erwiderte sie ruhig. Doch in ihren Augen blitzte ein Lächeln; nun hatte er verraten, dass er darüber nachgedacht hatte. Sie hatte wirklich ein Talent, Oyara – man fühlte sich in ihrer Gegenwart wie ein Kind, durchschaut und hilflos auf ihre Barmherzigkeit angewiesen. Er konnte verstehen, wie manche in ihr die große Retterin sahen. Keine hätte Mutter Meer besser spielen können als sie.

Sie drehte sich halb um. »Komm nachher in meine Räume. Ich will dir etwas geben, bevor du gehst.«

Karat wusste, dass er es nicht haben wollte, was auch immer es war. Aber er konnte es nicht sagen, sonst hätte er sich eine noch größere Blöße gegeben. Also erwiderte er nur: »Bis dann.«

Er hatte vorgehabt, sich ein wenig Zeit zu lassen, Mutter Meers Befehl nachzukommen – vielleicht erst kurz vor dem Abendessen zu erscheinen, damit sie nicht so lange alleine waren –, doch als Hyrab mit den Fäden fertig war, packte sie ihre Sachen zusammen und blieb vor ihm stehen. Offenbar erwartete sie, dass sie zusammen in das Gebäude hinübergingen, in dem Mutter Meer schlief.

Karat blieb nichts anderes übrig, als mitzukommen. Er nahm seine Schulter als Vorwand, besonders langsam zu gehen, und blieb auf jeder Stufe stehen. Hyrab, die alt war, erduldete es mit einem nachsichtigen Lächeln. Karat fragte sich, ob die Heilerin ahnte, dass er ihr etwas vorspielte … er beschleunigte seinen Schritt kaum merklich.

Oyaras private Räume lagen nicht weit von der großen Halle entfernt, in der die Rebellen gemeinsam zu Abend aßen und die meiste Zeit des Tages verbrachten. Es gab keine Schlösser oder Riegel; jeder konnte zu ihr, wenn er wollte. In den Vorzimmern bedeckten Felle und Sitzmatten den Boden – und Waffen und Bücher. Karat war schon öfter hier gewesen, die Räume waren nie leer. Auch jetzt saßen mehrere Isen allein oder zusammen im Licht, das durch die Deckenrisse drang, und lasen. Gelegentlich kam jemand herein, um Schwerter, Stäbe oder Schilder zu holen oder zurückzubringen. Das Klappern und Rufen der Kämpfenden, die draußen übten, drang verschwommen zu ihnen herein.

»Karat, Hyrab.«

Sie drehten sich um. Hinter Vorhängen aus vertrocknetem Efeu erhob sich Mutter Meer. Sie verabschiedete sich von der Gruppe, mit der sie zusammengesessen hatte, und kam auf sie zu. Sie fasste Hyrab am Arm. »Siehst du nach Gonza? Er hat einen Schlag gegen den Rücken bekommen und klagt jetzt über Schmerzen, wenn er läuft.«

»Natürlich. Wo ist er?«

»Draußen bei den anderen.«

Hyrab nickte und machte kehrt. Dann bedeutete Oyara ihm, mit ihr mitzukommen. Sie führte ihn durch eine Tür in einen Raum, in dem er noch nicht gewesen war. Ein Schlaflager befand sich in einer Ecke neben einem runden Kamin, in dem vor Kurzem noch ein Feuer gebrannt haben musste. Frisches Holz lag daneben. Und noch mehr Bücher.

Karat fragte sich, wie oft Oyara hier schlief. Er hatte immer wieder gesehen, wie sie mit den anderen in der großen Halle eingeschlafen war, im sanften Wiegen der Trommeln und Gesänge. Sie hievte eine schwere Truhe auf und hielt sie mit einem Arm offen, während sie darin wühlte. Karat betrachtete die Sehnen und Muskeln, die sich unter ihrer Haut abzeichneten. Sie war vermutlich die stärkste Frau, die er je gesehen hatte. Er fragte sich, wer bei einem Zweikampf zwischen ihnen beiden gewinnen würde, und der Gedanke trieb ihm das Blut in die Wangen. Dann fand sie, was sie suchte.

»Komm zu mir, Karat«, befahl sie freundlich. Er trat neben sie. Sie nahm seinen Unterarm, drehte seine Handfläche nach oben und legte etwas hinein. Als er nachsehen wollte, hielt sie ihn fest – mit ihren Händen und ihren Augen. »Egal wo dein Weg dich noch hinführen mag. Das Schicksal hat uns für einen Moment zusammengebracht. In diesem Moment sind wir zwei auf derselben Insel im weiten Meer. Das heißt, wir sind dazu bestimmt, das Leben des anderen zu verändern.«

Er wusste nicht, was erwidern. Also konzentrierte er sich darauf, nur zu atmen. Schließlich ließ der Druck ihrer Hände nach. Er blickte hinab.

Sie hatte ihm eine Muschel gegeben. Sie war schneckenförmig und so leuchtend weiß wie ein Haifischzahn. Doch sie hatte eine merkwürdige Verformung; das Ende wuchs in einer Krümmung zur Mitte der Muschel zurück, sodass es keine Öffnung gab. Außerdem war sie ungewöhnlich schwer; als Karat sie in der Hand wog, merkte er, dass sie voller Sand sein musste. Wahrscheinlich war über Jahrhunderte hinweg Korn um Korn durch einen winzigen Spalt geschlüpft. Wenn man die Muschel bewegte, rasselte sie.

»Du bist weit von deiner Heimat weg, Bruder.« Sie zögerte, trat ein paar Schritte zurück, wie um ihm Raum zu lassen. »Es steht dir ins Gesicht geschrieben, dass du am Leben leidest. Du tust nicht, was du wirklich tun willst. Du bist nicht, wer du wirklich sein möchtest. Aber es ist so wichtig, sich selbst zu lieben. So wie als wir Kinder waren.« Sie sprach sehr leise. Karat starrte sie an. Niemand sonst hätte so lächerliches Zeug sagen können, ohne dabei seine Würde zu verlieren. Er zwang sich, nicht darauf hereinzufallen. Dass alles, was Oyara sagte, so wahr klang, lag nicht an ihren Worten, sondern ihrer Art. Er musste sich immer daran erinnern.

»Du bist wirklich die geborene Anführerin«, schmunzelte er.

»Wir sind alle geboren für irgendwas, meinst du nicht?«

»Nein.« Er betrachtete ihr Gesicht auf der Suche nach Bestürzung, Enttäuschung, Wut. Aber sie war verdammt gut. »Du kannst mir deine schönen Träume nicht verkaufen. Ich habe Leute getötet, deren Leben ebenso belanglos war wie ihr Tod.«

»Ihr Tod war nicht belanglos«, erwiderte sie prompt. »Sieh nur, welche Wirkung sie auf dich hatten.«

»Gar keine.«

Sie hielt den Atem an. »Wieso lässt du dir keine Zeit, um über dein Leben nachzudenken?«

Er hörte seine eigenen Zähne knirschen. Er hatte es ja gewusst – sie waren alle gleich, die Fanatiker, und wollten einen nur bekehren. Aber er brauchte niemanden, der ihm sagte, was er zu tun hatte, er brauchte keine Mutter, er war ein Mann, ein erwachsener Mann.

»Ich muss mich ausruhen«, sagte er. »Dann seid ihr mich schneller los.«

Er hob dankend die Hand mit der Muschel und verließ den Raum. Oyara hielt ihn nicht zurück.

Karat hatte gehofft, dass man ihm Essen in seine Kammer bringen würde, wenn er nicht zum gemeinsamen Mahl erschien. Doch er wartete vergebens und sein Bauch rumorte vor Hunger. Schließlich schwang er sich von seiner Pritsche und schlich in die große Halle. Schon aus der Ferne fiel ihm auf, dass es ungewöhnlich ruhig war. Als er eintrat, richteten sich alle Blicke auf ihn: Offenbar hatte er gerade Mutter Meer in einer ihrer Erzählungen unterbrochen. Sie wies ihn an, bei ihr am Feuer Platz zu nehmen. Mit einem unwohlen Gefühl ließ er sich nieder. Dann nahm er sich aus einer Schale gebratenes Fleisch und begann zu essen.

»Nach den Wochen auf hoher See bist du also in Kapua angekommen … und dann?«, fragte jemand hinter ihm, und Karat glaubte einen Moment, er sei angesprochen – dann begriff er, dass Mutter Meer gemeint war.

Sie räusperte sich. »Genau. Damals hatte die Magierschaft gerade ein Verbot erlassen, dass verhindern sollte, dass noch mehr Kinder von den Inseln nach Moia verschleppt wurden. Das war, bevor der Krieg seinen Höhepunkt erreichte, der bald folgen und jedes Verbot, jeden Anstand nichtig machen sollte. Jedenfalls nahmen damals viele Schmuggler den Weg an der Küste entlang bis nach Kapua, wie viele von euch wissen. Dort waren die Augen der Magierschaft weniger wachsam. Wir gingen als importierte Weine durch. Drei Kinder in jedem Fass.« Sie lachte freudlos. »Dann ging es natürlich auf schnellstem Weg nach Moia, in die Kriegsgebiete. Sie haben mir ein stumpfes Messer in die Hand gedrückt und mich in eine Stadt gejagt, um zu töten und zu plündern. Ich habe weder das eine noch das andere gekonnt. Als ich aus der Nacht erwachte, war ich in Blut gebadet und am Leben. Ich konnte nicht töten und doch stach meine Hand zu. Ich konnte nichts rauben und doch brachte ich meinen Herren die Besitztümer der Leichen. Es dauerte lange, bis ich begriff, dass ›ich‹ gar nicht mehr da war. Da war nur noch ein Körper.«

Zustimmung ebbte aus allen Richtungen heran. Auch Verwünschungen und Flüche gegen die Bleichen. Oyara betrachtete ihre Hände und ihr Gesichtsausdruck war so gefasst und ruhig wie immer – als würde sie nur eine Gutenachtgeschichte erzählen. »Ich lernte ein Mädchen kennen. Ich weiß nicht mehr, wie lange wir Seite an Seite gekämpft haben, ohne uns zu bemerken. Wir waren ja alle nur Schatten des anderen. Irgendwann trafen sich unsere Blicke. Lange haben nur unsere Augen miteinander gesprochen, für Wochen vielleicht. So habe ich langsam mich selbst wiedergefunden. Ich wusste, dass ich noch da war – dass es etwas gab, das dieses Mädchen sehen konnte. Für sie war es genauso. Später haben wir darüber geredet. Eines Tages durchsuchten wir ein Haus. Im Keller fanden wir Bücher. Ich kannte damals nur einzelne Wörter der Menschensprache. Das Mädchen war noch jünger als ich, aber sie hatte bereits länger gekämpft, und sie sprach die Sprache der Bleichen. Sie nahm ein Buch mit. Darum nahm ich auch eins. Irgendeins, welches, war egal. Von da an trugen wir die Bücher mit uns. Wie Talismane. Zeichen für unsere heimliche Schwesternschaft. Ich beobachtete, wie sie begann, in ihrem Buch zu lesen. Ich brachte den Mut auf, sie zu fragen, ob sie lesen könne. Sie sagte, sie lerne es, sie schaue sich die Bilder an. Wir sahen sie uns zusammen an. Es war ein Buch über Heilkunst und Pflanzen. Auch Menschen mit Verletzungen waren abgebildet. Wir lernten viel, allein indem wir die Zeichnungen betrachteten. Zum ersten Mal spürte ich, dass Wissen Macht ist. Ich fühlte, dass ich weniger Angst hatte, seit ich wusste, welche Kräuter Blutungen stoppen, was man tun muss, wenn man sich etwas verstaucht, wie man einen abgehackten Arm abbindet, um nicht zu verbluten. Wir waren unseren Meistern nicht mehr hilflos ausgeliefert. Es war ein ruhiges, aber überwältigendes Glück. Ein lautlos explodierender Stern.«

Karat beobachtete sie. Oyara untermalte ihre Erzählung mit kleinen Gesten, und wieder war er fasziniert, wie sie so gefühlsselig und kindisch reden konnte, ohne dabei so zu wirken. Er musste sich an seinem ganzen Spott festhalten, um nicht auf sie hereinzufallen.

»Und was stand in deinem Buch?«, fragte jemand.

»Nun … das erfuhr ich erst später. Ich konnte noch nicht lesen, ich lernte es erst allmählich mit meiner heimlichen Schwester. Nachts, wenn der Mond hell genug war, oder tagsüber, wenn wir schlafen sollten. Wir suchten nach anderen Medizinbüchern mit Bildern, damit wir uns retten konnten. Meine Schwester interessierte sich sehr dafür und sie lernte schneller als ich. Heute ist sie eine Heilerin. Eine der besten, die ich kenne. Sie hat mir oft das Leben gerettet.« Einen Moment schwieg sie, in Erinnerungen versunken. »Als ich besser lesen konnte, fing ich mit meinem ersten Buch an. Es waren alte Legenden. Anfangs fand ich sie sinnlos und behielt das Buch nur, weil es mein Talisman war. Doch eines Tages begriff ich, dass darin der Schlüssel zu einer ganz anderen Macht liegt … Verständnis. Ich musste verstehen, woran die Bleichen glaubten, nach welchen Traditionen und Werten sie lebten. Um einen Feind zu vernichten, muss man ihn kennen. Ich las die Legenden, danach andere Geschichten, Gedichte, ich lauschte auf ihre Lieder und nahm alles in mich auf. So lernte ich, nach welchen Gesetzen ihre Welt aufgebaut war. Oder vielmehr, nach welchem *einen* Gesetz.«

»Gier!«, rief jemand. Ein anderer: »Es gibt nur das Gesetz

des Stärkeren bei ihnen. In ihren Augen gibt es so viel Leben, dass ein einzelnes Leben nicht zählt!«

Oyara nickte bitter. »Je mehr es von etwas gibt, umso weniger ist es wert. Ich habe gelernt, dass Besitz alles ist in ihrer Welt. Und ich meine nicht nur Geld und Güter. Die Könige haben ihren Adel, ihre Schlösser, ihr Gold und ihre Ländereien. Doch wer steht über ihnen? Wer herrscht selbst über die Könige der Menschen? Die Magier. Sie selbst haben nichts und doch gehört ihnen alles. Alles ist Aradon. Denn sie besitzen den größten Schatz von allen, Wissen.«

Wieder gab es Zurufe und Mutter Meer wartete sie mit regloser Miene ab. Dann nahm sie sich ein Fleischstück und tunkte es in Soße, um zu essen, während sie den anderen zuhörte.

»Wie zerstört man einen Schatz? Man kann ihn nicht zerstören, man kann ihn nicht rauben. Ein Schatz verschwindet erst wirklich, wenn man ihn an alle verteilt!«

»Ja! Je mehr Leute dasselbe haben, umso geringer ist die Macht des Einzelnen.«

»Welche Macht bleibt den Magiern noch, wenn sie nicht die alleinigen Besitzer des Wissens sind? Wenn alle Welt das Geheimnis der Feenlichter kennt, sind die Magier nicht mächtiger als jeder Bauer oder Hirte!«

Karat war satt. Er erhob sich mit einem knappen Nicken und ging, ohne damit die leidenschaftliche Diskussion zu unterbrechen.

In dieser Nacht suchten ihn unheimliche Träume heim. Er hörte Stimmen durch das Loch in der Decke zu ihm hinabsteigen, wie schmalgliedrige Finger aus Rauch räkelten sie sich um ihn. Dann traten Gestalten aus dem Nichts. Sie waren nur von Licht umrissen. Blätter und Ranken waren ihre

Roben. Haar wie bleiche Flammen wogte durch die Luft. Ihre Finger richteten sich auf Karat. Er erschrak, als sie auf ihn zuzuwachsen schienen, ihm bis in die Brust drangen, doch er war unfähig zu schreien, geschweige denn sich zu bewegen.

Wir speisen die Früchte aller Bäume… Du kannst uns glauben, Sohn der Inseln… glaube uns. Träume…

Das Pochen fing wieder an. Es verdrängte sein Herz, war viel mächtiger und schwerer, erdrückte ihn von innen heraus.

Vier gibt es… es gibt vier. Du musst sie finden, Sohn der Inseln. Sie müssen sich alle finden. Sie müssen sich verbinden… vereint in einem Herzen…

Karat presste die Augen zu. Plötzlich jagte er durch den Wald, stolperte durch das knarrende Unterholz, brach durch die verschlungenen Zweige. Neben ihm her glitten die, die immer hier waren und immer hier sein würden. Ihre fröhlichen Gesänge waren die Peitschenhiebe, die ihn antrieben. Und das dunkle Herz in ihm pochte… dann brach er aus dem Gestrüpp und erreichte einen spiegelglatten Teich, an dem eine von ihnen saß. Moos und Ranken wuchsen ihre Glieder empor, durchsichtig wie sonnenbeschienenes Glas. Ihre Hand strich durch das Wasser, ohne eine Welle zu verursachen.

Vier gibt es… Doch nur einer wird leben… um zu töten… töte die anderen!

Und plötzlich waren es die Stimmen seiner Kindheit, die zu ihm sprachen, und echte Peitschen, die ihn schlugen. Karat war wieder namenlos. Ein Schatten in einer Woge aus Dunkelheit. Sie waren in einer Schlacht. Ein Junge aus seinem Dorf starb vor seinen Augen, doch er erkannte ihn längst nicht mehr. Erst später, als das blutbespritzte Gesicht nicht aufhörte, ihn zu verfolgen, fiel es ihm wieder ein. Er hatte manchmal Muschelwerfen mit ihm gespielt. Einmal hatten sie wegen einer Muschel gerauft, als nicht klar war, wer sie gewonnen hatte.

Die Muschel von Mutter Meer fiel ihm ein wie ein feines Rasseln von Sand. Er bewahrte sie in der Innentasche seines Wamses auf. Dicht an dem dunklen Pochen, das in ihm wuchs wie eine schwere, ölige Blase. Aber der Muschel konnte nichts passieren. Sie war immer da gewesen, seit Anbeginn der Zeit, sie war alt wie das Meer selbst und ihre Form war ein Zeichen der Ewigkeit. Er legte eine Hand darauf.

Die Bilder der Vergangenheit stürzten in sich zusammen. Die Lichtgestalten zogen davon wie Rauch im Wind, wurden wieder zu Bäumen, zu Wald.

Er erwachte durch ungewöhnlichen Lärm. Aufgeregte Stimmen wurden laut. Jemand rief nach Mutter Meer. Karat schlug die Augen auf. Irgendetwas war da oben los. Noch schwindelig vor Schlaf, schwang er die Beine aus dem Bett und zog sich sein Wams über, während er die Stufen emporstieg.

Es war ein frostiger Morgen, der Nebel so dicht, dass Karat nur Schemen ausmachen konnte, bis er direkt unter ihnen war. Alle umringten vier wirr aussehende, abgemagerte Isen, die Karat noch nie hier gesehen hatte. Es mussten Neuankömmlinge sein. Ergriffen umarmten die anderen Rebellen sie und hießen sie willkommen. Karat trat einen Schritt zurück, um ihren glücklichen Moment nicht zu stören. Dann kam Mutter Meer.

Die anderen wichen zur Seite. Die vier Neuankömmlinge starrten sie blinzelnd an, so als versuchten sie, die Anführerin von irgendwo wiederzuerkennen. Sie breitete die Arme aus, drückte jedem von ihnen die Schultern, legte eine Hand an ihren Hinterkopf, murmelte Begrüßungen, als wären sie alte Bekannte. Erst einer, dann auch die anderen sanken vor ihr auf die Knie.

»Es gibt dich wirklich! Wir hatten schon fast aufgehört, daran zu glauben … alle haben so lange auf dich gewartet, aber du bist nicht gekommen. Die Rebellion hat längst angefangen!«

Ein anderer nickte heftig. »Überall haben sich unsere Brüder und Schwestern erhoben. Die Feldarbeiter in Kapua. Die Siedlungen entlang des Horrùn. In den Städten von Moia. Pellinar ist in unserer Hand, doch …« Der Mann verstummte. Die Frau neben ihm fuhr für ihn fort: »Es gibt so viele verschiedene Banden. Sie haben angefangen, um die Stadt zu kämpfen.«

»Isen gegen Isen?«, fragte Mutter Meer bestürzt.

»Ja. Und nicht nur in Pellinar.«

Die Neuankömmlinge erhoben sich wieder. Einer von ihnen ergriff Mutter Meers Hand. »Wir brauchen dich. Du kannst alle einen, sie werden an dich glauben, wenn sie dich sehen. Du bist die echte Mutter Meer!«

Oyara atmete durch, doch es war offensichtlich, wie viel Mühe es sie kostete, ruhig zu bleiben. »Ich wusste nicht, dass es bereits so weit gekommen ist.«

Karat sah, dass sie mit den Zähnen malmte. Dann reckte sie sich ein wenig und blickte in die Menge. »Schwestern, Brüder: Ich habe zu lange gewartet. Ich wollte, dass die Magier erst ihren rätselhaften Dämon finden und uns keine Schuld geben können. Doch …«

Da unterbrach sie einer der Neulinge: »Die Magier haben den Dämon gefunden! Das heißt – sie wissen nun, dass er aus dem Alten Reich kam. Habt ihr nicht davon gehört? Sie haben dem Alten Reich den Krieg erklärt. In ganz Aradon spricht man davon.«

Karat fühlte ein Pochen in den Ohren. »Was?«, fragte er rau. »Sie haben den zweiten Dämon gefunden?«

Die Rebellen musterten ihn. »Ich weiß nicht, wie viele Dämonen es gibt. Aber die Magier haben verkündet, dass das Alte Reich dahintersteckt, also müssen sie wohl einen Dämon gefunden haben. Jedenfalls verdächtigen sie nicht mehr uns.« Der Mann wandte sich wieder Mutter Meer zu. »Der Augenblick ist gekommen. Die Magier sind geschwächt. Sie können nicht das Alte Reich und uns gleichzeitig bekämpfen!«

Karat hörte nur noch halb zu. Die Dämonen kamen also aus dem Alten Reich ... er wusste nichts über das Alte Reich, außer dass es hinter den Kauenden Klippen lag und vor der Magierschaft geherrscht hatte. Ihm war nie in den Sinn gekommen, dass Aradon Feinde haben könnte außer den Isen. Es war eine befriedigende Vorstellung, nicht alleine zu sein – auch wenn das Alte Reich, soweit er wusste, ebenfalls von menschlichen Zauberern beherrscht wurde. Wahrscheinlich waren sie den Magiern nicht unähnlich. Die Menschen waren alle gleich.

Karat erwachte aus seinen Gedanken, als rings um ihn Bewegung ausbrach. Die Rebellen kümmerten sich um die Neuankömmlinge und man redete von Aufbruch. Nachdenklich folgte Karat den anderen in die große Halle. Suppe wurde ausgeteilt und er ließ sich eine Schüssel geben. Die meisten Rebellen waren zu aufgeregt, um zu essen. Mutter Meer verkündete, dass sie noch heute Naruhl verlassen würden. Karat ließ sich auf den Matten nieder und trank ruhig seine Suppe. Er musste nachdenken. Die Rebellen, die um ihn herumhuschten, ließen ihn in Frieden, schienen ihn gar nicht zu bemerken. Auch er beachtete sie nicht.

Das Pochen in ihm blendete alles aus, verdunkelte, was unwichtig war…

Vier gibt es… es gibt vier. Aber nur einer wird überleben… du könntest der eine sein… du musst der eine sein!

Ihre Stimmen lagen so klar und deutlich über dem unsinnigen Lärm der Rebellen wie reines Wasser über einem schlammigen Grund. Karat nickte kaum merklich – nickte ihnen und sich selbst zu. Sie hatten recht, natürlich hatten sie das. Sie waren die, die immer recht hatten.

Er merkte, dass er seine Suppe längst getrunken hatte und eine leere Schüssel in den Händen hielt, wer weiß, wie lange schon. Er erhob sich und ging zu den Räumen von Mutter Meer. Sie war in ihrer privaten Schlafkammer und redete mit einer Gruppe von Kriegern über einen Waffenvorrat. Als sie Karat eintraten sah, beeilte sie sich, die anderen zu verabschieden. Er wartete geduldig. Als sie alleine waren, stützte sie erwartungsvoll die Arme in die Hüften.

Karat verbeugte sich. »Danke für deine Hilfe. Ich habe noch nie jemandem gedankt. Aber dir bin ich dankbar.«

»Ja«, sagte sie schlicht.

Karat erhob sich. Einen Moment standen sie sich schweigend gegenüber. Durch die Fenster fielen Lichtstreifen wie Messerklingen zwischen ihm und ihr. »Viel Glück in deinem Krieg«, sagte er und meinte es aufrichtig.

Oyara wandte sich zur Seite und blickte nach draußen. »Wir werden alle gemeinsam gegen Aradon ziehen, vereint in Schwert und Seele. Dann erobern wir die Türme der Magierschaft und machen das Wissen allen zugänglich. Wenn alle dasselbe Wissen haben, sind alle gleich, und niemand kann den anderen unterdrücken.« Sie ballte die Fäuste und sah ihn an. »Komm mit uns mit, Bruder!«

Er war überrascht über ihren flehenden Ton. Sie trat auf

ihn zu, blieb aber im Licht stehen. Ihr wildes Haar schien sich zu entzünden wie Flammen.

Bevor Karat antworten konnte, fuhr sie fort: »Du hast einen der Dämonen getötet. Vielleicht bist du gegen magische Angriffe gefeit. Ich weiß es nicht. Aber wir können jemanden wie dich gut gebrauchen. Du bist ein Krieger, Karat! Hier ist ein Kampf, der einen Sinn hat. Gib deinem Leben einen Sinn!«

Karat schüttelte knapp den Kopf. Die Leidenschaft in ihren Augen versank in jener Tiefe, in der sie wohl all ihre Gefühle aufbewahrte, wenn sie sie gerade nicht brauchte. »Ich habe ein anderes Ziel«, sagte er ruhig.

»Welches?«

»Rache, so wie du. Ich werde den Dämon töten, der mich verletzt hat.«

Sie blähte die Nasenflügel. »Mein Ziel mit Rache zu verwechseln, ist verletzend. Wir verbessern die Welt.«

Er musste fast lächeln. »Daran glaube ich nicht, das müsstest du inzwischen wissen.« Er blieb noch einen Moment stehen und sah sie an. »Du bist eine außergewöhnliche Frau.«

Die Worte hingen in der Luft wie Staubkörner im Licht. Karat gab sich einen Ruck und wandte sich zum Gehen. Er wusste, dass sie ihm nachsah, doch sie hielt ihn nicht zurück. So war sie nicht. Dafür war sie zu klug.

Die rauschenden Wälder führten ihn. Schatten und Lichter tanzten um seine Füße, lenkten seine Schritte. Er hörte ihr Lachen im Knarren der Zweige, im raschelnden Wind. Aus den Augenwinkeln konnte er sehen, wie sie ihn hinter den Birken begleiteten. Ihre Körper waren nur mit Moos und Efeu bedeckt und leuchteten wie späte Sonnenstrahlen.

Hier lang, Sohn der Inseln…

Er musste nicht fragen, ob sie ihn wirklich zum Dämon führten. Sie kannten das Verlangen seines Herzens und wollten es erfüllen. Sein Herz … eine schwarze, kochende Blase in seiner Brust.

Er kletterte einen Steinhang hinab. Als er ausrutschte, spürte er für eine Sekunde, wie ihn jemand am Gelenk festhielt. Und er hätte schwören können, eine Hand zu sehen, von Ranken umschlungen, die ihn losließ und verschwand.

Sie waren da. An seiner Seite. Er schloss die Augen. Was brauchte er schon Brüder und Schwestern, eine Mutter Meer, wenn er *sie* an seiner Seite hatte? Sie waren die Einzigen, die wirklich Trost spenden konnten. Die, die immer gewesen waren, immer sein würden.

Er folgte dem Steinhang, bis er etwas durch die Bäume blitzen sah. Taumelnd kam er näher. Schob die Zweige beiseite.

Er stand vor einem schwarzen Teich. Das Wasser war vollkommen ruhig und reflektierte die Bäume, die sich über ihn beugten, und die kleinen Flecken Himmel dazwischen. Karat blinzelte. Es war der Teich, den er in seinem Traum erblickt hatte. Das Licht fiel ringsum in den Wald ein, Pollen tanzten. Ihm war, als schwebten Gestalten vorüber, doch wann immer er genauer hinsah, waren sie weg; er konnte sie nur aus den Augenwinkeln erkennen.

Langsam begann er, das Ufer entlangzugehen. Ein runder Felsen reichte ins Wasser. Hier hatte die Gestalt in seinem Traum gesessen. Als er näher kam, wurde ihm schwindelig.

Da lag es – sein Araidann. Als hätte es geduldig auf ihn gewartet. Blut verkrustete die Klinge, die den Dämon getötet hatte. Doch sonst war es sauber; kein Moos, keine Erdklumpen, nichts.

Karat nahm es in die Hand. Es fühlte sich vertraut, aber

kühl an. Es gab keine Erklärung dafür, wie das Schwert hergekommen war. Der Kampf hatte meilenweit entfernt stattgefunden. Und selbst wenn Karat sich irrte, hatte er sein Schwert losgelassen, als er durch die Luft geschleudert worden war; unter keinen Umständen hätte es hier am Ufer landen können, so ordentlich platziert.

Er schloss beide Fäuste um den Griff und sah sich um. Langsam drehte er sich im Kreis. Der Wald schwieg. Nur die Lichter zitterten zwischen den Bäumen, und immer am Rand seiner Sichtweite schwebten die vorüber, die keine Namen hatten.

Karat atmete schwer. »Ja … ja. Ja. Ja!« Er schnaufte. »Ja!«, schrie er in die Stille. Stille antwortete ihm. »Ich werde ihn töten. Ich töte sie alle. Ich bin der eine. Ich bin der eine!«

Die Jägerin

Als die Tage verstrichen, legte sich die Aufregung in den Türmen nicht – im Gegenteil. Die Gerüchte wucherten wie Unkraut in allen Hallen und Fluren. Vor allem die magischen Waffen, hinter denen die Dämonen angeblich her waren, sorgten für reichlich Gesprächsstoff; von verwunschenen Schwertern bis hin zu Hypnosezaubern und willenlosen Kriegern wurde alles in Erwägung gezogen, was die Fantasie der Leute hergab. Nur auf die Totenlichter kam niemand. Wahrscheinlich musste man so vertraut mit der Geschichte antiker Magie sein wie Meister Olowain, um überhaupt davon zu wissen. Wenn sie doch jemand kannte und mit den Dämonen in Verbindung brachte, behielt er es offensichtlich für sich.

Die Spekulationen, die nichts mit den Waffen zu tun hatten, waren näher an der Realität. Zum Beispiel munkelte man, dass die Magierschaft schon lange mit dem Gedanken gespielt hatte, ins Alte Reich einzufallen, und die Dämonen nur ein Vorwand waren. Denn im Alten Reich waren die Liriumquellen vollkommen unberührt; dort war noch nie Sturmjagd betrieben worden. Sie würden Aradon Jahrzehnte ohne Sorgen schenken und vielleicht genug Zeit, um das Problem des begrenzten Liriums zu lösen – falls es dafür eine Lösung gab.

Meister Olowain verbrachte Stunde um Stunde in der Bibliothek. Oft rief er Hel zu sich und setzte sich mit ihr in einem kleinen Kaminraum vor der Bibliothek zusammen – denn die Bücherhallen durften ausschließlich Magier betreten – und befragte sie. Hel erzählte ihm von der Begegnung zwischen Mercurin und der geheimnisvollen jungen Frau in Har'punaptra, kurz bevor ihre Wege sich getrennt hatten. Im Nachhinein war ersichtlich, dass die Frau ebenfalls ein Dämon aus dem Alten Reich sein musste. Hel erinnerte sich, dass sie von anderen gesprochen hatte, und sie kamen zu dem Schluss, dass es mindestens vier Dämonen gab, von denen einer bereits mit Sicherheit tot war.

»Aber der Ise hat nun das Totenlicht«, gab Olowain zu bedenken. »Es überträgt sich, indem man den Besitzer tötet. Das heißt, in dem Isen wird ein neuer Dämon entstehen, wenn wir ihn nicht rechtzeitig finden und unschädlich machen.«

Hel dachte eine Weile darüber nach, sagte aber nichts. Sie war beunruhigt und hatte Fragen, die sie Olowain nicht stellen wollte.

Eines Nachts wachte Hel plötzlich auf und wusste, wo sie den Isen gesehen hatte. Es fiel ihr ein, als würde ein leuchtendes Silberstück klirrend auf den Boden fallen: In der Windigen Stadt, in der Arena, beim Trollkampf. Die lange Narbe von seinem Hals über die Wange, die kalten hellgrünen Augen. Er war es.

Was für ein Zufall! Oder gab es eine Verbindung? Hatten er und Mercurin sich bereits vorher gekannt? Nein, das konnte nicht sein – Hel erinnerte sich, dass Mercurin nicht gewusst hatte, was Isen waren, und auch beim Kampf im Wald hatte er ihn mehrmals gefragt, wer er sei.

Gleich am nächsten Morgen suchte sie Olowain auf, um es ihm zu sagen. Er war aufgeregt wie ein kleines Kind, schickte sofort Eilige Federn nach Har'punaptra und zu allen großen Städten der Umgebung, um Informationen über einen isischen Söldner einzuholen. »Ein Jammer, dass die Windige Stadt nicht mehr existiert!«, rief Olowain dann und schlug sich mit der Faust in die offene Hand. »Dann könnten wir genau erfahren, wie er heißt und wo er sich herumtreibt. Aber gut, dass er offenbar kein Rebell ist! Jedenfalls damals noch nicht. Man weiß ja nie, wie sie sich wandeln ... ein Söldner also. Einer, der sein Schwert für Geld verleiht. Keiner mit Prinzipien ... sehr gut, sehr gut, sehr gut!«

»Aber dann ist er doch unberechenbar, oder?«, warf Hel ein. »Ist das denn gut?«

»Lieber ein unberechenbarer Zerstörer als ein fanatischer Rebell mit hehren Zielen. Das heißt ...« Olowain rieb nachdenklich seinen Stab, plötzlich nicht mehr so begeistert wie gerade eben. »Vielleicht lässt er sich von den Aufständischen kaufen. Nun. Dann müssen wir ihnen zuvorkommen. Wir haben jedenfalls mehr zu bieten!«

Seine Zuversicht konnte Hel nicht aufmuntern. Die ganze Sache bedrückte sie, und wenn sie an die Zukunft dachte, dann tat sich nur ein dunkler Abgrund auf.

Später, als sie zurückging, traf sie Nova auf der Brücke zwischen West- und Nordturm. Er beugte sich über die breite Steinbrüstung und blickte auf die Stadt am Ufer hinab. Es war warm, aber windig; mächtige Wolkenmassen balgten sich im Himmel und veränderten ständig das Licht. Es schien, als könnte sich der Tag nicht entscheiden, ob er heiter oder betrübt sein wollte.

Hel lehnte sich neben Nova gegen die Brüstung.

»Hat Olowain schon angekündigt, wann wir aufbrechen werden?«, fragte Nova.

Hel schüttelte den Kopf. »Meister Palairon hat ihn beauftragt, erst herauszufinden, wo die Totenlichter liegen könnten – falls sie noch nicht von den Dämonen geholt wurden. Die Magierschaft rechnet jedenfalls nicht damit, dass das Alte Reich sich auf irgendeinen Handel oder ein Bündnis einlässt … sie wollen die Totenlichter, und sie wollen die Dämonen, und sie verlassen sich nicht auf Drohungen.« Sie hielt inne. Dann setzte sie hinzu: »Ich frage mich, was das Alte Reich mit den Totenlichtern vorhat.«

»Wahrscheinlich Aradon zurückerobern … oder die Magierschaft erpressen, ihnen Land zu geben. So etwas in der Art.« Nova rieb die Handflächen aneinander. »Mich interessiert viel mehr, was die *Magier* mit den Totenlichtern vorhaben.«

Hel strich sich die Haare aus dem Gesicht und sah ihn an. Sie hatte noch gar nicht daran gedacht, dass die Magier die Totenlichter würden nutzen können; sie war bis jetzt davon ausgegangen, dass sie sie nur in Verwahrung nehmen wollten, damit niemand anders Schaden damit anrichten konnte. Doch jetzt, wo Nova in eine andere Richtung wies, begann sich der Verdacht in ihr zu drehen.

»Ich habe mich schon gefragt, wie wir den Isen … also, wie man ihm das Totenlicht nehmen soll, denn dafür müsste man ihn ja umbringen, und wer ihn umbringt, wird dann der neue Träger des Totenlichts«, sagte sie zögernd. »Ich denke, Olowain tüftelt noch an einer Lösung für dieses Problem.«

Nova schnaubte. »Ich glaube nicht, dass die Magierschaft darin ein Problem sieht. Überleg mal, was sie mit einem Totenlicht anstellen würden. Sie würden die Isen unterdrücken, erstens.« Er tippte sich gegen den Daumen. »Dann würden sie ins Alte Reich einmarschieren. Für all das unverbrauchte Lirium, das es noch hinter den Kauenden Klippen geben muss, wären sicher viele Magier bereit, zum Dämon zu werden. Außerdem dürfen wir nicht vergessen, welche Gabe die Totenlichter verleihen: Man kann das Licht aus der Erde ziehen, aber auch aus anderen Lebewesen. Die Magier hätten unbegrenzte Quellen! Schließlich gibt es doch längst nicht so viele Liriumstürme wie Pflanzen und Tiere … und Isen …«

Hel war schockiert. Dass man mit den Totenlichtern morden könnte, um *Energie* zu gewinnen, wäre ihr nie in den Sinn gekommen. »Nein, das würde niemand tun«, erwiderte sie schließlich. »Das wäre …«

»Das wäre krank«, murmelte Nova nachdenklich. »Mord für … Lichter und, und beheizte Zimmer und schöne Dinge. Du meinst, das würde niemand tun? Aber es passiert doch schon längst. Der ganze Aufstand der Isen ist doch nur wegen Lirium ausgebrochen. All das nur für … ich weiß nicht mal was. Den eigenen Schutz? Ein leichtes Leben? Um die Gewohnheiten beizubehalten, die einem so teuer erscheinen? Vielleicht wird uns nur eingeredet, dass Lirium unentbehrlich ist.«

Hel klemmte sich die Haare hinter das Band ihrer Augenklappe, damit der Wind sie nicht immer in ihr Gesicht wischte. »Willst du damit sagen, dass wir ohne Magie leben könnten? Denk mal darüber nach. Kein warmes Wasser. Kein *sauberes* Wasser. Keine Schwebeschiffe! Keine sicheren Straßen. Keine sicheren Ernten. Keine Musikdosen, keine Schaumseife, keine Leuchtkugeln … keine Liga der Sturmjäger.«

Er winkte ab. »Ja, ja, ich weiß. Lass mich nur eine Weile so reden, als wäre ich kein Sturmjäger.« Er seufzte und legte den Kopf in die Hände. Dann fuhr er sich durchs Haar und verschränkte die Arme. »Wenn Magie nicht so kostbar wäre, weißt du … das ist das ganze Problem.«

»Wenn Lirium nicht wertvoll wäre, dann wäre etwas anderes wertvoll. Leute würden immer um irgendwas streiten«, besänftigte Hel ihn leise und hatte diesen Gedanken zum ersten Mal, während sie ihn aussprach.

Nova sah sie müde an, ließ sie aber erkennen, dass er ihre Bemerkung schätzte.

Die Wolken verdunkelten den Himmel inzwischen so sehr, dass unten in der Stadt immer mehr Lichter aufglommen. Kühl wie gestrandete Sterne lagen sie im Grau des Vormittags. Hel hätte ihnen allen am liebsten befohlen auszugehen. Es kam ihr wie eine unnötige Verschwendung vor.

»Ich …« Sie schluckte. Es war so schwer zu sagen, was sie sagen wollte, wenn die Worte sich nicht finden ließen. »Ich wünschte, ich wüsste, was richtig ist. Dann würde ich es tun. Aber …« Sie atmete flach aus. Sie gab auf, sich ausdrücken zu wollen, und vertraute einfach darauf, dass Nova schon wusste, was in ihr vorging, und sie im Grunde dasselbe fühlten.

Eine Weile schwiegen sie, die Köpfe in die Hände gestützt, und betrachteten die Stadt, den großen See, der den Himmel widerspiegelte wie ein riesiges blankes Auge, die dunklen Hügel und Berge in der Ferne … die Rauchsäulen, die sich blass am Horizont kringelten. Hel fragte sich, wie viele Kämpfe zwischen Isen und Menschen gerade stattfanden. Wie viele Dörfer und Städte gerade ›erobert‹ oder ›verloren‹ wurden. Und niemand schritt ein. Die Magierschaft schützte nur die großen Städte, die Sitze der Könige, die wichtigsten Achsen des Handels. Sie konnten nicht überall sein. Aber irgendjemand sollte es sein.

»Als du in der Wüste warst mit dem Dämon, hat er dir nichts angetan?«, fragte Nova irgendwann mit gepresster Stimme.

Hel war nicht überrascht über die Frage. Immerhin war der Gedanke naheliegend, und sie hatte sich selbst lange genug den Kopf darüber zerbrochen, warum manche Dinge passiert oder nicht passiert waren. »Nein. Er war … ich wäre nie darauf gekommen, dass er am Absturz der *Schwalbe* schuld sein könnte. Selbst als die Hinweise sich gehäuft haben, konnte ich es noch nicht glauben.« Sie stieß ein knappes Lachen durch die Nase. »Wie konnte ich so blind sein …«

Nova legte die Stirn in Falten. »Ja, ich frage mich, warum.«

»Hm?«, fragte Hel, denn er hatte so gemurmelt, dass sie ihn kaum verstanden hatte.

»Nichts.« Er blickte in die andere Richtung und blieb eine lange Zeit still. Dann sagte er: »Hier«, zog einen Zettel aus seinem Wams und gab ihn ihr, ohne sich zu ihr umzudrehen.

»Was ist das?«

»Von Aricaa. Lies es.«

Hel hatte eigentlich keine besondere Lust, aber sie faltete das Papier trotzdem auseinander. Zu ihrer Überraschung offenbarte sich kein langer, wütender Brief. Nur zwei hastig gekritzelte Sätze:

Mein einziger Makel ist, dass ich dich mag.
Darüber kommst du nicht hinweg.

Hel las es mehrmals durch. Schließlich runzelte sie die Stirn. »Aricaa ist sehr viel klüger, als ich dachte. Sie hat dich durchschaut, Nova.«

Er traute sich noch immer nicht, ihr sein Gesicht zu zeigen, und nickte nur. Hel ließ ihm Zeit. Schließlich sagte er fast hilflos: »Vielleicht mag ich sie doch. Aber … ich will sie nicht sehen!«

Hel brummte verstehend. »Natürlich magst du sie. Sie ist hübsch und klug und eine Magierin. Aber du bist nicht in sie verliebt. Sie zu sehen, würde bedeuten, deinen eigenen Lügen gegenüberzutreten.«

»Ich weiß einfach nicht, wieso, aber sobald ein Mädchen mich liebt …«

»Liebst du sie nicht mehr.«

Endlich drehte er sich zu ihr um. »Ja! Oh, es klingt so furchtbar, wenn du es sagst.«

»Es ist auch furchtbar, Nova.« Sie sah ihm in die Augen.

Er hob die Hände und machte nervöse, unverständliche Zeichen mit den Fingern. »Verstehst du … stell dir vor … wie köstlich aussehende, gezuckerte Beeren … und dann will ich sie unbedingt haben. Aber wenn ich sie dann habe, schmecken sie nicht so gut, wie ich dachte. Sie halten nie, was sie versprechen, Hel! Und ich will nicht mehr in faule Beeren beißen.«

»Vielleicht sind nicht die Beeren faul. Vielleicht ist das einfach, wie Beeren schmecken.«

»Meinst du?« Er seufzte. »Aber dann gibt es keine Liebe. Dann ist alles, was die Dichter je geschrieben haben, erstunken und erlogen. Das ist schrecklich. Nein, ich weigere mich zu glauben, dass das alles ist. Irgendwann finde ich eine, die mich nicht enttäuscht!«

Hel hätte ihm gerne auf die Schulter geklopft, aber an seiner Stelle wäre ihr das unangenehm gewesen, also ließ sie es bleiben. »Du suchst irgendwas. Aber du wirst es nicht in einem anderen Menschen finden. Und wenn es das wundervollste Mädchen der Welt wäre.«

Er zögerte eine Weile, schien mehrere Dinge sagen und nicht sagen zu wollen. Zuletzt senkte er den Kopf und nuschelte: »Kannst du mich jetzt ein bisschen bemitleiden, bitte?«

Hel lächelte und klopfte ihm auf die Schulter.

Als er sich wieder aufrichtete, grinste er ein wenig. »Danke für die Bärenpranke. Dafür, dass du so kleine Hände hast, ist dein Mitgefühl ganz schön kräftig.«

»Sei nicht weinerlich.«

Sie grinsten sich an, und Hel musste daran denken, dass er vor nicht allzu langer Zeit ein Fremder gewesen war. Mehr noch als ein Fremder – jemand, der sie verunsichert hatte, dessen bloße Vorstellung ein Stachel in ihrem Bauch gewesen war. Und nun vertraute sie ausgerechnet ihm am meisten, in dem sie am wenigsten ein gutes Herz vermutet hätte. Doch er hatte ein gutes Herz. Seine kleinen Schwächen an der Oberfläche waren nur das Gegengewicht zu seinen großen Stärken in der Tiefe. Hel war froh, ihn als Freund zu haben und ihm ein Freund sein zu können und dass sie die Wahrheit über ihn kannte. Auf einmal war sie voller Dankbarkeit. Sie legte die Hände auf die kühle Steinbrüstung und atmete tief ein. Der Wind zog die Haare hinter ihren Ohren vor und blies sie ihr stürmisch über das Gesicht. Fast hatte sie das Gefühl, wieder im Mastkorb der *Schwalbe* zu stehen, weit oben im Himmel, weit in einer Vergangenheit, die vielleicht gar nicht so verloren war, wie sie gedacht hatte.

Egal was noch auf sie zukam, und sei es das Ende der Welt. In diesem Moment, auf der Brücke, war alles in Ordnung. Und solange sie Nova an ihrer Seite hatte, und auch Kelda und Harlem und die anderen, würde der Moment andauern.

Epilog

Drei Druiden lebten noch und sie waren Todfeinde mit demselben Traum.

Die Winde peitschten Wolken auf und jagten flach und glatt wie Schlangen über das Meer.

Das Meer öffnete tiefe Mäuler, schlug seine Schaumzähne in das Land. Das Land erhob sich. Das Land krümmte seine Rücken und ließ Wirbel knacken. Von grünendem und krabbelndem Leben befallene Hügel brachen auf, Berge platzten wie Pestbeulen, und hervor quoll, was unter allem war, im Inneren: das Tiefe Licht. Es strahlte heller als tausend Sonnen. Es leuchtete in die Herzen der Menschen, offenbarte ihre Schuld und nahm ihnen das Leben, um es der Erde zurückzugeben.

Denn sie war zornig, die Erde, und schwach. Die Abtrünnigen nährten sich seit Jahrhunderten von ihrer Kraft. Mit tückischer Sorgfalt ernteten sie jede Perle ihres süßen Schweißes ab. Das Tiefe Licht konnte sie vernichten, doch es musste erst gerufen werden. Jemand musste es rufen.

ER, der sich das Totenlicht aus Har'punaptra angeeignet hatte, flog wie ein Schatten durch das sterbende Land. Jeder Schritt brachte IHN dem Tag näher, an dem das Tiefe Licht Vergeltung übte. ER würde der Gerechtigkeit die Tore öffnen, auf dass sie einer Lichtflut gleich auf die Menschen niederstürzen, die Schuldigen vernichten und die Demütigen mit strahlendem Leben erfüllen mochte. Er sehnte die vollkommene Reinigung herbei, die alles Schlechte aus der Welt spülte. Dieser Traum hatte auch in seinen Geschwistern Wurzeln geschlagen, sorgsam eingepflanzt von den Druiden, die vor ihnen gewesen waren. Die Brüder und Schwestern teilten zwar ein gemeinsames Ziel, doch mussten sie einander dafür töten. Nur einer konnte alle Totenlichter in sich einen, um das Tiefe Licht aus dem Kern der Erde heraufzubeschwören.

Die Jüngste war schon gestorben. Totumé hatte dreizehn Sommer gezählt, als sie aufgebrochen war, um die Totenlichter zu finden. Aber der Wille war allzu oft ein Flämmchen, das beim geringsten Windzug erlosch. Dem stürmischen Sog der Macht war die Druidin nicht gewachsen.

ER war vorsichtiger. Wie der Stern, nach dem ER benannt war, glomm sein Totenlicht nur in manchen Nächten auf. ER ließ es in sich schlafen, bewegte sich unsichtbar auf der Suche nach den anderen Totenlichtern. Seine Gedanken hielt ER in schwarzen Kammern verschlossen, um nicht Totumés Fehler zu begehen. Es war so leicht gewesen, in den Geist seiner Schwester einzudringen, dass ER sie sogar in der tiefen Wildnis gefunden hatte. Aber auch ohne ihre Verbindung durch die Totenlichter hätte man nur der Spur zerstörter Dörfer und Schwebeschiffe folgen müssen, die sie für alle sichtbar hinterlassen hatte.

Trotzdem war es IHM nicht gelungen, ihr Totenlicht an sich zu nehmen. Nicht seine Geschwister hatten es vereitelt – ein Fremder war dazwischengekommen. Das dunkle Herz schlug nun in einem Abtrünnigen, der nichts ahnte. Er musste gefunden und vernichtet werden.

Bei Tagesanbruch machte ER Rast. Gebirge lagen vor

IHM, in denen kaum Leben funkelte. Das Land war so ausgebeutet, dass es sich nicht mehr bewegen konnte. Wie ein gemaltes Wandbild, dachte ER, und spürte die vertraute, warme Wut in sich.

Dann lauschte ER nach den anderen Herzen. Die wirren Gedanken des Isen flogen IHM zu wie bunte Blütenblätter. Doch sonst Stille. Anetán, sein Bruder, und seine Schwester Saraide schienen bis jetzt erfolglos zu sein. Er war erleichtert. Dann gab es keinen Grund, zu kämpfen.

Und doch… ungestört war die Stille nicht. Immer wieder, ganz flüchtig, tänzelte ihr Name IHM durch den Kopf, wob einen veilchenblauen Dunst um seine Sinne. ER konnte sie nicht vergessen. ER glaubte, ihre Stimme zu hören, und badete in Erinnerungen. Seufzend begann ER das Morgengebet.

Ihr Gesicht stieg in IHM auf. Sie hatte ein Lichtauge, in dem sich seine Seele spiegelte, und ein Menschenauge, das IHN als Mann sah. Die Gedanken an sie waren unkontrollierbar. Manchmal glaubte ER zu spüren, dass auch sie an IHN dachte. Aber das war unmöglich. Nur die Macht des Tiefen Lichts konnte zwei miteinander verbinden, und das Mädchen gehörte zu den Abtrünnigen. Auch sie würde bestraft, wenn es so weit war. Wenn ER alle vier Totenlichter fand. Wenn ER die anderen Druiden besiegte, triumphierte, seine Aufgabe erfüllte.

ER beendete das Gebet, setzte seinen Weg fort. Dorthin, wo der Ise war, das zweite Totenlicht und das Schicksal, das niemand aufhalten konnte, nur erfüllen.

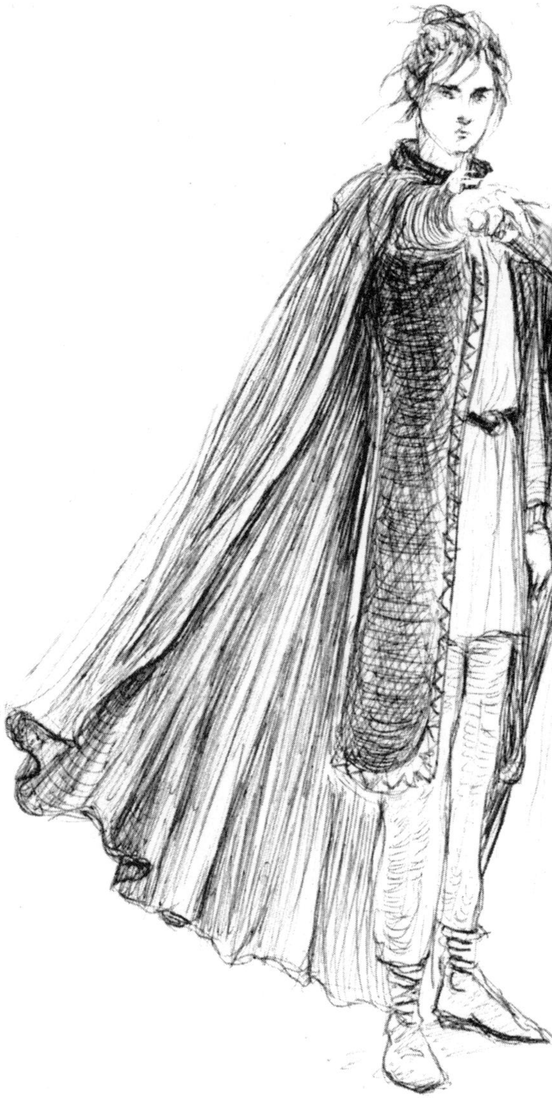

Mercurin

Nova

Hel

Karat

Aricaa

Olowain

Harlem

Totumé

Troll

Tix

Danksagung

In der stürmischen Zeit, in der *Feenlicht* entstanden ist, haben einige besondere Menschen mir Halt gegeben. Kim-Mai und Mike, die ich bedingungslos liebe; Janet, die mich ans Schicksal glauben lässt; Ben, der mich an Menschen glauben lässt; mein lieber Agent Thomas Montasser, meine Lektorin Susanne Evans und alle Mitarbeiter von cbt. Auch die Begegnungen im Sturm des letzten Jahres verdienen Erwähnung. Die Momente, die von ihnen bleiben, sind in Glas eingefasst und bilden die Kette dieses Romans.

Nicht zuletzt danke ich den vielen treuen Lesern. Jeder von euch hält mit diesem Buch einen kleinen Teil meines Lebens in den Händen. Jedem von euch verdanke ich einen großen Teil meines Lebens.

blanvalet

Die neue Drachen-Saga voller Abenteuer, Magie und großer Gefühle!

Roman. 420 Seiten. Übersetzt von Katharina Volk
ISBN 978-3-442-26576-3

Roman. 420 Seiten.
Übersetzt von Katharina Volk
ISBN 978-3-442-26577-0

Roman. 420 Seiten.
Übersetzt von Katharina Volk
ISBN 978-3-442-26578-7

Lesen Sie mehr unter: **www.blanvalet.de**